O Filho de Ester

Jean Sasson
AUTORA DO BEST-SELLER *PRINCESA*

✡

O FILHO DE ESTER

Tradução
Patrícia Azeredo

CIP-BRASIL. CATALOGAÇÃO-NA-FONTE
SINDICATO NACIONAL DOS EDITORES DE LIVROS, RJ

Sasson, Jean P.

S264f　　O filho de Ester / Jean Sasson; tradução: Patrícia
Azeredo. – Rio de Janeiro: Best*Seller*, 2012.

Tradução de: *Ester's child*
ISBN 978-85-7684-414-3

1. Palestinos – Libano – Ficção. 2. Holocausto – Sobreviventes – Ficção. 3. Filhos de nazistas – Ficção. 4. Judeus – Polônia – Ficção. 5. Refugiados – Ficção. 6. Romance americano. I. Azeredo, Patrícia. II. Título.

11-6894.

CDD: 813
CDU: 821.111(73)-3

Texto revisado segundo o novo Acordo Ortográfico da Língua Portuguesa.

Título original norte-americano
ESTER'S CHILD
Copyright © 2001 by The Sasson Corporation
Copyright da tradução © 2011 by Editora Best Seller Ltda.

Publicado mediante acordo com Sasson Corporation e com Rembar & Curtis
P.O. Box 908, Croton Falls, New York 10519, USA

Capa: Folio Design
Editoração eletrônica: Abreu's System

Todos os direitos reservados. Proibida a reprodução,
no todo ou em parte, sem autorização prévia por escrito da editora,
sejam quais forem os meios empregados.

Direitos exclusivos de publicação em língua portuguesa para o Brasil
adquiridos pela
EDITORA BEST SELLER LTDA.
Rua Argentina, 171, parte, São Cristóvão
Rio de Janeiro, RJ – 20921-380
que se reserva a propriedade literária desta tradução

Impresso no Brasil

ISBN 978-85-7684-414-3

Seja um leitor preferencial Record.
Cadastre-se e receba informações sobre nossos lançamentos e nossas promoções.

Atendimento e venda direta ao leitor:
mdireto@record.com.br ou (21) 2585-2002

NOTA DA EDITORA E AUTORA

O filho de Ester é um trabalho de ficção histórica.
Embora os acontecimentos históricos sejam precisos, os nomes
e personagens, bem como as figuras públicas e incidentes particulares
relatados, são produtos da imaginação da autora ou foram
usados de forma fictícia.
Qualquer semelhança com pessoas reais, vivas ou mortas, eventos
particulares ou estabelecimentos comerciais é mera coincidência.

AOS MUITOS LEITORES QUE ME ESCREVERAM
AO LONGO DOS ANOS

Suas adoráveis cartas me encheram de determinação
para continuar escrevendo, apesar dos vários obstáculos
pessoais e profissionais.

Seus comentários são muito bem-vindos.
Para entrar em contato, acesse meu site:
www.jeansasson.com

Para Mike, o amigo perfeito...

"E que na doçura da amizade haja risos
e prazeres compartilhados...
E que não exista outro propósito na amizade
além do aprofundamento espiritual..."
Kahlil Gibran

Em celebração à amizade, dedico este livro
a meu querido amigo
Dr. Michael B. Schnapp, médico osteopata

Jean Sasson

De Treblinka ao Líbano

a Jerusalém

Prólogo

Em 29 de novembro de 1947, o futuro de 1,3 milhão de árabes e de 700 mil judeus que viviam na Palestina dependia de uma decisão a ser tomada pelos 56 delegados da Assembleia Geral das Nações Unidas. A celebração dos judeus e o luto dos árabes começaram no momento em que os delegados votaram a favor de dividir a terra antiga, realizando, assim, o sonho judeu de dois mil anos de retornar a seu lar histórico.

A partir dessa data, Jerusalém se tornou numa zona de guerra.

Jerusalém: quarta-feira, 7 de janeiro de 1948

Movendo-se agilmente de um lado para o outro a fim de evitar os disparos dos atiradores de elite, Joseph Gale, tenso, aproximava-se rapidamente da vila simples onde morava. Após entrar, manteve o passo apressado e deu uma olhada no filho que dormia, antes de correr para a sala de estar e entrar no corredor lotado que se transformara numa sala de parto.

Ester Gale não notou que seu marido havia voltado. Ela rolava em um colchonete fino, com um pano úmido no peito, emitindo pequenos ruídos animalescos que rompiam o silêncio da sala.

A irmã de Joseph, Rachel, e Anna Taylor, uma americana que fez amizade com os Gale quando eles chegaram à Palestina, estavam ao lado de Ester.

Joseph observou a irmã e notou que os olhos dela estavam fixos e esperançosos na porta aberta. Ele sacudiu a cabeça, abriu os braços num gesto que indicava derrota e sussurrou:

– Não achei ninguém. Nem mesmo uma enfermeira.

Rachel respirou fundo. Ficou aliviada por Joseph ter retornado em segurança, mas apavorou-se por ele não ter sido capaz de localizar um médico. Ela trocou olhares apreensivos com Anna antes de murmurar:

– Bom, faremos o melhor que pudermos.

– O nascimento é um ato natural. Ester terá um bebê saudável – respondeu Anna.

Tentando esconder a ansiedade, Rachel concordou, sussurrando:

– Quando estive presa em Drancy, ajudei uma mulher a dar à luz certa vez.

Situado nos arredores de Paris, Drancy foi o mais famoso campo de concentração para judeus franceses que aguardavam o transporte para o Campo da Morte de Auschwitz, na Polônia. Ao se lembrar daqueles momentos terríveis, Rachel olhou fixamente para o infinito, deixando de mencionar que a mulher em questão morrera no parto.

Ester começou a morder o pano e a cor esvaiu-se de seu rosto.

Os lábios finos de Rachel afinaram-se ainda mais quando ela falou de canto de boca:

– Joseph, está chegando a hora.

O homem sentiu o estômago embrulhar e uma voz interior lhe sussurrava que sua sobrevivência teria sido inútil se perdesse Ester. Ele inclinou o pequeno corpo da esposa, roçou os lábios em sua face e a encorajou:

– Aguente firme, querida. Vai passar logo.

Ester rosnou sua descrença e falou com um tom rouco que ocultava a suavidade habitual da sua voz.

– Jamais. *Jamais*, Joseph. Esta dor agora faz parte de mim – respondeu, estremecendo de agonia.

Os olhos de Joseph se encheram de lágrimas.

Anna passou a massagear os ombros de Ester, fazendo ao mesmo tempo um sinal com a cabeça para Joseph sair, porém lembrando-o antes:

– A água. Você pode esquentar a água agora?

– Sim, claro.

Joseph beijou a esposa ao sair. Passando pela estreita sala de estar, ele encontrou tempo para cobrir Michel com um segundo cobertor e, depois, foi em direção à cozinha.

Com o resto do precioso querosene, Joseph esquentou um pouco de água num pequeno fogareiro. Não só faltava comida para os cidadãos da Jerusalém dividida pela guerra, como o suprimento de água estava chegando a um ponto perigosamente baixo.

Ao ouvir os gritos abafados de Ester, ele visivelmente se encolheu e começou a rezar alto pela segurança da mulher:

– Ouça minhas preces, ó Deus. Livrai-a de todo o mal!

Ele fechou os olhos, esfregou a testa com os dedos e continuou:

– Peço apenas pela vida de Ester – hesitando com a emoção, ele pediu num sussurro: – A decisão sobre a criança é Sua.

Michel Gale acordou de seu cochilo e começou a chorar, chamando pela mãe.

Joseph pegou seu precioso filho no colo e se ofereceu para brincar, mas nada que dissesse ou fizesse confortava o menino. Justamente quando ele pensou que a situação não poderia ser pior, Ari Jawor bateu à porta da frente com determinação, trazendo notícias indesejadas para Joseph.

Ari Jawor era o amigo mais próximo de Joseph e membro da Haganah, a Força de Defesa Judaica. Ari era um homem largo e atarracado, cujo caráter era do tipo durão por fora e gentil por dentro. Além disso, costumava ser bastante dramático. Hoje, estava falando ainda mais alto que o normal. Sem tempo de cumprimentar o amigo, Ari encheu a casa com sua inconfundível paixão:

– Joseph, eles fizeram de novo! O velho está furioso! – afirmou, batendo a palma da mão aberta na parede.

Joseph trancou a porta rapidamente antes de voltar a atenção para o amigo. Ele não sabia exatamente quem eram "eles", mas sabia que o "velho", como fora carinhosamente apelidado, era David Ben-Gurion, o líder dos judeus na Palestina e o homem que certamente se tornaria o primeiro *premier* da nova pátria judaica.

Joseph encarou Ari e quase gargalhou ao perceber que, com seu olhar nervoso, rosto sujo, roupas que mal lhe serviam e o espesso cabelo ruivo – arrepiado e duro de tanta imundice – o homem parecia um demônio. E sua visita inesperada claramente significava más notícias. Joseph tentou não parecer preocupado:

– O que aconteceu, afinal?

Ari cerrou as mãos como se estivesse prestes a atingir alguém. Seu rosto, já vermelho do frio, ficou ainda mais corado:

– Houve um intenso bombardeio na estação rodoviária em Porta de Jaffa. Foi há alguns instantes, só Deus sabe quantos foram mortos e feridos – Após hesitar por um instante, acrescentou: – Ouvi dizer que a rua parecia um matadouro.

A região da Porta de Jaffa era a principal artéria comercial de Jerusalém e estava sempre cheia.

Joseph respondeu, falando baixo:

– Meu Deus... Como é fácil estar vivo num instante e morto no outro.

Desde que saíra da Europa rumo à Palestina, Joseph costumava pensar que os antigos ódios infiltrados na terra prometida por Deus aos judeus ameaçavam agora todas as almas vivas, seja árabe ou judia.

Ari encostou seu fuzil M-1 na parede:

– Nossas fontes dizem que a gangue Irgun foi a responsável. Eles conseguiram roubar um carro de polícia. Depois, os desgraçados colocaram dois barris de TNT numa rua repleta de árabes. Mulheres, crianças... Todos se transformaram em carne desfiada.

Joseph falava baixo e não encarou o amigo até ter coragem de perguntar:

– Meu Deus. E capturaram os homens?

Ari confirmou com um meneio de cabeça.

– Após jogar uma segunda bomba no cruzamento da estrada Mamillah com a avenida Princess Mary, membros da gangue bateram o carro e tentaram fugir a pé pelo cemitério. A polícia britânica e um guarda do consulado americano os seguiram e mataram três deles.

A gangue Irgun era um grupo militar ilegal liderado por Menachem Begin, um homem cuja modesta aparência não dava qualquer indicação de sua fúria assassina. Seus seguidores eram sobreviventes do Holocausto, dispostos a matar qualquer um que tentasse impedir a criação de um lar para os judeus. Eles acreditavam que o retorno milagroso à Terra Prometida era um sinal da devoção de Deus à causa deles, e justificavam os ataques terroristas com um versículo bíblico. A Irgun discordava violentamente quanto a ceder aos britânicos, norte-americanos ou árabes, e seus atos impulsivos causaram diversas noites de insônia a David Ben-Gurion.

Joseph subitamente se lembrou:

– A água!

E correu para a cozinha. Ari olhou para ele sem entender o que estava acontecendo, mas o seguiu.

Mal notando os dois homens, Michel Gale estava sentado no chão, quieto, brincando com um soldadinho de metal.

– Michel, Ari está aqui.

Michel moveu os lábios, mas não ergueu o olhar. Ele só queria a mãe. Ninguém mais serviria.

Joseph colocou o dedo na água e constatou:

– Quase.

Ari serviu-se de um pouco da preciosa água, virando a bebida de uma só vez.

Os dois homens ficaram em silêncio por um minuto, mas tinham o mesmo pensamento: a retaliação árabe certamente viria, e a região de Musrara, onde a família Gale vivia, era particularmente vulnerável a atiradores de elite. A vizinhança era contígua à Velha Jerusalém e situava-se entre o lado árabe oriental e o lado judeu ocidental da cidade. E, embora a rua deles fosse ocupada apenas por judeus, muitas famílias árabes viviam a apenas um quarteirão de distância. Os poucos atiradores de elite árabes que estavam na região no momento não fizeram nada mais do que irritar e isolar seus vizinhos judeus, porém os tiros evoluíram para uma batalha sangrenta na região de Sheik Jarrah, que ficava a uma curta distância de Musrara.

A ideia de uma ameaça ainda maior levou Ari a fazer um movimento com a mão em direção a Michel e anunciar:

– Você tem que pensar na criança, Joseph. Arrume suas coisas. Vou tentar conseguir um caminhão para tirar vocês daqui.

Joseph sacudiu a cabeça:

– Não, é impossível.

Os olhos de Ari eram inquisitivos e, quando ele abriu a boca para protestar, Joseph explicou:

– Ester está em trabalho de parto há seis horas.

– Bom, isso muda tudo.

Ari alisava seu bigode ralo, pensando nas opções possíveis até, finalmente, dizer:

– Se você não pode sair daqui, então teremos que trazer alguns homens para cá, a fim de protegê-los.

Tendo plena ciência da grande escassez de guerreiros judeus, Joseph retrucou:

– Posso cuidar de mim mesmo.

Ari abriu um sorriso largo:

– Não tenho dúvida disso.

Nenhum soldado era mais feroz na batalha do que Joseph Gale. Ari deu um tapinha no braço do amigo:

– Há outros judeus na área, além dos Gale, que são dignos de preocupação.

Joseph pareceu pensativo por um momento. Depois, mais relaxado, mudou de assunto:

– Como está Leah?

Leah Rosner era a mulher de Ari e, como ele, servia na Haganah em tempo integral. Enquanto os árabes que a enfrentavam se referiam a ela como demônio louro, seus companheiros judeus a consideravam uma soldado extraordinária.

Quando Leah estava presente, os olhos inquietos dela jamais revelavam as tragédias que lhe arruinaram a vida. Ela foi a única sobrevivente de uma grande família de judeus tchecoslovacos. Quando o fim da Segunda Guerra Mundial se aproximava, os alemães marcharam com seiscentos prisioneiros para fora do Campo da Morte de Auschwitz, afastando-se dos libertadores russos. Enquanto recuava, a Gestapo atirava nos prisioneiros incapazes de manter o passo. Depois que o pai de Ari foi executado e a última irmã remanescente de Leah morreu de fome, eles tiravam forças um do outro. Por terem sobrevivido contra todas as probabilidades, tornaram-se inseparáveis e recentemente contraíram matrimônio.

Ari sorriu com prazer e era possível notar o orgulho em sua voz:

– Leah é maravilhosa, Joseph. Sou o homem mais sortudo do mundo!

Michel começou a choramingar e, tão rapidamente quanto chegou, Ari saiu da casa, deixando o amigo com algo a mais para se preocupar: a vingança árabe pelo cruel ataque da Irgun.

A porta do corredor abriu-se ruidosamente e os sapatos de Rachel faziam *plec-plec* quando ela andava pelo chão de sinteco, rumo à cozinha. Sem conseguir fechar a passagem, os gritos abafados de Ester escapavam pelo cômodo.

Incrivelmente assustado, Michel recomeçou o choro. Algo horrível estava acontecendo à sua mãe. Ele nem fazia questão de limpar o muco que escorria do nariz para a boca, usando a ponta da língua para lamber o lábio superior e engolindo o líquido salgado.

Quando Rachel entrou na cozinha, Michel agarrou-lhe a barra da saia e recusou-se a largar.

– Solte agora, vamos!

Rachel puxou a saia, mas, quando olhou para baixo e viu o rosto transtornado do menino, mudou o tom de voz:

– Michel! Onde estão seus brinquedos?

Ela lançou um olhar acusador para o irmão:

– Joseph, por que ele não está brincando?

– Eu tentei de tudo, Rachel. O garoto não vai sossegar até encontrar a mãe. – Joseph começou a despejar água fervente na faca, tesoura e em outros objetos de metal confiados a ele por Anna.

Com sua vozinha aguda, Michel insistiu:

– Mamãe! Eu quero a minha mamãe! Agora!

O medo acentuava sua determinação, e a impaciência tomou conta da voz de Rachel:

– Ah, Michel! Depois. Depois, você verá a mamãe. Eu prometo.

Vendo a porta aberta, Michel disparou rumo ao quarto proibido. Ninguém iria afastá-lo de sua mãe.

– Mamãe! – gritou Michel, correndo em direção à cama.

A cabeça de Rachel surgiu na entrada do quarto:

– Desculpe, Ester, ele fugiu de nós.

Diante da visão do filho, os lábios de Ester Gale se transformaram num sorriso, neutralizado pela careta de dor que tomava conta de seu rosto.

– Michel, querido, venha cá.

Enfraquecida, ela ofereceu a mão ao filho, que a apertou com força, observando a barriga imensa da mãe com uma leve suspeita, recordando-se vagamente que, de alguma forma, um bebê foi parar lá dentro. Confuso porque o mundo não girava mais ao seu redor, Michel queria deitar-se na cama com a mãe e ficar abraçadinho, como eles costumavam fazer. Assim que tentou dar o primeiro pulo, porém, a mãe arqueou as costas e emitiu um grito agudo.

Michel berrou de puro pavor!

Anna Taylor apareceu rapidamente, empurrou Michel em direção à porta e chamou a tia Rachel:

– Rachel! Está na hora!

Michel ouviu o pai rosnar num tom que jamais notara em seus dois anos de vida:

– Ester! Querida! Estou indo!

Depois foi a vez de Anna admoestar numa voz esganiçada e impaciente:

– Michel! Procure algo para fazer!

O menino deitou atrás da cadeira e dormiu um sono atormentado.

Haifa, Palestina

O professor e intelectual palestino George Antoun tinha paixão por História Antiga, particularmente pelos escritos gregos. Ele costumava dizer que a cultura helênica se espalhou pelo mundo como um fluxo crescente de conhecimento e aprendizado do qual todo homem moderno se beneficiava. Ele apreciava um momento de solidão com seu estimado exemplar da *Ilíada* quando ouviu alguém bater com força à porta da frente.

Mary vai atender, pensou. Porém, atingido subitamente por uma lembrança dolorosa, ele fechou o livro. Mary tivera mais um aborto natural no dia anterior e estava de cama. George começava a perceber que ela jamais levaria uma gravidez até o fim. Casados há apenas seis anos, eles haviam passado por dez abortos naturais devastadores. Nenhum dos bebês sobrevivera.

– Um momento – gritou George, que, relutante, levantou-se e saiu do escritório rumo ao corredor.

As batidas ficaram ainda mais fortes.

– George! Deixe-me entrar!

O professor reconheceu a voz. Seu visitante era Ahmed Ajami, membro de seu grupo de leitura e também amigo de longa data da família.

Ao escancarar a porta, George perguntou com um sorriso:

– Ahmed? Por que tanta pressa?

A expressão enlutada no rosto de Ahmed assustou George. Algo terrível havia acontecido.

– George, meu amigo, onde está Mitri?

George sentiu uma pontada no estômago. Estaria Ahmed trazendo a pior das notícias? Ele agarrou o braço do outro e o puxou para dentro de casa.

– Papai foi até o café há uma hora. Aconteceu algo com ele?

Ahmed respirou fundo e fechou os olhos.

– Houve um ataque horrível em Jerusalém – disse o visitante, encostando a cabeça na parede.

– O quê?

Ele respirou profundamente pela segunda vez antes de encarar George.

– Meu amigo. Acabamos de receber notícias do meu primo em Jerusalém. Muitos foram mortos.

George começou a tremer. Seus dois irmãos e irmã viviam nessa cidade. Juntos, os três eram pais de dez crianças. Pela reação de Ahmed, ele sabia que membros da família haviam sido gravemente feridos no ataque. A cidade era palco de atos cada vez mais violentos entre judeus e árabes. George sentiu sua garganta apertando.

– Quem? Só me diga quem.

Ahmed sacudiu a cabeça lentamente e apontou na direção da sala de estar. Seus olhos se encheram de lágrimas. Ele temia que o amigo pudesse perder a consciência.

– Sente-se, George. Você precisa se sentar.

George Antoun era um homem gentil e ninguém jamais o ouvira levantar o tom de voz. Por isso, surpreendeu Ahmed ao gritar:

– Só me diga! Quem? – George aproximou-se ainda mais de Ahmed e exigiu: – Ahmed! Você precisa me dizer!

O amigo começou a chorar e a mexer os braços.

– George, houve um ataque mortal na Porta de Jaffa. Você perdeu todos que estavam lá. Peter, James e Emily. Estão todos mortos.

George permaneceu de pé, mudo. Seus braços e pernas ficaram dormentes. Enquanto afundava no chão, ouviu o som familiar das pegadas do pai no caminho de pedras.

Ele começou a chorar e cobriu os olhos com as mãos, murmurando:

– Como vou dar essa notícia a ele? Como?

Jerusalém

Várias horas mais tarde, o som triunfante da voz do pai acordou Michel.

– Abençoado sejas Tu, Deus, nosso Senhor, mestre do universo, que é bom e faz o bem.

Esfregando os olhos, Michel saiu cambaleando de trás da poltrona.

Joseph irradiava afeto em direção ao filho.

– Michel, você ouviu que notícia maravilhosa? Você tem um irmãozinho!

A ideia de um novo irmão não parecia uma notícia maravilhosa para Michel. De fato, tudo era muito inquietante. Os olhos negros do menino se encheram de lágrimas, mas o pai nem percebeu.

A certeza de que sua amada esposa estava bem e dera à luz um bebê saudável fez a tensão se dissipar e trouxe lágrimas aos olhos de Joseph Gale. Ele não ia perder Ester! Às vezes, Deus era justo. Joseph pegou Michel no colo e recitou mais uma vez:

– Abençoado sejas Tu, Deus, nosso Senhor, mestre do universo, que é bom e faz o bem.

O choro do recém-nascido apavorou Michel. Ele começou a choramingar diante das grandes mudanças que aconteciam ao redor, sabendo que tudo seria diferente.

Na noite de sexta-feira, Michel sentiu-se um tanto mais amigável em relação ao irmão. O bebê dormia em seu antigo berço, que fora colocado num canto da sala principal. A nova empregada beduína, Jihan, uma mulher que trabalhava para Anna, mas que agora serviria à família Gale, estava de cócoras ao lado do berço, com a mão tocando de leve as costas do bebê enquanto balançava o berço gentilmente. Jihan entoava uma melodia triste.

De pé, encostado na parede, observando Michel brincar e o filho recém-nascido dormir, Joseph estava feliz como não se via há tempos. Apesar do ataque na Porta de Jaffa, os árabes não vingaram a morte de seus entes queridos. Surpreso, mas confiante, ele esperava que a família Gale não fosse escolhida para pagar o preço no ciclo infinito de vingança. E se alegrou com a ideia de que, em pouco tempo, talvez os judeus pudessem superar essa época em que a sobrevivência era inesperada e a morte, corriqueira. Desde a manhã de hoje, quando três homens da Haganah haviam chegado para proteger a área, o fogo dos atiradores de elite na vizinhança cessara.

Rachel interrompeu os pensamentos do irmão mais velho. Ela olhava Jihan com visível desaprovação.

– Convenhamos, Joseph, uma empregada *cega*?

O homem manteve-se inexpressivo ao encarar a irmã.

– Ela é muito competente.

– Competente? Como pode uma empregada cega ser competente? Você está brincando? Como ela poderá ser útil a Ester?

A voz de Rachel subiu de tom. Ela estava furiosa por não ter sido consultada sobre o acordo.

– Anna está louca por sugerir essa mulher!

Joseph não perdeu a paciência:

– Rachel, Jihan mora com Anna desde garota. Ela é ótima com crianças.

– Não! Eu não posso acreditar. – Rachel abaixou a voz. – Obviamente, Anna está farta de ter uma boca inútil para alimentar!

Joseph mostrava um leve tom de decepção na voz:

– Rachel, não seja indelicada. Este é o desejo de Ester. E o meu também.

Rachel Gale era teimosa, queria tudo a seu jeito. Para aumentar sua infelicidade, era uma mulher comum e de ombros largos, nascida em uma família de homens altos e bonitos. Sem encontrar pretendentes, ela compreendeu que jamais teria uma família para cuidar. Por isso, buscava um papel fundamental na criação dos filhos do irmão. Seu tom de voz era amargo:

– Joseph, você está cometendo um erro terrível! Uma cega! Preste atenção no que digo, ela fará mal às crianças!

Observando o rosto da irmã, Joseph pensou por um instante que Rachel estava ficando impossível. Lançou-lhe um olhar de repreensão e, ainda encostado na parede – mas agora com uma postura rígida, desferiu palavras raivosas:

– Rachel, a decisão já foi tomada! Agora, feche a boca e me deixe em paz!

Joseph saiu do recinto.

Rachel ficou surpresa com o irmão. Joseph era um homem gentil e de modos suaves, e ela raramente ouvia sua voz se elevar. Na verdade, eram justamente aqueles modos gentis que estimulavam a língua afiada de Rachel.

– Uma cega, veja só.

Ainda resmungando, ela correu para a cozinha a fim de preparar o almoço.

A memória sombria do tempo em que Rachel estava verdadeiramente sozinha abrandou a discussão com o irmão. Sobrevivente de Auschwitz, ela se escondeu no alojamento feminino no dia em que os nazistas esvaziaram o campo. Depois que o exército russo libertou os prisioneiros, ela pegou carona da Polônia até a França, dormindo ao relento e sobrevivendo da bondade de estranhos. Meses depois, chegou a Paris, agora livre dos nazistas, com uma alegria indescritível, e esperou, empolgada, pelo retorno de outros membros da família Gale. Durante o período que passou nessa cidade, Rachel juntou-se a centenas de outros judeus no hotel Lutetia, todos em busca de notícias de entes queridos separados pelas deportações. Bilhetes eram postados em murais e pedaços de informação trocados entre os sobreviventes dos campos de concentração eram altamente valorizados. Rachel esperou por semanas intermináveis, recusando-se a acreditar que era a única pessoa viva da família. Apegando-se ao que os outros chamavam de esperança vã, ela se sentava no saguão do hotel, examinando cuidadosamente cada judeu que entrava, bombardeando cada recém-chegado com descrições de seus pais e irmãos. Após um mês, ela soube que a mãe e o pai haviam sido enviados aos crematórios de Auschwitz. Michel, o irmão mais velho, fora visto pela última vez num campo de trabalho situado no perímetro deste campo. Abbi, a esposa cristã de Michel, deixara sua posição bem clara ao se recusar a abrigar Rachel. Durante a longa ocupação da França, Abbi chegara a se arrepender por ter se casado com um judeu. E Jacques? Quando Rachel fora deportada de Drancy com os pais, Jacques, que era da resistência, fora feito prisioneiro pela Gestapo na França. As últimas notícias de Joseph, Ester e o filho davam conta de que eles ainda viviam no Gueto de Varsóvia, na primavera de 1942.

Rachel estava a ponto de perder as esperanças e acompanhar seus colegas judeus, que insistiam em levá-la para a Palestina, quando reconheceu uma figura familiar lendo os bilhetes publicados no hotel. Joseph havia voltado! Após uma reunião repleta de lágrimas, Rachel juntou-se ao irmão e à esposa na jornada para a Palestina. A Europa não era mais segura para os judeus.

Só depois de chegarem à Palestina em segurança, eles souberam o que o destino reservou a Jacques.

Com um esgar de tristeza, Rachel começou a servir a refeição.

Casa de Friedrich Kleist, Berlim Oriental

O mesmo sonho o assombrava todas as noites.

Embora Friedrich Kleist tentasse parecer carrancudo enquanto gritava ordens a seus homens para apressar os judeus, ele estava totalmente an-

gustiado. Seu superior da S.S., Karl Drexler, deixara Friedrich responsável por limpar o apartamento de Moses Stein e colocar toda a família no próximo transporte para Treblinka. Friedrich estava de costas, mas podia sentir o olhar do superior, embora tivesse visto o coronel Drexler no escritório ao deixar o quartel-general da S.S.

O alemão se assustou ao perceber que os homens da família já haviam saído. Ele se perguntou onde estava o grande judeu francês que, por pouco, não quebrou sua mandíbula durante o furor no apartamento, no início da semana. Friedrich prometera mais tempo aos homens judeus – tempo para que eles salvassem alguns membros de suas famílias –, mas este agora se esgotara. Friedrich decidiu não avisar ao coronel Drexler que os dois homens haviam escapado. O que tiver de ser, será, pensou consigo mesmo.

O alemão parecia em transe, observando as mulheres e crianças passarem, aos prantos, ao seu lado. Ele não podia deixar de pensar em como eram belos; mulheres bonitas e crianças adoráveis. Mas seu superior alegou que eles não serviam para viver, portanto seriam mandados para a morte. Friedrich sabia que logo esses rostinhos bonitos virariam cinzas e subiriam com a fumaça nos crematórios.

Friedrich deixou que seus olhos se detivessem numa das crianças mais novas. A menina tinha apenas 2 ou 3 anos e era linda, com cachinhos negros balançado no ar e um sorriso meigo. Ela correu em direção a ele, até a mão de alguém agarrá-la:

– Dafna, venha com a mamãe, por favor.

A menina riu, animada:

– Nós vamos andar de trem?

A voz da mãe embargou:

– Sim, minha querida. Vamos ver as árvores e as flores.

Enquanto Friedrich olhava fixamente para a menina, percebeu que algo estava terrivelmente errado. O rosto da criança começava a queimar! Sua carne encolhia, a fumaça subia a partir da cabeça. A garotinha gritava e se contorcia de tanto sofrimento!

Friedrich acordou aos gritos.

Eva falava baixo e tentava consolá-lo:

– Friedrich, foi só um sonho. Você está em Berlim.

Ele tremia tão violentamente que fazia o colchão se mover. Esforçou-se para levantar, beijou a testa da mulher e avisou:

– Desculpe, vou beber um pouco d'água.

Eva suspirou e virou para o lado. Os sonhos estavam cada vez piores. Onde isso iria parar?

Friedrich Kleist ficou acordado pelo resto da noite, sem prestar atenção aos próprios gemidos enquanto revivia várias vezes aquele dia fatídico: aquele momento em 1942, quando ele mandou a família Stein, de Varsóvia, queimar nos fornos de Treblinka.

Embora isso tenha acontecido há seis anos – e mesmo não tendo testemunhado pessoalmente o crime – Friedrich sentia o cheiro da fumaça gerada por carne humana. O fedor piorava a cada noite, a cada sonho.

Friedrich começou a chorar, desejando não ter sobrevivido à guerra.

Jerusalém

Os sons da comemoração pela noite do *Shalom Zachar* (boas-vindas à criança do sexo masculino) logo tomaram conta da residência. Apesar da deterioração da vida em Jerusalém, os vizinhos e amigos da família Gale encheram a casa.

Ari e Leah Jawor vieram de última hora e ficaram contentes quando Joseph pediu para que fossem os padrinhos do recém-nascido. Eles começaram a discutir, empolgados, o *Brit Milah*, a tradicional cerimônia realizada oito dias após o nascimento de um menino, quando ele é circuncidado e recebe um nome. Nem Ari nem Leah sabiam o nome escolhido para a criança. Essa informação seria mantida em segredo pela família Gale até o *Brit Milah*, mas eles sabiam que o bebê seria batizado com o nome de um membro falecido da família. Segundo a tradição dos judeus asquenaze, a memória dos que se foram guia a vida do recém-nascido e, devido ao Holocausto, Joseph e Ester Gale tinham várias possibilidades de escolha.

De repente, ouviram-se sonoros aplausos. Rachel trouxe três garrafas de vinho tinto que havia guardado para o nascimento do filho do irmão. Pela primeira vez em meses, a mesa da cozinha estava muito bem servida. Cada convidado contribuiu generosamente com alimentos reservados para ocasiões especiais. Havia feijões e ervilhas cozidas, batatas e até uma caixa de frutas frescas que fora contrabandeada por Ari Jawor para a cidade sitiada. Os preciosos vinho e as frutas criaram mais animação que o nascimento da criança. Havia até um bolo, que pendia perigosamente para um lado, devido à falta de alguns ingredientes.

Dançando ao som da cantoria hebraica em alto e bom som, Joseph pegou Michel no colo e sussurrou:

– Você é a luz da minha vida! Você é a perfeição! – Joseph permitiu que o filho mais velho bebesse um gole de vinho, com um brinde: – Meu filho! À vida!

Um grande sorriso ornava os lábios de Joseph. Nova vida significava força para os judeus!

Ester tinha o mais doce dos sorrisos enquanto observava o marido com o filho mais velho. Ela inclinou a cabeça no ombro de Joseph e fechou os olhos, lembrando-se da maravilhosa realidade de ser mãe de duas crianças saudáveis.

O cantor continuava a incitar os convidados a acompanhar as músicas e todos estavam felizes, decididos a aproveitar o momento e esquecer a violência que tomava conta do pequeno pedaço de terra que eles agora chamavam de seu. Quando o som dos tiros surgiu na vizinhança, dois homens se armaram e saíram para proteger a casa. Os demais aumentaram o tom de voz e cantaram ainda mais alto, abafando o caos de Jerusalém e retratando uma imagem perfeita de pessoas vivendo num tempo de paz e harmonia.

O momento tornou-se agridoce para Joseph. A cena ao redor exigia todo o seu autocontrole para manter a compostura. Há apenas alguns instantes, o futuro estava inexoravelmente associado a famílias grandes e carinhosas. A Segunda Guerra Mundial teve consequências fatais para seus entes queridos e boa parte do passado de Joseph e Ester Gale fora perdida. Agora – tão cedo! – o casal mais uma vez se encontrava lutando por sua sobrevivência e a de seus dois filhos.

Joseph lutava contra a ânsia de gargalhar e gritar de angústia ao mesmo tempo. Seus olhos se encheram de felicidade com o nascimento do filho, e também de tristeza ao pensar nos familiares que não viveram para presenciar este precioso momento. Ainda assim, ele se sentia um pouco reconfortado ao saber que a memória do irmão mais querido de Ester, Daniel Stern, um bom homem, um bravo, agora viveria através de seu filho. Naquele mesmo dia, Joseph e Ester decidiram chamar o filho de Daniel de Daniel Gale.

Seu estado de espírito afetou a esposa, e Ester fez um gesto afirmativo com a cabeça. Ela entendeu que, embora seus filhos carregassem os nomes dos que se foram – o irmão de Joseph, Michel, e se seu próprio irmão, Daniel – eles jamais seriam esquecidos. Olhando para o rosto de Joseph, a esposa sabia que o marido estava em outro tempo e lugar e, apesar de estar em êxtase pelo nascimento do filho, ele continuava desesperadamente triste.

As tradições da vida judaica exigem as grandes famílias outrora perdidas em Treblinka e Auschwitz. Como sobreviventes que carregam as cicatrizes do Holocausto, Joseph e Ester jamais sonharam com o dia em que haveria motivos para celebrarem algo em suas vidas, assim como antes do genocídio jamais imaginaram que a sensação de vazio chegaria ao ápice nos eventos familiares mais importantes.

Joseph e Ester ficaram de pé, lado a lado, escondendo seus verdadeiros pensamentos enquanto cantavam e conversavam animadamente com os amigos.

Os convidados ficariam surpresos se soubessem que eles não enxergavam ninguém à frente deles. Nem uma alma sequer.

PARTE I

Paris – Varsóvia
1938-1942

Lista de Personagens

Parte I: Paris – Varsóvia (1938-1942)

Família Stein
Moses Stein (*pai*)
Sara Stein (*mãe*)
Ester Stein (*filha*)
Abraham Stein (*filho*)
Eilam Stein (*filho*)
Daniel Stein (*filho*)
Israel Stein (*filho*)
Gershom Stein (*filho*)

Família Gale
Benjamin Gale (*pai*)
Natalie Gale (*mãe*)
Michel Gale (*filho*)
Jacques Gale (*filho*)
Joseph Gale (*filho*)
Rachel Gale (*filha*)

Miryam Gale (*bebê, filha de Joseph e Ester Gale*)
David Stein (*neto cego de Moses e Sara Stein*)
Karl Drexler (*comandante da S.S. nazista no Gueto de Varsóvia*)
Friedrich Kleist (*guarda da S.S. nazista no Gueto de Varsóvia*)

Personagens secundários:
Noah Stein (*pai de Moses Stein*)
Dr. Shoham (*médico judeu em Varsóvia*)
Noy (*prisioneiro judeu que conseguiu escapar*)
Tolek Grispan (*policial judeu no Gueto de Varsóvia*)
Edmúnd (*integrante da resistência francesa*)
André (*integrante da resistência francesa*)
Rudolf Drexler (*pai de Karl Drexler*)
Eva Kleist (*esposa de Friedrich Kleist*)

Capítulo I
Verão de 1938: Paris, França

Como uma anciã virtuosa, a mãe polonesa de Sara Stein protegeu suas filhas da mesma forma que fora protegida pela própria mãe. Em consequência disso, Sara casou-se ainda muito jovem com um homem austero a quem não conhecia nem amava. Os primeiros anos de casamento foram desgraçadamente infelizes. Depois, o lado tranquilo do marido veio à tona, e o medo de Sara foi substituído por afeto. Ainda assim, os primeiros anos levaram a jovem mãe a fazer um juramento silencioso: Sara prometeu a si mesma que nenhuma filha nascida do seu ventre seria forçada a se casar contra a vontade. Depois de ter tido cinco filhos, Sara esqueceu-se do juramento da juventude. Mas isso foi antes de ter sua última criança, uma delicada menina.

Agora a filha era uma bela jovem de 18 anos, completados no mês anterior, e Sara estava ao seu lado e contra o marido em relação à escolha de um noivo para ela.

A indecisão perseguia Sara. Ela recorreu ao esposo:

– Moses, estou preocupada. Nossa criança encontrará felicidade nessa união?

O humor de Moses Stein não estava adequado para o nervosismo de última hora da esposa.

– *Mulher!* O que eu sei do futuro? – disse ele, encarando a esposa e alertando-a: – Sugiro que você espere e veja o que Deus planejou para uma jovem tola que contrai matrimônio com alguém tão diferente dela.

As palavras dele atingiram-na como um soco. Obviamente, Moses culpava a esposa pelo casamento vindouro.

Sara tinha razão. O pai de Moses, religioso devoto, havia alertado:

– Jamais quebre a tradição, é sempre um erro.

Seus cinco filhos haviam se casado com mulheres escolhidas por um *shadchan* (ou casamenteiro), mas Moses sempre fora menos rígido quando se tratava da caçula, sua única menina. Ester era a razão do seu viver e ele sentia-se enfraquecido pelo amor que nutria por ela. Esfregando os olhos, o homem tentava se consolar. Muito provavelmente fora o acidente que o deixou tão vulnerável em relação à menina. Quando criança, Ester foi atropelada por um cavalo em fuga, e mal conseguiu sobreviver às graves lesões. Desde então, a garota era mimada por toda a família. Sua filha sempre conseguia o que queria, e agora Ester Stein era uma jovem teimosa e incapaz de aceitar um "não" como resposta.

No ano anterior, durante as férias da família em Paris, Ester conhecera o filho mais novo dos Gale, um rapaz bonito que claramente tinha muita experiência com mulheres. A jovem nada sabia a respeito dos homens, mas caíra de amores e decidira que se casaria com ele. Moses fez forte objeção, dizendo que uma jovem da Polônia não poderia se casar com um francês, mas Ester e a mãe uniram forças contra ele e, neste momento, sua filha se preparava para as núpcias com Joseph Gale e para viver num país longe da família. Eles teriam sorte se conseguissem visitar Ester uma vez por ano.

Essa nem era a pior parte. Moses sabia que os judeus enfrentariam tempos difíceis. Não era preciso ser profeta para saber que, mais uma vez, a guerra chegaria à Europa. Hitler já havia conquistado a Renânia e a Áustria. Agora, tinha por objetivo a pequena Tchecoslováquia. Seria a Polônia a próxima?

Se os alemães invadissem esse país, Moses sabia que os judeus seriam os primeiros a sofrer. Sete de seus funcionários eram judeus poloneses que fizeram da Alemanha seu lar e perderam tudo, exceto a vida, quando Hitler tomou o poder. Nesse mesmo ano, os alemães reuniram todos os judeus estrangeiros, separaram as famílias à força e os mandaram de volta para seus países de origem. Esses indivíduos foram afastados de seus cônjuges e filhos (que eram judeus nascidos na Alemanha), colocados num trem e enviados à fronteira com a Polônia, perto de Zbaszyn. O governo polonês também não os queria, e os desafortunados ficaram presos numa terra de ninguém! Ao tomar conhecimento desse ultraje, Moses usou sua influência para empregar alguns dos homens, libertando-os daquela situação. Eles se sentiam gratos ao benfeitor e tentavam avisá-lo do mal que estava por vir. Moses ouviu, em primeira mão, o relato daqueles homens sobre como os nazistas tratavam os judeus.

Moses já se preparava para os inevitáveis ataques. A história da Europa estava repleta de perseguições aos hebreus, e os poloneses não gostavam de sua população judaica. Mas qual país os fazia se sentirem acolhidos? Seu próprio pai viera de *The Pale* – uma área da Rússia criada a fim de aprisionar judeus – para a Polônia. O pai de Moses, Noah, era apenas uma criança na época, mas jamais se livrara da terrível lembrança. Em seu leito de morte, o idoso alucinava, debatendo-se e gritando sobre o pesadelo que foi fugir dos soldados do czar ainda na infância. Moses temia que o pai não encontrasse a paz nem mesmo na hora da morte, mas concluiu que era assim com todos os judeus na Diáspora.

Não haveria um santuário para o povo escolhido por Deus? Moses começava a acreditar que não, e já trabalhava para converter parte de sua riqueza em ouro e diamantes.

Com um suspiro preocupado, ele lembrou a si mesmo que Ester deveria ficar por perto. De outra forma, como poderia protegê-la? Ele tentara avisar os Gale do perigo vindouro e até hoje seu rosto enrubescia ao se lembrar *daquela* conversa.

Enquanto Sara Stein e Natalie Gale planejavam o casamento, seus maridos entraram numa discussão política que, naturalmente, girou em torno de Hitler.

Moses trouxe as últimas notícias de Berlim. Parecia que nada impediria os alemães de engolirem a Tchecoslováquia, nem mesmo a ameaça de uma guerra.

Moses perguntou:

– A França irá intervir?

Benjamin Gale pareceu surpreso com a pergunta.

– Você quer dizer, lutar?

– Sim.

Benjamin demonstrou empatia.

– Não. Os cidadãos franceses jamais apoiarão outra batalha devastadora.

Moses debochou:

– Melhor deter os alemães em Praga do que no Arco do Triunfo.

– Você não pode estar falando sério.

– Estou falando muito sério – retrucou Moses. – Você está se preparando?

Natalie Gale ouviu o diálogo e interrompeu os dois homens, rindo das palavras do senhor Stein, dizendo:

– Moses, você parece a voz dos maus augúrios.

Ele ficou ofendido pelo sarcasmo de Natalie, mas, por educação, deu um leve sorriso e não respondeu.

Orgulhoso por ser francês, Benjamin respondeu à pergunta do outro:

– Os cidadãos franceses não precisam se preparar. Nosso governo tomou as precauções necessárias. Se os alemães forem ignorantes a ponto de tentar conquistar a Europa pela segunda vez, nossa linha de defesa, a linha Maginot, os manterá a uma distância segura dos franceses.

Moses franziu a sobrancelha:

– Não teria tanta certeza disso, Benjamin. Li recentemente que a maioria dos especialistas militares considera a linha Maginot uma tolice francesa.

Benjamin fez um gesto no ar, refutando a teoria.

– Não, é verdade. A previsão é que os alemães irão desviar das fortificações, invadindo a Bélgica e atacando a França de lá.

– Nunca! – retrucou Benjamin, apesar de ele mesmo ter lido recentemente um artigo dizendo que os militares alemães tinham dado à linha Maginot o jocoso apelido de "cerca de madeira".

Moses não deixaria isso barato:

– Não chega a ser um segredo que o ódio de Hitler pelos franceses só não é maior que seu ódio pelos judeus. – E acrescentou: – Preste atenção! Não fique cego diante de tanta raiva!

Os dois sabiam que os rigorosos termos do Tratado de Versalhes exalavam ódio, pois o documento fora imposto a uma Alemanha derrotada e humilhada ao final da Primeira Guerra Mundial.

Natalie Gale mexeu-se desconfortavelmente na poltrona. Benjamin olhou de relance para a esposa e mudou de assunto, com uma observação:

– Estamos incomodando as moças, meu caro.

Moses tentou avisá-los, mas nada podia acabar com a alegre despreocupação dos Gale, que lhes caía como uma armadura. Moses mal podia suportar a possibilidade de sua amada filha passar a viver com uma família tola demais para entender que a esperteza e a força dos judeus eram suas únicas armas contra a praga que estava por vir. Era um fardo grande demais para suportar!

Agora, o senhor Stein olhava de relance para a esposa e, ouvindo-a falar, seu rosto foi tomado pela fúria.

Sara fechou a boca e desviou o olhar. Em todos os anos de casamento, ela nunca vira o marido tão nervoso.

Moses recordou as palavras da esposa, calculando como poderia usá-las contra ela mesma. Através dos truques femininos, ela retomou o assunto, burlando a desaprovação com um belo sorriso:

– Querido, os tempos mudaram. Agora muitas garotas se casam por amor. Além do mais, ele é um bom rapaz, vindo de uma família de posses. Dificilmente acharíamos melhor partido para Ester em toda a Polônia.

Sara enrugou o nariz, fazendo Moses se lembrar da jovem com a qual se casara, sem saber muito bem como dar a notícia de que a família Gale não seguia à risca os preceitos judaicos.

– Naomi diz que eles são muito queridos e respeitados, mesmo sem manter uma casa *kosher*.

Moses agora sabia que a esposa e a filha haviam conspirado contra ele. A lei de Deus garantia que toda mentira tem um custo, e ele temia que sua filha pagasse caro demais.

Quanto à família Gale, Moses fez algumas verificações discretas por conta própria e não gostou nada do que descobriu. Tendo vivido na França por seis gerações, eles se consideravam totalmente franceses, tendo se afastado de suas origens judaicas. Ele murmurou para o nada:

– Eles obviamente estão improvisando seus padrões de conduta. De que outra forma um judeu não convicto define as diretrizes de sua vida?

O estilo de vida moderno dos Gale não agradava a Moses Stein, um homem criado em uma família judia rica, porém fervorosa.

Agora, um ano depois, ali estavam eles de volta a Paris para um casamento que Moses não gostaria de ver. Ele estava furioso pelo fato de a jovem ter insistido em se casar na capital da França, apelidada por ela de "Cidade do Amor".

O pai rosnou. Agora era tarde demais, o noivado fora devidamente formalizado pelo *t'naim*, a assinatura de um documento legal que obriga ambas as partes a manter o compromisso de se casarem. Cancelar o casamento agora seria uma desgraça para o nome da família.

O que mais assombrava Moses era o fato de que ele poderia ter dito não, terminando aquele romance antes mesmo de ter começado. Sua respiração tornou-se mais pesada só de pensar na estupidez cometida. Ele bateu palmas na frente do rosto e murmurou:

– Ó Deus! Onde eu estava com a cabeça?

Ainda inabalável em sua determinação de não aceitar qualquer tipo de culpa, ele mal falara com a esposa desde que haviam voltado do almoço com os pais do rapaz. Fora o terceiro encontro deles, mas era a primeira ocasião em que passaram um tempo maior com os Gale, e o encontro rapidamente se transformou num desastre!

A reunião começou muito bem, embora Moses tivesse desconfiado do restaurante luxuoso escolhido pelos anfitriões. O patriarca dos Stein mexia-se desconfortavelmente na cadeira, observando com atenção as paredes de espelhos e as cortinas de veludo molhado.

O restaurante lembrava um prostíbulo. Não que ele já tivesse visitado aquele lugar, mas ouvira histórias do tipo de gente que frequentava o estabelecimento. Moses olhava ao redor, mas não conseguia encontrar outro judeu na multidão. Claro, disse a si mesmo, na França os judeus têm um jeito milagroso de se transformar em franceses, sendo impossível identificá-los como hebreus.

Moses sentia orgulho de sua origem, um dos escolhidos por Deus, e costumava ouvir o pai dizer que, devido a seu status único, os judeus haviam nascido para sofrer. E eles sofreram, sempre com uma dignidade silenciosa e sem jamais pedir clemência aos inimigos.

O patriarca dos Stein simplesmente não entendia a necessidade desesperada que alguns franceses tinham de camuflar sua identidade judaica. Essas atitudes o intrigavam e o enfureciam.

Os Gale estavam elegantemente atrasados, e foi impossível não notar a chegada deles. Moses examinou cuidadosamente seus anfitriões enquanto caminhavam em sua direção. Tinha de admitir, Benjamin e Natalie Gale eram um casal impressionante. Ele era um homem alto, robusto e obviamente inteligente. Moses ouvira dizer que se tratava de um advogado respeitado, orgulhoso por defender alguns dos maiores nomes e negócios de *goyim*, ou seja, gentios (que é como são chamados os não judeus pelos israelitas). Natalie Gale ainda era elegante e atraente, mesmo tendo dado à luz quatro crianças. Até onde o patriarca Stein sabia, estava claro que ela liderava seu círculo social.

Mais uma vez, Benjamin e Natalie cumprimentaram os Stein com entusiasmo, e Moses sentiu uma satisfação exagerada com sua condição. Se os Gale não estavam satisfeitos com o casamento do filho com uma jovem polonesa, escondiam perfeitamente seus sentimentos. Embora fosse notório que os hebreus franceses se achavam superiores a seus irmãos da Europa Oriental, Moses logo percebeu que a família do rapaz devia ter algum conhecimento sobre a família Stein, de Varsóvia. Do contrário, por que estariam sorrindo e agindo como se Ester fosse a nora dos seus sonhos?

A família Stein já fora pobre, entretanto não era mais. O avô russo de Moses começara com pouco. Na Rússia ele era o açougueiro do povoado, matando os animais de acordo com as leis judaicas, embora odiasse ver sangue. Contudo, naquele tempo um filho era obrigado a seguir o ofício do pai, independentemente de suas ambições particulares. Após fugir para a Polônia, ele ficou feliz ao descobrir que o *Kehillah* de Varsóvia, um grupo eleito de judeus, era responsável por fornecer a licença dos açougueiros *kosher*. Incapaz de obter o registro, ele decidiu abrir uma empresa, começando com um pequeno moinho de farinha. O negócio era lucrativo e, a partir desse começo humilde, ele criou uma enorme cadeia de moinhos, mercearias e armazéns de secos e molhados, posteriormente herdados pelo filho, Noah, que tinha dom para o comércio. Noah logo expandiu os negócios para se aventurar no ramo de empréstimos, que excedeu todas as expectativas que tinha. Moses era o único filho vivo de Noah Stein e agora era um homem rico e poderoso, muito respeitado pela grande comunidade judaica de Varsóvia.

Antes do fim do almoço, Moses entendeu que sua riqueza não estava relacionada à aprovação familiar dos Gale. Benjamin e Natalie Gale eram pais absolutamente modernos, que nada tinham a ver com a escolha de um marido para a filha. Isso ficou totalmente claro quando Natalie confessou:

– Sabe, eu falei com Benjamin ontem, estou tão empolgada! Não temos um casamento na família há quatro anos! Desde que o nosso filho mais velho, Michel, casou-se com aquela ótima jovem cristã, Abbi. – E, deliberadamente, ela acrescentou: – Eles tiveram um grande casamento católico. O padre que realizou a cerimônia tem família em Varsóvia! – Ela lançou um sorriso para Moses, interpretando erroneamente seu olhar fixo como interesse. – Quem sabe o senhor já não ouviu falar da família, os Chaillet?

Moses ficou abismado, incapaz de se recuperar da chocante revelação de que sua preciosa filha entraria numa família que permitia casamentos com pessoas que não fossem da fé judaica! Um casamento católico, veja só! Ele ouviu dizer que isso acontecia em Paris ou Londres, mas, até então, jamais encontrara judeus que viraram as costas ao princípio mais básico da religião: casamentos mistos são contrários à tradição.

Ele olhou alarmado para Sara. Isso era um escândalo!

Benjamin Gale observou, irritado, a esposa, perguntando-se por que ela tentava chatear os Stein.

Fez-se um longo silêncio.

Sara realizou um esforço visível para recuperar o bom-senso geral. Ela fez o melhor que pôde para continuar o diálogo, mas parecia incrédula quanto à opinião de Natalie Gale de que, por ela, os dois jovens poderiam dispensar a separação pré-nupcial de uma semana!

As palavras daquela mulher tola ainda ecoavam nos ouvidos de Moses:

– Joseph e Ester já ficaram separados por um ano. É cruel mantê-los longe um do outro por mais tempo. Meu filho ficou muito infeliz quando voltou ontem, queria saber de todos os detalhes sobre sua amada. – Ela falou para Sara: – Sara, mande Ester fazer compras, e Joseph a encontrará em um café. Deixe que eu cuido de tudo. – Ela ria alto e piscava, dando tapinhas na mão da Sara, como se as duas conspirassem em dupla contra tudo de respeitável que havia na vida judaica.

Depois desse fato, Moses e Sara mal abriram a boca, deixando Natalie Gale tagarelar até não conseguir pensar em mais nada para dizer.

O almoço continuou a se deteriorar, e tudo estava se transformando num grande embaraço.

Benjamin Gale parecia entender a causa do desconforto. Ele era mais sensível que a esposa, e tentava amenizar a situação garantindo à família que os Gale eram flexíveis e que, por ele, os pais da noiva eram os grandes responsáveis pelo matrimônio. E riu sinceramente, dando um tapinha nas costas de Moses:

– Apenas nos diga onde e quando aparecer, e estaremos lá.

– Benjamin, isso significa tão pouco para você? O casamento do próprio filho?

O rosto de Benjamin adquiriu um tom imediatamente rosado, mas ele não respondeu, preenchendo o silêncio tenso ao pedir a conta, estalando os dedos para chamar o garçom de modo teatral.

Natalie parecia desconfiada, esperando que os Stein não fossem longe demais em seus modos conservadores. Todos os amigos judeus próximos de Natalie eram afastados da religião. Cada vez mais ela buscava ter amigos cristãos, encorajando o marido a se mudar da parte ocidental da cidade – local majoritariamente habitado pelos judeus franceses nativos. Foi um momento de grande orgulho quando Michel casou-se com Abbi, jovem de uma das famílias católicas mais proeminentes de Paris. Natalie considerava os velhos costumes um fardo horrível, algo que só fazia mal aos israelitas na sociedade francesa, e geralmente dizia aos filhos que os hebreus estavam errados ao viver em isolamento físico e cultural. Como Benjamin não era religioso, tendo abandonado a fé judaica há muito tempo, não reclamou quanto à educação dada aos filhos.

Ela costumava chamar a atenção do marido:

– Boa parte dos problemas dos judeus vêm de sua forma de vestir e agir.

A verdade é que Natalie tinha vergonha de sua herança judaica e as provocações cruéis que enfrentou quando criança ainda a atormentavam na vida adulta. Ela foi criada num lar estritamente judeu e, quando se casou com um judeu não praticante que a resgatou de seu pai severo, rebelou-se contra tudo que a lembrava do judaísmo. Ela não quis dar nomes tradicionalmente judaicos aos filhos, mas apenas Jacques escapou ao costume. Benjamin fez questão dos nomes de Michel, Joseph e Rachel, uma insistência que ela atribuía à vontade do marido de agradar à mãe desesperada. Natalie encontrou algum consolo, porém, no fato de que os dois filhos pequenos de Michel receberam nomes cristãos e foram criados como tal.

Agora, toda vez que Natalie Gale passava por judeus ortodoxos na rua, com os cachos caindo pelas orelhas e os cafetãs pretos e sujos, fazia questão de encará-los. O modo daquela gente se vestir era o bastante para fazer as pessoas odiá-los. Ela não queria ser associada a eles. Na cabeça de Natalie, a família de Benjamin Gale, de Paris, era francesa e não judia. Ela esperava que a ligação dos Gale com sua herança judaica pudesse ser eliminada, mas então Joseph se apaixonou por uma judia!

Pensando no casamento vindouro, Natalie se consolava, grata por Moses Stein ser completamente careca e pelo fato de apenas dois de seus cinco filhos usarem os cachos ofensivos, sendo que eles cuidavam dos negócios em Varsóvia e não poderiam comparecer ao casamento. Sinceramente, ela não desejava que o filho entrasse nessa família, mas Joseph possuía uma personalidade forte, embora parecesse ter ficado realmente caído de amores por essa jovem. Ela também se sentia reconfortada por outro motivo: quando os pais dela voltassem à Polônia, a menina estaria sob seu controle. Segundo o raciocínio de Natalie, qualquer pessoa que tivesse a oportunidade de escapar da contaminação de ser judeu não perderia a oportunidade de fazê-lo.

Ao se despedir, ela convidou Moses e Sara para jantar e pareceu surpresa quando eles recusaram a oferta. Confusa, falou rispidamente aos Stein:

– Informarei a Joseph que o encontro com Ester não será possível.

Benjamin e Natalie Gale se foram, dois franceses alegres e despreocupados, tão contentes e confiantes em sua cidadania francesa quanto Moses e Sara Stein eram em relação ao judaísmo.

Moses não falou com Sara de modo civilizado desde aquele almoço.

Exatamente no momento em que Sara pensava em confessar seus temores e pedir ao marido que aceitasse suas desculpas por estimular a união, ouviu o som dos passos da filha.

Quando Ester Stein entrou no recinto, as expressões preocupadas em seus rostos atenuaram-se de imediato. Moses e Sara Stein amavam a filha acima de tudo.

Ester Stein era uma moça incomum para a época. Criada numa família complacente, com cínco irmãos protetores, ela vivia com a serena sensação de segurança. Por trás do mau humor do pai, havia uma mente brilhante, e Ester herdara a inteligência de Moses Stein. Seus pais, orgulhosos, insistiam para que ela recebesse uma boa educação, e Ester os deixou ainda mais felizes ao ser a melhor estudante do sexo feminino a frequentar o *Gymnasium* hebreu, escola para os judeus aristocráticos de Varsóvia. Ela era proficiente em idiomas, falando e lendo fluentemente iídiche, polonês, alemão e francês. Também conseguia falar e entender inglês e italiano, embora tivesse um pouco de dificuldade para ler essas línguas. Devido à crescente discriminação contra judeus nas universidades polonesas, Moses contratou uma tutora para que Ester pudesse continuar seus estudos em casa.

Ester era uma moça linda, com a natureza meiga da mãe, e sempre pensava nos menos afortunados. Apesar disso, tinha algumas características negativas: era teimosa como o pai e tendia à ingenuidade como a mãe. E, às vezes, parece que Ester Stein estava em desacordo com um mundo que não fazia concessões aos inocentes.

Com isso em mente, Sara ponderou que deveria ter protegido a filha de emoções juvenis, lembrando a si mesma que ela não passava de uma garota ingênua de criação judia puritana. Joseph Gale, por sua vez, era um francês vivido que não tinha dificuldade para encantar mulheres. A própria Sara ficou encantada pelo rapaz, e entendia facilmente a atração da filha. Com o coração pesado, a mãe sabia que seria a culpada se ocorresse algum infortúnio no casamento.

Observando o rosto amável da filha, Moses amaldiçoou a si mesmo por seguir a cabeça da esposa. Um casamento movido pelo amor era a receita para o desastre. Ele era o pai, o soberano da casa. Como poderia culpar a mulher quando ele tinha o poder de vetar qualquer pedido da esposa e dos filhos? Moses certamente carregaria um imenso remorso se a filha não encontrasse a felicidade com esse homem.

Ester estava tão empolgada com os planos do casamento que nem notou a expressão melancólica dos pais. Seu entusiasmo lhe tirava o fôlego, sua face se iluminava e os lábios formavam um sorriso feliz.

– Mamãe, a costureira chegou. O vestido é lindo! Venha! Rápido!

Lembrando-se do pai, Ester lançou seus braços ao redor dele:

– Papai, não é maravilhoso?

Moses fez uma careta, mas obrigou-se a responder:

– Claro, querida. Se você está feliz, então é maravilhoso – contemporizou, inclinando-se para dar um beijo rápido no topo da cabeça da jovem, com os lábios tocando seus cachos negros.

Sem olhar para trás, Sara ausentou-se rapidamente do recinto com a filha, deixando o marido num mau humor imprestável.

Moses encarou a entrada vazia por um instante. Pobre criança, ela era muito jovem e tola para separar os franceses da França. Moses sabia, através de seu genro, Jacob, que o antissemitismo aumentava no país e que, embora a França fosse hospitaleira, os franceses não o eram. Na opinião de Jacob, se os nazistas chegassem a conquistar a França um dia, os franceses não fariam muito esforço para proteger seus cidadãos israelitas.

Moses então começou a andar de um lado para outro, preocupado. A ameaça nazista ocupava sua mente, fazendo-o pensar na ascensão de Hitler. Subitamente, ele se lembrou do livro e começou a procurá-lo em sua maleta. Um de seus funcionários, que recentemente se tornara sionista, estava determinado a informar o mundo sobre os planos mortais de Hitler. O homem veio a Moses com um esquema louco para levar a família para a Palestina! Com o clima antissemita rondando a Alemanha e outros países da Europa Oriental, muitos israelitas europeus começavam a ouvir a opinião daqueles que diziam não haver futuro para os judeus fora da Palestina. Moses Stein acreditava que os sionistas eram tolos. Os judeus tinham de se fazer aceitar na Europa e esquecer a ideia ridícula de viajar meio mundo para lutar contra os turcos, árabes, britânicos e sabe Deus quem mais apenas por uma pequena faixa de terra empoeirada incapaz de receber metade dos hebreus da Europa, para início de conversa!

Sionista zeloso, o homem traduzira parcialmente uma cópia do livro do ditador nazista, *Mein Kampf*, e implorou a Moses para que o lesse, chegando a ponto de empurrar-lhe a tradução quando o patrão comentou sobre sua futura viagem a Paris. O patriarca dos Stein tinha a intenção de dar uma olhada no livro, em nome da promessa feita a seu funcionário. Agora era um bom momento, pensou. Ele acreditava não haver nada de mal em ler o livro de Hitler, levando-se em conta o fato de que o ditador voltava seus olhares maléficos na direção da Polônia.

Com a obra em mãos, Moses acomodou-se na cadeira perto da janela, exalou um suspiro cansado e colocou os óculos de leitura.

Recordando-se do pedido do homem: "Alerte os judeus da França! Hitler tem de ser impedido!", ele folheou algumas páginas.

Após dar-se conta de que decifrar a letra do funcionário seria difícil, Moses Stein passou os dedos lentamente pelas páginas enquanto as lia em voz alta.

Durante a leitura, seus temores aumentaram e a paz de espírito que buscava lhe escapara por completo.

"A limpeza dessas pessoas (os judeus), moral e de outras formas, devo dizer, é um assunto importantíssimo. Pelo seu próprio exterior, é possível dizer que não são amantes da água e, para minha angústia, geralmente podemos descobrir isso de olhos fechados. Passei a ficar enjoado com o odor desses indivíduos que vestem cafetãs. Além disso, havia as roupas sujas e sua aparência bem longe de ser agradável.

Nada disso poderia ser qualificado como atraente, mas torna-se definitivamente repulsivo quando, além da falta de asseio físico, descobre-se as máculas morais do 'povo escolhido'.

Em pouco tempo, fiquei ainda mais pensativo diante da minha crescente consciência quanto ao tipo de atividades realizadas pelos judeus em certas áreas.

Haveria alguma forma de imundície ou depravação, particularmente na vida cultural, sem o envolvimento de pelo menos um judeu?

Ao cortar esse abscesso, mesmo tendo cuidado, é possível encontrar, como um verme num corpo apodrecido, geralmente ofuscado pela luz repentina, um judeu!...

Desse modo, quando, pela primeira vez, reconheci-os como seres desavergonhados, calculistas e de coração frio que eram a força motriz desse tráfico vicioso revoltante (prostituição) entre a escória da grande cidade, um calafrio percorreu minha espinha...

... Pelo menos eu havia chegado à conclusão de que os judeus não eram alemães.

Somente agora tomei total conhecimento da forma como nosso povo está sendo seduzido.

Jamais seria possível separar um judeu de suas opiniões.

Quanto mais argumento com eles, melhor posso conhecer sua dialética. Primeiro, eles contam com a estupidez do adversário, depois, quando não há outra saída, simplesmente fazem papel de estúpidos. Se nada disso ajudar, fingem não compreender ou, se desafiados forem, mudam de assunto rapidamente, citando platitudes que, se você as aceitar, fazem-nos imediatamente mudar de assunto e, então, caso sejam novamente atacados, recuam e fingem não saber muito bem o que estava sendo dito. Sempre que se tenta atacar um desses apóstolos, sua mão atinge um limo semelhante à *geleia que se divide e escorre por seus dedos, mas, no momento seguinte, junta-se de novo. Porém, se você realmente atingir um desses sujeitos com um golpe, e em que, observado por uma plateia, ele não conseguisse fazer nada além de concordar, e se acreditar que isso lhe deu pelo menos um passo adiante, teria uma grande surpresa no dia seguinte. O judeu não tinha a menor lembrança do dia anterior, simplesmente tagarelava as mesmas velhas sandices, como se nada houvesse acontecido e, ao ser desafiado com vasta indignação, seria incapaz de se lembrar de algo, exceto de ter provado a correção de suas afirmações no dia anterior.*

Às vezes, eu ficava estupefato.

Não sabia o que me causava mais surpresa: a agilidade da língua ou a facilidade com que mentiam.

Gradualmente, passei a odiá-los.

Por conseguinte, hoje creio estar agindo de acordo com a vontade do Criador: ao me defender dos judeus, estou lutando pela obra do Senhor."

A mão de Moses tremia ao fechar o livro e pousá-lo no colo. Em seguida, o pânico se iniciou internamente, apertando seu corpo como um tornilho. Tão certo quanto seu nome era Moses Stein, ele entendeu que algo terrível atingiria os judeus na Europa.

Capítulo II
Joseph Gale

A vida de solteiro de Joseph Gale foi tudo, menos tranquila. A maioria das pessoas que conhecia a família Gale concordava que, embora os três jovens Gale fossem bonitos, o caçula de Benjamin e Natalie Gale fora abençoado com uma aparência de astro de cinema, que lhe dava, ao mesmo tempo, problemas e prazeres. Sem fazer qualquer esforço, ele adquirira uma reputação de mulherengo.

– Tem certeza de que deseja fazer isto? – Jacques Gale caçoava do irmão, que destruía sistematicamente cartas de amor recentes, enviadas por oito mulheres de coração partido, todas implorando para que ele não se casasse com Ester Stein.

Joseph ergueu a sobrancelha e sorriu, mas nem se preocupou em responder, tendo ciência de que o irmão já conhecia a resposta.

Os irmãos sempre tiveram essa comunicação não verbal um com outro, e o silêncio de ambos era indício de uma intimidade impenetrável. Com a diferença de idade de apenas um ano, eram inseparáveis desde a infância. Jacques entendia perfeitamente: o irmão encontrara a mulher dos seus sonhos e não queria nada além de se casar com Ester Stein.

Um sorriso melancólico surgiu no rosto de Jacques ao observar o irmão. Ele bebeu um pequeno gole de uísque com soda antes de falar, e sua voz tinha um quê de inveja ao constatar:

– Sabe, Joseph, você é um sortudo desgraçado! Justamente quando estava se entediando de tantas mulheres, aparece-lhe a mais linda do mundo!

Ele suspirou alto enquanto a lembrança de Ester lhe vinha à mente:

– Quisera eu ser tão afortunado assim!

Os olhos de Joseph cintilavam de alegria. Ele pegou a última carta, rasgou-a cuidadosamente em pedacinhos e deu esperanças ao irmão:

– Você encontrará sua Ester um dia, Jacques. Tenha paciência.

Uma tristeza vaga e lancinante assolou o mais velho, levando-o a pronunciar as palavras sem acreditar nelas:

– É, eu sei.

Joseph e Jacques notaram Ester Stein ao mesmo tempo, embora Jacques sempre tivesse insistido que a tinha visto primeiro. Esta semana faria um ano desde que eles a conheceram. Os irmãos Gale estavam com três jovens cristãs, aproveitando uma tarde ensolarada num dos vários cafés de Paris, quando Ester chegou ao local para comprar balas. Embora sua estatura fosse pequena e lindamente esculpida, todos os olhares se voltaram para o rosto da jovem. Com imensos olhos negros entalhados num rosto perfeito, sua beleza era de tirar o fôlego. Os dois rapazes esqueceram-se instantaneamente das três francesas, mesmo depois de elas terem feito comentários ferinos sobre o vestido fora de moda e desprovido de estilo da moça.

Quando as garotas ouviram o sotaque forte de Ester, destilaram sua inveja cruel imitando a estrangeira:

– Ah, bah-lah de chou-cou-la-te com ce-ruei-ja, porrr favorrr, senhor.

As três caíram na gargalhada.

– Ela veio diretamente das terras ancestrais. Faz bem o seu tipo, Jacques!

Nenhuma das francesas desejava que Joseph flertasse com a linda moça, pois cada uma delas tinha o desejo secreto de ser sua amiga especial. Elas nem se importavam com o fato de Joseph ser judeu, algo que normalmente seria um ponto contra ele, mesmo na atmosfera tolerante da França. Os jovens Gale eram diferentes, e era fácil ignorar sua origem judaica.

Jacques foi o primeiro a falar. Ele cutucou o braço do irmão e sussurrou:

– Nem pensar. Eu a vi primeiro! Ela é minha!

Joseph não disse nada, mas deu um meio sorriso torto para a garota, que seguira o som das gargalhadas e agora o encarava.

Do momento em que Ester viu Joseph, Jacques sabia que não teria a menor chance.

Os rapazes rapidamente se despediram de suas companhias, que não gostaram nem um pouco de terem sido dispensadas dessa maneira.

– Bom, vemos você mais tarde, Joseph! – gritou, esperançosa, a mais bonita das três.

Jacques chegou primeiro à estrangeira:

– Posso lhe ser útil, madame? – ele fez uma mesura, inclinando o torso para frente.

Em seguida, Joseph surgiu por trás dos ombros do irmão e deu uma piscadela para Ester.

Aturdida, a jovem enrubesceu, não sabendo como lidar com a atenção inesperada de dois irmãos sofisticados e determinados.

– Bem... Acho que sim.

Parte do charme de Ester vinha de sua incapacidade de perceber a própria beleza, capaz de fazer corações pararem. Ela sempre se surpreendia com o estardalhaço feito em torno de sua aparência.

Joseph tomou a iniciativa, tirando o grande pacote de balas das mãos de Ester e, com um sorriso divertido, passou-o para Jacques.

– A dama aceita sua gentil oferta de auxílio. – Depois, com uma lentidão calculada, tomou o braço da moça e a guiou para fora do café.

Furioso por ter sido superado, Jacques apressou-se para ficar do lado vago de Ester.

Ela olhou para Joseph por debaixo da aba da touca, e sentiu algo próximo do assombro diante do homem mais belo que já vira. Também sentia o estômago embrulhar enquanto pensava em algo inteligente para dizer. Sua mente apresentava um branco total em relação a qualquer assunto interessante, então ela ficou em silêncio, deixando o jovem continuar a conversa enquanto a acompanhava rumo ao apartamento alugado pelo pai dela para aquelas férias de verão em Paris.

– Onde você mora? – Jacques perguntou, tentando atrair sua atenção e, ao mesmo tempo, querendo saber o tamanho da caminhada a ser feita. A garota comprara uma quantidade considerável de balas.

– Varsóvia.

O queixo de Jacques caiu.

– Polônia?

Ele não conseguia esconder a surpresa.

– Quer dizer então que você não vive em Paris? – perguntou Jacques, decepcionado com o fato de a jovem ser turista, indicando que provavelmente sua estada no país seria curta. Ester o encarava diretamente durante a conversa, dando-lhe o impacto total de suas feições perfeitas. Naquele momento, Jacques teve a sensação de que a linda garota de Varsóvia mudaria significativamente sua vida.

Ester superou a timidez, confirmando ser polonesa e acrescentando:

– Mamãe tem uma irmã que mora em Paris. A tia Naomi é sua única irmã. Nós a visitamos de tempos em tempos, por umas seis semanas.

Ela inclinou a cabeça para o lado e sorriu abertamente para Joseph, que não pôde deixar de perceber os lábios inebriantes e carnudos de Ester, bem como seus dentes brancos, brilhantes e perfeitamente alinhados.

Eles logo descobriram que a jovem tinha cinco irmãos mais velhos e um pai rígido e religioso, que não lhe dava permissão para namorar.

Rapidamente, os três chegaram ao bairro da tia dela, a *rue des Rosiers*, situada na área mais judaica de Paris.

Pelos modos e roupas, ela compreendeu que os rapazes eram de posses. Em consequência, enrubesceu, envergonhada do local onde estava. Ela ouviu os comentários maldosos feitos pelas francesas que seguiam a moda, e sua vontade era confidenciar aos irmãos Gale que sua casa em Varsóvia tinha trinta quartos, mas não o fez. Nem explicou que o pai era muito rico e que a família Stein poderia pagar acomodações bem melhores no centro da cidade, até mesmo no *Champs-Élysées*, se assim quisesse, mas a mãe gostava de ficar o mais perto possível da irmã.

A *rue des Rosiers* era diferente dos lugares habitualmente frequentados pelos jovens irmãos Gale. As vias eram estreitas, lotadas e escuras, numa vizinhança escolhida como residência por muitos judeus ortodoxos recém-chegados à cidade. Joseph e Jacques examinavam tudo e todos ao redor com o maior interesse.

Ester empacou na escada da entrada do apartamento, mordendo o lábio inferior e olhando desconfortavelmente para a porta. Aquele dia fora o primeiro que os pais a deixaram sair sozinha. Eles jamais confiariam nela novamente se descobrissem que se deixara acompanhar por dois jovens até a casa. Ela estendeu as mãos para pegar o pacote de balas e ensaiou uma despedida:

– Bom, adeus!

Seu comportamento hesitante deixava claro que ela não poderia simplesmente convidá-los para entrar.

Jacques devolveu o pacote, mas não antes de tomar uma das mãos que estava estendida e dar-lhe um beijo suave.

– Adeus, senhorita Stein. Foi um prazer acompanhá-la. – Ele lançou um olhar de aviso para Joseph e disparou: – Eu poderia visitá-la novamente? – Antes mesmo de ouvir a resposta, pigarreou e concluiu: – Amanhã?

Ester se mexia nervosamente, apoiando o peso do corpo alternadamente entre os pés, esperando para ver o que Joseph diria.

– Bem...

Perplexo, Joseph a encarava, desarmado por sua inocência. Ela realmente não sabia como lidar com seu insolente irmão?

Ester lançou-lhe um olhar esperançoso, não querendo interromper aquele momento, mas ela estava apavorada com a possibilidade de o pai aparecer na porta. Impaciente, a jovem deu uma olhada de relance para Jacques e virou o rosto para Joseph, encarando-o diretamente. Sem saber o que fazer, ela acenou com a cabeça e subiu as escadas correndo, com direito a fazer uma pausa na porta para vê-lo uma última vez.

A expressão de Joseph não revelava suas emoções, mas seu semblante demonstrava a sombra de um sorriso nos lábios. Ele definitivamente voltaria.

Jacques observou cuidadosamente o número do apartamento no qual a jovem entrou e fez uma sugestão:

– Número 12. Vamos perguntar por aí. Descobrir mais sobre ela.

– Se você quer assim...

Joseph estava estranhamente quieto, pensando na aparência impecável e nos modos gentis de Ester. Ela era uma mudança bem-vinda em relação às garotas que ele costumava conhecer, sempre ousadas e poderosas.

As perguntas diretas de Jacques sobre a bela polonesa a algumas pessoas reunidas nas proximidades foram recebidas com olhares hostis. Jacques e Joseph pareciam ser modernos demais para aquela vizinhança. Nada neles lembrava o judaísmo e logo se formou uma pequena multidão.

Joseph manteve a atenção concentrada em alguns homens fortes que pareciam um tanto ameaçadores.

– Isso está ficando perigoso –Joseph comentou com o irmão, pensando se teria de entrar numa briga. Geralmente, seu tamanho intimidava e funcionava como fator de dissuasão para todas as pessoas, exceto as mais tolas.

– Certo, vamos dar o fora daqui. Voltaremos amanhã.

Jacques riu e os dois se puseram a correr, entusiasmados com a polonesa.

Na tarde seguinte, eles usaram bicicletas velhas, emprestadas dos jardineiros da família Gale. Metidos em grosseiras roupas de caça, os dois não chamavam muita atenção. Os irmãos estacionaram as bicicletas, subiram os degraus do apartamento sem pressa, observando silenciosamente a aparência empobrecida dos residentes judeus de sua bela cidade enquanto esperavam pela saída da garota.

Jacques colocou a mão na boca em formato de concha e cochichou para Joseph:

– Tenho pena desses pobres diabos.

Os pensamentos de Joseph jamais se transformaram em palavras, pois, naquele momento, a porta do apartamento número 12 se abriu e eles viram que Ester saía de mãos dadas com outra jovem, ambas vestidas para um passeio vespertino. Ester usava um vestido verde-esmeralda que lhe comprimia a cintura fina e acentuava os seios. A cor caía bem na sua beleza sombria. Seu cabelo estava solto e livre, e os cachos se moviam enquanto ela descia a escada.

Jacques lutava para manter o fôlego:

– Meu Deus, Joseph, se ela é uma amostra das garotas polonesas, precisamos incluir a Polônia em nosso roteiro de viagens – disse ele, pois os jovens Gale planejavam dar a volta ao mundo no ano seguinte.

Joseph estava hipnotizado, mas manteve suas opiniões para si. Ester Stein era ainda mais bonita do que ele se lembrava.

Ester arregalou os olhos, registrando prazer e surpresa no mesmo instante.

– Joseph. Jacques. O que vocês dois fazem aqui?

Ela estava sinceramente feliz, embora surpresa e um pouco temerosa de que a prima pudesse ter uma impressão errada. Encarou, espantada, os trajes de Joseph. Considerando as roupas que vestiam hoje, os rapazes poderiam facilmente morar naquela região.

A prima de Ester, Ruth, lançou um olhar recriminador e puxou seu braço:

– Ester, vamos.

Jacques rapidamente se postou na frente das garotas e explicou, bem-humorado, o motivo de seus trajes andrajosos. Ruth não se impressionou nem por um instante, mas, após dar uma boa olhada para Joseph, permitiu que os irmãos continuassem.

Eles se atropelavam em sua vontade de aprender tudo o que podiam sobre a linda visitante da Polônia. Jacques liderou boa parte da conversa, tentando conquistar a jovem, num esforço para que ela ignorasse seu encantador irmão.

Como sempre acontecia, eles disputavam Ester. Jacques se apaixonou por ela na mesma hora que Joseph, mas logo ficou claro que, apesar dos esforços de Jacques, Joseph seria o vitorioso.

Jacques Gale era um rapaz bonito, mas Joseph era ainda mais. Jacques era alto, porém o irmão era mais alto. Jacques era charmoso, contudo o irmão tinha ainda mais charme. Em geral, Jacques mal dava conta das mulheres para as quais Joseph não tinha tempo e isso lhe servira muito bem. Até então.

Quando Jacques viu a maneira que Ester Stein olhava para Joseph, mesmo enquanto respondia às perguntas de Jacques, deu um suspiro curto e desanimado e voltou suas atenções para a prima. Encarando a derrota com bom humor, começou a conversar com Ruth, que era bonita o bastante para entretê-lo de forma superficial. Nesse meio tempo, Joseph e Ester fascinavam-se mutuamente.

Ester caminhava em silêncio, mas seus pensamentos eram incrivelmente claros: ela havia encontrado o homem com quem gostaria de se casar. Embora soubesse que suas ideias estavam à frente do relacionamento e mesmo sem ter qualquer experiência com o amor, não havia dúvida de que ela o havia encontrado em Joseph Gale. De que outra forma explicaria a estranha sensação de impotência que assolava sua alma toda vez que olhava para o rosto de Joseph, ou os choques, semelhantes à eletricidade, que percorriam seu corpo quando ele segurava-lhe o braço e a guiava pelas ruas de Paris?

Ester observava Joseph e sorria. A tensão sexual aumentava cada vez mais entre ambos.

Cativado por aquela beleza sombria, quase bíblica, Joseph escoltou orgulhosamente Ester ao *Rue Drouot*, um famoso café, outrora conhecido como *Boulevard de Gand*, totalmente ciente de que, pela primeira vez na vida, sua entrada não seria notada. Todos os olhares, masculinos e femininos, se voltaram para Ester. Quando todos haviam analisado a polonesa com meticuloso escrutínio, Joseph viu que os homens o observavam com inveja.

Com delicadeza, ele guiou Ester para uma das mesas de tampo de mármore situada no canto mais afastado do *Rue Drouot*. Os dois casais pediram sorvete, mas Joseph e Ester não conseguiam parar de falar, até suas sobremesas derreterem. A conversa era praticamente um motivo para continuarem se olhando.

Joseph ansiava tocar a pele sedosa de Ester, percorrer as mãos por seus cabelos negros e espessos, sentir o corpo da polonesa junto ao seu, mas não podia tocá-la.

Ester queria saber tudo sobre Joseph, entrar em seu mundo, conhecer todos os pensamentos dele e compartilhar sua vida, mas não podia dizer isso a ele.

O momento era tão intenso que nenhum dos dois notou quando Jacques deu uma piscadela marota para Ruth e saiu da mesa com ela. Eles seguiram para um pequeno parque, deixando Joseph e Ester continuarem sua conversa no café.

Como um contrato não escrito, todos os dias (pelos próximos nove), os jovens Gale esperavam por Ester e Ruth na rua, levavam as moças a vários parques da cidade e compravam lanches em diversos cafés no *Boulevard*.

No décimo dia, Joseph queria levar o relacionamento com Ester a um novo estágio. Sua paixão pela beleza da jovem o deixava desatento. Acostumado a moças mais experientes e que, justamente por isso, exigiam menos esforços para serem conquistadas, Joseph cometeu o erro fatal de supor que poderia ter todas as mulheres que desejasse. Ele estava sentado, quieto, e seus pensamentos eram criados durante o consumo lento de seu chá. Enquanto Ester tomava o chá, Joseph admirava seus lábios rosados e arredondados. Ele inclinou-se para perto dela e cochichou, com a respiração acariciando seu ouvido:

– Ester, você consegue fugir de Ruth? Amanhã?

A jovem, atenta e curiosa, sorriu e devolveu a pergunta com outra:

– Fugir?

– Preciso vê-la. Sozinha.

O sorriso ficou congelado nos lábios de Ester. Sozinha? Ela se ocupou com a touca, evitando deliberadamente encarar o homem, refletindo sobre a pergunta. Claro que Joseph sabia que ela não poderia encontrá-lo sozinha. Seu comportamento já era suficientemente ousado. Pela primeira vez na vida, ela escondia um segredo importante da mãe. E Ester sabia que o pai ficaria furioso e a proibiria de deixar o apartamento ou até a levaria de volta a Varsóvia se tivesse uma vaga ideia de como a filha andava passando as tardes.

Joseph sussurrou:

– Meus irmãos e eu temos um pequeno apartamento à margem do rio Sena, longe da casa de nossos pais.

Joseph segurou o queixo de Ester, levantou o rosto da jovem em direção ao seu e notou que essa polonesa mexia com ele de modo quase sobrenatural. A ansiedade o levou à afobação:

– Ester, eu preciso tê-la. Senti-la em meus braços. Ninguém jamais saberá.

O sorriso desapareceu do rosto de Ester. Aturdida, ela hesitou. Depois sentiu a mão do rapaz acariciar sua perna por debaixo da mesa. Era a primeira vez que ele a tocava de forma inadequada. Quando entendeu o significado desse gesto, a face de Ester adquiriu uma tez vermelha e brilhante, e seus olhos se encheram de fúria. Levantando-se imediatamente, ela balançou a mesa e derramou as bebidas. Ester estava furiosa e sua raiva silenciou o salão barulhento.

– O senhor cometeu um erro, senhor Gale! Eu *não* sou uma meretriz!

Ester Stein era frágil, mas seu tapa teve uma força impressionante.

– Ruth! Vamos!

Ela deu meia-volta e saiu correndo do salão, furiosa e com os olhos marejados.

Sem palavras, restou ao rapaz sentar-se e tocar de leve a área avermelhada da bochecha atingida pelo tapa.

Jacques riu à larga da expressão atônita de Joseph, chegando a gargalhar. Os risos foram tantos e tão altos que os outros fregueses começaram a reclamar.

– Cale a boca! – ordenou um dos homens.

– Podemos ter um pouco de paz, por favor? – gritou um jovem, desejando em seu íntimo ter seguido as garotas, uma das quais era uma criatura impressionante. Ele esticou o pescoço e fixou o olhar. As garotas já haviam se perdido de vista. Com um suspiro curto, ele voltou a ler a edição do dia do *Paris Soir*.

– Meninas bobas – cochichou uma beleza parisiense já envelhecida ao seu companheiro, enquanto lançava um olhar de desejo para Joseph Gale.

Por fim, o proprietário baixo e gorducho correu até eles, abanando um pedaço de pano e gritando furiosamente:

– Fora! Fora!

Os irmãos Gale ainda conseguiram ouvi-lo resmungar sobre as toalhas manchadas de chá enquanto corriam.

Até onde podiam se lembrar, Joseph e Jacques levaram vidas despreocupadas. O pai era rico e consumido pelo trabalho, enquanto a mãe estava tão ocupada com as funções da alta sociedade que estimulou os filhos a serem independentes desde cedo, rindo enquanto os aconselhava a se divertir.

A atitude complacente de Natalie Gale foi ótima para os jovens filhos.

Joseph recentemente formara-se em direito pela Universidade de Paris e seus pais insistiram para que ele viajasse pelo mundo antes de começar uma carreira extremamente previsível no escritório de advocacia do pai. Joseph concordou que essa viagem era um ótimo plano, mas gostaria que o irmão o acompanhasse. Jacques planejava formar-se em medicina no ano seguinte. Até lá, Joseph ocupava-se pulando de um caso amoroso para outro, aproveitando seus dias de ócio da maneira mais prazerosa possível.

Até conhecer Ester Stein.

Após ser esnobado pela polonesa, o orgulho emudeceu Joseph. Fingindo indiferença, o jovem Gale procurou ignorar a rejeição inesperada dormindo com uma garota após a outra. Por alguma razão, cada uma delas o deixava mais entediado que a anterior.

Jacques tentou voltar ao assunto vez ou outra, mas Joseph lhe dizia, secamente:

– Se você não se importa, prefiro não falar sobre Ester Stein.

Depois de algumas semanas, Joseph cedeu a este desassossego que sabia ser causado por Ester Stein. Contava cuidadosamente os dias no calendário, sabendo a data que a família Stein voltaria para Varsóvia. E acreditava que, a qualquer momento, teria notícias da moça.

Ele esperou e esperou, ansioso para vê-la de novo.

Não conseguindo mais manter a fachada de indiferença, Joseph começou a beber sozinho.

Já passava da meia-noite quando Jacques encontrou o irmão na biblioteca do pai folheando um livro sobre a história dos judeus poloneses. Ele levantou uma sobrancelha ao notar a garrafa de uísque pela metade. Lendo em voz alta o título do livro, *Judeus na Polônia*, Jacques não conseguiu afastar a surpresa de sua voz.

– Desde quando você se interessa pela história dos judeus poloneses?

Joseph grunhiu uma saudação nada amigável e fechou, apressadamente, o livro que havia emprestado da biblioteca da Universidade de Paris.

Jacques puxou uma cadeira:

– Parece que você precisa de companhia.

O outro deu de ombros, achando que o irmão o conhecia bem demais. Procurando não demonstrar a Jacques a dor que sentia por Ester, começou a contar sobre sua nova amante, uma mulher de Nice.

– Ela é meio francesa, meio italiana e uma loucura! Meu irmão, ela chegou a me ensinar alguns truques!

Os dois riram.

Joseph se serviu de um copo de uísque e tomou a bebida em dois grandes goles. Jacques olhou para ele por um bom tempo até, enfim, vaticinar:

– Você não terá notícias dela, e sabe disso. – E, limpando a garganta, acrescentou: – As moças são criadas de modo diferente na Polônia.

Joseph ficou com a boca seca e encarou Jacques por alguns instantes. Sem dizer nada, serviu-se de outra dose. Ele pensava no que o irmão acabara de dizer, mas ainda não conseguia admitir seus verdadeiros sentimentos. A resposta veio cortante:

– Deixe que ela volte à Polônia!

Joseph resmungou e acendeu um cigarro, aborrecido pelo fato de Jacques ter notado seu desejo agudo por Ester Stein.

– Ela me pareceu um tanto simplória.

Jacques se acomodou confortavelmente na cadeira.

– É mesmo? Não tive essa impressão.

Não pela primeira vez, passou pela mente de Jacques a ideia de que o irmão andava arrogante demais em relação ao sexo oposto. Desde a adolescência, Joseph Gale exalava magnetismo sexual, atraía mulheres de todas as idades. Ele adorava as mulheres e elas respondiam na mesma medida. Havia simplesmente uma fila de moças disponíveis, prontas para seduzir seu garboso irmão.

Agora a polonesa levava o rapaz ao desespero. Não que Jacques não entendesse. Ele achava que a combinação da inacreditável beleza de Ester com sua inocência infantil assombraria qualquer homem. Jacques pensou por um momento que, se o concorrente não fosse seu irmão, ele mesmo faria uma derradeira tentativa de fisgar o coração de Ester Stein.

Estranhamente, e pela primeira vez na vida, Jacques sentiu pena do irmão mais novo. Ainda assim, ele se recusava a mentir apenas para alimentar suas ilusões:

– Joseph, meu irmão, deixe-me dizer-lhe algo: suas palavras não condizem com o que seus olhos transmitem.

Joseph atacou imediatamente.

– E você, meu irmão, não sabe de merda nenhuma!

Após a resposta ferina, ele evitou encarar Jacques, olhando para o teto, pensando se deveria ser sincero ou continuar o jogo. Bastava olhar de relance para o rosto de Jacques para saber o que o irmão esperava e pensava. Seria o momento de fazer uma zombaria? Joseph soltou um suspiro resignado. "Ao inferno com Jacques", pensou, e subitamente todo o desejo que sentia de enganar o irmão desvaneceu-se.

Joseph brincava nervosamente com seu copo vazio.

– Como pude ser tão idiota?

Ele mordeu o lábio, antes de expressar seus sentimentos:

– Admito, Jacques, no começo, minha única intenção para com Ester Stein era levá-la para a cama.

Ele curvou-se sobre a mesa, como se estivesse se preparando para confessar:

– Agora, eu não consigo comer, não consigo dormir. Jacques, eu *preciso* tê-la!

Jacques ficou surpreso, porém contente:

– Então, desta vez você está mesmo apaixonado?

Ele torcia sinceramente e de boa-fé pela garota. Tudo havia sido fácil demais para o irmão e talvez esta fosse a hora de Joseph aprender o que Jacques já sabia: nem tudo na vida vem sem esforço.

– Talvez você devesse se casar com ela – sugeriu Jacques com um sorriso sincero, sabendo que Joseph jamais pensara em matrimônio, não importando o quão encantado estivesse. Geralmente Joseph dizia: "Por que um homem deve ter a mesma refeição todo dia, quando pode se servir de um bufê diversificado?" – Falo sério, Joseph – continuou Jacques – Ela vai voltar a Varsóvia e você nunca a verá novamente. – Seus olhos se encontraram com o do irmão – É isso que você quer?

Joseph enrubesceu. Ele ficou mudo por um longo tempo, depois murmurou, arrasado:

– Não. Não é isso que quero.

Ele fez uma pausa e depois perguntou:

– Você a viu?

Jacques sacudiu a cabeça negativamente, antes de lançar uma frase enigmática:

– Não, mas sei muito mais sobre a família Stein que você.

Joseph lançou-lhe um olhar questionador.

– Eu ainda me encontro com Ruth. – Jacques revelou e ficou quieto por um momento, antes de fazer um comentário estranho: – Tenho andado por bairros judeus com ela. Visitei o *Dos pletzl*.

O *Dos pletzl*, conhecido pelos parisienses como o "pequeno lugar", situava-se no quarto distrito de Paris e era habitado por judeus pobres e imigrantes. Um brilho estranho surgiu nos olhos de Jacques:

– Joseph, você não acreditaria em como esses judeus imigrantes se apegam à fé, buscando forças... – Ele sorriu com a expressão surpresa de Joseph. – Para dizer a verdade, estou um tanto curioso sobre esses judeus, esses verdadeiros judeus, que não fogem da fé, como nós... – Jacques gargalhou mais uma vez, para ficar sério em seguida: – Deixe-me contar algo: não é fácil ser um judeu *de verdade*!

Joseph desviou o olhar, demonstrando impaciência. Ele não tinha qualquer interesse pela vida dos israelitas.

– Jacques, outra hora, por favor. Ruth lhe falou algo sobre Ester?

Jacques fez a vontade do irmão:

– Tudo bem. Certo, sobre Ester Stein – disse ele, limpando a garganta antes de revelar: – Veja só, Ester Stein é herdeira de uma grande fortuna.

A risada de Joseph foi tão alta que soou como um latido engasgado.

As palavras de Jacques cresceram em intensidade.

– Ouça-me, Joseph. Não se deixe enganar por aquele bairro. Ruth jura que Ester é de uma família judaica de posses. O patriarca é um dos judeus mais ricos de Varsóvia, talvez até da Polônia.

Ele enfatizou as palavras, falando pausadamente:

– Muitos homens de Varsóvia gostariam de ter uma chance com essa moça. E, meu caro irmão, você é o primeiro homem que Ester conheceu, além dos parentes. Você tem uma vantagem sobre todos os judeus poloneses!

Joseph ouviu tudo com um desespero concentrado, compreendendo que estava diante de um novo dilema. Pelo modo como Ester se vestia, ele havia pensado que os Stein pudessem ser ricos, mas jamais imaginou que pudessem ser mais endinheirados que sua própria família.

– O que mais Ruth falou?

Jacques apertou os lábios enquanto pensava, depois contou ao irmão muitos fatos que Joseph já havia aprendido sobre Ester Stein durante seu flerte de dez dias.

– Bom, Ester é uma exímia pianista. Fala cinco ou seis idiomas, teve ótima educação, ao contrário da maioria das moças na Polônia. O pai contratou uma tutora particular, uma inglesa. – Ele se recordou de alguns comentários impressionantes feitos por Ruth: – Parece que os poloneses tratam muito mal os israelitas nas escolas; há cotas para eles. Não só isso, eles segregam judeus nas salas de aula e os fazem sentar nos "bancos do gueto", no fundo da sala. Você consegue imaginar isso?

Jacques sacudiu a cabeça com tristeza antes de prosseguir.

– Enfim... Ester lê muito. Segundo Ruth, ela é incrivelmente inteligente. – Ele deu uma olhada para Joseph, que estava encarando, mesmerizado: – O que mais? Ah, sim. Nas horas vagas, ela é voluntária nas cozinhas de sopa para judeus em Varsóvia. É tudo o que consigo lembrar.

Jacques abriu um largo sorriso:

– E tem mais: Ruth diz que a prima é virgem.

Joseph não tinha como saber se Ester Stein era virgem, mas, após sua reação no café, não ficou surpreso. Sua voz ficou mais baixa e levemente trêmula:

– Ela falou sobre mim para a prima?

O irmão sacudiu a cabeça negativamente.

– Sinto muito. A moça ficou ofendida e furiosa. Ela alertou Ruth para não mencionar seu nome na presença dela se quisesse continuar a amizade.

Joseph ficou branco como papel. Quanto mais descobria sobre Ester, mais ele a desejava. Ela era inocente, meiga, inteligente e mais linda que qualquer mulher tinha o direito de ser. Ela seria a esposa perfeita. Suas entranhas embrulhavam-se ao pensar em Ester Stein nas mãos de outro homem. Ele a queria apenas para si.

Joseph permaneceu sentado e em silêncio por muito tempo.

Jacques levantou e abriu uma garrafa de xerez, servindo-se de uma dose. Ele recostou-se na cadeira e observou o irmão, fascinado pela batalha que se refletia em seu rosto.

O ceticismo de Joseph também transparecia em sua fala:

– Jacques, se eu rastejar até ela, que impressão vou passar? Se implorar o amor de Ester Stein, ela pensará que sou fraco.

Joseph Gale era orgulhoso demais para pedir desculpas. Visivelmente enfrentando um turbilhão de emoções, ele mudou de ideia mais uma vez, declarando com firmeza aquilo em que desejava acreditar:

– Ela entrará em contato comigo.

Jacques respondeu sacudindo a cabeça, impaciente:

– Não, essa garota nunca irá procurá-lo.

Com um toque de orgulho, Joseph lembrou a Jacques:

– Elas sempre me procuram, você sabe.

Jacques permaneceu totalmente imóvel na cadeira, lutando contra a decepção enquanto pensava na situação de Joseph. Ele sabia que Ester Stein jamais o procuraria. Jacques amava seu irmão e tinha certeza de que ele seria tolo e deixaria escapar a única mulher que poderia fazê-lo muito, muito feliz.

Os dois continuaram sentados, sem proferir qualquer palavra. Enfim, Jacques olhou de soslaio para o relógio:

– Meu Deus! Olhe a hora! Vou para a cama – disse, sem se mover.

A afeição inquestionável pelo irmão o fez tentar um último esforço:

– Joseph, você vai se arrepender pelo resto da vida se deixar Ester ir embora. É sério. Vá procurá-la. Amanhã. – Ele puxou a cadeira para sair e recomendou: – Por favor, pense no que acabei de lhe dizer.

Joseph encarou o irmão com um sorriso cínico:

– Jacques, leve seu conselho para a cama com você.

Com uma expressão triste, Jacques deu de ombros, e seguiu em direção à porta.

– Tudo bem. Farei isso.

Depois que o irmão saiu, Joseph serviu-se de outra dose, e mais outra, e ainda outra, embebedando-se lentamente rumo a um estado de torpor, afogando suas imensas emoções.

Dez dias antes do prazo planejado para a família Stein voltar a Varsóvia, Joseph Gale, preocupado, pediu a Jacques para entregar uma carta a Ester Stein.

Ester a rasgou e jogou os pedaços em Jacques, gritando para que ele saísse dali ou ela chamaria o pai.

Cinco dias antes do prazo planejado para a família Stein voltar a Varsóvia, Jacques e Ruth convidaram Ester para acompanhá-los até uma sorveteria.

Ester recusou o convite.

Quatro dias antes do prazo planejado para a família Stein voltar a Varsóvia, Joseph bateu à porta dos Stein, carregando flores e chocolates.

Ester não estava em casa. Os pais dela foram gélidos.

Três dias antes do prazo planejado para a família Stein voltar a Varsóvia, Joseph contou a seus aturdidos pais que encontrara a moça com quem gostaria de se casar. Será que eles poderiam intervir a respeito?

Dois dias antes do prazo planejado para a família Stein deixar Paris, Benjamin e Natalie Gale entraram em contato com um casamenteiro. Após ouvir os detalhes, ele se mostrou relutante, por acreditar que as imensas diferenças entre as famílias seriam fonte de mau agouro para o casal. Mas, após encontrar Joseph e ouvir a intensidade dos sentimentos expressos pelo jovem em relação à polonesa, o casamenteiro finalmente concordou em abordar Moses Stein.

Para a surpresa de todos, Moses e Sara Stein recusaram as ofertas de casamento, dizendo que o jovem Gale não era adequado para a filha.

Um dia antes do prazo planejado para a família Stein deixar Paris, Joseph Gale andava desesperado pelas ruas da cidade. Andava e pensava. As ideias sobre as quais ele havia construído sua vida começavam a desabar aos poucos. Ele passou a repensar e justificar o rito do matrimônio, outrora ferozmente criticado por ele, considerado imbecil demais para o homem moderno, educado e pensador. Sem saber como chegara lá, ele se viu no bairro de Ester. Parou por um momento e olhou para cima, encarando as janelas do apartamento dos Stein. De repente, compreendeu que, se a deixasse partir, arrepender-se-ia pelo resto da vida. Andou em círculos, falando sozinho, descartando uma ideia após a outra, perguntando-se como poderia reconquistá-la.

As pessoas na rua começaram a rir, a fazer o típico gesto de apontar para a própria cabeça e girar o dedo indicador. Obviamente, havia um louco à solta na vizinhança.

Joseph nem notou.

Tomando uma decisão rápida, ele disparou pelas escadas, bateu à porta do apartamento e gritou através da porta fechada:

– Ester! Você tem de falar comigo!

Moses Stein escancarou a porta, achando que um maluco estava à solta. Sara Stein tentou proteger a filha por acreditar que o jovem estava embriagado.

Os olhares de Joseph e Ester se encontraram.

Ele abriu os braços.

Ester empurrou a mãe para o lado e caminhou, lentamente, em direção ao rapaz. Seu rosto estava pálido. Ela havia emagrecido.

Joseph tinha certeza de que ela estava tão abalada quanto ele e implorou:

– Ester, você pode me perdoar?

A jovem se pôs a chorar.

Moses Stein, furioso, gritou para que Joseph saísse dali, ameaçando jogá-lo escada abaixo.

– Ester, será que as lembranças dos momentos que passamos juntos nos assombrarão para sempre? – Joseph fez uma pausa. Seu amor estava claramente estampado no rosto: – Minha querida, você precisa se casar comigo.

Ela chegou mais perto.

Com uma gentileza indescritível, Joseph acariciou o rosto da jovem.

– Ester, quer se casar comigo?

Escandalizado, Moses Stein tentou puxar a filha para longe de Joseph Gale.

Sentindo que testemunhava um grande amor, Sara agarrou o marido, tentando fazer com que ele largasse a filha.

Moses, em seu desespero, apertava Ester. Ele era forte como um touro e, dando um último e feroz puxão, trouxe a filha para junto de si. Joseph, que também não a largava, veio junto.

Moses e Sara estavam a centímetros do rosto da filha quando ela caiu em lágrimas, gritando:

– Sim, Joseph! Eu me caso com você! Eu lhe darei filhos! Eu envelhecerei ao seu lado! Sim! Sim!

Presos nos braços de ferro de um horrorizado Moses Stein, os amantes choraram e se beijaram, com Joseph sussurrando:

– Eu te amo, Ester. Eu te amo.

Moses Stein, abalado, adiou seu retorno a Varsóvia. Após três dias, incapaz de suportar o ataque determinado e lacrimoso das duas mulheres que mais amava, ele relutantemente deu a aprovação para que a filha se casasse com Joseph Gale, entretanto com um porém: insistiu para que os jovens passassem pelo período tradicional de um ano de noivado. E fez outra exigência: se o casamento fosse realizado em Paris e a filha fixasse residência naquela cidade, o casal deveria voltar à Polônia para o nascimento do primeiro filho.

– Ester precisará da mãe nesse momento – argumentou Moses. Ele era um pai ciumento e não se furtava em aproveitar a situação para obter o que desejava.

Os pensamentos de Joseph não iam além do casamento ou da lua de mel. A ideia de uma família lhe era estranhamente atraente naquele momento. Por isso, ele deu sua palavra com orgulho. Joseph estendeu o braço e apertou a mão de Moses Stein.

– Eu prometo. No nascimento de nosso primeiro filho, levarei Ester para perto da mãe.

Capítulo III

Varsóvia, Polônia: 25 de agosto de 1939

O clima de Varsóvia estava irracionalmente quente em agosto de 1939, mas os cidadãos sofriam dos humores invernais. A presença do exército nazista agrupando-se a oeste irradiava um frio que se espalhava e entrava em todos os lares, aninhando-se em cada coração.

Num esforço corajoso para criar uma atmosfera festiva naquele mês, a família Stein passou uma quantidade considerável de tempo em seu pátio aberto e murado. Sua querida filha Ester estava em casa pela primeira vez desde o casamento, esperando o nascimento do seu primeiro filho.

Apesar da insanidade febril que atingira Berlim naquele tórrido verão, Joseph Gale manteve sua palavra e cumpriu a promessa feita a Moses Stein.

Agora, Joseph achava difícil acreditar, com ou sem promessa, que tenha sido tão imprudente a ponto de retirar sua esposa em estágio final de gravidez da segurança de Paris para a incerteza de Varsóvia. A jornada para a Polônia contrariara os desejos de sua família.

No último ano, o otimismo de Benjamin Gale quanto à paz na Europa fora esmagado. Após acompanhar cuidadosamente as tentativas ineptas dos políticos franceses e britânicos de apaziguar o insaciável ditador alemão, ele compreendeu a inutilidade das soluções diplomáticas e alertou o filho caçula:

– Hitler e seus capangas só entendem a força bruta. Temo que estejamos à beira de uma luta. Não vá à Polônia, filho. A conflagração terá início por lá.

As palavras de Benjamin Gale agora assombravam o filho: nas últimas 24 horas, o imenso exército alemão começava a se movimentar.

Joseph estava sentado no pátio com seu sogro. As páginas descartadas do *Nasz Przeglad*, um jornal diário de língua polonesa, espalhavam-se pelo chão de ladrilhos. Os dois homens ouviam o rádio, pensativos, esperando mais notícias a respeito do crescimento militar alemão na fronteira da Polônia. Mais de uma hora havia se passado desde que o narrador informara, exaltado, aos poloneses:

– Nossas fontes na Alemanha informam que Adolf Hitler ameaça varrer a Polônia do mapa! Soldados alemães se preparam para atacar a fronteira polonesa. Longa vida à Polônia!

Desde o anúncio, a estação de rádio tocara repetidamente o hino nacional polonês, *Jeszeze Polska nie zginela* (*A polônia ainda não está perdida*). De repente, o locutor entrou no ar aos berros, sua exaltação beirando a histeria:

– Fontes da inteligência polonesa verificaram neste momento que, durante as primeiras horas da manhã, o Ministério das Relações Exteriores da Alemanha comunicou-se com a embaixada e os consulados alemães na Polônia, exigindo que os cidadãos alemães deixassem aquele país o mais rapidamente possível!

Joseph e Moses entreolharam-se, sem palavras. De forma seca, Moses ao menos falou algo:

– Só há uma explicação para essa ordem.

O olhar sarcástico de Joseph era visível e afiado:

– Sim. Seria uma pena se alemães matassem alemães!

Novamente, o hino nacional polonês ecoou pelas ondas do rádio.

Moses levantou-se e se inclinou para mexer no aparelho, girando os botões até captar a *British Broadcasting Corporation*. Pelas informações do locutor britânico, parecia que os sinos da morte dobravam sobre a Polônia. A voz preocupada, embora aparentemente calma, refletia de forma perfeita as emoções de seu próprio país: absorto nos eventos que prendiam a atenção, mas sem querer tomar parte deles:

– Segundo nosso correspondente em Londres, a rádio de Berlim anuncia que houve "ataques" poloneses em território alemão e o governo polonês recusou as ofertas de paz do *Fürher*. Informações anteriores de que o exército alemão está se movendo próximo à fronteira polonesa foram confirmadas. – O locutor passou a explicar como o primeiro-ministro britânico, Neville Chamberlain, esforçou-se ao máximo para desestimular um conflito entre a Polônia e a Alemanha.

Com um grunhido, Moses girou o botão de volta para a rádio de Varsóvia. A estação estava temporariamente fora do ar e o aparelho emitiu um chiado alto. Em seguida, sintonizou a rádio de Berlim. O locutor daquela cidade estava ainda mais exaltado que seu colega polonês e dizia com voz de trovão:

– Nosso amado *Fürher*, um homem de grandes decisões, fez sua última e generosa oferta aos teimosos poloneses. A paz estava nas mãos de nossos vizinhos da Polônia! Porém, a estupidez deles não conhece limites, e eles optaram pela guerra total!

Sem saber o que fazer, Moses refestelou-se na cadeira, profundamente concentrado. O momento tão temido por ele nos últimos dois anos estava prestes a acontecer.

O rosto de Joseph estava negro como uma nuvem de tempestade quando encarou o sogro e afirmou:

– Suponho que teremos problemas em breve.

Moses concordou, com um toque de orgulho na voz.

– A Polônia não é a Áustria ou a Tchecoslováquia. Os alemães não marcharão empertigados sobre a Polônia sem enfrentar uma luta renhida. – Joseph ergueu as sobrancelhas diante do rosto de Moses, que brilhava de raiva: – Eu lhe direi agora, Joseph, nós não os deixaremos levar um botão sequer!

– Sim, eu sei – respondeu Joseph cuidadosamente.

Nem por um instante ele achava que os poloneses não lutariam. Joseph aprendera um bocado sobre a Polônia no último ano e sabia que, após séculos de guerras trágicas e ocupações brutais, o povo polonês estava decidido a não sofrer outra ocupação. Nos últimos dias, ouvira os teimosos polacos gabando-se nas ruas sobre o que fariam aos alemães se eles ousassem pisar em território polonês. Até as crianças contavam vantagem quanto a enforcar soldados alemães nos portões da cidade.

Joseph achava essas palavras admiráveis, embora também fossem tolas. Moses olhava fixamente para o nada, pensativo. Um fato o consolava: após anos de negociações tímidas e apáticas com o déspota alemão, a Grã-Bretanha e a França enfim reconheceram a dura verdade: era impossível satisfazer o apetite de Hitler. A Renânia, a Áustria e a Tchecoslováquia não passavam de meros aperitivos. Os líderes da Europa Ocidental finalmente descobriam o que Moses Stein pensava há tempos: o ditador alemão não pararia até ter toda a Europa sob seu jugo férreo. Agora, finalmente os aliados poderosos da Polônia entenderam, de forma relutante, que não havia alternativa senão lutar.

Moses grunhiu e pareceu contrariado quando a rádio de Varsóvia voltou à programação de notícias e o locutor repetia, pela centésima vez naquele dia:

– Os embaixadores da Grã-Bretanha e da França notificaram Hitler de que seus respectivos países honrarão os compromissos que têm com a Polônia.

Moses sabia que os ultimatos dos franceses e britânicos haviam iniciado uma cadeia de eventos que significava uma guerra real. As palavras que disse foram duras:

– As conquistas sem sangue de Hitler terminarão se ele atacar a Polônia.

Joseph sentia dormência nas mãos e nos pés ao pensar nisso. Ele esperava que o sogro estivesse enganado.

– É melhor uma conquista sem sangue do que uma sangrenta.

O rosto de Moses demonstrou surpresa, mas ele atribuiu as palavras do genro ao amor que ele sentia por Ester e decidiu ignorar o comentário.

– É hora de levantar as pontes – proclamou o patriarca dos Stein.

Moses pegou papel e caneta na mesinha e escreveu uma mensagem. Depois levantou e, falando por sobre os ombros de Joseph, andou rapidamente em direção à casa.

– Este assunto está resolvido. Certamente seremos atacados pela manhã.

Apesar do momento tenso, o genro quase sorriu, constatando que o velho continuava a surpreendê-lo. Não havia qualquer indicação do que se passava na mente de Moses Stein. A confiança do sogro reforçava a determinação de fazer com que a esposa e seu futuro filho ficassem em segurança durante a invasão iminente.

Moses ficou de pé na porta e, impaciente, gritou por Jan, um dos três garotos poloneses que faziam entregas e levavam mensagens para a família Stein. Jan era o mais esperto e mais rápido desses garotos de recados. O menino magro veio correndo, com o rosto corado de empolgação.

– Sim, estou aqui!

Moses ordenou:

– Jan, leve esta mensagem para Abraham. – Dando um tapinha nas costas do garoto, dispensou-o: – Rápido!

Depois de observar para ver se suas ordens haviam sido seguidas, o patriarca dos Stein virou-se para o genro:

– Meus filhos estarão aqui para o jantar.

Moses enviou Jan com ordens escritas para que seus cinco filhos pagassem os salários dos empregados e os mandassem para casa. Supervisores de confiança deveriam ser enviados aos moinhos, lojas e operações de câmbio espalhados por Varsóvia, com as mesmas instruções a serem cumpridas. Eles garantiriam aos funcionários que seriam informados quando os negócios da família Stein reabrissem. Após fechar e trancar tudo, os homens da família Stein deveriam vir imediatamente à casa do pai.

Um grito de arrepiar a espinha foi ouvido, tendo origem do andar de cima.

Joseph sentiu o pulso acelerar enquanto pulava da cadeira, com um olhar apavorado maculando seus belos traços. Ele olhou para a janela do quarto no segundo andar e sussurrou:

– Ester.

Ester Gale entrara em trabalho de parto na noite anterior.

Moses ficou lívido, mas indicou a cadeira com um dedo e ordenou ao genro:

– Sente-se. Vou ver com o médico o que está acontecendo.

E desapareceu rapidamente dentro de casa.

Joseph o seguiu, com a intenção de protestar, mas depois começou simplesmente a andar de um lado para outro, apertando as mãos com tanta força que os nós dos dedos ficaram brancos. Era inútil argumentar com seu sogro. Não depois do que acontecera mais cedo.

Enquanto esperava o retorno de Moses, chegou um telegrama de Paris.

Os lábios de Joseph se mexiam enquanto ele lia a mensagem do pai.

```
URGENTE
Para: Moses Stein - Varsóvia, Polônia
Aos cuidados de Joseph Gale
Joseph, deixe a Polônia imediatamente
por qualquer caminho possível.
A guerra é iminente!
Benjamin Gale - Paris, França
```

Joseph manteve o telegrama nas mãos e fechou os olhos por um instante. Emitiu um pequeno ruído na garganta e, então, falou alto:

– Merda! Quem dera isso fosse possível!

Ele apertou o telegrama junto ao peito, desejando estar em Paris com Ester. Após um breve momento, retomou o ritual de andar ansiosamente de um lado para outro.

Quando o sogro voltou ao pátio, ergueu a sobrancelha com olhar questionador ao ver o telegrama.

O coração de Joseph acelerou. Primeiro ele precisava saber notícias da esposa.

– E Ester?

Moses respondeu com frieza:

– O doutor Shohan disse a mesma coisa há uma hora. O longo trabalho de parto dela é normal, pois se trata do primeiro filho.

Joseph seguiu Moses e ficou de pé, impaciente, na frente do sogro, enquanto ele se jogava numa cadeira:

– O que *exatamente* o médico falou?

O mais velho respirou fundo e lançou um olhar duro para o genro. Ele nunca vira um homem tão preocupado com um nascimento. Algumas horas atrás, Joseph literalmente *empurrara* o Dr. Shohan, exigindo de modo ameaçador que o pobre homem acabasse com a dor de Ester! Imediatamente! Graças a Deus, Abe Shoham era amigo da família, ou seria impossível saber o que poderia ter acontecido.

Moses deu um sorrisinho seguido de tapinhas no braço de Joseph.

– Abe exigiu, considerando seu tamanho e sua força, que eu mantivesse você longe dele.

O genro se desculpou:

– Sinto muito. Não sei o que deu em mim.

Moses sabia. O som dos gritos e gemidos da filha era de dar pena, algo difícil de suportar. Ele garantiu mais uma vez a Joseph, como parte do esforço para aumentar a própria confiança:

– Minha filha vai ficar bem! Muito bem!

Os olhos de Joseph continuaram vidrados no rosto do sogro, imaginando se o que ouvia era mesmo verdade. A expressão de Moses era impassível, não deixava transparecer qualquer informação. Joseph inclinou a cabeça para o lado, e ficou quieto, ouvindo. Não captou mais nada.

Ao longo do dia, os lamentos de Ester ficaram gradativamente mais fracos e agora mal podiam ser ouvidos. Mais ou menos a cada hora, seus gemidos viraram gritos. Joseph temia pela vida da jovem esposa e agora tinha um problema adicional, visto que o exército alemão estava prestes a desabar sobre suas cabeças.

Joseph entregou o telegrama ao sogro e depois apalpou o bolso da camisa em busca de um cigarro. Suas mãos estavam incrivelmente firmes, considerando a ansiedade que sentia. Joseph inalou a fumaça profundamente, enviando-a para os pulmões e, em seguida, direcionou o olhar para o sogro, que encarava o telegrama.

Moses aumentou o tom de voz, frustrado.

– É perigoso demais. Ester não pode ser removida.

– Eu sei – respondeu Joseph, pegando o telegrama da mão do sogro e colocando no bolso da camisa.

Joseph sentou-se e continuou a fumar. Olhou mais uma vez para Moses, que parecia ter se esquecido da presença dele. O rosto do sogro estava contraído e Joseph achava que seus olhos agora mostravam medo. Todo judeu na Polônia provavelmente tinha a mesma expressão, avaliava Joseph. Se Hitler conquistasse este país, com três milhões e meio de judeus residentes, seria como a proverbial raposa no galinheiro.

Imerso demais na própria crise repentina para ponderar sobre os problemas da Polônia, os olhos de Joseph se estreitaram ao máximo e seus pensamentos começaram a voar. Ontem ele era um jovem despreocupado. Hoje, estava angustiado em relação a Ester e morrendo de preocupação com a segurança dela no caso de uma guerra. Ele soltava ruidosamente a fumaça pelo canto da boca. Sentou-se novamente, fazendo a si mesmo uma pergunta muito importante: o que ele faria se a Polônia fosse invadida? Se estivesse sozinho, poderia ser uma aventura. Ele se juntaria aos poloneses na luta ou fugiria, voltando à França e se alistando nas forças armadas de lá, enfrentando os alemães a partir do Ocidente. Mas, com uma esposa e um bebê recém-nascido, lutar ou fugir não eram opções.

Joseph amaldiçoou a si mesmo pela centésima vez por deixar a França e viajar para a Polônia no meio de uma crise. Ele vinha acompanhando os discursos ferozes do ditador e não era preciso ser um gênio para prever que Hitler acabaria atacando a Polônia. Joseph tentava relembrar o raciocínio que o levara a fazer a viagem, verificando em sua mente os motivos pelos quais viera a Varsóvia: a guerra parecia tão longe de Paris, Joseph Gale era um homem que mantinha suas promessas e, atemorizada pelo seu primeiro parto, Ester queria desesperadamente estar com a mãe.

Havia poucas coisas que Joseph poderia recusar a Ester. O casamento deles era abençoado, e os dois se amavam mais a cada dia.

Com a orientação carinhosa de Ester, Joseph começara a explorar sua herança judaica, para desgosto da mãe. Natalie Gale fizera de tudo para livrar a jovem de suas tradições judaicas, mas falhou por completo. Joseph ria ao se lembrar da surpresa da mãe ao ver que a nora tinha uma vontade mais forte que a dela. Embora a personalidade calma e os modos tranquilos de Ester dessem a impressão de ser alguém facilmente influenciável, Natalie logo descobriu que não era bem assim. Ester respeitava a sogra e sempre fazia questão de ouvir cuidadosamente seus conselhos. Depois, seguia a própria consciência, ignorando as táticas de intimidação de Natalie. Pela primeira vez na vida, Natalie Gale sentira-se desconcertada, mas a nora era tão diplomática ao dispensar suas exigências que ela não poderia reclamar sem parecer uma víbora ainda maior do que já era.

Joseph estava feliz por Ester ter mente própria. Ele ficaria aborrecido com uma mulher que dissesse "sim" a tudo e a todos.

Novembro passado, quando Ester confessou timidamente estar grávida, ele literalmente gritou de alegria, envolvendo-a em seus braços e beijando seus lábios, pescoço e barriga.

Joseph quase sorriu ao recordar esses momentos felizes. Ao recordar o dilema em que se encontrava, sua expressão rapidamente voltou a demonstrar raiva. Quando ignorou os sinais de alerta que apontavam claramente para a guerra, ele estupidamente colocara Ester e seu futuro filho em perigo.

Nesse exato momento, uma das empregadas polonesas saiu da cozinha com um bule de café e um prato de biscoitos. Ela fora enviada pela patroa, Sara Stein, que estava ao lado de Ester. A jovem parecia estranhamente irritada, diferente de seus modos agradáveis de praxe, dizendo a Moses com um tom rancoroso que havia um novo problema:

– O bebê da senhora Ester está virado. O Dr. Shohan está tentando colocá-lo na posição certa. Ele falou que, se o bebê estiver posicionado corretamente, sua filha dará à luz dentro de algumas horas.

Pensando na dor que Ester devia estar enfrentando, Joseph pôs-se de pé imediatamente.

– Tenho de ir até ela!

– Deixe os assuntos de mulheres para as mulheres! – ordenou o sogro numa voz cansada e reunindo forças para conter fisicamente Joseph, se necessário.

Ele levantou e posicionou-se entre o rapaz e a entrada da casa. Em sua opinião, o local do parto era proibido aos homens, especialmente a homens como Joseph, que não conseguiam controlar suas emoções. E acrescentou:

– Fizemos o possível ao contratar o melhor médico da cidade. Agora o resto é com o médico, Ester e – hesitou por um breve instante – Deus.

Moses permaneceu de pé perto do genro, bem mais alto, e deu-lhe um tapinha nas costas. Por pouco, ele não lançou a Joseph um olhar afetuoso. O patriarca dos Stein pensou que não tinha absolutamente nada em comum com Joseph Gale, exceto o fato de ambos serem judeus e amarem Ester. Isso era o bastante para ele. Durante o último mês, sua estima por Joseph havia aumentado. Apesar do passado do jovem na França, após o casamento ele se transformara num marido generoso e totalmente dedicado à esposa.

Num esforço para provar ao marido que estava certa sobre o casamento, Sara orgulhosamente contou a ele alguns fatos que a jovem havia lhe confidenciado. Moses ficara impressionado e pensou jamais ter conhecido um homem tão apaixonado por uma mulher. Ele teria chamado qualquer outro de tolo, mas, como era o esposo de sua filha, estava satisfeito. O comportamento de Joseph apenas confirmava o que Moses já sabia: sua única filha era reconhecida como uma mulher excepcional mesmo fora de sua família.

Moses e Sara respiraram aliviados pela primeira vez desde o casamento, colocando as imensas diferenças para trás, sabendo que sua filha era muitíssimo amada e realmente feliz. Sem saber, Joseph havia conquistado a família da esposa de forma unânime.

O patriarca dos Stein ordenou à empregada:

– Vá recolher os jornais.

Pensando em ocupar a mente do genro com outros assuntos, ele guiou Joseph de volta à cadeira e entregou-lhe uma caneta.

– Joseph, você precisa enviar uma resposta para seu pai. Ele está preocupado com a sua segurança.

Joseph aquiesceu, sabendo que sua família em Paris devia estar apavorada.

– Tem razão.

Moses inquietou-se, pensando no que estava por vir:

– Quem sabe quando as comunicações serão cortadas?

De acordo com os últimos comunicados oficiais do governo francês, Joseph tinha quase certeza de que, se Hitler atacasse a Polônia, a França declararia guerra à Alemanha. Conhecendo bem Jacques, Joseph sabia que o irmão seria um dos primeiros homens a vestir um uniforme francês. Com um filho entre os militares e outro sem poder sair da Polônia, seus pais estariam numa situação difícil. Pensando nisso, Joseph escreveu as palavras que ele sabia que sua família, em pânico, precisava ouvir.

```
URGENTE
Para: Benjamin Gale - Paris, França
Ester prestes a dar à luz. Impossível
deixar Varsóvia. Retornaremos assim que
eventos permitirem. Não se preocupem.
Estamos seguros.
Joseph Gale - Varsóvia, Polônia.
```

Quando o telegrama foi enviado, Moses mais uma vez mexeu no rádio, mas não havia nada além de uma repetição contínua do que já tinham anunciado.

Joseph continuava a fumar e a andar de um lado para o outro, mantendo um ouvido atento ao quarto da esposa. Ele decidiu que, se Ester sobrevivesse a esse dia difícil, insistiria para que não tivessem outros filhos. Um seria o suficiente. Quando voltassem a Paris, ele procuraria o melhor atendimento médico, de modo a garantir que Ester jamais enfrentasse esse perigo novamente. O parto era pura e simplesmente arriscado demais.

Os dois permaneceram em silêncio, vivenciando seus conflitos internos.

Quando ouviu vozes, Joseph correu pelo caminho de pedregulhos para a porta dos fundos do palacete. Ele reconheceu as vozes dos filhos de Moses e gritou:

– Estamos no pátio!

Joseph esperou na porta e cumprimentou solenemente os cunhados:

– Gershom, são notícias e tanto, não é? Daniel, que bom vê-lo!

Ele acenou com a cabeça para os outros três:

– Abraham, Israel, Eilam.

Ao observar os homens abraçarem o pai, Joseph não conseguia deixar de olhar, fascinado, para os irmãos Stein. Como o pai, todos os cinco homens tinham aparência e altura medianas, uma estrutura óssea pequena, contrastando com o alto, forte e bonito Joseph. Apesar dos cachos que lhes caíam pelas orelhas, Joseph ficou surpreso ao ver que Israel e Gershom eram exatamente iguais aos três irmãos mais jovens. E todos eles tinham aparência praticamente igual à do pai, descontando-se a idade e o fato de Moses ser careca. Joseph estava ainda mais desorientado, pois suas vozes eram parecidas: suaves e contidas, embora confiantes. Eram obviamente homens acostumados ao respeito de seus pares. Quando estava num local com todos os seis homens da família Stein, Joseph sentia-se como numa casa de espelhos. A experiência era surreal.

À primeira vista, os irmãos tinham aparência comum, com pele branca, cabelos castanhos e olhos negros, mas uma olhada mais próxima revelava rostos sensíveis e intelectuais. Embora eles tenham seguido o pai nos negócios lucrativos dos Stein, Joseph descobriu que os irmãos haviam sido educados nas melhores escolas judaicas de Varsóvia e que estavam bem acima da média em termos de inteligência.

Que diferença em relação à sua antiga opinião sobre judeus poloneses! Como a maioria dos franceses, Joseph sempre teve a ideia de que a Polônia era um fim de mundo povoado por camponeses ignorantes. Em comparação com a França, o país era atrasado, mas Joseph ficou positivamente surpreendido e desenvolveu uma leve reverência e admiração pela comunidade intelectual judaica que florescia em Varsóvia.

Ele teve pouco contato com a população católica polonesa, que predominava no país e detinha o poder político. Os judeus ainda eram considerados cidadãos de segunda classe e o país ainda teria muito pela frente até que os judeus poloneses pudessem ser assimilados pela população em geral, como ocorreu na França. A família Stein raramente falava das injustiças enfrentadas pelos israelitas poloneses há gerações, mas Joseph podia ver facilmente que havia uma divisão trágica na população polonesa. As comunidades judaica e cristã da Polônia eram como duas nações separadas, em que nenhum dos povos se aventurava a ir muito longe no território alheio. Do que viu e ouviu, Joseph tinha a sensação de que os católicos do país odiavam sua população judaica, tratando-a como se fossem intrusos na terra em que viviam há setecentos anos. Joseph tinha um sentimento profundo de que, se os alemães invadissem a Polônia, os judeus não teriam qualquer ajuda de seus compatriotas.

Ele pensou na mudança assustadora observada nos modos da empregada católica polonesa que trouxera notícias sobre Ester. No pouco tempo em que visitou os Stein, Joseph testemunhara uma reversão completa nas atitudes das empregadas domésticas. Agora ele sabia o motivo: acreditando que os alemães passariam por cima da Polônia e atacariam os judeus, elas mostravam-se cada vez mais hostis a seus patrões.

Desde que chegou à Polônia, não fora a primeira vez que Joseph reconhecera o quão afortunado era por ter nascido na França, onde o antissemitismo estava em decadência desde a época de Napoleão, que dera aos judeus direitos totais na sociedade francesa.

Ele voltou sua atenção para Moses e os cinco jovens Stein. Os filhos formaram um círculo em torno do pai, prontos para ouvir suas instruções. Ele era *a* lei. Sempre que Moses entrava num cômodo, todos os membros da família se levantavam, em sinal de respeito. Ninguém voltava a sentar enquanto Moses continuasse de pé. Daniel, o mais corajoso e jovem dos filhos, ficava tão apreensivo que o pai descobrisse seu hábito de fumar que fazia um grande esforço para esconder o tabaco.

Era evidente que Moses Stein era imensamente amado e respeitado pelos seus filhos.

Gershom iniciou a conversa:

– Papai, e agora?

Moses falava num tom de voz suave, mas com tom de comando:

– Temos muito a fazer.

Joseph observava, espantado, como o patriarca dos Stein se transformava diante de seus olhos. A compleição pálida do velho se escurecia, e seus olhos se tornaram gélidos e negros.

Moses repetiu as mesmas palavras:

– Temos muito a fazer. Demais, até. – Ele apontou para o rádio, fazendo um movimento com a mão para que Israel desligasse o aparelho e ordenou: – Entrem.

O pai ia velozmente à frente e, quando todos entraram na biblioteca, voltou-se para o corredor e olhou ao redor para garantir que não houvesse qualquer empregado por perto. Depois, entrou novamente na sala e ficou de pé atrás da grande escrivaninha de madeira, ordenando a Daniel para que trancasse a porta.

Todos estavam curiosos, esperando para ver o que Moses tinha a dizer. Em consideração a Joseph, o patriarca falou em francês, idioma que todos os Stein compreendiam:

– Sentem-se, todos vocês.

Eles se sentaram.

Sua voz era tranquila, porém clara:

– Não preciso dizer o que vocês já sabem. A Polônia será atacada pela Alemanha. Se não for amanhã, será na próxima semana. Se não acontecer na próxima semana, será na semana seguinte. E, apesar de nossos bravos militares, a Polônia perderá. Não será como na Primeira Guerra: os alemães estão determinados e têm melhores equipamentos. – Ele balançou a cabeça lentamente e esfregou o queixo com a mão. – E são mais cruéis. Na última ocupação, conheci alguns alemães. Eles não eram maus e nem tinham nada contra judeus. Foram nossos amigos, desmantelando muitas das duras regras criadas pelos ocupantes russos. Mas agora os alemães mudaram de opinião sobre nós. Parece que, sob o jugo desse líder louco, os soldados alemães tornaram-se submissos, facilmente moldados pelos homens que seguem à risca os desejos de Hitler.

Ele balançou novamente a cabeça, entristecido.

– Temo que sejamos testemunhas de uma guinada alemã para o mal. E se o que aconteceu na Áustria e na Tchecoslováquia servir de exemplo, os nazistas chegarão com um plano sinistro para os israelitas. O governo polonês diz que podemos detê-los até a chegada dos franceses e britânicos. Eu discordo. Nossos aliados parecem despreparados. Teremos de esperar um pouco antes de ver quaisquer soldados britânicos ou franceses. Podemos lutar um dia, talvez uma semana, mas, aconteça o que acontecer, não conseguiremos vencer.

Seu tom de voz abaixou:

– Cavalos não podem derrotar tanques. Atrás do exército alemão, virá a Gestapo. Não teremos muito tempo para nos preparar.

O seguinte pensamento correu pela mente de Joseph: havia pelo menos um judeu em Varsóvia que entendia Hitler.

Moses fez uma pausa, olhou diretamente para cada um de seus filhos e depois encarou Joseph. Tamborilou os dedos na escrivaninha e revelou:

– Tenho alguém interessado em comprar as empresas.

Os cinco irmãos Stein piscaram os olhos, surpresos, e muitos se mexeram nas cadeiras, mas ninguém falou nada.

Um pensamento terrível tomou Joseph de assalto. De repente, ele se deu conta de que testemunhava um modo de vida que estava prestes a se desintegrar. Se as previsões de seu sogro estivessem corretas, sobraria apenas um eco da cultura judaica na Polônia.

Moses explicou:

– Quando os alemães empossarem um governo, as contas bancárias dos judeus serão congeladas e, mais importante, todos eles perderão seus negócios, como aconteceu na Alemanha, Áustria, Tchecoslováquia e Renânia. É melhor vender e ter algum lucro do que ver tudo ser tomado de nós. O comprador chegaria hoje à noite, mas, com toda essa conversa de guerra, terei de vê-lo mais tarde.

O patriarca colocou a mão no rosto e dobrou os lábios antes de acrescentar:

– Por ora, retiraremos o dinheiro de nossos negócios e compraremos ouro e diamantes. E, amanhã, fecharei nossas contas bancárias. – Porém, percebendo o olhar chocado dos filhos, ele garantiu: – Depois da guerra, reconstruiremos tudo, começaremos de novo.

Depois da guerra! Joseph ficou aturdido com a certeza na voz do sogro. Não só isso, mas eles eram judeus presos num país em que as pessoas os odiavam e estavam cercados por militares estrangeiros posicionados para destruí-los. Naquele momento, Joseph queria estar em qualquer lugar do mundo, exceto na Polônia. Ele sentia o suor recobrir todo o corpo.

Moses virou as costas e, para a surpresa de todos, puxou uma das estantes de madeira. Por trás da estante, havia uma passagem secreta construída para dentro da parede.

Joseph trocou olhares com Daniel, que deu de ombros. Ele não sabia de nada.

Moses se ocupou com a tranca e depois retirou duas bolsas por vez, até ter oito delas empilhadas na mesa. Um fulgor momentâneo de orgulho tomou conta de seu rosto:

– Isso – mostrou ele – salvará nossas vidas.

Havia certo ar de euforia no rosto do velho quando ele abriu as bolsas, revelando moedas de ouro e vários diamantes.

– Contarei a vocês uma pequena história. A vida do meu pai foi salva por uma moeda de ouro. Os soldados do czar eram gananciosos e poupavam uma vida por dinheiro. Meu avô havia se antecipado e economizado por anos para o próximo *pogrom*. Quando a perseguição aos judeus começou, ele tinha dez moedas de ouro. Duas para as crianças, uma para ele e para a esposa, e seis moedas reservadas para começar uma nova vida. Com essas moedas, ele pagou aos soldados, conseguindo chegar à Polônia.

– Pai, nós precisamos de tantas? – perguntou Daniel, sua voz ainda mostrava o espanto pela riqueza espalhada diante deles.

Obviamente, Moses vinha se preparando para a ameaça alemã há algum tempo.

– Quem sabe? Talvez a ocupação alemã seja mais longa. Talvez nossas vidas tenham aumentado de valor.

Os olhos do patriarca brilhavam de determinação e sua voz endureceu quando prometeu aos filhos:

– Mas, seja qual for o preço, a família Stein sobreviverá!

Várias horas depois, três empregadas polonesas serviram frios para o jantar. Joseph tentou comer um pouco, mas a comida não passava de sua garganta. Ele saiu da mesa mais cedo para ter notícias de Ester e soube que o médico havia virado o bebê com sucesso. Logo, seu filho nasceria. Logo, ele poderia ver sua amada Ester.

Após a reunião, Moses pediu a Abraham para levar o rádio à biblioteca. Durante a refeição, as estações tocavam continuamente o hino nacional polonês. Depois de meia hora, um locutor entrou com a promessa de ter mais notícias em breve. Quando terminaram a refeição, os sete homens pairavam em torno do aparelho, esperando pelas últimas notícias sobre a movimentação das tropas alemãs.

Às 8 da noite, as novidades eram desoladoras:

– Bandos de criminosos alemães atravessaram a fronteira da Polônia e estão atacando postos da alfândega!

Às 9 da noite, vozes tristes anunciaram:

– Colunas motorizadas avançam na fronteira da Polônia.

Às 10 da noite, os locutores deram uma notícia inesperada com empolgação:

– O avanço alemão foi interrompido! A Polônia viverá para sempre!

A estação de rádio mais uma vez tocou o hino nacional.

Moses desligou o aparelho.

Os sete homens especularam animadamente, ponderando se as declarações firmes do embaixador Henderson, da Grã-Bretanha, e do embaixador Coulondre, da França, haviam detido o agressor nazista.

Joseph se perguntou: será possível? Eles seriam salvos de última hora? Permitindo-se pensar em Paris, surgiu um súbito desejo: ele e Ester, juntos, empurrando seu bebê num carrinho pelas calçadas da cidade.

Daniel interrompeu essa imagem maravilhosa agradecendo pessoalmente a seu cunhado pela intervenção francesa:

– Benjamin Gale deve ser um homem importante na França para persuadir o governo francês a interromper uma guerra só para salvar seu filho!

Joseph gargalhou, aliviado, e fingiu dar um soco no cunhado. Daniel ergueu os braços, desafiando Joseph, e os dois levantaram a guarda, simulando uma luta de boxe. Israel, vendo a cena, provocou:

– Ele vai matar você, Daniel.

A atmosfera tensa deixou a casa tão rapidamente quanto havia entrado.

Moses sorriu, pela primeira vez em dois dias. Mesmo sentindo que o ataque tivesse sido apenas adiado, esse era um alívio bem-vindo. Haveria mais tempo a fim de se preparar para o mal que ele sabia ser inevitável.

Coube ao patriarca dar o alerta:

– Os alemães pararam por enquanto, mas não se foram. Agora que ouvimos seu aviso, que nos prepararemos. Precisamos estocar comida e água. Podemos armazenar parte dos suprimentos aqui e uma parte no apartamento de Abraham.

Os homens da família Stein começaram a fazer planos para o dia seguinte:

– Não seremos os únicos judeus a procurar suprimentos – constatou Daniel. – Precisamos nos dividir em grupos e cobrir mais de um mercado.

Moses concordou e distribuiu instruções:

– Abraham e Eilam irão às ruas Gesia e Twarda. Israel e Gershom, vocês dois irão aos mercados abertos na praça Grzybowsky e na praça Zelazna Barma. Daniel, vá ao nosso amigo em Towarowa. Veja se Farbstein pode garantir entregas adicionais se estivermos sob cerco. – Ele fez uma pausa antes de acrescentar: – Ofereça o que for necessário.

Moses lembrou-se do genro:

– Joseph, como você não fala iídiche e entende pouco o idioma polonês, pode ficar em casa com as mulheres.

Joseph enrubesceu. Mesmo ciente de que não fazia ideia de como andar na cidade ou como barganhar com judeus poloneses, ele era homem e não estava acostumado a ser tratado como mulher. Por isso, insistiu:

– Não. Eu irei com Daniel. Posso ajudar a carregar e transportar as compras.

– Tudo bem.

O sogro sorriu para o genro, contente com sua reação. Além do mais, nenhum dos filhos dele era tão forte quanto Joseph. Ele seria de grande ajuda.

Após alguns instantes, os irmãos se separaram, alegando que deveriam voltar para suas famílias. Eles retornariam pela manhã a fim de pegar Joseph e começar os preparativos para a guerra.

No último segundo, Gershom lembrou-se da irmã que estava em trabalho de parto. Em qualquer outro momento, os irmãos Stein teriam compartilhado a ansiedade de Joseph quanto à saúde de Ester. Com os alemães prestes a atacar, eles haviam se esquecido da caçula.

– E Ester?

Joseph respondeu:

– Acontecerá a qualquer momento. O Dr. Shoham falou que o bebê chegará logo.

Abraham abriu um largo sorriso para Joseph, recordando como se sentira no nascimento de seu primeiro filho:

– Joseph, apenas lembre-se do seguinte: a preocupação que você sente agora não é nada comparada ao que está por vir nos próximos anos! – Ele deu um tapinha nas costas de Joseph e provocou: – Seus problemas estão apenas começando, meu amigo!

Joseph respondeu e emitiu um som estranho que pouco se assemelhava à risada que pretendia dar.

– Obrigado, Abraham. Eu não fazia ideia de que você era tão sentimental!

A casa pareceu grande e silenciosa quando os homens saíram.

Moses e Joseph permaneceram na biblioteca, falando pouco enquanto aguardavam notícias de Ester. Às 11 horas da noite, eles ouviram uma batida à porta da frente. Sara Stein, exausta, entrou cambaleante no escritório:

– O doutor voltou para casa a fim de ver sua família. Ele disse que faria o possível para estar de volta pela manhã.

Joseph ficou tenso. Será que Ester jamais teria este bebê? Ele juntou as mãos, apertando-as, e prometeu a si mesmo ser forte.

Sara sorriu para o genro:

– Ester está descansando. – Ela olhou para Joseph com afeto e um pouco de ansiedade antes de anunciar: – Joseph, você tem uma linda filha.

Moses e Joseph pularam de suas cadeiras. Joseph ostentava um sorriso largo no rosto. Moses apertou a mão do genro, que estava parado, como que paralisado:

– Abençoado sejas Tu, Deus, nosso Senhor, mestre do universo, que é bom e faz o bem – recitou Moses.

Ele deu dois ou três tapinhas rápidos nas costas do genro e correu para as estantes, abrindo uma das gavetas do fundo para retirar rapidamente uma garrafa de um bom vinho tinto. Ele balançou o recipiente no ar e ordenou:

– Vá! Vá para sua esposa! Eu preparei o vinho para a celebração.

Joseph subiu os degraus, dois por vez.

O quarto estava escuro e opressivo, e era possível sentir os odores do parto. Ele tateou até achar o caminho da cama, seus olhos lentamente se ajustando à luz de velas. Ester dormia e ressonava. Ela parecia pálida, mas bela. Joseph achou que nada poderia macular sua beleza, nem mesmo 24 horas de dor torturante:

– Minha querida, você trabalhou tanto.

Joseph se inclinou e beijou levemente a testa da esposa enquanto as mãos largas acariciavam-lhe gentilmente a face.

Ester abriu os olhos e contraiu o rosto, tentando sorrir. Sua voz era tão baixa que Joseph precisou inclinar a cabeça, encostando o ouvido nos lábios dela.

– Você já a viu?

– Ainda não, meu amor.

Ele voltou sua atenção à pequena trouxa de pano ao lado de Ester. Joseph estava desesperado para erguer a filha nos braços, mas temia que suas mãos trêmulas o fizessem largar a recém-nascida.

Ele empurrou a manta de algodão do rosto do bebê e ouviu a si mesmo engasgar em silêncio. A recém-nascida era pouco maior que sua mão e absolutamente linda. Naquele exato momento, a menina bocejou e sua boquinha arredondada fez um "O" perfeito. Depois, os olhinhos pareciam concentrados em seu rosto, e Joseph podia jurar que ela o encarara serenamente, como se soubesse que ele era seu pai, seu protetor. Embora dissesse a si mesmo que sua filha era jovem demais para entender o que via, Joseph sentiu os olhos lacrimejarem.

Os lábios dele tremeram quando ele sorriu para a esposa, buscando formas de descrever suas emoções, pensando que não havia palavra em seu vocabulário para realizar tal proeza. Enfim, numa voz rouca, falou:

– Ester, ela é perfeita. Exatamente como a mãe. – Mais uma vez, Joseph acariciou o rosto da esposa: – Agora, minha querida, eu tenho duas mulheres lindas para amar!

Ester sorriu e adormeceu, repousando a cabeça no braço do marido.

Surpreso com o tremendo amor que sentia pela esposa e pela criança que ela acabara de lhe dar, Joseph não conseguia sair do lado de Ester. Por horas, ele observou a esposa e o bebê enquanto dormiam, prometendo a si mesmo que nenhum mal atingiria aquelas a quem ele amava mais do que a própria vida. Ele barganhou com Deus, fazendo um acordo com o mestre do universo, jurando retornar à fé judaica em troca da segurança de Ester e de sua filha. Pensando que talvez Deus não o achasse digno de valor, indesejável na transação, ele sussurrou para si:

– Se Deus não tiver interesse em recuperar Joseph para a fé judaica, então eu morrerei para salvar minha família.

Durante aquela longa noite, Joseph enfim deixou para trás seus modos descuidados e juvenis e assumiu a responsabilidade assustadora de um homem confrontado com a maior crise de sua vida. Ali, os anos de juventude de Joseph Gale chegaram ao fim.

Seu sogro esperou pacientemente no escritório, certo de ter sido esquecido. Ele desejava ver a filha e a neta, mas se conteve, não queria interferir num momento extremamente particular.

Sara se retirou, dizendo ao marido:

– Chame se precisar de mim.

Sara Stein foi para a cama sem preocupações, apesar dos eventos graves, pois confiava totalmente na capacidade do marido de proteger a família.

Aos poucos, Moses terminou a garrafa de vinho, ficando bêbado pela primeira vez na vida. Em seu estado inebriado, ele oscilava da felicidade ao medo, do alívio à realidade. Sentia claramente que sua família estava em perigo. Ele orava a Deus, pedindo-Lhe forças para enfrentar as batalhas vindouras, para manter seus entes queridos a salvo do perigo. Sentado diante da mesa, a cabeça caiu no peito e ele adormeceu. Enquanto o queixo tiritava, ele lembrava a Deus de sua vida de fé, murmurando:

– Tenho sido um bom judeu, Senhor. Agora, deixe-nos viver. Eu não peço nada mais. Apenas deixe-nos viver.

Capítulo IV
Guerra

26 de agosto de 1939, 1h30 da manhã. Tendo cancelado a invasão da Polônia, Adolf Hitler, deprimido, estava à sua mesa na Chancelaria do Reich. Ele ficara chocado com o fato de os britânicos e franceses terem emitido um ultimato de guerra caso fizesse o ataque. Há muito tempo o Führer concluíra que os políticos britânicos e franceses eram feitos de papel e poderiam ser coagidos a aceitar sua visão de mundo. Teria ele cometido um erro de cálculo? Hitler se orgulhava de sua capacidade excepcional de julgar as pessoas e prever ações.

Outro golpe ainda mais surpreendente foi entregue por um mensageiro: Mussolini, seu parceiro italiano no Eixo, perdera a confiança e agora questionava Hitler quanto à necessidade de atacar a Polônia!

Na véspera da guerra, Adolf Hitler estava verdadeiramente sozinho.

Cada vez mais agitado, ele decidiu que o mundo judeu deveria ser culpado! Os israelitas tinham influência demais sobre os britânicos! Hitler olhou para o relógio. A última hora o enfurecera ainda mais. Se não fossem os judeus, seu exército estaria em território polonês agora!

Em um de seus ataques de fúria característicos, o líder alemão gritou para uma sala vazia·

– Nada me impedirá de atacar a Polônia!

Definitivamente nada.

Antes de vestir as calças, Joseph Gale olhou para o relógio. Eram 4 horas da manhã de sexta-feira, 1º de setembro. Ele tentara dormir, mas, com o resgate tão próximo, o sono era impossível. Em vez de se revirar na cama e perturbar Ester, decidiu levantar-se e esperar o sol nascer. Joseph queria que as horas passassem como segundos, mas o tempo parecia não andar.

Será que o dia jamais chegaria?

Enquanto abotoava a camisa e penteava o cabelo, ele se viu pensando nos alemães, perguntando-se o que os homens da famosa *Wehrmacht* estariam fazendo. Joseph teve uma visão súbita e indesejada dos guerreiros sangrentos de Hitler, com suas botas e capacetes de ferro brilhantes, marchando forte sobre as terras verdes e calmas da Polônia.

Nos últimos seis dias, as atividades de guerra haviam parado e os nazistas simplesmente descansavam na fronteira.

Essa calma sinistra estava enlouquecendo os polacos.

Porém, embaixadas e departamentos de guerra por toda a Europa não estavam calmos. Políticos agitados apressaram-se para fazer conferências, costurar alguns tratados e quebrar outros. Além disso, xingaram, planejaram e enfim desistiram, num colapso devastador, deixando a Polônia no caminho da maior máquina de guerra jamais conhecida pelo homem. Noite passada, a rádio de Varsóvia transmitira as últimas noticias do desastre: o ditador alemão recusava-se a ceder, e os britânicos e franceses haviam desistido da paz, alertando repetidamente ao ditador que a guerra seria inevitável se ele atacasse a Polônia.

O bom-senso dizia a Joseph que nada conseguiria satisfazer o governante alemão além da rendição total às suas ultrajantes exigências. Embora o rapaz tivesse certeza de que Hitler levava desinformação ao povo alemão para começar outra guerra, estava claro que ele não precisava de desculpa para atacar os vizinhos: os bons povos da Áustria e da Tchecoslováquia poderiam comprovar esse fato. Como desculpa para enviar tropas à Áustria, Joseph Goebbels, ministro da propaganda de Hitler, disse ao povo que a Áustria fora salva do caos pela Alemanha, que havia lutas nas ruas de Viena! Depois, quando Hitler decidiu invadir a Tchecoslováquia, os cidadãos da Alemanha foram alimentados com mais mentiras. Goebbels divulgou informações de que a Tchecoslováquia seria dissolvida sem a ajuda da grandeza do povo alemão. Por esse motivo, esse país teria de ser ocupado!

Na insana visão de mundo de Hitler, a vítima seria a culpada pelos atos do algoz.

O tempo se esgotava para a Polônia. E, embora o país estivesse certamente condenado, Joseph precisava apenas de mais algumas horas de paz para tirar sua família de lá em segurança. As malas já estavam prontas e todos os acertos haviam sido feitos. Eles sairiam dessa terra ameaçada numa carroça. Os homens que Moses contratara a fim de transportá-los para fora da Polônia chegariam à tarde. O Terceiro Exército Alemão fechara a fronteira ocidental da Polônia, por isso eles teriam de ir pelo lado oriental. Nos últimos dias, Joseph estudara o mapa até saber o caminho de cor: levaria Ester e Miryam através da União Soviética para a Turquia e, de lá, de barco até a Europa Ocidental.

A viagem seria perigosa, mas não havia outra opção.

Joseph olhou o relógio pela segunda vez e abriu as cortinas, pressionando a testa contra o vidro frio e olhando inutilmente para a rua vazia. A noite era escura e assustadora. Foi preciso forçar os olhos para enxergar um brilho revelador do amanhecer antes de suspirar, preocupado.

O rapaz tentava se livrar da sensação de perigo que continuava a assombrá-lo, a despeito da fuga cuidadosamente planejada, enquanto saía do quarto sem fazer ruído, descia as escadas e entrava na cozinha, onde encontrou o sogro sentado à mesa sozinho. Moses estava concentrado, contando a quantidade de dinheiro que considerava necessária para que Joseph subornasse oficiais russos e turcos.

Joseph cumprimentou o sogro:

– Moses, bom-dia.

O velho o reconheceu com um leve meneio de cabeça, sem interromper sua contabilidade. Havia uma grande pilha de *zlotys* poloneses na mesa.

Após preparar uma xícara de café, o rapaz sentou-se numa cadeira e começou a estudar o sogro. A semana anterior fora muito difícil para

Moses. Seus olhos estavam cansados e o rosto, pálido. Ele parecia exausto. Ainda assim, Joseph sabia que, por mais que estivesse fisicamente esgotado, nada acabaria com a vontade feroz do patriarca dos Stein quando se tratava de proteger sua família. A quase inação da Polônia em 25 de agosto dera asas a Moses! O velho realizou milagres durante esse período de adiamento: vendeu os moinhos a um polonês rico que achava que os alemães o deixariam em paz por ele ter fé católica. O homem assumiu a propriedade na hora, deixando Moses com um maço enorme de dinheiro. Moses recusara o pagamento em cheque, insistindo em receber em espécie, que agora se juntava às somas retiradas de suas contas bancárias, e ao ouro e diamantes na passagem oculta da biblioteca. Os jovens Stein seguiram as instruções do pai e estocaram comida e água. Os empregados da família passaram a semana fortificando o primeiro andar da casa.

A família Stein estava pronta para um cerco de longa duração.

Moses Stein era um velho tenaz e, se alguém poderia sobreviver à ocupação nazista, Joseph acreditava que seria seu sogro. Apesar de sua confiança na capacidade de Moses permanecer vivo, Joseph achava que a família Stein deveria deixar a Polônia. Ele tinha a forte impressão de que logo o país seria um lugar muito desagradável.

Sua mão automaticamente apalpou o bolso da camisa e retirou o maço. Ele acendeu um cigarro sem pressa, pensando no que dizer. Joseph observou a fumaça subir e, após limpar a garganta, fez uma última tentativa:

– Moses, venha conosco. Nem que seja pela segurança das mulheres e crianças.

O velho evitou deliberadamente o olhar do genro, sacudiu a cabeça e retrucou:

– Joseph, você sabe que não posso ir.

O genro inalou profundamente a fumaça para os pulmões antes de abordar o assunto de novo. Dessa vez, ele foi passional:

– Mas e os nazistas, Moses? Os nazistas...

– Os judeus já sobreviveram a eventos piores – respondeu, monocórdico, pensando nos *pogroms* russos.

– Mas Ester vai ficar preocupadíssima com sua segurança – argumentou Joseph, teimosamente.

Moses ficou quieto por um longo tempo antes de dizer:

– Você tomará conta de Ester. Ela é sua esposa, está sob sua responsabilidade. O lugar dela é com o marido e a filha na França. O lugar da família Stein é na Polônia.

Após a visita de verão, Moses Stein percebeu algo que considerava impossível: Joseph amava Ester tanto quanto ele. Sua filha ficaria segura enquanto o genro estivesse vivo. Esse conhecimento dava-lhe uma grande paz de espírito quanto ao bem-estar da filha.

Joseph encarou o sogro por exatos cinco minutos e depositou as cinzas na borda do pires antes de tomar outro gole de café. Era inútil. Ele sabia que jamais conseguiria convencer Moses a deixar sua amada Varsóvia. Mas ele temia que, se os Stein não deixassem a Polônia antes de os alemães entrarem, marchando empertigados, a família talvez jamais pudesse ter outra chance de deixar o país. Ainda assim, entendendo que o outro tinha seu próprio plano, Joseph esfregou a testa com a mão e resmungou em voz baixa:

– Então rezarei pela sua segurança.

Sabendo que o genro fora criado longe da fé, Moses ficou comovido. Acabou de contar o dinheiro e estalou elásticos de borracha em três pilhas separadas, organizando-as antes de se voltar para Joseph. Ele sorriu levemente, pôs uma das mãos no ombro do genro, longe de sua maneira rabugenta de ser, e agradeceu:

– Obrigado, meu filho. Fico contente.

Os dois homens pararam de falar e começaram a ouvir.

Havia um zumbido estranho no ar.

Eles ficaram paralisados.

O barulho ficou cada vez mais alto e Joseph exclamou, com voz abafada:

– Aviões?

Moises sentou-se em absoluto silêncio, escutando e pensando. Após uma curta pausa, sussurrou para si mesmo:

– Alemães.

Subitamente, ele afastou a mão de Joseph, levantou-se e correu para o pátio, com o genro em seu encalço. Os dois ficaram lado a lado, encarando o céu e observando as trevas da guerra caírem sobre a Polônia.

Os aviões da *Luftwaffe*, a poderosa força aérea alemã, pareciam cruzes negras, e as bombas lançadas por eles emitiam ruídos imensos quando atingiam os alvos. Explosões de tirar o fôlego, bem como incêndios instantâneos e enormes faziam o horizonte de Varsóvia cintilar.

O brilho das luzes destacava os rostos dos dois homens, expondo suas expressões severas de horror.

A guerra havia começado!

Hitler desafiava o mundo!

As esperanças de Joseph de salvar Ester e a filha desapareceram.

Moses Stein mexeu a boca tentando dizer ao genro para procurar abrigo, mas descobriu que, pela primeira vez na vida, sua língua não respondia.

Louco de fúria com as máquinas alemãs que faziam chover morte e destruição sobre os civis de Varsóvia, ameaçando sua esposa e filha e destruindo sua oportunidade de escapar, Joseph ficou de pé, de forma desafiadora, ao ar livre, dando socos no ar para os intrusos e gritando obscenidades a homens que desconhecia:

– Cretinos! Cretinos alemães de merda! Que Deus os amaldiçoe!

Moses correu para dentro a fim de avisar sua família, deixando o jovem sozinho. Lágrimas amargas desciam pelo seu rosto e a voz de Joseph Gale falhava quando ele gritou:

– *Nããããão! Nãããããããão!*

Os pilotos que lançaram suas cargas mortais não se preocupavam com a população civil da Polônia. Eles foram doutrinados para acreditar totalmente em sua missão.

Alguns dias antes do ataque da Luftwaffe e de os exércitos alemães penetrarem na fronteira polonesa, Adolf Hitler fez um discurso para seus generais, num esforço supremo de revigorar o decrescente apetite para a guerra desses militares.

As palavras de Hitler demonstravam empatia e suas ordens eram específicas.

– Fechem seus corações à piedade! Ajam brutalmente! Oitenta milhões de pessoas devem obter o que lhes é de direito e o homem mais forte está certo. Vocês devem ser cruéis e implacáveis, armando-se contra qualquer sinal de compaixão! Quem pensou sobre este mundo sabe que sua razão de ser está no sucesso dos melhores por meio da força.

O senso de destino de Hitler era contagiante como uma doença infecciosa e rapidamente contaminara todos os militares alemães.

E, como guerreiros excepcionais que eram, os soldados da Alemanha seguiram suas ordens.

Em Paris, a família Gale reuniu-se na sala de estar. Durante essa conferência movida pela emoção, eles tentavam conceber um plano para resgatar Joseph, a esposa e a criança dos alemães.

Toda sorte de esquemas loucos foi proposta. Michel sugeriu:

– Jacques e eu seguiremos o caminho do exército alemão, levando dinheiro suficiente para subornar quantos oficiais forem necessários para trazê-los de volta.

Após olhar o rosto preocupado de Rachel, ele acrescentou:

– Traremos toda a família Stein, se possível.

Benjamin Gale vetou a ideia:

– E deixar todos os meus filhos em perigo? Além do mais, se é preciso ter dinheiro para salvar vidas, não falta numerário no cofre de Moses Stein.

Jacques perguntou:

– Nosso governo não poderia oferecer ajuda?

Benjamin sacudiu a cabeça, tristemente:

– Creio que não. Estaremos em guerra com a Alemanha antes de amanhecer. Desconfio que todos os canais diplomáticos já estejam seriamente prejudicados.

Mal-humorada, Natalie Gale culpou os Stein pelo dilema de Joseph. Ela sentia-se cada vez mais desconfortável com a nora religiosa e sua família. Na França, havia sinais de que a onda de antissemitismo vinda da Alemanha começava a surtir efeito. Ontem mesmo, Natalie testemunhara uma pequena demonstração contra judeus imigrantes quando cidadãos franceses cristãos gritaram:

– A França deve ser devolvida aos franceses! Judeus, voltem para casa!

Essas cenas apenas reforçavam sua ideia de que nada de bom poderia acontecer se alguém fosse rotulado como judeu. Ela resmungou:

– Se os Stein tivessem ficado em Varsóvia, onde é o lugar deles, meu filho estaria a salvo em Paris!

Jacques retrucou rispidamente:

– Mãe! Não diga essas palavras. – Depois, lembrou a ela, com gentileza: – A senhora esqueceu que nós também somos judeus?

Natalie ria de forma artificial enquanto negava sua origem:

– Judeus? Nós não somos judeus, querido filho. Somos franceses!

Jacques ficou boquiaberto e olhou primeiro para a mãe e logo depois para o pai, antes de perguntar, perplexo:

– Do que a mãe está falando?

Benjamin acariciou a mão da esposa:

– Não seja tão duro com ela, Jacques. Não vê como sua mãe está agitada?

Natalie recompensou o marido com um sorriso, mas lágrimas brotaram em seus olhos. Exatamente naquela noite, ela havia decidido que, dos três filhos, Joseph era o preferido. E agora seu filho mais amado estava em grande perigo.

Ao servir bebidas para o pai e os dois irmãos, Rachel lutava contra as lágrimas.

– Joseph pode estar ferido, talvez morto... Enquanto nós ficamos aqui conversando! – Ela finalizou com um lamento: – E há ainda o bebê!

No dia anterior, Benjamin recebera um segundo telegrama, avisando do nascimento bem-sucedido de uma neta.

Michel olhou horrorizado para a irmã:

– Rachel! Nem pense em sugerir essa possibilidade!

– É verdade! É verdade! As notícias não dizem que Varsóvia estava sendo bombardeada?

Rachel caiu em lágrimas, o que a levou a derramar a garrafa de conhaque.

Jacques tentou tranquilizá-la:

– Rachel, você conhece nosso irmão. Joseph sabe tomar conta de si.

Milhões de pensamentos passavam pela mente de Natalie. Ela lançou um olhar acusador para o marido:

– Benjamin, eu lhe disse que não deveríamos ter circuncidado os meninos, lembra-se?

Benjamin lançou as mãos para o alto:

– Pelo amor de Deus, Natalie!

– É verdade! Agora, Joseph jamais será capaz de convencer os nazistas de que não é judeu.

Como a maior parte dos europeus, Natalie ouvira rumores de que os alemães estavam tão obcecados em localizar judeus que forçavam adultos a tirarem as calças para serem inspecionados. O filho parecia gentio, mas, se fosse examinado fisicamente, seria considerado judeu. A respiração raivosa de Natalie podia ser ouvida em toda a sala:

– Um punhado de poeira significa mais para os nazistas do que a vida de um hebreu. E, se você tivesse me ouvido, Joseph não estaria em perigo!

Benjamin levantou-se, deu a mão à esposa e diagnosticou, com voz firme:

– Natalie, você está transtornada. Venha, vamos nos retirar.

Ela não deixou a sala sem protestar:

– Não! Nós temos de pensar num modo de resgatar Joseph.

Enquanto Benjamin a levava para fora da sala, ela virou-se para dizer a Michel e Jacques:

– Salvem Joseph. Deixem a esposa e a filha, se for preciso, mas salvem Joseph.

Jacques observou os pais deixarem o recinto. Os olhos da mãe o deixavam cada vez mais desconfortável, até que ele criou coragem para perguntar:

– Você não acha que a mãe está agindo de modo estranho? – Diante da falta de resposta, ele acrescentou: – Há momentos em que ela culpa o passado judeu por todos os seus problemas.

Michel evitava discussões familiares a todo custo:

97

– Não sabemos como era a vida dela – completou, para depois fazer uma pausa. – Mas parece que a cultura judaica que formou nossa mãe também a afastou.

– Toda rosa tem seu espinho – constatou Rachel, amarga.

Jacques olhou surpreso para a irmã. Ele admitiu pela primeira vez as dificuldades que Rachel enfrentava. Ela era completamente ofuscada pela mãe atraente e pelos irmãos lindos. Jacques já ouvira tias mais velhas fazerem comentários cruéis, na presença de Rachel, dizendo ser uma pena que os rapazes da família Gale tivessem herdado todo o charme e a beleza da família.

Michel olhou para o relógio de bolso e levantou-se:

– Preciso ir para casa. Abbi já está me esperando há algum tempo.

– Você vai se alistar? – perguntou Jacques.

Michel hesitou:

– Creio que não. Vou esperar por uma convocação. – Ele lançou um olhar penetrante ao irmão: – E você?

– Amanhã mesmo.

– Imaginava. Pelotão médico?

Jacques deu uma pequena risada antes de sussurrar secretamente:

– De jeito nenhum. Quero olhar bem nos olhos daqueles desgraçados.

Michel encarou seu irmão mais novo com admiração. Ele não se surpreendeu, embora sentisse um pouco de inveja da indiferença de Jacques em relação ao medo. Joseph tinha a mesma característica. Quatro anos mais velho que Jacques e cinco mais velho que Joseph, Michel cresceu quieto e solitário, buscando conforto na leitura e em atividades mais calmas. Antes de abraçar o irmão e sair, recomendou:

– Bem, cuide-se.

– Dê minhas lembranças a Abbi – falou Jacques, e sorriu: – E diga a meus dois sobrinhos que estarei lá para vê-los amanhã à noite.

– Tudo bem.

Rachel observou Michel sair do salão em silêncio. Depois lançou um olhar inquisidor para Jacques antes de colocar a cabeça na mesa de jogos e chorar de modo incontrolável.

Jacques acariciou o pescoço e as costas da irmã:

– Você está preocupada com Joseph? Ele é forte como um touro! Você não sabe que ele pode derrubar dez alemães de um fôlego só?

Jacques riu, lembrando alguns momentos em que o irmão o deixara apavorado. Apesar do carinho reconfortante e das palavras de consolo de Jacques, Rachel não conseguia parar de chorar. No fundo, ela estava tomada por uma sensação terrível que não conseguia explicar.

Rachel Gale sabia que os nazistas estavam prestes a destruir seu mundo maravilhoso.

Capítulo V
O Gueto de Varsóvia

Com uma semana de ataques à Polônia, o exército alemão moveu-se ao longo da zona rural e chegou aos subúrbios de Varsóvia. Os quase derrotados militares poloneses se reorganizaram e 160 mil tropas defenderam ferozmente a capital. As Blitzkrieg, a famosa técnica de ataques relâmpagos das forças alemãs, falharam e cessaram os levantes.

A surpresa de Hitler com a brava tenacidade dos poloneses transformou-se em fúria. Além de manter os ataques aéreos, o ditador ordenou que a desafortunada cidade fosse atingida com bombardeios de artilharia pesada.

Em 17 de setembro, o exército russo atacou a Polônia pelo lado oriental. Varsóvia estava sitiada.

Em 25 de setembro, com falta de suprimentos militares e comida, Varsóvia preparava-se para a rendição. Nesse dia, os alemães fizeram o assalto final à cidade, atacando com tanta ferocidade que os cidadãos aterrorizados acharam que os inimigos queriam matar todas as criaturas vivas.

Em 27 de setembro de 1939, Varsóvia caiu.

Enquanto cantavam Heili Hello, sua canção da vitória, os homens do exército alemão entraram marchando em triunfo pela cidade destruída.

Começava um reinado de terror para os 350 mil judeus residentes da cidade, levando toda a acumulação secular de arte, educação e cultura judaica de Varsóvia a um fim trágico.

A violência alemã era tão intensa que deixava as pessoas entorpecidas.

Judeus famintos eram retirados das filas de comida.

Eram sequestrados para fazerem trabalhos forçados.

Contas bancárias de judeus foram congeladas.

Empresas de judeus foram fechadas.

Israelitas acima de 10 anos foram forçados a usar uma faixa branca no braço com uma estrela de davi azul.

Judeus foram proibidos de caminhar nas calçadas, frequentar locais públicos ou usar transportes coletivos.

Judeus foram colocados sob toque de recolher.

Foi implementado um racionamento diário de comida: 2.613 calorias por dia para alemães, 669 calorias por dia para poloneses e 184 calorias por dia para judeus.

Em 16 de novembro de 1940, o Gueto de Varsóvia foi lacrado, confinando, de forma eficaz, 30% da população de Varsóvia em 5,2% do espaço habitável da cidade. Nessa "cidade dentro da cidade", os judeus trabalhavam, faziam compras e lutavam para não morrer de fome.

A Segunda Guerra Mundial durou 2.076 dias. Nenhuma cidade da Europa sofreu mais que Varsóvia, e ninguém sofreu mais que os judeus.

Fevereiro de 1942

Quando Joseph Gale saiu da padaria do Gueto de Varsóvia, viu uma cena extraordinária. A mais ou menos 1 metro a frente do local, havia uma figura macilenta, nua, exceto por um pequeno cobertor enrolado, dando saltos na neve. A pele da figura era fantasmagoricamente branca e estava esticada rente aos ossos. Joseph teve um pensamento rápido e abominável de que estava olhando para um pequeno esqueleto coberto de farinha branca.

Ele sabia que algo estava acontecendo, mas não sabia o que era, e isso o preocupava. Parou para dar uma olhada. Assim que o fez, um garotinho saltou do local onde se escondia e pegou o pão das mãos de Joseph, que gritou, aturdido:

– Pare! Ladrão!

A criança fugiu e Joseph correu atrás dela, rapidamente agarrando o pobre menino. O garoto lutou como um animal selvagem, chutando, arranhando e, ao mesmo tempo, engolindo o máximo possível do alimento. A figura do cobertor branco apareceu rapidamente, pegou outro pedaço do pão e empurrou-o goela abaixo, engolindo grandes pedaços. A estranha figura no cobertor era outro jovem. Joseph não tinha a intenção de pegar o pão dos rapazes e tentava acalmá-los, dizendo:

– Parem de brigar! Parem de brigar! Vou levá-los até minha esposa. Ela vai preparar uma sopa quente para vocês.

Os garotos acharam que a oferta era um truque e continuaram a lutar com Joseph.

Uma multidão começava a se formar. Joseph rapidamente percebeu o perigo que isso representava para todos e trouxe os dois garotos para perto de si com um braço e mergulhou o outro no bolso, puxando uma nota de 50. Ele segurou o dinheiro por sobre a cabeça, tentando as crianças com ele:

– Se vocês pararem de brigar, eu comprarei muita comida para vocês. E roupas quentes.

Finalmente, percebendo que Joseph não tinha a intenção de feri-los, a selvageria dos garotos começou a arrefecer.

Naquele momento, um soldado alemão dobrou a esquina e viu o trio.

O Gueto tinha órfãos em abundância. Primeiro as crianças vendiam as roupas para comprar comida. Depois, passavam a andar em grupos para pedir ou roubar comida. O comando alemão transformou esses atos em crimes graves. Desse modo, o soldado alemão rapidamente percebeu que os meninos eram ladrões e decidiu prendê-los.

Andando na direção de Joseph, o soldado girava o cassetete de modo ameaçador. Sem dizer uma palavra, ele tentou atacar os garotos.

Instintivamente, Joseph afastou-se do homem, colocando a nota numa das mãozinhas do garoto antes de soltar os dois e alertar:

– *Corram!*

A boa ação de Joseph atraiu a atenção do oficial. Ele estava furioso e gritou:

– Ei, você! Os alemães mandam e os judeus obedecem! Você não pode dar ordens!

Joseph manteve intencionalmente a expressão impassível e deu de ombros.

O alemão era da S.S., um soldado desconfiado por natureza, que, após anos de diligente lavagem cerebral feita pelo Partido Nazista, realmente acreditava que os judeus eram seres imundos e inferiores. Ao ver Joseph, pensou rapidamente que o homem alto e robusto diante dele não poderia ser parte daquela raça nojenta. Ele olhou Joseph de cima a baixo e perguntou em tom de ordem:

– Você é judeu?

– Você acha que eu estaria usando *isto* se não fosse?

Joseph indicou o emblema que identificava os judeus de Varsóvia: a estrela de davi azul costurada numa braçadeira branca.

O nazista andou em torno de Joseph, pensando. A boa aparência dele e suas roupas decentes eram um completo mistério.

Joseph pensou em desarmar o soldado, que tinha uns 20 quilos a menos que ele, e fugir rapidamente.

Antes que Joseph pudesse transformar seus pensamentos em ação, porém, o militar puxou a pistola e chamou reforços. O alemão acreditava ter capturado um contrabandista polonês. Afinal, pelo preço certo, qualquer polonês estaria disposto a ajudar os judeus.

Joseph logo se viu sentado no chão duro, cercado por policiais poloneses. O alemão encaixou algum tipo de instrumento de metal em torno da cabeça dele, tirando medidas. O tamanho e a forma da cabeça de Joseph não estavam de acordo com as diretrizes alemãs para os judeus, então o soldado decidiu que seu prisioneiro era definitivamente um contrabandista.

Contrabando era um crime passível de pena de morte no Gueto de Varsóvia.

O soldado lançou um olhar presunçoso para um dos policiais poloneses:

– Eu estava certo! Este homem não é judeu.

Joseph gritou uma objeção indignada para o nazista:

– Sem dúvida alguma, eu sou judeu!

– Você não é judeu! – disse o nazista, sacudindo veementemente a cabeça.

A ironia da situação fez Joseph irromper numa gargalhada:

– Posso lhe garantir, sou um judeu autêntico!

Judeus que passavam pela rua não podiam acreditar naquilo, e olhavam para Joseph surpresos, com suas compleições pálidas e os rostos deprimidos. Há muito tempo eles não ouviam alguém se proclamar judeu na Polônia ocupada, ou assistiam a alguém falando grosseiramente com um alemão.

Joseph afastou o objeto de metal da cabeça. Sua voz destilava veneno:

– Obviamente você não acredita na sua própria propaganda ridícula.

O governo alemão usava aquela bizarra traquitana para provar que judeus tinham intelecto menor que outras raças.

Os policiais poloneses trocaram olhares desconfortáveis enquanto se afastavam do prisioneiro. Estavam surpresos com o comportamento ousado de Joseph e esperavam que o soldado alemão lhe desse um tiro.

Os olhos do nazista cintilaram de curiosidade, pensando que talvez pudesse haver algum lucro ali. Aquele homem poderia levá-lo a outros contrabandistas poloneses mais importantes ou a judeus ricos. Uma presa assim poderia significar uma promoção.

Joseph sentiu todo o corpo esquentar quando o soldado ordenou:

– Levem-no para Pawiak.

Se ele fosse torturado e morto, ou mandado para um campo de trabalhos forçados, temia que sua esposa e filha jamais soubessem o que lhe acontecera. Ele sabia que tal situação causaria um sofrimento inimaginável a Ester e amaldiçoou a si mesmo por ser tão descuidado.

Cercado pela polícia e levado à prisão Pawiak, Joseph foi jogado sem qualquer cerimônia numa cela pequena e suja, onde estavam outros quatro judeus.

Ele esperou, temendo pelo pior, mas nada aconteceu. Evidentemente, Joseph fora esquecido! Enquanto seus companheiros de cela eram retirados diariamente para interrogatórios e torturas, ele era ignorado. Ainda assim, ouvia as surras cruéis, os gritos horríveis e os pedidos dolorosos de misericórdia.

Os três dias em que Joseph foi mantido prisioneiro foram diferentes de tudo o que ele vivera até então, embora soubesse que esses dias não eram diferente daqueles vividos por tantos outros judeus. Como os prisioneiros que vieram antes dele e os outros que se seguiriam a ele, Joseph sentou em sua cela, perguntando-se como e quando morreria, e rezando a seu recém-descoberto Deus para deixá-lo morrer com bravura.

Enquanto esperava, Joseph decidiu que acabaria com o máximo de desgraçados que pudesse antes de morrer. De certo modo, o fim de alguns alemães ajudaria a suavizar o horror de sua própria morte prematura.

Mais eis que surgiu Moses Stein com uma bolsa de diamantes, adiando o confronto do genro com os nazistas. Após muita negociação, foram necessários cinco de seus maiores diamantes para salvar a vida do marido da filha.

Joseph ficou bastante aflito com o preço pago por sua vida, pensando na grande quantidade de comida que esses diamantes poderiam comprar no mercado negro. Os tempos eram inimaginavelmente sombrios, e nada valia tanto quanto comida no Gueto de Varsóvia. Os alemães tentavam matar os judeus de fome e, sem dinheiro vivo para comprar provisões extras dos contrabandistas, a família Stein seria forçada a sobreviver com as rações do Gueto de 184 calorias por dia. Um gato morreria de fome com a esta ração fornecida pelos alemães.

Joseph não conseguia parar de pensar em comida, mesmo quando Ester ria e chorava ao mesmo tempo, tocando seu rosto, cabelo, mãos, balbuciando para a mãe que Joseph não era uma aparição, que ele estava vivo e tinha voltado para ela.

Raramente um judeu saía vivo da prisão Pawiak.

Ester pulou de Joseph para Moses e abraçou o pai:

– Você o salvou! Oh, papai, obrigada! Você o salvou! Miryam! Preciso contar a Miryam! – Com o rosto brilhando, Ester correu para a filha e a acordou de um sono perturbado. A menina estava inconsolável desde o dia em que o pai havia desaparecido.

Olhando para a alegria da neta ao ver o pai, Moses sabia que teria dado todos os diamantes aos alemães, se fosse preciso, para retirar Joseph Gale inteiro de Pawiak.

Sara Stein observava atentamente o rosto do genro:

– Você parece tão cansado, Joseph. Moses, você percebe o quanto ele está cansado?

– O rapaz está mais faminto do que cansado. – Não querendo aborrecer Ester, Moses cochichou no ouvido de Sara: – Ele só foi alimentado com pão duro e sopa aguada desde o dia em que o levaram.

Sara deu um tapinha na bochecha de Joseph e prometeu:

– Vou preparar um bom prato para você.

– Isso seria maravilhoso – Joseph lambeu os lábios inconscientemente. Ele estava faminto.

Logo foi possível ouvir Sara na cozinha, fazendo feijão.

O aroma delicioso invadiu o apartamento, aumentando a fome de Joseph a ponto de fazê-lo sentir dor.

Enquanto mexia as panelas, Sara observava através da porta aberta, de tempos em tempos, o feliz reencontro. Ela movia os lábios em prece, aliviada por não ter perdido outro membro da família. Com aquele pensamento, a matriarca dos Stein sentiu o estômago revirar. O retorno em segurança de Joseph invocara mais uma vez a memória de seus filhos perdidos.

Desde o vigésimo quinto dia do ataque alemão, as bombas caíram, uma após a outra, até dizimar a família Stein.

A defesa corajosa e inesperada dos poloneses enfurecera o ditador nazista, levando Hitler a dar a ordem para dizimar Varsóvia. Mesmo com a cidade à beira da rendição, os alemães continuaram a provocar mortes, os bombardeios alcançando um novo nível de terror em 25 de setembro de 1939.

Eles souberam depois que 70 toneladas de bombas incendiárias haviam sido lançadas em Varsóvia só naquele dia. E esta foi a data em que a sorte dos Stein acabou: Abraham, Eilam, suas esposas e sete dos seus oito filhos foram queimados vivos no apartamento de Abraham.

Naquela época, Moses e Sara ainda viviam no palacete neoclássico de três andares situado no distrito de Zachodnia, entre o sul de Varsóvia e o distrito norte-ocidental dos judeus. Abraham morava a apenas dois quarteirões de distância. Foi possível ouvir o estrondo, mesmo estando no porão. Correndo para o primeiro andar, eles viram o fogo e a fumaça vindos do apartamento do filho.

Cega pelo pânico, Sara correu junto com o restante da família para tentar salvá-los. Os dois andares do local foram parcialmente destruídos e estavam em chamas. Eilam foi encontrado por Joseph, agarrado ao filho de oito meses, e retirado com vida do edifício em chamas. Terrivelmente ferido, Eilam morreu nos braços do pai, implorando que ele salvasse sua esposa e filhos.

Isso acontecera há dois anos, mas Sara ainda podia sentir o fedor horrendo do sangue derramado... o sangue do seu sangue.

E o garoto... David... Seu corpinho fora protegido pelo pai e ele não tinha ferimentos. Porém, ele sofreu graves lesões e queimaduras no rosto. Logo eles descobriram a triste verdade: David ficara cego!

Varsóvia estava um caos após 25 dias de bombardeio: os hospitais haviam sido destruídos e não era possível encontrar nenhum médico. Naquele momento, a Cruz Vermelha era inútil. Sara vira com os próprios olhos o pessoal da organização abandonar os feridos para se abrigar das bombas alemãs.

Ela fez o que pôde para aliviar o sofrimento de David, e teve sucesso em salvar a vida do neto. A mulher costumava se perguntar se havia cometido um erro, pois, ainda hoje, mesmo após tanto tempo, o garoto tinha medo de tudo e ainda chamava pela mãe. Por horas seguidas, David sacudia a cabeça de um lado para outro, choramingando como um animal assustado e incompreendido, agindo como se sua visão pudesse voltar apenas mexendo essa parte do corpo.

Ver aquela criança era doloroso. Apenas Miryam conseguia fazer o menino sorrir. Com seu jeito carinhoso, ela brincava e persuadia o priminho para que ele se esquecesse, ainda que por um breve momento, da guinada drástica que sua vida tão jovem havia tomado.

Sara foi para a sala dizer a Joseph que sua refeição estaria pronta em breve. Seus olhos se detiveram na mobília bamba, fazendo-a lembrar-se da linda casa e dos móveis que eles haviam perdido. Cerca de um ano depois da invasão, os temidos rumores de um Gueto para judeus se tornaram realidade. Em 16 de novembro de 1940, os judeus de Varsóvia foram confinados em um local murado. Todo judeu na cidade foi obrigado a se mudar para a antiga parte judaica de Varsóvia, que os alemães cuidadosamente chamavam de "quarteirão judeu", proibindo o uso do termo "gueto". Mas como disse Moses:

– Um gueto é um gueto, não importa como os alemães o chamem.

Na última contagem, havia aproximadamente 400 mil judeus confinados no Gueto de Varsóvia. A população continuava a inchar à medida que os nazistas transportavam cada vez mais israelitas da zona rural para lá.

Moses conseguira um bom lugar na rua Chtodna, onde os apartamentos eram grandes o bastante para toda a família viver reunida, mesmo que terrivelmente amontoada. Mas ninguém reclamava, pois algumas pobres almas viviam com vinte pessoas num só quarto!

Moses foi proibido pelos alemães de levar a mobília cara e soube mais tarde que sua casa fora ocupada por um alto oficial da S.S. Surpreendentemente, lhes deram permissão para manter as roupas e até a imensa biblioteca, uma notícia chocante, porém agradável.

Sara inclinou-se na soleira da porta, observando, agora sem conseguir ouvir o que se passava na outra sala, enquanto analisava a quantidade de membros de sua família, que só encolhia. Israel desaparecera em agosto. No lugar errado, na hora errada, ele fora sequestrado na rua. Após intensa investigação, Moses foi informado por um membro do Judenrat, o Conselho Judeu indicado pelos nazistas para manter a ordem no Gueto, que Israel fora levado para trabalhar num campo de trabalhos forçados bem longe de Varsóvia.

Israel Stein era um trabalhador escravo.

Quando ouviu isso, Sara gritou:

– Não! Moses, não!

Ela já tinha ouvido falar das condições brutais enfrentadas pelos judeus nessas circunstâncias: alemães forçando judeus a carregar tubos de chumbo congelados com as mãos nuas, judeus obrigados a empurrar carrinhos cheios de pedras ladeira acima, judeus espancados apenas por serem judeus. Todos sabiam que os supervisores alemães e poloneses designavam trabalhos particularmente pesados para os judeus que pareciam inteligentes ou ricos.

Homens exatamente como Israel Stein.

Quando a invasão terminou e a ocupação chegou ao fim, Sara supôs que seus três filhos restantes estariam a salvo, pois seu marido pagara um preço alto para manter os filhos e Joseph fora da lista do trabalho escravo.

A lista de escravos passou a agradar os alemães, evitando que eles capturassem homens nas ruas. Judeus ricos pagavam para não ter seus nomes incluídos lá e, embora não fosse incomum que certas famílias recebessem tratamento preferencial, havia ocasiões em que a riqueza e a influência não conseguiam salvá-los. Escolhas aleatórias para os campos de trabalho ainda representavam um perigo real para homens judeus entre os 16 e os 60 anos.

O patriarca da família Stein fez tudo o que pôde para localizar o campo, mas ninguém parecia saber ou se importar com o local para onde Israel fora levado. Dessa forma, só na semana passada eles souberam o que acontecera a seu filho, por meio de um trabalhador que conseguira escapar.

O contato de Moses no Judenrat estava errado: o campo de trabalhos forçados estava a apenas 1,5 quilômetros ao sul de Varsóvia.

O nome do fugitivo era Noy, que significa "ornamento", provavelmente ele fora batizado assim devido à sua beleza incomum ao nascer. Agora, o rapaz estava longe de ser belo, com seu corpo magro e cansado e a falta de cabelos decorrente da desnutrição. Na opinião de Sara, ele parecia uma criança subitamente tomada pela velhice.

Saboreando um pouco da saudável sopa preparada por Sara, Noy contou a história de Israel lentamente, com uma tosse seca que interrompia suas palavras. Seus olhos permaneciam fixos na comida e, durante a narrativa, uma tristeza terrível deixava sua face sombria:

– O campo era tão próximo da cidade que muitos homens tentavam fugir. E esse grande número de fugitivos enfureceu o supervisor polonês. Acredito que seja porque os alemães o espancavam toda vez que alguém escapava. Ele nos alertou que o próximo que fugisse seria severamente punido. Mas era tão cruel no campo que nada poderia nos impedir de tentar sair dali. Em dezembro passado, seu filho, Israel, e dois outros homens tentaram fugir. Dois deles tiveram sucesso. Mas seu filho foi capturado. – Noy ficou concentrado, lembrando-se de Israel. Ele lançou um olhar terno para Sara: – Seu filho, ele era uma boa pessoa. Estava sempre ajudando alguém, compartilhando seu cobertor, estimulando-nos a sobreviver... Sim, Israel Stein era um tipo decente.

O coração de Sara doeu ao se lembrar da história contada por Noy:

– Vou dizer algo a vocês, aquele polonês estava furioso! Ele perdera mais dois homens e sabia o que lhe aconteceria. Descontou toda a raiva no seu filho, decidindo fazer de Israel Stein um exemplo.

Sara emitiu um som baixo e gutural, saído do fundo da garganta. Nessa hora, Moses fez com que ela fosse à cozinha, insistindo que Noy precisava de uma refeição de verdade. Mas Sara sabia que o marido estava simplesmente tentando protegê-la, e ficou em pé atrás da porta ouvindo cada palavra.

– O polonês não tinha sido tão mau, até então. Mas os alemães o ameaçaram, dizendo que mandariam a família dele para um campo de concentração se ele não fosse mais rígido com os judeus. Assim, ele se transformou num sádico... Bateu tanto no seu filho com um cano que não sabíamos como ele conseguira sobreviver. Mais tarde, quando passamos por ele, Israel gritou e pediu que alguém contasse à sua família... Disse que sabia que você estaria doente de preocupação... Sem ter notícias... Ele se esforçou tanto para sobreviver... Mas o frio o levou.

Com dores terríveis causadas pelas lesões, o mais gentil dos filhos de Sara foi amarrado a uma estaca e deixado para sofrer uma morte lenta e dura no frio amargo do inverno polonês. Completamente sozinho.

Três filhos, duas noras e sete netos: todos mortos.

Ester riu alto de algo que Miryam falou e trouxe Sara de volta ao presente. Ela observava a filha levar a criança de volta para o quarto, garantindo durante o caminho:

– Miryam, o papai ainda estará aqui amanhã de manhã. Eu prometo! – Ester deu um beijo estalado na filha e recomendou: – Agora, querida, quero que você seja uma boa menina e volte a dormir.

Sara voltou à cozinha.

Joseph observou a esposa e a filha atentamente até elas saírem de seu campo de visão. Ele ficou mudo por alguns momentos, digerindo as implicações de sua quase tragédia. O que fariam se ele não tivesse retornado? Inconscientemente, ele alinhou os ombros largos e voltou-se para o sogro:

– Moses, muito obrigado. Pela minha vida.

O sogro, tendo a face avivada pela vitória, deu a Joseph um enorme sorriso:

– Vê-lo agora é como um remédio para nós!

Moses inclinou a cabeça de um lado para o outro e olhou para os dois filhos que sobreviveram, Daniel e Gershom, dando uma piscadela para cada um.

Daniel e Gershom, que foram acordados pelo ruído alto e pelos risos, agora estavam em torno de Joseph. Gershom deu um tapinha nas costas do cunhado:

– Joseph, graças a Deus você está bem. '

Daniel beijou Joseph nas duas bochechas, depois deu um passo para trás e encarou o cunhado:

– Você não está tão mal. – Ele fez uma pausa e acrescentou, pesaroso:
– Sabe, Israel tinha razão.

O pai lançou um olhar questionador ao filho:

– Israel?

Daniel passou uma das mãos pelo cabelo antes de responder:

– Mais ou menos uma semana antes de ser levado, Israel contou que tinha chegado à conclusão de que poucos judeus sobreviveriam a esses tempos sombrios. Jamais esquecerei o que ele me falou: "Daniel, sob o jugo nazista, você não sabe como, quando ou por que sua vida vai acabar, mas sabe que ela *vai* acabar."

Daniel esforçou-se para se controlar, pois era o irmão mais ligado a Israel:

– Ele tinha razão. Todos nós morreremos antes que esta ocupação termine.

Houve um momento de silêncio.

Joseph empalideceu. Os últimos dois anos deixaram bem claro que os nazistas eram capazes de cometer atrocidades estarrecedoras. Agora, após o que testemunhara na prisão Pawiak, ele temia que Israel tivesse razão. Se a guerra não acabasse logo, seria um milagre sobrar um judeu na Polônia.

A expressão de Moses endureceu-se de determinação:

– Não! Seu irmão estava errado, Daniel! Nós *podemos* sobreviver. Se eu tivesse sabido do paradeiro dele, poderia ter salvado sua vida.

Ele ergueu uma das mãos em protesto:

– Lembre-se de que os russos aceitaram ouro no lugar da vida de seu avô. – Logo após, apontou para Joseph: – Os alemães devolveram esta vida em troca de diamantes. Eu lhes digo: eles podem ser comprados! Nossos inimigos são gananciosos. E a ganância deles será nossa salvação.

Daniel, que tinha os braços cruzados atrás das costas, abriu e fechou os punhos, tentando impedir que a raiva chegasse ao seu rosto. Seu pai estava mortalmente equivocado, e o filho sabia disso. Ele tentava manter a voz respeitosa:

– Pai, a única forma de conseguirmos sobreviver é lutando! Devemos pegar parte do dinheiro, mandar nossas esposas e filhos para fora do Gueto... pelos esgotos, no vagão do lixo... de qualquer modo possível! – Daniel olhava para Joseph e Gershom, tentando conquistar o apoio deles: – Ouvi dizer que alguns fazendeiros poloneses aceitam levar mulheres e crianças judias para suas casas, por um certo preço. Nós podemos retirá-las aos poucos! Elas estarão mais seguras no campo. Os homens permanecerão aqui e lutarão. – Ele olhava para Moses, implorando: – Por favor, pai, nós podemos comprar centenas de armas com o seu dinheiro. Apenas diga-me que concorda!

Moses não se comoveu e respondeu com cautela:

– Daniel, esperaremos esta guerra acabar sem nos engajarmos na luta.

Ele estudou cuidadosamente o filho, pois ouvira recentemente relatos preocupantes de que ele se juntara a um grupo de jovens durões, que acreditavam que a violência deveria ser enfrentada na mesma moeda. Agora, olhando para seu filho, Moses tinha a forte sensação de que o relato era verdadeiro, e isso o consternava. Atacar alemães era o caminho certo para atrair a atenção dos nazistas. Ele não conseguiria salvar um membro sequer da família da S.S. se Daniel se comportasse como um tolo.

Os dois homens estavam presos num desafio, um encarando o outro.

Daniel sabia que o pai vivia num mundo de fantasia se achava que os alemães poderiam ser chamados à razão por qualquer quantia. Talvez alguns alemães pudessem cair em tentação, mas a maioria tinha um apetite inabalável para matar judeus. Como resultado direto do ódio alemão, a Polônia se tornava um vasto cemitério judaico. Ele quebrou o silêncio primeiro:

– Pai, nós não seremos derrotados sem luta!

Moses tentou ficar calmo:

– Filho, primeiro nós devemos sobreviver à ocupação alemã. Enfrentá-los agora significa morte certa. Logo, a guerra irá para a Alemanha. Hitler foi louco de atacar a Rússia. – Ele sacudiu a cabeça de um lado para o outro: – Batalhas no Oriente... Batalhas no Ocidente. A Alemanha fez muitos inimigos. No fim das contas, eles perderão a guerra. Seus inimigos devorarão Hitler e livrarão o planeta dos saqueadores nazistas. – E, com um tom de triunfo na voz, completou: – Quando os alemães começarem sua inevitável derrocada, *aí sim* nós lutaremos.

Daniel estava cansado dos velhos e envergonhados judeus no Gueto. Seu povo estava morrendo como moscas, enquanto homens como seu pai achavam que era possível simplesmente sobreviver aos alemães. Ele começou a se exaltar:

– Mas quando? Quando a guerra terminar? No momento de paz, nós lutaremos?

– E por que não? – retrucou Moses. – Diga-me, filho: quando na História o último dia de guerra foi o primeiro dia de paz?

Gershom ouvira o pai e Daniel seguirem esse mesmo caminho várias vezes e não sabia o que pensar. Preferiu seguir seu instinto e colocar sua vida e as vidas da esposa e dos filhos nas mãos de Deus. Ele anunciou calmamente:

– Se Deus quiser a nossa sobrevivência, nós sobreviveremos. Caso contrário, morreremos. – Ele respirou longamente antes de vaticinar: – Nosso destino é simples assim.

Joseph começava a pensar como Daniel, mas não achava que aquele fosse o momento adequado para uma discussão tão importante. As emoções estavam fortes demais. Decidindo interromper a celeuma entre Moses e seu filho antes que a discordância se tornasse uma discussão aos gritos, Joseph mudou de assunto:

– Moses, eu sinto muito. Sobre os diamantes.

O sogro deu de ombros:

– Joseph, você pode muito bem parar de se preocupar com essas coisas. É para isso que eles servem... Para manter a família Stein viva. – O patriarca dos Stein lançou um olhar ansioso para Daniel e sua voz assumiu um tom duro: – Não para matar alemães.

Os grandes olhos castanhos de Daniel ficaram arrasados. Por não querer estragar a felicidade da família com o retorno de Joseph, ele desistiu da discussão. Mexendo os braços, com desgosto, saiu da sala sem ao menos dizer "boa-noite".

Moses olhou para o nada. A grosseria deliberada de Daniel teria sido inimaginável antes da guerra.

Joseph ficou consternado com a desavença entre pai e filho, mas disfarçou seus sentimentos, voltando ao assunto da noite:

– Nunca vou me perdoar. Fui idiota por ter sido preso. – E expressou o que todos secretamente temiam: – Esta guerra pode durar anos. Você precisará de tudo o que economizou, e ainda mais.

O arrependimento do genro foi bem maior que a perda dos diamantes. Sua prisão colocara a família em grande perigo.

Desde o primeiro momento em que o Gueto foi fechado e os nazistas concentraram suas vitimas mais odiadas em uma só área, a família Stein vinha fazendo o máximo para viver discretamente, numa tentativa desesperada de permanecer anônima aos guardas da S.S. Isso não era mais possível. A partir de então, a polícia nazista estava ciente de que Moses Stein era um judeu muito rico.

Isso era lastimável.

O patriarca dos Stein deu uma risada sem humor:

– Aquele oficial da S.S., capitão Kleist, disse que foi culpa da criança. Que você nunca teria sido preso se não fosse por um garoto. É verdade?

Sara reapareceu subitamente, curiosa:

– Criança? Que criança?

Moses queria saber mais:

– O que aconteceu, exatamente? O capitão Kleist não entrou em detalhes. – E finalizou com uma risada seca: – E eu não quis esperar para descobrir.

Ester sentou-se perto de Joseph, segurando a mão dele, e revelou:

– Miryam e eu agradecemos a Deus.

Rapidamente, ela pediu para o marido continuar a conversa.

Joseph começou a relaxar um pouco. Todo o episódio fora tão ridículo que agora ele mal podia acreditar que uma ida à padaria quase lhe tivesse custado a vida. Ele sorriu ironicamente e depois começou a falar:

– O capitão estava certo. Fui preso por causa de uma criança. Uma criança faminta. – Ele deu uma risada triste ao se lembrar de outro detalhe: – Eram dois garotos, na verdade. Eles me enganaram.

Após uma breve pausa, o homem relembrou o ocorrido e depois, com uma lentidão deliberada, contou a história à família.

Mal conseguindo respirar, Moses, Gershom, Sara e Ester olhavam intensamente para Joseph, ouvindo suas palavras com atenção. Cada um deles estava ciente das crianças famintas do Gueto, jovens dignos de pena cujos pais foram assassinados pelos alemães ou morreram de doença ou fome. Esses meninos não tinham como viver, exceto roubando ou mendigando. Com sorte, eles seriam levados a um dos orfanatos criados no Gueto. Apenas na última semana eles souberam que um garotinho havia roubado um pão e preferira ser espancado até a morte a devolver o alimento.

Ester enxugou rapidamente as lágrimas do rosto. Ela havia alimentado muitos meninos de rua nos últimos anos. Como mãe, achava que nada poderia ser mais terrível que um bando de órfãos famintos vagando pelas ruas.

Joseph continuou sua história:

– O soldado viu o que aconteceu e tentou levar as duas crianças para a prisão. Eu discuti com ele, dizendo que eram apenas dois meninos famintos.

Joseph levantou as sobrancelhas e lamentou:

115

– Foi quando eu me meti numa grande encrenca.

– Ah, sim – murmurou Moses, que entendeu perfeitamente. Ele sabia muito bem que os nazistas jamais deixariam passar algo assim: – Todos os alemães são rígidos em relação à lei. Na cabeça daquele guarda da S.S., uma criança roubando pão era motivo justo para uma punição.

Ester, furiosa, não escondeu seus sentimentos:

– Esses meninos estavam famintos!

Sara concluiu os pensamentos da filha:

– Sim, e devido à política alemã de racionar a comida!

Moses interrompeu e alertou, severo:

– Não se esqueçam, na mente dos nazistas, um cidadão jamais deve ajudar a fuga de um bandido, e sim entregar o criminoso às autoridades, sem luta. Lembrem-se disso, todos vocês!

– Mas eu jamais entregaria uma criança!

Ester olhou para o pai de forma acusadora, que fez um gesto de resignação com as mãos:

– Os alemães enxergam o mundo em preto e branco.

Joseph coçou a cabeça e, depois de olhar horrorizado para a própria mão, soltou um grito:

– Merda, eu estou com piolhos!

Joseph correu para a cozinha, xingando com toda força a imundície da prisão Pawiak. Ester correu atrás dele e ofereceu ajuda:

– Vou esquentar um pouco de água.

A casa dos Stein era uma das poucas que poderia reivindicar vitória sobre os insetos parasitas e insidiosos que atormentavam os cidadãos do Gueto de Varsóvia. O sucesso duramente conquistado pelos Stein era atribuído à feroz insistência de Sara: toda vez que um membro da família se aventurava nas ruas, sabia que enfrentaria um banho completo e teria as roupas totalmente fervidas na volta.

Joseph se lavou, devorou a tigela de feijão e, em seguida, a família se recolheu.

Os últimos três dias foram horrendos e Joseph estava exausto, mas não conseguia descansar. Ester já dormia há muito tempo, mas ele permanecia acordado, encarando o teto.

Com uma saudade aguda, Joseph começou a pensar em sua família na França, ainda lutando, mesmo após todo esse tempo, para entender que Paris estava sob ocupação alemã. Joseph chorou de humilhação quando leu que o exército alemão marchara pela *Champs-Élysées*. Seu único consolo veio ao saber que Michel e Jacques retornaram com segurança do front ocidental.

A última comunicação dos Gales chegara há mais de seis meses, escondida no meio de um queijo. Joseph lera a carta de uma página tantas vezes que conhecia a mensagem de cor. Seu pai escrevera:

Filho querido,

nós rezamos todos os dias pela sua segurança, e também pela segurança de Ester e Miryam, e por todos os Stein. O que ouvimos sobre Varsóvia é assustador. Tememos por sua vida. Vivemos apenas para esperar seu retorno.

Mesmo na França, o nó está ficando mais apertado. Muitos cidadãos franceses se juntaram aos alemães contra nosso povo. Fascistas franceses de camisas azuis agora vigiam as lojas de judeus. Sua mãe recusa-se a sair de casa, pois sua carteira de identidade agora tem a palavra "judeu". Nós estamos seguros, por enquanto, mas, devido à colaboração dos franceses, muitos hebreus imigrantes estão padecendo em campos de internação. Tais notícias foram um choque para sua mãe e para mim, para dizer o mínimo, pois jamais esperávamos que um francês sequer desse as mãos aos alemães contra os judeus.

Seu irmão Jacques não mora mais em Paris. Nós não o vemos há quase três meses, mas temos notícias de que ele está bem. Michel, sua família e Rachel estão em segurança. Assim que a guerra acabar, por favor, venha correndo para casa. Estaremos esperando na porta.

Papai e família.

Joseph deu um suspiro profundo. Ele não tinha dúvida de que Jacques se juntara à resistência. Isso explicaria o motivo de o irmão não morar mais em casa: não queria colocar a família em perigo. Jacques era um rapaz corajoso e inventivo, e certamente seria voluntário para as tarefas mais perigosas. Joseph se revirava na cama, inquieto. Como ele desejava lutar ao lado do irmão! Juntos, eles seriam inimigos formidáveis dos alemães. Trancado no Gueto, e indefeso, ele só podia ter esperança de que Jacques sobrevivesse à guerra. Será que conseguiria ver o irmão novamente?

Para distrair a mente dessa possibilidade assustadora, ele permitiu que seus pensamentos voltassem para seu confronto pessoal com os alemães. Joseph conseguira evitar esse encontro pelos últimos dois anos. Ele se esquivara deliberadamente dos soldados alemães ficando na casa dos Stein dia após dia. Considerava um insulto usar a braçadeira. Além disso, os regulamentos absurdos, exigindo que os judeus prestassem homenagem a seus mestres alemães saindo da calçada e tirando o chapéu para eles o enfurecia a ponto de fazê-lo cogitar o uso de violência. Nas raras ocasiões em que dava as caras na rua, ele vira, incrédulo, judeus poloneses prestando homenagens a oficiais alemães, aparentemente sem lutar. Ele percebera que, após anos de intimidação por parte dos poloneses cristãos, os israelitas poloneses haviam aprendido a disfarçar seu desprezo. Mas Joseph Gale não era polonês. Sua criação francesa impedia qualquer possibilidade de mostrar tal reverência a qualquer homem, especialmente aos odiados guardas da S.S. Joseph sabia que os alemães poderiam matá-lo pela menor ofensa, mas seu amor por Ester e Miryam o fazia querer sobreviver. Evitar os alemães parecia ser uma estratégia sensata. A grande soma de dinheiro de Moses Stein permitira a Joseph trancar-se na biblioteca, lendo um livro após o outro, esperando a Segunda Guerra Mundial acabar.

Joseph agora se dera conta de que havia sido ingênuo.

Daniel tinha razão. Chegara a hora de os judeus resistirem... de lutar contra seus opressores.

Joseph virou de lado e encarou Ester, que dormia. A seus olhos, ela era uma das obras mais lindas de Deus. Joseph tocou levemente o rosto e o cabelo da esposa. Naquele momento, ele decidira se juntar ao grupo militante de Daniel. Amanhã de manhã, Joseph Gale começaria a matar alemães. Afinal, pensou ele, cada alemão morto representava uma ameaça a menos à sua amada esposa.

Após beijar o rosto de Ester e colocar um cobertor extra sobre a filha, Joseph dormiu um sono tranquilo.

Capítulo VI
Resistência

No início de 1942, Adolf Hitler decidiu que havia chegado a hora de encontrar uma solução final para o problema judaico. Mesmo com a Wehrmacht tendo sofrido derrotas na Rússia, Hitler acreditava que a guerra seria logo vencida. Ele se via como o governante indiscutível da Europa. Junto com a vitória militar, ele insistia na eliminação do problema judaico. Apenas o extermínio total da raça deixaria o ditador nazista satisfeito.

O marechal do Reich, Hermann Goering, ouviu com atenção as palavras de Hitler:

– É mais fácil atacar os judeus poloneses. Além disso, eles representam o maior perigo para a sociedade do Reich. Esses judeus são portadores de doenças, fazem contrabando no mercado negro e, em geral, não servem para o trabalho escravo.

Goering concordou entusiasticamente. O marechal do Reich se preparou para garantir que as ordens do Fürher fossem seguidas à risca.

Gueto de Varsóvia: *Sabbath* – 19 de abril de 1942

– Estamos nos transformando nas criaturas imundas que os alemães dizem que somos. – murmurou Joseph para ninguém em particular, enquanto caminhava perto dos judeus miseráveis que dormiam nas calçadas do Gueto. Sua respiração era propositalmente superficial. As ruas do local exalavam o fedor ácido de urina e corpos sujos tomados por diarreia sanguinolenta. Joseph fixou-se na cena patética e gravou as imagens no cérebro, jurando que um dia, em breve, os guerreiros hebreus fariam justiça a todos os homens, mulheres e crianças mortos no Gueto de Varsóvia.

Na noite anterior, ele tinha ido à sua primeira reunião da resistência judaica. O grupo tinha apenas quatro armas e, por isso, o integrante de aparência mais gentil logo sairia do Gueto para um encontro com a resistência polonesa. Era grande a expectativa de todos de que o homem retornasse com mais armas.

A ideia de agir, não importando qual fosse o tipo de ação, fez as entranhas de Joseph se encherem de adrenalina. Ele alongou os músculos, grato por ainda ser jovem e forte. Ele demorara a despertar, mas agora sua fúria era impiedosa, como se as emoções, antes em fogo brando, tivessem entrado em ebulição.

De relance, viu a forma de uma mulher esquelética na porta de casa, com dois bebês ao colo, chorando baixinho como filhotes recém-nascidos de gato. Sua raiva elevou-se a novos níveis. Ele começou a andar mais rápido, pedindo desculpas sempre que seu pé acidentalmente esbarrava em um monte de trapos que recobria o corpo de um pobre judeu.

Joseph voltou sua mente ao problema que o afligia no momento. A vida de seu sogro estava em perigo e ele se sentia culpado por isso.

Desde a prisão de Joseph, há dois meses, os alemães apertaram o cerco sobre a família Stein. Uma semana após sua libertação, Moses recebera ordens para que a família desocupasse o apartamento em Chtodna e se mudasse para um local muito menor na rua Nisko.

Depois, a Gestapo elegeu como alvo os dois filhos vivos de Moses.

Primeiro, eles procuraram Gershom, dizendo que ele seria mandado a um campo de trabalhos forçados. No último minuto, o guarda da S.S. aceitou três peças de ouro para libertá-lo.

Daniel fora preso na semana anterior, mas os alemães não perceberam que haviam capturado um dos principais integrantes da resistência judaica. A S.S. acusou Daniel de acumular dinheiro. Ou seja: a prisão dele não passou de um método pouco sutil de chantagem, e Moses pagou aos alemães em *zlotys*, mesmo insistindo ser aquela a última de suas riquezas.

Desde a libertação de Daniel, a família Stein esperava pelo próximo ataque da S.S. O próprio Daniel foi o primeiro a alertar:

– Pai, até terem absoluta certeza de nossa pobreza, os alemães agirão como um cão diante de um osso. – E fez uma pausa antes de acrescentar: – E depois matarão a todos nós.

Moses retrucou:

– Osso? De que vale um osso? Já é o bastante. Os alemães já mastigaram minha carne até o osso.

Nada estava de acordo com o cuidadoso plano do patriarca. Até então, ele jamais considerara a possibilidade de derrota. Porém, sua acumulação de moedas diminuía em proporção inversa à de seus temores.

Daniel pressionou:

– Pai, o senhor ainda não entendeu os nazistas? Os alemães são como um muro que não se pode escalar, quebrar e muito menos desviar dele. – As ideias de Daniel se inflamaram de ódio: – Pai, nós temos de enfrentá-los cara a cara e lutar até o fim.

Moses tinha a dolorosa certeza de que suas riquezas haviam fornecido apenas um raio de luz para iluminar um mundo cada vez mais sombrio. Ele sacudiu a cabeça, mas permaneceu em silêncio, agarrando-se teimosamente à esperança de que seu dinheiro duraria até o fim da guerra.

Agora, apenas uma semana depois, a família Stein encontrava-se no meio de outra crise não produzida por eles.

Na semana anterior, um soldado alemão fora assassinado na terra de ninguém situada entre o muro do Gueto e o lado ariano da cidade. Quando isso aconteceu, rumores davam como certo que a S.S. vingaria o soldado. Ninguém sabia que forma tal vingança poderia assumir, mas os judeus já tinham experiência suficiente com os alemães para saber que, cedo ou tarde, um golpe seria desferido. A população do Gueto estava tomada pelo medo e, quando os alemães finalmente atacaram, os judeus pagaram caro.

Na noite anterior, na véspera do Sabbath, o descanso religioso dos judeus, a S.S. entrou no Gueto e cometeu um terrível massacre. Eles vieram com uma lista, um conjunto de nomes que atingia todos os segmentos da comunidade. Judeus importantes, ex-oficiais do Judenrat, bem como judeus das camadas menos favorecidas da sociedade, foram retirados de suas camas e executados.

O nome de Moses Stein constava na lista.

A vida dele fora salva por um de seus muitos contatos. Um policial judeu, Tolek Grinspan, ex-advogado que defendia os interesses de Moses nos tempos do pré-guerra e que integrava sua folha de pagamento desde que se tornara policial, avisou o patriarca dos Stein a tempo de buscar refúgio na casa de um amigo.

Com pressa de matar todos os judeus na lista, os guardas da S.S. rapidamente revistaram o apartamento e nada falaram em relação à fraca mentira de Daniel afirmando que Moses Stein morrera recentemente, devido a um surto letal de pneumonia. Após observar os nazistas deixarem o apartamento, Daniel puxou Joseph para o corredor e previu, a hostilidade nítida na voz:

– Esta não foi a última vez que os vimos.

Na manhã seguinte, Tolek Grinspan enviou um dos órfãos de rua com o recado de que Moses deveria encontrá-lo naquela noite na esquina da sinagoga Moriah, na rua Karmalicka. Temendo que o encontro fosse uma cilada e que o medo que Tolek sentia dos alemães superasse sua ganância, Joseph insistiu em fazer o contato no lugar do sogro.

Joseph diminuiu o passo ao se aproximar do destino. Viu Tolek antes que o policial o visse. Mesmo na escuridão, era fácil fazê-lo, pois ele usava o marcante quepe estrelado e as botas de cano alto da força policial judaica. Encostado na parede da sinagoga, ele tinha um cassetete de borracha na mão direita, e o batia de modo ritmado na palma da mão esquerda.

Joseph ficou nas sombras, observando, e pensou: "Ele está nervoso." Isso é um bom sinal. Joseph notou a ansiedade de Tolek em relação ao encontro com Moses Stein. Se essa reunião fosse um truque dos alemães, Tolek não estaria em perigo e, portanto, se sentiria mais tranquilo. Tudo fazia sentido.

Joseph olhou ao redor e caminhou lentamente em direção ao outro. O jovem judeu era bem mais alto que Tolek, um homem baixo e rechonchudo por volta dos 50 anos. Joseph fez um aceno com a cabeça e olhou para o policial, dizendo:

– Tolek.

Incapaz de disfarçar a surpresa, Tolek perguntou:

– Onde está Moses?

– Com amigos.

Tolek analisou o rosto de Joseph por um instante, coçando a ponta do nariz com uma unha suja. Ele tomou a decisão rápida de negociar com o genro e disse, encarando Joseph:

– Tenho boas informações para ele.

Fez-se um longo silêncio, cuja implicação era bem óbvia. Tolek queria o pagamento antes das informações.

Joseph fez um esforço imenso para não demonstrar sua amargura.

Nos primeiros dias do Gueto, os alemães obrigaram os judeus a criar sua própria força policial, que se reportava à polícia polonesa e às autoridades alemãs. Logo no início, os membros da polícia judaica eram responsáveis e bem-comportados. Com o tempo, porém, eles se aproveitavam do posto e usavam sua autoridade para obter privilégios, tornando-se lentamente símbolos odiados do poder. Moses tolerava a fraqueza deles pelo suborno, pois tirava vantagem da situação, mas Joseph não era tão indulgente com judeus que exploravam outros judeus, ainda que os Stein se beneficiassem da corrupção.

Joseph apertou os olhos. Tolek era gordo e ensebado. A visão da pele oleosa do homem lhe dava nojo. Joseph poderia apostar mil *zlotys* que Tolek Grinspan comia carne todos os dias. Sara Stein não servia mais carne nas refeições, e os bebês da família Stein tomavam leite apenas uma vez por semana. Miryam começava a perder peso. Joseph trincou os dentes. Enfim, ele perguntou:

– Quanto?

Tolek lançou um olhar estranho:

– Moses não lhe contou?

Joseph sacudiu a cabeça, negando.

Tolek olhou para trás, nervosamente:

– O valor é fixo. Você tem certeza de que ele não o avisou?

– Moses está escondido, meu amigo.

Tolek analisou cuidadosamente Joseph Gale, avaliando como poderia se beneficiar da situação. Apesar de seu tamanho intimidador, o genro francês do patriarca dos Stein não era conhecido como um homem violento, e Tolek achava que Joseph poderia ser pressionado. Além do mais, fazer negócios com esta família estava ficando perigoso demais. Tolek tinha certeza de que os alemães matariam Moses Stein. Quando os alemães cismavam com um judeu, ele sempre morria, e não demorava muito. Acreditando ser esta a última chance de lucrar com os Stein, o policial inflacionou a quantia:

– Cinco peças de ouro.

Joseph deu um leve sorriso. Tolek estava mentindo. O valor era uma peça de ouro. Naquele momento, ele decidiu que iria matar Tolek Grinspan, eliminando, assim, um dos ratos que perturbavam os ocupantes do Gueto.

– Cinco?

Joseph pôs a mão no bolso e retirou o ouro, contando as peças uma por uma.

Tolek pegou o precioso metal com as mãos gorduchas e pôs as cinco peças numa pequena bolsa com alça que lhe cruzava o peito.

Joseph ouvira o tilintar das moedas quando o outro escondeu a bolsa embaixo do braço e percebeu que estava certo: os bolsos de Tolek estavam cheios de dinheiro retirado de mais judeus. O rapaz o encorajou, calmamente:

– Conte-me.

Agora que tinha o ouro em mãos, Tolek rapidamente anunciou o que ouvira:

– Aconselhe seu sogro a deixar o Gueto, de qualquer maneira possível. Ouvi meu capitão dizer que o coronel Drexler está furioso por Moses Stein ter escapado. – Havia um tom de urgência em sua voz: – Hoje à noite. Diga a Moses que eles voltarão hoje à noite.

Com a sobrancelha franzida, Joseph quis saber mais:

– E o resto da família?

Tolek fez uma pausa, ponderando sobre o quanto deveria revelar. Ele ouvira um rumor de que os alemães executariam o patriarca da família, seus dois filhos e o genro, e despejariam as mulheres e crianças, deixando-os na rua. Se toda a família subitamente desaparecesse, os alemães poderiam começar a procurar um informante, e isso poderia levá-los a ele. Rapidamente considerando cumpridas suas obrigações com Moses Stein, Tolek respondeu:

– Não, apenas Moses.

Intuitivamente, Joseph sabia que Tolek estava mentindo. Ele estava furioso a ponto de explodir, mas o rosto demonstrava tranquilidade e ausência de qualquer emoção.

Tolek olhou rapidamente ao redor e começou a se afastar.

Joseph sacudiu a cabeça e apertou o ombro do policial com uma das mãos:

– Só um momento.

Tolek lambeu os lábios e enrubesceu:

– O quê?

O policial jogava o peso do corpo de um pé para o outro, subitamente nervoso com os modos do homem alto.

Joseph deu um pequeno sorriso. Sem levantar a voz, completou:

– Tolek, eu não acho que você tenha recebido *tudo* que merece.

Em seguida, forçou o homem a seguir para trás, na direção da sinagoga.

Os olhos castanhos de Tolek se traíram, demonstrando surpresa e medo. Ele julgara mal Joseph Gale. Subitamente, o jovem parecia tomado de fúria, seus olhos acinzentados vívidos pelo desejo de vingança. O policial desferiu um pequeno chute, mas sabia que não tinha qualquer chance contra a óbvia destreza de um homem muito mais jovem e alto. Só lhe restou choramingar:

– Deixe-me ir. Você já tem o que procurava.

Joseph sibilou:

– *Cale a boca!*

Quando Tolek sentiu as imensas mãos de Joseph em torno do seu pescoço, tentou debilmente atacar seu oponente com o cassetete de borracha.

A breve luta acabou antes mesmo de começar. Joseph sentiu o corpo de sua vítima sacudir violentamente e depois ficar inerte. Após isso, colocou lentamente o corpo do policial sentado e o jogou contra a parede. Após ter certeza de que Tolek estava morto, Joseph rasgou-lhe a camisa e arrebentou a alça que segurava a bolsa de moedas de ouro.

Joseph fez uma pausa e olhou para trás. Apesar do toque de recolher no Gueto, ele tinha a estranha sensação de estar sendo observado.

Joseph não tinha como saber que Daniel Stein o havia seguido e esperava nas sombras para garantir que o cunhado não corria perigo.

Daniel Stein ficou surpreso, mas contente por Joseph ter matado Tolek, e um sorriso formou-se lentamente em seu rosto. Entendendo que a missão de Joseph fora bem-sucedida, ele rapidamente tomou o caminho de volta ao apartamento dos Stein, onde seu pai o esperava.

Incapaz de se livrar da sensação de que olhos desconhecidos o espreitavam, Joseph passou um tempo observando as ruas vazias sem ver ninguém. Lentamente, ele se levantou e saiu andando, estranhamente impassível diante do que acabara de fazer. Enquanto desaparecia na escuridão, seus dedos acariciavam as peças de ouro. Eram 29 moedas.

Caminhando pela Zomenhota de volta à rua Nisko, um pensamento gentil subitamente passou por sua cabeça. Após colocar 24 moedas de ouro nos bolsos, ele manteve as cinco restantes na mão. Movendo-se rapidamente, procurou a mulher que vira mais cedo numa porta da rua Mila, pousou o dinheiro nas mãos dela e sussurrou:

– Tome, compre um pouco de comida para seus filhos.

Joseph ouviu o pequeno grito da mulher e pôde sentir seu olhar assustado enquanto se afastava rapidamente.

Pela primeira vez em muito tempo, o rapaz estava livre de qualquer tensão.

Logo, ele estava em Nisko e, ao subir os degraus para o apartamento dos Stein, viu que Daniel e seu sogro estavam esperando. Os dois homens o encontraram no corredor escuro fora do apartamento.

Os olhos negros de Moses o encararam, questionadores:

– E então?

A expressão no rosto de Joseph bastava como resposta.

Um gemido baixo escapou dos lábios.

Joseph sacudiu a cabeça com pesar. Ele tinha uma sensação estranha, sabia que, após essa noite, suas vidas mudariam para sempre. E alertou:

– A situação não é boa. Os alemães voltarão hoje à noite. – Após olhar para o sogro, continuou: – Moses, o senhor precisa subornar alguém para sair do Gueto.

O sogro desmoronou. Mal-humorado, fez questão de encarar Daniel e retrucar:

– Você está absolutamente certo disso? O que exatamente Tolek falou?

– O coronel da S.S. mandará seus homens voltarem hoje à noite a fim de pegar o peixe que escapou na primeira rede. – Ele fez uma pausa, pensando em como abordar a morte do policial: – Tolek acredita que os alemães estão atrás dele e seus dias estão contados.

Uma fagulha surgiu nos olhos de Daniel, mas ele ficou em silêncio. Joseph Gale seria um tremendo guerreiro.

O queixo de Moses, literalmente, caiu e ele sussurrava, descrente:

– Então, é isso.

O patriarca dos Stein virou as costas e entrou rapidamente no quarto da frente, resolvendo sua situação enquanto pensava que, às vezes, um homem é forçado a tomar as decisões mais importantes numa fração de segundo.

Joseph e Daniel o seguiram para dentro do apartamento sem pronunciar uma palavra. Sara e Gershom esperavam na sala de estar, temendo o pior, mas esperando o melhor.

Moses olhou para a esposa:

– Sara, minha querida, chegou a hora de fazer minhas malas.

A esposa sacudiu a cabeça veementemente e soltou um pequeno grito. Vendo o olhar de desespero no rosto do marido, ela conteve o grito, colocando a ponta do avental na boca. Sara aquiesceu e levantou-se da cadeira.

Moses a seguiu.

Ester, ainda acordada, juntou-se à família na sala de estar. Estupefata, não disse nada, mas correu para os braços de Joseph.

Joseph, Daniel e Gershom também ficaram mudos, sabendo que Ester estava a um passo da histeria.

Moses retornou abruptamente à sala, carregando uma pequena valise. Ele enrubesceu ao ver a filha:

– Ester, você deveria estar dormindo.

Ela correu em direção a Moses, implorando:

– Pai, por favor, não vá.

Com olhos suplicantes, Ester parecia uma garotinha. O semblante do patriarca dizia muito, mas ele falou pouco:

– Ester, se eu ficar, colocarei todos vocês em perigo. – Ele guiou a filha de volta para os braços do marido e deliberadamente encarou o genro, antes de declarar: – Joseph cuidará de você. E da criança. – E, para deixá-la mais segura, Moses acrescentou: – Até eu voltar.

Gershom abraçou a mãe, que agora chorava copiosamente.

Daniel ficou de lado, sem saber o que dizer.

Moses encarou a família e sorriu com bravura, pensando que, até o dia em que Hitler teve a ideia insana de conquistar o mundo, ele fora o mais sortudo dos homens e tivera uma vida completa. Até os nazistas chegarem a Varsóvia, ele imaginava seu fim de maneira bem diferente, achando que morreria tranquilamente na cama, de velhice, cercado pelos filhos e netos. Mas nada era garantido e, ao que parecia, um final tranquilo não estava em seu destino.

Moses apertou a mão de Daniel e encarou por um longo tempo seu filho guerreiro, desejando ter mais uma chance de convencê-lo a se abster da violência. Mas o tempo se esgotara e agora ele podia apenas esperar o melhor. O patriarca fez que sim com a cabeça e trouxe o filho para perto de si e o beijou, primeiro numa bochecha e depois na outra.

Depois, ele se voltou para Joseph, em quem deu um tapinha no ombro. Joseph Gale havia provado ser uma bênção de Deus. Numa voz melancólica, murmurou:

– Joseph, você tinha razão. Eu deveria ter tirado minha família da Polônia há muito tempo.

Joseph se perguntou como a família sobreviveria sem o sogro. O homem era como um tanque situado entre sua família e os odiados alemães.

Moses olhou para Gershom e sabia que ele ficaria bem, pois tinha sua fé.

O luto de Ester explodiu num choro pesado:

– Pai, pai.

O rosto vincado de Moses perdeu a cor:

– Preciso ir.

Foi quando ele abraçou mais uma vez os integrantes da família, um por um, deixando Sara por último.

Lágrimas rolavam no rosto da matriarca dos Stein:

– Moses, eu...

O marido silenciou-a, colocando o dedo em riste em seus lábios. De repente, sem pensar, ele sabia o que dizer:

– Sara, nós nos encontraremos novamente. Num lugar melhor.

Pela primeira vez na vida, Sara Stein se jogou nos braços do esposo.

A angústia da mulher foi o golpe final. Moses precisou de todas as forças para se afastar dela.

Antes de fechar a porta, Moses olhou para Gershom e Daniel, respectivamente, e ordenou:

– Vocês sabem o que fazer.

Ele se referia às últimas riquezas cuidadosamente escondidas em três locais diferentes.

Com um sorriso meigo no rosto e um breve aceno de mão, Moses Stein fechou a porta lentamente sem dizer à família aonde ia, pois não queria colocá-los num perigo ainda maior ao saber seu paradeiro.

Sara Stein, inconsolável, seguiu seu caminho e deixou o recinto.

Daniel e Gershom foram dizer às suas esposas o que acontecera, concordando em encontrar Joseph novamente na sala de estar dentro de meia hora.

Joseph, gentilmente, carregou Ester nos braços e a levou para a cama. Ele sentou ao seu lado até suas lágrimas a levarem ao sono.

Em meia hora, após elaborar um plano com os dois irmãos, Joseph voltou ao quarto, mas não dormiu. Em vez disso, ficou sentado no grande baú perto da janela do quarto com vista para a rua Nisko, esperando em silêncio, sabendo que logo os alemães viriam procurar Moses Stein.

Joseph Gale não precisou esperar muito.

Paris

Jacques Gale vivia apenas com o conteúdo de uma valise. Ele nunca dormia mais de uma noite no mesmo lugar. Sua cama podia ser na suíte luxuosa de um grande hotel ou um colchão fino num armário. Uma vez, chegou a dormir curvado numa banheira, tendo apenas o casaco como travesseiro.

Jacques exultou ao receber a notícia de que sua antiga célula da resistência em Paris finalmente havia capturado o "Gato", um colaborador francês que causara a morte de vários colegas de resistência. Jacques soube que, sob tortura, o Gato havia revelado uma quantidade assustadora de informações que representavam a perdição para os judeus da Europa.

Jacques dirigiu-se rapidamente a um apartamento seguro no coração de Paris. Após cumprimentar Edmúnd e André, dois de seus companheiros, e rir de piadas sobre "as garras do gato terem sido cortadas", ele devorou uma refeição de pão, sopa e queijo.

Edmúnd entregou a Jacques um documento de duas páginas, fazendo suspense:

– Agora, faça a digestão com isto aqui.

Jacques Gale, incrédulo, leu e releu os papéis que estavam em suas mãos:

O Gato tinha a confiança total do seu contato, um capitão nazista. Esse nazista apreciava de contar vantagem quanto ao seu conhecimento pessoal sobre reuniões de alto escalão em que as decisões políticas eram tomadas em relação ao plano de mil anos de Hitler para dominar a Europa. O capitão confidenciou ao Gato que uma reunião especial, a Conferência de Wannsee, realizada no subúrbio berlinense de Wannsee, em 20 de janeiro de 1942, contou com a presença de 15 oficiais nazistas em postos de liderança. Acredita-se que as decisões tomadas durante esse encontro já sejam de conhecimento geral da burocracia nazista.

Mesmo sem ter comparecido à conferência, o marechal do Reich Goering emitiu ordens aos presentes por intermédio do general Heydrich da S.S. que os judeus da Europa não estavam morrendo rápido o bastante a ponto de garantir o fim desta raça.

Após muita discussão sobre a questão judaica, chegou-se a um consenso em torno da construção de campos de câmaras de gás na Polônia para acelerar o processo de morte. Todos os judeus que ainda não faleceram de fome ou doença, incluindo mulheres e crianças, deveriam ser mortos por gás venenoso.

Os judeus da Polônia serão os primeiros. Quando estes forem eliminados mortos, os judeus da Europa Ocidental, incluindo os franceses, serão transportados em vagões de gado para os campos da morte.

Jacques olhou para o nada e conseguiu apenas sussurrar uma palavra:
– Joseph.

Tanto Edmúnd quanto André estavam cientes de que Jacques Gale era judeu e que as informações claramente representavam perigo para sua família em Paris. Os dedos de Edmúnd arrancaram o papel das mãos de Jacques e sua voz tremia de raiva:
– Eu disse ao André, os alemães são cães raivosos!

André tentava esconder os próprios temores. Ele tinha uma noiva judia:
– Tente não se preocupar, Jacques. Os alemães morrerão com o rosto na lama em breve.

Edmúnd acrescentou:
– E não se esqueça de que há um grupo de judeus poloneses entre os nazistas e a sua família.

Jacques surpreendeu os homens com um olhar frio e duro suavizado pela voz sussurrada:
– Tenho um irmão em Varsóvia, casado com a mulher mais amável que já conheci. Meu irmão e sua linda esposa têm uma filhinha.

Suas palavras foram recebidas com silêncio.

A voz de Jacques era quase inaudível:

– Meu irmão, sua esposa e filha serão os judeus sacrificados de quem vocês falam.

Pálidos, Edmúnd e André trocaram olhares. Presos num reino entre palavras, os dois homens desviaram o olhar para não terem de encarar um ao outro.

Capítulo VII

A S.S.

Em 1933, quando Adolf Hitler tornou-se chanceler da Alemanha, jurou acabar com a república. O sempre fiel Heinrich Himmler já havia demonstrado sua capacidade como organizador aumentando a S.S., a unidade de guarda pessoal de Hitler, de 300 homens para 50 mil. Esse antigo criador de aves conseguiu realizar o feito hercúleo em apenas quatro anos. Sob a hábil gerência de Himmler, a S.S., sigla de Schutzaffel, que significa "escalão de defesa", ficou conhecida como a ordem negra e ganhou crescentes poder e prestígio.

Quando a Alemanha atacou a Polônia em setembro de 1939, havia cerca de 100 mil homens na S.S. Adolf Hitler se gabava para sua equipe:

– Ordenei aos chefes das minhas Unidades da Morte no Leste para matar sem pena ou misericórdia todos os homens, mulheres e crianças da raça judaica.

Quando indagado se esses homens tinham estômago para assassinar mulheres inocentes com bebês no colo, Hitler dava um tapinha no joelho e gargalhava com a pergunta, certo de que as "bravas tropas da Waffen-S.S. não são como os homens comuns". De fato, ele relatou várias vezes sua convicção de que, por meio de duros treinamentos espartanos, a S.S. de Himmler havia produzido uma raça de homens cuja obediência a Hitler era inquestionável, e se eles recebessem a ordem de seu Führer de atacar um tanque apenas com as mãos, assim o fariam.

Karl Drexler, como todos os seres humanos, entrou no mundo programado por seu próprio e inigualável código genético e influenciado por pessoas destinadas a moldar sua vida. Ele fora transformado em um monstro por seu pai, Rudolf Drexler.

Rudolf Drexler nasceu em Munique, em 8 de março de 1892, numa família de classe média. Seu pai era professor universitário e a mãe, dona de casa. Ele tinha mais três irmãos e uma infância idílica. Cursou a universidade e, durante o segundo ano, Rudolf casou-se com a bela filha de um vizinho. Seu primeiro filho, Karl, nascera em 1913.

A vida seguia sem grandes acontecimentos até que os Drexler, como outros europeus, foram atingidos por uma tragédia histórica: a Primeira Guerra Mundial. Rudolf e seus três irmãos saíram da Alemanha para lutar no front ocidental. Antes de a guerra ser perdida, um dos irmãos foi morto, outro perdeu as pernas e um terceiro ficou cego. Apenas Rudolf sobreviveu sem quaisquer sequelas físicas. Após a amarga derrota da Alemanha, Rudolf retornou a um país arrasado e a uma família partida por desastres pessoais e financeiros. Ele fechou-se em si mesmo, tentando encontrar uma explicação para as terríveis agonias infligidas sobre seu amado país e sua adorada família.

Nesse período sombrio da vida, Rudolf Drexler descobriu que Houston Stewart Chamberlain, um cidadão britânico que denunciara o próprio país, casara-se com a filha de Richard Wagner e passara a ser mais dogmático em sua pregação pró-Alemanha do que o mais fanático alemão nato. Durante a Primeira Guerra Mundial, Chamberlain publicou propaganda antibritânica, e foi tido como vira-casaca pelos ingleses enfurecidos.

Chamberlain escreveu *The Foundations of the Nineteenth Century*, no qual defendeu a posição radical de que os alemães eram uma raça superior e que tinham por missão dominar o mundo. Segundo a visão de mundo odiosa e antissemita de Chamberlain, os alemães eram os criadores e portadores da civilização e os judeus, destruidores.

À medida que os alemães e a Alemanha iam ficando cada vez mais presos no atoleiro de uma guerra perdida e de uma economia arruinada, Rudolf Drexler, sob a influência dos escritos de Stewart Chamberlain, encontrou um bode expiatório para sua vida problemática: os judeus. Ele fervia de raiva sempre que encontrava um israelita andando pelas ruas de sua terra natal ou trabalhando num emprego que, em sua mente, teria sido roubado de um ariano.

Com a ajuda do pai de sua esposa, Rudolf voltou à universidade e cursou pós-graduação em Filosofia. Em 1922, ele se tornou professor assalariado da Universidade de Berlim. Cinco anos depois, após uma discussão amarga com um colega, perdeu o emprego. O colega era da fé judaica, bem como o chefe do departamento que recomendara a demissão de Rudolf.

Para sustentar sua crescente família, ele foi obrigado a trabalhar num mercadinho por um salário bem menor. O dono da loja era judeu.

Com uma raiva imensa que o consumia cada vez mais, Rudolf ensinou aos filhos os males que vêm dos hebreus. Ele alertava:

– Meus filhos, se não agirmos logo, nossa amada Alemanha estará perdida para uma raça inferior!

Rudolf era incansável em sua jornada de passar aos filhos seu desprezo pelos judeus:

– Os judeus deveriam ser confinados, mantidos longe da população em geral e, se isso não resolver o problema, então deveriam ser postos para fora da Alemanha! O futuro do nosso país está em perigo!

Dos seis filhos de Rudolf, Karl era o mais influenciável. Ele não demorou a pensar nos judeus como anormais e assustadores. Quando menino, ele agradava o pai xingando e cuspindo em judeus pelos quais passavam na rua, assustando-os ao chamá-los de "assassinos de Cristo".

Ao entrar na adolescência, Karl se juntou a uma gangue de garotos da vizinhança que atacava crianças judias indefesas na rua. Na universidade, liderou um grupo de jovens que protestava contra o grande número de estudantes israelitas e agredia fisicamente os judeus que obtinham notas altas nas provas.

Quando os nazistas chegaram ao poder, Karl Drexler e seu pai choraram de alegria, sabendo que seus salvadores haviam assumido o comando. *Mein Kampf*, o livro em que Hitler traçava seu programa político, além de chamar os judeus de *parasitas nos corpos dos alemães*, tornou-se a bíblia deles.

Com a bênção do pai, Karl Drexler inscreveu-se na S.S. Seu pedigree ariano demonstrou que a linhagem da família Drexler estava pura desde o ano de 1750, requisito obrigatório para que Karl fosse aceito como candidato a oficial. Alto e louro, com olhos azuis e marcantes traços nórdicos, Karl Drexler atendeu facilmente aos rigorosos critérios da S.S. quanto à aparência racial correta.

Quando ele saiu de casa para passar pelo treinamento, era um herói para a família, pois protegeria a terra natal dos porcos judeus que sugavam a riqueza do país.

No fim do rigoroso treinamento, Karl observou, com grande interesse, enquanto a parte de baixo do braço era tatuada com a insígnia brilhante da S.S. No dia seguinte, ele foi apresentado com o uniforme completo: calças e cinto pretos, camisa marrom, gravata, jaqueta e botas de cano alto pretas. Seu quepe preto, preso por um cordão, era reforçado pela insígnia prateada da Cabeça da Morte, um crânio humano.

Em 30 de abril de 1937, no aniversário do *Führer*, Karl fez seu juramento como agente da S.S.:

> *"Juro a ti, Adolf Hitler,*
> *Como Führer e chanceler*
> *Do Reich alemão*
> *Lealdade e bravura.*
> *Juro a ti e aos*
> *Superiores apontados por ti*
> *Obediência até a morte,*
> *Que Deus me ajude."*

Após fazer um segundo juramento em que se comprometia e comprometia seus descendentes a se casarem apenas se "as condições necessárias" de raça e saúde fossem atendidas, e após dar sua palavra solene de que não se casaria sem a permissão do próprio Himmler, Karl recebeu, com orgulho e alegria, a espada da S.S.

Seguindo o conselho de Himmler, Karl decidiu se tornar um membro da Gestapo. A Gestapo era uma ramificação da S.S. que rapidamente se tornou um símbolo temido do reinado de terror nazista.

No dia em que voltaria para casa em Berlim, Karl Drexler tomou muito cuidado ao arrumar a espada e o quepe e posou na frente do espelho, sabendo que apresentava uma bela e amedrontadora figura.

A família o esperava na estação de trem. O momento mais recompensador da juventude de Karl Drexler veio quando ele notou o orgulho nos olhos do pai. Rudolf Drexler abraçou o filho às lágrimas:

– Meu filho! Meu filho! Um soldado!

Até aquele instante, Rudolf sempre se achara um fracasso, mas ao ver Karl, soube que fora bem-sucedido ao criar um filho esplêndido, que lutaria bravamente para devolver tudo o que fora roubado dele e de sua amada Alemanha.

Quando a guerra começou, membros da Gestapo acompanharam as forças armadas alemãs nos países ocupados, usando seus métodos brutais característicos para destruir qualquer um que fosse hostil ao governo alemão. Nesse trabalho pela aniquilação dos inimigos do *Reich*, a presa natural da Gestapo era o grande número de judeus indefesos confinados em guetos.

Após ser ferido na perna quando seu veículo militar passou sobre uma mina russa, Karl Drexler foi enviado a Berlim para se recuperar. Quando voltou à antiga forma, retornou ao front oriental para ajudar a resolver o crescente problema judeu no Gueto de Varsóvia.

Quando Karl Drexler viu a lista que tinha em mãos, sentiu um leve espasmo nos lábios.

Friedrich Kleist, subordinado de Drexler, ficou de pé e encarou Karl, com as mãos atrás das costas e a expressão desprovida da apreensão que sentia. Kleist falou a si mesmo que seu superior se tornara cada vez mais irracional desde a trágica campanha de inverno na Rússia. Karl Drexler atacava verbalmente qualquer um ao seu redor. O coronel Drexler tinha um irmão mais novo lutando a oeste de Smolensk, no front oriental. Na semana anterior, eles souberam que *partisans* soviéticos, as tropas clandestinas formadas para combater os alemães, estabeleceram um limite ao leste da linha alemã, definindo o cenário para um massacre de soldados germânicos. Friedrich ponderava se esse era o motivo da atitude de Drexler.

Colocando o papel no bolso, Karl perguntou:

– Soldados alemães sendo enganados por judeus?

Friedrich manteve a voz impassível deliberadamente:

– Parece ser o caso, senhor.

Karl grunhiu, caminhou ao redor da mesa e pegou alguns documentos, ganhando tempo para pensar sobre os judeus no Gueto de Varsóvia. Eles eram um grupo esperto, e faziam todo o possível para se agarrar às suas vidinhas miseráveis.

O rancor de Karl aumentava a cada respiração.

Na noite anterior, 15 dos judeus da lista de execução haviam escapado. Desde então, seus homens localizaram apenas três deles. O próprio Karl supervisionou a tortura deles antes da execução e, embora isso tenha lhe dado um prazer momentâneo, nada parecia satisfazer completamente seu desejo de ver judeus humilhados e alquebrados.

Com a campanha russa fracassando, Karl sentia a urgência de sua tarefa. Ele e seus homens precisavam de tempo para exterminar todos os porcos judeus. Karl sabia que, no pensamento de seus superiores em Berlim, resolver o problema judaico era tão importante quanto ganhar a guerra. Se apenas um judeu sobrevivesse, a missão de Karl teria falhado. Ele direcionou sua raiva para Friedrich:

– Eu tenho de fazer tudo? – Ele estalou os dedos: – Vá! Reúna seus homens e venha comigo.

Ele entraria pessoalmente no Gueto e procuraria esses judeus. Depois, bem diante de suas famílias, colocaria uma bala na cabeça de cada um deles.

Um sorriso mais frio que seu olhar gélido surgiu enquanto ele repensava essa possibilidade, decidindo não matá-los imediatamente. Vê-los implorar por misericórdia era muito mais gratificante. Karl sentiu um aumento súbito de empolgação diante da oportunidade de derramar sangue de judeus.

A noite foi uma orgia de assassinatos. O método de Karl era simples: ele mantinha crianças judias como reféns e informava asperamente aos porcos judeus que eles tinham cinco minutos para revelar o paradeiro do procurado. Depois disso, a matança começava. Não demorava muito para que os covardes revelassem o esconderijo de seus homens.

Em algumas horas, Karl prendera dez dos 12 homens que procurava. Infelizmente, fora necessário matar um deles. Quando o judeu viu sua criança morta, banhada em sangue, ganiu como um cão e, com as próprias mãos, deu o bote em Karl.

No caminho para o último apartamento da rua Nisko, Karl estendeu o braço e deu um tapinha nas costas de Friedrich, sentindo um imenso orgulho pelo sucesso no jogo mortal com os judeus, pois ele se considerava um estrategista brilhante. Ainda assim, Karl demonstrava certa preocupação com Friedrich Kleist. Ele era novo no Gueto de Varsóvia e Karl sentia que o coração do homem não estava totalmente voltado ao trabalho. Karl compreendia. Em geral, levava algum tempo para que seus homens, particularmente os menos experientes, vissem os judeus como de fato eram e compreendessem a necessidade absoluta de eliminá-los da Europa. Parte do perigo judeu vinha de sua capacidade de conquistar as pessoas para sua causa por meio de sua conduta dissimulada e insidiosa.

Karl falava alto e deixava suas opiniões bem claras, enquanto balançava o cassetete para cima e para baixo, fazendo Friedrich pensar num instrutor entusiasmado diante de seus alunos, exceto pelo fato de a lição ser do tipo que um estudante jamais deveria aprender:

– Veja você, Friedrich. Os judeus são bastante estúpidos. Vários testes de inteligência feitos por renomados cientistas do *Reich* comprovaram que os judeus têm um cérebro equivalente ao de um cavalo.

Vendo o olhar de descrença de Friedrich, Karl acrescentou, aos risos:

– Não é do mesmo tamanho, mas é tão estúpido quanto. Sério! É verdade! – Sem parar de rir, ele completou: – Diga-me, Friedrich, um homem discute suas ideias com um cavalo?

Friedrich deu a resposta esperada:

– Não, senhor.

– Não, claro que não. Um homem deve domar o animal para lhe mostrar como as coisas são. É exatamente assim com os judeus. É preciso mostrar-lhes, de modo bem básico, o que precisam fazer.

Karl Drexler abriu um sorriso largo para Friedrich, esperando pela resposta.

Sem saber o que dizer, Friedrich murmurou:

– Creio que o senhor tem razão.

Friedrich corou de vergonha, sentindo-se julgado por mil olhares de seus ancestrais no tempo e no lugar que seriam destinados a mostrar o verdadeiro mérito de um homem. Friedrich suspirou pesadamente, sentindo-se incapaz de fazer algo, pois estava preso numa situação inacreditável com um bando de lunáticos.

O jovem oficial não queria tomar parte do trabalho sombrio daquela noite.

Ele fora levado a se juntar à S.S. por um primo, que convencera os pais de Friedrich de que seu filho único estaria muito mais seguro na S.S. do que lutando num exército que enfrentava perdas súbitas e terríveis. Friedrich era um homem de estatura mediana, suficientemente atraente, mas era uma criança em vários aspectos, por ter sido excessivamente protegido pelos pais indulgentes. A mãe o estimulara a entrar na S.S., visto que ela, como muitos alemães desinformados, considerava esse grupo responsável apenas pela moral dos alemães e dos prisioneiros a quem eles guardavam. Com a guerra entrando em seu terceiro ano, a S.S. relaxara alguns de seus requisitos mais rígidos de recrutamento. Por isso, e apenas por isso, Friedrich fora aceito como um dos membros daquela elite.

Admirando os uniformes e a confiança dos soldados da S.S., ele ficara satisfeito... inicialmente. Dizia a si mesmo que todo homem saudável na Alemanha estava metido num uniforme, então ele não tinha escolha, e uma ramificação do serviço era igual à outra.

Friedrich estava mortalmente errado.

Já no treinamento, percebera que não estava emocionalmente equipado para o tipo de missões dadas às unidades da S.S. Friedrich rapidamente entendeu que estava sendo treinado para ser um assassino, e não um soldado! Treinado para matar judeus! A cada oportunidade, esse povo era considerado a raiz dos problemas da Alemanha. Os israelitas começaram a guerra e agora mereciam a catástrofe que os aguardava. Eles eram o motivo de todas as derrotas alemãs.

Mesmo hoje, caminhando ao lado do coronel Drexler, as palavras do seu ex-instrutor na S.S. ecoavam em seus ouvidos:

– O perigo para nosso país ainda não foi removido. Nossos inimigos querem avançar ainda mais em nosso solo! A maior ameaça à vida alemã são esses judeus imundos!

Embora o instrutor de olhos gélidos tivesse sido bem claro em suas palavras, pronunciadas sem demonstrar qualquer emoção, Friedrich deu a resposta que sabia ser esperada, mas que não representava seus sentimentos.

Embora a família Kleist não tivesse conhecidos judeus, Friedrich nada tinha contra eles e, em geral, sentia pena pela forma como estavam sendo tratados. Ele não era ingênuo a ponto de expressar suas dúvidas, e acabara designado como guarda de campo de concentração na Polônia. Seus pais exultaram, pensando que o filho estaria a salvo das armas dos crescentes inimigos da Alemanha. Ainda assim, Friedrich sabia que, se eles realmente soubessem o que estava acontecendo aos judeus e a função que seu filho era obrigado a cumprir, prefeririam que ele estivesse lutando pela vida numa fronteira coberta de neve na Rússia.

Quanto a seu superior, Karl Drexler, Friedrich Kleist o achava um louco completo que cometia atos horrendos contra mulheres e crianças inocentes. A obsessão do coronel pelos judeus causava perplexidade e deixava Friedrich horrorizado, mas ele sabia que expressar suas opiniões seria inútil. Era de seu conhecimento que, antes de Varsóvia, o coronel Drexler servira no front oriental. Em Kiev, ele tivera um acesso de fúria com dois de seus homens por se recusarem a seguir suas ordens de abrir fogo contra um celeiro no qual estavam cem mulheres e crianças judias russas, feitas prisioneiras. Friedrich soube que esses dois homens foram severamente punidos.

O coronel era um homem perigoso, e Friedrich estava perfeitamente ciente do perigo de rebelar-se contra alguém tão poderoso. Kleist acreditava que não escaparia de uma punição em caso de eventual desobediência.

Além do mais, ele tinha consciência de que os judeus estavam mortos de qualquer jeito e não havia nada que pudesse fazer para ajudá-los.

Recentemente, Drexler informara em particular que seus superiores haviam feito uma reunião em janeiro, em Wannsee, nos subúrbios de Berlim, onde decidiram adotar a "Solução Final", o codinome para o extermínio dos judeus na Europa.

Louco! O mundo todo enlouquecera, Friedrich geralmente dizia a si mesmo.

Mas, por ora, ele se preparava para mais violência, pois percebeu que eles estavam quase chegando ao apartamento da rua Nisko, lar de um dos judeus mais ricos do Gueto, Moses Stein.

Friedrich tinha vários motivos para temer um encontro com este homem: ele conhecera o velho judeu alguns meses antes e aceitara suborno para libertar um de seus parentes, um homem que havia sido preso sob a acusação de contrabando. Friedrich jamais aceitara suborno antes, mas, justamente naquele dia, recebera uma carta perturbadora da esposa, Eva. Os britânicos haviam aumentado os bombardeios em Berlim, e Eva relatava as dificuldades enfrentadas por ela e sua família. O preço dos alimentos estava exorbitante na Alemanha. Pensando nela e em seus parentes, Friedrich fora seduzido pelos grandes diamantes de Moses Stein, racionalizando que os judeus do Gueto de Varsóvia estariam mortos de qualquer jeito. E, após descobrir que o guarda responsável pela prisão do parente de Moses fora chamado de volta à Alemanha para o funeral de um irmão, e que esse oficial não tinha preenchido os documentos necessários após realizar a prisão, Friedrich pegou cinco diamantes e libertou o judeu. Sem os formulários assinados, Kleist esperava que ninguém jamais soubesse da prisão dele.

Tendo guardado um diamante para si, para possível uso futuro, Friedrich conseguiu que um colega de confiança da S.S. entregasse dois diamantes para Eva e dois para sua mãe.

Porém, outros devem ter descoberto as riquezas do velho judeu, pois, de algum modo, o nome de Moses Stein fora colocado na lista de extermínio quando o coronel Drexler decidiu vingar o assassinato de um soldado alemão. Como o coronel não havia tratado-o de forma diferente, Friedrich acreditava que seu superior nada soubesse da transação ilegal. Do contrário, ele estaria em sérios problemas. Karl Drexler era profundamente comprometido com o juramento que fizera. Ninguém jamais soube que ele tivesse aceitado um suborno.

Quando o judeu conseguiu escapar da primeira busca, Karl confidenciara a Friedrich que prenderia Moses Stein por último.

Karl sempre deixava o melhor para o fim.

Friedrich descobrira que Karl tinha um apreço especial por humilhar judeus ricos:

– Os desgraçados erroneamente acreditam que sua riqueza representa proteção da justiça alemã. – E ria ao contar o que, para ele, eram lembranças estimadas: – Os judeus ricos sempre ficam tão surpresos na hora da morte!

Friedrich sentia uma pressão no estômago enquanto subia os degraus do apartamento dos Stein. Às 4 da manhã, ele suspeitava que a família Stein estivesse dormindo, sem ter ciência de que o ameaçador Karl Drexler estava a caminho para destruir suas vidas. Sentindo que o coronel observava suas reações, Friedrich tentava parecer entusiasmado.

Karl Drexler endireitou o corpo, ficando com as costas retas, e sentiu uma calma mortal se abater sobre si enquanto estava na porta do apartamento de Moses Stein. Ele realizava os desejos de seu amado *Führer*. Ordenou:

– Quebrem a porta.

Capítulo VIII
Morte na rua Nisko

Joseph Gale estava esperando há quatro horas. Ele ouvira o eco da voz de Karl Drexler e o som das botas pesadas dos homens da S.S. andando pelo Gueto rumo à rua Nisko.

Joseph rapidamente trancou Ester e Miryam no quarto e recomendou à sua apavorada esposa:

– Ester, aconteça o que acontecer, *não* saia. Não importa o que você escutar!

Com o coração batendo forte, Joseph correu para se juntar a Gershom e Daniel na porta da frente. Os três estavam se oferecendo em sacrifício para salvar suas famílias.

Joseph e Daniel trocaram olhares determinados e subitamente Joseph se sentiu calmo e frio.

Com um forte barulho, a porta foi arrombada, e os homens da S.S. ocuparam o apartamento.

Karl Drexler parecia perplexo ao ver que os três judeus o aguardavam. Ergueu as sobrancelhas, olhou cuidadosamente para cada um deles e se fixou em Joseph Gale. Ele analisou o homem alto por alguns instantes antes de entrar pela porta quebrada como se fosse um convidado.

O coronel deu um sorrisinho frio e perguntou de modo indiferente:

– Moses Stein? Ele está?

Daniel tomou a iniciativa, dando a resposta combinada pelos homens da família:

– Meu pai morreu recentemente. Foi enterrado na semana passada.

No ano anterior, os judeus haviam morrido no Gueto de Varsóvia a uma proporção de duzentos indivíduos por dia. Era totalmente plausível que Moses Stein fosse um dos numerosos desafortunados.

Karl Drexler deu um leve peteleco, como se retirasse uma mácula imaginária de seu casaco preto, antes de retrucar:

– É mesmo?

Ele se voltou para Friedrich Kleist e deu uma piscadela antes de passar pelos três homens rumo à estante de Moses. O cômodo estava totalmente silencioso, e Karl analisou a vasta seleção de clássicos em vários idiomas.

Enquanto folheava os ensaios de Montaigne, ele murmurou:

– O que é isso?

Acreditando que judeus eram ladrões, ele decidira que a família Stein devia ter roubado a coleção de livros de algum aristocrata polonês. Mais tarde, ele faria com que o capitão Kleist voltasse para buscar toda a biblioteca.

Devolvendo o livro ao lugar de origem, Karl voltou sua atenção para os três judeus e cutucou as costas de Daniel com o cassetete.

– Seu nome?

Daniel enrijeceu a postura:

– Daniel Stein.

– Ah, sim! *Daniel*.

Karl riu antes de citar um versículo da Bíblia:

– "Daniel, servo do Deus vivo, dar-se-ia o caso que o teu Deus, a quem tu continuamente serves, tenha podido livrar-te dos leões?"

O outro não respondeu.

Vários guardas da S.S. riram. Karl sorriu para eles e limpou a garganta.

– Daniel, que moléstia acometeu... seu pai, eu presumo?

Daniel confirmou:

– Moses Stein era meu pai. – Ele engoliu em seco, acalmando-se para não xingar o alemão, em vez de responder à pergunta. – Ele morreu de pneumonia.

– Pneumonia. Sim, é claro.

Karl Drexler andava entre Daniel e Joseph. Ele parava e encarava Joseph diretamente, aproximando-se do rosto do jovem e estudando a forma de sua cabeça. O oficial apertou um dos braços de Joseph, pensando o tempo todo que aquele homem não tinha nenhuma das características físicas normais dos judeus. Desconfortável com o tamanho e a aparência extraordinariamente bela de Joseph, apertou os olhos e perguntou:

– E o seu nome é?

Joseph respondeu de forma muito distinta:

– Joseph Gale.

Karl Drexler continuou a encarar Joseph, que retribuiu o olhar e não se abalou. Karl Drexler era alto, mas Joseph Gale era um pouco mais.

Num momento de sua vida, Joseph Gale fora admirador da raça alemã, apesar da Primeira Guerra Mundial e dos desinformados militares alemães, que continuavam a fazer a guerra com seus vizinhos europeus. Os alemães eram repletos de contradições: produziam gênios musicais, escritores, intelectuais e cientistas extraordinários e, por outro lado, criavam monstros cujo único objetivo consistia em destruir tudo de bom que havia na civilização.

Porém, desde o início da Segunda Guerra Mundial, o ataque e a ocupação da Polônia, seguidos pela formação do Gueto de Varsóvia, Joseph odiava todos os alemães, desgraçados, vivos ou mortos.

Observando de perto o oficial, Joseph decidiu que não havia nada por trás daqueles olhos azuis gelados do homem da S.S. Ele era uma carcaça vazia, programada para matar, e nada mais. Joseph se perguntava se a doutrina nazista conseguia remover o bem de todos os alemães do jeito que havia feito com o homem de pé à sua frente.

Caso isso fosse verdade, então todos eles mereciam morrer.

Joseph quase sorriu, pensando no grande número de soldados alemães que faziam exatamente isso na Rússia. O front oriental sangrava a máquina de guerra alemã e, já há algum tempo, Joseph sabia que os alemães perderiam sua corrida frenética para dominar o mundo e massacrar todos os inimigos. Ele só esperava que a derrota alemã ocorresse a tempo de salvar os judeus de Varsóvia.

De repente, Joseph teve uma estranha sensação: de que um dia o homem à sua frente estaria à *sua* mercê.

Os dois continuaram presos numa disputa para ver quem desviava o olhar primeiro.

O rosto de Karl começou a enrubescer, furioso com a audácia do judeu de desafiá-lo, ainda que com um olhar.

Joseph estava louco de vontade de matar Karl Drexler. Ocorria-lhe o pensamento terrível de que suas mãos tinham vontade própria e estrangulariam o homem, com a mesma facilidade que haviam tirado a vida de Tolek Grinspan. Sabendo que tal reação significaria a morte de todos no apartamento, Joseph colocou as mãos no bolso e trincou os dentes, forçando-se a olhar para baixo, finalmente desviando, assim, do rosto de Drexler.

Karl ficou satisfeito. Reconhecidamente, era apenas uma pequena vitória, mas ele se recusava a ser derrotado por qualquer judeu. Havia muito a perguntar a Joseph Gale, mas ele não iria fazê-lo agora. Haveria muito tempo para um interrogatório longo e minucioso mais tarde.

Voltando-se para Gershom pela primeira vez, Drexler perguntou:

– Posso ver a certidão de óbito, por gentileza? De Moses Stein.

Gershom mexeu os pés antes de responder:

– Ainda não temos o documento.

O desconforto que subitamente surgiu na voz de Gershom ficou bem claro a todos os presentes.

Daniel logo o interrompeu.

– O médico disse que o relatório estará pronto amanhã.

Karl sacudiu a cabeça e emitiu um ruído com a língua expressando sua desaprovação. Ele olhou para seu ajudante de ordens.

– Vê o que digo, Friedrich? A verdade é estranha para um judeu. *Um judeu simplesmente não consegue dizer a verdade.*

O rosto de Karl enrubesceu e sua voz assumiu um tom esganiçado:

– Mentirosos! Todo judeu fedorento é um mentiroso!

O joguinho havia acabado e Karl não estava mais satisfeito. Ele ordenou, rapidamente estalando os dedos para os guardas da S.S., que estavam em posição de sentido atrás de Friedrich Kleist:

– Encontre as mulheres e crianças.

Cinco dos guardas se separaram para cobrir vários pontos do apartamento.

Karl ordenou aos três judeus que permanecessem onde estavam, mas Joseph desobedeceu, seguindo silenciosamente nos calcanhares do guarda até a porta do quarto em que sua esposa e filha se escondiam, derrubando o guarda e, ao mesmo tempo, destrancando a porta.

– Ester, querida. Pegue Miryam e venha comigo.

Karl Drexler decidiu naquele momento que levaria um bom tempo antes de matar o judeu alto.

O ruído de portas quebrando e o choro de crianças pequenas tomaram conta do apartamento.

As esposas de Daniel e Gershom, juntamente com a viúva de Israel, reuniram as crianças, aterrorizadas com a presença dos homens da S.S.

Sara Stein estava com seu neto cego, David, no colo e ficou de pé, tranquilamente, entre seus dois filhos maiores.

Joseph mantinha Miryam, que choramingava, próxima ao peito, enquanto Ester agarrava-se a ele. Joseph, ao sentir todo o corpo de Ester tremer, virou-se para ela e deu um pequeno sorriso, sussurrando:

– Não se preocupe, querida. Isso acabará logo.

Karl alternava o olhar de um judeu para o outro e seu rosto se contraía em espasmos de tanto ódio. Ele estava particularmente enraivecido com a visão do judeu alto, sua esposa e filha. Embora a judia fosse, sem dúvida alguma, bela, com seus olhos negros e pele cor de oliva, era obviamente uma israelita de sangue. A criança, loura, com pele branca e olhos claros, poderia ser considerada alemã. Já o homem o deixava perplexo. Karl achava que ele poderia ser ariano. Se fosse, Joseph Gale havia cometido o pior tipo de crime contra o Estado: manter relações sexuais com uma meretriz judia. Karl analisou a imagem da família judaica feliz por mais um momento. Ele não sabia muito bem por que odiava o judeu alto mais do que os outros. Depois, percebeu o motivo:

Joseph Gale parecia santarrão a ponto de Karl pensar que o judeu se sentia superior a ele, um alemão.

Naquele momento, Karl mudou de ideia. Seu desejo de punir Joseph Gale sobrepujava a vontade de matá-lo. Ele só não havia decidido o que fazer ou como iria fazê-lo. Ainda.

Friedrich avançava lenta e desconfortavelmente em direção à porta. Ele ficou aliviado ao descobrir que o velho judeu estava morto ou sumido, mas sentia-se literalmente enjoado, sabendo que alguém estava prestes a morrer.

Ao ver Joseph embalar a filha com carinho, Karl teve uma ideia. Ele suprimiu um sorriso, sentindo-se um pouco mais empolgado.

Caminhando de modo arrogante em direção a Daniel, o oficial o encarou diretamente e deu a ordem:

– Mande uma mensagem a Moses Stein. Ele deverá se entregar na prisão Pawiak dentro de oito horas.

Karl fez uma pausa, e o cômodo ficou imóvel pelo que parecia uma eternidade. Depois, falou muito suavemente, com a voz plena da mais pura maldade:

– Do contrário, matarei todos vocês.

Tomado por um ódio que lhe tirava o fôlego, Daniel aquiesceu, sabendo que o alemão dizia a verdade. Era inútil negar a existência do pai.

Quando Karl olhou para Joseph, tinha um sorriso malévolo nos lábios.

Joseph observava e ouvia sem mexer um músculo sequer. Ele sentia que o ódio do coronel se concentrava nele.

O cômodo se transformou numa confusão instantânea quando Karl apontou para Miryam e ordenou:

– Traga a criança loura. – Ele hesitou, olhando rapidamente para as outras crianças: – E o garotinho ali também. – disse, indicando David, o neto cego de Sara.

Ester gritou:

– Não!

Joseph agarrou-se à criança com uma das mãos e usou a outra para lutar com o homem da S.S. que tentava pegar Miryam.

Friedrich rangeu os dentes com tanta força que as veias surgiram em sua testa.

Com o ruído do pandemônio crescente, Karl gritou:

– Não mate o judeu alto!

Após soltar um gemido, Sara virou-se e correu com David para seu quarto. Cego, sem saber a causa do comportamento preocupante dos adultos ao seu redor, o menino começou a chorar.

Daniel e Gershom foram atrás da mãe com dois homens da S.S. em seu encalço.

As três noras de Sara que sobreviveram empurraram seus filhos para um canto do quarto, usando os corpos como escudo para proteger as crianças histéricas.

Joseph conseguiu derrubar o homem da S.S. e aproveitou o momento para entregar Miryam a Ester, empurrando as duas contra a parede. Diante da esposa e da filha, ele lutou como se estivesse possuído, seus gritos assustadores cortavam o ar. Mais dois homens da S.S. juntaram-se à luta, mas o temor de Joseph por sua filha lhe deu a força de dez homens.

Karl observava com grande interesse a resistência determinada do homem. De acordo com sua experiência, a maioria dos judeus obedecia docilmente a qualquer ordem dada por seus mestres alemães. Sem dúvida, esse judeu era um lutador poderoso. Três dos homens de Karl foram derrotados e Joseph batia violentamente no quarto. Sua maneira feroz de lutar reforçava o pensamento anterior do militar, de que o homem não era judeu. Karl puxou seu revólver e deu dois passos para trás em direção à saída. Com pesar, ele cogitou dar a ordem para matar Joseph Gale. Que pena!

Com um movimento rápido da mão, Karl indicou a dois de seus homens, um deles Friedrich, que ajudassem a subjugar o judeu. Friedrich não estava preparado para a força de uma luta corporal e ficou surpreso quando o grande punho de Joseph acertou-lhe em cheio no rosto. O sangue jorrou do nariz de Friedrich, trazendo-lhe uma dor inédita. Ele cambaleou para trás e caiu sentado.

Karl ordenou imediatamente que o resto de seus homens se juntasse à batalha. Enfim, Joseph foi derrubado e os homens começaram a chutá-lo e pisoteá-lo.

Com Joseph inconsciente, Karl caminhou pelo cômodo enquanto um de seus homens procurava Miryam. A menina estava protegida atrás da mãe e chorava copiosamente. Histérica, Ester distribuía chutes e arranhões, lutando como uma tigresa. Karl lançou um olhar pétreo para Ester e a nocauteou com um soco no queixo. Ele sentiu um prazer maligno ao observar a judia cair.

Miryam chutava e gritava, clamando pela mãe.

Karl puxou a criança pelos cachos louros, desferiu-lhe dois tapas no rosto para silenciá-la e, em seguida, ordenou a Friedrich que a pegasse.

Friedrich, aturdido, estava sentado com um lenço cheio de sangue no nariz. Sua resposta saiu num tom distraído:

– Sim, eu a pegarei. Dê-me apenas um momento.

Um tiro foi disparado nos fundos do apartamento e dois homens da S.S. voltaram com David, branco e inerte, nos braços. O menino havia desmaiado de terror.

Abraçando a criança que chorava, Friedrich lutou contra a ânsia de vômito. Ele tentou confortar a criança de modo desajeitado, mas Miryam, que só conheceu amor e carinho desde que nascera, não conseguia compreender os eventos daquela noite. Ela gritava para Ester Gale, ainda inconsciente:

– Mamãe! Mamãe!

Karl ficou radiante de orgulho ao analisar a cena inenarrável criada por ele: Joseph Gale jazia estatelado no chão, com o rosto e a cabeça ensanguentados. Karl avaliou que seus ferimentos não eram graves. Ele sobreviveria. Ele sabia que, com a perda da criança, o judeu teria poucos meses de vida. O alemão decidira destinar-lhe um tipo especial de tormento.

Ester Gale estava inconsciente, com a mandíbula solta e, muito provavelmente, quebrada.

Karl quase gargalhou quando seu olhar recaiu sobre as noras de Moses Stein. As três meretrizes judias pairavam sobre suas crianças bastardas, todos paralisados de medo.

Gritos altos podiam ser ouvidos nos fundos do apartamento.

Por ora, Karl estava satisfeito. Ele deu outro de seus sorrisos gélidos. Ele não havia terminado seus negócios com a família Stein. Ainda.

Paris

Após uma olhadela rápida, Benjamin Gale descobriu que sua esposa enlouquecera. Ela folheava o álbum da família Gale, retirando fotografias de Jacques, Joseph e Ester, e jogava as fotos numa lata de lixo, uma por uma.

Rachel protestava e pegava as fotos de volta do lixo, gritando para ela:

– Mãe! Mãe! O que a senhora está fazendo? Mãe! *Pare!*

Benjamin ouviu Natalie murmurar uma reposta e achou que a ouvira repetir "álbum solitário, álbum judeu solitário", mas não tinha certeza. Andando pela sala, ele pegou Natalie pelos ombros antes de remover à força o álbum das mãos da esposa.

Rachel, chorando, começou a recolher as fotografias, colocando-as de volta em seu devido lugar.

Benjamin tentara ao máximo oferecer conforto à esposa enlutada. Ele sabia o motivo da angústia de Natalie. Na noite anterior, eles haviam recebido a notícia de que Jacques se tornara prisioneiro da Gestapo. Também descobriram que o filho era um membro altamente respeitado da Resistência e fora enviado a Lyon, principal cidade da Resistência na França. Pelo que ouviram, seu filho havia matado um grande número de soldados alemães e colaboradores franceses antes de ser capturado.

Benjamin fora avisado para pegar a família e abandonar Paris, atravessando a fronteira para a Suíça. Uma das táticas prediletas da Gestapo era torturar membros inocentes da família dos prisioneiros da Resistência diante de seus olhos.

Natalie levantou a cabeça e olhou para o rosto do marido. Com uma tristeza urgente e avassaladora, ela clamou:

– Quero meus filhos! Benjamin, *preciso* ver meus filhos! Tenho algo importante a dizer a eles!

Ele abraçou forte a esposa. Com um nó se formando na garganta e os olhos cheios de lágrimas, lutou para não desabar, sabendo que, se um deles não permanecesse forte, talvez a família jamais se recuperasse do choque de perder Jacques e Joseph.

Natalie se soltou do abraço, jogou-se numa cadeira e confessou olhando para o rosto do marido:

– Eu estava errada todos esses anos!

Contemplando a esposa, Benjamin achou que Natalie parecia insana.

– Benjamin, eu me recusei a deixar meus filhos viverem como judeus. – Ela fez uma pausa e, com olhos vazios olhando para o nada, vaticinou: – Mas agora parece que eles morrerão como judeus.

Desesperado para mudar o estado mental da esposa, Benjamin deu um pequeno grito antes de se ajoelhar aos pés de Natalie, beijar-lhe as mãos, pôr a cabeça no colo de sua amada e tentar confortá-la:

– Natalie, você não deve se torturar.

Ela acariciou gentilmente a cabeça do marido:

– Benjamin, eu me afastei da fé. Mantive meus filhos longe da tradição. Cometi um pecado imperdoável. – A voz dela era amarga. – Agora, estou sendo punida com a perda de meus belos filhos.

Incapaz de ouvir a agonia da mãe por mais um instante, Rachel saiu correndo da sala, apertando o álbum de fotos contra o peito e desejando estar afastada da família no lugar de Jacques ou Joseph. Rachel sabia que a mãe sempre preferira seus belos filhos à filha de aparência mediana.

Benjamin ouviu a porta bater quando Rachel saiu do recinto. Ele se lembrou de que a prisão de Jacques colocava todos em perigo. Prevendo tempos difíceis, recomendou:

– Natalie, temos de nos preparar para sair daqui. Devemos pensar em Rachel e Michel, agora.

O olhar desvairado de Natalie fora substituído por outro de tristeza absoluta. Abanando as mãos na frente do rosto, ela se sentia derrotada:

– Deixe que os alemães venham. De que serve o corpo se minha alma está morta?

As circunstâncias livraram Benjamin de qualquer indecisão:

– Natalie, temos mais dois filhos. Para garantir a sobrevivência deles, *precisamos* deixar Paris.

Natalie aquiesceu levemente. Seu marido tinha razão. Ela pensou nos dois filhos que lhe restavam. Rachel era jovem. Ela tremeu ao pensar nas mãos brutais dos alemães em sua filha. E, embora Michel fosse casado com uma não judia, ela sabia que isso pouco importava para os ocupantes nazistas.

Mesmo sentindo uma vaga incerteza em seus pensamentos, ela suspirou profundamente e afirmou:

– Vou fazer as malas.

Benjamin levantou-se numa fração de segundo. Ele sentia uma urgência incrível: eles não tinham tempo a perder.

Antes de prepararem a partida, o telefone tocou e Abbi, histérica, informou que Michel fora levado por três alemães num carro preto.

Em instantes, ouviu-se o toque insistente da campainha. Benjamin tomou a esposa e a filha nos braços e aguardou na entrada do saguão. Quando os homens de rosto circunspecto da Gestapo entraram em sua casa, Natalie lutou para se soltar do braço do marido. Ela deu um passo à frente e, com o olhar insano de uma mulher que liberava demônios da alma, anunciou:

– Eu sou aquela que vocês procuram, a que mascara o judaísmo da família.

Na manhã seguinte, quando Moses Stein ouviu seus protetores cochicharem ansiosamente que algo horrível acontecera à sua família, imediatamente saiu do esconderijo e correu pelas ruas do Gueto. Ignorando o perigo para si mesmo, ele retornou ao apartamento da rua Nisko, sem ao menos se preocupar em verificar se havia algum sinal de vigilância da S.S. na área.

Moses gritou de desespero quando viu o estado pavoroso em que o resto de sua família se encontrava e recebeu a notícia do sequestro de dois de seus netos.

– O que fiz para merecer isso?

Os danos eram catastróficos.

Gershom estava morto. Um dos homens da S.S. lhe atingira com um tiro no rosto durante a luta por David. Sua esposa e filhos estavam trancados no quarto, arrasados pela perda do marido e pai carinhoso.

Daniel não estava no apartamento, saíra para uma reunião dos guerreiros do Gueto a fim de tentar convencê-los a montar um ataque aos escritórios da Gestapo.

Joseph estava vivo, mas terrivelmente ferido. Com cortes profundos e enormes hematomas cobrindo o rosto e a cabeça, estava consciente, mas confuso. Quando ouviu o choro da esposa, esforçou-se para abrir os olhos, e levou um curto e abençoado momento para se lembrar do pesadelo da noite anterior e do fato de sua filha querida ter sido sequestrada por assassinos brutais. Ele sacudiu a cabeça, atordoado, ao olhar a sala, rezando a Deus para estar errado.

A mandíbula de Ester estava quebrada. Sara amarrou um grande pedaço de pano em torno do queixo, passando pela cabeça da jovem. Os olhos de Ester se encheram de lágrimas, mas seus gemidos débeis nada tinham a ver com a dor de seus ferimentos.

A exaustão de Sara era visível enquanto ela contava ao marido o que acontecera.

Sem abrir a boca, Moses ouviu a esposa. Quando soube das exigências do coronel da S.S., ele confortou a filha e prometeu:

– Querida, seu bebê será devolvido em breve.

Ele decidiu fazer o que podia: entregar-se à Gestapo.

– Estou velho, já vivi minha vida. Os jovens é que devem ser salvos.

Moses faria o que fosse necessário para garantir a libertação de suas preciosas e inocentes crianças.

Com a certeza de que enfrentaria uma morte horrível em breve, o patriarca dos Stein se despediu de cada um dos membros de sua família, que estava cada vez menor.

Sara, apaixonada, gritava enquanto o marido permanecia estoicamente na porta do apartamento, dizendo adeus pela segunda vez em 24 horas.

– Moses!

Ele encarou longamente a esposa e, por um momento, pensou que se tornara imune à própria morte. A morte de quatro filhos, o sequestro de seus amados netos e a incerteza quanto à vida dos membros de sua família finalmente o haviam derrotado. Moses estava pronto para encontrar Deus e caberia a Ele decidir o destino da família que o patriarca deixava na Terra.

Quando a porta se fechou e Moses Stein saiu, o som de seus passos rapidamente se perdeu na distância.

Em seguida, o apartamento ficou muito calmo.

Para seus entes queridos, era como se Moses Stein já estivesse morto.

PARTE II

O Levante
1952-1982

Lista de Personagens
Parte II: O Levante (1952-1982)

Família Antoun:
George Antoun (*pai*)
Mary Antoun (*mãe*)
Demetrius Antoun (*filho*)
Mitri Antoun (*pai de George*)
Sammy Antoun (*burro de brinquedo de Demetrius*)

Família Bader:
Mustafa Bader (*pai*)
Abeen Bader (*mãe*)
Walid Bader (*filho*)

Família Gale:
Joseph Gale (*pai*)
Ester Gale (*mãe*)
Michel Gale (*filho*)
Jordan Gale (*filha*)

Família Kleist:
Friedrich Kleist (*ex-guarda da S.S no Campo de Shatila*)
Eva Kleist (*esposa de Friedrich*)
Christine Kleist (*Filha de Friedrich e Eva – trabalha como enfermeira no Campo de Shatila*)

Amin Darwish (*padeiro palestino que vive em Shatila*)
Ratiba Darwish (*esposa de Amin, há muito falecida*)
Ahmed Fayez (*guerreiro da liberdade do Fatah*)
Hala Kenaan (*noiva de Demetrius*)
Maha Fakharry (*diretora da escola de Shatila*)

Personagens secundários:
Yassin e Hawad (*guerreiros do Fatah*)
Mahmoud Bader (*tio de Walid*)
Rozette Kenaan (*mãe de Hala*)
Nadine (*irmã mais nova de Hala*)
Omar (*irmão mais novo de Hala*)
Majida, Nizar e Anwar (*enfermeiros na clínica de Shatila*)
Stephan Grossman (*falecido noivo de Jordan Gale*)

Figuras públicas:
Yasser Arafat, também conhecido como Abu Ammar (*líder do Fatah*)
Menachem Begin (*primeiro-ministro de Israel*)
Bashin Gemayel (*presidente do Líbano, assassinado*)

Prólogo: Parte II
21 de abril de 1948: Haifa, Palestina

George e Mary Antoun foram acordados por uma voz falando um árabe imperfeito e com forte sotaque. As palavras vieram de um alto-falante montado num caminhão que se movia rapidamente. Os árabes eram aconselhados a sair de Haifa:

– Fujam enquanto é tempo! Forças judaicas cercaram Haifa. Aceitem a última oferta de salvo-conduto. Terríveis consequências recairão sobre sua família se vocês não saírem imediatamente. Fujam! Fujam! Lembrem-se de Deir Yassin!

A voz retumbante do judeu diminuía a intensidade aos poucos, até desaparecer por completo. George ficou na cama, preocupado, tentando decidir o que seria melhor para sua família. Lembranças de Deir Yassin e a possibilidade de sua esposa e filho serem assassinados enquanto dormiam o faziam transpirar.

Todos os árabes na Palestina conheciam a história de Deir Yassin. O vilarejo árabe havia declarado neutralidade e se recusara a lutar contra os judeus. Mesmo assim, em 9 de abril de 1948, a gangue de renegados judeus Irgun atacara o local, massacrando mais de duzentos homens, mulheres e crianças árabes. Desde então, os civis árabes do norte da Galileia ficaram apavorados e fugiram da Palestina, buscando refúgio no Líbano ou na Jordânia.

Com um suspiro, George puxou a esposa para perto de si.

Mary ficou em silêncio, mas o batimento acelerado do seu coração expressava melhor seus temores do que qualquer palavra.

O momento que George mais temia havia chegado. Logo, a batalha por Haifa começaria e ele não sabia o que fazer. Permanecer ou lutar? Ou pegar a família e fugir para o Líbano? Enquanto meditava sobre esse dilema, seus olhos se fixaram no vazio e os pensamentos vaguearam. Se os sionistas não tivessem chegado à Palestina...

O povo judaico fora derrotado pelo exército romano em 70 a.C., e Jerusalém foi destruída. Os judeus capturados foram levados a Roma como escravos. Os que escaparam da ira romana se espalharam ao longo da Palestina. Por quase 2 mil anos, passando por guerras, invasões e ocupações, os judeus e árabes da Palestina viveram em coexistência pacífica.

Mas, no fim do século XIX, as tensões entre esses povos na Palestina começaram a aparecer. Judeus fugindo da perseguição e da discriminação na Europa começaram a chegar ao local em busca de refúgio e compraram grandes faixas de terra de proprietários, árabes ausentes que moravam nos países vizinhos. Inquilinos e arrendatários foram expulsos da terra pelos proprietários, que queriam cultivar o terreno recém-comprado. Atos aleatórios de violência começaram a ocorrer entre os dois povos.

Judeus começaram a fundar colônias sionistas e formaram partidos políticos. Os árabes responderam criando sociedades antissionistas. Usando o Velho Testamento como evidência, os judeus reivindicavam a Palestina como sua terra natal de direito. Os árabes, tanto muçulmanos quanto cristãos, rejeitaram categoricamente a ideia de que os assentamentos judaicos feitos na época bíblica davam aos hebreus nascidos na Europa nos dias de hoje um direito à Palestina que sobrepujava o direito de nascença dos locais. Árabes influentes fizeram uma petição aos governantes otomanos, exigindo que a imigração dos judeus para a Palestina fosse interrompida. A imigração judaica diminuiu, mas não cessou.

Em 1914, quando a Primeira Guerra Mundial começou, 690 mil cidadãos da Palestina viviam sob o governo do Império Turco-Otomano. Des-

ses 690 mil indivíduos, 535 mil eram árabes muçulmanos sunitas, 70 mil eram árabes cristãos e 85 mil eram judeus. Quando os combates terminaram em 1918, a guerra e a fome tiveram seu preço e, embora não tenha havido crescimento populacional, a estrutura política da Palestina mudou drasticamente. A Grã-Bretanha retirou os turcos de lá. Assim, o domínio de quatrocentos anos do Império Otomano terminou, e começou a ocupação britânica, que duraria trinta anos.

No início do domínio britânico, oficiais coloniais tentaram agradar tanto árabes quanto judeus. Eles prometeram uma terra natal aos judeus e garantiram aos árabes indignados que as cotas de imigração de hebreus jamais ultrapassariam a capacidade econômica da Palestina. Nem judeus nem árabes ficaram satisfeitos, e os dois grupos começaram a despejar a raiva contra o governo atacando soldados britânicos.

Durante a década de 1920, os judeus europeus enfrentaram um crescente antissemitismo. Em 1933, imigrantes israelitas chegavam aos montes à Palestina, vindos da Europa. Três anos após Adolf Hitler chegar ao poder na Alemanha, a população de judeus na Palestina explodiu para 400 mil pessoas.

Os árabes palestinos, movidos por ódio e medo, exigiram que os governantes britânicos interrompessem esse avanço.

Embora o governo britânico dissesse que a Palestina poderia suportar uma população muito maior em termos econômicos, impuseram cotas à imigração de judeus.

Judeus europeus cuja entrada na Palestina fora impedida pelas cotas britânicas esquivaram-se das autoridades e entraram ilegalmente no país. A violência entre os dois povos cresceu.

Uma Comissão Real do Governo Britânico investigou a situação na Palestina e concluiu que árabes e judeus não poderiam viver pacificamente no mesmo país. A comissão recomendou que a área fosse dividida em dois Estados. Os judeus aceitaram a recomendação. A resposta dos árabes foi dar início à rebelião aberta contra os ocupantes britânicos.

Em 1939, a deflagração da Segunda Guerra Mundial forçou o governo britânico a dar baixa prioridade ao problema, e os árabes e judeus tiveram uma trégua temporária e agitada.

Quando a Segunda Guerra terminou, em 1945, os judeus renovaram suas exigências por uma terra natal na Palestina, contando com grande apoio na comunidade mundial. Os crimes terríveis cometidos contra os judeus na Europa pelo Terceiro Reich Alemão deram aos sobreviventes do Holocausto licença moral para serem ouvidos. A população judaica da Palestina agora estava em 550 mil pessoas e eles eram donos de 20% das terras. Os 80% restantes eram divididos entre 1,1 milhão de árabes muçulmanos e 140 mil árabes cristãos que também viviam na Palestina.

O presidente norte-americano Harry Truman começou a pressionar pela criação de um Estado judeu na Palestina. Ele acreditava que seus interesses políticos futuros seriam bem servidos ao apoiar as exigências dos judeus por uma pátria. Em boa parte devido aos esforços da administração Truman, as Nações Unidas votaram pela divisão da Palestina, dando aos judeus 55% das terras. Houve protestos veementes dos árabes. A ONU também votou que Jerusalém permanecesse como cidade internacional, enfurecendo os judeus que acreditavam ser impossível a formação de um Estado judeu sem ela.

Mais uma vez, nem árabes nem judeus ficaram satisfeitos.

Desde o dia da votação na ONU, 29 de novembro de 1947, judeus e árabes iniciaram o extermínio mútuo. Ataques seguidos por represálias tornaram-se comuns. Os sobreviventes judeus, endurecidos pela Segunda Guerra Mundial e pelo Holocausto, eram guerreiros tenazes. Os palestinos estavam perdendo a Palestina, batalha após batalha.

Sem aviso, um estrondo alto como George jamais ouvira explodiu na sala, deixando-o surdo, chacoalhando objetos e sacudindo a casa inteira. Ele levantou imediatamente, gritando:

– Os judeus! Os judeus estão atacando Haifa!

Sem dizer nada, Mary correu para o berço de madeira ao seu lado e pegou o filho, Demetrius. A criança começou a chorar.

O eco da imensa explosão diminuiu apenas para ser substituído pelo som das rajadas de tiros vindo de todas as direções. George respirava rapidamente. Era o momento da decisão que ele jurou que jamais tomaria... sair da Palestina. Bastou um olhar rápido para o rosto inocente de seu filho para confirmar sua resolução.

Ele apressou-se em dizer à esposa para fazer as malas, com um alerta:

– Leve poucos objetos. Devemos sair imediatamente! – Antes de sair, parou na porta e virou-se para a esposa e o filho: – Vou buscar meu pai. Sejam rápidos!

Mary aquiesceu. Lágrimas lhe embaçavam os olhos. Ela abraçou Demetrius junto ao peito, enquanto jogava suas roupas na mala marrom que repousava aberta no chão.

George e seu pai juntaram os documentos importantes, fotos de família, alguns livros preciosos, vários carpetes, algumas bandejas de cobre, as panelas e os utensílios culinários favoritos de Mary, alguns suprimentos e colocaram tudo no caminho de pedra em frente à casa. Em seguida, andaram pela casa, fechando janelas e trancando portas.

Depois de colocar tudo no carro, a família Antoun fez uma pausa para ir ao jardim da frente e lançar um longo olhar de despedida para a casa. Depois, entraram no automóvel e dirigiram para longe. Eles planejavam voltar.

Os ruídos da guerra assustaram o bebê, que recomeçou a chorar. Mary acalmava o filho, mas sempre virava a cabeça para olhar na direção do maravilhoso lar que estava abandonando. Ela planejara criar Demetrius naquela casa e agora se perguntava o que aconteceria aos seus sonhos? O que aconteceria a eles?

Vendo a angústia no rosto da esposa, George tentou confortá-la:

– Não se preocupe. Voltaremos um dia. – Ele fez uma pausa antes de repetir o que os palestinos diziam: – Estaremos de volta em uma semana.

Os governos árabes vizinhos haviam prometido lutar em defesa dos palestinos, derrotar as "gangues sionistas" e prometeram lançá-los ao mar.

George repetia as palavras, dessa vez mais para si mesmo do que para Mary:

– Nós voltaremos... em uma semana.

A esposa permaneceu em silêncio, com a mágoa tomando conta de si. Ela não conseguia conter as lágrimas, que escorriam pelo rosto.

O pai de George, Mitri, estava no banco de trás, pálido, recusando-se a falar ou mesmo a olhar para a casa em que vivera boa parte da vida. Ele esperava que os britânicos conseguissem manter a paz... Pelo menos até que suas forças saíssem do país naquele ano. Mas os britânicos, dizendo-se incapazes de implementar uma política que não fosse aceitável para ambos os lados, opuseram-se à votação da ONU e planejavam sair da Palestina no mês seguinte.

Votações, mandatos, divisões e conversas jurídicas formavam um redemoinho nos pensamentos de George Antoun. Tudo isso era inútil, concluiu. Nada poderia alterar o fato de que ele fora obrigado a deixar sua casa para proteger a família da guerra.

Apavorado e furioso, ele dirigiu com a família para longe de sua amada cidade de Haifa até a Costa Norte, através das cidades de Acre e Nahariya, ao longo da fronteira com o Líbano.

Dois dias depois, em 23 de abril de 1948, os judeus tomaram Haifa.

Em 14 de maio de 1948, foi criado o Estado de Israel. Naquele mesmo dia, o alto comissário britânico, Sir Alan Cunningham, abaixou a bandeira do Reino Unido e deixou a Palestina.

Ocorreu uma guerra total.

Durante a luta, os judeus perderam o item mais cobiçado: a cidade velha de Jerusalém. Mas a entrada dos exércitos árabes no conflito não conseguiu derrotá-los. Em 1º de junho de 1948, eles dobraram o tamanho de seu pequeno Estado ao conquistar a parte superior da Galileia, a Planície Costeira e o Negev.

Os judeus celebraram.

Os árabes se cobriram de luto.

Em 13 de dezembro de 1948, o Parlamento Transjordaniano votou a favor de anexar a parte da terra palestina não tomada pelos judeus, dobrando o tamanho de seu pequeno país.

A antiga Palestina deixou de existir. Aos olhos do mundo, não havia mais uma Palestina, nem mesmo um povo palestino.

Durante a guerra, mais de 700 mil árabes fugiram para países árabes vizinhos. Após o fim das batalhas, várias delegações representando árabes e judeus negociaram uma solução para o problema dos refugiados palestinos. Todas as tentativas de repatriar palestinos fracassaram. Árabes obri-

gados a deixar suas casas durante a guerra, por acreditarem que a batalha fosse temporária, ficaram surpresos ao descobrir que o novo governo judeu criara uma lei de "propriedade abandonada" que legalizava a política de "não retorno de palestinos"

Entre esses refugiados árabes abandonados e sem-teto, estava a família de George Antoun, que vivia em Haifa, Palestina.

Capítulo IX

Quatro anos depois: Fevereiro de 1952
Campo de refugiados de Nahr al Barid
(16 quilômetros ao norte de Trípoli, Líbano)

Numa terra de dez milhões de preces e dez mil mártires, um jovem estava sentado, imóvel, em uma grande rocha. Com os olhos fechados e o rosto voltado para o sol, Demetrius Antoun esforçava-se para vislumbrar com a mente o que seus olhos não podiam ver: a Palestina. "A cidade mais linda das terras de Deus", como dizia seu pai. E depois, delirando de esperança, ele contaria a história da terra maravilhosa que Demetrius não conseguia imaginar. Mas, agora, ele tentava fazer o que o pai pedira: ver sua casa com os olhos da imaginação.

Demetrius contraía os lábios e apertava cada vez mais os olhos, lembrando-se de tudo que o pai contara sobre sua herança perdida. As imagens eram vívidas: a rua na frente da casa era decorada com pedras escuras e lisas; o portão da frente, pintado de rosa-claro e coberto com uma grade ornada por videiras. O pequeno lar dos Antoun era feito de pedras brancas e brilhantes. Demetrius viu o portão, os degraus, a porta da frente, cada um dos quartos, os tapetes, os móveis, os quadros, os livros... Sentiu o cheiro da comida, ouviu os ruídos dos vizinhos, viu a escola na qual seu pai dava aulas, seu escritório e o parquinho em frente à casa onde as crianças da vizinhança brincavam.

A visão era tão realista que ele começou a ofegar de tanta empolgação. Pensando ter conseguido voltar à Palestina com a mera força de seu desejo, Demetrius abriu os olhos rapidamente, mas viu que não fora a lugar algum. Com o coração partido, o menino recordou-se de que, por razões incompreensíveis a ele, ninguém de sua família podia voltar àquele lugar maravilhoso. Mais velho do que sua idade biológica, Demetrius realmente acreditava ter vivido toda a sua vida na Palestina, sendo apenas um visitante temporário na sordidez do campo Nahr al Barid.

Tomado por uma violenta tristeza, Demetrius respirou fundo.

Usando uma pedrinha para bater numa panela de lata, George Antoun chamava o filho como se entoasse uma canção:

– Demetrius! Demetrius! Onde você está?

O estado de espírito consternado de Demetrius desapareceu ao ouvir o som familiar da voz paterna. Ele postou-se de pé no topo da pedra, procurando o pai na massa humana que cruzava os caminhos sinuosos do campo. George Antoun era um homem baixo, mas parecia imenso aos olhos do seu filho de 4 anos, e o garoto facilmente encontrou seu progenitor, que se movia rapidamente na multidão.

Um sorriso tomou conta do rosto do menino diante da visão do pai, a quem amava cegamente. Ele gritou:

– Papai!

Demetrius desceu da rocha, perdendo o equilíbrio, e acabou caindo no solo duro das montanhas do Líbano. Seu bom humor mudou quando ele se deu conta de ter rasgado a tira de uma de suas sandálias novas e começou a chorar. Segurando as preciosas sandálias nas mãozinhas, ele foi ao encontro do pai, chorando e chamando:

– Papai! Papai!

Quando George viu as lágrimas do filho, começou a correr e, jogando a panela longe, tomou o filho nos braços:

– Demetrius! Meu precioso! Por que você está chorando?

Fungando, o filho entregou o calçado.

– Rasguei! Papai, eu caí e rasguei minha sandália!

Demetrius lembrava-se de ter ganhado as sandálias de aniversário há apenas três semanas. O pai viajara a Trípoli e trocara uma moeda de prata por comida a fim de complementar a monótona dieta de arroz com feijão fornecida pela agência das Nações Unidas que operava no campo. Como surpresa de aniversário, o pai também comprara o par de sandálias.

E ficara feliz da vida ao ver Demetrius colocar seus pezinhos nas sandálias novas. A mãe assou um bolinho e preparou um jantar especial de frango. O avô lhe dera uma caixa de chocolates.

Aquele foi o dia mais feliz da curta vida de Demetrius.

A expressão de George ficou mais séria ao ver a sandália rasgada. Demetrius começou a sacudir a cabecinha e seus gritos tristes cortavam o ar:

– Rasguei minha sandália!

George Antoun abraçou o filho e forçou um sorriso:

– Pare de chorar, Demetrius.

Ele fez carinho na cabeça do menino, e ensaiou um consolo:

– É só uma sandália. Além do mais, o vovô pode consertá-la.

George se acomodou no chão rochoso e usou as mãos para tirar a poeira e o vidro seco das roupas do filho.

– Lembra-se de quando o vovô colocou a perna quebrada de Sammy no lugar? Você se lembra, Demetrius?

Ele fez que sim com a cabeça, sussurrando em sua voz infantil:

– Sim, papai.

Sammy era o burro de madeira de Demetrius. No ano anterior, os refugiados haviam recebido um grande carregamento de roupas e brinquedos doados por pessoas na França que ouviram falar sobre a dureza na vida nos campos. Cada criança recebeu um brinquedo e um conjunto de roupas. Foi um momento maravilhoso quando Demetrius abraçou o burro, gritando o nome Sammy, como se o brinquedo fosse um amigo que há muito tempo ele não via. Demetrius fez questão de carregar o burro sozinho. Seu pai ficou maravilhado, andando pacientemente atrás do filho pequeno enquanto ele arrastava, empurrava e puxava o grande brinquedo do escritório do diretor do campo até em casa. Demetrius ficou arrasado depois, quando descobriu que uma das pernas do burro rachara no caminho para o Líbano, caindo poucos dias depois. Quando seu avô consertou o brinquedo e o deixou como novo, o garoto gritou de alegria.

A criança chorava e sacudia a sandália ao vento:

– Sammy não está quebrado, mas meu chinelo está!

Nada conseguia consolá-lo. Esfregando a sandália danificada, ele respirou fundo e chorou ainda mais alto.

George deu um suspiro e pegou as sandálias do filho, colocando-as no bolso da calça. Ele puxou Demetrius em sua direção e tentou mais uma vez confortar a criança:

– Venha cá, meu pequeno, enxugue suas lágrimas. – Ele embalou o menino nos braços. – Pare de chorar. Por mim?

Ao encarar o garoto, os olhos de George ficaram marejados. Já há um bom tempo, ele compreendera que o filho era sensível demais e invariavelmente se via num turbilhão emocional. Havia outras características do menino que preocupavam George. Embora a cultura árabe não estimulasse o amor pelos animais, Demetrius era fascinado por eles, e também pela natureza, a ponto de passar muito tempo sozinho explorando as colinas rochosas em torno do campo. Lagartos e insetos correndo pela areia, borboletas e abelhas alimentando-se das flores e pássaros gorjeando nas árvores ocupavam Demetrius por horas a fio. O amor exagerado do menino por essas criaturas era uma esquisitice que chegava a ser comentada pelos adultos do campo.

George emitiu um ruído com a garganta que parecia um sapo coaxando. Ele sabia que seu filho era diferente das outras crianças. Era assim desde o começo.

Despertado de seus pensamentos pelo menino choramingando, o pai suspirou desanimado e olhou o filho com admiração. Demetrius foi um bebê lindo ao nascer e agora era um garoto excessivamente bonito, mas não se parecia em nada com o pai. George não tinha dúvida de que um dia Demetrius se tornaria um homem de beleza impressionante.

A criança enterrou a cabeça nos braços do seu pai, tremendo de emoção.

Incapaz de suportar a infelicidade de Demetrius por mais um minuto sequer, George começou a fazer um barulho engraçado, como se fosse um burro resfolegando. Ao mesmo tempo, ele beijava as bochechas, nariz e a barriga do filho até que ele começasse a rir. Finalmente, Demetrius gargalhou, acabando com a tensão.

George sorriu:

– Venha cá, vamos achar o vovô.

Após inclinar o corpo para frente, George pôs-se de pé. Quando seus olhos recaíram sobre Nahr al Barid, ele piscou ao ver a paisagem do campo. Em sua opinião, o sol que se punha lançava uma luz feia sobre o local que agora chamava de lar. Lar! George riu com amargura enquanto via em pensamento a imagem de sua verdadeira casa. Com um longo suspiro, ele mordeu o lábio inferior, murmurando para si mesmo:

– Tudo acabou... Tudo que era bom se acabou.

George olhou para Demetrius. O menino era a única coisa boa que restara em sua vida. George voltou a atenção total para Demetrius e, com um carinho surpreendente, pegou o filho nos braços. Rijo como uma estátua, ele tomou o caminho de volta ao campo.

A casa dos Antoun, composta por um quarto pequeno dividido em dois cômodos menores separados por um cobertor pendurado, fora construída recentemente. E, se não fosse pela ajuda da Agência das Nações Unidas para Assistência aos Refugiados Palestinos, a família ainda viveria numa pequena tenda. Infelizmente, devido à falta de verbas, poucas casas foram construídas e a maioria dos refugiados ainda morava precariamente em tendas. A família Antoun teve a sorte de possuir uma casa feita de blocos de concreto e coberta com teto de alumínio.

Ainda assim, sua humilde residência oferecia pouco abrigo dos ventos gelados que sopravam oriundos das montanhas nevadas do norte do Líbano.

O "quarto" da frente era decorado com os parcos pertences que a família conseguira salvar no dia de sua apressada partida de Haifa, Palestina. Algumas almofadas cuidadosamente arrumadas compunham a sala de estar, com meia dúzia de potes de cobre espalhada entre elas. Cobrindo o chão, um carpete gasto, cujo desenho em preto e vinho mantinha os tons brilhantes. O centro do tapete era ocupado por uma bandeja de cobre decorada, contendo pequenas xícaras de porcelana. Um grupo de livros preciosos estava organizado com capricho em estantes rústicas de madeira, enquanto uma pilha de fotografias de família com as pontas dobradas jazia encostada na fileira de livros. A chave da casa, amarrada num laço de veludo preto, estava pendurada em um grande prego na parede.

O segundo "quarto", ainda menor que o primeiro, estava lotado com as roupas de cama da família e funcionava como área de dormir. Uma cortina de tecido desbotado pendurada num fio criava um espaço adicional, formando uma área privativa para que Mary, esposa de George, se vestisse. Uma gasta maleta marrom servia de guarda-roupas, e um grande barril guardava o estoque de alimentos, tendo em cima dele uma pilha de utensílios de cozinha amassados e pratos lascados.

George parou na porta do primeiro quarto e gritou:

– Mary?

Mexendo-se nos braços do pai, Demetrius se soltou e correu para o quarto. Seus pezinhos não fizeram barulho enquanto ele andava pelo tapete e pela casa, imitando o pai:

– Mary! Mary!

Franzindo a testa, George virou-se e olhou o céu. O sol que se punha lhe dizia que estava perto da hora do jantar. Ele fez um movimento de cabeça, indicando para o filho:

– Venha, Demetrius, a mamãe está cozinhando.

De mãos dadas, pai e filho saíram de casa rumo a um pequeno espaço nos fundos, também coberto por um teto de alumínio. As perninhas curtas e rechonchudas do menino quase corriam para acompanhar o ritmo do pai.

Eles viram primeiro o vovô Mitri, fumando seu cachimbo e lendo um boletim de notícias recém-publicado que descrevia a contínua crise na Palestina. Desde o primeiro dia de exílio, vovô Mitri acompanhava de perto as notícias de sua terra natal. Ele realmente acreditava que o mundo perceberia que sua pátria fora roubada de seus legítimos donos e esse erro terrível logo seria consertado. Quatro anos depois, o vovô continuava esperando.

Mary Antoun estava sentada de costas para a casa, agachada em frente ao fogo, cozinhando uma refeição de arroz com tomates, pinhas e cebolas.

Ela estava num raro dia de mau humor. Na maior parte do tempo, a mulher fingia para o marido sobrecarregado que não se importava com a pobreza do seu lar, mas essa atitude forçada de não reclamar era mero disfarce para seus verdadeiros sentimentos. Não importa o quanto ela tentasse se adaptar, as dificuldades da vida no campo se mostravam cada vez maiores.

Os problemas diários eram insuperáveis. Assim que ela conseguia uma solução para um problema, surgia outro em seu lugar. Atualmente, a dificuldade de obter água era a causa de sua angústia.

Quando a casa deles foi construída, George reservara uma grande panela de lata para captar a água da chuva, algo conveniente quando as chuvas de inverno caíam. Mas essa água era usada para banhos e para lavar roupas, e de nada servia para aliviar a pesada tarefa de buscar e carregar a água para beber e cozinhar, que era trabalho de mulher.

Naquela tarde, Mary fizera duas longas viagens ao poço comunitário para encher os potes da família. Porém, ela havia tropeçado na primeira viagem, derramando metade do líquido. Sem esperanças e às lágrimas, ela voltou os olhos na direção do céu e assustou as outras mulheres ao sacudir os punhos com raiva e gritar:

– Deus, por que nos abandonaste?

Assim que terminou a tarefa, Mary correu para acender o fogo embaixo da panela preta. Ela tinha pressa para preparar a última e maior refeição do dia, pois, graças ao pôr do sol, que ocorria mais cedo no inverno, a brisa do litoral do Mediterrâneo rapidamente se tornava gélida.

Mary odiava trabalhar ao ar livre no frio. Ela tremia enquanto cozinhava, dizendo a si mesma que, se não fosse pelo filho, viraria o rosto para a parede e esperaria a morte reclamar seu corpo cansado.

– Mamãe!

Rindo muito, Demetrius correu para a mãe e abraçou-a por trás.

– Mamãe! Adivinha só! Hoje à tarde eu vi um passarinho com penas azuis, e sabe de uma coisa? O passarinho falou comigo!

Colocando a colher de madeira num pedaço de bloco de cimento quebrado, Mary virou-se e levantou, tomando o filho nos braços. Seu rosto estava anormalmente sério quando ela o repreendeu:

– Demetrius! Quantas vezes preciso lhe dizer? Pássaros não falam! Gatos não falam! Burros não falam!

Demetrius argumentou, fazendo pirraça:

– Falam, sim! Eles falam! Eles falam comigo! – Fazendo cara feia, ele afastou o corpo da mãe e declarou: – Eu fiz o que o vovô mandou. Disse: "Fala passarinho, fala!" e ele falou!

Escapando dos braços da mãe, ele correu para o avô.

– Vovô, conta para ela! Os passarinhos falam com você. E comigo também! Lembra, vovô?

Vovô Mitri lançou um olhar culpado para Mary. Ele prometera à nora que a ajudaria a desestimular a imaginação fértil do menino. Agora, com as palavras do garoto, ele fora pego com a boca na botija, descumprindo a promessa!

Demetrius insistia:

– Diz pra ela, vovô!

Mitri coçou a barba e desviou o olhar, tentando matutar uma forma de sair daquela situação. Ele não conseguia pensar em nada para dizer e, enfim, mexeu as sobrancelhas para o menino, tentando, em vão, enviar-lhe uma mensagem.

A resposta de Demetrius foi emitir um som de zumbido com a garganta, movimentos de voo com os braços e abaixar a cabeça, forçando os lábios de modo a parecer um bico afiado. Ele riu antes de olhar para a mãe e afirmar:

– O vovô disse que, quando voltarmos para nossa casa na Palestina, vou poder ter um passarinho na gaiola! – Empolgado, Demetrius puxou o vestido da mãe e perguntou: – Você faz um bolo de aniversário para o meu passarinho, mamãe?

Mary ergueu uma sobrancelha, olhando para George com expressão de "Eu te disse" e apelou ao marido:

– E então?

Ele lançou um olhar fulminante para o pai, que abaixara a cabeça. O velho temia as palavras que estavam por vir do filho. A voz de George era baixa e em tom de desculpas, pois George Antoun não era homem de criticar o próprio pai. Gentilmente, ele alertou:

– Tente não encher a cabeça do menino com bobagens, papai. Por favor.

O vovô Mitri passou a mão nervosamente pelos cabelos ralos. Depois, puxou o menino pelo braço.

– Demetrius, esse era nosso segredo especial. Lembra-se?

Confuso, o menino olhou para os adultos, um de cada vez. A expressão da mãe era rígida e ela parecia furiosa. Mary voltou para sua posição agachada e sentou-se à frente da panela fervendo. Seu avô começou a bater o cachimbo na parede da casa, ignorando-o. O pai estava de pé, completamente parado, vislumbrando o céu com olhos em chamas, pés separados e os braços cruzados na frente do peito.

O queixo de Demetrius tremeu. Instintivamente, ele sabia que falara algo errado. Irritado, começou a chorar, sabendo, de algum modo, que o lugar no qual viviam agora e a casa que haviam perdido tinham tudo a ver com a incrível tristeza daquele momento. Com voz trêmula, ele perguntou:

– Por que não podemos ir pra casa, papai?

Sem obter resposta, Demetrius gritou e bateu os pés:

– *Eu quero ir pra casa!*

Deixando de lado a discordância anterior, os três adultos se uniram em torno da criança que chorava. George conseguiu arrancar um leve sorriso do menino quando garantiu:

– Nós voltaremos para casa um dia, prometo.

Mary fez carinho nas costas do filho, emitindo sons apaziguadores com a língua e lembrando a si mesma de impedir que sua infelicidade se espalhasse a ponto de magoar seus entes queridos.

Sabendo-se responsável pelo desagradável episódio do pássaro, vovô Mitri ajoelhou-se na frente do neto, com pernas e braços bem abertos, e indicou para a criança vir em sua direção.

Perdido, Demetrius correu para o local seguro entre as pernas do avô, onde já estivera tantas vezes. Ele envolveu os braços no pescoço do velho, chorando tanto que começou a soluçar.

Vovô Mitri negociou com o garoto:

– Não chore, rapaz. Se você não chorar, após o jantar o vovô vai contar como salvou seu cordeiro de estimação de um lobo faminto. E eu não era muito maior do que você é agora.

Ele deu um sorriso banguela para a criança, enquanto procurava no bolso por um doce guardado para uma ocasião especial.

Enquanto os homens da família continuavam a consolar Demetrius, Mary olhava, por trás dos ombros do marido, para a feiúra absurda do pequeno pedaço de terra marrom que agora servia de jardim, lembrando-se dos arbustos perfumados que decoravam seu pátio e varanda em Haifa. Em breve, esses arbustos cuidadosamente podados começariam a florescer e ela se perguntava que mulher os reivindicaria como seus.

Nesses dias, Mary geralmente sentia como se sua vida na Palestina tivesse sido vivida por outra pessoa, não passando de uma história interessante que alguém lhe contara. Mas, agora, a saudade de casa falava mais alto e ela foi lançada de volta à Palestina. O jardim de rosas premiadas de Mary Antoun causava inveja nas amigas. Sua casa e quintal eram imaculados, e o marido tinha orgulho das criações tentadoras que saíam de sua cozinha. Ela não se deu conta do gemido suave que lhe escapou dos lábios quando se lembrou dos momentos prazerosos passados naquela linda casa com George, o resto da família e os amigos. Em seguida, Mary mordeu os lábios quando as lembranças preciosas se evaporaram e foram substituídas por recordações horríveis da guerra e do exílio inesperado. Resmungando, ela sacudiu a cabeça, tentando afastar essas imagens, aconselhando-se que era perigoso demais abrigar esses pensamentos ou mesmo admitir tê-los. Em quatro anos de expulsão, ela passou a reconhecer a dura realidade. No início do exílio, Mary acreditava que um dia eles teriam permissão para voltar ao lar e retomar seu modo de vida, mas, ao longo dos anos, uma sensação cada vez mais desesperada vinha crescendo dentro dela de que a família Antoun nunca mais conseguiria visitar a Palestina, quanto mais viver lá!

Ela olhou para o filho. Seu marido e sogro continuavam a encher a cabeça da criança com visões da Palestina. Era um erro tolo. Mary tinha certeza de que o menino jamais viveria lá. Sabendo-se incapaz de mudar o futuro, Mary fechou os olhos para a desolação ao seu redor e murmurou com amargura:

– Esta é a nossa vida agora.

Suspirando de arrependimento, ela usou as mãos para se colocar de pé. Seu rosto estava pálido e tenso quando olhou para os três homens da família e reclamou, sussurrando:

– Todos sonhadores. Os três são sonhadores.

Ela precisou inclinar o corpo antes de levantar o cabo da panela preta e pesada e caminhar lentamente para dentro de casa. Com uma rudeza atípica, gritou:

– Vocês três! Venham para dentro agora antes que o jantar esfrie!

Naquela mesma noite, George sentia-se abatido e permaneceu sentado em silêncio, com uma expressão visível de cansaço, observando, mas sem prestar atenção, enquanto Mary alimentava o filho e o colocava na cama. Ele ouviu os sons, mas não as palavras quando o vovô Mitri cumpriu sua promessa, dando uma interpretação empolgada de uivos de lobo e ruídos de ovelha para uma história de ninar bastante conhecida, que logo fez Demetrius rir bem alto.

Mary observou o rosto do marido por um brevíssimo momento, conhecendo-o tão bem que entendeu seus pensamentos como se tivessem saído de sua mente. Ela sabia que o marido recordava novamente os eventos de 1948. George muitas vezes admitia ter cometido um erro: eles não deveriam ter fugido do inimigo, os palestinos deveriam ter ficado em casa e lutado, mesmo que isso lhes custasse a vida! Mas eles fugiram como covardes e perderam suas posses, seus meios de subsistência e seu país. Agora, só restava a George culpar a si mesmo e, pelo menos uma vez ao dia, ele fazia a triste constatação de que a Palestina não o deixara, mas, ao contrário, ele deixara a Palestina.

A menor lembrança daquele ano fatídico levava George ao mais profundo desespero. Mary nada comentava, pois sabia que nenhuma palavra poderia aliviar seu sofrimento. Por um momento medonho, Mary se perguntou se um homem poderia morrer de luto. Certamente esse parecia ser o caso em Nahr al Barid, pois havia uma grande quantidade de homens que faleciam sem qualquer razão médica aparente.

Ao contrário da família Antoun de Haifa, a maioria dos habitantes do campo era composta por fazendeiros da região do lago Houleh, ao norte da Palestina. Esses homens haviam sido membros ativos de uma próspera comunidade de fazendeiros e, subitamente, descobriram não ter o que fazer, exceto vagar a esmo e lutar até o dia seguinte chegar, que eles sabiam ser exatamente igual ao anterior. A situação era diferente para as mulheres do campo. Elas trabalhavam tanto no exílio quanto em seus lares na Palestina. A faina diária de cozinhar, limpar e cuidar das crianças era infindável. As mulheres não tinham tempo para ficar paradas e murchar por dentro.

Mary sentia um receio real pelo bem-estar de George. Com uma tristeza que crescia em seu íntimo, ela fez uma pausa e reservou um momento para tocar o ombro do marido antes de entrar na cortina privada, a fim de se preparar para dormir. Escondida da família, Mary se dava o luxo do luto. A matriarca colocou a testa contra a parede e chorou baixinho por tudo o que perdera.

Algumas horas depois, um vento frio vindo da escuridão pré-amanhecer soprou forte pelas paredes rachadas e fez a porta ranger, girando com indiferença em torno dos trêmulos habitantes.

George observou a família e viu que seu pai tinha um sono irregular. Os movimentos contínuos e agitados do corpo magro do vovô Mitri revelavam o incômodo causado pelo ar frio que penetrava em seu cobertor esfarrapado. George sentiu uma pontada no estômago. O conforto do pai era sua responsabilidade. Um homem idoso deveria dormir na própria cama.

Abraçando os próprios ombros e tendo as costas apoiadas na parede, George sacudiu a cabeça, aflito. Ele se recusava a ir para a cama, mesmo após os repetidos chamados de Mary, e agora estava tenso, sentado numa pequena almofada, em vez de deitar no colchão fino que achava tão desconfortável. Havia um nervosismo latente em George Antoun, uma sensação de incerteza. Ele tinha plena consciência de que estava prestes a tomar uma decisão que afetaria sua família pelo resto de sua vida.

George estava totalmente vestido e exibia uma profunda preocupação no rosto enrugado quando virou para encarar a esposa, que, instintivamente, dormia aconchegada junto ao filho. Ele achava que pelo menos a criança estava aquecida, com seu corpinho protegido do vento e envolvido bem apertado, embora confortável, em sua colcha e no cobertor que deveria estar com o pai. Demetrius bebera uma xícara de leite de cabra quente antes de fazer suas orações e agora dormia profundamente com um leve sorriso em seu jovem rosto.

Sem levantar de seu assento, George inclinou a parte superior do corpo na direção da esposa e viu que os olhos de Mary estavam abertos, arregalados de tanta preocupação, supôs. George ergueu as sobrancelhas grossas só um pouco, pensando em como dar a notícia à esposa. Ele a cutucou e falou baixo:

– Mary? Você está acordada?

Mary girou o corpo lentamente, tomando cuidado para não acordar a criança. Ela olhou para George, buscando seu rosto. A mulher adorava seu gentil marido e teve um pensamento fugaz de que George Antoun era um daqueles homens fiéis e decentes que a História não registra, embora a vida não duraria muito sem eles. Eles haviam enfrentado os maus momentos juntos e ela sabia que George tentara ao máximo adaptar a vida da família às duras circunstâncias. Antes da "Catástrofe de 1948", seu marido era professor, um homem educado e calmo que desejava paz em sua terra. A tempestade de violência o pegara desprevenido e o fizera perder tudo.

Mary levantou o queixo e fez um gesto silencioso com os lábios e a língua, significando que não, ela não estava dormindo. Ela deu um tapinha no colchão, fazendo um convite ao marido.

Com as mãos e os joelhos, George lentamente deitou ao lado da esposa, descansou o peito no ombro de Mary e sussurrou:

– Mary, precisamos sair deste lugar.

– Mas para onde podemos ir, George?

O marido franziu a sobrancelha enquanto analisava o rosto da esposa:

– Temos de ir para bem longe. – Ele beliscou o lábio inferior: – Pensei em Trípoli, mas é muito perto. Seríamos descobertos e devolvidos ao campo. – Subitamente, ele se mostrou um homem decidido: – Beirute. Há mais oportunidades para nós lá.

Com medo de que sua própria voz denunciasse a dúvida que sentia, Mary não falou nada, mas pensava em Beirute. A cidade era um sonho impossível para refugiados do campo Nahr al Barid. Por fim, ela manifestou seu desejo num sussurro:

– Beirute.

A cidade enchia seu coração de esperança. Os libaneses eram letrados, insistiam na boa educação de suas crianças. Escolas precisavam de professores. Eles ouviram dizer que George poderia encontrar trabalho numa escola particular por lá. Com um emprego, seu marido poderia recuperar a dignidade. O salário lhes daria o direito de viver como cidadãos livres. Seus pensamentos se adiantavam: eles poderiam alugar um pequeno apartamento na cidade, bem longe dos campos. Em dois anos, o filho estaria com 6 anos e eles poderiam matriculá-lo numa boa escola. Ela acariciou as costas do marido e teve a camisa gasta como obstáculo. Mary poderia comprar uma máquina de costura e fazer roupas decentes para os homens da família.

Ela sorriu para George e aquiesceu:

– Beirute.

A vida deles sofreria uma transformação se eles fossem para essa cidade.

Logo no começo do exílio, George e Mary fizeram várias tentativas de sair do campo, mas, como a população palestina só aumentava no pequeno país do Líbano, logo surgiram restrições que dificultavam as viagens para os palestinos que desejavam se mudar do campo de refugiados ou da cidade. A independência econômica era pré-requisito para a liberdade de movimentos, e a família Antoun fugira com pouco mais que a vida.

Eles eram pobres desde 1948.

Em seus momentos mais sombrios, Mary lembrava a si mesma da sorte que eles tinham por estarem vivos. Em janeiro de 1948, George perdera dois irmãos e sua única irmã num ataque terrorista na Porta de Jaffa, em Jerusalém. Apenas ele sobrevivera. Como única filha a chegar à idade adulta, Mary não teve irmãos para perder na guerra. Ela geralmente agradecia a Deus por seus pais terem morrido de causas naturais, com um ano de diferença, muito antes de a guerra estourar. Pelo menos, eles não viveram para experimentar a dor do exílio.

Lembrando-se das dificuldades enfrentadas anteriormente para deixar o campo, Mary se perguntou o que o marido estava pensando:

– Como sairemos daqui, George? – E sua pergunta se transformou num apelo: – Diga-me, como?

O sangue pareceu correr todo para o rosto de George. Agora vinha a parte difícil. Envergonhado pelo que tinha a dizer, ele se afastou da esposa. Seus temores se transformaram em silêncio, deixando-o incapaz de falar.

Impaciente, ela insistiu:

– George? O que é? Diga-me.

Ele desviou o olhar e fez um gesto indicando o tórax dela. Após várias tentativas malsucedidas, as palavras enfim saíram de uma só vez:

– Mary, eu... Suas joias. Preciso das joias do seu dote. Ouvi conversas no campo. Existem homens capazes de arranjar a documentação adequada e nos levar escondidos para Beirute. Em troca das suas joias.

Com os olhos embaçados pelas lágrimas, George olhou para a mulher simples que lhe trouxera tanta felicidade. Pedir suas únicas posses, as joias que poderiam protegê-la da fome caso ele morresse, deixava-o profundamente envergonhado.

Com um sorriso tranquilizador, Mary percebeu o amor intenso e estranho que ela sentia por esse homem aumentar subitamente. Ela não hesitou por um instante sequer. Lutou um pouco para se sentar com a coluna reta e abriu os três primeiros botões da blusa surrada. Colocando a mão por dentro do tecido, Mary retirou uma pequena bolsa marrom amarrada com uma faixa de couro e a entregou ao marido.

– Aqui. Pegue.

Vendo a grande angústia no rosto do marido, ela assegurou:

– De que me servem as joias, George? – Ela fez uma brincadeira: – Afinal, há algum baile para ir?

Com as mãos trêmulas, o marido se inclinou na direção da esposa e pegou o presente de ouro e pedras preciosas que ele lhe oferecera dez anos antes, uma prova do seu amor eterno. Incapaz de olhar para Mary, ele virou o rosto e murmurou:

– Amanhã. Entrarei em contato com os homens, amanhã.

Ouvindo um choro suave, Mary acariciou as costas do marido, rezando em silêncio para que Deus permitisse a George Antoun ter outra chance na vida.

Uma semana depois, Mary preparou uma refeição especial de cordeiro e arroz. Raramente a família podia comer carne nas refeições e a criança sorriu de felicidade, limpando o prato com pão árabe e saboreando até o último pedaço.

Após a ceia, Mary se ajoelhou na frente do filho e indicou para que ele sentasse em seu colo. Depois, alertou com um tom sério:

– Demetrius, hoje à noite vamos brincar de um jogo especial.

De pé ao lado de Mary, George orientou:

– Demetrius, você tem de ficar bem quietinho. – Ele também parecia anormalmente sério: – Você vai se esconder. Ninguém poderá ouvi-lo. Ninguém poderá vê-lo. Você consegue se esconder? Pelo papai?

– Um jogo!

O menino riu alto e saltou do colo da mãe em direção ao pai, mexendo-se, agitado, em seus braços. Ele repetia, alegre, agarrando a barba do avô e tapando os olhos do velho com a mão.

– Esconder, vovô! Esconder!

Mary levantou-se e começou a formar uma pilha com as roupas melhores e mais quentes do menino.

Parecendo determinado, George ordenou a Mary:

– Dê-me o cesto.

Ele preparou cuidadosamente o grande recipiente de palha, colocando as roupas e sandálias da criança, que o vovô Mitri conseguira consertar. Com tudo pronto, Demetrius entrou avidamente no cesto, mas bastou George usar a manta para cobri-lo, tapando a luz suave do único lampião da casa, para o menino choramingar:

– Sammy! Eu quero Sammy!

Os três adultos trocaram olhares aflitos. O burro de madeira era o único brinquedo de verdade que a criança tivera, mas era pesado e tinha um formato estranho. Eles esperavam deixar o brinquedo em casa, junto com outros objetos volumosos que não poderiam carregar durante a longa caminhada até Beirute.

Mary o repreendeu:

– Demetrius, você já é bem grandinho.

A criança repetia incessantemente:

– Sammy! Eu quero Sammy!

Depois, ele começou a gritar e a chutar.

George estremeceu. Correndo dos uivos agudos da criança, ele trouxe rapidamente o burro e perdeu momentos preciosos colocando o brinquedo no cesto embaixo da manta com o filho.

O choro da criança diminuiu gradativamente, até parar. Ele cochichou:

– Sammy! Agora você tem de ficar bem quietinho!

Demetrius tirou a manta do rosto e sorriu, exultante, para o papai.

Com o rosto pálido, Mary olhou para o marido:

– George, você é impossível quando se trata deste menino.

Ele respondeu com um sorriso terno que amenizava suas feições preocupadas:

– Sou mesmo, mulher, sou mesmo.

Depois de acomodar a criança, a família Antoun se preparou para deixar sorrateiramente a casa. Como saber se o vizinho não os denunciaria? Todos os adultos tinham malas cheias de roupas presas às costas. George segurava o cesto que continha sua carga mais preciosa, enquanto Mary carregava a mala marrom cheia de documentos importantes, fotos de família, alguns livros e utensílios de cozinha. O vovô Mitri ficou responsável pelos cobertores e três das almofadas. Naquele mesmo dia, Mary costurara as xícaras de café de porcelana dentro delas.

Quando eles davam uma última olhada pela casa e já iam fechar a porta, o vovô Mitri deu um pequeno grito. Correndo para a sala de estar, ele pegou a chave de sua casa na Palestina. Exibindo um sorriso envergonhado diante do olhar de desaprovação da nora, ele pôs o cordão preto em volta do pescoço, escondendo cuidadosamente a chave por dentro da camisa, e explicou:

– Vamos precisar dela um dia.

George seguiu à frente, caminhando rapidamente pelo campo até reduzir a velocidade no caminho mais estreito. O cesto balançava levemente em seus braços.

Sentindo-se seguro, Demetrius abraçou o burro de madeira e caiu num sono profundo.

Ninguém dizia palavra, mas Mary estava extremamente ansiosa, e seu coração batia loucamente. As possibilidades eram infinitas. E se os guias não aparecessem para encontrá-los? Os homens poderiam muito bem ter mentido para tirar de George suas últimas posses. Os cães abandonados que andavam pelo campo poderiam latir, alertando as autoridades de sua fuga. Eles poderiam ser obrigados a retornar, sem qualquer esperança de melhorar seu futuro sombrio. Mary sabia que o perigo os espreitava a cada instante. Ela dizia a si mesma para pensar em algo diferente, e desviou a mente para seu belo filho. Demetrius era um verdadeiro milagre. Após seis anos de tentativas desesperadas e vários abortos seguidos, depois de ter perdido as esperanças, o menino fora enviado diretamente das mãos de Deus. George costumava dizer que o filho era um presente divino.

Seus lábios se abriram, esboçando um leve sorriso.

Mary perdeu o fôlego quando o vovô Mitri tropeçou, quase caindo no chão duro. Era difícil manter o equilíbrio no caminho pedregoso. Apenas George andava confiante. Ele tinha tanta certeza de ter feito a coisa certa que, nos últimos dias, seu humor sério ficara mais leve, um pouco mais parecido com o homem que fora antes de fugir da Palestina.

O ar noturno estava frio e não demorou muito para os dedos de Mary ficarem congelados. Ela mudava a mala pesada de mão, aquecendo a que estava livre nas dobras da saia.

O local do encontro ficava a 2 quilômetros ao sul do campo. Mary respirou mais aliviada quando viu dois homens surgirem de trás de uma grande rocha. Ambos vestiam calças pretas largas, com grandes faixas na cintura. Na cabeça, turbantes pretos. Olhando para os homens, ela se lembrou do que George lhe dissera. Seus dois guias eram irmãos, membros da altamente secreta religião drusa.

Durante o século XII, a seita dos drusos se separou do Islã tradicional e, desde então, os ritos dessa religião eram um bem guardado segredo, conhecido apenas pelos homens adultos que dela faziam parte. Os drusos eram famosos pela capacidade de rastrear trilhas e por serem confiáveis. Eram também incrivelmente leais aos amigos, porém mais vingativos com os inimigos.

Mary viu que os dois estavam armados com fuzis e grandes facas. Eles pareciam assustadores e perigosos e, embora ela soubesse que os drusos não atacariam a menos que fosse para defender o grupo, Mary sentiu um imenso alívio por esses homens serem pagos para protegê-los.

Seus modos eram de uma eficiência rápida. Os dois irmãos cumprimentaram George e vovô Mitri, fazendo um sinal com a mão erguida. Quando olharam para Mary, o irmão mais velho pôs a mão sobre o coração, enquanto o mais novo fez apenas um aceno de cabeça. Em total silêncio, um deles pegou a mala das mãos dela e o outro retirou rapidamente a carga do vovô para colocar em suas costas. O mais velho indicou que todos assumissem seus lugares. Com ele próprio à frente e o mais novo na retaguarda, o grupo começou sua longa caminhada até Beirute.

Mantendo um ritmo firme, os cinco adultos caminharam a noite inteira pelas antigas colinas e vales do Líbano. Por fim, justamente quando Mary estava quase revelando sua incapacidade de continuar e o vovô Mitri estava pálido e ofegante, a criança acordou, pôs a cabeça para fora do cesto e olhou ao redor. O mais velho dos guias riu de Demetrius, que, segundo ele, "parecia um filhote de passarinho esperando por uma minhoca". Depois, ordenou:

– Vamos descansar até a noite cair.

Fizeram café numa pequena fogueira e, enquanto os adultos bebiam o líquido fumegante e comiam pão e queijo, Demetrius foi alimentado com leite direto de um recipiente de lata e comeu dois dos seis ovos cozidos que Mary preparara para a viagem.

Os dois guias brincaram um pouco com Demetrius, mas pouco falaram durante a refeição. Logo em seguida, desapareceram, escalando o ponto mais alto do local, onde montavam guarda em turnos alternados de descanso e vigília.

O vovô Mitri ajeitou-se em posição fetal e começou a roncar quase imediatamente.

George olhou para a esposa e sorriu:

– Mary, durma um pouco. Vou levar nosso filho para um passeio.

186

Ao observar os olhos do marido, vermelhos pela falta de sono, Mary protestou:

– Não, não. Você descansa primeiro. Eu cuidarei de Demetrius.

Vendo que a esposa estava pálida de cansaço, George mostrou-se inflexível, pegou Demetrius pela mão e saiu andando. Eles foram para uma pequena colina e passaram mais de uma hora observando uma pequena lebre se alimentar da vegetação selvagem do Mediterrâneo. Depois que o animal entrou numa toca, George e Demetrius encostaram num abeto frondoso e observaram os céus, pensativos. De repente, um bando de pássaros começou a voar por cima de suas cabeças e, após alguns momentos de observação e com um olhar perdido e cheio de sentimento, George disse a Demetrius:

– Meu filho, você e eu somos como essas aves, andando em círculos, sem rumo, em busca de um lar.

Maravilhado, Demetrius observava os voos circulares e os mergulhos repetidos dos pássaros, ansiosos para que seus temidos intrusos deixassem sua árvore e eles pudessem voltar para casa.

O amanhecer já tingia os céus de cor-de-rosa quando o grupo alcançou os arredores de Beirute. Mary parou no meio do caminho e encarou, boquiaberta, a linda cidade, com seus brilhantes prédios brancos aninhados entre o verde das colinas habitadas e suas montanhas graciosas que iam até o azul profundo do Mediterrâneo. Beirute era tão agradável quanto lhe haviam contado. Olhando ao redor, ela rapidamente decidiu que o local era mais dramático em aparência do que sua Haifa, a cidade mais linda em toda a Palestina.

Com um toque suave, quase imperceptível no ombro, George inclinou-se em direção à esposa e os dois se entreolharam e sorriram, com a certeza de terem tomado a decisão correta.

De algum modo, naquele momento, muitas das dificuldades enfrentadas nos últimos anos simplesmente desapareceram.

Capítulo X

O Império Turco-Otomano desmoronou em 1918, depois de quatrocentos anos, derrotado junto com a Alemanha e seus aliados, após a assinatura dos documentos de rendição que deram fim à Primeira Guerra Mundial. As nações vitoriosas do Ocidente dividiram os impérios dos países derrotados entre si. O Império Otomano, no Oriente Médio, foi repartido entre a Grã-Bretanha e a França: os britânicos se tornaram os novos governantes da Palestina, enquanto os franceses assumiram o controle do recém-criado Líbano.

Entre as guerras mundiais, muitos cidadãos do Líbano prosperaram sob o domínio francês. Sem o gerador de desarmonia que atormentava a Palestina chamado "questão judaica", o Líbano gozava de estabilidade política e tranquilidade social.

Em 1946, o Líbano conquistou sua independência. Os líderes libaneses, tanto cristãos quanto muçulmanos, responderam à sua nova liberdade com um pacto nacional, jurando manter a união entre as várias facções religiosas existentes no país. Embora os muçulmanos reclamassem que o novo presidente, um cristão maronita, favorecia seus amigos da mesma religião, o pacto se manteve nos primeiros anos da independência.

A vitória dos judeus na Guerra pela Palestina de 1948 teve grande repercussão para o Líbano, pois refugiados palestinos do norte da Galileia fugiram para lá em busca de segurança. O terreno montanhoso do Líbano sempre servira de refúgio para diversos grupos étnicos e religiosos, e os libaneses, tolerantes, davam as boas-vindas com simpatia a seus irmãos palestinos.

Não era possível realizar uma contagem exata do número de palestinos fugitivos que chegavam ao Líbano, mas, segundo estimativas, o número beirava os 250 mil. Já havia mais de dois milhões de cidadãos do Líbano vivendo num país com apenas 217 quilômetros de extensão e tendo 88 mil metros em seu ponto mais largo. A chegada dos refugiados palestinos sobrecarregou os recursos sociais e econômicos do pequeno país.

Os refugiados também representaram um desafio político para o delicado equilíbrio de poder existente entre grupos religiosos no Líbano. A população cristã tinha uma leve vantagem política com base em agrupamentos religiosos. Mas a maioria dos refugiados palestinos era da fé muçulmana sunita. Os cristãos libaneses temiam que o aumento no número de islâmicos fizesse a balança do país pesar mais para o lado dos muçulmanos, em detrimento dos cristãos. Em parte devido a esse temor, os refugiados palestinos receberam direitos legais e políticos mínimos no Líbano.

Quando os refugiados palestinos se mudaram para cavernas, mesquitas, alojamentos militares e onde mais lhes fosse oferecido abrigo, o governo libanês começou a montar campos de refugiados pelo país.

Na cidade de Beirute, o governo criou esses campos simplesmente confiscando terras particulares não cultivadas e dando-as aos palestinos. Um dos principais campos, chamado Shatila, localizava-se nos arredores da área sul de Beirute.

Os residentes de Shatila viveram em tendas por muitos anos. Aos poucos, elas foram substituídas por casas precariamente construídas com blocos de concreto. Aos poucos, o local começava a perder a aparência de um campo de refugiados e parecia um subúrbio pobre.

George e Mary Antoun criaram seu amado filho Demetrius no campo de Shatila.

Os Antoun tentaram, sem sucesso, mesclar-se à sociedade libanesa, mas sem ter cidadania total e permissão para tomar parte no sistema econômico do país, eles, como outros palestinos, foram obrigados a viver na pobreza. O conforto vinha da fé cristã ortodoxa grega e eles encontravam a felicidade apenas uns nos outros.

Muito amado e mimado pelos pais e o avô, Demetrius Antoun cresceu e se tornou uma criança obediente e de modos suaves, que sonhava um dia levar seus pais ao luxo de uma vida de classe média.

Demetrius se transformou, como seu próprio pai havia previsto, num jovem excessivamente bonito com uma aparência imponente: alto e de ombros largos, com um corpo esbelto, testa firme, olhos acinzentados tão escuros que pareciam negros, nariz reto, lábios carnudos e um bigode bem aparado. O conjunto atraía atenção favorável para Demetrius aonde quer que ele fosse.

Em 1968, Demetrius se formou no Ensino Médio com honras. Como presente especial, George e Mary Antoun realizaram um grande desejo do filho. Eles deram a Demetrius uma pequena quantia em dinheiro, cada moeda tendo sido diligentemente economizada, a fim de pagar a viagem de turismo para a Jordânia e a Síria há muito sonhada e que seria feita com seu melhor amigo, Walid Bader.

16 anos depois
Estrada para Karameh
20 de março de 1968

Demetrius Antoun e Walid Bader estavam andando desde o início da manhã. O sol forte e brilhante indicava que já era meio-dia, e ondas de calor dançavam no ar. Após encontrar um solitário abeto, eles decidiram esperar à sombra da árvore ao lado da estrada, a oeste de Kerek, esperando carona para descer a montanha rumo à rodovia do Mar Morto. Apesar do calor, a espera não era um fardo, pois eles eram jovens, despreocupados e grandes amigos desde a infância. A tarde passou rapidamente.

Na semana anterior, os dois jovens haviam deixado a casa dos pais em Beirute e viajaram para a Jordânia, numa visita desejada há muito tempo. Depois de fazer turismo em Petra, a capital das ruínas dos nabateus, eles passavam ao longo do reino Hashemita e pretendiam visitar o campo de refugiados de Karameh, onde Walid tinha parentes, antes de retornar à capital, Amã.

Demetrius e Walid se entreolharam aliviados quando um caminhão parou. Vendo que o motorista não frearia por completo, eles correram a fim de pular na caçamba do caminhão.

Walid gritou:

– Vai para Karameh?

O motorista fez que sim com a cabeça, depois ignorou os dois enquanto se ocupava em colocar o veículo de volta na estrada. Era um homem de meia-idade e o oposto físico de seu caminhão gasto e enferrujado. Pequeno, magro e de movimentos ágeis, ele parecia ter domínio completo do grande e lento veículo de 10 toneladas. Ele falou apenas após ter certeza de que tudo ia bem com o caminhão, seu único meio de sobrevivência.

Foi quando o motorista deu uma breve olhada para Walid antes de se inclinar para trás e analisar Demetrius. Após voltar a atenção para a estrada, o motorista perguntou:

– Você pratica luta livre?

Walid deu uma gostosa gargalhada. Demetrius tinha mais de 1,80 metro e era forte. Os estranhos sempre se espantavam com a altura do rapaz.

Demetrius tentou evitar deixar sua irritação à mostra, mas foi incapaz de esconder o descontentamento ao retrucar:

– Sou estudante. – Demetrius detestava as suposições automáticas de que ele ganhava a vida com a força física quando, na verdade, desejava apenas encontrar seu caminho no mundo usando seus consideráveis dons intelectuais. Decidido a mudar o assunto, suavizou o tom e acrescentou: – Meu amigo e eu residimos temporariamente em Beirute.

Walid intrometeu-se na conversa:

– Até a Palestina ser libertada.

Agora foi a vez de o motorista rir. Todo palestino no exílio acreditava piamente que retornaria à sua pátria um dia. Ele tinha vizinhos palestinos em Amã que não falavam de outro assunto. Com os dedos da mão direita, o motorista deu um peteleco como se retirasse algo do caminho.

– Esqueçam a Palestina! Vocês vão criar seus netos em Beirute!

Walid mudou de assunto, sorrindo:

– Após visitarmos a Jordânia e a Síria, voltaremos a Beirute. Neste outono, meu amigo e eu começaremos os estudos na universidade.

O motorista olhou pelo retrovisor antes de comentar:

–Ah, são intelectuais!

Walid respondeu, esperançoso:

– Seremos um dia, se Deus quiser!

Demetrius permaneceu em silêncio, olhando pela janela aberta atrás do motorista. O sol ainda estava acima do horizonte e nuvens cinzentas começavam a se formar. O astro criava grandes poças de luz e sombra, algumas se estendendo por 4 ou 6 quilômetros ao longo do vale. A beleza e a serenidade da paisagem despertaram a total atenção de Demetrius.

A conversa entre Walid e o motorista diminuiu enquanto o caminhão continuava a descer a estrada da montanha, indo pelo norte ao longo da rodovia do Mar Morto.

Mesmo em silêncio, o tempo e a distância pareciam passar rapidamente. Até o momento em que o motorista fez uma pausa e meteu o pé no freio com força e determinação.

– Estamos na vila de Shunet Nimrin. Se vocês quiserem ir para Karameh, deverão ficar neste cruzamento.

Demetrius aquiesceu:

– Tudo bem, então. Nós desceremos aqui.

Enquanto o caminhão parava, Walid agradeceu ao motorista e perguntou:

– Saindo daqui, conseguiremos chegar em Karameh antes do anoitecer?

O motorista abriu um largo sorriso:

– Talvez sim, talvez não. De qualquer modo, às vezes a viagem é melhor do que a chegada! – Enquanto se afastava, o motorista olhou para trás e gritou: – Que Deus esteja convosco!

A fumaça e a poeira do caminhão formaram ondas ao redor de Demetrius e Walid, fazendo com que saíssem da estrada em direção aos pequenos prédios de Shunet Nimrin. Após engasgar, tossir e limpar os pulmões, os dois rapazes ficaram parados em silêncio por um instante, olhando ao redor. Dois homens idosos estavam sentados bebendo café e brincando com um jogo de tabuleiro em frente a um pequeno mercado. Um mecânico, com a cabeça e a maior parte do corpo embaixo do capô aberto de um caminhão, gritava instruções a seu assistente, que estava ao volante. Vários automóveis enferrujados, estacionados e com suas frentes apontando para todas as direções, impediam a visão de qualquer outra atividade.

Walid fez a primeira observação:

– Shunet Nimrin é um lugar pequeno e tranquilo.

Ele olhou fixamente para os ocupantes, esperando obter uma saudação amigável. Nem os idosos, nem o mecânico ou seu assistente lhes deram boas-vindas. Walid suspirou e falou a Demetrius:

– Ainda bem que não planejamos passar a noite aqui.

Demetrius respondeu.

– Sim, tem razão. – Ele então olhou para os dois lados da estrada antes de começar a andar em direção a Karameh.

Os ombros de Walid se curvaram de decepção. Suas pernas eram bem mais curtas que as de Demetrius e a caminhada matinal o deixara consideravelmente cansado. Ele sabia que Karameh ficava a 11 quilômetros de Shunet Nimrin e correu para alcançar o ritmo do amigo, mas não sem antes fazer uma sugestão esperançosa:

– Poderíamos oferecer dinheiro ao mecânico para nos levar de carro a Karameh.

Os olhos de Demetrius brilharam e sua boca se abriu num sorriso. Ele mexeu os braços e começou a sacudir a cabeça lentamente de um lado para outro, provocando o amigo:

– Walid, diga-me: como poderemos sentir o doce aroma do vale de dentro de um carro? Ou sentir as pedras embaixo dos nossos pés? Ouvir o canto dos pássaros? Ou...

Walid piscou, depois riu. E pensou imediatamente que era típico de Demetrius louvar a natureza. Ainda assim, seu bom humor era contagiante e, sem querer ficar para trás, Walid entrou no jogo:

– Sim, claro! Você tem toda a razão! Como poderemos sentir o estrume perfumado do camelo? Observar as ovelhas esquálidas? Ou ter engulhos com o odor de pastores de ovelhas sem banho?

– Walid, você não tem coração.

– Não, o que eu não tenho são *pés!* – disse Walid, dobrando de corpo de tanto rir da própria piada. Logo em seguida, ele retirou do bolso um pequeno pedaço de pano azul e enxugou a testa: – Estou cansado!

Demetrius riu e respondeu com um insulto gentil:

– Você é muito pequeno, meu amigo. Suas perninhas se cansam facilmente.

Walid encarou Demetrius:

– Isso não teve graça.

Ele enrolou o tecido azul antes de colocá-lo novamente no bolso. Pálido e frustrado, marchou adiante, recusando-se a falar. Walid odiava ser baixo e magro. Desde a infância, ele queria ser alto e forte como Demetrius.

Indiferente, Demetrius riu de novo, olhando para as costas do amigo sem disfarçar o afeto.

Demetrius Antoun e Walid Bader eram amigos íntimos desde o primeiro momento em que se encontraram, há 16 anos, quando a família Antoun saiu do campo Nahr al Barid e viajou para Beirute. Mustafa Bader e sua família estenderam a mão amiga e ofereceram à exausta família Antoun alimentos e roupas de cama. Tanto os Bader quanto os Antoun tinham filhos de 4 anos de idade, e os meninos gostaram imediatamente um do outro. Eles estavam sempre juntos na escola e nas brincadeiras, aproximando ainda mais as duas famílias de refugiados.

Ao longo dos anos, George Antoun e Mustafa Bader aceitaram, resignados, a difícil vida no exílio, enquanto seus filhos encaravam tudo como um desafio, em sua insistência quase agressiva de que seriam capazes de superar a pobreza e a desesperança que haviam consumido seus pais.

Criou-se um laço inquebrantável entre os dois jovens.

Recém-formados no Ensino Médio e na viagem que eles desejavam há tanto tempo, com previsão de cursar a faculdade no outono, tanto Demetrius quanto Walid sentiam o início de sua vitória sobre o odiado exílio.

Eles eram jovens e felizes.

Com sede, Demetrius fez uma pausa e destampou a garrafa de água.

Walid continuou andando.

Demetrius tomou um longo gole do líquido morno e gritou:

– Walid! Água?

Demetrius sabia que o amigo não conseguia ficar irritado com ele por muito tempo.

Walid olhou para trás e refez seu caminho, pegando a garrafa de água e bebendo um gole. Satisfeito, secou a boca com as costas da mão e perguntou a Demetrius:

– Onde estão os carros? E os caminhões?

Demetrius olhou para o sol:

– Vai escurecer em breve.

Walid soltou um suspiro de decepção, mas continuou andando. Após passarem uma hora no local, ainda não havia qualquer sinal de carona à vista. Walid avisou ao outro:

– Preciso descansar.

– Enquanto ainda houver o mínimo de luz, devemos continuar. Demetrius olhou para o amigo e sorriu, acrescentando: – Uma cama de areia e pedras não tem apelo para mim quando há um vilarejo por perto.

Entre uma respiração e outra, Walid comentou:

– Neste momento, uma cama de areia e pedras seria como o algodão mais macio. Encerrei por hoje. Karameh pode esperar até amanhã.

Demetrius olhou para o rosto cansado de Walid e mudou de ideia. Eles já haviam dormido ao ar livre antes:

– Tem razão. Nós podemos achar um lugar fora da estrada... Talvez na colina. Descansaremos até o amanhecer de um novo dia. – Numa tentativa de fazer Walid se sentir melhor, ele lembrou: – De qualquer modo, andar ao lado da estrada à noite não me parece uma ideia boa.

Walid apontou em direção a duas grandes rochas calcárias que se destacavam na colina a vários metros acima da estrada:

– Olhe ali... À direita.

– Estou vendo.

Os dois homens escalaram a rocha sem conversar.

Quando chegaram ao destino, Walid colocou sua jaqueta no chão entre as duas grandes pedras e desceu lentamente ao chão.

Demetrius abriu a mochila e tirou a metade de um sanduíche. Ele apoiou as costas numa pedra e ofereceu o lanche para Walid, que sacudiu negativamente a cabeça:

– Estou tão cansado que nem tenho fome.

Demetrius começou a mastigar e olhou para o amigo:

– Podemos descansar aqui. Você dorme primeiro, eu não estou muito cansado.

Walid respondeu:

– Sem discussão. Vou dormir agora mesmo.

Ele deitou em posição fetal e logo caiu no sono.

A noite passou devagar para Demetrius Antoun. Enquanto estava sentado, o tempo parecia distorcido e, para se manter acordado, ele pensava na Palestina. Saber que estava bem perto de sua terra natal fez seu coração acelerar e a respiração ficar mais rápida. A Palestina sempre fora uma presença constante e envolta em sombras, uma lembrança da prosperidade perdida para toda a sua família. Demetrius se perguntava como a terra realmente era e desejava poder ver por si mesmo. Pela primeira vez em anos, os sonhos e as histórias que ouvira quando criança voltaram à mente de uma só vez e ele pensou em sugerir que, no dia seguinte, eles pudessem viajar à fronteira e dar pelo menos uma olhada na terra natal cuja entrada não era permitida aos refugiados palestinos. Depois, ele contaria com riqueza de detalhes tudo o que vira à sua família e aos amigos. Com esse pensamento feliz, seus olhos se fecharam e ele repousou a cabeça no lado frio da pedra, permitindo-se o alívio do que parecia ser apenas alguns minutos de sono.

O som estrondoso e característico de um helicóptero voando baixo caiu sobre eles tão de repente que levou Demetrius e Walid a um estado de alerta instantâneo.

Walid gritou, tentando ser ouvido além do ruído das hélices e do som do motor.

– O que é isso?

Demetrius respondeu, pondo-se se de pé e voltando os olhos na direção do céu:

– Helicóptero.

Walid gritou ansiosamente enquanto se levantava para ficar de pé ao lado de Demetrius.

– Onde?

O som começou a diminuir. Demetrius esperou alguns segundos antes de responder:

– O helicóptero está voando baixo. Por cima da estrada, em direção a Karameh.

Walid olhou para o céu mais uma vez e depois perguntou a Demetrius:

– Que horas são?

– Está quase amanhecendo.

A voz de Walid tinha um traço de irritação:

–Amanhecendo? Você devia ter me acordado!

Demetrius deu de ombros:

– Eu me distraí.

A conversa diminuiu enquanto Walid analisava o céu e Demetrius girava o corpo em movimentos lentos e repetidos da esquerda para a direita, refazendo o caminho de voo do helicóptero.

– A luz está vindo rapidamente...

Demetrius interrompeu, falando num sussurro:

– Quieto. – Ele fez uma pausa. E depois disse: – Ouça com atenção. Que barulho é esse?

Walid fechou os olhos e prendeu a respiração. Depois de vários segundos, respondeu:

– Caminhões... Mais de um caminhão.

– Sim, talvez sejam caminhões, mas os motores pesados... O ruído constante e agudo... São ruídos de tanques.

Walid, espantado, gritou bem alto:

– Tanques!

– Quieto! Ouça mais uma vez.

Os dois jovens ficaram de pé ouvindo, esforçando-se para prestar atenção e tentando distinguir os sons a distância.

Demetrius começou a girar a cabeça para a esquerda por alguns segundos e depois para a direita, repetindo o movimento em seguida.

Walid, que se esforçava para respirar, ficou boquiaberto com a atitude do amigo:

– O que você está fazendo?

– Estou olhando com os ouvidos.

Perplexo, Walid fez exatamente o mesmo que Demetrius. Por fim, resmungou:

– Também estou olhando com os ouvidos, mas não vejo nada. – Cético, ele encarou Demetrius: – O que você espera ver com os ouvidos?

Demetrius repetiu o movimento de cabeça mais uma vez antes de responder:

– Já vi o bastante. São os israelenses.

Walid reagiu com mais descrença e um tom de urgência na voz:

– Israelenses! Você consegue ver os israelenses?

Demetrius explicou pacientemente, como se ensinasse a uma criança:

– Walid, não é preciso ver a bandeira para saber quem são eles. Os sons vêm do sul e do oeste, mas os jordanianos estão a leste, e os palestinos não têm tanques. – Ele respirou fundo: – Restam apenas os israelenses.

Walid protestou:

– Mas... Mas nós estamos na Jordânia!

– Os israelenses também. Eles devem ter atravessado a ponte Rei Hussein e entrado em Shunet Nimrin. Foi bom não termos ficado lá.

Walid não queria que Demetrius estivesse certo, por isso continuou a discutir:

– Não há nada em Shunet Nimrin que interesse aos israelenses, Demetrius.

– Correto. O alvo deles é Karameh.

– Karameh! – Walid repetiu, num sussurro ansioso: – Por que Karameh?

Demetrius inclinou-se e pegou o casaco e a mochila de Walid, jogando ambos para ele.

– Porque, meu amigo, Karameh é o lar dos guerreiros palestinos do Fatah.

O outro ficou em silêncio por um momento, ponderando sobre as implicações desse comentário e observando Demetrius abotoar calmamente o casaco e colocar a mochila nas costas. Foi quando perguntou:

– Devemos nos afastar da estrada?

– Sim.

Demetrius foi à frente. Os rapazes viraram-se na direção da encosta íngreme e começaram a escalar.

– Escale para o lado esquerdo – aconselhou Walid. – Assim a inclinação não fica tão íngreme.

– A escalada pode ficar mais fácil, mas cada passo à esquerda nos deixará mais próximos de Karameh.

A resposta de Walid foi imediata:

– Exatamente. – Ele queria saber o que estava acontecendo com o irmão de seu pai que vivia em Karameh. – Talvez possamos observar melhor o vilarejo de um local mais alto.

Quando Demetrius abriu a boca para retrucar, o som inconfundível de motores a jato em força total à baixa altitude surgiu do céu e tomou conta do vale. Os rapazes instintivamente se jogaram no chão e permaneceram deitados, imóveis. Eles esperaram o som se afastar antes de olhar novamente para cima.

Walid gritou no ouvido de Demetrius:

– Nada! Não consigo ver nada! – Ele falava rapidamente: – Há muita luz... E muito nevoeiro.

Demetrius respondeu calmamente enquanto rolava para o lado e se levantava, puxando Walid ao mesmo tempo:

– E muita velocidade também.

Demetrius olhou para o céu e avaliou:

– Eles passaram antes que pudéssemos ouvi-los.

Walid deslizou vários metros ladeira abaixo ao tentar ficar de pé. Apenas na segunda tentativa – dessa vez agarrando com firmeza os galhos de um pequeno arbusto – ele foi capaz de se pôr novamente de pé antes de falar:

– Tanto barulho! Quantos você acha que são?

O amigo foi lacônico:

– Dois... Talvez mais. Não há como ter certeza sem conseguir vê-los.

– Se não podemos vê-los, então, talvez, eles não possam nos ver. – Walid parecia imensamente aliviado ao constatar: – Somos invisíveis!

Demetrius franziu as sobrancelhas enquanto observava cuidadosamente o local de onde os sons vieram.

– Talvez eles não nos vejam do céu, mas poderão nos enxergar da estrada.

– Os tanques! Por um momento, eu me esqueci deles...

Walid seguiu o olhar de Demetrius e, após ouvir atentamente, murmurou:

– Os sons estão ficando mais altos.

Pela primeira vez, Demetrius ficou preocupado. E alertou Walid, enquanto escalava:

– Temos de continuar nos afastando da estrada. Rápido!

Usando as mãos e os joelhos, Demetrius engatinhou pela colina através da espessa vegetação dos arbustos. Por vários minutos, eles escalaram a colina em silêncio, ocasionalmente dando uma olhada de relance para baixo, em direção à estrada. Agarrando-se em tudo o que era firme o bastante para obter equilíbrio, os rapazes seguiam caminho montanha acima.

Walid alertou Demetrius:

– Os tanques estão próximos.

– Quando eles passarem lá embaixo, nós nos esconderemos atrás das rochas. Mantenha os olhos na estrada...

Demetrius foi interrompido pelos assovios agudos dos motores a jato. Assustado pelo ruído inesperadamente alto dos helicópteros, os rapazes imediatamente pararam onde estavam. Demetrius voltou a escalar enquanto as ondas de som batiam na colina. Walid gritou quando retomou o movimento:

– São os mesmos helicópteros?

Demetrius gritou:

– Talvez, mas as nuvens nos protegem. Eles não podem ver nada. – E, com a voz mais intensa, ordenou: – Agora, *suba!*

Após vários passos, Walid lançou um olhar apressado para trás na direção da estrada e de Shunet Nimrin. E revelou, apavorado:

– Demetrius! Consegui ver um tanque!

O outro parou bruscamente e olhou para a estrada:

– Também vi. Rápido! Aqui!

Demetrius se jogou no chão atrás de uma grande pedra.

Walid, com os pés deslizando na terra solta e nas pedrinhas, segurou-se na rocha cravando os dedos no chão. Com a respiração pesada, Walid caiu ao lado de Demetrius, que constatou:

– Eles estão em todos os lugares. Devemos estar seguros atrás desta rocha. Fique agachado.

Walid tentou se mexer para ter uma visão mais clara da estrada enquanto o ronco dos motores dos tanques ficava cada vez mais alto. Sussurrando, ele relatou:

– Agora são dois tanques.

Demetrius espreitou os veículos militares e constatou:

– Na verdade, três.

Um novo som vindo do alto desviou a atenção dos jovens da estrada em direção a Karameh. Os dois olhavam para o céu até que o barulho parou e foi substituído pelo ruído surdo de uma explosão. A terra embaixo deles tremeu. Pedregulhos rolaram pela colina quando os estrondos se repetiram. Várias vezes.

– Meu Deus. Os israelenses estão bombardeando Karameh!

Nervoso, Walid mordeu o lábio inferior. Ele esperava que seu tio e primos tivessem abrigo adequado.

Demetrius ainda estava concebendo um plano para sair daquela situação.

– As bombas estão vindo do oeste... Ao longo do rio Jordão.

Entre as explosões, Demetrius falava:

– Quando eles acertarem o alcance dos tiros, haverá muito mais explosões.

Walid estava quase chorando, levando as mãos à cabeça.

– Mas há muitas mulheres e crianças em Karameh, Demetrius. Como eles podem fazer isso?

Demetrius estava calado, olhos concentrados no horizonte. Vários segundos se passaram até que ele pudesse entender o que via.

– Walid.

– Sim?

– Walid, olhe. Você vê helicópteros vindo do oeste em direção a nós?

Ele levantou a cabeça e olhou na direção do rio Jordão.

– Sim! Oh, Deus! Há seis... sete... Muitos, muitos helicópteros! E eles estão voando baixo!

Sem piscar, Demetrius subitamente percebeu o escopo do ataque e o perigo que eles corriam. Sua voz soou mais alto do que ele pretendia:

– Soldados! – Demetrius abaixou a voz: – Walid, esses helicópteros estão trazendo os soldados para atacar os palestinos em Karameh.

Walid estava tão apavorado que sentiu uma pontada no estômago:

– Demetrius, temos de sair daqui!

Demetrius parecia perdido nos próprios pensamentos, com os olhos voltados para os helicópteros que se aproximavam. *Para todos os lugares que olho, há perigo*, pensou.

Os sons ainda distantes das hélices em movimento foram substituídos pelo sopro de grande quantidade de bombas de artilharia. As explosões que se seguiram sacudiram o chão abaixo dos rapazes, como se a terra fosse pisada por gigantes.

Walid berrou:

– Demetrius! Não estou gostando muito da minha visita à Jordânia!

O outro gritou o mais alto que podia:

– Fique abaixado!

Ao ver a expressão de puro terror de Walid, Demetrius o puxou para perto de si. Ele podia sentir todo o corpo do amigo tremer de medo.

Eles esperaram.

O bombardeio subitamente parou. Demetrius e Walid trocaram um olhar rápido e depois voltaram sua atenção na direção de Karameh.

Uma fumaça preta marcava o centro do vilarejo. Três tanques, movendo-se lentamente, estavam a poucos metros das primeiras casas. Helicópteros aterrissavam na parte oriental do vilarejo. O tiroteio começou: soldados pularam dos helicópteros assim que aterrissavam, alguns disparando as armas enquanto se afastavam do veículo. As máquinas decolaram e, em poucos segundos, já estavam longe.

Demetrius sabia o que estava acontecendo. Ele disse a si mesmo que o perigo que corriam aumentava a cada segundo.

– Walid, os helicópteros israelenses tentarão impedir qualquer tentativa de fugir para as colinas.

Walid sacudiu o braço do amigo:

– Demetrius! Olhe! Os palestinos estão resistindo! Eles têm armas! Estão atirando de dentro de buracos feitos no chão! Olhe! Acertaram um tanque!

Demetrius murmurou:

– Eles serão todos mortos.

Rajadas de tiros alternavam-se com explosões de tiros disparados por tanques. Não havia um momento sequer de silêncio para que Demetrius e Walid conseguissem conversar. Por vários minutos, os dois assistiram à batalha feroz por Karameh enquanto a fumaça se misturava com o nevoeiro que se erguia devagar.

Os sons dos tiros de fuzil e de bombas explodindo ficaram intermitentes. Os guerreiros palestinos começaram a se retirar em direção às colinas acima do vilarejo. Durante um momento de relativa calma, Walid afastou os olhos da batalha e os voltou na direção de Demetrius. Sua voz era baixa e triste:

– A batalha está perdida. Veja, os palestinos estão fugindo de Karameh.

Demetrius sacudiu a cabeça de tristeza ao olhar para Karameh. Uma mistura de fumaças preta, branca e cinza subia lentamente, obscurecendo a vista da maioria dos prédios. A leste do vilarejo, vários tanques, seguidos por soldados israelenses, dispersaram-se e agora escalavam as ruas íngremes na base da montanha.

Demetrius foi categórico:

– Os soldados israelenses estão caçando os palestinos. Vão matá-los.

Uma série de explosões abafadas vindas de dentro do local foi ouvida por Demetrius, que soltou um longo suspiro:

– Walid, estão explodindo os prédios. Karameh logo será destruída. E não é só isso. Se os tanques se virarem para o sul, você e eu estaremos em grande perigo. Ninguém vai perguntar por que estamos aqui.

– Talvez devêssemos ir embora.

– Para onde? Nenhum lugar é seguro.

Walid passou de moreno-claro a branco-pálido:

– Então devemos continuar onde estamos, sem sermos vistos.

– Sim, é o melhor a fazer. Mas vamos continuar observando os tanques. Se eles virarem em nossa direção...

Uma explosão anormalmente alta fez Demetrius parar e olhar na direção das máquinas de guerra que subiam a montanha. Ele falou baixo:

– Walid! Olhe! Os palestinos destruíram um tanque!

– Eu vi!

Bombas começaram a explodir perto dos outros tanques enquanto eles continuavam a subir lentamente pelas montanhas.

Demetrius gritou de alegria:.

– Jordanianos! Os jordanianos chegaram para ajudar. Eles estão atirando nos tanques israelenses!

Walid estava aliviado:

– Deus seja louvado! Deus seja louvado! Estamos salvos!

Demetrius sabia o que acontecera. Os jordanianos obviamente estavam acompanhando a batalha, mas, para eles, Karameh não tinha qualquer valor. Só quando os tanques israelenses se voltaram na direção de Amã, eles começaram a atacar.

– Nós estamos vendo uma guerra de verdade!

Walid agora estava mais empolgado do que assustado. Com os jordanianos na batalha, a possibilidade de vitória palestina aumentava.

Os tanques israelenses começaram a dar meia-volta. Walid berrou:

– Os jordanianos venceram!

– Não, creio que não. Estão voltando apenas porque não vieram aqui para enfrentar os jordanianos. Eles ficaram surpresos quando foram atacados por um tanque, em vez de um fuzil.

– Então os jordanianos vão permitir que os israelenses continuem atacando Karameh?

– A luta dentro de Karameh terminou. Pense bem: por que os jordanianos deveriam arriscar um confronto maior por um vilarejo destruído quando não fizeram nada para proteger um vilarejo intacto?

Ele suspirou:

– Agora os israelenses vão atrás dos que escaparam.

– Demetrius! Há mais tanques israelenses na estrada abaixo!

– Estou vendo. Eles estão vindo de Shunet Nimrin.

– Reforços israelenses?

– Sim. Logo os judeus estarão em todos os lugares. – O tom de voz de Demetrius tornou-se mais urgente. – Walid, agora nós temos de sair deste lugar.

O amigo se mexeu abruptamente e começou a empurrá-lo:

– Vai, vai, vai!

Demetrius se recusava a ter pressa. Ele ergueu-se com cuidado, olhou para cima na direção da ladeira, e só então ficou de pé, imóvel, com os olhos fixos num ponto a algumas centenas de metros de distância.

Walid estava louco para sair correndo.

– O que é, Demetrius?

Demetrius não respondeu imediatamente, mas, quando o fez, sua voz era baixa e as palavras foram pronunciadas entre os dentes:

– Não estamos sozinhos.

– Eles nos viram?

Demetrius continuou a olhar, sem se mexer nem responder.

Devagar e com muita cautela, um homem vestindo um uniforme cáqui saiu de uma grande rocha e começou a descer a colina. Ele tinha um fuzil Kalashnikov AK-47 na mão direita e várias granadas penduradas no cinto. Seus movimentos eram firmes, confiantes e precisos.

– Creio que nosso visitante seja um guerreiro da liberdade palestino.

O tom de voz do amigo, bem como suas palavras, fizeram Walid se levantar.

De pé, lado a lado, eles acompanharam a aproximação do homem. Num dado momento, o soldado gritou:

– Fiquem abaixados!

Suas palavras tinham um tom de comando, mas Demetrius e Walid não reagiram.

O homem repetiu a ordem e acrescentou um movimento com o braço esquerdo para baixo, a fim de sinalizar suas intenções:

– Fiquem abaixados!

Walid ficou de cócoras.

Os olhos de Demetrius continuaram fixos no estranho. Enquanto observava o soldado, ele teve um fluxo intenso de pensamentos, recordando-se do aviso de seu pai para esquecer a visita a Karameh, que era uma fortaleza para os mais fanáticos militantes palestinos de guerrilha, os chamados *fedayin* de Abu Anmar (ou Yasser Arafat).

Exceto por breves intervalos, judeus e árabes não pararam de lutar desde a guerra de 1948. Cercado por árabes, Israel foi obrigado a defender todas as suas fronteiras. Guerras estouraram em 1956 e 1967. Durante a guerra de 1967, os judeus quadruplicaram o tamanho do território conquistado, tomando Jerusalém Oriental, a Cisjordânia, as Colinas de Golã e o Sinai. A vitória judaica não só foi bem-sucedida ao desmoralizar os árabes, como também criou 500 mil novos refugiados palestinos. Durante o último ano, vários incidentes de fronteira aumentaram a tensão entre os dois povos. Mesmo sabendo de tudo isso, Demetrius ignorou o conselho do pai, porque Walid estava ansioso para visitar seu tio e seus primos.

A voz calma e esperançosa de Walid interrompeu os pensamentos de Demetrius:

– É melhor para nós que ele seja um guerreiro da liberdade, você não concorda?

– Sim, é muito melhor um árabe do que um judeu.

O homem estava mais perto agora e movia-se lentamente pelo lado da montanha, curvando-se sobre a arma. Após deslizar alguns metros, ele parava e olhava ao redor. Quando se viu totalmente protegido da estrada pela grande rocha, ele se identificou:

– Sou Ahmed Fayez.

Demetrius aquiesceu:

– Sou Demetrius Antoun.

Depois de olhar para Walid, Demetrius fez a apresentação:

– Este é meu amigo, Walid Bader.

Ahmed pareceu não prestar muita atenção. Ele encostou o corpo na rocha, respirou profundamente e depois virou para olhar a estrada. Alguns segundos se passaram antes que ele voltasse novamente sua atenção para Demetrius e Walid e perguntasse:

– Onde estão suas armas?

Walid respondeu num tom de voz agudo:

– Não temos armas.

– O que vocês estão fazendo aqui?

Demetrius respondeu:

– Nossos assuntos são particulares.

O cano da arma de Ahmed moveu-se lentamente até encontrar o peito de Demetrius.

– Hoje, meus amigos, *nada* é particular. Ouvi dizer que há espiões israelenses andando por aí. – O soldado lançou um olhar duro e determinado aos rapazes e ordenou: – Agora vocês vão responder às minhas perguntas. Vocês são palestinos, correto?

Demetrius novamente tomou a iniciativa da resposta:

– Sim, mas não somos guerrilheiros.

– Mais uma vez: o que estão fazendo aqui?

Foi a vez de Walid responder, pois ele queria evitar que Demetrius entrasse numa altercação com um homem armado.

– O irmão do meu pai, Mahmoud Bader, vive em Karameh e estamos aqui para visitá-lo.

O soldado, ainda desconfiado, perguntou:

– Por que ele não está com você?

Walid respondeu:

– Porque ainda não chegamos a Karameh.

Demetrius explicou a Ahmed, que estava perplexo:

– Nós saímos de Shunet Nimrin no fim da tarde de ontem, mas não conseguimos chegar ao vilarejo enquanto ainda estava claro. – Ele apontou os braços na direção do cenário da batalha: – É isto.

Walid acrescentou:

– Passamos a noite na estrada.

Ninguém falou por um tempo. Ahmed analisava profundamente os rapazes, ponderando se devia ou não acreditar neles. Embora o guerrilheiro parecesse ter mais ou menos a idade dos jovens, havia uma rudeza não familiar em seus modos, que a maioria dos homens julgaria ameaçadora.

Ainda assim, nem Demetrius nem Walid ofereceram mais informações enquanto esperavam a próxima pergunta do soldado.

Ahmed Fayez parecia provocá-los, movendo o fuzil do peito de Demetrius para o de Walid, que suspirava alto.

O guerrilheiro sorriu:

– Eu acredito em vocês. – E alargou o sorriso: – Mas os judeus não vão acreditar. Eles acham que todo palestino é guerrilheiro.

Walid deu um pulo e olhou na direção de Demetrius antes de falar:

– Nós vimos a batalha desde o começo.

– É mesmo?

A voz de Ahmed era baixa e carregava a tristeza da perda.

– Muitos guerreiros corajosos estão mortos. Quarenta... cinquenta... Talvez mais.

Demetrius interrompeu:

– Como isso pôde acontecer? Não houve qualquer aviso?

Ahmed riu calmamente antes de responder:

– Aviso? Suponho que sim... Antes do ataque, um helicóptero inimigo sobrevoou o vilarejo... Bem baixo... E jogou isso aqui.

Ele tirou do bolso da camisa um pedaço amassado de papel amarelo, impresso dos dois lados.

– Veja. Este é o aviso. Este folheto diz que civis devem abandonar o vilarejo.

Ele balançou a cabeça vigorosamente e riu:

– Nós sabíamos há vários dias que Karameh seria atacada, mas queríamos ficar e lutar. Mesmo quando os jordanianos nos aconselharam a fugir para as colinas. – Ele riu de novo, mais alto dessa vez, e sua satisfação era evidente: – Matamos vários judeus.

Demetrius ficou curioso:

– Mas os israelenses têm tanques e helicópteros. Como você espera vencer essa batalha?

– Quem desejava sair teve permissão para fazê-lo.

Os lábios de Ahmed abriram-se num sorriso feliz quando ele encostou o corpo na rocha. Pela primeira vez na vida, o homem vira o sangue de seu inimigo.

– Os que ficaram e lutaram conquistaram uma grande vitória.

Walid retrucou:

– Vitória? Mas Karameh está destruída... E muitas pessoas estão mortas.

Ahmed queria que eles compartilhassem de suas ideias:

– Você está errado. *É* uma grande vitória. Logo todo o mundo saberá que os palestinos, os *fedayin*, lutarão por sua terra natal para sempre. – Ele fez uma pausa antes de declarar fervorosamente: – Esta é a vitória!

Incrédulo, Demetrius desviou o olhar:

– Eu não compreendo tal vitória.

O som do tiro dado por um tanque que estava na estrada abaixo deles fez Demetrius e Walid ficarem subitamente imóveis.

Ahmed reagiu jogando-se no chão e gritando:

– Abaixem-se!

Demetrius e Walid caíram no chão ao lado de Ahmed. A bomba explodiu na parte lateral da montanha, alguns metros acima. As ondas de choque levantaram seus corpos por vários centímetros antes que a gravidade os puxasse de volta à terra dura. Pequenas rochas começaram a cair através da fumaça preta que pairava no ar, atingindo os homens como se estivessem afiadas.

Ahmed levantou a cabeça e olhou cautelosamente além da rocha que os escondia. Um tanque, cujo canhão ainda soltava fumaça e apontava na direção da montanha, estava parado no meio da estrada. Soldados israelenses cercaram o tanque: alguns de pé, outros agachados, todos a postos, com suas armas apontadas para a montanha.

Ahmed voltou-se para Demetrius e Walid. Sua voz era calma:

– Eles conhecem a nossa posição. Devemos sair daqui rapidamente. Irei à frente e vocês me seguirão, mas não juntos. Mantenham uma distância de pelo menos 10 metros entre cada homem. Vamos passar de uma rocha a outra.

Demetrius e Walid concordaram com a cabeça, mostrando que haviam entendido as instruções.

Sem mais conversa, Ahmed foi para o lado sul da rocha, olhou na direção da estrada e depois correu para um pequeno monte de terra e pedras a vários metros de distância.

Demetrius cutucou o amigo:

– Devemos fazer o que ele diz, Walid. Você vai agora. Eu o seguirei.

Walid rastejou para a beira da rocha e olhou para o tanque. Vários soldados israelenses saíram da estrada e escalavam a montanha. Walid mal conseguiu respirar e olhou na direção de Demetrius:

– Os soldados estão vindo!

– Siga Ahmed. Agora!

Demetrius deu um grande empurrão no relutante Walid, pois sabia que, se fosse primeiro, o amigo poderia não ter a coragem de segui-lo.

Walid correu na direção do local escolhido por Ahmed.

Antes de se mexer, Demetrius localizou os soldados. Ele viu que eles haviam se dividido em grupos de quatro e cinco e já tinham escalado vários metros. Demetrius sabia que eles precisavam escapar, e rapidamente!

Walid correu na direção de Ahmed.

Demetrius lançou-se em direção ao local em que Walid estivera. E ouviu os tiros dos tanques enquanto avançava na direção do solo protegido. O chão, levantado pela explosão, pareceu erguer-se para encontrá-lo. Demetrius caiu de bruços, batendo o peito e os joelhos com força. Demetrius cuspiu e tossiu a poeira que engolira antes de levantar a cabeça para ver onde a bomba caíra. A fumaça preta formava um redemoinho que subia lentamente do solo e das pedras recém-reviradas perto de um pequeno vale alguns metros à frente.

Houve silêncio absoluto.

Demetrius disse a si mesmo que Walid havia seguido adiante e gritou:

– Walid!

Ele esperou por uma resposta até a espera ficar insuportável. Demetrius chamou mais uma vez, tentando enxergar através da poeira espessa.

– *Walid! Responda!*

Por fim, Demetrius correu, gritando, enquanto avançava pelo vale de fumaça criado pela bomba. Ele pulou no buraco, caindo de joelhos, e conseguiu sair, apoiando-se nas partes soltas do solo e engatinhando para frente, ainda chamando por Walid.

Demetrius viu primeiro os sapatos e soltou um grito gutural. Um dos sapatos estava de cabeça para baixo. O outro, caído a alguns metros de distância. Depois ele viu o pequeno pé, as pernas curtas, o corpo magro... Com o rosto virado para baixo... Imóvel.

– Walid?

Demetrius levantou gentilmente o ombro do amigo para virá-lo. Sentindo-se anestesiado e incapaz de respirar, ele se sentou com a coluna reta, tomou a cabeça do outro nos braços e pediu, aos prantos:

– Walid. Oh, Deus! Walid, por favor, acorde.

Demetrius esfregou o rosto do amigo com a mão e perguntou em voz baixa:

– Walid. Oh, Walid! Como contarei isso para sua mãe?

– Demetrius!

A voz de Ahmed Fayez veio como um eco de Deus. Ele sentiu a mão forte do guerreiro puxando-lhe pelo braço.

– Deixe-o. Nós temos de ir.

Demetrius mexeu a boca para dizer algo, mas não conseguiu pronunciar nada. Demorou algum tempo até conseguir emitir os sons e perguntar:

– Deixá-lo?

– Sim. Deixá-lo. – Ahmed estendeu a mão ao jovem e constatou: – Não há mais nada a fazer pelo seu amigo.

Demetrius pegou a mão de Ahmed e depois soltou. Ele se colocou de pé sozinho e, de repente, num gesto impensado, tomou a arma de Ahmed.

Os olhos de Ahmed se apertaram, mas, surpreso pela força do rapaz, não reagiu.

Demetrius voltou os olhos na direção do tanque e dos soldados que escalavam a montanha. Com espasmos de fúria no rosto e uma raiva incontrolável tomando conta do coração, correu pela lateral do morro, xingando, gritando e atirando.

Por um momento, o ataque louco de Demetrius fez os soldados pararem. Depois, eles se jogaram ao chão e começaram a atirar.

A torre do tanque girou, abaixando o canhão. O atirador estava à espera.

Demetrius automaticamente jogou-se no chão antes de rolar para o lado e disparar. Uma das balas atingiu um soldado no rosto, seu corpo deslizou lentamente pela montanha, tendo os pés à frente. Demetrius ouviu o colega do soldado gritar num tom de voz distante, como se fosse um sonho:

– Abe!

Ainda distribuindo tiros e aos gritos, ele mergulhou na direção de um soldado que estava deitado com o rosto para baixo, usando as mãos para manter o capacete firme no lugar.

Demetrius corria e atirava simultaneamente. Uma das mãos do soldado largou o capacete.

Enquanto ele cruzava a linha inimiga, os soldados pararam de atirar, com receio de acertar um de seus próprios homens. Os soldados que estavam mais perto da estrada recuaram para posições atrás do tanque.

Demetrius tropeçou e caiu rolando pela ladeira.

Um soldado israelense apoiou-se num dos joelhos e levantou a arma.

Uma rajada de balas do AK-47 de Demetrius o atingiu no peito. Demetrius ouviu o homem ferido chamar pela mãe.

Naquele momento, que parecia congelado no tempo, a parte de trás do tanque foi subitamente sacudida. Um segundo depois, a máquina explodiu numa grande bola de fogo e fumaça negra.

A força da explosão jogou Demetrius para trás, fazendo a arma cair de sua mão. Gritos e rajadas de tiros substituíram o barulho da explosão, que diminuía.

Ele lutou para ficar de pé.

Alguns metros adiante, ladeira abaixo, um soldado tentava se levantar. Ele fora atingido por uma saraivada de balas.

Demetrius não fez qualquer tentativa de recuperar o AK-47. Em vez disso, correu imediatamente na direção do soldado que estava de pé em silêncio, surpreso, olhando para baixo e se dando conta de seus ferimentos mortais.

O choque inesperado jogou o soldado de costas no chão. Demetrius, mantendo uma perna em cada lado do corpo do inimigo, avançou na garganta dele com as duas mãos, e esperou. Cinco segundos. Dez segundos. Quinze segundos. O rosto do homem ficou vermelho, depois branco, em seguida azul. Os olhos saltaram das órbitas.

Ahmed gritou ao descer correndo pela montanha:

– Demetrius!

Trinta segundos.

– Demetrius!

Sessenta segundos.

Ahmed colocou a mão no ombro de Demetrius:

– Chega!

A voz do guerrilheiro era calma, firme e transmitia segurança.

– Demetrius. Ele já está morto.

Ahmed atirara no soldado, que morreu quando Demetrius o jogou no chão. Ele olhou ao redor, satisfeito:

– Estão todos mortos.

Demetrius soltou o pescoço do soldado, mas continuou a olhar para as feições distorcidas do inimigo. Ele estava estrangulando um morto! Lentamente, seu pensamento começou a ficar mais claro. Ele ouvia gritos e percebia que Ahmed o apertava com força. Ele também podia sentir o fedor da carne queimada misturado com o de gasolina.

Ahmed perguntou, com a voz quase abafada:

– Você está ferido? Consegue ficar de pé?

Demetrius mexeu braços e pernas lentamente e saiu de cima do cadáver.

Gritos de "Deus seja louvado!" pareciam vir de todas as direções, seguidos de rajadas de tiros.

Demetrius olhou para Ahmed e depois para os guerreiros palestinos que se juntavam ao redor dele.

Ahmed falou para que todos ouvissem:

– Este é Demetrius Antoun! E estes homens... – Ahmed fez um gesto na direção dos guerreiros – são nossos irmãos, Demetrius.

Demetrius permaneceu num silêncio amargurado.

Ahmed indicou para que um dos guerrilheiros chegasse mais perto:

– E este aqui é Yassin, o homem que atingiu o tanque com o foguete.

Ahmed riu alto. Sua alegria óbvia era compartilhada pelos outros. Ele lançou um olhar orgulhoso para Demetrius, deu-lhe um tapinha no ombro e proclamou, sorrindo:

– Demetrius, com dez outros guerreiros como você, poderíamos derrotar todo o exército judeu!

Os palestinos começaram a empurrar uns aos outros, rindo e comemorando.

Quando se acalmaram, Ahmed ordenou:

– Chega. Continuaremos a comemoração mais tarde. Peguem as armas. Devemos deixar o local imediatamente. – Virou-se para Demetrius e aconselhou: – Meu irmão, você precisa vir conosco. Ficaremos escondidos nas colinas até que os judeus voltem para buscar seus mortos. Daí, nós os mataremos!

Ahmed riu só de pensar nos israelenses mortos.

Demetrius não respondeu. Passou-lhe pela cabeça a ideia de que Ahmed Fayez era um homem cuja gargalhada era mais fácil que o sorriso.

Imagens do rosto inchado do soldado israelense vieram à mente de Demetrius e foram imediatamente substituídas pela voz de seu amado pai: "Demetrius, tirar uma vida é o maior pecado cometido contra Deus e o homem."

Ahmed gritou:

– Demetrius! Você já fez o bastante por hoje. Agora, irá descansar. Hawad! Leve-o para nosso esconderijo.

Ahmed colocou a mão no ombro do rapaz e recomendou:

– Vá com Hawad, Demetrius. Os outros deverão saber da sua bravura. Tal coragem traz inspiração.

Demetrius afastou-se de Ahmed e observou os homens gritarem o nome de Hawad, que se aproximava. Quando Demetrius conseguiu falar, sua voz era fraca e as palavras saíram arrastadas:

– Sim. Um descanso seria bom.

Demetrius avançou para encontrar Hawad, mas, mesmo enquanto trocava cumprimentos com o guerreiro, seus pensamentos se fixaram nas palavras de Ahmed: bravura e coragem. Demetrius sabia a verdade, que não agira por bravura ou coragem. Naquele momento, parecia mais fácil morrer que continuar vivo.

Ahmed gritou:

– Vá com Deus, Demetrius Antoun.

Demetrius estava imerso nos próprios pensamentos sombrios: ele fora ensinado que violência e assassinato eram errados e não era um especialista em armas. O que lhe acontecera? Mesmo com o choque causado pela morte de Walid, como foi que, numa questão de segundos, ele encontrara coragem e conhecimento para se transformar num guerreiro?

Sem conseguir assimilar a tristeza daquele dia, Demetrius seguiu silenciosamente o homem chamado Hawad.

Capítulo XI

Campo de refugiados de Shatila

Quando o Estado de Israel foi criado em 1948, fazendo desaparecer o Estado da Palestina, o poderoso movimento nacional para a independência da Palestina retirou-se do cenário político e transferiu a responsabilidade de lutar pelos direitos dos palestinos para a Liga Árabe. Dez anos depois, ainda no exílio e sentindo-se negligenciado pelos regimes árabes que haviam prometido libertar sua pátria, um jovem engenheiro palestino chamado Yasser Arafat formou um grupo chamado Fatah. Por acreditar que os palestinos seriam capazes de lutar por sua independência, o Fatah se afastou de todos os governos árabes. Em 1965, membros do braço militar do Fatah começaram a atacar alvos dentro das fronteiras de Israel, aumentando as esperanças dos palestinos que ainda estavam confinados em campos de refugiados.

Durante os anos de 1960, o nacionalismo árabe cresceu no Oriente Médio, levando intelectuais palestinos a pressionarem os regimes árabes a fim de reconhecer o movimento. Em 1964, a Liga Árabe criou a Organização para a Libertação da Palestina. No começo, a OLP estava sob direção e controle do presidente do Egito, Gamal Abdel Nasser. Era uma organização política, não militar, e suas exigências pelo retorno da Palestina foram amplamente ignoradas pelos governos ocidentais.

Em 1967, depois de os exércitos árabes sofrerem três derrotas arrasadoras para os sionistas, refugiados palestinos desesperados procuraram o Fa-

tah na esperança de que uma abordagem mais radical pudesse chamar a atenção dos governos mundiais. Ao mesmo tempo, as massas derrotadas e desmoralizadas das nações árabes que haviam perdido três guerras para os judeus começaram a culpar os refugiados palestinos pela perda da autoestima. Os governos árabes, que procuravam algum jeito de renunciar ao status de líderes do movimento para libertar a Palestina, estimularam a integração da OLP com o Fatah e nomearam Yasser Arafat como novo presidente da organização.

Após derramar sangue judeu em Karameh, os fedayin *palestinos do Fatah subitamente se transformaram nos campeões árabes. Uma explosão de apoio varreu toda a região.*

Junho de 1968

Demetrius Antoun, ainda de luto, fazia seu caminho de Karameh para Amã, na Jordânia, e de lá para Damasco, Síria. Lembrando-se da vontade quase desesperada que Walid tinha de visitar Damasco, Demetrius caminhava pela região num turbilhão emocional, encontrando na beleza da cidade antiga poucos motivos para celebrar. Bastou um dia de passeios pelo local e pelo Souk al-Hamidiyeh, para fazê-lo achar as ruas de pedras de Damasco um lugar sombrio. Andando por uma fileira de cafés cheios de homens conversando em voz alta, ele parou no que estava menos lotado, ocupou uma mesa nos fundos e pediu um sanduíche de queijo e café arábico forte.

No restaurante, Demetrius tornou-se testemunha relutante de uma discussão acalorada entre dois empresários turcos e um estudante libanês. O assunto era a fome de 1917 no Líbano, infligida pelos otomanos, que levou 300 mil cidadãos libaneses à morte por inanição. Os homens da Turquia eram passionais e beligerantes, e Demetrius viu rapidamente que o estudante tímido de Beirute se assustou com o inesperado confronto.

Educado pelo pai, que era de poucas posses, porém culto, Demetrius ficou furioso ao ouvir o mais gordo dos turcos gritar para o estudante:

– Seu burro! A fome de 1917 não passou de um plano dos governos britânico e francês para solapar o governo otomano. – Ele fez um gesto depreciativo com a mão para o jovem e ordenou: – Ah, volte para a escola!

O gordo deu um sorriso convencido para o amigo antes de apontar para a própria cabeça e murmurar:

– Árabes têm cérebro atrofiado.

Nada deixava o homem mais feliz do que ridicularizar ex-servos do Império Otomano, filhos dos homens a quem seu pai comandara.

O rosto de Demetrius ferveu de raiva. Ele observara, desde cedo na vida, que a ignorância de um homem era diretamente proporcional à sua arrogância. Demetrius respirou fundo, dizendo a si mesmo para ficar longe de discussões, mas, depois de testemunhar a humilhação sofrida pelo estudante, ele foi incapaz de se conter. Revirou-se no assento e pegou o gordo pelo ombro, dizendo:

– Você vai se desculpar. – A suavidade da voz contrastava com a seriedade da afirmação que faria a seguir: – A fome de 1917 foi criada por seu próprio povo. O exército turco confiscou *todos* os alimentos do Líbano, deixando os cidadãos comendo capim.

O gordo hesitou por um breve segundo. Depois tentou se soltar, mas Demetrius o apertou com mais força. Acreditando-se protegido num país que escolhera a tirania patrocinada pelo Estado, e não a anarquia pública, o homem olhou ao redor, procurando por alguém de farda. Quando viu três policiais, virou-se para Demetrius e destilou sarcasmo:

– Ah, outro libanês burro!

Demetrius apertou os olhos e mordeu os lábios, mas ficou mudo.

Seu silêncio deu coragem ao oponente, que levantou o queixo no ar e sibilou:

– Ou talvez você seja o filho de uma prostituta!

Demetrius Antoun estava à beira de um colapso nervoso. Sem pensar nas consequências, ficou de pé e acertou um golpe com força no topo da cabeça do homem.

A expressão de surpresa do gordo sumiu rapidamente e seu corpo machucado caiu da cadeira no chão de ladrilhos, aos pés de Demetrius.

O pânico atingiu a multidão. Vários senhores de idade tropeçaram uns nos outros para sair do café.

O amigo do gordo começou a gritar:

– Polícia! Socorro!

Gritos de "O que está acontecendo?" e "Uma briga!" tomaram conta do café.

Demetrius colocou a mão no bolso, jogou uma nota de 50 liras sírias na mesa, piscou para o estudante e recomendou:

– Saia. Agora.

Estabanado e nervoso, o estudante recolheu seus papéis. Antes de correr, ele dirigiu a Demetrius um rápido sorriso de agradecimento.

Demetrius então tomou rapidamente o último gole do café e esperou pelas autoridades.

Os três policiais, bem como vários observadores, ficaram de pé em volta do gordo caído no chão. Aparentemente, os oficiais prefiriam usar a hora de almoço para descansar. Levar alguém para a delegacia exigiria o preenchimento de formulários.

Cutucando o turco inconsciente com a bota, o mais velho dos policiais perguntou, cansado:

– O que aconteceu?

Demetrius respondeu:

– Ele me insultou, policial. Eu revidei.

– E como você foi insultado?

– A honra da minha mãe foi atacada.

O oficial fez que sim com a cabeça, com ar compreensivo, e olhou para Demetrius com interesse. Nenhum homem de verdade permitiria que tal insulto ficasse sem punição. Além disso, a maioria dos jovens teria corrido ao primeiro sinal da presença de autoridades. O garoto parecia ser um rapaz direito, do tipo que defenderia a mãe.

Um dos passantes começou a rir, demonstrando com o punho fechado.

– Eu vi tudo, oficial. O grandão aqui – disso, apontando para Demetrius – acertou o homem na cabeça. Um único golpe o levou a nocaute!

Após olhar para Demetrius com certa admiração, os homens se concentraram novamente no homem inconsciente, cujos lábios e queixo estavam repletos de muco.

Um dos policiais mais novos coçou a cabeça e constatou:

– Nocauteou tanto que tirou meleca do nariz dele.

Todos começaram a rir.

O amigo do inconsciente tomou as dores dele:

– Ele nos atacou! Prendam-no!

O oficial responsável não demorou a decidir. Encarou Demetrius e deu a ordem:

– Vá. Saia daqui. E não se meta mais em brigas. – Ele olhou para os braços musculosos de Demetrius e advertiu: – Pode acabar matando alguém.

Demetrius saiu. Quando estava na rua, decidiu que chegara a hora de voltar a Beirute.

O desagradável incidente levou Demetrius de volta à juventude. Como todos os garotos, ele se envolvera em sua cota de desavenças e pequenas brigas, mas, há anos, descobriu que não conseguia acertar alguém sem usar toda a sua força. Durante uma briga de brincadeira, quebrara acidentalmente as costelas de um colega de escola. Demetrius não fizera nada além de apertar o garoto com força para evitar que brigasse com Walid. Naquele mesmo ano, quebrara a mandíbula de outro garoto. Os dois participavam de um torneio de boxe na vizinhança. Após esse incidente, Demetrius passou a evitar todo tipo de violência física, desassociando-se de sua força. Pelo menos até os últimos meses, quando a raiva e a frustração se tornaram maiores que o bom-senso.

Demetrius voltou rapidamente para o pequeno hotel onde estava hospedado. Em menos de uma hora, arrumou suas coisas e fechou a valise, pagou a conta e encaminhou-se, afobado, para o ponto de táxi, com a intenção de economizar dinheiro compartilhando um táxi de volta para Beirute com outros passageiros. Quando o veículo finalmente saiu do ponto, Demetrius constatou que não deveria ter se preocupado. Para aumentar os lucros, o motorista pegara quatro passageiros. Cinco homens adultos se espremiam no velho e enferrujado Mercedes preto. Dois dos passageiros, um senhor de idade e seu neto, eram libaneses muçulmanos xiitas pobres que voltavam para os bairros miseráveis de Beirute.

Tentando esquecer seus problemas, Demetrius sentou-se em silêncio e ouviu.

A filha do velho era casada com um sírio. Ele e seu neto foram à Síria para celebrar o nascimento do bebê da filha. Porém, ficaram chocados ao descobrir que o bebê nascera com uma cabeça muito grande, que só aumentava de tamanho. Demetrius compreendeu que o bebê tinha um caso grave de hidrocefalia, ou água no cérebro, e sentiu uma dor no coração, pois sabia que o bebê morreria, depois de muito sofrimento.

Demetrius queria desesperadamente ser médico, mas não tinha coragem de contar sua ambição a ninguém, sabendo que a pobreza de sua família tornava esse sonho impossível. Em vez disso, ele se consolava com a ideia de que ficaria feliz em ser professor e seguir a profissão do pai.

Depois que eles terminaram de contar sua triste história, o motorista do táxi mencionou que estava com a garganta seca e o estômago vazio. Depois de observar o rosto abatido e as roupas que mal serviam no corpo, Demetrius buscou a última de suas notas de lira no bolso e se prontificou a comprar uma refeição para todos.

O taxista parou numa barraca de comida na estrada e todos saíram para esticar as pernas e esvaziar a bexiga. Demetrius comprou uma dúzia de ovos cozidos, cinco tomates, cinco fatias de pão pita e cinco refrigerantes. O dono da barraca acrescentou um punhado de azeitonas verdes como brinde.

Após compartilhar o lanche simples, o grupo prosseguiu em sua jornada.

Demetrius era o único passageiro que permaneceu acordado durante a travessia da cadeia de montanhas do Antilíbano, ao longo da fronteira com a Síria. Enquanto o taxista manobrava habilmente nas curvas sinuosas da estrada, o rapaz observava as casas de telhado vermelho que se penduravam na montanha rochosa. Nos vilarejos dos drusos, foi possível ver homens cavalgando burros e montanhesas alvoroçadas para concluir suas tarefas. Enquanto desciam a montanha na fronteira com o Líbano, ele viu de relance o brilho azul do Mediterrâneo através das árvores verdes que tomavam a montanha.

Aos olhos de Demetrius, o Líbano era um belo país, muito mais agradável que a Jordânia ou a Síria. Ao inclinar o rosto contra a janela suja e rachada, e olhar para as exuberantes florestas de pinheiros-de-alepo, ele pensou no pai. Uma vez ele lhe contara que o Líbano era um país de contrastes: havia lugar para todos, do mais rico ao mais pobre. Se Deus fosse generoso, um homem poderia começar a vida nos bairros pobres do sul de Beirute e terminá-la com uma mansão no topo de uma colina. Tudo era possível no Líbano. Desejando ter tido uma vida menos complicada, Demetrius momentaneamente quis ter nascido libanês, em vez de palestino.

Ele suspirou. Até agora, Deus rira dos sonhos dos palestinos.

A tristeza refletida no rosto do jovem começou a se dissipar quando o táxi se aproximou da parte oriental de Beirute, cruzou os enclaves cristãos e entrou nos subúrbios de Beirute Ocidental. Observando os palacetes murados e cercados de palmeiras, situados entre pequenas lojas, Demetrius notou que os arbustos de oleandro fioresciam em tons cor-de-rosa e branco. O verão havia chegado.

As ruas de Beirute estavam lotadas, com pessoas de todas as partes do mundo. Demetrius sorriu quando viu belas mulheres libanesas vestidas com a última moda de Paris barganharem com idosos barbudos que vendiam vegetais em carrinhos. Membros de tribos drusas com chapéus *tarbush* e calças largas caminhavam estoicamente ao lado de pastores maronitas vestidos em longos robes brancos. O aroma de grãos de café torrados era levado pelos ventos através da janela aberta do carro, fazendo com que os passageiros adormecidos acordassem de seus cochilos.

O tráfego estava engarrafado e Demetrius começou a achar que percorreria o resto do caminho mais rapidamente se fosse a pé. Sua impaciência aumentava, pois jamais ficara separado da família por tanto tempo.

Enfim, chegaram a Shatila. Após pagar sua cota da viagem e se despedir de todos, Demetrius saiu do táxi e andou na direção do campo.

O campo de Shatila tinha apenas 2,5 quilômetros quadrados embora fosse o lar de mais de 7 mil pessoas. E, apesar da proximidade com a agitada Beirute, o local era o mais pobre de todos os campos de refugiados do Líbano. Cercado por colinas, estava situado num vale que se transformava em rio lamacento quando vinham as chuvas, fazendo o esgoto transbordar a céu aberto.

Completamente diferente da parte rica de Beirute, Shatila era composta de pequenas estruturas desgastadas, feitas de blocos de cimento e concreto. Poucos prédios eram pintados e havia encanamentos e fios elétricos pendurados em todas as paredes. Boa parte dos moradores era composta por ex-fazendeiros da Palestina, que passaram a fazer trabalhos subalternos como refugiados. Mesmo que muitos agora fossem pintores, carpinteiros ou encanadores, mantendo a beleza das casas dos libaneses ricos, nada no visual de Shatila revelava o uso dessas habilidades.

Durante a ausência de três meses de Demetrius, pouca coisa mudara em Shatila, mas ele não via a imundície do local que chamava de lar. Ele conseguia apenas pensar na família e no choque que eles teriam com seu retorno inesperado. Ele lhes escrevera apenas há um mês, dizendo que poderia ficar em Karameh por um ano ou mais.

Pensando na felicidade que sua chegada traria, o ânimo de Demetrius melhorou e ele começou a assoviar.

Shatila sempre foi um lugar lotado, mas nesse dia todas as ruas estavam cheias. Demetrius buscou em sua memória, mas não conseguiu se lembrar de já ter visto tamanha multidão. O que estava acontecendo? De repente, ele ouviu o ruído de vozes e aplausos e viu jovens soldados. Um grande grupo de garotos marchava pelo campo em formação de fila única, segurando orgulhosamente pequenos porretes e gritando:

– Palestina! Palestina!

Os habitantes do campo se espremiam nas ruas sinuosas e estreitas, gritando:

– Jovens Leões! Vocês nos salvarão! Jovens Leões! Vocês nos salvarão!

Sem ser reconhecido por amigos ou vizinhos, Demetrius encostou-se numa pequena casa e assistiu ao espetáculo. Para o delírio da multidão, a jovem tropa subitamente se agachou e começou a correr antes de pôr as pernas curtas para o ar num salto mortal completo. Quando saíam da cambalhota, os garotos pulavam em uma duna de areia preparada e rosnavam, fazendo o máximo para soar como animais selvagens. A multidão trovejava sua aprovação com risos e gritos simultâneos e a histeria se espalhava pelo ar como um rodamoinho.

– Fatah! Fatah! Fatah!

Após alguns momentos de observação, Demetrius abriu caminho empurrando a massa humana. Ele compreendera do que se tratava aquela balbúrdia e murmurou baixinho:

– Karameh.

Antes da batalha de Karameh, os palestinos eram párias no mundo árabe, totalmente desprezados. Mas agora, após matar alguns soldados judeus, eles se transformaram em heróis para todos os árabes que já sentiram o gosto amargo da derrota humilhante nas mãos dos judeus!

Demetrius sentiu um forte desejo de gritar que a única vitória do Fatah era menor do que parecia. Ele queria ser o arauto da verdade: poucos israelenses mortos jamais alterariam o resultado da luta constante entre judeus e árabes. E, sim, aqueles judeus mortos também tinham nomes, como Abe. Demetrius, involuntariamente, contraiu o rosto num espasmo.

Ao caminhar pelo campo de Shatila, Demetrius foi inundado pela visão daqueles que ele viu serem mortos, incluindo Walid. Ele suspirou, pensando que a desavença entre árabes e judeus unia os dois povos de um jeito que nenhum deles jamais admitiria. Árabes e judeus – judeus e árabes.

Demetrius ziguezagueou e encontrou seu caminho na multidão em direção à casa de seus pais, ignorando as fofocas que diziam como, enfim, os árabes jogariam os judeus no mar.

Demetrius começou a andar mais rápido, agachando-se para passar sob algumas moradias construídas nas ruas estreitas. No calor úmido, ele começava a transpirar e, em alguns momentos, encontrava-se em becos que não tinham mais de 1 metro de largura. As pessoas de Shatila construíam suas casas em qualquer espaço disponível.

Finalmente, ele chegou à sua casa.

Mary Antoun estava de pé do lado de fora, de costas para a rua. Seus cabelos longos e negros estavam amarrados em um coque impecável, cuja silhueta era visível contra o sol. Demetrius parou e ficou de pé também, observando enquanto ela cuidava carinhosamente de uma flor púrpura de beleza singular e delicada que florescia numa lata.

Sua mãe sempre amara flores.

Demetrius permaneceu sem ser notado enquanto Mary regava a planta. Depois, ela inclinou o corpo para esfregar suavemente o nariz e os lábios na flor perfumada. Quando a mãe se virou, Demetrius viu um prazer indescritível em seu rosto.

Foi quando ela o viu.

Seus olhares se encontraram e permaneceram fixos, antes que surgisse uma onda de alegria da parte dela. Um sorriso impressionante iluminou seu rosto:

– Demetrius!

Ela correu para os braços do filho, e o abraço fez seu coração bater forte.

– Meu filho! Minha vida! Você está em casa... Você está em casa. – Ela fez carinho no rosto do filho: – O pai e o vovô estarão em casa em breve. Eles ficarão muito felizes.

O momento se tornou silencioso e, quando Mary se deu conta do olhar fixo do filho, instantaneamente soube da morte de Walid Bader. Sem dizer uma palavra, Mary o guiou para dentro de seu modesto lar.

Quando a porta se fechou, ela olhou para o filho, acariciando-lhe a face e o encorajando a expressar o que sentia:

– Diga-me, Demetrius. Conte-me sobre Walid.

Ele tentou falar, abrindo e fechando a boca várias vezes. Depois, sem dizer uma palavra, caiu de joelhos e enterrou a cabeça nos seios da mãe, caindo em prantos, liberando a angústia que mantivera guardada por tanto tempo.

Mary Antoun era sábia. Ela tinha consciência de que muitos homens não conseguiam falar sobre pessoas ou fatos significativos. E Walid era muito importante para Demetrius. Enquanto acariciava os ombros pesados do filho, Mary foi acometida de uma tristeza sem tamanho, puro remorso, por ser incapaz de proteger o filho das mágoas da vida.

Vendo a terrível angústia sentida por Demetrius, Mary chorou junto com o filho, até que as lágrimas de ambos se esgotassem.

Capítulo XII
Amin Darwish

Na tarde seguinte, Demetrius fechou a porta de casa e saiu. Sempre que estava longe dos pais, uma leve onda de preocupação marcava suas feições classicamente esculpidas. Demetrius saíra para visitar os pais de Walid Bader e, a cada passo, era tomado por uma terrível sensação de pavor. Ele veria Mustafa e Abeen Bader pela primeira vez desde a morte do filho deles, ocorrida há três meses. Num esforço para melhorar seu estado de espírito, Demetrius assoviou baixinho – e desafinado – uma melodia em meio-tom. Ainda assim, a lembrança de Walid lhe doía na consciência.

No dia seguinte à batalha de Karameh, Mahmoud Bader recolheu cuidadosamente os restos mutilados do sobrinho e enterrou Walid ao lado da própria filha, uma jovem que perdera a vida no ano anterior, em novembro de 1967, quando o exército israelense bombardeou Karameh e atingiu um grupo de meninas que saía da escola.

Numa estranha virada do destino, o assassinato da prima acabou causando a morte do próprio Walid.

A comunidade palestina em Karameh ficara revoltada com a morte das jovens e os *fedayin* retaliaram, infiltrando-se e plantando minas em território israelense. Em 18 de março de 1968, um ônibus escolar israelense passou por cima de uma dessas minas, matando um estudante e um médico, além de deixar outras 29 crianças feridas. O incidente aumentou ainda mais a violência, fazendo com que o governo israelense se engajasse numa intervenção militar de larga escala, projetada para livrar suas fronteiras dos terroristas árabes para sempre. O ataque israelense ocorreu no dia em que Walid e Demetrius estavam na região.

Após o funeral de Walid, Mahmoud Bader fez a triste jornada para Shatila a fim de informar o irmão da morte de seu filho mais novo. Atormentado pela culpa por não ter morrido junto com Walid, Demetrius não acompanhou Mahmoud. A tragédia não só o abalara emocionalmente, como o deixara ainda mais confuso quanto à sua identidade árabe e seus motivos para lutar. Indeciso quanto ao futuro, ele fora tragado pela triunfante sensação de irmandade fornecida pelos palestinos vitoriosos. Sem dúvida, as ideias de Ahmed Fayez no sentido de libertar a Palestina eram sedutoras. Demetrius permanecera na Jordânia com Ahmed Fayez e os guerreiros *fedayin* perto da fronteira de Israel. Ele enviou cartas aos pais e à família Bader, contando o que acontecera naquele dia fatídico, quando Walid estava ao seu lado e, no momento seguinte, ao lado de Deus.

Agora, três meses depois, Demetrius estava de volta a Shatila, desiludido com a desarticulação dos *fedayin*. A miragem de uma vitória palestina simplesmente desaparecera.

Chegando à entrada da casa dos Bader, Demetrius cruzou os braços atrás das costas e começou a andar de um lado para outro, ansioso. Duas grandes manchas vermelhas marcavam as faces de Demetrius. Ele passou a mão pelos cabelos castanhos espessos antes de suspirar ruidosamente. Com uma expressão de angústia misturada com determinação, Demetrius empurrou lentamente a porta de madeira.

Estava destrancada, mas as dobradiças rangeram de forma ameaçadora quando a porta se abriu.

Mustafa Bader era praticamente cego sem os óculos, mas ainda tinha uma audição afiada. Ele repousava num pequeno pátio nos fundos da casa quando ouviu o ruído suave da porta. Perguntando-se quem poderia visitá-lo antes da ceia, ele encontrou facilmente o caminho pelos cômodos familiares da casa sem ter de apalpar o bolso da camisa em busca dos óculos. Uma das lentes de vidro caíra no ano anterior e agora estava colada com fita adesiva. Tateando cuidadosamente, Mustafa verificou que a lente estava no lugar antes de colocar a imensa armação em tom verde-escuro no rosto. Mesmo com os óculos de lentes grossas assentados na ponta do nariz, apertou os olhos quando viu Demetrius, perdendo o fôlego ao reconhecer as feições largas e inconfundíveis do jovem.

– Demetrius! – Mustafa abriu os braços dando-lhe as boas-vindas: – Demetrius! Você está de volta!

O cabelo espesso e grisalho de Mustafa balançava durante os abraços. Cada vez mais empolgado, ele sacudiu as mãos e exclamou:

– Ouvimos um boato na noite passada de que você havia voltado! – Após beijá-lo três ou quatro vezes nas bochechas, Mustafa chamou: – Abeen, venha rápido! Demetrius está aqui.

Foi possível ouvir o grito antes que ela pudesse ser vista:

– Demetrius! Meu querido!

Abeen Bader era uma mulher baixa e magra, e seu rosto sério dava a impressão errônea de que se tratava de uma pessoa sisuda e insensível. Enlutada desde a morte do filho caçula, ela emagrecera ainda mais. Vestida de negro da cabeça aos pés, sua pele tinha um tom branco fantasmagórico que fazia os olhos sobressaírem no rosto abatido.

Demetrius ficou chocado com a aparência de Abeen, pensando consigo mesmo que a mãe de Walid envelhecera quase vinte anos desde a morte do filho. Ainda assim, Abeen cumprimentou Demetrius com um sorriso gentil enquanto examinava seu rosto por um longo tempo, como se estivesse em busca de alguma marca de identificação conhecida apenas por ela. E declarou, categórica:

– Você é nosso filho, agora.

Abeen continuava a encarar Demetrius e seus olhos cor de âmbar estavam mais escuros, de tanta emoção. Ela falou em um tom confiante, pois, embora frágil no corpo, era forte em espírito:

– Não é isso, Mustafa? – Abeen perguntou ao marido, cujo cabelo despenteado dançava sobre a testa enquanto ele sacudia a cabeça, concordando.

Mustafa estava prestes a desabar em lágrimas e Demetrius recordou o que Walid repetira diversas vezes sobre sua família: o pai era nervoso e de humor instável, tendo os sentimentos de uma mulher; enquanto a mãe tinha a mente fria de um homem.

Walid confidenciou certa vez que se arrependia profundamente de ter herdado o tipo de corpo da mãe e a natureza emocional do pai. E, ironicamente, comentou com Demetrius:

– Trata-se de uma combinação indesejada.

Demetrius queria argumentar com os pais de Walid e gritar que ele jamais poderia tomar o lugar do filho deles, mas o protesto morreu em seus lábios quando viu que os olhos de Mustafa brilhavam de alegria. Demetrius lembrou a si mesmo que a afeição deles era verdadeira, que Mustafa e Abeen sempre o amaram como se fosse da família, apesar da fé cristã dos Antoun ser diferente da crença muçulmana sunita dos Bader. Muitas famílias não aprovavam a presença dos Antoun na comunidade predominantemente devota do Corão.

Olhando para além de Mustafa, o silêncio de Demetrius foi acompanhado por uma mudança audível de respiração no momento em que ele viu uma fotografia sorridente de seu velho amigo pendurada na parede central da sala de estar. Envolvida por um pano negro, a foto estava num lugar de honra, e Demetrius imaginou as longas horas de tristeza arrasadora que haviam se passado na residência dos Bader. Olhando para o retrato do amigo em dias melhores, Demetrius fez de tudo para apagar a imagem de Walid ensanguentando e morto, mas a realidade sombria o envolveu. Ele forçou um tom alegre ao voltar para a mãe de Walid e dizer:

– A senhora parece ótima. É maravilhoso vê-la!

Abeen fez uma pequena reverência, nitidamente agradecida.

Demetrius inspirou o ar e comentou:

– O que é este aroma delicioso?

O rosto de Abeen se acendeu com um sorriso deslumbrante:

– O que você acha? É sua refeição favorita: folhas de videira recheadas com cordeiro!

Mustafa bateu palmas e inclinou a cabeça na direção de Demetrius:

– Abeen está cozinhando desde o amanhecer, caso você aparecesse. Eu pensei que você já tinha esquecido de nós...

Demetrius protestou, antes de piscar para Mustafa, provocando:

– Esquecê-los? Jamais! Mustafa, o senhor será o homem mais gordo de toda Shatila, se não tomar cuidado!

Mustafa soltou um longo suspiro, seguido por um tapinha em sua crescente barriga. Ele era forte, mas o abdômen começava a ocultar seu peito largo. Mustafa aquiesceu:

– É exatamente o que Walid costumava me dizer. – Com um sorriso artificial, ele perguntou à esposa: – Não é mesmo, Abeen?

Houve um momento desconfortável quando Mustafa se deu conta de ter dito algo que não devia.

Abeen empalideceu e mudou o peso de um pé para o outro antes de repreender o marido:

– Mustafa, você prometeu!

Ela explicou a Demetrius:

– Hoje nós queremos apenas celebrar seu retorno em segurança. Se Deus permitir, haverá muitos amanhãs para relembrar nosso Walid.

Os lábios de Demetrius se apertaram, mas ele continuou mudo.

O grande relógio na pequena mesa da sala de estar soou alto, marcando a hora.

Apesar da aparência severa e da personalidade forte, Abeen Bader era uma mulher cuja natureza era repleta de afeto. Ela rapidamente passou para o lado de Demetrius e descansou a cabeça no peito dele, confortando-o.

– Amanhã. Você poderá nos contar tudo amanhã.

Demetrius cerrou os dentes e não respondeu. Seus olhos cinza-escuros ficaram quase negros quando ele olhou novamente para a foto na parede. A perda chocante do amigo doía ainda mais em Shatila do que em Karameh. Demetrius sentiu uma tristeza devastadora ao perceber que o alegre Walid nunca mais participaria dessas reuniões familiares. Seus olhos marejaram quando lembrou mais uma vez: Walid Bader estava realmente morto e Demetrius Antoun perdera o melhor amigo que qualquer homem jamais poderia conhecer.

Virando-se para olhar Abeen e depois Mustafa, Demetrius revelou um pouco do que estava em seu coração:

– Quando Walid morreu, mais de um homem se foi.

Abeen acenou com a cabeça, sabendo exatamente o que Demetrius queria dizer. Walid Bader fora um filho amado, um irmão adorado e um amigo querido.

Mustafa, cuja voz não disfarçava o tom embargado, salvou o momento ao lembrar:

– Que Deus me perdoe! Eu não lhe ofereci café!

E correu para a cozinha, resmungando sobre sua tremenda falta de educação.

Abeen levou Demetrius para a única cadeira grande da casa e avisou:

– Amin Darwish passou aqui hoje cedo. Ele quer vê-lo.

Demetrius levantou-se tão rapidamente quanto sentou, procurando uma desculpa para deixar a residência dos Bader:

– Vou procurá-lo.

Abeen balançou a cabeça afirmativamente:

– Vai? – E acrescentou, com um sorriso: – Mas volte logo. Seu café vai esfriar.

Ela olhou para o relógio calculando o tempo necessário para preparar a comida.

– Servirei a refeição em uma hora.

– Não se preocupe. Estou faminto.

Demetrius jamais confessaria que já tinha comido a refeição preparada pela mãe e estava satisfeito.

Após um rápido abraço e outro beijo, Demetrius saiu. Já na porta, voltou para perguntar:

– Como está Amin?

Abeen pôs a mão no coração e sacudiu a cabeça tristemente:

– Ah. Está do mesmo jeito.

O barraco de três cômodos de Amin Darwish não ficava a mais de dois minutos de caminhada da residência dos Bader. Demetrius percorreu a distância na metade desse tempo, mesmo sabendo que fugia de uma casa de luto para entrar em outra. Ainda assim, era mais fácil para ele encarar Amin e sua tristeza há muito amadurecida do que os Bader, ainda desacostumados ao sofrimento.

Amin Darwish estava de luto desde que Demetrius o conhecera.

Demetrius sorriu quando viu o gongo de latão ainda encostado na parede lateral da casa. Amin era parcialmente surdo há 21 anos, desde novembro de 1957, o dia em que uma bomba explodiu em Jerusalém e matou sua namorada de infância e jovem noiva, Ratiba, junto com o bebê do casal, ainda no ventre da mãe. Demetrius cumpriu a mesma rotina de todos os visitantes: ergueu uma bengala pequena e grossa e soou o gongo. Demetrius sabia que ele se conectava a um segundo gongo na sala da pequena casa de Amin. O som do gongo fez o jovem sentir a vibração da ponta dos dedos até o ombro.

Em alguns segundos, a porta se abriu e Amin veio correndo, baixo e gordo como sempre, secando as mãos num pano de prato. Com um grito, ele pegou Demetrius pela cintura e dançou com o jovem, oferecendo-lhe uma visão de sua incipiente calvície: cabelos escassos à frente e longos demais atrás, negligentemente penteados.

Demetrius levantou o homem na altura de seus olhos, com um afeto visível no rosto:

– Amin! O senhor está ficando cada vez mais baixo e mais rotundo a cada dia. – disse, rindo e colocando o amigo no chão.

Ele era a imagem da mais pura alegria:

– Senti sua falta! – disse Amin, e apertou as bochechas de Demetrius, preocupado: – Como imaginei, parece que você perdeu peso.

Demetrius negou o que sabia ser a mais pura verdade:

– Não! O senhor está enganado.

– Você deve achar que sou tão cego quanto Mustafa Bader!

Amin deu seus passinhos curtos de volta à casa e anunciou para um Demetrius que não fez questão de disfarçar sua alegria:

– Acabei de assar biscoitos de amêndoas. Só para você. Venha.

Nenhuma mulher do campo poderia igualar-se no talento de Amin para fazer doces. Demetrius seguiu-o para dentro da casa. Como sinal de respeito e cortesia com o sentimento do velho em relação à esposa há muito falecida, Demetrius parou no quarto da frente e encarou o pequeno santuário dedicado a Ratiba Darwish. Embora a maioria dos árabes tenha um lugar especial na casa para lembrar dos entes queridos que se foram, o santuário de Ratiba era notavelmente elaborado. Demetrius perguntou:

– Amin, como vai Ratiba?

Amin gritou da cozinha:

– O quê?

Demetrius sacudiu a cabeça, rindo para si mesmo:

– Ratiba. Como ela está?

– Ah, sim. Ratiba.

Amin correu na direção de Demetrius, segurando uma grande bandeja de biscoitos recém-saídos do forno em uma das mãos e usando a outra para indicar que Demetrius se sentasse na maior das almofadas espalhadas pela sala. Depois, colocou os biscoitos aos pés do visitante e falou:

– Coma! Coma!

Sua voz aguda ficava ainda mais alta. Após ajeitar as costas para se sentar com a coluna reta, Amin juntou as sobrancelhas e examinou as fotografias de Ratiba nos tempos de criança feliz, jovem sorridente e, por fim, noiva radiante, como se as comparasse com suas lembranças. Amin emitiu um pequeno ruído na garganta quando viu que um dos vasos contendo flores de plástico cor-de-rosa brilhante colocados embaixo do altar estava virado:

– Uma das crianças de Yassine, imagino!

Ele se ocupou de reorganizar algumas das flores antes de responder à pergunta de Demetrius, e, pela primeira vez, a menção a Ratiba não evocou uma lembrança triste.

– Ratiba? Minha pobre querida, hoje foi um mau dia para ela.

Demetrius mastigou um dos deliciosos biscoitos, enquanto olhava para o retrato de Ratiba e se perguntava, como sempre fazia, como aquela mulher comum conquistara tamanho amor do marido, um amor que sobrevivia por mais de duas décadas após sua morte. Demetrius perguntou, totalmente sério:

– Um mau dia. Como assim?

Amin tamborilou os dedos no lado da parede:

– Ela sente falta da casa em Jerusalém. Ainda.

– Ah, é claro.

Amin sentou-se ao lado do jovem, abanando as mãozinhas curtas e rechonchudas na direção do santuário.

– Chega de Ratiba. Quando voltarmos à Palestina, ela vai recuperar sua saúde. Por ora, quero saber de você.

A preocupação de Amin trouxe pensamentos indesejáveis de volta à mente de Demetrius e, subitamente, um músculo perto do seu olho direito começou a se contrair descontroladamente. Ele colocou uma das mãos sobre o olho para tentar diminuir o espasmo.

Amin não aceitou ser ignorado e decidiu abordar o assunto que obviamente assombrava o jovem:

– Demetrius, nossos corações se partiram com o que aconteceu a Walid. Mas o que podemos fazer? – Ele deu um tapinha no ombro do rapaz: – Deixe sua mágoa descansar por alguns dias, depois você pode me contar o que aconteceu.

Demetrius concordou:

– O senhor tem razão. A ferida ainda é muito recente.

Amin mudou para seu assunto predileto depois de Ratiba:

– Nunca se esqueça do que vou lhe dizer: o retorno à Palestina não virá de um acordo de cavalheiros. Cada um de nós deverá estar preparado para o sacrifício.

Demetrius fez que sim com a cabeça, embora não concordasse com essa lógica, pois sabia que a morte de Walid não trouxera benefícios em relação à libertação da Palestina.

Amin se aproximou, curioso:

– Você entrou na Palestina?

O silêncio de Demetrius associado a um sorrisinho astuto respondeu à pergunta. Porém, como ele não desejava falar sobre a decepcionante experiência, Demetrius escolheu o maior dos petiscos da bandeja e engoliu-o inteiro.

Os olhos de Amin brilhavam de emoção e sua voz estava radiante:

– Maravilhoso!

Saudoso até do aroma da Palestina, com seus precipícios, colinas e ravinas profundas, Amin chegou tão perto que Demetrius podia ver cada ruga no rosto do velho quando ele perguntou:

– E o seu sangue esquentou ao ver toda aquela beleza?

Demetrius se ajeitou na almofada, hesitando em contar a verdade que ele descobrira: com a dispersão e o exílio, os palestinos exageravam na descrição da terra natal. Entre as lembranças mais vívidas de Demetrius estavam histórias sobre a beleza da Palestina, mas, quando foi confrontado com a dura realidade das terras estéreis que encontraram seus olhos, o choque foi tamanho que ele foi ao chão, sem voz. E pensou: "Esta? Esta é a terra pela qual meu pai tanto se enlutava e praticamente morria de saudades? Esta era a terra prometida?"

Os dedos de Amin tocaram levemente seu braço. A curiosidade era visível:

– Então?

Os lábios do rapaz formaram um sorriso pensativo. Enquanto examinava o ansioso rosto de Amin, uma estranha teia de obrigação percorreu Demetrius, dando-lhe a sensação de que deveria proteger os sonhos do velho. E, assim, ele pensou na verdade do que vivera e deixou tudo de lado para seguir sua intuição e mentir:

– Amin! Que terra! Quando toquei o solo da Palestina, tudo o que podia ver era a cor verde. Colinas verdes, árvores verdes, os galhos literalmente tocavam o chão, de tantas frutas que amadureciam. E os rios de água doce... Eu lhe digo, há água na Palestina para um país de muitos milhões.

Demetrius notou que o poder da palavra e do mito era muito maior que a verdade, pois a face rotunda de Amin estava corada de felicidade. Ele bebia cada palavra e a gargalhada veio fácil.

– Eu já devia saber. Diga-me: você provou as laranjas de Jaffa?

Subindo o tom de voz, Demetrius garantiu:

– Meu Deus! As laranjas de Jaffa são deliciosas!

Amin balançou o corpo inteiro quando sacudiu a cabeça, concordando:

– As mais doces do mundo!

Só de pensar, Amin ficou com água na boca. Saboreando lembranças há muito esquecidas, o velho olhou para as próprias mãos. Ele as apertava com tanta força que os nós dos dedos estavam brancos. Amin pensava nos áureos tempos da vida, quando estava em Jerusalém e fazia parte de uma grande família que passava férias memoráveis no litoral, para obter as doces laranjas dos bosques de Jaffa e peixe fresco das cidades portuárias no Mediterrâneo.

Enquanto Amin relembrava o passado, revivendo a felicidade que jamais voltara a encontrar, Demetrius deu uma olhada na sala, lembrando-se das várias vezes em que ele e Walid cabularam aula e esconderam-se dos pais naquela casa. Demetrius achava reconfortante o fato de nada ter mudado ali desde que ele era criança.

Como a maioria dos refugiados, Amin tinha poucos pertences pessoais: a moradia era parcamente mobiliada com algumas almofadas coloridas para se sentar e tapetes trançados marrons que cobriam o chão de cimento. Havia também um pequeno bule de latão em cima de uma caixa de madeira. Ao lado da almofada favorita de Amin, estava uma velha e enrugada cópia do Corão. Fotos de Ratiba cobriam as paredes. Demetrius sabia que o quarto não passava de uma sala vazia com um pequeno catre, pois uma vez ele tentara se esconder do pai lá, mas seus pés ficaram visíveis debaixo da cama e ele fora descoberto. A cozinha pequena, onde cabia apenas uma pessoa, estava cheia dos utensílios favoritos do habilidoso cozinheiro.

Antes da guerra de 1948, Amin Darwish era dono de uma pequena padaria no que atualmente é conhecida como Jerusalém Ocidental, a parte judaica da cidade dividida.

Demetrius não conseguia esquecer que Ratiba fora assassinada nessa mesma padaria. Ele ouvira a história mil vezes. Amin sempre recontava o fato de que o apetite insaciável de Ratiba por doces e sua determinação de fornecer à amada tudo o que ela desejava eram os responsáveis pelas "graves lesões" da esposa.

Tendo crescido na mesma rua de Jerusalém, Amin e Ratiba se conheciam desde crianças. Ele decidiu que se casaria com Ratiba desde a primeira vez em que a viu. Amin fora ao quintal da menina buscar a bola jogada por seu irmão mais novo. Ratiba o encontrara no portão, apertando o brinquedo e exigindo teimosamente um doce, dizendo que a bola a havia atingido na cabeça e que ela a guardaria em troca de um resgate. Amin ficou chocado com a audácia, mas gostou da personalidade da menina. Contudo, isso não o impediu de tomar a bola das mãos dela e sair correndo. Ele não conseguia tirar a corajosa garota da cabeça e, naquele mesmo dia, ele a visitou novamente, tendo em mãos um pequeno bolo roubado da mesa da mãe.

Baseando-se no estratagema da menina, Amin insistiu em receber um beijo pelo bolo.

Bastou apenas um beijinho na bochecha para Amin ficar apaixonado.

Quando Amin tinha 20 anos e Ratiba, 17, eles ficaram noivos. Durante o período de noivado, Amin conseguiu um pequeno empréstimo e comprou uma loja na parte judaica da cidade. Ele não tinha queixas contra os judeus, e o quarteirão árabe já estava saturado de padarias. Além do mais, muitos judeus amavam os doces árabes. A padaria prosperou e logo Amin teve de empregar dois assistentes.

Um ano mais tarde, Amin e Ratiba se casaram numa cerimônia realizada no jardim do pai dela, onde o romance começara tantos anos antes. Naquela época, a tensão sobre a propriedade da Palestina estava se formando entre os árabes e os judeus, e as conversas apontavam fortes indícios de guerra. Ataques aleatórios de violência envolvendo árabes e judeus se tornaram comuns, mas Amin estava tão satisfeito em sua felicidade matrimonial que ignorou os vários conselhos para vender a lojinha e encerrar sua jornada diária do lado judeu da cidade. Além do mais, Amin Darwish realmente acreditava que seus conhecidos judeus o protegeriam de eventuais ataques.

Após três meses de casamento, ele recebera a maravilhosa notícia de que Ratiba esperava seu primeiro filho. Durante a gravidez, ela passou a ansiar ainda mais pelas guloseimas. Uma noite após o jantar, Ratiba mencionou seu desejo de comer *Ataif*, a panqueca árabe mergulhada em calda e salpicada com pistache. Ratiba declarou que não havia panquecas tão leves quanto as de Amin e que somente o marido poderia fazer seu prato favorito de modo a satisfazê-la. A única solução seria levá-la até a padaria para escolher alguns dos *Ataifs* feitos naquele dia.

Assim, quando um orgulhoso Amin estava prestes a entrar na padaria com Ratiba, um grupo de três judeus passou num caminhão em alta velocidade pela calçada. Os pneus do caminhão descontrolado cantaram. Amin ficou paralisado com a algazarra, sem saber o motivo de tamanha comoção. Ele notou que um judeu de cabelo castanho-amarelado estava perigosamente pendurado na porta do caminhão. Assim que os olhos de Amin encontraram os do desconhecido, ele sorriu diabolicamente antes de gritar:

– Porco árabe! Saia de Jerusalém!

Nesse momento, o homem arremessou um dispositivo incendiário repleto de gasolina.

Quando Amin acordou no silêncio do hospital, sua família estava reunida em volta do leito, às lágrimas, dizendo uma verdade que Amin se recusava a aceitar: Ratiba e o filho que ela levava no ventre não haviam sobrevivido.

A partir daquele momento, por todo o período de guerra, fuga e exílio, Amin Darwish criou um mundo à parte, fingindo que Ratiba ainda estava viva, embora geralmente dissesse que ela estava no quarto dos fundos, descansando de uma dor de cabeça ou outra indisposição qualquer. Amin se comportava racionalmente em todos os outros aspectos da vida e, com o tempo, as pessoas de Shatila aceitaram seu comportamento estranho, sempre tendo o cuidado de perguntar pela amada esposa de Amin, Ratiba, que estava morta há mais de vinte anos.

Ele se sustentava fazendo pratos especiais para vender nas ruas de Beirute. Ele era o favorito das crianças do campo, pois sempre tinha uma guloseima especial escondida em algum bolso e um sorriso pronto para todas as crianças.

Uma batida tímida à porta interrompeu os pensamentos dos dois. Demetrius especulou, fazendo uma careta:

– Maldição! Deve ser o Mustafa. Eu me esqueci, ele estava fazendo café.

Amin apertou os olhos.

– Tem certeza? Não ouvi nada.

Demetrius gargalhou, colocando seu pequeno amigo de pé, falando mais alto que o necessário:

– Amin, deixe-me levá-lo à cidade. – Ele colocou os lábios próximos ao ouvido direito de Amin e gritou: – Há dispositivos hoje em dia que podem ajudar sua audição!

Amin se inclinou para trás e respondeu:

– Tudo bem, mas não precisa gritar!

A cabeça de Mustafa surgiu na porta. Ele olhava timidamente para dentro da casa, tomando o cuidado habitual para não surpreender o dono da residência (pois Mustafa era de opinião que Amin ficaria totalmente louco um dia). Mustafa geralmente perguntava a quem lhe ouvisse, querendo saber como a insanidade de Amin poderia piorar. Além do mais, Mustafa Bader era cauteloso e realmente acreditava que o seguro morreu de velho.

Demetrius perguntou:

– O café está pronto, Mustafa?

A expressão neutra dele revelava muito mais que uma cara feia, e Demetrius, capaz de perceber as reações alheias, sabia que se comportara mal. Magoado, Mustafa alertou:

– O café não só está pronto, como está lhe esperando.

Demetrius puxou o braço de Amin:

– Vamos, Amin. – Ele sorriu para Mustafa: – Peço desculpas por não ter visto o tempo passar.

Aos 20 anos, Demetrius Antoun estava no ápice do seu charme. Graças à sensibilidade, ao rosto bonito e aos brilhantes olhos em tom cinza-claro, ninguém conseguia ficar irritado com ele por muito tempo.

Mustafa sorriu de volta:

– Ah, tudo bem. – E indicou com a mão: – Vamos. Abeen está esperando.

Mustafa e Amin, com Demetrius no meio, caminharam de braços dados até a casa dos Bader. Os dois homens mais velhos olharam para Demetrius Antoun e depois um para o outro, vendo no jovem a combinação de força e intelecto necessária para recuperar sua terra natal. Transformando desespero em esperança, eles projetavam seus sonhos no rapaz.

Capítulo XIII
O futuro de Demetrius

Algumas semanas depois de voltar ao campo de Shatila, Demetrius tinha a sensação de jamais ter ido embora. A ausência gritante de Walid era a única diferença.

Ao voltar de uma visita a Hala Kenaan, o rapaz chegou em casa, em Shatila, após o anoitecer, e tropeçou mais de uma vez no caminho abandonado e sinuoso do campo. Quando se aproximava da luz que brilhava através de furos nas cortinas da casa dos Antoun, o som de uma discussão amigável alcançou-lhe os ouvidos. As vozes familiares de Mustafa Bader, Amin Darwish e vovô Mitri destacavam-se no ruído das crianças que brincavam num jardim da vizinhança.

Demetrius respirou aliviado. O fato de ter companhia poderia lhe fornecer um disfarce a fim de evitar a curiosidade da família quanto à sua relação com Hala Kenaan, uma jovem a quem Demetrius cortejava desde os 17 anos. Os pais e avô corujas faziam planos grandiosos para o jovem Antoun e, devido aos eventos recentes, começaram a pensar em Hala como nora.

Demetrius percebeu que o fato de quase ter morrido em Karameh e sua estada de três meses na Jordânia mostraram à sua família a realidade da vida de um guerreiro. Com medo de que o amado Demetrius se juntasse aos *fedayin*, seus pais concluíram, sem consultá-lo, que a hora de se casar chegara para ele. O matrimônio se tornou uma ideia fixa, a despeito dos protestos inflexíveis de Demetrius, que insistia não ter como sustentar esposa e filhos antes de terminar os estudos. Por respeito aos pais, Demetrius fingia interesse nos planos e esquemas cansativos criados por eles a fim de conseguir o dinheiro necessário para os estudos e a família, embora ele jamais tivesse levado a sério a ideia de um casamento feito às pressas. Demetrius vestia um manto de paciência, entendendo que sua família tinha dificuldade em conciliar o menino que ele costumava ser com o homem no qual se tornara, um adulto plenamente capaz de tomar as próprias decisões.

Quando Demetrius entrou em casa, os gritos ficaram ainda mais altos e, dos quatro homens presentes, apenas seu pai fez um breve gesto de saudação, piscando os olhos e acenando com a mão para que Demetrius se sentasse ao seu lado.

Vovô Mitri, implacável em sua determinação de ser ouvido, finalmente gritou com Mustafa e Amin:

– Vocês não respeitam os mais velhos?

Os dois imediatamente coraram de vergonha. E Amin respondeu num tom moderado e conciliador, acenando seus braços curtos:

– Claro, o senhor tem razão. Fale, fale, sou todo ouvidos.

Os olhos de Mustafa Bader se arregalaram, indicando surpresa:

– Alguma vez já desrespeitei um idoso?

Magoado, Mustafa olhou ao redor com expressão de ofendido, ansiando para alguém insistir que tamanha falha de conduta jamais ocorrera durante a discussão. Ele olhou esperançoso para George Antoun, mas não recebeu resposta, pois a atenção deste se concentrava no filho.

Esforçando-se muito para não gargalhar, Demetrius sorriu para o pai antes de fazer um gesto indicando que voltaria em breve. Ele saiu da superlotada sala de estar e foi à cozinha, pensando em fazer um pequeno lanche antes de se juntar ao grupo. O jovem ainda estava faminto, mesmo após ter jantado com a família de Hala.

A família Kenaan era grande, mas seus rendimentos eram parcos, e Demetrius comera moderadamente, sabendo que os três filhos mais novos provavelmente haviam recebido ordens de comer apenas arroz e vegetais, deixando o frango apenas para depois que Demetrius se servisse. Demetrius pegou somente um pequeno pedaço da ave, avisando à mãe de Hala em voz baixa:

– Rozette, não consigo mais me alimentar como antes. Perdi o apetite desde a morte de Walid.

Ao ouvir o comentário, Omar, o irmão de Hala, de 5 anos, soltou um grito de alegria e perguntou:

– Mamãe! Isso quer dizer que posso comer um pedaço de galinha?

Depois de confirmar suas suspeitas, Demetrius voltou sua atenção para a mais jovem das meninas, Nadine, de 2 anos, fingindo não ver uma envergonhada Rozette dar um beliscão no braço do desafortunado Omar, fazendo o menino gritar ainda mais alto.

Enquanto pensava no jantar e se servia de um refrigerante de laranja, Demetrius entreouviu as vozes suaves da mãe e de Abeen Bader passando pelo corredor, vindas do pequeno cômodo que Mary Antoun separara para usar como sala de costura e tricô. Para ele, as duas mulheres provavelmente estavam tricotando meias ou costurando as roupas gastas dos maridos e filhos, pequenas tarefas que elas geralmente faziam enquanto os homens bebiam café ou chá e tramavam seu retorno à terra natal.

Vovô Mitri aumentou o tom de voz em consideração a Amin Darwish:

– Como estava dizendo, o homem cruel que conquistou e governou um país que não desejava ser dominado primeiro massacrava o máximo de cidadãos que conseguia, depois exilava o restante, antes de trazer sua própria tribo para cultivar a terra. – O idoso levantou as sobrancelhas grossas e grisalhas, e sentou-se, observando seus ouvintes por um bom tempo. Ele mexia lentamente o chá antes de beber um pequeno gole, o que deixava a todos impacientes.

Amin incentivou, tentando parecer educado:

– Então, continue.

O plano de Amin de voltar para casa a tempo de assar doces extras para as vendas da manhã ficavam mais distantes a cada minuto que vovô Mitri demorava a falar. Até que ele perguntou:

– Você não conhece esta história?

George Antoun gritou:

– Pai!

O sorriso fez os olhos do vovô Mitri desaparecerem no rosto profundamente vincado, e ele gargalhou com prazer:

– Ah, tudo bem, então.

Demetrius mexia nos armários da cozinha em busca de um lanche, as vozes dos quatro homens se misturavam e, com a mente em outros assuntos, o jovem Antoun não prestou atenção no que se dizia. Enfim, encontrou umas castanhas descascadas e, com os cotovelos apoiados na pequena estante de madeira que separava a área da cozinha da sala de estar, ele mastigava as castanhas e olhava afetuosamente para os quatro homens diante de si. Assim que Demetrius começou a ouvir, fez-se silêncio.

Vovô Mitri parecia feliz consigo mesmo, iniciando o ritual de acender seu cachimbo.

Risos constrangidos saíram dos lábios de Amin, mas ele não disse nada.

George usava as mãos para massagear a parte de trás do pescoço. Pela primeira vez na vida, ele não conseguia pensar em nada para dizer, mas era incapaz de evitar o pensamento de que seu pai estava se tornando cada vez mais excêntrico com a idade.

Após alguns instantes de agitada reflexão, vovô Mitri cerrou os punhos, empolgado, e bradou:

– É isso que estou tentando lhes dizer a noite inteira: um governante injusto pode ser derrotado mesmo sem um exército. Basta apenas *um* homem determinado!

Mustafa olhou freneticamente pela sala antes de se voltar para o vovô Mitri e perguntar, subindo o tom de voz:

– Deixe-me entender. O senhor está sugerindo que Demetrius deveria, de alguma maneira, entrar furtivamente em Jerusalém e assassinar o primeiro-ministro de Israel, Levi Eshkol?

Demetrius perdeu o ar, engasgado com uma castanha.

George pulou na direção do filho, batendo nas costas do garoto até que a castanha descesse.

Com o rosto vermelho, Demetrius perguntou:

– O que diabos está acontecendo aqui? – ele teve a súbita impressão de que todos haviam enlouquecido – E o que eu tenho a ver com Levi Eshkol?

Amin e Mustafa começaram a falar ao mesmo tempo, enquanto vovô Mitri parecia muito satisfeito com a cena desagradável criada por ele.

Nervoso, Amin levantou-se rapidamente e começou a apertar o ombro de Demetrius com seus dedos gorduchos:

– Estávamos discutindo seu futuro promissor como líder do movimento.

Demetrius fez o melhor que pôde para entender do que Amin estava falando. E, incapaz de controlar sua raiva, perguntou, olhando fixamente para os homens, um de cada vez, subitamente se dando conta de que ele era o principal assunto da conversa:

– Que movimento?

Mustafa respondeu, gaguejando:

– O Fatah, é claro, o movimento para libertar nossa terra natal. Nós...

Amin interrompeu, quase tremendo de empolgação, com tom de súplica na voz:

– Você mesmo comentou que Ahmed Fayez disse que você iria longe, se quisesse. Ele até lhe ofereceu uma função de liderança em seu grupo de guerreiros!

Mustafa e Amin olharam esperançosos para o jovem, que parecia ser um guerreiro completo, mas George criticou os homens:

– Vocês não sabem do que estão falando. O lugar de meu filho não é no Fatah.

A raiva de Demetrius evaporou-se. Ele sentiu um calafrio percorrer todo o corpo quando se deu conta da terrível revelação: Mustafa Bader, Amin Darwish e seu próprio avô acreditavam piamente que ele teria um papel relevante na luta contra os judeus e na recuperação da terra que não conseguiam esquecer. Um fluxo de pensamentos passou pela cabeça de Demetrius, lembrando que ele deveria ter contado a esses homens a verdade nua e crua, a descoberta muito importante que ele fizera na época em que esteve com os *fedayin*: George Antoun criara um filho que pensava de forma independente, um homem cuja alma era influenciada por ideias abstratas de guerra, em vez de um guerreiro que poderia convencer a si mesmo de que assassinato não era assassinato.

Tremendo, Demetrius lembrou-se das palavras ditas por Ahmed Fayez quando eles viram o corpo do único soldado israelense que os judeus não haviam conseguido resgatar na batalha de Karameh: "Ah, Demetrius! O cadáver de nosso inimigo cheira tão bem quanto perfume!"

Sim, Ahmed Fayez era o tipo de homem que aqueles diante dele desejavam, homens velhos demais para serem heróis, exceto em seus sonhos. Ahmed tinha a mentalidade do matador perfeito, pois jamais se cansava de matar. Quando tinha apenas 10 anos, toda a família de Ahmed perecera quando uma bomba lançada por judeus caiu em sua casa em Karameh. A partir daquele momento, sua vingança fora tão selvagem que ele celebrava cada morte de um judeu com prazer evidente.

Frustrado, Demetrius olhou para Amin e murmurou:

– Não sou quem vocês acreditam que sou.

Ninguém pronunciou uma palavra sequer.

Quando Demetrius olhou para os três homens ao seu redor, uma tristeza terrível lhe acometeu a alma. Chegara a hora de dizer o que ele sabia, em vez do que eles gostariam de saber. Com firmeza, o jovem revelou:

– Fiz as pazes com os judeus.

Amin ficou horrorizado e depois perdeu o ar.

Mustafa lançou um olhar cético para Demetrius.

Da sala de estar, vovô Mitri emitiu um som rouco de engasgo.

George perguntou com cautela:

– Filho, o que você quer dizer com isso?

Demetrius respondeu, mantendo a expressão fechada e intensa:

– Exatamente o que disse. Fiz uma reflexão, olhei para mim mesmo. Deixarei a tarefa de lutar pela Palestina para os homens que tiverem essa vocação.

A risada de Amin soou artificial:

– Meu caro rapaz, você não sabe do que está falando.

Demetrius sentiu um surto de raiva da ligação romântica que os idosos tinham com a luta e a violência sem que tivessem enfrentado o real perigo da morte. Desde Karameh, as fileiras do Fatah incharam, e os ataques do grupo a Israel aumentaram vinte vezes no último ano. A guerra de fronteira com a nação judaica recrudescia, e o sucesso do Fatah fez homens há muito exilados de seus lares sonharem mais uma vez com o retorno.

O silêncio desconfortável terminou quando George passou o braço pela cintura do filho e advertiu, respeitosamente:

– Eu já lhes falei. Demetrius se casará em breve. – Ele pareceu não notar o olhar surpreso de Demetrius. – E, após o casamento, já estão sendo tomadas as providências para que ele entre na Universidade Americana de Beirute.

George olhou com orgulho para seu filho brilhante, antes de acrescentar um fato já conhecido por todos ali:

– Meu filho ficou em segundo lugar nos exames de admissão. Ele começará os estudos de nível superior no outono.

Inspirado, Amin declarou:

– Cada um de nós sabe o que os intelectuais militares dizem: a força física está mais apta a ser vitoriosa quando manipulada pela força da mente. Com Demetrius, temos nosso campeão!

George Antoun sacudiu a cabeça e afirmou, resoluto:

– Não.

Cada vez mais empolgado, Amin fez um movimento em que seu corpo parecia estar em convulsão:

– Eu digo a todos vocês: Demetrius Antoun deverá marchar sozinho para seu destino.

Mustafa demonstrou seu apoio entusiasticamente:

– Sim! Amin tem razão!

George lançou um olhou desafiador para os dois:

– Só o homem letrado governa a si mesmo, e meu filho será um intelectual.

Mustafa respondeu, em tom de segredo:

– George, os libaneses não estão nem aí para o fato de Demetrius ser um intelectual; só sabem que ele é palestino. Ele será considerado um cidadão de segunda classe. É isso que você quer para o seu filho?

George sacudiu a cabeça e depois falou, com evidente presunção na voz:

– Demetrius será tratado com muito respeito. – E falou mais baixo para acrescentar: – Tenho a garantia das autoridades do alto escalão da universidade.

Mustafa olhou para ele, desconfiado. George Antoun era um homem altamente letrado, mas jamais ocupara uma posição de importância desde que saíra da Palestina. Seu último trabalho estava um degrau acima do anterior, mas, na verdade, George Antoun não passava de um zelador na universidade. Antes disso, ele varrera as ruas de Beirute. A família Antoun passaria fome se não fossem as habilidades de Mary na costura.

Demetrius soltava fagulhas pelos olhos de tanta raiva. Ele sabia exatamente o que Mustafa estava pensando. Sentindo-se humilhado, Demetrius, respirou fundo e gritou:

– Chega!

Houve um breve silêncio.

– Os senhores falam como se eu não estivesse presente!

Demetrius olhou intensamente para os homens, achando que eles não ouviram nada do que ele falara:

– Eu pareço idiota?

George recuou, e Mustafa e Amin seguiam cada movimento de Demetrius com os olhos. Ainda assim, pegos de surpresa com sua fúria, ninguém ousou responder.

A voz do rapaz falhou quando ele expôs seus argumentos para os homens:

– Ouçam-me com muita atenção: eu não pedi seus conselhos e sou responsável por minha própria vida.

George se mexeu desconfortavelmente em seu assento quando o filho lhe direcionou um olhar fulminante.

– Pai, quantas vezes terei de dizer? Não posso pedir Hala em casamento até terminar meus estudos! O senhor espera que eu dê o segundo passo antes do primeiro?

Demetrius jamais falara de modo tão duro com qualquer um dos homens ao seu redor. Vendo lágrimas surgirem nos olhos do pai, Demetrius saiu pisando duro pela porta da frente para evitar dizer palavras das quais se arrependeria depois, e gritou:

– Creio que vou pedir um leito no Asfourieh!

Assustado, o pai implorou:

– Demetrius! Filho! Não vá!

O jovem gritou veementemente:

– Pelo menos no Asfourieh receberei a ajuda de profissionais!

Vovô Mitri lançou um olhar estranho para o neto, pois achava as ideias do rapaz tolas. Fazer as pazes com judeus, veja só! Se cada palestino pensasse assim, todos apodreceriam nos campos de refugiados. Por fim, atacou:

– Rapaz, talvez seu lugar seja lá. Ouvi dizer que os idiotas do Asfourieh são bem espertos e podem inventar teorias que nem mesmo os psiquiatras conseguem refutar. Você se dará muito bem por lá!

Houve um momento de silêncio quando Demetrius parou, perdido em seus pensamentos, tentando compreender de que diabos seu avô estava falando.

George entendeu e admoestou o pai. Ele percebeu rapidamente que a noite tomava outro rumo:

– Pai, o senhor fala demais!

Sem hesitar, Demetrius jogou as mãos para o alto e saiu, batendo a porta com força.

Mary e Abeen vieram correndo para a sala. Mary exigiu uma resposta do marido, que tinha um olhar fixo e perplexo:

– Mas o que diabos aconteceu? – Sem resposta, ela olhou pela sala e fez outra pergunta: – Onde está Demetrius?

Vovô Mitri começou a se mexer lentamente, apoiando-se na bengala até se colocar de pé. Mantendo o ar sério de dignidade, caminhou devagar na direção da nora, fez uma breve pausa e falou secamente, quase sussurrando:

– Mary, seu filho disse que iria ao Asfourieh.

Pensando ter ouvido mal, Mary Antoun, surpresa, repetiu as palavras do sogro:

– O Asfourieh?

Mary e Abeen trocaram olhares estarrecidos. O Asfourieh, que significava "Gaiola", era um grande edifício de pedras localizado no centro de Beirute, um local sombrio e terrível que abrigava doentes mentais.

Abeen se perguntava sobre o papel do marido no aborrecimento de Demetrius. Com um tom de raiva na voz, ela quis saber mais:

– A essa hora?

Abeen se lembrou de dois jovens conhecidos de Demetrius que haviam sofrido colapsos nervosos. Eles eram pacientes daquela instituição, mas estava muito tarde para uma visita.

Com medo da reação da esposa à verdade, Mustafa abriu a boca, mas foi incapaz de dar uma explicação.

George respondeu cautelosamente por seu amigo:

– Ele não foi *realmente* para o Asfourieh, Abeen – e deu um suspiro desolado antes de confessar com voz triste. – Foi só a forma que Demetrius encontrou para dizer que não devemos nos meter em sua vida.

Vovô Mitri sacudiu o cachimbo no ar, impaciente:

– Bah! Os jovens de hoje são independentes demais. Nós somos a família dele. Temos o direito de interferir!

George aconselhou:

– Tente não se exasperar, pai.

Abeen olhou para Mustafa, desconfiada, tendo a sensação correta de que não estavam lhe contando tudo. Ainda havia algo a ser descoberto.

Mary lançou um olhar astuto para o marido, entendendo parte do que acontecera, com a certeza de que George lhe contaria tudo quando estivessem sozinhos. Ela pigarreou:

– Nosso filho disse quando voltaria?

O marido respondeu, sério:

– Não.

Amin estava triste e sentia uma pontada de arrependimento no coração por tudo o que falara. Ele puxou pela memória e lembrou-se de que, quando estava angustiado, Demetrius geralmente usava sua casa como refúgio. Hoje, esse conforto lhe fora negado. Amin esfregou os olhos e bocejou. Depois de olhar para a porta da frente, resmungou:

– É hora de ir.

E foi em direção à porta. Seus pezinhos mal faziam barulho enquanto ele se despedia:

– Ratiba vai querer saber por que estou atrasado. Boa-noite a todos.

Mustafa, querendo adiar as perguntas da esposa, passou sebo nas canelas e o seguiu, gritando:

– Abeen, fique o quanto quiser, minha querida. Eu acompanharei Amin.

Abeen lançou um olhar de reprovação para o esposo enquanto ele saiu rapidamente da sala.

Capítulo XIV
Hala Kenaan

Uma cortina decorada com laço se abriu quando Demetrius Antoun entrou na escola do jardim de infância do campo. O rostinho de Omar Kenaan olhou pela janela e anunciou, feliz:

– Ele está aqui.

Ela Fakharry, a diretora do jardim de infância, ansiosa, empurrou Omar e ordenou:

– Maravilhoso, Omar. Agora reúna as outras crianças, rápido!

Ela sorriu para o nada. A presença de um herói *fedayin* contribuiria significativamente para o sucesso daquele dia.

Várias crianças gritaram ao mesmo tempo quando Omar correu para outra sala aos berros:

– Demetrius está aqui! Podemos começar!

Maha ficou de pé na porta e localizou Hala Kenaan com os olhos antes de chamar pela jovem:

– Hala! Venha!

Hala deu a última ordem ao garoto escolhido para interpretar o coelho principal da peça. Um sorriso luminoso e instantâneo percorreu seu rosto no caminho para a porta da frente da escola. Demetrius deve ter chegado, afinal.

Maha observou Hala com grande atenção. Hala Kenaan era celebrada em todo o campo de Shatila por sua combinação extraordinária de qualidades adoráveis. Maha, por sua vez, lutava para superar o humor melancólico que sempre a atingia diante da visão da moça, muito mais jovem e de beleza ímpar: melancolia pelo fato de uma pessoa não poder ser jovem para sempre. Tudo o que Hala era agora Maha fora há tempos atrás. As dificuldades da vida haviam exaurido a beleza de Maha. Seu rosto, outrora macio, agora estava marcado por rugas. Seu cabelo preto e espesso há muito escasseara e ficara grisalho, enquanto o corpo esbelto de moça ficou mais rotundo.

De repente, lembranças insuportáveis passaram pela mente de Maha: seu amado marido, o pai de seus seis filhos, falecera recentemente de câncer, uma morte lenta e sofrida. Com quase 50 anos de idade e tendo a lembrança de seu charme enterrada junto com o marido, Maha sabia que provavelmente viveria o resto da vida sem o amor de outro homem.

Hala não conseguiu disfarçar a alegria quando perguntou, num sussurro:

– Ele está aqui?

Maha abriu a boca num sorriso amigável, tentando esconder a inveja e compartilhar o sentimento de expectativa da jovem. Ela fez um gesto rápido com a mão:

– Omar o viu caminhando para cá.

Hala deu um tapinha nos cabelos negros como um corvo e puxou a blusa nova num esforço inútil para fazer os amassados desaparecerem. De repente, a jovem ficou muito pensativa, quase distraída, quando perguntou à mulher mais velha:

– Como estou?

Novamente, Maha analisou Hala dos pés a cabeça, pensando que a falta de autoestima de Hala Kenaan era completamente incompreensível. A confiança deveria vir naturalmente para alguém tão abençoado por Deus. Quando jovem, Maha sentira o poder de sua beleza. Após sacudir a cabeça e dar um riso abafado, foi sincera com sua assistente:

– Hala, minha querida, você está linda. – E acrescentou, com um traço de irritação: – Obviamente você precisa perceber que é desejada por todos os homens que põem os olhos em você.

Hala corou, e ficava ainda mais bonita com as faces rosadas.

– Pare de brincar comigo! – retrucou, olhando para Maha em total perplexidade diante de tal ideia.

A outra deu de ombros e sua voz ficou levemente mais amarga:

– Que seja! Hala, ouça um pequeno conselho: aproveite sua beleza, minha querida. Logo ela se transformará em pó.

Maha começou a se afastar, sentindo o olhar questionador de Hala pelas costas. Ela, então, virou-se rapidamente e apertou a cintura da menina, sussurrando:

– Não ligue para o que digo, querida! – E empurrou gentilmente a jovem. – Agora, vá para seu amado! – Hala abaixou os olhos e agradeceu: – Maha, obrigada por me dar coragem.

Subitamente, o rosto de Maha adquiriu uma expressão agitada ao se lembrar do custo de sua juventude. Ela assumiu um tom rápido e profissional:

– Agora, preciso organizar as crianças. Assim que Demetrius se sentar, darei o sinal para o início da peça.

Com essa ordem final, Maha se afastou rapidamente, murmurando baixinho várias palavras ao mesmo tempo.

Hala respirou fundo e olhou com expectativa para a entrada principal da escola. Onde estava Demetrius?

Ela fora nomeada recentemente uma das três assistentes do jardim de infância, e naquele dia as crianças encenariam uma peça. Os assistentes disseram que, além das famílias, era permitido chamar um convidado. Assim, Hala chamara Demetrius Antoun.

Hala e Demetrius namoravam, apaixonados, há três anos, e ela não só estava impaciente, como só pensava em se tornar esposa de Demetrius. Seguindo o conselho de Maha – "Para conquistar é preciso ousar" –, Hala esperava que o ato de assistir às adoráveis crianças na peça aflorasse o desejo de paternidade em Demetrius, levando o jovem a pedi-la em casamento. Essa possibilidade a deixava exultante.

Nesse exato momento, Hala ouviu uma batida persistente na porta. Ninguém, exceto Demetrius, anunciaria sua presença com tanta autoridade. Ela tremia por dentro quando foi atender, parando brevemente para umedecer os lábios com a ponta da língua antes de abrir a porta.

Hala tinha os olhos brilhando diante do amado, mal conseguindo fingir surpresa:

– Demetrius! Você veio!

Hipnotizado, Demetrius piscou e reparou que Hala estava especialmente bonita hoje. Com cabelos e olhos negros, a tez branca da jovem parecia um creme contrastando com o verde brilhante de sua blusa. Demetrius tomou as mãos dela nas suas e o casal se olhou intensamente. Ele ficou mudo por tanto tempo que ela começou a se sentir desconfortável, achando que o namorado não iria responder. E perguntou, hesitante:

– Demetrius?

O jovem Antoun olhou ao redor, certificou-se de que ninguém estava olhando e inclinou o corpo para dar um beijo rápido nos lábios da menina, dizendo carinhosamente:

– Você está linda!

Hala riu:

– Demetrius! Alguém vai nos ver!

Ele sentiu o afeto na voz dela e respondeu, num sussurro rouco:

– Deixe que vejam. Sou um homem honrado.

Tentando não se abalar por essa deliciosa surpresa, Hala pegou Demetrius pelo braço e o levou até a última e maior sala do edifício de três cômodos, escolhendo um lugar perto do palco para seu convidado. Hala sentiu todos os olhares no auditório se voltarem para eles e achou difícil esconder o orgulho. As amigas costumavam lhe dizer que Demetrius Antoun era o homem mais desejável de todo o Líbano, quiçá do mundo! Não só ele era alto, bonito e inteligente, como também tinha uma natureza gentil e carinhosa. Hala não precisava que ninguém dissesse o quão sortuda ela era.

De canto de olho, Hala viu Maha sinalizando freneticamente para ela, apontando para a cortina que elas haviam pendurado mais cedo. A fileira de lençóis brancos começou a balançar perigosamente, sendo puxada por mãozinhas travessas.

Sem dizer mais nada, Hala correu em direção às crianças.

A aparição de Demetrius Antoun continuou a causar uma pequena comoção e houve até certo frenesi, pois as moças e mulheres solteiras ficaram empolgadas com a chegada do rapaz.

Embora Demetrius fosse um cristão numa comunidade amplamente muçulmana sunita, graças ao respeito conquistado pela família Antoun, juntamente com seu charme e boa aparência, jamais sofrera de falta de atenção feminina. Havia uma multidão de moças muçulmanas solteiras no campo de Shatila que ansiavam pela oportunidade de conquistar seu coração, mesmo que isso significasse uma longa batalha com os pais em relação ao casamento entre pessoas de religiões diferentes. O fato de Demetrius Antoun jamais ter namorado sério com nenhuma outra moça, além de Hala Kenaan, uma jovem adequada de família cristã, não fazia a menor diferença para essas garotas sem compromisso. Enquanto Demetrius não estivesse formalmente casado, era um "alvo legítimo".

As mulheres mais velhas e casadas trocavam piscadelas e levantavam as sobrancelhas. Cada uma delas concluíra por conta própria que uma decisão muito importante deve ter sido tomada para que Demetrius estivesse presente. Elas especulavam que, logo, ele e Hala anunciariam o noivado e ficavam animadíssimas, pois, no mundo árabe, um homem solteiro era um desafio a ser conquistado.

Demetrius estava ciente da sensação que causava. Ele tentava ser discreto, murmurando algumas palavras gentis para as pessoas que conhecia e tentando sentar-se confortavelmente na pequena cadeira dobrável.

Maha Fakharry fez questão de procurá-lo, dando-lhe as boas-vindas:

– Demetrius, é tão bom contar com sua presença. – Em seguida, insistiu, com uma voz anormalmente aguda e alta. – Você precisa ficar para o lanche depois da peça. Quero saber tudo sobre a batalha em Karameh.

Maha deu o que acreditava ser um sorriso irresistível, mas que, na verdade, parecia grotesco, graças a seus dentes grandes e amarelados.

Sem saber o que fazer, Demetrius sorriu timidamente e concordou com a cabeça, mas se sentiu desconfortável em seu assento, enquanto observava Maha voltar aos bastidores.

Ele se lembrou do que a mãe lhe contara uma vez: quando jovem, Maha Fakharry tivera grande beleza, mas isso era algo difícil de imaginar. Mary Antoun acrescentou que, infelizmente, após o desabrochar de sua juventude ter murchado, Maha não conseguira superar a fome insaciável pela atenção que recebia quando era jovem e desejável. A senhora de beleza envelhecida era conhecida por flertar descaradamente com os maridos alheios. A imaginação de Demetrius não conseguia fazer o tempo voltar e, a seus olhos, Maha Fakharry era apenas uma mulher intensa e combativa, velha o bastante para ser sua mãe. Recordando o comentário sobre Karameh, ele sentiu a primeira dúvida por ter aceitado o convite de Hala, pensando se cometera um erro ao vir. Quem poderia saber o que Maha esperava dele? Novamente, Demetrius se mexeu desconfortavelmente na cadeira.

Para distrair a mente dos pensamentos que o atormentavam, o jovem Antoun olhou pela sala e conseguiu vislumbrar uma segunda sala através do corredor aberto. Muitas mudanças haviam ocorrido desde que Demetrius estivera ali quando criança. Ele ficou surpreso ao ver mesas, cadeiras, livros escolares, pacotes de papel amarelo e lápis de cores brilhantes.

Quando estudou naquela escola, ele e Walid sentavam-se em esteiras de junco. Não havia livros escolares, e bolsas de papel usadas eram reaproveitadas como folhas de desenho. Os poucos suprimentos doados e brinquedos quebrados eram guardados em caixas de papelão. Demetrius se lembrava de que, nos dias ensolarados, quando a escola ficava quente e sufocante, ele e Walid, junto com outros alunos, eram levados para assistir às aulas do lado de fora. Geralmente, eles desenhavam, com muito esforço, as letras na areia, usando os dedos como lápis. A professora, Amal Atwi, fazia piadas meio amargas sobre a pobreza, dizendo que a simplicidade era boa e o excesso na vida criava adultos sem objetivo.

Demetrius franziu as sobrancelhas. Enigmas, eles foram alimentados apenas com enigmas, pensou antes de continuar sua análise do pequeno prédio. As paredes ainda eram pintadas de um cinza desbotado, mas estavam enfeitadas pelo uso inteligente de pôsteres coloridos, alguns feitos pelas próprias crianças. Outros pôsteres, proclamando os benefícios da alimentação adequada e da boa saúde infantil, foram doados pela Agência das Nações Unidas para Assistência aos Refugiados Palestinos.

Os olhos de Demetrius se fixaram no maior dos pôsteres, e ele mexeu os lábios sem pronunciar as palavras: "Palestina para os palestinos". Esse pôster criava uma atmosfera desagradável, lembrando a ele que os adultos palestinos ainda construíam sonhos que, Demetrius sabia, jamais se realizariam.

O barulho dos cochichos foi substituído pelo silêncio quando Maha deu o sinal e a primeira das crianças correu, entusiasmada, para o palco. Após uma breve explosão de aplausos, ela foi até o centro do palco e anunciou:

– Pais, parentes e amigos, sejam bem-vindos. Seus filhos ensaiaram várias horas, esperando por este momento. – Maha fez uma pausa e olhou ao redor da sala: – Embora nós, palestinos, tenhamos sido torturados por mil infortúnios, não nos vemos mais apenas como pessoas atingidas pela pobreza ou desgraçadas pela derrota.

Demetrius se encolheu ao ver que Maha o encarava.

Ela continuou o discurso:

– Não! Não após nossa vitória em Karameh!

Olhando diretamente para Demetrius, ela deu um enorme sorriso, e a conversa paralela que tomava a sala cessou instantaneamente. Todos ouviam com atenção e curiosidade:

– Após nossa espetacular vitória em Karameh, as crianças ficaram inspiradas. – Maha olhou com orgulho para seus alunos e prosseguiu: – Sim, enquanto nossos heróis lutam com armas, nós, mulheres, lutamos pela Palestina do nosso jeito. Como? Criando filhos e os educando para serem revolucionários. E hoje, estes jovens revolucionários honrarão nossos mártires encenando um pequeno esquete sobre a luta contínua para recuperar nossa terra natal!

Demetrius grunhiu. Sua irritação aumentava a cada palavra pronunciada por Maha. Ele olhou para as crianças inocentes que sorviam com atenção o que ela dizia. Estavam ensinando a bebês que era uma honra morrer... pelo quê? Ele teve o pensamento desagradável de que palestinos adultos queriam sacrificar seus filhos a fim de manter vivos sua energia e idealismo.

Ele hesitou quando viu que Maha o encarava mais uma vez. Demetrius tinha a triste sensação de ter sido manipulado por Maha ou Hala, ou ambas. O próximo comentário dela o convencera disso. Ela fez um movimento dramático com os braços e declarou:

– Gostaria de anunciar que temos a honra de contar com a presença de um herói de Karameh em nossa pequena escola hoje. – Houve um frenesi de empolgação que tomou toda a sala quando ela gritou: – Demetrius Antoun! Um herói de Shatila! Demetrius, levante-se!

Gritos a aplausos ressoaram pelo cômodo. Os rumores circulavam abundantes em Shatila de que Demetrius Antoun lutara em Karameh mas, desde seu retorno, ele não confirmara nem negara os boatos, fazendo as pessoas se perguntarem se o que ouviram estava correto. Agora os rumores foram declarados verdadeiros, fazendo com que mulheres batessem os pés aos gritos e os homens assoviassem. Muitas pessoas presentes tinham filhos, irmãos ou maridos no movimento.

Todos os palestinos, fossem cristãos ou muçulmanos, tinham um compromisso com a causa de libertar a Palestina dos judeus, e Demetrius era agora um herói para todos em Shatila.

O jovem Antoun olhou ao redor, constrangido, mas, enfim, levantou-se da cadeira. Ele deu um aceno desajeitado e um sorriso amargo para a multidão alvoroçada.

Maha continuou a falar, mas seu discurso foi abafado pelo ruído geral.

Demetrius, aturdido, retornou ao seu lugar sem dizer uma palavra sequer, embora fosse impossível se afastar das mãos que surgiam para abraçá-lo ou fugir do som das congratulações sussurradas de todas as direções. Enquanto sentia que sua raiva aumentava em relação a Hala, ele percebeu que ela olhava para Maha totalmente surpresa. Demetrius sentiu uma pontada de alívio, sabendo que ela nada tivera a ver com os atos de Maha. Ele estava satisfeito, pois jamais a perdoaria se ela estivesse envolvida nisso, pois a jovem estava plenamente ciente de sua relutância em reconhecer ou discutir sua experiência em Karameh.

Exultante com a reação da plateia, os olhos negros de Maha brilharam e, sem pensar, ela afirmou:

– Demetrius Antoun será nosso convidado de honra na recepção após os eventos do dia. Quem desejar ouvir em primeira mão a última vitória do exército palestino, por favor, junte-se a nós!

Demetrius empalideceu e ficou sentado em silêncio, tremendo de raiva, apesar de exibir um rosto perfeitamente controlado para a multidão. Se não fosse envergonhar Hala e prejudicar o emprego da jovem na escola, ele fugiria dali imediatamente.

Maha marchava pelo palco, cada vez mais empolgada:

– Obrigada, obrigada. Agora, vamos ao espetáculo!

Ela começou a colocar as alegres crianças em seus lugares, causando ondas de riso quando a menor delas começou a pular no palco, acreditando que a peça já começara.

Maha também riu e lançou as mãos ao alto, em sinal de rendição. Quando a multidão já estava inquieta, achando que a mulher jamais sairia o palco, ela veio à frente mais uma vez e terminou sua apresentação:

– Entendendo nosso atual dilema e os sonhos e esperanças de nossos filhos, a peça a seguir, intitulada *A honorável família coelho da Palestina*, será narrada e encenada por nossas crianças. – Ela acenou as mãos na direção dos alunos: – Nossas crianças! A esperança para o futuro!

Todos aplaudiram, menos Demetrius.

Uma menina chamada Nadia, que tinha aproximadamente 12 anos, encantadora e obviamente inteligente, tomou seu lugar na parte esquerda do palco. Ela era a narradora. Sem olhar o texto nenhuma vez, começou a contar a história, com uma voz clara e maravilhosa de ouvir.

– Era uma vez uma bela campina. Lá, todos os pássaros e animais viviam felizes juntos.

Várias garotinhas abriram os braços e fingiram que estavam voando, enquanto dois meninos imitavam os pulos das gazelas.

– Uma família de coelhos morava há muitos e muitos anos num lugar especial dessa campina. A mamãe e o papai coelho construíram uma casa maravilhosa para seus coelhinhos: uma árvore fazia sombra para o ninho, comida fresca e abundante crescia ao lado da casa cuidadosamente construída e havia uma fonte de água limpa por perto.

Cinco crianças saltitavam no palco e uma risada surgiu da audiência quando uma das meninas mordiscou um pedaço de cenoura e fez uma careta horrível, pondo a língua para fora e mexendo a cabeça de um lado para o outro.

– Num triste dia, uma família de raposas famintas chegou à campina.

Ninguém na audiência conseguiu controlar o riso quando um menino que fazia o papel de raposa começou a gritar e chorar·

– Eu já *falei*! Não *quero* ser israelense!

Mais tarde, quando a peça chegou ao fim desejado, com as raposas derrotadas pelos coelhos, a multidão ficou de pé e aplaudiu, aos brados:

– Vida longa à Palestina! Vida longa à Palestina!

A peça foi um enorme sucesso. Nadia agradeceu orgulhosamente pelos aplausos com o elenco completo, enquanto Maha corria de um lado para outro no palco, beijando as crianças uma por uma.

Demetrius observou quando Hala tentou confortar o menino que ainda chorava por ter feito papel de israelense. Mesmo que seu desgosto pela peça fosse visível, uma pálida expressão de respeito jazia no rosto de Demetrius. Seu próprio povo era formado por mestres da manipulação. Naquele momento, não havia um adulto na casa que não sacrificaria seu filho ou filha na batalha pela Palestina. Pior ainda: todas as crianças queriam se tornar mártires.

Horas depois, após suportar longos cumprimentos da maioria das pessoas que haviam assistido à peça, Demetrius, terrivelmente aborrecido, subiu o tom de voz em resposta à insinuação ousada de Hala, dizendo que várias pessoas haviam perguntado quando ela e Demetrius anunciariam o noivado. Ele estava cada vez mais exasperado. Ele odiava a tensão que estava se tornando evidente no relacionamento devido à determinação dela para que eles se casassem naquele ano.

– Hala, às vezes eu acho que somos como duas pessoas dançando juntas, mas cada uma ouvindo uma melodia diferente! – Ele fez um movimento com a mão, indicando o que queria dizer: – Você e eu não estamos no mesmo ritmo.

O sorriso de Hala virou uma carranca. Ela olhou para Demetrius de modo calculista. Seu plano não funcionara e, ao contrário do que esperava, parecia que a ideia de adiar o casamento por parte de Demetrius se fortalecera ao longo da tarde. Ainda assim, ela não desistiria e disparou:

– Sim! E, enquanto dançamos, estou envelhecendo! Logo terei tantas rugas quanto Abeen Bader! Então você pedirá outra em casamento! – Só de pensar nessa horrenda possibilidade, Hala começou a chorar copiosamente, mal conseguindo formular as palavras de forma coerente: – Demetrius, não é justo! Você fala uma coisa, mas suas ações dizem o oposto!

Ele ficou horrorizado com a acusação, e deu um suspiro profundo e irregular. Compreendendo o fato de que a maioria das amigas de Hala já se preparava para o casamento, o homem sentiu uma súbita empatia por seu dilema. Demetrius ergueu o queixo de Hala com um dedo e afirmou, cheio de promessa na voz:

– Querida, aos meus olhos, você sempre será linda, mesmo quando envelhecermos juntos.

O rapaz estava frustrado: queria desesperadamente se casar com Hala, mas sua pobreza o atrapalhava.

– Você conhece a minha situação. – Dramaticamente, o jovem Antoun puxou para fora os bolsos vazios das calças. – Vê? Sou um homem pobre!

Hala deu uma gargalhada abafada e, com uma expressão pensativa e triste, pôs os bolsos dele de volta no lugar, desejando por um breve momento que seu amado não fosse tão inteligente e ambicioso.

– Mas, Demetrius, quem não é pobre em Shatila? – Ela fez uma pausa antes de perguntar, cautelosa: – Você já pensou em se juntar aos guerreiros? Muitos têm posições políticas e ficam aqui na cidade. Todo mês, eles recebem um salário por seus serviços.

Hala faria tudo para se casar com Demetrius, até mesmo pedir a ele para se juntar ao Fatah, algo que ela sabia que seu amado não desejava.

Os olhos de Demetrius queimavam diante de Hala e ele começou a sair da sala, sorrateiramente, mas decidiu que ela não estava agindo normalmente. O jovem Antoun se esforçou para controlar a raiva.

– Querida, quantas vezes preciso dizer? Por mais que eu respeite os sacrifícios deles, *não* me alistarei no Fatah. – Com uma determinação canina, ele continuou: – Hala, todo homem tem de seguir seu próprio caminho. Eu ajudarei a causa palestina estudando e ganhando dinheiro suficiente para enviar nossos filhos às melhores escolas. Mas não pense por um momento sequer que trarei crianças ao mundo para viver como nós vivemos.

Seus olhos eram penetrantes e febris, pois ele revivia um passado doloroso enquanto demonstrava sua indignação:

– Viver de caridade! Toda camisa que tenho foi usada antes por alguém! Todo brinquedo que tive foi deixado de lado por uma criança que não conheço antes de ir parar em minha casa!

Hala implorou:

– Não se exaspere.

Demetrius não conseguia parar:

– Celebrar um frango esquelético como se fosse caviar!

Demetrius queria desesperadamente que Hala entendesse seu ponto de vista, de desejar mais que a vida sofrida enfrentada por seus pais.

– Hala, escute. Os palestinos devem parar de sonhar e fazer o máximo com a vida que lhes foi dada. Eu *preciso* arranjar uma maneira de ganhar a vida!

A esperança desapareceu do rosto da moça.

Demetrius tentou convencê-la:

– Ouça. Eu farei o dobro de matérias. Você sabe que consigo fazer isso. Vou me formar o mais rapidamente possível. Depois, teremos um casamento maravilhoso... – Ele fez uma promessa impulsiva: – E eu a levarei a Paris em nossa lua de mel!

Eles já haviam discutido isso antes:

– Quatro anos para você se formar?

A voz de Hala era monótona e ela empalideceu, pensando no que diria aos amigos e à família.

– Três anos!

Hala choramingou:

– Estarei com 22 anos!

– Hala, confie em mim. Esses três anos passarão rapidamente e você estará no auge da beleza aos 22 anos.

A moça continuava irritada:

– E o que vou falar a todos? – sua voz assumiu um tom acusador. – O que quero dizer, Demetrius, é que você nunca me pediu em casamento!

Demetrius a encarou, como se reconhecesse algo que jamais vira antes no rosto da namorada.

– É essa a sua preocupação, querida?

Ele riu. Jamais passou pela mente de Demetrius a possibilidade de que ele e Hala não se casassem algum dia. Embora houvesse muitas jovens que deixavam bem claro o quanto um pedido de Demetrius seria bem-vindo, ele jamais quisera outra moça que não fosse Hala Kenaan.

Ele teve uma ideia. Sorrindo afavelmente, colocou a mão direita no ombro de Hala, levando-a a sentar-se no sofá. Então, antes que Hala soubesse de suas intenções, Demetrius ficou de joelhos. Seus olhos estavam no mesmo nível que os dela. Assim, tão de perto, ele ficou aturdido com a extraordinária beleza do rosto de Hala.

A jovem enrubesceu.

Havia um amor imenso na expressão de Demetrius, além de algo maravilhosamente bom e gentil em seu tom de voz:

– Hala Kenaan, eu te amo. Jamais amei outra mulher. Hala, quer se casar comigo?

Ela mordeu o lábio e deu uma risadinha.

Demetrius sorriu:

– Então, é isso? Eu peço a mulher que amo em casamento e ela ri?

– Você parece tão bobo desse jeito, aí no chão.

Demetrius apertou o rosto da amada:

– Responda sim, agora! Ou eu a beijarei até você dizer sim. Então haverá um escândalo!

Hala gargalhou e depois respondeu:

– Sim! Sim!

Demetrius a encarou:

– Você esperará por mim? Três anos?

Demetrius queria que ela prometesse, para resolver o assunto de uma vez por todas.

– Sim, mas só por três anos! Depois disso, se você não se casar comigo, fugirei com um bonitão desconhecido!

Hala estava mais feliz e autoconfiante do que nunca. Pelo menos agora ela podia dizer aos amigos e família que ela e Demetrius estavam formalmente noivos.

Demetrius devolveu a piada:

– Se você se casar com um bonitão desconhecido, serei obrigado a cometer um assassinato!

Hala corou ao pensar se Demetrius a amava o bastante para cometer tal ato.

Demetrius olhou fixamente para ela por um bom tempo, seu desejo pela jovem era visível, quase palpável. Ele puxou o rosto de Hala para perto do seu e murmurou:

– Querida...

Hala hesitou por um momento.

– Você é minha noiva agora – sussurrou Demetrius, antes de beijar com paixão a mulher a quem amava desesperadamente.

Capítulo XV

Beirute

Entre 1968, o ano em que Demetrius Antoun pediu Hala Kenaan em casamento, e 1982, o ano em que Israel invadiu o Líbano, uma série de eventos políticos e militares se desenrolou na região, ameaçando o futuro dos refugiados palestinos no Líbano.

Após a batalha de Karameh em 1968, as tensões entre Israel e a OLP se intensificaram. Embriagados com a vitória em Karameh, os integrantes da OLP, sob a liderança de Yasser Arafat, fizeram várias incursões contra Israel ao longo da fronteira com a Jordânia e o Líbano, causando várias mortes entre judeus civis. Quando o governo israelense começou a responsabilizar os países que hospedavam a OLP pelas táticas violentas da organização, as relações entre os palestinos e os governos da Jordânia, do Líbano e da Síria ficaram abaladas.

Quando a presença da OLP na Jordânia ficou politicamente insustentável, o rei Hussein ordenou aos militares jordanianos que impusessem sua autoridade sobre os guerreiros da OLP. Um conflito terrível se seguiu, pondo em perigo a estabilidade de toda a nação. Após um ano de luta, os guerrilheiros palestinos se retiraram da Jordânia e foram para o Líbano, engrossando as forças da OLP no país. As incursões a Israel continuaram, agora a partir do sul do Líbano.

O governo israelense, furioso com a morte de judeus nos ataques da OLP originados do Líbano, exigiu que os líderes libaneses impedissem as facções armadas da OLP de atacar Israel. Quando o governo libanês se mostrou incapaz de conter a OLP, os militares israelenses começaram o primeiro de vários ataques contra as posições da OLP no Líbano.

Mesmo sem o problema dos palestinos, o equilíbrio sectário no Líbano era frágil. Os cristãos detinham maior poder político e os muçulmanos reclamavam, com razão, que ficavam à margem da estrutura política existente, embora superassem os cristãos em número. Num esforço para tirá-los do poder, os muçulmanos libaneses, tanto sunitas quanto xiitas, deram seu apoio aos palestinos.

O problema palestino, juntamente com a tensão contínua entre cristãos e muçulmanos, mergulhou o pequeno país no caos político.

Em 13 de abril de 1975, houve um ataque armado ao subúrbio cristão de Beirute, chamado Ain al Rummaneh. Seis pessoas foram mortas. Acreditando que os ataques vieram de palestinos, milicianos cristãos vingaram-se atingindo um ônibus de civis da Palestina que viajavam entre dois campos de refugiados. Vinte e nove pessoas foram mortas.

O Líbano, que antes fervia em fogo brando, entrou numa cruel guerra civil.

Muçulmanos lutavam contra cristãos, palestinos contra libaneses, drusos contra maronitas. Sem um grupo forte o bastante para derrotar todos os outros, o governo do Líbano desmoronou. A intervenção da Síria trouxe os israelenses para o conflito.

Em 1977, Menachem Begin foi eleito primeiro-ministro de Israel. Tendo perdido os pais e um irmão nos campos de concentração nazistas, Begin via o rosto de Hitler em qualquer inimigo dos judeus. Assumindo uma posição intransigente em relação aos palestinos, Begin viu a guerra no Líbano como uma oportunidade para que Israel derrotasse seus inimigos. Usando como desculpa o ataque de 3 de junho de 1982 feito pela OLP ao embaixador de Israel para a Grã-Bretanha, Shlomo Argov, Begin ordenou que os militares israelenses invadissem o Líbano em 6 de junho de 1982.

Embora alguns eventos pessoais inesperados tenham impedido o casamento de Demetrius Antoun e Hala Kenaan, um dos sonhos de Demetrius se realizou com sua formatura na Escola de Medicina da Universidade Americana de Beirute, no verão de 1978. Quando começou a invasão israelense no Líbano de 1982, Demetrius Antoun tinha uma clínica médica no campo de Shatila.

O cerco israelense a Beirute Ocidental
12 de agosto de 1982

Christine Kleist ouviu o som dos caças-bombardeiros F-16 israelenses num crescendo. Eles voavam baixo, aproximando-se do Mediterrâneo. Ela olhou para o pequeno relógio que pusera para despertar bem cedo. Eram exatamente 6 da manhã. Ouvindo o som dos aviões ficar mais alto, pegou os binóculos e pulou do pequeno catre, sem ao menos colocar um robe por cima da camisola fina antes de correr para a varanda do apartamento. Entortando os olhos para ver os aviões brilhantes, xingou em voz baixa e se perguntou: "O que aconteceu com a trégua?"

No dia anterior, locutores libaneses eufóricos anunciaram no rádio para uma cidade aliviada que as longas negociações entre os libaneses, a OLP e os israelenses haviam chegado a um final satisfatório. Yasser Arafat e os guerreiros da OLP logo sairiam do país. Os israelenses iriam interromper os bombardeios e se retirariam da sofrida cidade do Levante.

Christine pôs de lado os galhos de um arbusto de lilás que florescia na varanda e se posicionou para seguir a rota dos aviões com os olhos. Os pilotos israelenses voavam ao longo da orla marítima na direção de Beirute Ocidental e dos campos palestinos de Sabra e Shatila. Desde o primeiro dia da guerra, os ataques mais violentos foram direcionados aos campos de refugiados. Christine se encolheu quando os aviões despejaram seus terríveis explosivos a oeste da cidade sitiada. À medida que os edifícios de concreto de Beirute iam se desintegrando, nuvens robustas de fumaça negra surgiram sobre a cidade e sumiram na direção do mar.

Christie agarrou a própria garganta, inconscientemente, e sussurrou:

– Demetrius. Ó, Deus. Demetrius.

Com os braços e pernas entorpecidos de cansaço e medo, ela ficou parada e observou, hora após hora, voo após voo, enquanto os implacáveis pilotos israelenses atacavam os campos de refugiados.

Christine havia chorado muito ao se separar de Demetrius, do campo de Shatila e da Beirute Ocidental muçulmana no dia anterior, após suportar mais de dois meses de ataques aéreos. Embora estivesse segura na Beirute Oriental cristã, ela conhecia muito bem a violência dos ataques israelenses: as bombas e explosões ensurdecedoras, os estilhaços que choviam do céu azul, os edifícios reduzidos a escombros, o entulho cheio de pedregulhos, os corpos enegrecidos. Ainda assim, nenhum dia fora tão brutal quanto este. Ela só conseguia imaginar o horror de estar no meio do confronto.

Três horas após os primeiros bombardeios, Christine, cada vez mais agitada, decidiu ligar para um conhecido, um repórter norueguês que tinha um apartamento na rua Sidni, localizado no distrito Hamra de Beirute Ocidental. O apartamento ficava num andar alto, de onde ele tinha uma boa visão dos campos. Ela precisava saber o que estava acontecendo!

Quando Christine estava prestes a entrar novamente no apartamento, um soldado israelense passou na calçada bem debaixo do seu prédio. Christine jogou a mão para o lado e mal notou o ruído surdo feito pelos binóculos em queda. Ela olhou diretamente para o soldado, concentrando-se no rosto do homem.

Michel Gale caminhava alegremente pela calçada estreita, de cabeça erguida e assoviando uma música animada. Enquanto os bombardeios de saturação eram destinados aos terroristas nos campos de refugiados, a vida na Beirute Oriental cristã era completamente normal. Cafés prosperavam e mulheres libanesas tomavam sol na costa do Mediterrâneo.

Michel deu um sorriso feliz, pois decidira que essa era a melhor forma de travar uma guerra. Enquanto vagueava por aí tentando decidir o que comer no café da manhã, ele não fazia ideia de que seus movimentos eram observados por uma estranha.

Os israelenses estavam em todos os lugares na Beirute Oriental e Christine tinha dificuldade para conciliar a personalidade alegre dos jovens soldados com a selvageria dos ataques na cidade. Quem eram esses jovens que massacravam famílias inteiras? Obviamente, o belo rapaz diante de si não poderia ser um assassino. Ele parecia ser um homem que não se preocupava com nada no mundo.

Observando o soldado, Christine se perguntou se o pai de Demetrius tinha razão quando lhe disse: "A perseguição alemã endureceu esses judeus que sobreviveram ao Holocausto, em vez de sensibilizá-los."

Naquele momento, Christine podia ver o rosto de George Antoun como se ele estivesse de pé na sua frente. George sacudiria a cabeça, triste, enquanto continuava: "Infelizmente, a história prova que isso é comum, que muitas vítimas, após sofrerem tragédias horríveis, são inexplicavelmente levadas a infligir dor e sofrimento aos que consideram seus inimigos."

O pai de Demetrius sorriria carinhosamente para Christine, sussurrando em tom conspiratório: "Você e eu somos um elo nesta corrente, Christine. Os judeus brutalizados pelo *seu* povo agora brutalizam *meu* povo."

Naquele momento, Christine morreu de vergonha ao pensar se os atos cometidos pelos nazistas agora determinavam o destino de árabes no exílio, como o de seu amado Demetrius.

Agora, depois do brutal ataque israelense ao Líbano, Christine começava a perceber que George Antoun tinha razão. Os israelenses não pareciam sentir as mortes horrendas e a destruição massiva que infligiam aos inimigos árabes. Os judeus sofreram terrivelmente como povo, mas agora causavam dor e sofrimento terríveis a outro: os árabes.

No último ano, depois de Christine ter confessado que o pai fora um oficial da S.S. no exército de Hitler, ela se tornara o centro de várias discussões acaloradas em seu trabalho como enfermeira no campo de Shatila. Embora ela se sentisse aliviada por não ter sido responsável pelos crimes dos nazistas, a curiosidade dos árabes era insaciável. Eles queriam saber os motivos pelos quais os alemães se sentiram impelidos a exterminar toda uma raça de pessoas. Christine descobrira que os comboios de trens, as mortes nas câmaras de gás e os fornos crematórios repletos de bebês eram mais do que a mente árabe seria capaz de imaginar. Eles eram emocionais demais para usufruir de tamanha organização europeia a fim de matar inimigos, e sua fúria assassina terminava tão rapidamente quanto começava. Durante sua convivência com árabes, Christine se surpreendera ao descobrir que os árabes palestinos simpatizavam com as vítimas do Holocausto e eram capazes de separar essa questão da luta constante com os israelenses pelo pedaço de terra que os dois povos chamavam de seu.

Christine suspirou antes de se concentrar mais uma vez no soldado israelense.

Naquele exato instante, Michel Gale olhou para cima. Seus olhos brilharam diante da visão de uma moça bonita com seios fartos. Era possível ver os mamilos dela através da roupa transparente. Ele parou e a encarou. Devido aos cabelos negros da mulher, ele confundiu Christine com uma habitante local. Michel acenou, empolgado, e gritou em árabe fluente:

– Desça e tome um café! Vamos comemorar. – Rindo animadamente, afirmou: – Depois de hoje, não haverá um terrorista sequer em Beirute!

Christine apertou a grade da varanda com tanta força que suas mãos começaram a doer. Ela simplesmente não conseguia acreditar nas palavras do soldado. Terroristas? Ele realmente *não* sabia que Shatila e Sabra estavam apinhados de civis? Ela lançou um olhar longo e duro para Michel, enquanto imaginava seu belo e gentil Demetrius, o homem a quem amava, no meio da batalha, correndo de um lado para outro, cuidando dos feridos e confortando os que ele não poderia salvar. Essas visões do que ele deveria estar enfrentando fizeram Christine dar um passo para trás e choramingar de agonia.

Interpretando erroneamente sua intensa expressão como prova de interesse, Michel foi persistente:

– Desça! – Ele sofreu de culpa momentânea ao pensar em Dinah, sua namorada há dois anos, mas Jerusalém e Dinah pareciam muito distantes. Além do mais, as moças libanesas eram recatadas e sensuais. Mais uma vez, gritou: – Você me ouviu? Eu lhe pago o café da manhã.

O soldado inclinou a cabeça para o lado, encantado com o trabalho que estava sendo feito naquele dia:

– Estamos livrando o Líbano dos terroristas. – E fez uma pausa antes de acrescentar: – Vocês, libaneses, deveriam estar agradecidos!

Christine entrou em erupção como um vulcão furioso. Não havia medo em sua voz, apenas uma raiva infinita que a fez cuspir as palavras com um sarcasmo profundo. Seu rosto estava contraído e os seios, pesados, balançavam enquanto ela gesticulava na direção de Beirute Ocidental.

– *Seu tolo!* Você realmente acredita em suas próprias mentiras? Terroristas? Vocês estão matando mulheres, crianças e idosos, não terroristas!

Michel hesitou. Aturdido pelo conflito inesperado com uma linda mulher, ele mexeu os braços e repetiu:

– Estamos matando terroristas!

Christine explodiu mais uma vez:

– Não! Vocês estão matando bebês!

Ela estendeu as mãos como se medisse o tamanho do último bebê ensanguentado que tivera nos braços.

– Bebês! Bebês!

Lembrando-se de como o governo israelense enganava os americanos, que verdadeiramente acreditavam em sua propaganda, ela acrescentou:

– E aproveite para dizer aos americanos idiotas que são as bombas deles que estão despedaçando esses bebês!

Michel ficou de pé, perplexo, esfregando o queixo e tentando decidir o que fazer. Até esse incidente, ele achava os libaneses de Beirute Oriental afetuosos e amigáveis com seus ocupantes judeus.

Christine parou para respirar, pois seus lábios estavam roxos, contrastando com a alvura de sua pele. A raiva em relação a esse ataque sem sentido e seu verdadeiro medo por Demetrius a consumiam. Ela ficou histérica, apontou o dedo para o próprio peito e bradou:

– Por que você não me mata? Sou tão terrorista quanto os que você está matando! Mate-me! Mate-me agora!

Encostada na parede, Christine começou a ter pequenos espasmos antes de deslizar até o chão. Às lágrimas e com a voz pouco acima de um sussurro, ela choramingou:

– Mate-nos a todos... Simplesmente mate-nos a todos...

Com uma incerteza enorme no olhar, Michel permaneceu quieto, tentando dar mais uma olhada na mulher antes de se afastar aos poucos. Já sem o bom humor de antes, ele sentiu os ombros caírem, mas tentou racionalizar o incidente para reconquistar o ânimo. Evidentemente, a mulher era insana. Todos sabiam que Beirute Ocidental estava repleta de terroristas e que os civis haviam sido orientados a deixar o local. De qualquer modo, resmungou para si mesmo, ele só queria uma companhia feminina e uma xícara do bom café turco. Ainda acreditando que a mulher fosse árabe, ele se lembrou do aviso que recebera na escola de treinamento: ou os árabes estão a seus pés ou no seu pescoço, não há meio-termo. A mulher que ele acabara de ver definitivamente queria seu pescoço!

Michel pensou rapidamente que talvez devesse voltar e prender a mulher, mas não o fez.

Jerusalém

Em sua casa em Jerusalém, Ester Gale abriu as cortinas antes de sair para a pequena varanda anexa à sala de estar. A luz parecia fraca de dentro do cômodo, mas Ester conseguia ver que o sol já brilhava no céu. Ela percebera que o dia seria quente.

Enquanto esperava o marido e filha voltarem do correio, Ester se ocupou na cozinha, fazendo um café bem forte. Eles não tinham notícias de Michel há mais de duas semanas e a mãe estava preocupada. A desastrosa guerra no Líbano estava se mostrando mortífera. Ester sabia que nem ela nem Joseph poderiam sobreviver à perda de outro filho.

Ester ouviu a porta da frente se abrir e correu para ver se havia alguma carta de Michel. Sem precisar perguntar, soube a resposta quando viu os sorrisos satisfeitos nos rostos de Joseph e Jordan. Ainda assim, ela queria a confirmação:

– Joseph! Uma carta?

Joseph mostrou o envelope fechado a Ester:

– Sim, querida. Uma carta bela e grande.

Mesmo após 44 anos de casamento, Joseph sentia o rosto corar quando via a esposa. Apesar das terríveis condições enfrentadas durante a Segunda Guerra Mundial, Ester ainda era uma linda mulher e parecia dez anos mais jovem de que os seus 62 anos reais.

Jordan cutucou as costas do pai, exigindo:

– Abra a carta! – Ela saltitou em direção à mãe, dando-lhe um rápido abraço antes de dizer: – O papai se recusou a abrir a carta antes de chegarmos em casa!

Ester sorriu para sua filha alta e vivaz, cujo rosto brilhava de expectativa. Ela acariciou os cabelos longos e ruivos de Jordan.

– Vamos para a cozinha. Tenho café e pãezinhos. Leremos a carta juntos.

Após servir três xícaras de café, Ester se acomodou numa cadeira e apoiou os pés em outra. Sob os olhares de Joseph e Jordan, ela abriu a carta de Michel. Ester fez uma careta de decepção quando viu que não havia nada mais que uma carta de uma página acompanhada por uma pilha de fotografias. Antes de analisar as imagens, ela leu em voz alta os garranchos praticamente ilegíveis escritos pelo filho no papel branco.

1º de agosto de 1982, 11 da noite.

Queridos mamãe, papai e maninha,

Lembram-se daquela velha frase: "Pode ser fácil entrar numa guerra, mas não é tão fácil sair dela?" Isto é o Líbano! Sinto que estamos aqui há dois anos, e não há dois meses. Tentar acabar com os terroristas é muito mais difícil do que imaginei. Os bairros pobres de Beirute Ocidental estão repletos de guerreiros de Arafat e, até que possamos ir até lá e limpar o ninho da serpente, nada será resolvido. Sabemos que Shatila e Sabra estão cheios de terroristas, por isso concentramos nossos esforços nesses campos. Hoje, nossos pilotos fizeram 120 incursões. Além disso, nossas forças terrestres estão vindo do oeste e do sul, e os bons garotos da marinha estão bombardeando posições da OLP.

Eu me perguntei um milhão de vezes: por que os palestinos simplesmente não desistem e vão embora? Não há mais lugar para eles nesta parte do mundo.

Não vou aborrecê-los com histórias de guerra. Estou com ótima saúde e disposição e não corro mais qualquer perigo. Na verdade, para os cristãos libaneses aqui em Beirute Oriental, nós somos heróis e as meninas até jogam flores por onde passamos. (Não conte a Dinah, mas as moças mais velhas nos fazem sentir muito bem-vindos!)

Sério, se pudéssemos fazer os palestinos desaparecerem, o Líbano seria um ótimo vizinho. Então, talvez esta guerra consiga trazer algo de bom quando tudo terminar.

Estou enviando chocolates suíços e biscoitos dinamarqueses por um dos meus colegas que tem uma pequena lesão na perna e está voltando para casa. Vocês ficariam surpresos com as mercadorias que comprei: a Beirute Oriental cristã é como um grande shopping. É difícil acreditar que essas pessoas estão envolvidas numa guerra civil há anos!

Como vocês podem ver, não é preciso se preocupar comigo. Estou a salvo. Vejam as fotos em anexo para provar o que estou dizendo! Um grande beijo a todos vocês...

Seu amado filho e irmão mais velho,

Michel

Ester avaliou cuidadosamente as imagens de seu filho antes de passá-las, uma a uma, para Joseph e comentar, com um sorriso nos lábios:

– Ele realmente parece bem.

Sentada ao lado dos dois, Jordan inclinou a cabeça por sobre os ombros do pai, olhando a foto do irmão em pé perto do mar, com o fuzil na mão. Ao fundo, havia várias libanesas de biquíni.

Joseph piscou para a filha e deu uma risadinha:

– Melhor não mostrar esta aqui para a Dinah.

Ester comentou:

– Michel parece um turista.

Jordan fez um pequeno som com a língua antes de levantar a xícara para um gole de café. De repente, incapaz de se conter, ela bateu a xícara na mesa, derramando café na toalha branca. Seus olhos verde-escuros brilharam de raiva.

– Não temos nada a ver com o Líbano! Michel deveria abandonar o serviço militar e voltar para casa!

Joseph grunhiu, desejando que a filha fosse menos passional. Após a morte de seu amado Stephen no último ano, Jordan ficara cada vez mais desencantada em relação à constante batalha com os árabes, surpreendendo a família ao se tornar pacifista. As conversas intermináveis de Jordan sobre a agressão sem sentido feita pelos judeus só conseguiam irritar a família, especialmente o irmão, Michel, que tinha o ponto de vista oposto. Michel Gale era um militar que odiava intensamente a população árabe de Israel e estava convicto de que a nação judaica jamais teria paz enquanto todos os árabes não fossem expulsos do país.

Com um filho guerreiro e a irmã pacifista, não havia paz na casa dos Gale.

Para tristeza de Joseph e Ester Gale, Michel crescera acreditando que a guerra e a matança faziam parte da vida normal. Ele era apenas um bebê durante a guerra de 1948 contra os árabes, na qual heroicos soldados judeus enchiam a casa dos Gale. Nessa época, a ambição precoce de Michel era ser membro da Haganah. Quando lhe perguntaram o motivo, Michel chocou os pais e deliciou os soldados ao responder com sua voz de bebê:

– Pra poder matar árabes.

Provocando deliberadamente, Jordan repetiu as mesmas palavras que já dissera muitas vezes:

– Eu só gostaria que vocês dois admitissem o que eu *sei* que vocês pensam... Nosso país é baseado na injustiça!

Contendo a resposta que gostaria de dar, Joseph acariciou a mão da filha e respirou profundamente, suplicando:

– Jordan, por favor.

Ao contrário dos pais e do irmão mais velho, Jordan adorava ter arroubos dramáticos. Quando falou novamente, seu tom de voz era irritante:

– Guerra e vitória! Guerra e vitória! Não existe essa coisa de vitória numa guerra. Toda vitória é cheia de furos!

Ester olhou para a filha, sem paciência para o drama:

– Ah, pare, Jordan.

Esperando acalmar as emoções de Jordan, Joseph voltou ao assunto de Michel:

– Seu irmão voltará para casa em breve, querida. Tenho certeza de que, quando você ouvir os detalhes da missão, vai concordar que ele não tinha escolha a não ser lutar contra os terroristas. – Vendo o rosto de Jordan corar imediatamente, ele continuou: – Tente não se aborrecer.

As lembranças amargas tomaram conta da jovem e ela afastou a mão do afago paterno antes de sair correndo da cozinha e gritar com voz aguda:

– Como Michel voltará para casa? Num caixão? Como Stephen?

Joseph sentiu o vento deixado pela saída intempestiva filha. Ele ficou de pé e começou a segui-la, mas Ester recomendou carinhosamente:

– Deixe-a, Joseph. Este é um daqueles dias ruins para ela.

Ouvindo o choro da filha através das paredes finas, Joseph ficou arrasado. Após um longo silêncio, ele enfim constatou:

– Que pena! Desde a morte de Stephen, nossa filha não vê nada de bom em nosso país.

Ester concordou:

– Você tem razão, querido. Jordan vê apenas os defeitos.

Joseph e a esposa se entreolharam por um instante antes que Ester voltasse sua atenção para as fotografias de Michel.

Enquanto a esposa continuava a olhar para a imagem do filho, Joseph foi até a varanda e ficou olhando por cima das casas dos vizinhos. Pensamentos sobre a tristeza da filha e a forma brutal como o noivo dela fora morto se misturaram e atingiram o coração de Joseph, como se fosse um punhal. Ele murmurou:

– Pobre Stephen!

Como todos os homens israelenses, Stephen Grossman teve de dedicar três anos ao serviço militar obrigatório. Durante os últimos seis meses de serviço, Stephen fora alocado perto do Campo da Praia, em Gaza, a mais perigosa das missões.

Ao contrário de Michel Gale, Stephen Grossman era um homem tranquilo demais para ter nascido num país em guerra. Enquanto servia em Gaza, Stephen começou a questionar as ações políticas de seu país. Ele achava que os árabes eram tratados de forma injusta e geralmente dizia aos Gale que um dia, se quisessem sobreviver, os judeus teriam de aceitá-los como iguais.

Em sua última folga de fim de semana, Stephen confidenciara a Jordan que estava ansioso para sair de Gaza, pois não importava o quão amigável ele fosse, os árabes sempre o olhavam com uma resistência dolorosa e tinham um ódio latente.

Essas palavras foram assustadoramente proféticas. Na semana seguinte, Stephen Grossman fora sequestrado, torturado e esquartejado com uma cimitarra. Sem saber, os árabes mataram um dos poucos judeus simpáticos à sua causa.

Jordan jamais se recuperou da perda. Num dia, ela era a mulher mais feliz do mundo; no outro, estava consumida pela tristeza mais profunda.

Os pensamentos mal-humorados de Joseph foram interrompidos por uma comoção em voz alta. A filha gritava com sua esposa. Correndo de volta à cozinha, ele viu que Jordan pusera seus objetos pessoais numa pequena bolsa. Chocado, ele ficou de pé e ouviu quando Jordan lhes disse, em tom de desafio, e com o rosto crispado de raiva e luto:

– Estou deixando este país para sempre! Estou farta de tanta matança! – Ela parou e encarou os pais por alguns segundos, antes de acrescentar: – E não procurem por mim. *Estou falando sério!*

A sala tremeu com os passos de Jordan.

Ester permaneceu num silêncio amargurado.

Joseph gritou:

– Jordan, volte!

A porta da frente bateu e depois a quietude esgueirou-se pelo cômodo. Joseph sentia todo o corpo tremer. Ele olhou para Ester como se não conseguisse entender o que acabara de acontecer:

– Como chegamos a este ponto?

Ester, incrivelmente calma, tranquilizou o marido:

– Não se preocupe, querido. Eu estava mesmo pensando que Jordan precisa de uma mudança completa.

Ciente da incredulidade de Joseph, ela acrescentou:

– Você e eu viemos para a Palestina devido a uma terrível tragédia. Aqui encontramos nova vida. – Ela fez uma pausa antes de constatar: –

Nossa filha deve encontrar o próprio caminho agora. – Ester olhou para Joseph tentando consolá-lo: – Não se preocupe, Jordan voltará.

Joseph não se sentiu confortado, pois não conseguia se livrar do terrível pensamento de que apenas dois de seus quatro filhos haviam sobrevivido. Agora, com a partida de Jordan e a presença de Michel no Líbano, ele e Ester estavam, mais uma vez, completamente sozinhos.

Beirute

Ao ouvir os passos do soldado que partia, Christine Kleist levantou-se e andou pelo interior do apartamento. Ela se jogou no sofá no centro da sala de estar parcamente decorada, sentindo-se solitária e vazia.

Deitada com o corpo parcialmente fora do sofá, Christine estava tomada pelo desejo de ver Demetrius, de saber que o homem a quem amava sobrevivera ao ataque daquele dia. Ela enterrou o rosto no sofá com cheiro de mofo e gritou:

– Ó, Deus! Mantenha-o a salvo!

Christine sabia que, se Demetrius morresse, sua vida perderia o sentido.

A força de Demetrius Antoun caiu sobre ela, e Christine subitamente percebeu que não poderia deixar o Líbano. Embora ele tivesse insistido para que ela ficasse em segurança e apesar dos pedidos frenéticos dos pais para que sua única filha voltasse a Berlim Ocidental, Christine mudara de planos. Ela não pegaria a barca em Jounieh, nem desembarcaria em Chipre, muito menos pegaria o avião que a levaria para a segurança da casa dos pais na Alemanha. Assim que o bombardeio ficasse menos intenso, Christine cruzaria a famosa Linha Verde que separa a Beirute Oriental cristã da Beirute Ocidental muçulmana e voltaria ao campo de Shatila.

Um pequeno sorriso tirou as rugas de preocupação da testa de Christine, que teve seu primeiro pensamento agradável do dia: ela logo estaria de volta aos braços de Demetrius Antoun.

Naquela mesma tarde, durante uma trégua entre os ataques israelenses e no caminho para a clínica de Demetrius, Christine se viu numa rua estreita de Shatila repleta de parentes histéricos dos mortos e feridos. Por estar disfarçada com uma indumentária preta, os israelenses acreditaram que ela era árabe, e Christine surpreendentemente teve poucos problemas para atravessar a Linha Verde. Porém, agora ela era tomada por um pensamento assustador de que seria esmagada até a morte pelas pessoas a quem viera ajudar, a apenas alguns metros da clínica de Demetrius.

Com experiência no campo, Christine aprendeu que cidadãos de Beirute Ocidental corriam com seus feridos para as clínicas entre os bombardeios israelenses. Os afortunados que não haviam sido atingidos aproveitavam a pausa e se preparavam para a próxima etapa da luta. Hoje não seria diferente. As ruas sinuosas e estreitas de Shatila pareciam atingidas por uma verdadeira multidão.

Olhando para os rostos pálidos e agitados dos palestinos, transtornados de tristeza e sujos do sangue de seus entes queridos, Christine sabia que a clínica estaria repleta de feridos e moribundos. Ela tinha de chegar a Demetrius! Ele precisava dela!

Christine gritava alto em árabe:

– Abram caminho! Mexam-se! Deixem-me passar! Sou enfermeira!

Mas suas palavras não causavam o menor impacto. O som dos seus gritos se perdia no alvoroço generalizado do clamor árabe, composto de gritos, gemidos e berros. Perdendo as estribeiras, Christine começou a usar as mãos e os ombros para empurrar. Aumentando o tom de voz, ela bradava em alemão:

– Abram caminho! Precisam de mim na clínica do Dr. Antoun!

Ainda sem ser ouvida, Christine começou a beliscar, empurrar e chutar, com uma determinação teimosa que a fazia ultrapassar a massa de pessoas.

Empurrada para frente pela força da multidão agitada, Christine enfim chegou à clínica de Demetrius. Com um suspiro de gratidão, ela logo notou que a clínica simples, feita de blocos de cimento, não sofrera grandes danos, embora a carnificina da batalha fosse evidente. Christine passou a mão pela parede despedaçada e repleta de estilhaços enquanto desviou de uma pilha de sacos de estopa vazios, que esperavam para ser enchidos e usados na construção de barricadas. Sem eletricidade, o interior do edifício parecia sombrio com a luz fraca das lanternas. Christine parou por um breve momento, de modo a ajustar os olhos à pouca luz. Sua ansiedade virou alívio quando ouviu o som inconfundível da voz forte de Demetrius. Ele gritava para que alguém encontrasse sangue para uma transfusão, rápido!

Christine deu um gritinho de alegria e correu pela minúscula sala de espera cheia de famílias dos feridos. Ela perdeu o ar quando viu uma criança decapitada. Uma mulher segurava o corpo enrolado num cobertor de lã, enquanto o homem embalava a cabeça da criança num lençol ensanguentado. Christine concluiu que eles deviam estar em choque. Os dois adultos mantinham uma expressão perfeitamente calma, como se tivessem total confiança de que o médico fosse capaz de colocar a cabeça da criança de volta no lugar. Christine, então, olhou para outro lado, querendo apenas encontrar Demetrius, jogar-se em seus braços e chorar até não poder mais.

Por conhecer Demetrius, ela sabia que ele estaria no único centro cirúrgico do local, trabalhando junto aos pacientes mais graves. Ao abrir caminho pelos corredores lotados, diversos voluntários da clínica reconheceram Christine e, com olhares questionadores sobre seu retorno inesperado, paravam para um rápido abraço antes de fazer curativos ou ministrar medicamentos. Sem querer que ninguém gritasse seu nome, Christine colocou o dedo na frente dos lábios, indicando sua vontade de surpreender Demetrius.

Demetrius estava de costas para a porta. Christine não ouvia nada além de sua voz, ao mesmo tempo séria e suave. Ele era sempre carinhoso com os pacientes, pensou, sorrindo de orgulho. Essa característica encantadora era um dos motivos pelos quais ela se apaixonara por Demetrius Antoun.

Sem querer interromper o trabalho, Christine inclinou o corpo e ficou ouvindo, à espera do momento certo para se fazer notar.

O paciente de Demetrius era uma mulher. Num único e confuso momento, Christine se deu conta de que estava se intrometendo numa cena íntima. Demetrius e a mulher desconhecida estavam tendo uma conversa atormentada e complexa.

A mulher, cuja voz não passava de um sussurro, dizia coisas muito estranhas:

– Demetrius, eu sei. Sei que a vida está me deixando. Por favor, meu amor, diga-me que você me perdoa.

Os ombros fortes de Demetrius se curvaram. Numa voz sofrida, ele tentava acalmar a mulher:

– Shhhh, Hala, você vai se cansar. E não vai morrer.

Ele deu um gemido curto e sentiu suas forças se exaurindo.

– Não vou *deixar* você morrer.

As palavras não faziam sentido algum para Christine.

O tom angustiado da voz de Hala ficou mais alto:

– Está escrito. Vou morrer.

A mulher chamada Hala tossiu e, pelo som distorcido, Christine sabia que tinha uma lesão no tórax. Após um ano ajudando Demetrius a tratar pacientes de traumas, Christine conhecia muito bem aquele som.

Demetrius se aproximou de Hala e, gentilmente, tirou uma mecha de cabelo do rosto dela, recomendando:

– Agora, você deve ficar calada.

As mãos de Hala agarraram o ar em sua luta para pronunciar as palavras:

– Querido, não fique tão triste. A morte se tornou minha aliada.

– Hala, não diga isso!

– Todos mortos. Quase todos que amei estão mortos. Exceto você... E minha mãe.

Ela tossiu mais uma vez antes de continuar:

– Por favor, Demetrius, conceda-me esse último pedido. Diga que você me perdoa.

Os ombros de Demetrius se levantaram quando ele soltou um gemido silencioso. Subitamente, o jovem médico cedeu à emoção e começou a atropelar as palavras, como se estivesse com medo do que o tempo pudesse lhe trazer.

– Claro que a perdoo, querida. Além do mais, a culpa foi minha por você não ter esperado.

Christine sentiu o sorriso que não conseguia ver no rosto de Demetrius.

Hala ficou mais intensa:

– Não! Não! Eu fui muito má, casando-me com um homem enquanto amava outro!

A voz da mulher se tornou quase um sussurro e Christine precisou se esforçar para ouvir o que ela dizia:

– Demetrius, você acredita que tudo isso é uma punição, que Deus está me punindo por eu ter me casado com Nicola quando ainda estava apaixonada por você?

Christine não conseguia se mexer. Ela sabia que deveria fugir dali, mas não tinha forças. A jovem tentou em vão se mexer, mas nada sentiu além de um formigamento nas pernas.

– Hala! *Não diga nem mais uma palavra.* Você vai enfraquecer. Majida está coletando sangue para sua cirurgia. Você vai precisar de suas forças para se recuperar. Conversaremos mais tarde.

– Só mais uma coisa.

– O que você quiser.

– Diga que ainda me ama. Por favor.

Na proximidade da sala, Christine temeu que Demetrius ouvisse as fortes batidas de seu coração.

Ele respirou profundamente, mas não respondeu.

Havia um tom de acusação na voz de Hala:

– Demetrius, depois que Nicola foi assassinado, esperei que você voltasse para mim.

Demetrius sacudiu a cabeça e suspirou alto.

A mulher era persistente:

– Diga, é por causa daquela alemã? Por isso você não voltou? – Ela tentou se levantar para ficar mais perto de Demetrius. – Você a ama agora como me amou um dia?

Demetrius empurrou gentilmente os ombros de sua paciente e alertou:

– Hala, amanhã você se arrependerá por essas palavras. Você é uma viúva com dois filhos.

A voz de Hala era seca, mas plenamente consciente:

– Meus dois filhos estão mortos. Eu os vi antes de desmaiar. O pobre Ramzi teve a cabeça decepada.

Demetrius não falou nada, apenas emitiu um pequeno ruído no fundo da garganta.

De repente, com a força de uma mulher que contivera suas emoções verdadeiras por tanto tempo, as palavras de Hala soaram firmes:

– Demetrius, me escute. Meu marido está morto, meus filhos estão mortos. Antes de me juntar a eles no túmulo, devo corrigir este erro. Demetrius, no meu coração, eu sempre fui casada com você. Sempre que Nicola me tocava, eu sentia o seu carinho. Sempre que ele me olhava, eu via seu rosto.

– Hala...

– Você ainda me ama?

As palavras saíram com pressa, numa barganha desesperada:

– Se você disser que me ama, eu... Eu farei de tudo para viver.

Sucumbindo finalmente a um sentimento que já existira um dia, Demetrius se aproximou de Hala. Sua voz estava repleta de um afeto suave que Christine jamais ouvira.

– Hala, vou dizer isso apenas uma vez. Jamais deixei de amá-la, e você sabe disso.

Ela deu o mais fraco dos risos:

– Então, meu amor, eu morro feliz.

Christine escondeu o rosto com as mãos e fugiu da clínica, correndo às cegas pelo labirinto das ruas lotadas de Shatila em direção à casa de Amin Darwish. Amin era seu amigo. Talvez ele pudesse contar a ela sobre essa mulher chamada Hala.

Passando direto pelo gongo de latão na porta da casa de Amin e sem tempo de anunciar sua presença, Christine, às lágrimas, empurrou a porta parcialmente aberta e gritou:

– Amin?

Não houve resposta. Ela gritou mais uma vez:

– Amin! É Christine!

Foi quando ela o viu.

O rosto de Christine ficou branco como papel e suas pernas perderam a firmeza. Em seguida, a moça começou a gritar. E gritou tão alto e por tanto tempo que atraiu a atenção de todos os vizinhos de uma rua que já se acostumara aos gritos dos angustiados.

Mustafa e Abeen Bader foram os primeiros a chegar. O casal foi rapidamente até Christine, tentando descobrir a causa de sua angústia.

Abeen a puxou pelo braço e indagou:

– Moça, qual é o problema?

Christine, ainda incapaz de falar, apontou na direção do centro da sala:

Abeen olhou primeiro:

– Deus!

Ela levou rapidamente a barra de seu avental em direção à boca e ficou de pé, num silêncio aturdido.

Mustafa seguiu o olhar da esposa e correu, exclamando:

– Meu amigo!

O pequeno corpo de Amin Darwish jazia ferido embaixo do altar construído para a esposa, Ratiba. Sua mão direita ainda segurava uma foto dela, vestida de noiva, feliz. A fotografia estava próxima ao rosto, como se ele tivesse reservado seu derradeiro e precioso segundo de vida para dar uma última olhada em sua amada.

Naquele momento, a pequena casa de Amin estava completamente cheia de curiosos.

– Uma mulher foi atacada?

– Eu juro por Deus, o barulho dos jatos israelenses não era tão alto!

– O que aconteceu?

Um idoso apontou para a própria cabeça e explicou:

– É o maluco.

Alguém perguntou:

– Devo ir buscar o médico?

Christine falou pela primeira vez, com a voz rouca:

– Ele está ocupado.

Mustafa, que tinha um olhar vítreo, afirmou, tentando controlar o tremor nos lábios:

– Não há necessidade do doutor. Amin está morto.

Houve um longo silêncio. Todos sentiriam muita falta do padeiro baixinho.

O idoso perguntou:

– Foi o coração?

Christine respirou profundamente e tentou se recompor. Ela jamais perdera o controle num momento de crise. Envergonhada, a enfermeira caminhou na direção do morto.

– Desculpe, eu vou ver.

Não havia sangue no corpo de Amin. Após um rápido exame, Christine encontrou a pequena lesão e indicou:

– Olhem. De certa forma, foi mesmo o coração.

Mustafa e vários outros homens se inclinaram para ver mais de perto. Um solitário pedaço de estilhaço perfurara o coração de Amin. Não havia outros ferimentos e apenas uma pequena quantidade de sangue se derramara, formando uma poça por baixo da camisa.

George e Mary Antoun surgiram rapidamente porta adentro. Eles ouviram que havia algo errado na casa de Amin Darwish e vieram o mais rápido que puderam.

Abeen abraçou Mary para atenuar o golpe:

– Mary, Amin está com Ratiba.

– Ah, não.

George Antoun correu para embalar a cabeça de Amin. George olhou primeiro para Mustafa e depois para Christine, revelando com a voz embargada:

– Você sabe, Christine, de certa forma Amin estava morto desde 1947.

Christine respondeu enquanto fazia um carinho suave na cabeça do falecido:

– Sim, eu sei.

Entristecido, George Antoun elogiou o amigo:

– Amin Darwish era um desses raros homens que sabiam que o tempo sempre resolve todos os problemas.

Lágrimas desciam pelas rugas do rosto de Mustafa Bader, que sacudiu a cabeça, concordando.

Christine ficou em silêncio. Ela olhava fixamente para Amin Darwish. Desde que chegara a Beirute, ela vira muitas faces da morte: medo, agonia e, muito frequentemente, surpresa, mas jamais vira aquela expressão num cadáver.

Um belo sorriso de contentamento transfixara o rosto de Amin Darwish.

Capítulo XVI

Morte

O único parente vivo de Amin Darwish era um irmão mais velho que morava em Amã, na Jordânia. Ao longo dos anos, os irmãos haviam se afastado por Amin insistir que Ratiba ainda estava viva e pela falta de paciência do irmão com tal ponto de vista. Como nenhum membro da família estava disponível para reclamar seu corpo, Mustafa e Abeen Bader, junto com vários outros vizinhos de Shatila, lavaram e envolveram Amin numa mortalha branca, aromatizada com um perfume doce.

De acordo com as leis muçulmanas, o morto deve ser enterrado o mais rapidamente possível, portanto decidiu-se que Amin seria enterrado nas próximas 48 horas.

Mustafa Bader garantiu a George Antoun:

– Nós ficaremos com Amin a noite inteira. Vá, meu amigo. Logo Demetrius voltará. Ele vai precisar de você.

Mary, sempre lógica, concordou:

– Sim, é o melhor a fazer.

A mãe de Demetrius olhou para a alemã, agora pálida e estranhamente quieta, e chamou:

– Christine, venha conosco, minha querida.

George aquiesceu e comentou:

– Demetrius ficará arrasado. – O patriarca dos Antoun estava prestes a se esvair em lágrimas a qualquer momento. – Como posso dar essa dolorosa notícia ao meu filho?

Sem mais conversa, o trio enlutado voltou à casa dos Antoun.

Assim que entraram em casa, George afirmou com voz trêmula:

– Vou acordar meu pai e dar-lhe a notícia.

Christine, que sentiu o rosto corar, permaneceu quieta, ouvindo a conversa.

Mary concordou:

– Sim. E, George, diga a ele para se vestir e se juntar a nós na sala de estar. Farei um café bem forte.

Christine insistiu em ajudar Mary na cozinha:

– Tenho de achar algo para afastar meus pensamentos desta noite horrível.

Embora tenha ficado horrorizada com a morte de Amin, Christine sentia-se devorada viva pela tristeza de não saber qual a relação de Demetrius com a mulher chamada Hala.

Normalmente, Mary recusaria a oferta. Sua cozinha era pequena e não conseguia abrigar duas pessoas confortavelmente, mas Christine tinha um fogo brando queimando em seus olhos e a intuição de Mary indicava que o problema da moça tinha uma causa não relacionada à morte de Amin.

Mary estava cheia de perguntas sem resposta: por que Christine abandonara a segurança de Beirute Oriental e voltara para o perigo de Shatila? Por que não estava na clínica com Demetrius, onde normalmente estaria? Porém, Mary sentiu-se constrangida de fazer perguntas pessoais à jovem. Ela propositalmente tratara Christine com frieza desde que percebera que o filho e a estrangeira estavam num relacionamento íntimo. Embora Christine compartilhasse de sua fé cristã, as diferenças culturais entre europeus e árabes eram imensas. Mary achava que o filho seria mais feliz com uma mulher árabe, uma esposa que o entenderia. No último ano, ela alertara:

– Demetrius, não se esqueça, há um motivo pelo qual os pássaros pretos voam apenas com seus iguais.

Mary não ficou triste ao ver a jovem trocar Shatila pela Alemanha, mas agora, que ela estava de volta, seria muito bem tratada. Mary a encarou, deu um pequeno sorriso e fez que sim com a cabeça:

– Sim, eu entendo. Vamos tentar tirar a imagem de Amin da mente. – Ela acariciou a mão de Christine: – A vida é tão dura, Christine, que constantemente preciso lembrar a mim mesma que depois do inverno sempre vem a primavera.

Christine tremeu como se ouvisse uma voz vinda de muito longe. Seu próprio pai lhe dissera o mesmo em várias ocasiões.

Incapaz de conter o imenso desejo de saber sobre a mulher chamada Hala, Christine se aproximou de Mary e, querendo evitar que George ouvisse do outro cômodo, cochichou:

– Mary, você conhece uma mulher de nome Hala?

Ela teve um espasmo involuntário, chocada pela única pergunta que jamais esperaria ouvir de Christine:

– *Hala Kenaan?*

Já que tinha começado o assunto, Christine não poderia parar:

– Não sei. Tudo o que ouvi foi o nome Hala. Uma mulher chamada Hala... – Houve uma mudança audível no tom de voz da jovem alemã: – Uma mulher chamada Hala que é apaixonada por Demetrius.

Mary respondeu com voz estridente:

– O que leva você a fazer esta pergunta?

Christine jogou a cautela para longe e explicou, com os olhos castanhos brilhando de paixão:

– Mary, Demetrius ainda é apaixonado por Hala. Ouvi essas palavras com meus próprios ouvidos.

A mãe olhou para a alemã com descrença. Ela jamais pensou em associar o mau humor de Christine a Hala Kenaan. Falou rapidamente, querendo deixar esse assunto desagradável para trás.

– Criança, isso é impossível. Meu filho e Hala Kenaan desmancha ram o noivado há muitos anos.

A expressão no rosto de Mary mudou e seu queixo caiu enquanto ela refletia sobre aquela época turbulenta na vida do filho.

A cabeça de George Antoun surgiu e ele logo entrou na cozinha. Os três estavam amontoados, a poucos centímetros de distância uns dos outros. Ele lançou um olhar perplexo para a namorada do filho antes de deixá-la saber que ouvira boa parte da conversa:

– Christine, as bombas israelenses prejudicaram sua audição?

Christine deu um pequeno gemido, perguntando-se o quanto o pai de Demetrius ouvira. Pelo que a jovem percebera, George compartilhava tudo com o filho, e Christine sabia que Demetrius ficaria furioso se descobrisse essa conversa com Mary. Ela rangeu os dentes. Após lembrar que Demetrius, naquela mesma noite, declarara seu amor a outra mulher, Christine sentiu uma renovada raiva pulsar em suas veias. Ela sacudiu vigorosamente a cabeça. Com a expressão dura como granito, insistiu:

– Ouvi Demetrius dizer a uma mulher chamada Hala que ele jamais deixou de amá-la.

George e Mary se entreolharam longamente.

Christine tocou o ombro da mulher e perguntou:

– Então?

Percebendo a vulnerabilidade de Mary, a alemã sentiu que essa era sua única chance de saber algo sobre esta tal de Hala. Logo Demetrius estaria em casa, e era óbvio que ele se fecharia como uma ostra, negando-se a dizer qualquer coisa para Christine.

George puxou a moça pelo braço, levando-a até a pequena sala de estar.

– Venha, sente-se. Diga-nos o que aconteceu.

Esquecendo-se do café, Mary os seguiu. Como o marido, ela sabia que Demetrius jamais confidenciaria tal informação a eles. O jovem Antoun era reservado há anos, desde que voltara de Karameh. Seu filho era muito diferente da maioria das crianças árabes, que geralmente revelavam toda a vida pessoal aos pais.

Christine sentia o peso de seus temores e, ao mesmo tempo, sofria com sua consciência. Ela sabia que deveria ficar absolutamente calada sobre esse assunto em particular, mas a determinação de saber tudo o que podia sobre sua rival a levou a arriscar-se ainda mais. Christine afundou numa das almofadas gastas, porém ainda macias, e esperou impacientemente até que os Antoun encontrassem um local confortável.

George não teve pressa em se acomodar, reorganizando as almofadas e acendendo um cigarro antes de fazer um carinho na mão de Christine:

– Agora, diga-nos. Que história é essa do nosso filho e Hala Kenaan?

Mary encarava Christine silenciosamente. No centro da pequena sala de estar, seus joelhos quase se tocaram.

Enquanto contava a história, os olhos de Christine se encheram de lágrimas.

– Eu não pude sair do Líbano, não depois dos ataques de hoje. Temi pela vida de Demetrius. Quando voltei para a clínica, ele estava cuidando de uma paciente. Eu fiquei de fora, não queria interferir, e ouvi Demetrius e essa mulher chamada Hala conversarem.

Mary pensou, pela primeira vez, na segurança de Hala e perguntou imediatamente:

– Ela foi ferida?

– Sim, Demetrius ia operá-la.

Mary fez um som com a língua e queria saber mais:

– É grave?

– Não tenho certeza, mas acredito que sim.

Mary olhou para o marido e tocou os lábios com os dedos, parecendo preocupada.

George declarou enfaticamente:

– Demetrius irá salvá-la.

George, como Mary, sempre lamentou o fato de Demetrius e Hala jamais terem se casado. George só queria embalar um neto em seus braços e, se Demetrius não se casasse logo, o patriarca dos Antoun não teria essa alegria.

– Sim, muito provavelmente ela já está se recuperando.

Christine viu a preocupação nos rostos deles, e subitamente percebeu que a mulher chamada Hala significou muito para George e Mary Antoun em algum momento.

– Enfim, enquanto esperava, ouvi essa mulher dizer a Demetrius que ela sempre o amou e esperara pelo retorno dele depois da morte do marido. Ela implorou o perdão de Demetrius e depois perguntou se ele ainda a amava.

Christine deu um suspiro angustiado e ficou sentada, olhando para o próprio colo, sem se mexer, examinando uma das mãos e depois a outra, muito cuidadosamente, desejando não ter voltado a Shatila e, em vez disso, estar a caminho da Alemanha.

Mary perguntou:

– E você diz que nosso filho revelou a Hala que ainda a amava?

Christine fez que sim com a cabeça, as lágrimas descendo pelo rosto.

– Sim. Eu jamais esquecerei! As palavras exatas foram: "Eu nunca deixei de amá-la, e você sabe disso."

George pareceu chocado. Ele pigarreou e coçou o queixo, perguntando-se sobre os segredos da vida do filho.

Christine segurou a cabeça com as mãos e chorou copiosamente:

– Por favor, contem-me sobre esta mulher, eu *preciso* saber!

Comovida com a dor da jovem, Mary correu para trazer uma pequena toalha e enxugou o rosto de Christine:

– Você *tem* de parar de chorar. Vai acabar doente – e completou em voz baixa. – Eu direi o que você quer saber.

Embora se sentisse triste e magoada com a ideia de ouvir a história de amor de Demetrius e Hala, Christine levantou a cabeça, cheia de expectativa.

George olhou para a porta da frente:

– Rápido, Mary, antes que Demetrius volte.

Mary sentou-se confortavelmente, cruzou as pernas em posição de lótus e colocou a barra do vestido vivamente florido embaixo dos pés enquanto revirava a mente em busca do passado distante. Ela encarou Christine sem palavras por um longo momento e, enfim, contou:

– Christine, não há muito a dizer. Demetrius e Hala foram apaixonados por muitos anos. Eles ficaram noivos antes de Demetrius começar a estudar na Universidade Americana de Beirute.

Mary lançou um sorriso sincero na direção do marido:

– O pai conseguiu que ele fosse admitido na faculdade. – E voltou suas atenções a Christine. – Hala estava louca para se casar, mas prometeu esperar Demetrius por três anos. Enquanto estudava, nosso filho descobriu um grande amor pela profissão médica. Demetrius era um excelente aluno e obteve o apoio dos professores da escola. Até o reitor disse a George que Demetrius nascera para ser médico.

– E ele estava certo, Mary. Demetrius é um médico maravilhoso.

Desde o primeiro dia que entrou em Shatila, Christine ficou impressionada com as habilidades médicas de Demetrius. Ela chegou ao Líbano com a ideia de que seus conhecimentos de enfermagem superariam o dos médicos naquele país árabe, mas estava enganada. Demetrius Antoun era tão bom, ou ainda melhor, que qualquer médico com quem ela havia trabalhado na Alemanha. Christine, como muitas outras europeias no pequeno país do Levante, descobriu que a Escola de Medicina da Universidade Americana de Beirute formava médicos tão eficientes quanto os de qualquer país.

Não havia o menor sinal de surpresa no rosto de Mary. Ela ouvira muitas outras pessoas falarem sobre a grande habilidade do filho. Ela fez que sim com a cabeça, olhando para George, e depois se voltou para Christine, pensativa:

– Demetrius estava num dilema, pois nós somos refugiados pobres e ele foi obrigado a escolher entre o casamento e os estudos.

A dor da antiga agonia do filho estava impressa no rosto de Mary:

– Nossa, como ele ficou apreensivo ao contar a Hala, quando percebeu que seria preciso adiar o casamento por mais um período.

George recordou:

– Demetrius tremia quando saiu para dar a notícia a ela. – E olhou para a esposa: – Mary, você se lembra do quão nervoso ele ficou?

– Sim. Demetrius não queria decepcioná-la. Mas sabia que após esse curto e infeliz adiamento viria uma recompensa considerável... Pelo resto da vida. Ele só precisava fazer com que Hala entendesse seu ponto de vista.

Christine começava a compreender o que acontecera. Todas as mulheres árabes solteiras que ela conheceu pensavam apenas em casamento.

– Hala ficou arrasada e furiosa. Ela me falou que não esperaria mais um segundo sequer. – Mary explicou o que Christine já sabia: – Na nossa cultura, se uma garota não estiver casada aos 22, as pessoas começam a comentar. E Hala queria ter filhos. Ela disse que estaria velha demais quando Demetrius se formasse em Medicina. Frustrada, Hala cometeu um erro terrível. Para fazer ciúmes em nosso filho, começou a flertar com Nicola Fayad.

Mary olhou para o marido em busca de confirmação.

– Hala era uma moça linda que poderia ter se casado com qualquer homem que desejasse.

George resmungou, concordando.

Christine lutou contra a forte pontada de ciúmes que lhe atingiu o corpo inteiro só de pensar na beleza do primeiro amor de Demetrius.

– Enfim, o flerte saiu do controle. Quando Demetrius ouviu o boato de que Hala estava vendo outro homem, ele se recusou a voltar para casa, ficando em seu apartamento na universidade por mais dois meses. – Mary emitiu um som gutural e continuou: – Quando Demetrius voltou, estava incrivelmente empolgado. Nosso filho obtivera uma bolsa de estudos, dada por americanos que financiavam a Universidade. Essa bolsa significava que ele poderia se casar com Hala e também frequentar a Escola de Medicina. – Mary deu um meio sorriso triste, antes de contar o resto da história: – Mas, a essa altura, era tarde demais. Com raiva, ela continuou a se encontrar com Nicola, até que ele a pediu em casamento. Eu conhecia Hala Kenaan muito bem. A jovem não tinha a intenção de levar sua tramoia tão longe. Quando Demetrius soube por meio de amigos que Nicola pedira Hala em casamento, houve um confronto terrível e nosso filho cuspiu nos pés dela, terminando o relacionamento. Seu orgulho o afastou de vez, e Demetrius se recusou a voltar a ver Hala.

George gritou ardentemente, surpreendendo Christine:

– Os homens árabes são muito orgulhosos!

Mary ergueu a mão, discordando do marido, enquanto terminava a história rapidamente:

– Nosso filho ficou muito magoado, e jamais voltou a dizer o nome de Hala em nossa presença, e nos proibiu de mencioná-la. É como se todos os vestígios do amor deles estivesses perdidos. Após um curto período de tempo, Hala e Nicola se casaram e tiveram dois filhos, até que Nicola foi morto num acidente bizarro em Beirute.

George interrompeu, lembrando-se:

– Foi no ano passado, algumas semanas depois de você ter chegado a Shatila, Christine. Pobre Nicola, estava lavando as janelas de um edifício em Beirute quando uma das facções milicianas explodiu um carro-bomba no meio da cidade. O marido de Hala caiu de três andares e morreu.

Mary completou, com tristeza:

– É verdade que Hala esperou que Demetrius voltasse para ela, mas nosso filho não quis.

George interrompeu:

– E não se esqueça de que a guerra civil libanesa estava intensa. Em vez de formar uma família, nosso filho se enterrou no trabalho, tentando salvar vidas.

Christine vira por si mesma a luta selvagem que tomara o pequeno país por tantos anos. Na verdade, as baixas da guerra haviam trazido Christine ao Líbano. Pela primeira vez, ela ficou grata aos libaneses por terem lutado entre si todos esses anos, se a guerra foi o principal motivo para Demetrius ter adiado o casamento.

Christine queria se casar com Demetrius Antoun. Seu coração quase parou ao ter este terrível pensamento: talvez Demetrius agora se casasse com Hala Kenaan! Christine parecia estar prestes a dizer algo, mas só conseguiu choramingar, incapaz de dar voz à sua dor, apenas lembrava o carinho mostrado por Demetrius quando confessou seu amor eterno pela mulher ferida.

Mary lançou um olhar penetrante para Christine, pensando que todas as mulheres, independentemente da nacionalidade, eram mais parecidas do que se imaginava. Ela ficou aturdida ao saber que a alemã amava verdadeiramente o filho e, com esse pensamento, Mary passou a ter uma impressão melhor de Christine. Antes de hoje à noite, ela achava que Christine Kleist era apenas outra garota ocidental que precisava ser monitorada. Ela reconheceu que estava errada e, sentindo uma ponta de culpa, consolou Christine.

– Então, Christine, meu filho conheceu você e deixou toda essa tristeza para trás.

George viu o que a esposa estava tentando fazer e ficou feliz, acrescentando:

– Christine, acredito que você é a única mulher que nosso filho já amou, além de Hala Kenaan. Depois dela, você foi a primeira mulher que Demetrius trouxe para casa.

Christine estava inconsolável. Seu rosto corou quando ela chegou à dolorosa conclusão dos eventos daquela noite. Demonstrando empatia, supôs:

– Foi *por isso* que Demetrius pediu que eu saísse de Shatila. Ele tinha planos de voltar para esta Hala.

Ela olhou para George e depois para Mary, incapaz de suprimir o tremor violento que lhe tomara o corpo.

George garantiu:

– Não, nosso filho não é assim. Demetrius não é homem de voltar atrás. Quando ele se separou de Hala, foi para sempre.

George sempre gostou da alemã, e pela primeira vez, achou que talvez ela pudesse ser uma boa esposa para o filho.

– George está certo, Christine. Demetrius é honesto demais para criar um estratagema assim. Se fosse o caso, ele teria lhe contado.

Ao longo da noite, Mary também mudou de opinião. Talvez o casamento com Christine fosse bom para Demetrius. Com um marido morto e dois filhos pequenos, Hala tinha uma bagagem muito pesada, um verdadeiro fardo.

As tentativas infrutíferas dos pais de Demetrius de defender o filho fizeram Christine se esvair em lágrimas mais uma vez.

Mary se inclinou em direção a Christine e afastou seus cabelos negros com a mão:

– Querida, jamais fique triste pelo que você não conhece. Você ainda não sabe o que esta noite significou.

Assim que Christine abriu a boca para responder, Demetrius entrou rapidamente pela porta, com lágrimas nos olhos. Surpreso, todo seu corpo ficou subitamente tenso. Os olhos de Demetrius correram rapidamente de uma pessoa a outra, e sua voz soou como um trovão:

– Christine! O que você está fazendo em Shatila? – E alternou o olhar para seus pais: – O que aconteceu?

Com medo da descoberta, os três adultos esperavam que alguém começasse a falar.

Vovô Mitri salvou o dia ao entrar na sala e dizer, sem pensar:

– Demetrius! Você soube do Amin?

Demetrius tremeu visivelmente. Sabendo que a notícia não poderia ser boa, seus olhos se arregalaram de imediato e se encheram de angústia, tudo de uma vez:

– Amin? Algo aconteceu a Amin?

George levantou-se rapidamente e foi até o filho, colocando seus braços curtos em torno da cintura de Demetrius.

– Demetrius, venha e sente-se aqui.

O filho o encarou, firme:

– Não, pai. Diga-me, agora. O que aconteceu?

George jogou o peso do corpo de um pé para o outro, querendo adiar a dor que estava prestes a infligir ao filho.

– Primeiro, vamos nos sentar.

Demetrius agarrou o pai pelo ombro e exigiu:

– Pai, o senhor *precisa* me dizer.

George enrubesceu e abaixou o olhar.

– Amin foi morto. Pelos israelenses.

Demetrius fechou os olhos por um breve momento. O corpo perdeu a firmeza. Uma expressão profunda de dor formou-se lentamente em seu rosto. Ele tinha a voz atormentada quando enfim sussurrou:

– Ah, não. Amin também não, pai. Não... Não Amin.

George deixou seu filho de luto na área de estar.

Mary se aproximou do rapaz, abraçando seu pescoço e sussurrando palavras que só ele conseguia ouvir.

Todos os olhos na sala estavam fixos naquela cena carinhosa.

Christine, achando-se uma intrusa, obrigou-se a sair e foi para a cozinha preparar o café do qual ela sabia que todos precisavam. Ainda assim, ela entreouviu a conversa deles.

Mary tentou consolar Demetrius:

– Eu sinto muitíssimo, filho. Todos nós amávamos Amin.

Christine ficou paralisada quando ouviu a resposta de Demetrius:

– Mãe, isso não é tudo.

Ele levou um bom tempo antes de voltar a falar:

– Hala morreu esta noite.

Mary ficou chocada e gritou:

– Ó, Deus, não!

George olhou para o filho, sem saber o que fazer.

O rosto taciturno de Demetrius escondia o tom calmo de sua voz:

– Sim, Hala e seus dois filhos. As crianças morreram na hora. Apenas Hala viveu para receber cuidados médicos, mas... – ele ergueu as mãos, com as palmas para cima e depois as uniu, num gesto de rendição – Não havia nada que eu pudesse fazer para salvá-la.

Christine olhou para o ponteiro dos segundos que se movia no relógio da cozinha. Hala Kenaan estava morta! Morta! Morta! Ela não perderia Demetrius para a bela libanesa, afinal! Christine teve de se apoiar na pia a fim de conter a vontade de dançar. Ela sorriu antes que o horror de sua reação se tornasse claro. A alemã corou, sentindo imensa vergonha por sua felicidade. Ela tremeu, com medo de ser punida algum dia, com razão, pela sensação indescritível de alívio que sentiu com a morte de outra mulher.

Levando café para a sala de estar, Christine estava quieta e distante, dando a Demetrius o tempo necessário para viver o luto com sua família.

Ao fim da noite, a batalha interna de Christine continuava e a culpa ainda lhe atormentava por sua alegria prolongada. Mesmo assim, pela primeira vez desde que voltou a Shatila, o estado de espírito desesperançado de Christine melhorou.

Capítulo XVII

Christine Kleist

Demetrius Antoun perguntou:

– E então?

Levando um bom tempo para responder, Christine Kleist jogou dois cubos de açúcar na xícara de chá quente e mexeu devagar até que desapareccessem. Olhando para Demetrius, Christine teve o pensamento bizarro de que a cabeça de um estranho fora encaixada no corpo do seu amado. Os traços do rosto do jovem estavam totalmente contraídos e ele não se parecia nem um pouco consigo mesmo.

Demetrius convidou:

– Não há problema algum se você vier conosco, Christine. Quero que saiba disso. Você será bem-vinda.

– Eu sei, meu amor.

Christine sorveu um gole da bebida quente e deu um sorriso opaco para Demetrius. Ela não poderia negar a verdade.

– Hala Kenaan pertenceu a outra época, um momento de sua vida do qual não fiz parte. Não me sentiria confortável no funeral dela.

A conversa estava cada vez mais tensa, embora Demetrius tivesse conseguido disfarçar seu alívio quando acrescentou:

– Tem certeza?

Christine inclinou o corpo e passou o dedo pela borda da xícara. Ela fez que sim com a cabeça:

– Sim, tenho certeza.

Ela se lembrou dos colegas sobrecarregados na clínica de Demetrius:

– Além do mais, acho melhor trabalhar na clínica esta manhã. Direi a Majida para tirar o dia de folga.

Demetrius fez uma pausa e tomou fôlego antes de concordar:

– Realmente, Majida precisa de descanso. Ela não tem um dia de folga há mais de dois meses.

Os olhos de Christine se fecharam e ela enxergou além do ombro de Demetrius. Dois meses. Fazia realmente apenas dois meses desde que os israelenses atacaram o Líbano? Acontecera tanta coisa desde então. Tanta coisa. Subitamente, lembrando-se de que haveria dois funerais naquele dia, os olhos de Christine se abriram e ela se voltou para Demetrius.

– Mas venha me buscar depois. Irei com você ao funeral de Amin.

Por uma fração de segundo, os olhos de Demetrius se inflamaram de ódio mortal de seus inimigos, a primeira emoção demonstrada desde a noite anterior. Com um esforço visível, ele lutou muito para não pensar e mais ainda para não sentir. Após tirar os judeus do pensamento, o jovem se recompôs.

– Você deve ir, sim. Amin a amava.

Com esse pensamento, uma imensa tristeza tomou conta de Christine e ela piscou duas ou três vezes, bem rapidamente, tentando impedir o choro. Seus lábios começaram a tremer, mas ela os apertou para impedir o tremor. Christine já sentia saudades de Amin Darwish. Para a alemã, ele era a pessoa mais interessante de Shatila.

Demetrius virou-se, encarou a porta e ouviu o ruído de seus pais e avô que entravam no corredor estreito, vindos de seus quartos de dormir. A sala ficou cheia num instante quando George, junto com Mary e vovô Mitri, se uniu a Demetrius e Christine, ficando em volta do jovem casal sentado à pequena mesa de madeira.

Christine lhes deu um pequeno sorriso, mesmo com o coração partido. A família Antoun era terrivelmente pobre. Em tempos melhores e em outro lugar, Demetrius teria uma vida confortável como médico, mas, na miséria do campo de Shatila, ele permanecera tão pobre quanto os pais. Christine logo viu que Demetrius não tinha coragem de cobrar de seus pacientes de baixa renda. Geralmente, o jovem médico deixava a clínica ao fim de um longo e exaustivo dia de trabalho com nada mais que um frango magro nas mãos.

Ela voltou o olhar para George Antoun. O pai de Demetrius vestia seu único terno marrom e gasto que deixava bem clara sua condição de homem pobre. Mary usava seu melhor vestido preto, cerzido por ela na noite anterior. Seu cabelo estava coberto com uma echarpe azul-marinho, presente de Natal que Christine lhe dera no ano anterior. O único terno do vovô Mitri desgastara-se há anos por excesso de uso, mas ele vestia uma camisa branca limpa e calças azuis recém-passadas que dizia ter desde os tempos de juventude. Naquela mesma manhã, enquanto encarava a barriga protuberante de George, vovô Mitri informou orgulhosamente à família que, aos 79 anos, ele tinha o mesmo peso do dia em que se casara, há quase 60 anos.

O sorriso de Christine aumentou, generoso, quando pensou no orgulho visível do velho por manter-se esbelto. Christine acenou para os pais e o avô de Demetrius, elogiando:

– Veja só, todos estão bonitos. E o senhor parece especialmente inteligente, vovô.

Vovô Mitri passou a mão no queixo, parecendo satisfeito consigo mesmo.

Mary lançou um olhar agradável para Christine, pensando que a moça era educada e gentil, diferente de várias europeias que pareciam arredias e insensíveis em comparação à cultura hospitaleira de Mary.

George avisou:

– Filho, estamos prontos.

Demetrius respondeu:

– Tudo bem, pai.

Christine empurrou a cadeira para trás e acompanhou a família até a porta da frente. Enquanto os Antoun saíam, Christine ficou em pé, quieta, observando os quatro adultos descerem a rua estreita. Os Antoun tinham sorte de ser uma família unida. Christine tinha certeza de que, sozinho, nenhum deles teria coragem de ir ao funeral de Hala Kenaan e de seu querido amigo Amin, ambos no mesmo dia.

Questões assustadoras lhe vieram à mente: estariam todos os palestinos condenados para sempre? Ela se perguntou, como sempre fazia, se os Antoun conseguiriam voltar à sua terra natal, ou se estavam destinados a vagar eternamente sem um metro quadrado de terra sequer para chamar de seu? Christine sabia das complicações que atravancavam o caminho da paz para esse povo. Eles sempre foram governados por outros: egípcios, babilônios, persas, romanos, cruzados, turcos e britânicos, que, antes dos israelenses, fizeram a última ocupação, que resultara em sua atual condição de refugiados. Agora, eles estavam exilados num país que se encontrava numa guerra civil inflamada e, no meio dessa guerra, foram invadidos por seus inimigos mais determinados!

Que vida os palestinos tiveram!

Temendo não haver alívio à vista para o tipo especial de agonia vazia que lhe tomava o peito, Christine sacudiu a cabeça, com pena de todos os palestinos antes de entrar novamente na casa dos Antoun.

Após comer uma maçã excessivamente madura, Christine correu a fim de se arrumar para o trabalho na clínica. Mais tarde, ao tomar banho com uma esponja, ela segurou o pano de lavar junto ao rosto e murmurou suavemente:

– Eu o farei esquecê-la. E como farei!

Hala Kenaan fora uma celebridade em Shatila devido à sua beleza incomum, e sua natureza gentil e generosa lhe rendera vários amigos verdadeiros. Assim, apesar do temor de que os israelenses retomassem os bombardeios, centenas de cidadãos de Shatila saíram do campo para as ruas de Beirute na direção do Cemitério dos Mártires, a um minuto de caminhada do campo de Shatila.

Mesmo que as pessoas de Beirute Ocidental corressem em busca de suprimentos para o caso de os judeus voltarem a atacar a cidade sitiada, elas ainda paravam e mantinham um respeito silencioso quando a procissão passava. As pessoas assistiam das fachadas e calçadas semidestruídas, tentando dar uma olhada na grande fotografia de Hala Kenaan e seus dois filhos que era exibida no caixão rústico e excessivamente grande. Cochichos empolgados corriam pela multidão. O caixão continha os corpos de uma bela jovem e sua prole. Observadores fechavam os olhos e agradeciam silenciosamente ao Deus deles, por não enterrarem um membro da própria família naquele dia.

Se a guerra não tivesse tomado conta de suas vidas, haveria um ofício religioso para o funeral de Hala e seus filhos na igreja. Como Demetrius, Hala era da fé cristã ortodoxa grega. As famílias na Beirute Ocidental dividida pela guerra, contudo, não tinham esse luxo, embora um sacerdote tenha concordado em encontrar a família no cemitério para realizar um pequeno serviço fúnebre.

Durante o serviço, lábios enlutados se moveram numa prece silenciosa. Ao mesmo tempo, olhos nervosos e temerosos perscrutavam o céu, esperando que os aviões israelenses não escolhessem aquele momento para continuar seus ataques.

Os gritos e gemidos angustiados da mãe de Hala, Rozette, das irmãs que sobreviveram e de suas primas eram terríveis. Quase perdendo o controle devido ao luto pela perda da filha mais velha e de dois netos, Rozette Kenaan batia no próprio rosto, arrancava os cabelos e rasgava as próprias roupas, chegando a desmaiar quando a irmã mais nova de Hala, Nadine, de 16 anos, tentou se jogar no túmulo recém-cavado.

Diante dessa cena passional, Demetrius ficou de pé, quieto, entre seus pais. Vovô Mitri, Mustafa e Abeen Bader também estavam ao seu lado. Embora as lágrimas rolassem livremente no rosto de todos ao redor, o luto de Demetrius ia além do choro. Ele observou, mas não viu quando Hala e seus filhos foram enterrados numa cova comum, ao lado do túmulo de seu falecido marido. Lembrando-se do longínquo dia em que lhe pedira em casamento, Demetrius lutou com todas as suas forças para entender como seus sonhos de juventude haviam desaparecido.

Quando a última quantidade de terra foi colocada sobre o caixão de madeira de Hala, Demetrius pensou que deveria ter se casado com Hala e que, em sua morte, ela deveria ter descansado a seu lado, e não ao lado de um homem que ela ainda considerava um estranho, mesmo após anos de casamento e dois filhos. Agora, ele só poderia rezar para que sua amada encontrasse a felicidade no além-túmulo.

O serviço de funeral muçulmano para Amin Darwish foi menos passional, por ele não ter deixado esposa ou filhos para sofrer com o luto. Além do mais, muitos que o conheciam se sentiram felizes por Amin ter se juntado à esposa, Ratiba. Demetrius tinha lágrimas nos olhos ao ler um pequeno poema que Amin escrevera anos antes, em homenagem à esposa Ratiba:

> *Eu vi todas as obras feitas*
> *pelo nosso grande mestre,*
> *e conhecê-la, minha esposa Ratiba,*
> *é dar meu coração à melhor obra Dele*
> *e louvar Alá por sua sabedoria em*
> *produzir tal beleza para uma criatura tão humilde*
> *como eu.*

Com os dedos trêmulos, Demetrius cuidadosamente pôs o papel marrom e amassado do poema no corpo encoberto pela mortalha de Amin, juntamente com três fotografias de Ratiba e Amin, tiradas num dia feliz que ficou no passado.

Quando esse funeral terminou, Demetrius sentia-se num estado de espírito sombrio. Desejando evitar o grande grupo que saía do serviço fúnebre e que se encontraria na casa dos Antoun, ele chamou o pai de lado para avisar:

– Christine e eu estaremos na casa de Amin. Vou arrumar as coisas dele.

Naquela mesma manhã, Mustafa descobrira uma carta primorosamente escrita por Amin há anos, deixando todos os seus pertences terrenos para Demetrius Antoun, a quem o padeiro baixinho declarava amar e ter tanta estima como se fosse de sua própria carne e sangue.

George protestou:

– Filho, seus nervos estão muito frágeis para esta tarefa. Sua mãe e eu o ajudaremos amanhã.

Mas ele insistiu:

– Não, pai. Eu preciso me ocupar. Além do mais, quero enviar alguns dos objetos pessoais de Amin para seu irmão na Jordânia.

Um oficial da OLP que servia na Jordânia conseguira localizar o irmão de Amin.

George cofiou o bigode, pensativo:

– Tudo bem, então.

Demetrius se aproximou do pai e o beijou nas duas faces:

– Não se preocupe. Ficarei bem.

O pai ficou quieto, inclinou-se na soleira da porta e seguiu os movimentos de Demetrius e Christine enquanto o casal se dirigia à casa de três cômodos de Amin Darwish. Seu coração doeu pelo filho. Os pensamentos de George vaguearam, levando-o de volta no tempo. Um determinado ato voltava para assombrá-lo, mas ele rapidamente disse a si mesmo para se esquecer daquilo. O passado não podia ser mudado.

– Quem sabe o que vai acontecer em nosso caminho? – resmungou George, baixinho.

Mustafa tocou o ombro de George, querendo iniciar uma conversa sobre as últimas noticias do acordo de paz.

George, com o rosto ruborizado e as veias do pescoço saltadas, gritou com o amigo:

– O próprio Deus deveria proibir essa vida horrível que os palestinos são forçados a viver!

Mustafa abriu a boca, espantado, e coçou a cabeça enquanto George marchou para longe, furioso.

Sem falar uma vez sequer, Demetrius e Christine caminharam lentamente pelo caminho para a casa de Amin, que conheciam de cor. Enquanto Demetrius contava silenciosamente todos os amigos que ele perdera nas mãos dos judeus, Christine esperava que eles pudessem fazer amor. Eles não haviam tido um momento a sós desde o dia em que os israelenses invadiram o Líbano.

Entrar na casa de Amin juntos parecia algo muito familiar. Houve várias ocasiões no passado em que o casal usara a casa do padeiro para encontros discretos. Geralmente, Amin aparecia de propósito na clínica e informava a Demetrius que estaria fora o dia inteiro, vendendo seus doces de porta em porta nos bairros ricos de Beirute. Amin sabia que

Demetrius e Christine aproveitariam qualquer chance para ter preciosos momentos de intimidade. Afinal, a privacidade não era uma questão simples para um homem e uma mulher descasados no campo de Shatila. A maioria dos casais tinha de se contentar com um beijo roubado ou um abraço carinhoso dado rapidamente. A comunidade árabe observava seus filhos e filhas de perto.

Após trancar a porta da frente, Demetrius foi à cozinha, pegou uma garrafa de refrigerante e encontrou uma pequena caixa cheia de quadradinhos de bolo de arroz, que Amin fizera especialmente para ele um dia antes de morrer. Demetrius sabia que Amin gostaria que ele saboreasse os últimos de seus preciosos doces. Subitamente o pensamento de que ele jamais comeria à mesa de Amin novamente o atingiu.

Christine expressou o que Demetrius sentira desde o primeiro momento em que entrara na casa:

– Demetrius, eu tenho a estranha sensação de que Amin não morreu.

O médico voltou para a sala de estar, e ela mexia nas fotografias de Ratiba que estavam espalhadas na frente do altar, pegando cada uma delas e olhando com grande interesse:

– É mais como se ele tivesse desaparecido.

Demetrius sabia o que ela queria dizer.

– Estivemos aqui tantas vezes sem ele. Parece que Amin vai chegar a qualquer momento.

Demetrius então se jogou no chão, colocando várias almofadas atrás das costas. Ele acomodou a lata com o bolo e a garrafa de refrigerante no colo.

– Deus, se isso fosse verdade...

Desde a morte de Walid, Demetrius se sentira seguro mantendo-se longe das amizades, e Amin era o último de seus amigos íntimos no campo.

Na verdade, Demetrius Antoun se tornara um homem solitário e geralmente sentia que seu lugar não era na comunidade árabe que chamava de lar. Os árabes tendiam a ser governados pela emoção, e Demetrius era racional demais para seu próprio povo.

Uma vez acomodado nas almofadas, ele indicou para que Christine se sentasse:

– Vamos tentar esquecer o dia de hoje.

Depois ele a surpreendeu com uma pergunta que jamais fizera:

– Christine, você odeia os judeus?

A mulher enrijeceu a postura, depois abriu a boca para responder, mas não conseguia falar. Enfim, ela respondeu:

– Nunca faça esta pergunta a um alemão, Demetrius. Eu não tenho nada contra eles.

Christine imaginou que a pergunta viera da noção mundial de que todos os alemães odiavam os judeus.

Mantendo os olhos nela, Demetrius bebeu um gole de refrigerante, sabendo que Christine queria falar algo mais.

Ela ficou quieta por um minuto antes de acrescentar com urgência:

– Na verdade, amo os judeus, cada um deles.

Devido ao legado nazista, Christine Kleist, tendia a compensar excessivamente sua admiração pelos hebreus, determinada a não reforçar preconceitos contra esse povo.

Demetrius anunciou, enquanto olhava para a lata em busca de um pedaço grande de bolo para oferecer à garota:

– Sério? Eu, não. Eu os odeio.

– Demetrius! Você não está dizendo isso de coração!

Lentamente, ao longo do último ano, Christine passara a conhecer Demetrius Antoun mais do que ele conhecia a si mesmo. Embora ela costumasse pensar que o rapaz ocultava suas emoções, Demetrius era um homem gentil e incapaz de guardar ódio ou rancor.

– Demetrius, acho que você quer dizer que odeia os indivíduos responsáveis pela morte das pessoas que você ama.

Ela limpou as migalhas do bigode do rapaz, desejando que ele a puxasse para si e fizesse cócegas em seu pescoço com o bigode, como já fizera tantas vezes. A ideia lhe trouxe arrepios familiares. Porém, como o rapaz não se mexeu, então ela continuou:

– E ninguém pode culpá-lo por isso, meu amor. Alguns judeus mataram pessoas que você ama. Você odeia o individuo que cometeu o ato, mas não a raça inteira.

Sorrindo, ele segurou um quadrado de bolo de arroz. Estimulado por sua confissão libertadora, ele insistiu:

– Ah, odeio sim. Odeio toda a raça dos judeus.

Sem falar nada, Christine aceitou o pedaço de bolo.

O sorriso sumiu do rosto de Demetrius:

– É uma pena que seu pai e os amigos não tenham acabado com todos eles.

Christine deixou o bolo de arroz cair no colo e, com olhos cheios de mágoa, usou as duas mãos para tapar os ouvidos:

– Eu me recuso a ouvir essa conversa. Não vou ouvir isso!

Demetrius olhou para ela com leve surpresa:

– Bom, Christine, não se esqueça: você está ajudando e sendo cúmplice dos inimigos dos judeus.

– Não, não. Eu jamais pensei nisso dessa forma.

Demetrius olhou para a garota com renovado interesse. Uma nova ideia surgiu na cabeça do rapaz, que desejava saber se Christine era atormentada por autodepreciação apenas por ser filha de um nazista que ajudara a perpetrar um dos piores crimes conhecidos pela humanidade. E, se Christine de fato sofria de culpa, então por que oferecia seus serviços de forma voluntária para ajudar os inimigos de Israel? Isso não fazia sentido para ele. Subitamente, Demetrius quis investigar a origem da culpa de Christine. Ele virou o rosto para o lado, surpreso:

– Christine, diga-me. Por que você está em Beirute, e não em Jerusalém?

Christine passou os dedos no cabelo enquanto pensava no assunto antes de admitir de forma surpreendente:

– Eu cheguei a trabalhar como voluntária em Israel, mas desisti depois de alguns meses – ela sorriu. – Os judeus são especialistas em cuidar de si mesmos.

Demetrius apertou os olhos. Mesmo estando envolvido num relacionamento sexual com Christine há quase um ano, ele sabia muito pouco sobre ela. Como Christine não era árabe, ele jamais levara o relacionamento a sério, mesmo ela sendo bonita, inteligente e altamente respeitada na comunidade de Shatila. Desde o término do relacionamento com Hala Kenaan anos antes, Demetrius vivera muitos romances de curta duração com enfermeiras europeias e moças libanesas liberadas que conhecera em Beirute. Uma vez, o médico quase foi assassinado por um libanês furioso que não queria ver a irmã namorando um palestino. Desde o começo da Guerra Civil Libanesa, a maioria dos libaneses se voltara contra os palestinos, acreditando que os refugiados eram a única causa do conflito multifacetado do país.

Os pensamentos de Demetrius voltaram para o presente. Ele olhou para Christine. Subitamente, e pela primeira vez, ele percebera que, embora a jovem parecesse calma, quase plácida na superfície, no fundo era um poço de conflitos. Demetrius sentiu uma súbita vontade de conhecer melhor essa complicada alemã.

Christine olhou intensamente para o rosto de Demetrius, desejando que ele pudesse ler seus pensamentos.

Demetrius deixou de lado a lata com o bolo e terminou o refrigerante antes de se esparramar no chão. Ele se apoiou no cotovelo, segurou o rosto com a mão antes de falar:

– Christine, diga-me.

– Dizer o quê?

– Tudo.

Christine ficou exultante. Desde a primeira vez em que chegara ao campo de Shatila, os refugiados palestinos lhe perguntavam sobre todos os aspectos de sua vida. Quer dizer, todos os refugiados, menos Demetrius Antoun. Ele aceitara a explicação de que ela não passava de uma enfermeira que desejava conhecer o mundo, aprender outras culturas e ajudar os doentes. Agora, hoje, como se a visse pela primeira vez, Demetrius finalmente indagava sobre sua vida.

Ela considerou essa curiosidade extemporânea muito bem-vinda.

No último ano, Christine se apaixonara profundamente por Demetrius. Ela havia explorado todas as oportunidades de conhecê-lo, mas, desde o começo, ele se mostrara reticente e não queria falar sobre o passado. Christine descobrira alguns fatos sem importância com os amigos de Demetrius, mas o próprio permanecia um enigma. Agora, enfim, Demetrius pelo menos parecia intrigado por sua história de vida.

Christine precisou pensar apenas por um momento antes de decidir lhe contar. Ela o encarou diretamente. A atenção de Demetrius era tão plena que ela se sentiu estranhamente tímida e desviou o olhar para as mãos, os pés, o teto, tudo para evitar Demetrius, cujos olhos estavam fixos nela.

Christine falou sem se abalar:

– Não há muito a dizer. Meus pais eram nazistas em Berlim. Eles apostaram em Hitler e perderam. Meu pai era um guarda da S.S. no Gueto de Varsóvia.

A voz de Christine ganhou empolgação:

– O único irmão do pai da minha mãe caiu prisioneiro dos russos. Minha avó foi morta no bombardeio a Berlim. Minha mãe ficou sozinha quando os russos entraram na cidade. Ela perdeu o último trem ocidental para o setor americano e britânico e se viu presa em Berlim, à mercê do exército russo, que estava muito furioso. – Ela fez uma pausa para reflexão: – Compreensivelmente, não nego aos russos o direito de odiar os alemães. De qualquer modo, uma unidade de soldados mongóis a sequestrou quando ela saiu do abrigo para buscar comida. Minha mãe ficou prisioneira desses soldados por uma semana. Ela foi estuprada repetidamente.

Demetrius murmurou:

– Deus, não!

– Sim, e eles iriam matá-la, mas um oficial russo soube o que estava acontecendo e insistiu para que eles lhe entregassem minha mãe. Ela fugiu de seus carrascos, completamente nua. O oficial tirou seu casaco e a cobriu antes de levá-la para um apartamento não danificado pela guerra, que ele confiscara. Minha mãe pensou ter sido salva, mas o oficial a manteve em cárcere privado por três meses e, mesmo que a alimentasse bem e não a espancasse, estuprava-a todos os dias. – O rosto de Christine tinha um olhar distante. – Aquele oficial russo era muito estranho! Ele obrigou minha mãe a fingir que era sua esposa e fazia com que ela lhe preparasse as refeições e massageasse seus pés. Também lhe dizia que ela seria morta se ao menos não fingisse gostar de fazer sexo com ele. Ele deve ter desenvolvido algum sentimento por ela, pois, quando minha mãe ficou grávida, ele conseguiu que ela fizesse um aborto e a libertou, pois havia encontrado uma alemã mais jovem para se aproveitar.

– Ó, Christine, sinto muito.

– Sim, eu sei. Pouquíssimas pessoas conhecem *esse* lado da história dos alemães.

Outros incidentes, igualmente horríveis, contados a ela por amigas da mãe passaram pela mente de Christine

– Não existiram muitas mulheres na Alemanha Oriental que escaparam de ser estupradas pelos russos. Acredite, o povo alemão pagou caro por seus crimes.

Christine fez uma pausa, pensando que essa era outra história, e ela não queria se desviar de sua história familiar.

– Enfim, alguns meses depois, minha mãe e meu pai conseguiram se encontrar. Eles viveram entre os russos até 1961. Pouco antes de o Muro de Berlim ser construído, eles conseguiram escapar de Berlim Oriental para Berlim Ocidental. Eu tinha 3 anos.

Demetrius sentou-se, fascinado:

– E seu pai? Você disse que ele estava na S.S.

Christine fez que sim com a cabeça.

– Qual foi o papel dele no Holocausto?

Christine sorriu:

– Você não vai acreditar se eu contar.

Nas poucas vezes em que revelou para outras pessoas sobre as experiências do pai na Polônia, ela enfrentara uma descrença irritante.

– Conte-me e vamos ver.

Christine hesitou, organizando seus pensamentos, querendo que Demetrius soubesse que seu pai não era má pessoa.

– Bem, acredite ou não, meu pai não era o oficial típico da S.S. Friedrich Kleist era, e continua sendo, um bom homem. Ele, na verdade, tentou salvar alguns judeus.

Lembranças carinhosas do pai, agora um homem velho e alquebrado, levaram a uma dor interna e particular. Christine olhou para Demetrius, alinhando os ombros, como se estivesse se preparando para o ceticismo.

Tentando afastar a dúvida de sua voz, ele perguntou:

– Como assim?

Demetrius tinha algum conhecimento sobre a Segunda Guerra Mundial e sabia que alguns alemães haviam sido acusados injustamente de crimes de guerra. Entretanto, ele jamais lera sobre bons samaritanos disfarçados de oficiais da S.S.

Christine sacudiu a cabeça:

– É uma história terrível.

– Christine, não me deixe curioso e depois mude de assunto. Quero saber de tudo.

Ele fez carinho na mão da namorada, levando-a em seguida aos lábios, mordiscando e beijando-lhe os dedos.

– Bom, você vai ter de parar com isso, então!

Demetrius sorriu e beijou-lhe os dedos uma última vez antes de devolver a mão ao colo da jovem, com uma promessa:

– Estou com saudades de você. Mais tarde, eu lhe mostrarei o quanto. Mas agora continue com a história de seu pai.

Christine retribuiu o sorriso, ciente de que nenhum outro homem na Terra tinha o magnetismo sexual de Demetrius Antoun.

– Como eu falei, meu pai conseguiu sobreviver à guerra sem matar ninguém. Isso não foi tarefa fácil, especialmente tendo como seu superior um homem chamado Karl Drexler.

Christine se agarrou a uma mecha dos seus cabelos negros, tentando lembrar-se de tudo o que o pai lhe contara.

– Enfim, em 1942, o coronel Drexler prendeu um judeu polonês rico do Gueto. Meu pai disse que, por alguma razão inexplicável, o ódio do coronel Drexler por todos os judeus se concentrava nesse homem. O velho judeu fugiu, mas ele tinha uma família grande e Drexler tomou algumas crianças como reféns. Quando o israelita idoso se entregou, implorando pela libertação das crianças, o coronel Drexler ordenou a meu pai que torturasse o homem. Meu pai recusou, esperando levar um tiro, mas o coronel apenas gargalhou e acusou meu pai de ser um fraco, sem a vontade de ferro necessária para fazer o trabalho sagrado de Hitler. – A voz de Christine ficou abafada e Demetrius precisou se concentrar para ouvir suas palavras: – Demetrius, o velho judeu foi torturado e morto bem na frente do meu pai... Estrangulado lentamente com uma corda de piano.

O médico segurou novamente a mão de Christine e a apertou forte entre as suas. Ele teve um calafrio ao perguntar:

– E as crianças?

Os olhos de Christine se encheram de lágrimas:

– Não sei bem o que aconteceu. Meu pai teve um ataque de nervos e se negou a contar mais sobre aquele dia. Porém, ele me contou que, quando descobriu o plano do coronel Drexler para enviar a família inteira a Treblinka para ser morta na câmara de gás, aproveitou a oportunidade e os avisou. – Christine fez uma pausa de arrependimento. – Exceto por um homem, meu pai nunca soube quantos membros dessa família escaparam, mas ele acredita que eles acabaram virando fumaça nas chaminés de Treblinka.

– Seu pai disse a essas pessoas o que aconteceu ao velho?

Ela deu de ombros:

– Não sei. Mas tem mais: o gesto nobre do meu pai acabou lhe salvando a vida. Perto do fim da guerra, ele teve a surpresa chocante de encontrar, por acaso, um dos judeus que ele pensou ter morrido em Treblinka. Era um judeu francês grande e bem-apessoado, meu pai o reconheceu imediatamente. Ele escapou das câmaras de gás em Treblinka, Deus sabe como, e lutava contra os alemães no levante de Varsóvia. Meu pai contou que a situação era caótica, com os poloneses lutando contra o exército alemão, e os russos às portas da cidade. De qualquer modo, meu pai e o coronel Drexler tentavam voltar para sua pátria quando foram capturados por homens armados. Esse francês não reconheceu meu pai de primeira, mas identificou Drexler imediatamente. O judeu ofereceu poupar a vida do coronel em troca de informações, pois queria saber o paradeiro das crianças. Segundo meu pai, o coronel riu da proposta e revelou ao homem que enviara as crianças à Alemanha para adoção e ainda provocou, dizendo que os bebês judeus seriam criados como bons nazistas. O israelita o espancou até a morte. Meu pai achou que seria morto também, mas, quando o homem voltou à razão, lembrou-se de que ele avisara à sua família e insistiu com seus colegas para que meu pai fosse libertado.

Christine fez uma careta.

– Esse é o fim da história. Meu pai fugiu. Ele nunca soube o que aconteceu àquele judeu mas, por alguma razão, sempre foi assombrado por essa família em particular.

Demetrius declarou:

– Nossa, que vida movimentada!

– A de quem?

– Do seu pai.

Demetrius sentou-se rapidamente, e fez um movimento com as mãos:

– Pense só. Ele viveu a ascensão nazista ao poder, serviu na S.S., uma organização inerentemente cruel e, mesmo assim, não sucumbiu à filosofia moral do nazismo. Seu pai permaneceu humano no meio dos que perderam a humanidade, arriscando a própria vida para salvar pessoas que ele fora ensinado a odiar e, às vezes, tinha ordem de matar. Ele testemunhou toda a Segunda Guerra Mundial, o acontecimento mais importante do século XX, e viveu entre os russos por algum tempo, antes de escapar com a esposa e filha. – Demetrius avaliou Christine com conhecimento de causa: – E depois de tudo isso, em vez de ficar enojado com a vida, ele ensinou sua filha a cuidar dos outros.

Christine levantou a sobrancelha, em sinal de dúvida. Demetrius a estaria provocando?

O rosto sério dele lhe dizia que não.

Sem responder, Christine pensou nas palavras do namorado. Ela sempre tivera vergonha de sua herança. Uma vez, após visitar o campo da morte de Auschwitz na Polônia, ela gritou com o pai, verbalizando sua repulsa ao papel dele no massacre dos judeus. Friedrich Kleist chorara, admitindo para sua única filha que a forma que ele encontrara para sobreviver à culpa era esquecer a maior parte de suas experiências na S.S.

Mesmo assim, segundo as palavras de Demetrius, seu pai surgia como um herói, e não como um criminoso nazista. Agora Christine se arrependia das palavras duras que dissera ao pai que a amava tanto. Ela deu a Demetrius um sorriso de gratidão.

– Demetrius, muito obrigada por isso.

O rapaz chegou perto dela e, apesar de sua enorme força, tocou-a com extrema delicadeza.

– Eu adoraria conhecer seu pai um dia, Christine. Poucas pessoas têm coragem de fazer o que ele fez.

O coração de Christine acelerou diante dessa ideia esplêndida. E ela murmurou antes de se entregar às carícias subitamente urgentes de Demetrius.

– Basta dizer a data, meu amor.

Capítulo XVIII
A OLP

Durante o cerco israelense a Beirute Ocidental, incontáveis ligações telefônicas e cartas foram trocadas entre o presidente norte-americano Ronald Reagan e o primeiro-ministro israelense Menachem Begin. Quando o presidente Reagan protestou contra o ataque contínuo dos israelenses à cidade sitiada, Begin retrucou:

– Numa guerra cujo propósito é aniquilar o líder dos terroristas em Beirute Ocidental, sinto como se tivesse enviado um exército a Berlim para eliminar Hitler em seu bunker.

Como o presidente norte-americano foi incapaz de persuadir Begin a interromper os bombardeios de saturação e com os políticos libaneses apelando a Yasser Arafat para salvar Beirute, Arafat, isolado, desistiu da última de suas exigências e concordou em retirar seus guerreiros do Líbano.

Quando Demetrius e Christine voltaram para a casa dos Antoun, já passava das dez da noite. Ouvindo uma melodia de vozes quando chegaram à porta da frente, Demetrius resmungou, irritado:

– Ainda temos companhia?

Christine não se importou. Ela esquecera de todas as experiências ruins de sua vida, até mesmo o momento constrangedor em que Demetrius dissera o nome de Hala enquanto eles faziam amor. Na mesma hora, Christine pôs um dedo sobre os lábios de Demetrius e o acalmou, sussurrando:

– Shhhhh.

O incidente nunca mais fora mencionado.

Para Christine, o medo fora substituído pela esperança de que a mulher libanesa logo seria esquecida.

Feliz e exausta após a noite de amor, Christine ainda sentia o carinho das últimas horas. Ela segurou o braço de Demetrius e, com voz baixa e tremida, admoestou suavemente:

– Lembre-se de suas palavras, amor: mesmo que a vida seja repleta de sofrimento, nós devemos apreciar nossas bênçãos e deixar as mágoas para trás.

Ela encarou o namorado, com os olhos em busca de um sinal de afeto.

Demetrius analisou a alemã, perguntando-se mais uma vez por que as mulheres carregavam a chama da paixão por várias horas após o ato sexual, enquanto os homens pensavam imediatamente em outros assuntos. Ele sorriu e deu uma piscadela marota, antes de passar o dedo levemente pelo nariz dela.

Demetrius abriu a porta de casa, e o calor da noite de agosto passou por eles, rodopiando pela sala. Ele ficou aliviado ao ver as hélices do pequeno ventilador elétrico funcionando, mesmo que este apenas fizesse circular o ar quente. Desde o começo da invasão, os israelenses atormentavam os já desafortunados cidadãos de Beirute Ocidental cortando aleatoriamente o fornecimento de energia elétrica. Pela primeira vez em mais de um mês, havia eletricidade em Shatila.

O som das vozes ficou mais alto. Christine espiou por trás dos ombros largos de Demetrius e viu três homens que não conhecia sentados no chão, encostados em caixas de cor laranja. Os estranhos falavam ao mesmo tempo, enquanto George Antoun, vovô Mitri e Mustafa Bader bebiam chá em silêncio e escutavam, atentos.

A boca de Christine ficou seca quando ela viu que os homens de uniforme estavam fortemente armados. Ela estava acostumada a ver homens carregando armas no campo de Shatila e na cidade de Beirute, mas essa era a primeira vez que ela via armas dentro do lar dos Antoun.

George Antoun era um homem que acreditava em ceder e pregava a paz, em vez de violência e guerra, e fizera de sua casa um santuário em Shatila. Christine nunca soube de alguém que houvesse quebrado a rígida regra de George de "não permitimos armas".

O que acontecera?

Antes que Christine pudesse perguntar, o maior dos três estranhos correu e deu um abraço feroz em Demetrius, gritando a plenos pulmões:

– Demetrius! Senti sua falta!

Demetrius levantou o homem e o girou, mantendo os olhos fixos em seu rosto.

– Ahmed! É você mesmo?

– Ah, você se lembra de mim, velho amigo?

– Ahmed, você é um homem difícil de esquecer!

Christine observou, tensa, aquele reencontro cheio de emoção. O homem chamado Ahmed tinha praticamente a mesma altura de Demetrius, porém era mais magro, quase esquelético. Ele tinha uma aparência desleixada, mas, se o rapaz se arrumasse a contento, Christine concluiu que seria um homem muito atraente.

Ahmed jogou a cabeça para trás e gargalhou bem alto, depois afastou Demetrius a fim de analisar o rosto do amigo. Os olhos castanhos de Ahmed brilharam e ele exclamou:

– Meu Deus! Olhe para isso! Mais forte e mais bonito do que nunca. E ouvi dizer que você é médico agora! Deus o abençoou, Demetrius. Sabia que Ele o faria!

Ahmed então olhou para Christine com indisfarçável interesse, e sem aviso, moveu-se em direção à moça, pegou a mão direita de Christine e a cumprimentou, provocando Demetrius:

– Vamos lá, Demetrius, você está muito envergonhado para me apresentar sua amiga?

Num movimento inconsciente, Christine torceu o nariz e se afastou. Ahmed *fedia*.

Demetrius deu um tapinha nas costas de Ahmed, e respondeu de imediato:

– Christine, quero que você conheça Ahmed Fayez, um velho amigo. Ahmed, Christine Kleist, uma das enfermeiras de nossa clínica. Christine é alemã.

Ela fez cara feia, pois era mais do que uma enfermeira da clínica! A moça odiava a forma como os homens árabes evitavam a mais leve menção a qualquer relacionamento pessoal com o sexo oposto. Ela se aproximou de Demetrius de um jeito possessivo, pôs o braço em torno da cintura dele e o puxou para perto de si, apenas a fim de mostrar aos homens que era mais para Demetrius do que ele admitira em público.

Ahmed ergueu uma das sobrancelhas, surpreso, e abriu um largo sorriso para o casal.

Desconcertado, Demetrius mudou de posição e afastou a mão de Christine. Depois, de braços dados, ele e Ahmed abriram caminho rumo à sala de estar e se jogaram no chão, pulando como meninos.

Os mais velhos sorriram e olharam, como se relembrassem o próprio comportamento jovem e despreocupado.

Deixada de lado, Christine ficou de pé, sentindo-se estranha e pensando no que deveria fazer. Talvez Mary Antoun e Abeen Bader estivessem no quarto dos fundos costurando e fofocando sobre os tristes eventos do dia, mas Christine não estava com vontade de se juntar às mulheres. Ela queria ficar com Demetrius o máximo possível. Sem ser notada, observou a sala: Mary já cobrira a maior parte da mobília com panos negros de algodão. A família Antoun estava de luto. Panos pretos cobriam todas as fotos e janelas e até o grande espelho que ficava no lado maior da parede da sala de estar. Christine sabia que os Antoun ainda precisavam enfrentar outra dificuldade: enquanto estava de luto, uma família árabe não ouvia rádio, não assistia à TV nem mesmo lia livros por prazer. Isso continuaria por um ano. Os cristãos encontravam conforto na Bíblia, enquanto muçulmanos buscavam conforto no Corão.

Os restos da refeição noturna, composta de berinjela, carne fatiada, iogurte, azeitonas pretas e uma pequena pilha de pão pita redondo, estavam em vasilhas plásticas arrumadas perto do centro da mesa. O barulho em seu estômago era um lembrete de que ela e Demetrius não haviam almoçado nem jantado. Após preparar dois pratos, a moça levou um para Demetrius.

Sem notá-la, Demetrius pegou o prato e começou a comer, ainda envolvido na conversa animada com Ahmed.

Christine tinha a sensação de que os dois homens achavam que estavam sozinhos na sala lotada. Sentindo-se excluída, ela ficou sentada em silêncio ao lado de Demetrius e beliscou a comida, ouvindo atentamente a conversa deles. Christine logo descobriu que Ahmed e os outros dois visitantes eram guerreiros da Organização para a Libertação da Palestina.

Demetrius perguntou:

– Onde você estava quando os israelenses invadiram o sul do Líbano?

Antes de responder, Ahmed se serviu de um pedaço de pão e uma fatia de carne do prato de Demetrius. Enquanto mastigava, respondeu:

– Sidon.

– E então?

O rosto de Ahmed ficou mais melancólico:

– Fomos empurrados de volta. Conseguimos entrar na cidade e descansamos em Sabra.

Vovô Mitri fez um comentário grosseiro:

– Bah, vocês, guerreiros, estão sempre marchando na direção errada.

George Antoun, envergonhado, pigarreou.

Os guerreiros lançaram um olhar solidário para George, deixando claro que não haviam ficado ofendidos.

Demetrius se voltou para Ahmed:

– Onde você estava durante o cerco?

– Ficamos em Sabra. – Olhando para cada um de seus homens, Ahmed fez um gesto com as mãos, virando as palmas para cima: – Para onde mais poderíamos ir?

Localizado ao sul da cidade, o campo de refugiados de Sabra praticamente se unia ao campo de Shatila, e ambos foram incessantemente bombardeados.

O mais velho dos guerreiros, um homem chamado Ali, comentou:

– Por dois meses vivemos em túneis situados embaixo do campo. Saíamos apenas para enfrentar os israelenses.

Christine instantaneamente soube a origem do cheiro nauseabundo dos homens. E também sentiu orgulho por eles terem sobrevivido à luta contra um dos exércitos mais treinados e bem equipados do mundo. Eles vestiam a sujeira como medalhas, pensou ela. Abrindo um largo sorriso para os homens, Christine constatou que eles eram heróis, não terroristas. Os israelenses estavam errados em usar tal palavra contra esses homens.

Mohamed, o mais jovem dos três guerreiros, contou:

– Dormir e lutar. Dormir e lutar. Essa é a nossa vida.

Ali resmungou:

– Dessa vez eles quase acabaram conosco.

Ahmed riu, tentando amenizar um dos piores períodos da sua vida.

– Nunca! Os judeus tiveram as mãos em nossas gargantas por anos. Eles não podem acabar conosco, mas têm medo de nos libertar!

Todos riram.

Demetrius murmurou:

– Estamos entocados, como animais.

Ahmed respondeu:

– Encurralados, sim. Mas não trancados, graças a Deus. – Ahmed tinha pavor de confinamento e sempre jurava que preferia tirar a própria vida a ser encarcerado.

Mustafa lembrou:

– Nada pode parar os judeus.

Todos sabiam que as armas da OLP não tinham qualquer efeito sobre os caças israelenses. E, para dificultar ainda mais a vida deles, os israelenses haviam interrompido o fornecimento de água para Beirute Ocidental durante o mês quente de julho.

Ahmed e Demetrius continuavam a dividir o prato de comida.

Christine franziu a testa de curiosidade. Como os homens da OLP viviam com suas famílias em Shatila e Demetrius fazia questão de tratar seus ferimentos sem fazer perguntas ou cobrar, Christine jamais imaginara que ele tivesse uma amizade tão intensa com um integrante da OLP. No passado, quando ela mencionava os guerreiros, Demetrius sempre mudava de assunto, dizendo apenas que estava mais bem preparado para curar os homens do que para matá-los.

Uma vez, num raro momento mais expansivo, Demetrius disse a Christine que entendia o desejo de vingança dos guerreiros, mas que o ritual sangrento de trocar vidas de judeus por árabes não era a resposta. Na opinião dele, a solução poderia ser encontrada apenas por meios pacíficos. Com amargura, Demetrius disse: "O ditado bíblico do olho por olho acaba deixando todos cegos."

Christine começou a suspeitar que Demetrius escondera certas informações sobre seu passado. Os comentários de Ahmed reforçaram a suspeita de que os dois haviam compartilhado alguma aventura de juventude que ele não lhe contara.

Ahmed sorriu e bateu várias vezes nas costas de Demetrius.

– George, você deveria ter visto seu filho em Karameh. Juro por Alá que Demetrius Antoun, sozinho, é capaz de derrotar cem judeus! Se ele tivesse continuado como soldado em vez de se tornar médico, os israelenses não estariam em Beirute!

Ali concordou:

– É verdade. Eu prefiro enfrentar um tanque judeu armado apenas com um cajado do que enfrentar Demetrius, mesmo tendo uma dúzia de homens comigo.

Ahmed abriu um sorriso ainda maior e deu de ombros.

– Vê? Não sou homem de mentir. Ali também estava lá!

Mohamed olhou para Demetrius com expressão de respeito:

– Fui informado de sua bravura.

Demetrius estava completamente envergonhado. Ele logo mudou de assunto e perguntou:

– Ahmed, onde está Yassin? E Hawad?

O sorriso de Ahmed desapareceu e ele virou a cabeça para o lado, com pesar.

– Perdemos Hawad no ano passado. E Yassin morreu em Sabra. – Houve uma pausa silenciosa antes que ele continuasse: – Uma bomba de fósforo matou nosso amigo. Yassin transformou-se numa tocha. – Ele se exasperou: – Demetrius, um dia depois de sua morte, sua carne ainda chiava!

Demetrius ficou sentado, de boca aberta. Ele entendia o horror da morte de um homem. Durante o pior momento do ataque israelense, um jovem casal trouxera a filha pequena à clínica, vítima de uma bomba de fósforo. Demetrius colocara o bebê numa bacia com água, mas nada conseguia diminuir as queimaduras. Enfim, falou:

– Não! Não posso acreditar que Yassin teve um fim tão terrível.

Ahmed sacudiu a cabeça lentamente. Não havia necessidade de dizer o que todos sabiam, que os israelenses negaram o uso de bombas de fósforo, mesmo quando os meios de comunicação internacionais confirmaram várias mortes causadas pela terrível arma química.

Demetrius olhou para o pai e revelou:

– Yassin salvou minha vida. Em Karameh.

Todos os homens ficaram chocados, mas ninguém disse nada.

Ele mudou de assunto:

– Ahmed, vamos falar sério. Você realmente precisa deixar o país?

Todos sabiam que uma das principais condições das exigências israelenses era que todos os guerreiros da OLP fossem exilados do Líbano.

Ahmed respirou alto e sua voz ficou estridente:

– Você acredita nisso? Disseram que deveríamos nos lavar, cortar o cabelo, fazer a barba e estar prontos para partir dentro de uma semana. – O rosto de Ahmed ganhou uma expressão messiânica. – Primeiro fomos traídos por nossos irmãos árabes. Agora, isto... – Seus braços se agitaram, plenos de frustração, o rosto estava contraído pela descrença: – Os libaneses nos querem fora daqui.

Mustafa perguntou:

– O que Abu Amar diz sobre isso?

Ahmed cerrou os punhos e falou entre os dentes:

– O que ele pode fazer? Um homem contra as forças conjuntas dos judeus, norte-americanos e libaneses! Se não concordarmos com os termos de paz, Beirute Ocidental será destruída. – Ele passou a falar baixo: – Devemos sair para poupar mulheres e crianças inocentes.

Os seis homens começaram uma acalorada discussão quanto ao provável destino de Yasser Arafat e outros membros da OLP. Há semanas ouviam-se boatos de que os guerreiros da OLP, juntamente com seu líder, seriam forçados a evacuar Beirute. O acordo fora obtido entre países poderosos, atendendo aos próprios interesses, e os palestinos saíram como os perdedores azarados. Ninguém podia acreditar em tamanha traição. A OLP fora parte importante de Beirute por anos.

Os israelenses venceram em terra e no papel. Quando invadiram o Líbano, o mais amigável dos vizinhos árabes de Israel, um dos principais objetivos era expulsar o inimigo mortal, Abu Amar, conhecido pelo mundo como Yasser Arafat.

Ali parecia conter o choro:

– Exilados de novo.

George tinha a respiração irregular:

– Como é possível exilar um homem que já está no exílio?

Ninguém respondeu à pergunta.

Mustafa vaticinou:

– Os judeus são como tigres famintos. Vão acabar engolindo tudo. – E sacudiu a cabeça, entristecido: – Com essa derrota, a estrada para a Palestina tornou-se ainda mais longa.

Os homens ficaram melancolicamente quietos.

O rosto de Ahmed mostrava um grande desgaste, como se soubesse que a última batalha finalmente terminara e ele fora derrotado. Havia outras preocupações, entretanto. Ele temia nunca mais conseguir voltar ao Líbano ou à Jordânia. E como os civis palestinos poderiam se proteger de seus inimigos quando seus guerreiros estavam espalhados pelo mundo árabe? Yasser Arafat escolhera a Tunísia como local de exílio, e este país ficava bem longe. Mas Ahmed afastou esses pensamentos por um instante e encarou Demetrius.

– Meus amigos e eu nos sentimos imensamente honrados. Fomos escolhidos para partir junto com nosso líder. Sairemos de Zarab na segunda-feira, dia 30. Você estará lá, meu amigo?

Demetrius não hesitou:

– Sim.

Ahmed balançou a cabeça, satisfeito, antes de olhar para Christine:

– E traga sua mulher. Este é um momento histórico.

– Ela também estará lá.

Ahmed sorriu e fez um galanteio, beijando a mão de Christine após uma reverência. Ele deu uma boa olhada para o amigo:

– Você é um homem de sorte, Demetrius. – Sua expressão mudou, ficando mais séria: – Cuide bem dela. Os chacais estão esperando por uma oportunidade.

Demetrius aquiesceu mas não falou nada, pensando que este não era o momento de levantar a questão da vulnerabilidade deles. De qualquer modo, Demetrius achava que os guerreiros da OLP haviam exagerado os perigos que palestinos desarmados restantes nos campos de refugiados poderiam enfrentar. E por que não exagerariam?

De pé na porta, Ahmed parecia estar prestes a chorar. Quando ele levantou os braços para dar a Demetrius um abraço final, Christine ficou surpresa ao notar que não achava mais o cheiro de Ahmed ofensivo.

Em 30 de agosto de 1982, Michel Gale estava agachado numa plataforma de artilharia em Zarab, Líbano. Enquanto fumava um cigarro, seus pensamentos se voltaram para a carta que recebera do pai naquele dia com notícias da última desventura de Jordan. Michel estava furioso com a irmã por deixar os pais angustiados. Assim que sua missão estivesse cumprida, ele viajaria para Nova York, encontraria a irmã e voltaria com ela para Jerusalém. Quando criança, Jordan frequentemente perturbava a tranquilidade da família. Agora adulta, seu comportamento era irritante.

Ele respirou furiosamente antes de voltar sua atenção para os problemas atuais. Michel olhou em volta, perguntando-se o quanto teria de esperar por seu odiado inimigo.

Michel escolhera o posto de observação com a mesma atenção aos detalhes que marcava todas as suas tarefas. Localizado ao lado do portão do porto, seu posto tinha uma posição privilegiada para observar os rostos dos homens que passavam pelo portão a caminho de outro exílio. O mau humor de Michel diminuiu com esse pensamento. Ele quase gargalhou. Os gângsteres palestinos finalmente teriam o que mereciam!

Com binóculos numa das mãos e uma pequena câmera na outra, Michel esperou. Usou os binóculos para afastar uma grande mosca que pousara em sua bochecha. Sem demonstrar qualquer emoção, Michel olhava para a multidão de pessoas amontoadas nos lados da estrada. Seu lábio superior estava úmido pelo suor do sol de agosto e seu uniforme fedia à fumaça velha de cigarro.

– Só mais um dia – murmurou. – Só mais um dia.

Após um verão de lutas amargas, conhecidas como *Operação Paz para a Galileia* para o mundo e *Bola de Neve* para o comando israelense, eles conquistaram os objetivos do ministro da defesa de Israel, Ariel Sharon. O inimigo fora derrotado e seus guerreiros foram isolados e espalhados por oito países árabes. Por nove dias, Michel observara a expulsão das guerrilhas da OLP, tirando fotografias e guardando na memória os rostos dos homens que, na opinião dele, os israelenses deveriam matar em alguma ação futura.

E hoje, 30 de agosto de 1982, após dez anos de autonomia parcial no Líbano, um dos adversários mais persistentes de Israel, Yasser Arafat, estava deixando o país.

Michel observava continuamente a rua. A multidão estava cada vez mais inquieta. De repente, famílias dos guerreiros da OLP que partiam, junto com um bando de cidadãos curiosos do Líbano que se amontoara aos lados da estrada, começaram a gritar e incentivar. Num movimento suave, Michel passou a alça da câmera para o ombro esquerdo e levou o binóculo na direção dos olhos, observando o caos que se desenrolava lá embaixo. Um comboio de jipes e caminhões abria caminho para o porto. Os homens nas ruas começaram a disparar seus fuzis e pistolas para o ar.

Yasser Arafat estava saindo da cidade. Ele foi cercado por diplomatas, equipes internacionais de cinegrafistas, guerrilheiros da OLP e palestinos que o apoiavam. A multidão ficou histérica diante da visão do homem baixo e sujo que usava seu turbante palestino como se fosse uma coroa e trazia uma pistola presa à cintura.

Treinado para controlar as emoções em serviço, Michel permaneceu indiferente com as paixões que surgiam ao redor. Através dos binóculos, ele avaliava a empolgação que crescia diante de seus olhos. Michel esperara por esse dia há mais tempo do que podia se lembrar. Ele apenas queria que Stephen estivesse vivo para testemunhar a humilhação dos palestinos. Michel sorriu ainda mais ao se lembrar que Stephen provavelmente sentiria pena de seus inimigos. Apesar das discordâncias, ele era incapaz de ficar furioso com Stephen. O amigo era um homem sempre disposto a defender qualquer pessoa que ele considerasse maltratada. Talvez o mundo precisasse de mais homens assim.

Michel afastou esse pensamento da sua mente. Uma unidade da Legião Estrangeira francesa, vestindo uniformes cáqui e óculos escuros idênticos, continha a multidão agitada. Os legionários tinham rostos duros e corpos musculosos. Michel respeitava os membros da Legião Estrangeira. Enquanto isso, fuzileiros norte-americanos mal-encarados cercavam o líder do povo palestino.

Michel ficou furioso de ver que a partida de Arafat se transformara numa celebração. O homenzinho era precedido e seguido por observadores que o aclamavam. Arafat sorria e acenava para a multidão, agindo como se fosse o vitorioso, ao invés do vencido. Michel rangeu os dentes e seu rosto se contraiu de ódio. Arafat era um símbolo do mal aos olhos do jovem soldado, que odiava intensamente o homem e tudo que ele representava. Michel precisou conter o desejo passional de matar Arafat ali mesmo. Begin, o primeiro-ministro israelense, dera a ordem de não atirar e prometera ao presidente norte-americano, Reagan, que Arafat teria permissão para deixar Beirute com vida. Yasser Arafat teve sorte por Michel Gale ser um homem que seguia ordens.

Michel analisou os movimentos de Arafat, que caminhava a passos largos e confiantes, como se passasse diante de uma guarda de honra da OLP. Ele parava para saudar faixas da OLP erguidas em sua direção. Depois, foi colocado rapidamente numa limusine preta por guardas nervosos e levado ao embarcadouro. Logo, Arafat entraria no navio de cruzeiro grego *Atlantis* e estaria fora do Líbano para sempre.

Um sorriso frio tomou os lábios de Michel quando ele voltou sua atenção para a multidão que se dispersava. Michel achava que Arafat interpretara muito bem o papel de herói conquistador, mas agora estava saindo de uma cidade que ajudara a arruinar. Quer admitisse ou não, Arafat estava sendo expulso pelo inimigo que ameaçara destruir.

Após retirar os óculos de sol e colocá-los no bolso, Michel moveu lentamente os binóculos na direção das pessoas, parando subitamente quando viu o rosto familiar de uma mulher. Ela estava enquadrada pela luz do sol, linda, pequena. Sua pele era branca como o marfim, usava um vestido verde sem forma e Michel se perguntava se ela tentara disfarçar os seios avantajados. Ele se lembrava perfeitamente dela. Os cabelos negros estavam longe do rosto e presos por uma fita amarela. Michel olhava para a mulher que gritara insultos a ele duas semanas atrás, no último dia do bombardeio. Ele deveria ter percebido... a mulher era simpatizante dos palestinos.

Michel estava pronto pra retomar sua análise dos rostos da multidão quando notou o homem de pé atrás da mulher. Ele era grande e de constituição forte. E bonito também. Michel parou para piscar, pois tinha uma sensação de desconforto. Havia algo vagamente familiar naquele homem. Ele puxou pela memória, pensando se talvez algum dos guerreiros da OLP tivesse escapado da detecção e evitado o exílio para o Líbano. Perguntando-se o que deveria fazer, ele entortou os olhos e voltou a observar o casal quando a mulher olhou exatamente em sua direção.

Os olhos de Christine se arregalaram ao reconhecê-lo. Ela cutucou Demetrius e apontou para o soldado israelense:

– Demetrius! Olhe! É o soldado de quem falei.

Michel Gale ficou tenso quando Demetrius Antoun olhou em sua direção.

Seus olhares se encontraram e se mantiveram fixos um no outro.

Christine ficou subitamente apavorada:

– Demetrius, vamos embora.

Ela começou a puxar a mão de Demetrius, tentando fazê-lo voltar.

Demetrius se afastou de Christine e continuou a encarar corajosamente o judeu. Embora não pronunciasse uma palavra sequer, sua expressão era enfática: Michel Gale era um inimigo odiado.

Christine puxava freneticamente a mão do namorado. Os judeus agora governavam Beirute e ela não queria que eles se concentrassem no rapaz:

– Demetrius, *por favor*.

Enfim, ele se virou e se afastou aos poucos. Para que o judeu não achasse que estava com medo, Demetrius parou na rua lotada a fim de ajeitar o laço do cabelo de Christine. Depois, fez um carinho no rosto da alemã antes de guiá-la pela multidão.

Michel se sacudiu, surpreso. O gesto do árabe foi tão humano, gentil e inesperado que Michel foi pego desprevenido. Michel Gale jamais pensara num homem árabe como algo diferente de um terrorista.

Por alguma razão desconhecida, Michel Gale pensou no casal árabe por um longo tempo.

Capítulo XIX

Massacre

Entristecidos, os palestinos do campo de Shatila ficaram parados por 15 dias após a evacuação forçada dos guerreiros da OLP. Depois, eles começaram a colocar a vida em ordem. Homens e adolescentes fisicamente aptos removeram entulhos e consertaram as casas danificadas pelas bombas. Escombros foram retirados das ruas. Os mercados rapidamente voltaram a funcionar.

Demetrius Antoun, com a ajuda de sua equipe, consertou buracos escancarados nas paredes de sua pequena clínica, trocou cortinas rasgadas, limpou o chão manchado de sangue, consertou fios elétricos e substituiu o encanamento quebrado.

Enquanto seu estado de espírito melhorava, os palestinos voltaram a ter esperança de que a vida poderia ser, novamente, normal. Os guerreiros da OLP se foram. A promessa do governo de Israel ao governo norte-americano de que não haveria mais ataques a campos de refugiados parecia sincera. E a presença do exército israelense forçou uma trégua na guerra civil libanesa.

Alguns viram o fim deste combate como uma recompensa por resistir à invasão israelense.

Foi quando ocorreu um evento deplorável que, em última instância, condenou muitos palestinos inocentes. Às 16h10 de 14 de setembro de

1982, Bashir Gemayel, o arrojado cristão maronita recém-eleito presidente do Líbano, começou a dar uma palestra para um grupo de jovens mulheres ativistas. Alguns minutos após o início do discurso, um dispositivo de controle remoto ativou uma bomba que reduziu a escombros o edifício de três andares onde ele estava.

Embora o atentado tenha sido feito por um membro do Partido Nacional sírio, a culpa caiu sobre os palestinos.

Demetrius Antoun sentiu um súbito espasmo nervoso no estômago quando seu pai, George, apareceu sem avisar no pequeno cubículo que servia de escritório na clínica Antoun.

O que será agora? Demetrius se perguntou, levantando a cabeça, sentado à mesa.

George Antoun, parecendo mais velho que seus 64 anos, revelou, cansado:

– Filho, aconteceu uma calamidade terrível.

Demetrius fechou na mesma hora o livro de referência médica que estava lendo.

– O que foi?

Ele ficou de pé, seu medo cada vez maior. Algo deve ter acontecido à sua mãe, ou talvez ao avô. George sempre evitara a clínica do filho, pois, para ele, a visão do sofrimento físico exigia nervos mais fortes dos que os dele.

George anunciou:

– Problemas muito grandes estão chegando.

Demetrius piscou os olhos algumas vezes e implorou:

– Pai, por favor! O senhor está me matando de curiosidade!

George falou rapidamente:

– Ouvi a notícia no rádio. Eles temem que Bashir Gemayel tenha sido assassinado!

Demetrius deu um tapa na própria testa:

– Não!

– Sim. – George fez uma pausa antes de constatar: – E eu lhe pergunto, quem levará a culpa?

Demetrius entendeu a situação imediatamente. Bashir Gemayel, um cristão maronita, era comandante das Falanges Libanesas, uma força fascista criada pelo pai de Bashir em 1936. Bashir acreditava que os palestinos eram a causa dos problemas do Líbano, e jamais relutou em expressar seu ponto de vista. Houve vários rumores de que Bashir era a mão que se encaixava perfeitamente na luva de Begin e ele prometera aos israelenses que, se eleito presidente, expulsaria todos os palestinos do país. Após anos de interferência indesejada dos palestinos em assuntos libaneses, as ideias de Bashir eram populares para a maioria das pessoas no país. Três anos antes, ele fora eleito presidente do Líbano. Como resultado de seus comentários sinceros a respeito dos palestinos, os refugiados viram o presidente maronita como inimigo dedicado. Se Bashir fosse ferido, a culpa recairia sobre eles.

Recordando a juventude e a vitalidade do presidente morto, Demetrius avançou em direção ao pai e perguntou:

– Ele levou um tiro?

George mexeu os pés desconfortavelmente:

– Não. Foi uma bomba. O quartel-general das Falanges Libanesas em Ashrafiyeh explodiu. Centenas de pessoas se reuniram para ouvir o presidente falar. – Ele olhou ao redor rapidamente antes de acrescentar: – Quem sabe quantos morreram!

Demetrius abaixou a cabeça, tentando pensar:

– Já identificaram o corpo?

George respondeu, com voz abafada:

– Não, ainda não. Mas, se ele estivesse vivo, não dariam essa notícia rapidamente?

Demetrius fez que sim com a cabeça e olhou para o grande relógio de parede pendurado atrás de sua mesa. Ele se inclinou para pegar o grosso livro de medicina antes de retirar o jaleco branco:

– São quase 6 horas. – Ele deu um tapinha nas costas do pai: – Vou buscar Christine. Logo estaremos em casa. – Preocupado com a tez amarelada do pai, Demetrius se curvou para abraçá-lo: – Agora, vá para casa. Tente relaxar.

– Primeiro, verei Mustafa para saber se ele ouviu as notícias – avisou George, saindo da sala.

Demetrius trancou as portas da clínica antes de procurar Christine. Ela mencionara uma chamada domiciliar para trocar os curativos de Nabil Badram, um menino palestino de 3 anos que perdera as duas pernas nos últimos dias dos ataques israelenses. Quando se mexia, a criança chorava de dor, e Christine fazia visitas diárias a fim de poupar Nabil do trauma adicional de vir à clínica.

Quando saiu, Demetrius não conseguia parar de pensar sobre Bashir Gemayel. Como palestino, ele sentia um pouco de alívio com a morte dele. Bashir Gemayel era o único homem no Líbano que tinha o poder e o carisma para cumprir a tarefa hercúlea de expulsá-los do país. Mas, como médico e humanitário, Demetrius sentia-se triste pela perda de qualquer vida e pelo luto que a família do morto estava sofrendo.

Demetrius também se preocupava com as previsões do pai. Os palestinos certamente pagariam um preço, mas qual?

Os israelenses já mataram centenas de palestinos e a OLP foi expulsa. Além do mais, pensou, culpar essa gente era óbvio demais para ser crível.

Demetrius encontrou Christine quando ela saía da residência dos Badram. Ele explicou a situação enquanto eles caminhavam. Movendo-se com cuidado, eles evitavam as crateras e os buracos de bomba que dificultavam o caminho. Nenhum deles falava muito e ambos notavam que as pessoas que estavam na rua se moviam deliberadamente e tinham uma aura de tensão em seus atos e gestos.

O casal chegou à casa dos Antoun a tempo de testemunhar uma briga familiar. George e vovô Mitri ouviam uma transmissão de rádio e Mary protestava, dizendo que tal comportamento era vergonhoso em período de luto. Ela perguntou, severa:

– Você acredita que Amin Darwish consegue ouvir rádio de sua tumba? Caso contrário, eu imploro, não cometa este pecado!

Ninguém ficou surpreso quando vovô mexeu novamente a mão, despachando a nora. A idade tornara o idoso ainda mais difícil de lidar.

George também era teimoso:

– Mary, isso não é um prazer! Para nossa própria segurança, devemos saber o que está acontecendo!

Aqueles homens eram iguais a crianças, Mary decidira, sempre arrumando desculpas para fazer o que tinham vontade. Determinada a ter a última palavra, resmungou ao sair da sala:

– O luto não é um passeio!

Ela prepararia a refeição da noite e tentaria apaziguar a si mesma em relação à natureza fraca dos homens.

Desde 1948, Mary Antoun suportara uma série de catástrofes. Agora, ela só podia aceitar a mágoa, que, segundo ela, ocorria naturalmente aos palestinos. E, embora Mary lamentasse a morte de qualquer homem jovem, sua preocupação real não ia além da segurança e da felicidade do filho e marido. O fato de sua família ter escapado da guerra civil libanesa e da invasão violenta dos israelenses sem perdas ou ferimentos fazia Mary sentir que os anjos de Deus protegiam seus entes queridos. Durante o pior bombardeio, Demetrius estava ao ar livre, cuidando dos guerreiros feridos, sem prestar atenção aos avisos histéricos de sua família. Vovô insistira em ficar em terra com o neto, dizendo que, se Deus fosse justo, direcionaria as bombas para um velho que já vivera o bastante, e não a um jovem com um futuro promissor pela frente. Nem George nem Mary conseguiram persuadir qualquer um deles a procurar um abrigo. Mary passara três meses de agonia e terror. Agora, com a guerra terminada, ela estava feliz como não ficava há anos. Seu belo filho estava vivo e bem de saúde.

Demetrius sentou-se em silêncio ao lado do avô e, juntos, olharam para o rádio, ouvindo atentamente o locutor.

Christine suspirou. O homem a quem amava estava sempre preocupado com uma crise ou outra. Ela entrou na cozinha, pegou algumas azeitonas com um palito e escolheu um pedaço de pão fresco.

Mary deu um tapa de leve na mão da alemã, repreendendo:

– O jantar vai ficar pronto logo!

Christine sorriu sem responder.

As duas se tornaram muito mais íntimas desde a noite da morte de Amin.

Mary observou enquanto Christine levantava a tampa de cada panela, observando o que estava sendo cozido.

Sabendo que a mulher mais velha preferia ficar a sós em sua cozinha, Christine pegou outro punhado de azeitonas e retirou-se para o quarto dos fundos. Após fechar a porta, ela retirou o vestido manchado de sangue e vestiu calças mais confortáveis. Com a crescente tensão e inquietação na cidade, Mary insistia para que Christine permanecesse no campo de Shatila, dormindo no quarto de Demetrius, que, agora, dividia o cômodo com o avô, como fazia quando criança. Esse acerto deixava Christine felicíssima, pois lhe dava mais tempo para estar com Demetrius.

Após lavar o rosto e as mãos, Christine se juntou aos homens na sala de estar, sentando numa almofada perto do namorado.

George sintonizara o rádio para a *Voz do Líbano*, que era das Falanges Libanesas. Sentados, eles ouviram o locutor insistir que Bashir Gemayel estava vivo, que ele saíra ileso dos escombros do edifício da rua Sasseen.

Christine sorriu:

– Ele está vivo?

George franziu a sobrancelha e respondeu:

– Não acho que esteja.

Demetrius explicou:

– Se fosse verdade, o próprio Bashir Gemayel estaria falando.

Deprimido, vovô Mitri sacudiu a cabeça antes de bater com a mão ossuda na própria coxa. Ele tinha uma sensação perturbadora sobre toda a questão, mas não conseguia definir qual era, então ficou calado.

Mustafa e Abeen Bader chegaram, entrando na casa sem bater. Abeen foi para a cozinha, enquanto Mustafa sentou na sala e declarou:

– Ouvi de fonte confiável que o presidente libanês está apenas ferido. Ele se encontra no hospital.

O programa de notícias no rádio foi interrompido. Houve um momento de silêncio, seguido pela execução de uma música fúnebre.

Demetrius uniu as palmas das mãos:

– É isso. Ele morreu.

Vovô Mitri caçoou:

– Lá se foi a sua fonte confiável, Mustafa.

Ninguém ousava prever o futuro, mas as palavras de Demetrius fizeram o estômago de Christine embrulhar:

– Os homens de Bashir são conhecidos por ter memória longa. Eles vão vingar seu líder.

A mãe os interrompeu:

– Venham se servir.

Todos os pratos grandes de Mary haviam sido destruídos no bombardeio. Por isso, a família tinha de servir as refeições diretamente das panelas para tigelas de plástico.

Apesar do delicioso frango decorado com cebolas e servido com arroz e lentilhas, a ceia na casa dos Antoun foi lúgubre. Olhando para os rostos tristes ao seu redor, George limpou a boca e aconselhou:

– Mesmo com nossas tribulações, devemos encontrar coragem para manter a alegria.

Todos ouviram estoicamente quando Mary concordou:

– George tem razão. Estamos vivos, que sejam dadas graças a Deus.

Mais silêncio. Ninguém estava alegre. Sem dúvida, alguns se perguntavam se talvez eles tivessem sobrevivido aos israelenses apenas para serem mortos por seus irmãos libaneses.

Às 5h30 do dia seguinte, Demetrius e seu pai estavam tomando café mais cedo quando ouviram o ruído dos motores de caças, que voavam baixo demais. Os dois trocaram olhares desconfiados.

Quando Demetrius falou, sua voz era tão baixa que George mal podia ouvi-lo:

– Pai, há estranhos no portão.

Incapaz de fraquejar em crises, George correu para acordar o pai e a esposa que dormiam. E gritou:

– Não são estranhos. Os israelenses voltaram!

Demetrius correu para Christine:

– Vista-se, rápido! Você tem de ir para o abrigo!

– O quê? Por quê?

– Os israelenses voltaram!

Christine simplesmente não conseguia acreditar que os israelenses estavam retomando os ataques, e perguntou a Demetrius através da porta fechada enquanto tirava a camisola e punha rapidamente um vestido:

– Por quê?

Demetrius não respondeu, pois ajudava a mãe a pegar alguns objetos para colocar numa pequena bolsa que ela levaria para o abrigo.

Christine saiu do quarto pulando num pé só, colocando os sapatos e descendo o corredor estreito. Quando entrou na sala, viu Mary Antoun colocar uma fotografia emoldurada de Demetrius em sua sacola preta.

Quando eles estavam preparados para sair de casa e entrar nos abrigos, o rugido dos motores cessou.

Majida, a enfermeira-chefe da clínica de Demetrius, chegou de surpresa e relatou:

– Acabamos de receber um boletim de notícias. Os israelenses dizem que ainda há 3 mil terroristas nos campos!

O irmão de Majida estava em Beirute Oriental, espionando os israelenses.

George exclamou:

– Isso é um absurdo!

Christine gritou, olhando primeiro para Demetrius e depois para Majida. Ela estava furiosa!

– Não há guerreiros aqui. Posso confirmar isso!

Majida deu de ombros:

– Não é o que os judeus acham. O boletim disse que o exército israelense está invadindo Beirute Ocidental para terminar sua missão.

O queixo da alemã caiu.

Demetrius correu para a porta:

– Vou abrir a clínica. Teremos mortes.

Christine foi atrás dele:

– Vou também!

Mary chamou pelo filho.

– *Demetrius! Filho!* Tenha cuidado!

Mary lembrou-se do alívio que sentira com a segurança do dia anterior. Teria ela trazido mau-agouro para o rapaz?

Ele se virou na porta e deu um sorriso rápido para a mãe:

– Vá para os abrigos se ouvir os aviões voltarem.

Ele fez uma pausa antes de acrescentar:

– E não se preocupe... Eu ficarei bem. Mas você pode rezar por mim.

Como a maioria dos árabes, não importa se cristãos ou muçulmanos, Demetrius acreditava piamente que o momento de sua morte já estava escrito. Ele morreria quando Deus decidisse. Nem um minuto antes, nem um minuto depois.

Demetrius, Christine e Majida correram para a clínica.

Lá, o homem ajudou Christine e Majida a rasgar lençóis brancos, fazendo pilhas organizadas de ataduras. Eles já tinham feito o inventário dos suprimentos e sabiam que estavam perigosamente em falta de tudo, exceto sulfa e remédios para gripe. Demetrius planejara reabastecer o estoque na próxima semana. Ele jamais pensaria que os israelenses retomariam o ataque nos campos. Todos no Líbano sabiam que Begin fizera a Reagan a promessa solene de que o ataque à cidade cessaria. Bela promessa!

Eles esperaram. E esperaram. E nada aconteceu.

Três horas depois, ouviu-se a primeira bomba. Explosões rugiam com força vindas de Beirute Ocidental, a poucos minutos de Shatila.

Dois enfermeiros, Anwar e Nizar, apareceram para trabalhar. Anwar era o mais velho e mais calmo deles, mas hoje sua voz estava trêmula:

– Meu primo acabou de vir de Beirute Oriental. Ele disse que os israelenses estão cercando os campos.

Nizar perguntou a Demetrius:

– O que você acha que está acontecendo?

– Só Deus sabe o plano deles, Nizar.

Christine acrescentou num tom ácido, enojada com os israelenses:

– Eu diria que é mais provável que o demônio saiba dos planos deles.

Vários pacientes chegaram à clinica. Logo haveria outros, a maioria sofrendo de ferimentos causados por estilhaços.

A equipe trabalhou durante a hora do almoço e pela tarde adentro. Os pacientes se transformavam em borrões de sangue e ossos. A cada hora que passava, as notícias e os ferimentos pioravam.

Depois de um paciente dizer que fora caçado no campo por um tanque, Anwar foi avaliar a situação e voltou tomado pelo pânico:

– Há tanques israelenses por todo o campo! – Ele puxou o braço de Demetrius: – Doutor, o que faremos?

Demetrius continuou a dar pontos, fechando um pequeno buraco no pescoço da mulher, e respondeu:

– Continue trabalhando, Anwar.

Christine ficou sem fôlego quando ouviu o ruído nitidamente marcado das rajadas de metralhadora. "Deus! O que está acontecendo?", ela se perguntou. Os israelenses entrariam no campo lutando? Mas os palestinos estavam indefesos. A expulsão dos guerreiros da OLP deixou os civis desprotegidos nos campos. Christine sentia que eles estavam em grande perigo.

A equipe da clínica ficou rapidamente sobrecarregada com vítimas de tiros. Um dos feridos balbuciou para Demetrius quando ele começou a examinar o ferimento no peito do homem:

– Atiradores de elite. Estão em todos os lugares.

O homem morreu antes que Demetrius pudesse concluir o exame.

Maha Fakharry, agora uma mulher com mais de 60 anos, apareceu na clínica. Segurando o braço, ela relatou ter sido atingida enquanto saía de casa e gemeu:

– Demetrius. Intrusos armados estão em Shatila. Estão atirando em mulheres e crianças!

Demetrius ficou paralisado. Levou algum tempo até ele conseguir gritar:

– Nizar!

Correndo, Nizar respondeu:

– Sim, doutor.

O medo agitava as entranhas de Demetrius.

– Vá! Veja como está minha família. Se estiverem em casa, diga para eles correrem – não andarem, *correrem* – para os abrigos. Vá rápido!

Maha sussurrou para Demetrius:

– Os homens que atiraram em mim não eram judeus, eram árabes. Árabes atiraram em mim.

Demetrius se perguntou se Maha estava delirando.

Durante a noite, as horas se passaram ora lentamente, ora numa pressa terrível. Demetrius atendeu os casos mais graves, os enfermeiros e enfermeiras cuidavam das lesões mais leves. O jovem médico não comeu nem bebeu por seis horas. Enfim, ele deixou Christine colocar pedaços de carne e pão em sua boca enquanto operava o braço de uma criança. O membro fora amputado abaixo do cotovelo e Demetrius teve de retirar tecido e ossos destroçados antes que o fluxo de sangue pudesse ser interrompido.

Demetrius alertou Christine:

– Ele precisa de uma transfusão.

– Não há mais sangue.

– Eu sei.

Os pensamentos de Demetrius se voltaram para todo aquele sangue no chão da clínica... Empoçado... Desperdiçado.

A testa do médico estava coberta de suor.

Christine enxugou-lhe o rosto com uma atadura branca.

Demetrius quase terminara o trabalho no braço da criança quando ela parou de respirar. O menino havia morrido.

Os ombros de Demetrius caíram de desespero. Ele olhou para Christine por um longo momento, mudo. Até emitir um lamento:

– Ó, Deus!

Ele estava à beira das lágrimas.

– Demetrius, o que está acontecendo?

– Eu não sei. Simplesmente não sei. – Subitamente ele se lembrou da família: – Você viu Nizar?

– Sim, esqueci de dizer. Ele voltou há um bom tempo e pediu para contar que seus pais e o vovô não estavam em casa. Devem ter ido para os abrigos.

– Graças a Deus.

Demetrius parecia confuso e sussurrou:

– Christine, não conte a ninguém, mas Maha Fakharry disse que os invasores são árabes.

Antes que Christine pudesse responder a essa notícia chocante, gritos de terror vieram da frente da clínica. Demetrius correu para a porta principal e Christine o seguiu de perto.

A área de espera da clínica estava cheia de soldados armados.

Christine puxou o braço de Demetrius e sussurrou alto:

– Judeus!

Demetrius viu rapidamente que os soldados não eram judeus. Eles usavam uniformes militares verdes e falavam árabe com fluência. Um homem magro de bigode estava obviamente no comando. Ele deu um passo na direção de Demetrius e o cutucou com a metralhadora, questionando:

– Quem está no comando aqui?

Demetrius empurrou o cano da arma para o chão. Sem fazer esforço para esconder sua fúria, ele afirmou, corajoso:

– Eu sou o médico. Esta é minha clínica. O que você quer?

O coração de Christine acelerou mais uma vez quando viu o olhar determinado no rosto de Demetrius. Ele não demonstrava qualquer sinal de respeito, nem um traço sequer de medo, apenas uma fúria assassina. Aqueles homens certamente o matariam!

– Estamos aqui para levar sua equipe para interrogatório. Estamos procurando os últimos terroristas.

– Seu idiota estúpido, não há terroristas aqui! Saia da minha clínica! – Demetrius entrou na frente do oficial e o interpelou: – Não vê que estamos tratando os feridos? Essas pessoas morrerão se nós os deixarmos.

O soldado fez uma pausa e olhou ao redor da sala para os pacientes desolados e feridos.

– São todos palestinos?

Um grande número de libaneses muçulmanos xiitas vivia na fronteira de Shatila. Esses libaneses pobres geralmente usavam os serviços do campo.

Demetrius respondeu:

– São todos seres humanos.

– Aponte os palestinos!

Um dos enfermeiros começou a falar e foi interrompido por Demetrius, que gritou:

– Não responda à pergunta!

Quatro pacientes do sexo feminino começaram a choramingar.

O soldado repetiu:

– Só queremos os palestinos. Os libaneses estão liberados.

– Vá para o inferno! – bradou Demetrius e depois perguntou: – Quem exatamente são vocês?

Ele começou a examinar cuidadosamente os informes dos homens. Eram todos verdes, mas nenhum tinha insígnia. Definitivamente, eram libaneses, mas não era possível determinar à qual facção ou organização pertenciam.

O soldado gritou:

– Eu faço as perguntas aqui. – Depois se voltou para seus homens: – Leve toda a equipe médica para fora. Deixe os pacientes.

Ele olhou para Demetrius, com seu ar de ferocidade. O soldado não desejava um confronto diante de pacientes que poderiam ser libaneses. Ele voltaria e os interrogaria sem a interferência do doutor. Ele parou por mais um instante, depois falou em tom conciliatório:

– Você e sua equipe terão de vir. Não serão detidos por mais de uma hora. Depois, poderão voltar e cuidar dos feridos.

Demetrius pensou em suas opções enquanto olhava para Christine. O rosto dela estava branco, mas ele não sabia se era de medo ou de raiva. Ele tomou a decisão de cooperar, na esperança de que o soldado estivesse dizendo a verdade. Ele suspirou:

– Tudo bem. – Em seguida, olhou para os pacientes e recomendou: – Não mexam em nada. E não se preocupem, estaremos de volta em uma hora.

Demetrius e Christine permaneceram em silêncio enquanto os soldados os guiavam para fora da clínica e pelas ruas, saindo do campo.

Demetrius avaliou a vizinhança em busca de pistas que poderiam revelar a verdade da situação, mas o campo estava estranhamente silencioso. Ele viu janelas e portas quebradas, mas nenhuma pessoa, viva ou morta.

O jovem médico concluiu que os ocupantes do campo deviam estar nos abrigos. Pelo menos, ele assim esperava. E também esperava que os invasores fossem de uma facção renegada. Claro que os israelenses os descartariam quando descobrissem que esses homens estavam matando civis.

Christine tremia. Algo estava terrivelmente errado. Por que os soldados não os interrogavam na clínica? Por que teriam todo esse trabalho de retirá-los do campo? Ela estava convencida de que eles seriam executados.

A alemã olhou para Demetrius e recebeu uma piscadela e um sorriso encorajador.

Nizar, Anwar e Majida andavam atrás de Demetrius e Christine. Alguém estava chorando. Eles poderiam ter virado para ver, mas isso não seria educado. Provavelmente era Nizar, pensou Demetrius. Ele era jovem, emotivo e se assustava facilmente. Além disso, nos últimos três meses, ele perdera quatro membros da família nos ataques aéreos israelenses.

Após dez minutos de caminhada, eles chegaram à entrada de Shatila. Dúzias de soldados armados formavam círculos, fumando, comendo e bebendo.

O soldado que escoltava o grupo mandou que eles esperassem e subiu a colina, entrando num edifício de apartamentos de sete andares.

Demetrius o acompanhou com os olhos. Quando o soldado entrou no prédio, o jovem Antoun observou os andares mais altos do edifício. Soldados israelenses estavam em pé no teto. Cada soldado apontava seus binóculos na direção do campo de Shatila. Demetrius estava estarrecido. Parece que o prédio estava sendo usado como posto de comando para os israelenses. Ele estaria enganado? Os judeus sabiam o que estava acontecendo dentro do campo? Esses soldados árabes se reportavam diretamente aos judeus? Confuso, olhou de volta na direção do campo. Se os israelenses estavam envolvidos, os residentes de Shatila corriam grande perigo.

343

Nizar, Anwar e Majida abaixaram a cabeça e olhavam apenas para o chão. Qualquer contato visual com os soldados poderia ser mal-interpretado.

Christine se sentia protegida pela nacionalidade alemã e observava os soldados que os vigiavam. Ela ficou surpresa ao ver que várias soldados do sexo feminino eram atraentes. E ficou ainda mais surpresa quando duas cuspiram nela, xingando:

– Vadia palestina!

Demetrius reagiu como se tivesse levado um tapa. Ele correu em disparada na direção das mulheres e gritou:

– Calem essas bocas sujas!

Christine gritou.

Demetrius começou a sacudir violentamente uma das mulheres, gritando:

– *Vergonha!* Você é uma vergonha para sua família! Vá para casa do seu pai, que é o seu lugar!

Cinco soldados do sexo masculino correram para libertar a mulher das mãos de Demetrius. Quando foi levada para longe por um colega, a mulher olhou para trás para ter certeza de que seu agressor fora dominado. Ela xingou em voz alta, chamando Demetrius de cachorro louco.

O palestino agora estava cercado por soldados de olhos arregalados, todos apontando armas para seu peito. O médico provocou, apontando para as soldados:

– É assim que vocês querem suas mulheres? Duras e insensíveis como as mulheres israelenses?

Os soldados mexeram os pés, mantendo as armas apontadas para Demetrius, que respondeu, desafiador:

– Já tive armas apontadas para mim antes.

Christine chegou perto de Demetrius. Falando pela primeira vez, ela gritou em árabe:

– Sou alemã. Este é meu noivo. Deixem-no em paz!

A nova informação causou desconforto nos soldados árabes e eles cochicharam entre si por vários minutos, olhando primeiro para Christine e depois para Demetrius. Obviamente, eles não sabiam muito bem o que fazer com uma prisioneira alemã.

Um deles perguntou:

– Seu noivo também é alemão?

Christine mentiu:

– Sim, ele também é alemão.

Demetrius afastou Christine com a mão, e aumentou o tom de voz:

– Sou palestino, porco!

Os homens armados estavam loucos para matá-lo, mas tinham muito medo de como o comandante interpretaria um ato desses, perpetrado sem ordens específicas.

Quando o soldado que estava no comando voltou, foi informado da nacionalidade de Christine. Essa informação o deixou nitidamente constrangido. Ele franziu o cenho e andou de um lado para o outro, como se tentasse decidir o que era mais adequado. Finalmente, puxou o braço de Christine e resolveu a situação:

– Venha comigo. Você será liberada para a sua embaixada. – E ordenou aos seus homens: – Leve estes quatro ao estádio para serem interrogados.

Quando os soldados tentaram levar Demetrius e os outros na direção oposta, Christine sentiu que, se eles fossem separados, ela jamais veria o amado novamente, e reagiu da única forma que podia: gritou, mordeu, chutou e arranhou. Seus brados eram tão altos e longos que vários soldados mais jovens levaram as mãos aos ouvidos.

O comandante árabe tentava arrastá-la, mas a mulher conseguiu se libertar. Christine se agarrou a Demetrius, gritando:

– Não! Não! Não!

Demetrius a abraçou forte e sussurrou:

– Christine! Fique calma, fique calma....

Um soldado israelense apareceu, gritando em árabe:

– O que está havendo aqui? Esse é exatamente o tipo de situação sobre o qual eu os alertei! – E olhou ao redor, desconfortável: – Apenas alguns instantes atrás, havia jornalistas estrangeiros aqui!

Estava claro que os soldados árabes recebiam ordens dos judeus. Os árabes olharam para o chão, constrangidos com a raiva do israelense.

Os olhos de Christine se arregalaram. O judeu era o mesmo soldado que ela vira na varanda em Beirute Oriental, em 12 de agosto, e em Zarab, no dia da evacuação de Arafat.

O soldado não parecia tê-la reconhecido e até tentou afastá-la de Demetrius.

Demetrius segurou Christine com força, usando apenas uma das mãos. Com a outra, agarrou o braço de Michel Gale e torceu.

A dor era intensa. Michel pensou que o osso do braço iria se quebrar, mas conseguiu deixar o rosto impassível.

Michel Gale era grande e forte devido a anos de treinamento militar, mas Demetrius era maior e extremamente musculoso. Michel ficou surpreso quando percebeu que o árabe não estava com medo. Na verdade, ele era forte o bastante para vencer numa prova física de força de vontade. Desafiado, Michel não desviou o olhar do árabe.

O árabe, Demetrius Antoun, e o judeu, Michel Gale, continuaram a se encarar mutuamente: dois homens em lados opostos de um conflito cruel. O confronto fez todos ficarem mudos e atônitos.

Demetrius apertou ainda mais o braço de Michel e ordenou:

– *Deixe-a ir!*

Michel ficou assombrado com a força do árabe. Já pálido, ele soltou a garota.

Demetrius afrouxou o braço do judeu, deixando que a mão dele caísse para o lado.

Michel sacudiu o braço diversas vezes.

Sem mostrar reação visível à cena que acabara de testemunhar, o comandante árabe informou a Michel:

– A mulher diz que é alemã. Este palestino é noivo dela.

Christine, com o rosto banhado pelas lágrimas e a voz furiosa e determinada, deu um ultimato:

– Não vou deixar que vocês o levem. Se o fizerem, haverá sérias consequências.

Ela decidira que mentir ajudaria a fortalecer sua posição:

– Meu pai é um alto oficial do governo alemão. Se você levar essas pessoas, qualquer uma delas, toda a Europa saberá de sua brutalidade! Meu pai cuidará disso!

Michel perdeu o ar de tanto espanto, subitamente lembrando-se do casal. Então ele se enganara, a mulher não era libanesa, nem mesmo palestina. Era alemã!

– Uma alemã – ele murmurou, subitamente consumido por emoções conflitantes. A mulher era membro da raça que ele mais odiava depois dos árabes. Ele olhou para Christine cuidadosamente, pensando no que fazer. Michel recebera ordem de seus superiores para afastar os meios de comunicação, enquanto os libaneses acabavam com os terroristas. Agora, essa única jovem poderia criar sérios problemas. Tomada a decisão, ele se virou e ordenou aos soldados, fazendo um movimento circular com as mãos:

– Levem-nos, todos eles, para um lugar seguro. Liberte-os quando sua missão estiver terminada. – Ele secou a boca com as costas da mão: – Não façam mal a ninguém. Isso é uma ordem.

Dando uma última olhada para os prisioneiros, Michel virou as costas e começou a se afastar.

Demetrius não se deu por satisfeito:

– Eu tenho que voltar a Shatila. Tenho pacientes para cuidar.

Outra surpresa. Michel virou e encarou Demetrius mais uma vez:

– Você é médico?

– Sim, e tenho pacientes gravemente feridos em minha clínica.

Michel sabia que não poderia fazer mais concessões e respondeu, secamente:

– Seus pacientes terão de se virar sem você, doutor.

Sentindo que tinha algum tipo de poder sobre o judeu, Christine implorou:

– E a família dele? Demetrius tem parentes idosos no campo.

Michel sorriu para a mulher baixinha que estranhamente mexia com seu coração.

– Eles são terroristas?

Christine suspirou exageradamente:

– É claro que não.

Michel lhe garantiu:

– Se não são terroristas, então não há motivos para se preocupar.

Mais uma vez, Michel deu as costas e se afastou. Suas entranhas estavam remoendo uma emoção inexplicável. Ele queria trazer a alemã consigo para saber mais a seu respeito, porém sabia que ela jamais ficaria sem o árabe e que isso seria muito arriscado. Pensando na mulher, Michel viu que gostava de sua coragem e determinação. Ele ficou aturdido ao admitir para si mesmo que a achava imensamente atraente, apesar de ela ser uma alemã envolvida com um palestino. A pior das combinações!

Christine olhou fixamente para as costas de Michel Gale. O judeu salvara a vida de Demetrius, ela tinha certeza disso. Desde a invasão israelense do Líbano, ela imaginara soldados israelenses como assassinos descerebrados. Seria mesmo assim?

Crise encerrada, Majida, Nizar e Anwar cercaram Christine.

Majida abraçou a alemã e sussurrou:

– Christine, obrigada... Por nossas vidas.

Os soldados levaram o grupo para um local murado onde eles foram confinados. Demetrius, Christine e os outros podiam ouvir o ruído pesado dos tiros e explosões por boa parte dos dois dias e noites em que foram mantidos prisioneiros.

Sem conseguir dormir, o rapaz andava de um lado para outro, preocupado com seus pacientes, seus pais e com todos seus amigos no campo de Shatila. Ele tinha certeza de que algo horrível acontecia dentro do campo.

A libertação foi uma surpresa. Um libanês vestindo um uniforme cáqui amassado destrancou a porta e disse, sem rodeios:

– Vocês podem voltar para inferno, agora.

Eles se levantaram imediatamente. Sem esperar, Majida, Nizar e Anwar correram pela porta aberta. Eles estavam ansiosos para saber o destino de suas famílias.

Demetrius deu a mão a Christine:

– Venha, vamos sair daqui.

Ele começou a puxá-la mais rapidamente do que ela conseguia andar:

– Primeiro, vamos ver meus pacientes, depois vamos para casa

– Sua família deve estar doente de preocupação.

– Sim, eu sei.

Eles ouviam o rugido e o clangor dos tratores bem antes de chegarem ao campo.

Demetrius estava quase correndo.

Christine mal conseguia acompanhá-lo.

Os dois corriam.

Quando entraram no campo, o que viram fez com que reagissem como se tivessem sido ofuscados. Shatila não se parecia mais com Shatila. Casas haviam sido derrubadas e pilhas de entulho se acumulavam onde anteriormente ficavam escritórios e lojas. Tratores continuavam a destruição.

Quando chegaram ao local da clínica, Christine recuou de pavor. Ela observou Demetrius se mexer, pálido e mudo, chutando pedaços de metal e blocos de cimento, buscando algum sinal de que a clínica Antoun existira. Não havia nada além de concreto quebrado.

Demetrius e Christine se entreolharam, mas estavam aturdidos demais para falar. O que acontecera aos pacientes?

Lembrando-se subitamente do mais importante de tudo, Demetrius agarrou a mão de Christine, puxando-a pela rua na direção da casa dos Antoun.

A mulher tropeçou e caiu, mas Demetrius a puxou até que ficasse de pé.

Eles estavam quase sem ar, loucos de medo.

Demetrius rezava em silêncio:

– Deus, faça com que eles estejam vivos.

Enquanto o casal se afastava da clínica, a maioria das casas parecia intacta. Demetrius começou a ter esperança quando viu que as residências dos Darwish e dos Bader estavam inteiras.

Christine deu um pequeno grito de alegria quando viu os blocos de concreto ainda inteiros na casa de Demetrius.

O rosto de Demetrius estava corado de ansiedade quando ele irrompeu pela porta, gritando:

– Pai? Mãe? Vovô?

A casa estava assustadoramente silenciosa.

Christine foi atrás, olhando ao redor, horrorizada: o lugar estava em ruínas! O interior da casa fora destruído: móveis revirados, espelhos quebrados e comida espalhada. Havia mensagens nojentas escritas nas paredes em tinta preta. Os lábios de Christine se mexeram num sussurro horrorizado porém silencioso enquanto ela lia as terríveis palavras de ódio: "Vou estuprar sua irmã! Morte a todos os terroristas! Mulheres palestinas não fazem nascer bebês, e sim terroristas!"

Demetrius estava nos quartos dos fundos, ainda procurando, com a voz tensa:

– Mãe! É Demetrius! A senhora está aí?

Olhando ao redor, Christine viu a bolsa preta que pertencia a Mary Antoun, a mesma que Mary e Demetrius haviam enchido com objetos da família na manhã do novo ataque. A bolsa estava aberta, vazia, obviamente descartada por alguém que não era sua dona. Christine emitiu um som de dor. De repente, ela estava mais do que apavorada e gritou, com voz trêmula:

– Demetrius!

O rapaz saiu tropeçando pelo corredor estreito. Ele ficou de pé, olhando para o caos ao seu redor.

Christine apontou, indicando a bolsa da sogra.

Demetrius começou a tremer.

Christine passou para o lado dele, colocando a cabeça em seu peito, em busca de conforto, apesar de ela desejar confortá-lo:

– Eles devem ter sido roubados antes de conseguirem ir para os abrigos.

Demetrius tentou, mas não conseguiu responder.

Ela tomou o rosto do namorado nas mãos. Sua pele estava gelada.

Enfim, com voz baixa e triste, o jovem Antoun revelou:

– Christine, tenho medo de que algo horrível tenha acontecido.

O estômago de Christine embrulhou e ela se escorou no peito dele, com medo de contar a Demetrius seus próprios temores.

Sofrendo um tormento inconcebível, o rapaz pensou em suas opções e falou rapidamente:

– Vamos verificar a casa dos Bader, depois a de Amin. Em seguida, vamos procurar o abrigo. – Ele respirou antes de dizer com tristeza: – Se não estiverem em nenhum desses lugares, vamos ver os hospitais.

Refazendo o caminho anterior, eles correram para a casa de Mustafa Bader.

A casa dos Bader estava intacta, mas não havia ninguém lá.

Nem Demetrius nem Christine podiam acreditar no que viram quando chegaram à casa de Amin. Alguém havia defecado nas fotografias de Ratiba e nas almofadas da sala de estar.

Demetrius sacudiu a cabeça, afastando-se para perguntar, ainda enojado:

– Esses homens são loucos.

Eles correram para o abrigo mais perto da casa dos Antoun, que agora estava escuro e vazio, cheio de lixo e pedaços de comida espalhados, indicando que os abrigos foram usados recentemente por um grande número de residentes de Shatila. Demetrius olhou sem entender quando do voltou para a luz do sol. E cochichou:

– Vamos verificar primeiro o Hospital de Gaza.

A caminho do Hospital de Gaza, eles viram o primeiro grupo de corpos empilhados na rua como toras de lenha.

Christine não conseguia mais disfarçar o pavor:

– Demetrius, houve um massacre. – Ela pôs a mão na testa e, assustada, deu alguns passos para trás.

Demetrius grunhiu quando andou por entre os corpos. Um jovem tinha as mãos amarradas para trás. Ele fora esfaqueado. Algumas mulheres e crianças haviam sido atingidas por tiros. O abdômen de um idoso fora aberto. O médico ficou em choque quando reconheceu vários dos pacientes que havia deixado na clínica. O corpo quebrado de Maha Fakharry estava sobre o cadáver de uma criança. Maha deve ter lutado por sua vida, pois fora brutalmente espancada.

Os assassinos não perdoaram nem os animais de Shatila. Um gato e três filhotes foram massacrados. Um cavalo ferido jazia deitado, quase morto, mas ainda agitando-se sobre o próprio sangue. Demetrius chorou quando atingiu o cavalo com uma pedra grande, livrando o pobre animal de seu sofrimento.

O fedor era inacreditável.

Christine repetiu:

– Deus, foi um massacre!

Após examinar cuidadosamente os cadáveres, Demetrius caminhou na direção de Christine, tomou-a pela mão e a levou para longe:

– Não podemos fazer nada por eles.

A uma rua de distância da cena horrenda, eles encontraram o local de um segundo massacre. Reconhecendo o vestido florido cor-de-rosa que a mãe vestia quando ele a vira pela última vez, Demetrius correu rumo a uma pilha de corpos que jaziam perto de um muro, desesperado:

– Mãe!

O vestido de Mary Antoun cobria sua cabeça. A roupa íntima fora arrancada.

Com lágrimas nos olhos, Demetrius puxou o vestido do rosto da mãe e cobriu seu corpo nu. Mary Antoun fora esfaqueada com uma baioneta nas costas e na costela.

Christine, de joelhos, chorava histericamente, balançando-se para frente e para trás.

Vovô Mitri estava deitado de bruços, bem ao lado da nora. Ele fora atingido por um tiro no ouvido.

Sentindo uma dor incomensurável, Demetrius começou a correr de um cadáver para outro, aos berros:

– Pai!

Ele olhou várias vezes para os corpos mutilados, chegando a observá-los por quatro ou cinco vezes. Enfim, Demetrius voltou-se para Christine, sacudiu a cabeça, confuso, e soltou um grito sem emoção:

– Meu pai não está aqui, Christine.

– Ah, Demetrius!

Christine gritou e ficou de pé antes de tropeçar no corpo de Mary Antoun. Ela tremeu ao perceber que a fotografia emoldurada do filho estava fortemente agarrada às mãos da mãe. Mesmo na hora da morte, Mary Antoun pensava apenas em seu amado filho. Christine retirou pedaços de vidro quebrado da foto e a trouxe para o peito antes de cair de joelhos mais uma vez:

– Deus! Faça com que isso seja um pesadelo!

Mustafa Bader veio correndo pela rua, gritando:

– *Demetrius! É você?*

O rapaz deu meia-volta rapidamente:

– *Mustafa!*

O homem estava sem fôlego:

– Demetrius, você precisa vir comigo. *Rápido!* Seu pai está no Hospital de Gaza. Ele ainda está vivo!

Demetrius, totalmente angustiado, pegou Mustafa pelos ombros e o apertou com força:

– Mustafa, o pai sabe que a mãe e o vovô estão mortos?

Mustafa gemeu:

– Sim. Sim. Ele estava aqui. Ele testemunhou tudo! – O homem chorou: – Seu pai não conseguiu salvá-los, Demetrius.

O Hospital de Gaza estava lotado de tantos feridos e moribundos. A cama de solteiro ocupada por George Antoun estava num pequeno quarto, antes destinado ao armazenamento de remédios. George, que tinha soro no braço, levara um tiro no abdômen e fora deixado para morrer. Se não tivesse sido encontrado pelo amigo Mustafa, teria falecido no local do massacre. George sabia que não tinha muito tempo de vida, mas se forçou a viver... a viver o bastante para saber o destino do filho.

George Antoun era um homem que carregava um terrível segredo, e sabia que devia contar esse segredo ao filho antes de morrer. George fechou os olhos, pois estava poupando suas forças.

Abeen Bader abanava George com uma comadre. O médico dissera ao marido dela que o patriarca dos Antoun morreria em breve, e ela queria tornar esse período o mais confortável possível. Abeen estava arrasada. Mustafa lhe contara o destino de Mary e do vovô Mitri. Agora, a esposa de Mustafa morria de medo que o marido voltasse com a informação de que Demetrius também fora massacrado. Os invasores mataram muitas pessoas, tendo como alvos favoritos os homens jovens.

Ela ouviu passos rápidos. A porta foi escancarada e Abeen soltou um pequeno grito.

Demetrius Antoun entrou no quarto, coberto de sangue.

Mustafa e Christine se amontoaram perto do leito de morte.

– Pai! É o Demetrius!

Demetrius curvou-se e acariciou suavemente o rosto de George. Ao mesmo tempo, seus olhos de médico tentavam avaliar a extensão das lesões do pai. Ele recuou quando viu o sangue que pingava das ataduras brancas enroladas no abdômen dele.

George abriu os olhos lentamente:

– Demetrius? Filho, sua mãe está aqui?

George achou que tivesse morrido e já estivesse no paraíso com sua família.

– Não, pai. Sou só eu, Demetrius.

George recuou para o lado, tentando diminuir a curta distância entre ele o filho:

– Demetrius... Você está vivo?

– Sim, pai. Estou vivo.

– Graças a Deus, graças a Deus, você está vivo.

Seus olhos se encheram de lágrimas. Quando o filho não voltara da clínica, George e Mary passaram horas de terror, desesperados para saber se ele estava bem.

– Pai, não se angustie. O senhor precisa se recuperar.

George arregalou os olhos, pois subitamente lembrou-se do segredo e, por um momento apavorante, Demetrius pensou que o pai morrera.

George mordeu o lábio inferior:

– Filho, tenho de lhe dizer algo que você não vai gostar de ouvir.

Demetrius implorou:

– Pai, não. Mais tarde. Por favor, poupe suas forças.

George mexeu a cabeça devagar, olhou ao redor e umedeceu os lábios com a língua antes de perguntar:

– Mustafa está aqui?

– Estou aqui, George. – A cabeça de Mustafa surgiu por trás do ombro de Demetrius. – Estou aqui.

– Mustafa, você e Abeen podem esperar lá fora?

Mustafa ficou magoado. Ele era praticamente um membro da família Antoun. Mesmo assim, aquiesceu:

– Se você diz para sair, George, então eu saio.

Demetrius interveio:

– Pai, não seja tolo. Mustafa pode ouvir tudo o que temos a dizer um ao outro.

George não tinha forças para discutir. Ele fez que sim com a cabeça, porque precisava contar o segredo antes de morrer. Se não o fizesse, ele sabia que receberia uma punição terrível das mãos de Deus.

George olhou diretamente nos olhos do filho:

– Demetrius, eu sei que estou morrendo. Sua mãe está morta. Seu avô está morto. – A voz falhou. – Você vai ficar sozinho agora.

Os lábios de Abeen tremeram:

– George, ele será nosso filho.

Mustafa concordou:

– Ele já é nosso filho.

George deu um sorriso fraco, esperando que Demetrius fosse consolado pelos Bader. Ainda assim, Demetrius tinha de saber... Todo homem merece conhecer sua origem.

Como um último ato de tremendo amor, George Antoun reuniu todas as forças de seu corpo moribundo para o filho. Ele agarrou o braço do rapaz e tentou se levantar.

– Pai!

George repreendeu severamente quando Demetrius tentou protestar:

– *Ouça-me!* Eu tenho *uma* coisa a dizer antes de morrer. *Deixe-me falar!*

Demetrius lutou contra as lágrimas.

– Está bem, pai. Prometo.

George ordenou:

– Por favor, não me interrompam. Apenas ouçam o que tenho a dizer!

Demetrius fez que sim com a cabeça, a curiosidade atiçada.

A voz de George ganhou força:

– Demetrius, sua mãe nunca soube. Seu avô suspeitava, mas jamais me fez uma pergunta sequer.

Demetrius estava perplexo:

– O que é, pai?

A voz de George se acalmou:

– Filho, sua mãe queria um bebê mais do que tudo no mundo. Ela sofreu dez abortos nos primeiros seis anos do nosso casamento.

Demetrius ouvira essa história várias vezes, e ainda se lembrava das palavras da mãe sobre ele ter sido um presente de Deus. O jovem Antoun sempre se sentira a criança mais especial a pisar neste mundo:

– Sim, pai. Eu sei.

George inspirou profundamente:

– No início de 1948, meu pai teve três filhos e uma filha. Nós sofremos terrivelmente naquela época. Quando escapamos da Palestina, fui o único filho que conseguiu sobreviver. – George explicou: – Vários meses antes de fugirmos de Haifa, soubemos que uma bomba explodira na Porta de Jaffa em Jerusalém. A explosão matou meus dois irmãos e minha única irmã, que faziam compras na cidade. Meu pai não suportou enterrar três de seus quatro filhos, então fui sozinho.

Segurando a mão de George, Demetrius gentilmente enxugou as lágrimas do rosto do pai.

George se mexia nervosamente:

– Quando saí do cemitério, eu estava fora de mim. – Ele olhou para o filho, implorando perdão: – Filho, lembre-se. Seu pai estava fora de si.

Demetrius, totalmente surpreso, pensava que o pai estava delirando. Mas lhe dirigiu um sorriso carinhoso e prometeu:

– Não se preocupe, pai. Eu entenderei.

A dúvida passou pelo rosto de George por um momento. Ele esperava que o filho entendesse mesmo. Após suspirar irregularmente, continuou a história:

– Bom, fui à casa de meu irmão mais novo para visitar e ajudar a viúva a empacotar alguns objetos. Ele morava perto de um bairro judeu. Enquanto andava por lá, um grupo de judeus começou a jogar pedras em mim e a fazer comentários grosseiros, dizendo-me para sair da cidade *deles*. Imagine isso! A cidade *deles*.

Os olhos de George escureceram, lembrando-se daquele dia tão distante no tempo. Um dia que mudara mais de uma vida para sempre.

– Eu decidi que era melhor voltar ou meu pai não teria nenhum filho vivo para cuidar dele. – Sua voz ficou trêmula: – Filho, eu passei pela casa de uns estranhos e vi uma mulher no pátio. Sozinha, ela estava sentada com um bebê nos braços. Ela cantava. Eu fiquei lá e observei aquela cena feliz, sabendo que árabes estavam sendo mortos, expulsos de suas casas, retirados de sua própria terra e enlouqueci. Eu estava fora de mim.

O rosto de George se encheu de angústia. Envergonhado do que estava prestes a confessar, ele não conseguiu encarar o filho e desviou o olhar.

– Filho, seu pai se escondeu atrás dos arbustos e esperou. Depois de algum tempo, a mulher pôs o bebê num pequeno berço e entrou. – A voz de George falhou novamente: – Filho, eu peguei aquele bebê e corri.

Demetrius sentiu um torpor que tomou seu corpo inteiro.

Abeen deu um suspiro agudo e olhou para o marido, cobrindo os lábios com a mão.

Mustafa olhava em silêncio para o rosto de George.

Christine pôs a mão no ombro de Demetrius, sem acreditar no que ouvia.

George conseguiu ficar com a coluna ereta e voltou a olhar diretamente para o filho.

– Demetrius, você é o filho mais maravilhoso que um homem poderia ter. Sua mãe e eu o amamos mais do que Deus o ama. – Ele tocou os lábios trêmulos com os dedos. Suas palavras saíram rapidamente, como se quisesse acabar a história antes que o Senhor o levasse. – Meu filho, eu o roubei. Você pertencia a pessoas que eu não conhecia. – E implorou: – Quando eu morrer, encontre essas pessoas. Encontre sua família de direito. Eu o roubei. – A voz ficou ainda mais tênue. – Eu o roubei.

Demetrius, pálido, tocou a mão do pai e sussurrou:

– Onde era esse lugar?

– Procure os documentos em casa. Você encontrará o nome da rua onde seu tio vivia em Jerusalém. A casa onde eu o encontrei ficava a algumas ruas de distância. Não sei mais nada.

O quarto ficou silencioso.

George Antoun fechou os olhos, depois os reabriu rapidamente. Ele retomou a história:

– Eu o levei para casa e o entreguei à sua mãe. Disse que uma família árabe perecera no mesmo bombardeio que matara meus irmãos. Contei a ela que não havia ninguém para cuidar de você. Sua mãe estava tão feliz que não fez perguntas. Nós o criamos como nosso filho.

Demetrius sentiu algo se mover por trás dele quando Christine colocou as duas mãos em seu pescoço. As mãos dela estavam geladas.

Um estranho pensamento veio à mente de Demetrius. Ele tinha de conhecer sua fé. Os palestinos eram muçulmanos sunitas ou cristãos. Seria ele um muçulmano sunita criado como cristão?

Demetrius esforçou-se para manter a voz calma:

– Era um bairro cristão, pai?

George começou a chorar por ter ouvido a pergunta que mais temia. Ele chorou tanto que o círculo vermelho em sua atadura começou a se espalhar.

Demetrius deu um sorriso fraco:

– Pai! Está tudo bem. Não se preocupe. Não me importo se sou muçulmano ou cristão.

Abeen confortou o jovem:

– Nosso Deus é o mesmo.

George puxou o filho para perto de si e tentou sussurrar, mas sua voz não estava mais sob seu controle e todos no quarto ouviram:

– Filho. Meu filho, a rua onde eu o roubei era habitada por famílias judias.

O quarto ficou completamente quieto.

Arfando em seu último suspiro, George Antoun abriu os olhos e gritou:

– Meu filho, meu amado filho, você é judeu de nascença.

PARTE III

Nova York – Jerusalém
1982-1983

Lista de Personagens

Parte III: Nova York – Jerusalém (1982-1983)

A Família Gale:
Joseph Gale (*pai*)
Ester Gale (*mãe*)
Michel Gale (*filho*)
Jordan Gale (*filha*)
Rachel Gale (*irmã de Joseph*)

A Família Kleist
Friedrich Kleist (*pai*)
Eva Kleist (*mãe*)
Christine Kleist (*filha*)

Demetrius Antoun (*médico palestino*)
Anna Taylor (*moradora norte-americana de Jerusalém*)
John Barrows (*médico britânico*)
Gilda Barrows (*esposa de John Barrows*)
Tarek (*porteiro árabe que trabalha para Anna Taylor*)
Jihan (*empregada doméstica árabe que trabalha para Anna Taylor*)

Falecidos

Ari e Leah Jawor (*sobreviventes do Holocausto, amigos de Joseph e Ester Gale*)
Helmet e Susanne Horst (*pais de Eva Horst*)
Heinrich Horst (*irmão de Eva Horst*)
Karl Drexler (*ex-comandante da S.S. no campo de Shatila*)
Miryam Gale (*filha de Joseph e Ester Gale*)
Daniel Stein (*irmão de Ester Gale*)
Jacques Gale (*irmão de Joseph Gale*)
John e Margarete Taylor (*pais de Anna Taylor*)
George e Mary Antoun (*pais de Demetrius Antoun*)

Prólogo: Parte III

New York Times, *26 de setembro de 1982*
Matéria de Thomas Friedman, correspondente do Times

Beirute: EUA confirma as mortes

Às nove da manhã de sábado, um membro da embaixada dos Estados Unidos entrou em Shatila, declarou que acontecera um massacre e informou a seus superiores.

Em algum momento entre o fim da tarde de sexta-feira e o amanhecer de sábado, os soldados pareciam ter feito uma tentativa orquestrada, mas um tanto negligente, de apagar pelo menos alguns de seus rastros.

Muitos prédios foram demolidos com tratores, soterrando os corpos que neles estavam. Alguns cadáveres foram enterrados, também com tratores, em grandes pilhas de areia, com braços e pernas expostos em alguns pontos. Em outras áreas, foram feitas pilhas de escombros, cobertas com placas de ferro amassadas para esconder os corpos.

Também é possível, a julgar pelo número de prédios cujas fachadas foram arrancadas, ou tiveram grandes pedaços retirados por tratores, que os guerreiros buscavam tornar os edifícios inabitáveis, de modo que os residentes que sobrevivessem não tivessem para onde voltar.

Homens, mulheres e crianças foram presos. Cerca de quinhentas a seiscentas pessoas, talvez até mais, foram reunidas e marcharam sob a mira de armas pela rua principal de Shatila, onde foram obrigados a se sentar ao longo da estrada. Ao lado deles, estavam vários cadáveres já em estado de decomposição.

Vários homens foram despidos e obrigados a ficar com as mãos atrás da cabeça. Alguns foram levados para trás de pilhas de areia. Ouviram-se tiros. Quando as mulheres começaram a gritar, alguns dos homens eram trazidos de volta para acalmá-las...

De acordo com um observador da ONU, que viu mais de trezentos cadáveres em Shatila até agora, o estado relativo dos corpos de decomposição deixava claro que algumas pessoas foram assassinadas na quinta-feira e outras, no máximo, no sábado pela manhã.

Alguns deles estavam inchados e em avançado estado de decomposição.

Capítulo XX

Anna Taylor

Ester Gale levantou as duas mãos para o céu e declarou:

– Eu não sou o tipo de mulher que discute com Deus!

Anna Taylor sentou-se de frente para a amiga na pequena mesa da varanda com um sorriso, ouvindo e recordando-se de outras ocasiões em que as crenças religiosas de Ester pareciam bloquear o caminho do senso comum.

– Anna, o que posso fazer?

Ester inclinou o corpo para frente, cheia de expectativa, mantendo os olhos fixos no rosto de Anna.

A outra nem piscou ao dizer:

– Não seja tão dramática, Ester. Contratar um detetive particular para encontrar sua própria filha dificilmente seria classificado como discutir com Deus. Jordan foi embora há mais de um mês. Você tem todo o direito de saber o paradeiro dela.

Ester caiu na cadeira de novo, prostrada.

– Jordan ficaria furiosa se descobrisse que foi localizada por um detetive particular contratado pelos pais. Ela até poderia se afastar ainda mais de nós.

– Eu concordo, é um risco. Mas você pode continuar como está agora, agoniada?

Perdida nos próprios pensamentos, Ester olhou para além da amiga. Elas estavam sentadas há quase uma hora na pequena mesa redonda de metal no terraço da casa de Anna em Jerusalém, bebendo café e falando sobre Jordan. Ainda assim, nada se resolvia.

Ester tomou um gole de seu café, lenta e deliberadamente, e depois devolveu com cuidado a xícara ao pires. Sua voz tinha um tom de acusação:

– Você fala exatamente como Joseph. Ele está determinado a contratar um detetive para achar Jordan. Eu simplesmente não aprovo este esquema maluco.

– O que Michel acha de contratar um detetive?

– O mesmo que o pai. Quando ele voltou do Líbano, ontem pela manhã, Joseph e eu planejamos celebrar seu retorno em segurança. Em vez disso, nós três passamos a noite discutindo sobre Jordan e o que deveríamos fazer. – Ester fez uma pausa e olhou para a amiga com tristeza: – Os dois acreditam que algo terrível aconteceu a ela.

Anna sacudiu a cabeça lentamente enquanto falava:

– Ah, não, Ester. Nada aconteceu a ela. Se fosse assim, as autoridades americanas teriam notificado a embaixada de Israel. Ela só precisava de um tempo sozinha.

Anna adorava tanto Michel quanto Jordan Gale, mas tinha uma relação especial com a menina... uma relação sem segredos. Ainda assim, Jordan deixara o país sem nem ao menos mencionar seus planos de viagem, algo totalmente contrário ao seu jeito de ser. A dor que ela sentiu ao saber da ausência de Jordan subitamente voltou, e Anna esperava que sua voz não revelasse seus sentimentos ao perguntar:

– E onde está Michel agora?

– Em casa, fazendo as malas. Ele diz que não pode comemorar quando não sabe se a irmã está bem. Michel diz que se eu não concordar em contratar alguém para encontrá-la, ele vai achá-la sozinho. – Ester inclinou o corpo para frente, tomada pela dúvida: – E agora, Anna, o que devo fazer?

Após um breve silêncio, Anna perguntou:

– Quando Michel vai para Nova York?

– Amanhã à noite.

Ester parecia cética:

– Que desperdício de energia! Joseph e eu falamos várias vezes que ele não será capaz de encontrar a irmã numa cidade tão grande.

Os olhos de Anna brilharam. Ela se aproximou e pôs a mão no braço de Ester:

– Tenho uma ideia.

Ester perguntou sem pensar:

– O quê? Conte-me, por favor.

– Se não tivermos notícias de Jordan antes de Michel partir amanhã, posso conseguir uma investigação discreta. Tenho amigos em Nova York que são de confiança para lidar com esses assuntos. Jordan jamais saberia.

As palavras fizeram Ester subitamente se levantar, exultante:

– É uma ideia maravilhosa!

Desde que a família Gale chegara a Jerusalém, há quase 36 anos, Anna Taylor fora uma fonte de força e apoio. Agora, mais uma vez, ela oferecia conforto quando isso não parecia possível. Ester não conseguia imaginar como teria sido a vida nessa cidade sem a amizade dessa nor-te-americana.

– Você faria isso?

– Sim, se eu digo que faço, é porque farei. – A voz de Anna tinha um tom suave e confiante. Ao encher novamente a xícara de Ester, afirmou: – A questão está resolvida. Esperaremos mais um dia. – Ela deu um ri-sinho sardônico. – Se até lá nossa pequena fugitiva não entrar em con-tato, começaremos nossa busca!

Ester se levantou, abruptamente:

– Tenho de ir.

– Não, por favor. Termine o café.

Ester limpou os lábios com o guardanapo de algodão branco uma última vez e respondeu, rindo:

– Meu marido sempre diz que devo ouvir seus conselhos. Ele está certo, é claro. Por isso devo encontrá-lo agora e contar que você me con-venceu de que Joseph também tinha razão. – Ester deu um sorriso an-sioso: – Ele ficará muito satisfeito.

Anna entendeu a necessidade de Ester de sair imediatamente. Ela sabia que a amiga não descansaria enquanto a rixa com o marido não fosse resolvida. Desde a morte dos pais, Anna jamais vira um casal mais apaixonado do que Joseph e Ester Gale.

Ela deu o braço a Ester e, juntas, desceram os degraus estreitos que levavam à parte lateral do palacete:

– Por favor, diga a Michel que ele não pode ir embora me fazer uma visita rápida.

Ester concordou com a cabeça:

– Vou lembrá-lo disso. – Ela fez uma pausa e acrescentou: – Mas Michel jamais viajaria sem vê-la.

Ela se inclinou e se despediu com dois beijos no rosto de Anna, um em cada bochecha.

– Vou ligar para você mais tarde.

Em silêncio, Ana observou Ester atravessar a rua de paralelepípedos e andar rapidamente rumo à casa dos Gale. Mais uma vez ela recordou, como geralmente fazia após uma visita de Ester, a primeira vez em que a vira, há muitos anos.

Quando a Segunda Guerra Mundial finalmente terminou, milhares de judeus da Europa que conseguiram escapar dos campos da morte de Hitler fugiram para o continente, na esperança de chegar à Palestina. Os judeus acreditavam que jamais teriam segurança, exceto em sua própria terra, uma terra natal ainda não reconhecida pelo mundo, mas que lhes fora prometida na Bíblia. Quando residentes árabes exigiram que os governantes britânicos da Palestina impedissem os judeus de entrar lá, os ingleses responderam obstruindo a entrada no pequeno país, seja por terra ou mar. Mesmo assim, muitos judeus, como os Gale, haviam enganado as autoridades britânicas. Deixando Chipre à noite num pequeno bote, Joseph, Ester e Rachel Gale conseguiram passar pelo bloqueio britânico.

Quando a família Gale finalmente chegou à Palestina, eles estavam exaustos, famintos e sem um centavo. Além disso, embora a saúde de Joseph e Rachel fosse boa, Ester se encontrava tão debilitada que ficou à beira da morte.

Anna e a mãe, Margarete, ouviram histórias sobre o sofrimento dos emigrantes judeus e se ofereceram para trabalhar como enfermeiras a fim de ajudar refugiados judeus doentes. Ester fora a primeira paciente de Anna.

Quando Anna viu Ester pela primeira vez, achou que olhava o rosto de uma criança careca e faminta. Quando soube que Ester tinha 25 anos, sendo apenas três anos mais velha do que ela, ficou pasma. Sofrendo de desnutrição grave, o corpo dela não tinha pelos e estava tomado por feridas cheias de pus. Fraca e confusa, a jovem polonesa era assombrada pela perda da família e chamava pelos parentes em voz fraca.

Apesar das instruções dadas pelo médico do campo para não perder tempo com refugiados que pareciam ter morte certa, Anna adotou Ester como uma causa. Determinada a trazer a polonesa de volta à boa saúde, ela cuidou de Ester por longos dias e noites, até que seus esforços e preces foram recompensados. Lentamente, de forma imperceptível a princípio, Ester ganhou saúde e ânimo. Em poucos meses, ela deixou de ser uma figura semelhante a um "boneco palito", que mal parecia um ser humano, e se transformou numa jovem incrivelmente bela.

Anna sabia que sua persistência salvara a vida da judia. Ester também sabia disso. Desde aqueles primeiros dias, as duas se tornaram amigas íntimas e a solteira Anna era considerada como da família Gale.

Anna deu meia-volta e começou a refazer lentamente o caminho para o terraço. Ela voltou à cadeira e começou a passar manteiga num pedaço de pão fresquinho, ainda preocupada com Jordan, esperando que a menina estivesse bem.

Jordan Gale não era a mesma pessoa desde a morte terrível do noivo, Stephen Grossman.

Anna sentou-se e olhou para a cadeira vazia do outro lado da mesa. Uma ideia súbita e desagradável povoou seus pensamentos. A tragédia de outros definira sua vida. Sim, era verdade. Da enchente em Johnstown, Pensilvânia, que deixara o pai dela órfão, às catástrofes persistentes que atingiam o povo da Palestina, a tragédia recaía sobre as pessoas que ela amava.

Inesperadamente, a lembrança de seus pais preencheu seus pensamentos. Talvez a ideia de tragédia tenha convocado seus rostos, vozes e risadas.

Ela devolveu o pão ao prato e apoiou os cotovelos na mesa por um momento. Como uma névoa de transpiração se acumulara na testa, enxugou o rosto levemente com o guardanapo. A visão dos seus pais voltou, agora bem nítida, forçando-a a recordar das duas pessoas mais honestas que ela conhecera.

John e Margarete Taylor foram para Jerusalém após sofrer uma terrível desgraça.

John Taylor era uma criança de 10 anos em 31 de maio de 1889, a data da enchente desastrosa em Johnstown, Pensilvânia. Filho de um empresário próspero, ele e a família viviam num bairro moderno em Pittsburgh, bem acima do lago criado pelo homem e represado no vale acima de Johnstown. Se o pai não fosse tão rico, aliás, teria escapado ileso da tragédia.

O pai de John, Horace Taylor, gostava de pescar e era ávido praticante de esportes ao ar livre. Ele e outros empresários ricos de Pittsburgh que pensavam da mesma forma construíram chalés de veraneio no Clube de Caça e Pesca de Southport, localizado nas montanhas ao norte de Johnstown. A represa que criava o lago usado para esporte e lazer no clube fora negligenciada. Apareceram sinais ameaçadores, indicando que esta não era confiável, mas os reparos jamais foram executados. Ninguém nunca pensou no que aconteceria com as pequenas cidades abaixo da represa caso a barragem se rompesse.

Naquela fatídica terça-feira, Horace Taylor tinha uma reunião com um empresário importante em Johnstown. Como a família Taylor estava de férias em seu chalé no Clube de Caça e Pesca de Southport, Horace decidira levar a esposa e três de seus quatro filhos na pequena viagem. A criança que permaneceria no chalé de férias era John Taylor, que estava de cama devido a uma gripe moderada.

Os corpos da família Taylor jamais foram encontrados, pois, quando a represa estourou, eles estavam no caminho da parede de água de 12 metros que varreu o vale. Horace Taylor, a esposa Patricia, seus três filhos mais novos e outras 2.200 pessoas morreram na enchente em Johnstown aquele dia.

Com 10 anos, John Taylor se viu sozinho no mundo. O gerente dos negócios do pai aceitou o menino em sua casa. John era muito novo para entender as implicações da ganância humana, e mesmo após chegar à vida adulta, ele realmente acreditava que o administrador dos negócios do pai era um homem confiável e capaz de gerenciar os negócios da família, o que o deixava livre para terminar seus estudos.

Mas, quando John se formou na faculdade, fez uma descoberta chocante: não tinha mais um tostão! Pior ainda, estava afogado em dívidas.

O gerente jurou por Deus que o pai de John morrera e deixara os negócios dos Taylor mal das pernas, cheio de contas a pagar e galpões vazios. John fora apresentado a uma lista de suas dívidas recém-descobertas.

Durante esse período sombrio da vida, John conheceu Margarete Frey. Ela e sua mãe viúva haviam migrado de um pequeno vilarejo nas montanhas Eiffel, na Alemanha, para os Estados Unidos. Pobres, fixaram residência em Pittsburgh, por ouvir dizer que havia empregos por lá. Elas conseguiram trabalho como empregadas domésticas na casa de um banqueiro rico.

John Taylor conheceu Margaret Frey numa festa dada pelo banqueiro. Embora as dívidas de John fossem um grande fardo, ele ainda era considerado um jovem muito promissor pelos amigos e companheiros de negócios do pai. Ele tinha modos graciosos e uma elegância que dificilmente poderiam ser aprendidos por alguém das classes mais baixas. Aos olhos do banqueiro, John era um provável candidato a se casar com sua filha. Em vez disso, porém, o rapaz se apaixonara pela empregada alemã!

Quando John pediu Margarete em casamento, afirmou, apaixonado:

– Eu me considerarei o homem mais feliz do mundo se puder ser o dono do seu coração. E, se não conseguir, talvez eu não sobreviva!

John Taylor consagrou sua vida a Margarete Frey, tendo cortado as ligações sociais com o círculo de amigos de classe alta que o julgavam por sua escolha. Sabendo que uma empregada imigrante jamais seria aceita em tal grupo, ele assumiu o controle do destino do casal.

Era para ser uma história de amor magnífica.

Cheio de convicção religiosa e decepcionado com os Estados Unidos, o casal decidiu fazer trabalho missionário na Terra Santa. Eles reservaram passagens num navio para Istambul e, de lá, viajaram pela Turquia e Síria até chegar à Palestina.

A jornada por terra tornou-se uma provação infinita. Percorrendo a paisagem desolada em lombo de burro, John e Margarete foram obrigados a se agarrar desesperadamente aos pobres animais enquanto tentavam ficar de pé na terra rochosa e montanhosa da Palestina. Cada dia de viagem diminuía mais o ânimo do casal. A Palestina parecia selvagem, proibitiva, um lugar praticamente inabitável! Quando seu caminho se cruzou com uma caravana de beduínos, John cochichou para Margarete:

– Os cidadãos se parecem com o país... indomáveis como animais selvagens!

Para retomar a coragem de prosseguir na jornada, John e Margarete frequentemente se lembravam de que seu amado Cristo andara pelas mesmas trilhas estreitas. A convicção de que seus pés pisavam o solo de uma terra exaltada, uma terra sagrada e tocada por alturas que o mundo raramente conheceu, deixava sua resolução mais firme. Do contrário, eles certamente teriam abandonado a missão e voltado direto para os Estados Unidos.

Felizmente, a visão da inesquecível Jerusalém acalmou seus temores e apagou a dor e o sofrimento da viagem. A esplêndida cidade murada era ainda mais bonita do que eles haviam sonhado.

A história de Jerusalém era de agonia e triunfo. O fato de ali a religião ser mais forte que o Estado criava uma instabilidade que levou a uma sucessão de conquistadores.

Em 1905, quando John e Margarete Taylor chegaram, a Palestina estava sob domínio otomano, como acontecia desde 1517. Com a morte do primeiro sultão, que fizera um governo benevolente, o país sofreu sob decretos duros emitidos de Istambul por diversos outros sultões. No ano em que John e Margarete fizeram de Jerusalém seu lar, o governo de quatrocentos anos dos turcos estava à beira de um colapso, levando ao surgimento de ideias separatistas sob a tênue cobertura da civilização palestina.

Após se assentarem na mais sagrada das cidades, John e Margarete se dedicaram a pregar o Evangelho e a ensinar e cuidar dos miseráveis, conquistando o respeito de indivíduos ricos e pobres de toda a Palestina.

Ao longo dos anos, Margarete criou três filhas. E, enquanto o casal espalhava esperança e fornecia refúgio do desespero a qualquer estranho que assim precisasse, alimentaram a imaginação das filhas com histórias da Bíblia e lhes davam o carinho e a paz de uma vida familiar feliz. Eles ensinaram as filhas a esperar recompensas no Paraíso, um bônus de conforto espiritual que levariam para toda a vida.

O grande amor de John e Margarete um pelo outro permaneceu intacto ao longo de todas as tribulações, e suas filhas jamais ouviram uma palavra sequer de ódio ser pronunciada entre eles.

Ainda assim, John e Margarete Taylor tinham suas imperfeições.

O serviço religioso de domingo de John era muito longo, o que resultava numa congregação de árabes sonolentos. Porém, o grupo de árabes cristãos admitia que seus próprios líderes religiosos gostavam de usar muitos argumentos para ser eloquentes. Desse modo, até John Taylor morrer, eles compareceram fielmente a seus serviços religiosos todos os domingos.

O caráter forte de Margarete desprezava a tradição local em que as mulheres tinham papéis secundários, geralmente assustando os árabes, que desconfiavam da audácia dessa mulher ocidental. Uma vez, após Margarete ter repreendido um jovem chefe beduíno por proibir as filhas de estudar, o chefe chamou John de lado e disse ao reverendo que sua esposa precisava ser controlada de modo mais firme, pois uma mulher bonita não deveria ser ouvida. John respondera de imediato, declarando sua crença de que uma mulher obediente demais simplesmente não era interessante, citando a própria esposa do chefe, uma mulher tímida que tinha medo até de abrir a boca na presença de um homem. Ofendido, o chefe partiu e não voltou à casa dos Taylor por vários meses.

Anna riu alto diante da lembrança, até as faces ficarem rosadas de alegria ao recordar o enorme orgulho que o pai tinha da esposa. Empurrando a cadeira para trás, ela ficou de pé e andou de um lado do terraço de teto reto para outro, observando a cidade digna de respeito, onde ela nascera e vivera toda a sua vida.

Jerusalém, uma cidade que deu grandes mágoas a seus habitantes desde quando a primeira pedra foi posta na primeira habitação por mãos esperançosas. Na imaginação de Anna, quem colocou aquela pedra ao lado da Fonte de Giom deve ter pensado que as colinas ao redor o protegeriam e à sua família de saqueadores andarilhos. Infelizmente, a terra escolhida fica numa posição privilegiada e rapidamente se transformou num concorrido mercado, repleto de comerciantes e caravanas, criando uma feroz competição, capaz de gerar matanças constantes e uma guerra eterna.

Anna parou de andar de um lado para o outro e olhou ao redor, encontrando a beleza da cidade velha. A Jerusalém que surgia diante de seus olhos era uma cidade imensa, que crescia descontroladamente e espalhava-se para todas as direções. Enquanto observava a luz suave da manhã, ouvia os sons urbanos: o ruído impaciente das buzinas dos automóveis, o uivo de um cão solitário, as vozes ásperas de homens e mulheres vendendo seus produtos baratos no bazar ali perto. Como a cidade havia mudado! Quando Anna era criança, poucas pessoas viviam fora dos muros da cidade antiga, mas agora as colinas estavam repletas de residências de pedra, os imaculados jardins cultivados pelos judeus tinham dado lugar à areia e aos arbustos das terras árabes. Nos primeiros dias, muito antes que o fervor sionista do fim do século XIX alarmasse a população árabe, judeus e árabes viviam lado a lado em paz, mas sem se livrar do medo e da raiva uns em relação aos outros. Em algum momento, porém, devido à crescente imigração judaica, árabes e hebreus começaram a se ver como ameaças, até que finalmente o sangue foi derramando nas ruas e umedeceu o solo das colinas. Há cem anos, judeus e árabes se atacam mutuamente, fazendo da violência algo familiar e quase necessário, como se preenchessem alguma necessidade atávica um no outro.

Em 58 anos de vida, Anna sobrevivera a três guerras e perdera mais amigos do que seus dedos podiam contar. Cada tentativa de paz fracassava e gerava uma nova rodada de explosões de morteiros e granadas. Ela se perguntava: "Haveria algum tipo de maldição na cidade da Deus?" e, mesmo agora, não tinha a resposta para isso.

Passos interromperam os pensamentos de Anna. Ela virou o corpo para ver quem chegava. Tarek, o porteiro árabe idoso que servira a seus pais, andava em sua direção e gritou com a voz rouca:

– Acabou de chegar uma carta de Nova York!

Ela indicou com os dedos para que Tarek lhe entregasse a missiva.

Uma rápida olhada revelou que o nome e o endereço estavam escritos na caligrafia inconfundível de Jordan Gale. Anna agarrou a carta e voltou para sua mesa, sentando-se e abrindo espaço para o documento.

Tarek lhe deu a privacidade desejada.

Anna sorriu quando tocou de leve a carta com os dedos e sentiu a aspereza do papel barato, perguntando-se que emoções seriam geradas por essa comunicação.

Abrindo o envelope com uma faca de café da manhã, ela respirou profundamente quando tirou a mensagem do envelope e desdobrou o volumoso documento.

26 de setembro de 1982

Querida Anna:

Finalmente criei coragem para fugir de meu país assombrado. Desde o dia do funeral de Stephen, pensava em ir embora. Para mim, Israel sem Stephen é um local sem vida.

Anna, eu teria me despedido de você, mas temi que minha determinação desaparecesse diante de sua voz calma e sua capacidade única de aplicar um juízo sólido, naquilo que você chama carinhosamente de "decisões puramente emocionais".

Estou feliz por ter deixado a estreiteza de pensamento e a monotonia de Jerusalém. Eu me esqueci do quão maravilhoso é perder-se numa cidade de milhões. Mas Nova York não foi meu primeiro destino. Você ficará surpresa ao saber que fiz uma parada em Paris e também viajei à Polônia e à Tchecoslováquia.

Andei a esmo por vilarejos e cidades polonesas por duas semanas, vendo com meus próprios olhos a terra que se tornou o túmulo dos meus ancestrais Gale e Stein. Imagine qual não foi minha surpresa ao descobrir que os poloneses ainda odeiam os judeus! Enquanto procura-

va a casa da família Stein em Varsóvia, enfrentei olhares hostis e até ameaças! Um homem repulsivo chamado Jan revelou ter trabalhado como garoto de recados para o vovô Stein e teve a audácia de dizer:

– Que pena que sua mãe escapou do gás!

A Polônia ainda é um lugar assustador para os judeus.

Apesar da intensa resistência, descobri a antiga casa de minha mãe. O grande palacete foi destruído e precisava de obras, mas ainda era possível perceber que os parentes da família Stein foram bastante ricos antes da guerra. A visão da casa, antiga e grande, me fez sentir traída ao me lembrar de que Michel e eu jamais tivemos a oportunidade da convivência prazerosa com nossos adorados avôs.

Da Polônia, atravessei a fronteira para a Tchecoslováquia. Infelizmente, mesmo com a simpática ajuda de vários nativos de Praga, não pude achar pistas de um Jawor ou um Rosner. Era como se Ari e Leah tivessem viajado de Jerusalém para lugar nenhum!

Após sair daquele país, vim para Nova York. Assim que cheguei, aluguei um apartamento de arenito, arrumei um trabalho de modelo e fiz dois amigos. Na verdade, acabei de voltar de uma pequena festa e, pela primeira vez na vida, bebi demais. Talvez esse último drinque tenha soltado minha língua, pois sinto a necessidade de tirar o fardo dos meus pensamentos e passá-los para alguém, e quem melhor do que minha querida Anna? Como você não está aqui, esta carta terá de servir.

Anna, desde o dia em que fugi dos meus pais, pensei muito sobre ser judia, ou talvez devesse dizer, israelense, visto que judeus israelenses são completamente diferentes de nossos primos norte-americanos ou europeus. Ser judia israelense é um grande problema, como você deve saber, pois testemunhou nossas revoltas desde quando chegamos em bandos à Palestina, clamando a terra como nosso lar de direito e negando-a aos palestinos. Segundo essa linha de pensamento, tentei raciocinar sobre por que nos tornamos o que somos.

Fique comigo, pois lá vai!

Para os gentios, os judeus são uma raça desconcertante. Desde os tempos do exílio de Israel, por volta de dois mil anos atrás, os judeus se espalharam pela Terra, vivendo como invasores indesejados onde quer que estejam. Por não contarem com aceitação nos países para onde foram, os israelitas se voltaram uns para os outros e desenvolveram fortes laços familiares e comunitários. Unidos como povo, os judeus extraíram força do antissemitismo. Em vários países, eles eram proibidos por lei de ser donos de terras. Essa prática discriminatória serviu a um belo objetivo: os judeus buscaram várias profissões diferentes e desenvolveram a tradição duradoura de educar bem os filhos. Eles se tornaram médicos e advogados, assumindo altos postos em universidades e tribunais. O que os hebreus nunca souberam foi que esses atos pioraram sua situação. Percebo agora que os europeus odiavam os judeus porque eles subiam ao topo de qualquer profissão em que entravam. O fato de virarem professores, médicos e músicos não agradou em nada os europeus, que gostavam de trancá-los em guetos e criar leis para mantê-los na pobreza. Quando essas leis não conseguiram mantê-los em seu devido lugar, os europeus os mataram! Sofrendo um pogrom após o outro, eles jamais lutaram contra seus opressores. Em vez disso, esperaram pacientemente pelo fim dos ataques, dizendo aos filhos que a tirania sempre acabava, que lutar apenas prolongaria a agonia.

O Holocausto mudou essa forma de pensar. Antes do Holocausto, os judeus eram intelectuais e pacíficos. Após, essas mesmas pessoas gentis que pregaram a não violência se transformaram em guerreiros, prontos para lutar contra o império britânico e todo o mundo árabe, se necessário, por um pequeno pedaço de terra para chamar de seu.

Eu me perguntei mil vezes: o Holocausto foi bom? Para os seis milhões de judeus que morreram e para os que sobreviveram a ele, a resposta seria obviamente "não". Ainda assim, sem esse evento não haveria terra natal para os judeus hoje. Eles ainda estariam vagando pelo mundo, sofrendo grandes humilhações num país após o outro. Do horrível sofrimento, veio a realização da palavra de Deus. Seria o Holocausto nada mais do que o grande plano de Deus para trazer seus filhos de volta à Israel? Sem os campos da morte e as câmaras de gás, é certo que judeus da Europa, submissos, jamais teriam encontrado coragem de lutar pelo retorno a Israel. O Holocausto pavimentou o caminho para homens como meu pai criarem filhos soldados como Michel!

Esse pensamento me faz lembrar da primeira vez em que minha mãe me viu usando o uniforme militar. Eu acabara de me formar no Ensino Médio e fora convocada para o serviço militar obrigatório de vinte meses. Enquanto meu pai estava nervoso, desconfortável ao ver a filha carregar um fuzil, minha mãe me encarou com admiração. Ela parecia olhar para o infinito e eu sabia que ela se recordava de alguma cena do passado que nada tinha a ver com o presente. Após pensar por um momento, ela me abraçou e disse que, entre todas as coisas, tinha mais orgulho da autoconfiança dos filhos.

Fiz que sim com a cabeça, fingindo entender. Eu sabia que essas palavras tinham algo a ver com seu passado trágico, mas ela não queria voltar os pensamentos para um assunto que sempre terminava em profunda tristeza e depressão. Mesmo que meus pais raramente falassem do Holocausto, sempre senti o peso dos parentes mortos ao nosso redor.

Minha mãe ressaltou que os judeus de Israel agiam como se fossem donos do lugar onde estavam, enquanto os europeus, sobreviventes de prolongada discriminação e abusos, andavam em passos tímidos nessas terras, sem ter certeza de quem eram ou a que lugar pertenciam. Ela disse que os ataques, os guetos e o Holocausto minaram a confiança dos judeus que conseguiram escapar da morte na Europa, deixando-os para sempre com uma sensação de medo (exceto por homens como meu pai, claro, homens que se encham de coragem ao primeiro sinal de perigo).

Fui pega de surpresa pelas palavras de minha mãe, pois, enquanto meu pai sempre insistira que Michel e eu não demonstrássemos medo de qualquer pessoa, ela sempre se sentira desconfortável com a atmosfera militar que permeava Israel, temendo que tal ambiente pudesse resultar em crianças frias e sem coração. Pela primeira vez, minha mãe não ficou desconcertada diante de nossos trajes de guerra.

Anna, tive orgulho de vestir o uniforme dos militares israelenses por um curto período de tempo. Então, encontrei um homem também soldado, chamado Ari Begin (sem relação de parentesco com nosso primeiro-ministro!).

Entendo que todos acreditam que a morte de Stephen foi o golpe que me levou a ver os árabes de modo diferente. Michel uma vez reclamou que eu deveria odiar os árabes que mataram meu noivo, em vez de arrumar desculpas para a fúria assassina deles. Quando eu lhe disse o óbvio, que a injustiça dos judeus era proporcional à injustiça dos árabes, meu irmão me olhou como se eu tivesse perdido completamente a razão. Michel Gale não é um homem que deixa os fatos interferirem em seus sentimentos.

Mas, enfim, de volta aos motivos que me levaram a ceder em relação aos árabes. A morte de Stephen liberou minha voz outrora relutante. Porém, minhas ideias em relação ao abuso de poder começaram muito antes, no dia em que encontrei Ari Begin.

Não entrarei em detalhes, mas esse Ari era um homem aprisionado pelo ódio. Ódio dos árabes, é claro. Ari Begin era um sujeito relativamente alto com uma vasta cabeleira negra que ele levantava quando via um árabe. Ele tinha uma característica incomum: mantinha uma coleção de orelhas arrancadas de árabes! Este soldado puxava brigas com jovens árabes de propósito para que, durante a luta, ele pudesse morder e arrancar uma parte de suas orelhas. Voltando de uma patrulha do exército, ele procuraria os bolsos e tiraria um ou dois lóbulos de orelha ensanguentados e pendurava alegremente esses pedaços danificados de carne num pequeno quadro.

Um dia, quando me senti particularmente corajosa, perguntei a Ari por que ele colecionava orelhas. Ele abriu um sorriso e respondeu que desejava que todo desgraçado árabe conhecesse o medo e o estigma de ser marcado e caçado, como foram os judeus ao longo da história.

Naquele momento, só consegui pensar em nazistas de rostos frios com pastores alemães esticando as coleiras ao máximo e rosnando para judeus e judias indefesos!

Deus nos livre de que nosso futuro seja apenas uma gangue de Ari Begins torturando árabes indefesos!

Anna, ao produzir tais homens, temo que já tenhamos endurecido nossas almas.

Acabei de olhar o relógio e preciso estar no trabalho em breve. Não acho que tenha sido bem-sucedida em organizar claramente meus pen-

samentos e emoções confusas. Os fatos são bem simples: os judeus costumavam ser os mocinhos. Agora, somos vilões.

Em minha opinião, nossa invasão ao Líbano mostra que perdemos a noção de certo e errado. Quem pode negar que os egos dos judeus inflaram junto com as fronteiras israelenses?

Ontem, ouvi boatos de um massacre no campo de refugiados de Shatila em Beirute. Hoje, havia um artigo de quatro páginas no New York Times a respeito da tragédia. Anna, enquanto lia os detalhes nauseantes, tudo em que podia pensar era: Michel Gale está em Beirute. Michel Gale detesta os árabes.

Não posso acreditar que Joseph e Ester Gale tenham sido salvos de um massacre apenas para gerar uma vida que infligiria outro massacre.

Eu ia escrever para minha mãe e meu pai, mas esta carta terá de ficar para outro dia. Ligue para eles e diga que estou em segurança.

Um beijo a todos vocês.

Sua amiga,
Jordan

P.S.: Tente não se preocupar comigo. Tenho trabalhado para este momento há anos. Lembro-me de que uma vez você me falou que todo fim é seguido de um começo. Tenho a forte sensação de que Nova York marca um novo começo para Jordan Gale...

As feições de Anna estavam nitidamente cansadas quando ela dobrou e devolveu cuidadosamente a carta ao envelope. Embora muito aliviada por saber que a garota estava bem, a carta de Jordan a deixara arrasada. Será que a filha caçula de Joseph e Ester agora viveria a um oceano de distância de todos que a amavam?

Pensando em Jordan Gale quando criança, Anna recordou-se de que, desde o primeiro momento, ela estivera determinada a fazer tudo a seu jeito. Agora, Anna se perguntava: será que a recente fuga de Jordan de Israel era nada mais do que a continuação do fervor misterioso que consumira as decisões insensatas da garota ao longo da vida? Se fosse esse o caso, Anna temia que Jordan fracassasse por completo em sua busca por felicidade.

Recordando-se de como a encantadoramente ruiva Jordan havia chegado em suas vidas pela primeira vez, Anna perdeu-se em pensamentos, dizendo que Jordan Gale era, de muitas formas, igual ao pai.

Anna olhou da varanda para a cidade santa, pensativa, recordando-se do pai biológico de Jordan Gale, o bravo e passional Ari Jawor.

Capítulo XXI

Nova York: dezembro de 1982

Christine Kleist afastou-se e continuou a encarar o rosto enlouquecedoramente indecifrável de Demetrius Antoun. Ela costumava pensar que, quanto mais Demetrius sabia, menos lhe contava. Ainda assim, sua irritação com o namorado fora ofuscada pelo prazer que sentia com o que ele acabara de lhe dizer. Os olhos castanho-escuros da alemã brilharam de alegria:

– Meu amor! Que notícia maravilhosa! – Um fluxo de lágrimas inesperadas e felizes começou a descer-lhe pelo rosto. – Quando você começa?

Demetrius desviou-se do olhar da jovem e proferiu uma resposta distraída.

– Não fique muito emocionada, Christine. O cargo é baixo e o salário, insignificante. – O jovem Antoun olhou para ela e sorriu, sem muito entusiasmo: – Não se esqueça, não passo de um assistente num laboratório de pesquisas.

Christine queria ver Demetrius feliz, mas, desde aqueles dias sombrios em Beirute, o namorado estava tomado pela melancolia. Apesar de morarem juntos, estavam bastante afastados um do outro.

Christine lutou contra esse sentimento triste e deu um sorriso aberto. Ela sabia que muita coisa poderia dar errado com o futuro deles, mas hoje era um dia bom! Ela conseguira a entrevista, insistindo para um relutante Demetrius que o Centro Hospitalar Bellevue era o melhor lugar para o talento dele como médico. Bellevue era o hospital-escola mais antigo dos Estados Unidos, além de uma instituição bem conhecida por sua equipe internacional.

Demetrius deu de ombros e continuou, quase como uma reflexão tardia:

– A vaga só abre no mês que vem, mas...

Quando Demetrius tentou falar, Christine se recusou a ouvir:

– Um cargo de assistente no Hospital Bellevue é só o começo! – interrompeu ela. – Quando você tiver a oportunidade de mostrar seus conhecimentos, será promovido. E, assim que passar nos exames para obter a licença, terá permissão para tratar pacientes. – O rosto de Christine estava corado e triunfante.

Demetrius se irritava facilmente nos últimos tempos. Ele pôs o dedo sobre os lábios da namorada:

– Christine. Não faça isso, por favor.

A empolgação da alemã desapareceu de imediato. Demonstrando arrependimento, ela o confortou com voz suave:

– Desculpe, Demetrius. Eu me esqueci.

No dia anterior, ela prometera a Demetrius que deixaria de tentar controlar a vida dele. Manter essa promessa, porém, mostrava-se algo difícil. Christine só pensava em organizar a vida de tal modo que Demetrius fosse impelido a se casar com ela. Estaria a alemã forçando demais a situação?

– Não vai acontecer de novo – ela garantiu, em tom de desculpas e sentindo-se péssima.

Demetrius lançou-lhe um sorriso tenso antes de dar meia-volta e, com as mãos trêmulas, deixar cair as chaves no pequeno balde de vime em cima da penteadeira.

Demetrius se sentia cada vez mais desconfortável com esse relacionamento. Todos os dias Christine encontrava algum jeito de indicar que desejava se casar. Demetrius não queria magoá-la, mas o casamento era a última coisa que passava pela sua cabeça. Ele se consolava com a ideia de que jamais a iludira em relação a isso. Christine Kleist era amável e carinhosa, mas ele jamais sentira por ela a intensa paixão que tivera por Hala Kenaan. Após conhecer esse tipo de amor passional, ele não conseguia se satisfazer com menos. Por várias vezes, Demetrius tentara explicar seus sentimentos a Christine, mas ela não era mulher de ouvir o que não desejava. Agora, apesar de sua honestidade, Christine persistia em seus esforços para fazer daquele relacionamento algo que jamais poderia ser.

Os olhares do casal se encontraram no espelho quando ele começou a desabotoar a camisa e os dois se viram por alguns segundos.

Christine sentia os temores queimarem em seu âmago, como uma revelação não desejada. Nada estava acontecendo da forma que ela esperava.

Demetrius decidira que o dia seguinte seria uma boa ocasião para dizer a Christine que, embora a amasse, não estava apaixonado por ela. Em vez de aumentar a intensidade, a relação deles era instável, acabando por se despedaçar. Ele quebrou o silêncio constrangedor, com um tom forçadamente casual na voz:

– Ah, esqueci de contar. Fomos convidados para uma festa hoje à noite.

– Uma festa? – a surpresa ficou registrada no rosto de Christine. Afinal, eles não conheciam ninguém em Nova York.

– O médico que me contratou, John Barrows, disse que ele e a esposa fariam uma pequena reunião com alguns dos vizinhos. Quando ele soube que estávamos no país há apenas três semanas, insistiu para que fôssemos.

A cor desapareceu do rosto de Christine, que aumentou o tom de voz, depois correu e ficou de pé na frente do espelho, encarando o próprio reflexo.

– Demetrius! Olhe para mim! – Christine começou a virar-se de um lado para o outro, puxando seus cabelos – Não posso sair desse jeito!

Ele piscou e a olhou por alguns segundos, antes de entender que a jovem estava preocupada com a aparência. O homem chegou perto de Christine, virou a namorada para si, movendo-a pelos ombros, e levantou-lhe o queixo. Com um sorriso divertido, declarou:

– Está preocupada com o quê? Você será a mulher mais bonita de lá.

Christine Kleist era *de fato* uma mulher de beleza incomum.

Ela rosnou, obviamente discordando. No campo de Shatila, a moça tivera pouco tempo para se preocupar com a aparência. Se conseguisse manter o rosto limpo e o cabelo lavado, já era uma proeza. Mas, desde que eles chegaram a Nova York, Christine ficou incrivelmente ciente de que, em todos os lugares aonde iam, olhos femininos admiravam seu namorado. Ela ficou tão preocupada que desejava fazer de tudo para ficar o mais linda possível.

Demetrius inclinou o corpo para dar um beijo rápido na testa da namorada e se despedir temporariamente:

– Agora vou tomar um banho. – Ele olhou para o relógio na mesinha de cabeceira: – Você tem muito tempo. Nós só precisamos chegar lá daqui a duas horas.

Christine caminhou na direção do pequeno armário do quarto:

– Tudo bem, vou encontrar algo bonito pra vestir.

Enquanto deslizava os cabides para frente e para trás, ela começou a cantarolar, jogando o peso alternadamente nos pés, tentando tomar uma decisão.

Demetrius tirou as roupas e as colocou no cesto de roupa suja feito de madeira. Depois, jogou uma toalha azul por cima do ombro e foi em direção ao banheiro. Lá, abriu as cortinas do chuveiro, sentou-se na borda da banheira, ligou a água e ajustou a temperatura. Lembrando-se de algo que John Barrows lhe dissera, ergueu a voz acima do som da água corrente:

– Querida, John Barrows falou para usarmos roupas casuais!

Christine gritou de volta:

– Ótimo!

Demetrius deu um suspiro profundo e barulhento quando passou por cima da banheira e pôs-se debaixo do chuveiro. Com os olhos fechados, ele ficou parado, em silêncio. Ensaboou o corpo e permaneceu imóvel por um longo tempo, esforçando-se para não pensar em nada. Demetrius Antoun era um homem desgraçadamente infeliz – agora mais do que nunca –, numa vida que fora repleta de tristeza. Possuído por uma grande fúria devido às mortes prematuras em sua família, refém da imagem do rosto moribundo do pai e a lembrança da declaração chocante feita por ele. O rapaz tinha muitas razões para se desesperar.

Momentos após confessar que o filho era judeu de nascença, George Antoun olhou para o teto, sem expressão, e suspirou duas vezes antes de chamar pela esposa, Mary. Logo depois, George teve uma morte gorgolejante, sangrenta e dolorosa.

Os dias após a morte do pai foram um borrão de tristezas. Com todos os membros da família mortos e enterrados, e sua clínica destruída, Demetrius buscara conforto em Mustafa e Abeen Bader. Não se sabe se a mudança repentina "de religião" a ele fora real ou mera imaginação de Demetrius, mas os Bader pareciam pouco à vontade e artificiais em seu afeto pelo homem a quem eles disseram uma vez que amavam como se fosse o próprio filho. O relacionamento, outrora íntimo, ficou subitamente cheio de frases não ditas, e a conversa não fluía mais com a facilidade e a familiaridade de refugiados unidos por amor, exílio, guerra e morte. Mais de uma vez, Demetrius sentiu os olhos acusadores de Mustafa pelas suas costas, como se, da noite para o dia, ele tivesse trocado a pele de árabe para virar um judeu odiado. Embora os Bader jamais tivessem sido abertamente hostis e, em várias ocasiões, até tivessem aconselhado Demetrius a esquecer as palavras do pai em seu leito de morte, alertando para não contar a ninguém no campo a verdade sobre seu nascimento, não conseguiam desprezar a confissão de George Antoun: Demetrius era judeu. Tampouco podiam esquecer que, há alguns anos, durante a disputa entre George, Mustafa e Amin a respeito do seu futuro, Demetrius recusara-se a lutar contra o inimigo, dizendo "ter feito as pazes com os judeus". Essas palavras, ditas sem pensar, voltaram para assombrar o jovem. Uma vez, tarde de noite, quando eles acreditavam que Demetrius estava dormindo, o jovem Antoun entreouvira Mustafa repetindo aquelas palavras para Abeen, perguntando à esposa se ela achava possível que um homem fosse misteriosamente ligado ao próprio sangue, mesmo sem saber da conexão familiar.

Demetrius sentia-se amargurado quando se recordava do alívio visível mostrado pelo casal na manhã seguinte, quando ele os informou de que estava saindo de Beirute. O pai de Christine conseguira um visto de turista para que Demetrius viajasse com a namorada para a Alemanha. Demetrius pretendia fazer uma viagem curta, sentindo que precisava de um tempo longe de violência do Líbano, mas Demetrius jamais esqueceria que Mustafa e Abeen o trataram como se ele já tivesse ido embora, mesmo antes de ter partido. Ele lhes enviara vários cartões-postais com seus endereços na Alemanha e em Nova York, mas o casal nunca respondeu. Esse silêncio fez Demetrius entender que ele jamais poderia voltar para o único lar que já conhecera.

A visita à Alemanha não melhorou a situação. Os pais de Christine pareciam ser um casal moderado e inofensivo, que amava ferozmente sua única filha. Os Kleist claramente queriam que ela fizesse o que a deixasse feliz, mas eles pareciam apreensivos e irritados na presença de seu pretendente árabe. Friedrich Kleist tentou fazer Demetrius se sentir mais bem-vindo criticando a política dos judeus na Palestina. Porém, Christine informara a Demetrius que, ao longo dos anos, a culpa nazista do pai curou-se e transformou-se numa grande admiração por Israel. Por isso, Demetrius sabia que o pai de Christine deturpava sua verdadeira opinião sobre os judeus, acreditando que um árabe aceitaria qualquer crítica a seus inimigos. Tal decepção, embora bem-intencionada, fez Demetrius se sentir ainda mais desconfortável.

Após uma semana de tentativas desajeitadas de conversa, Christine sabiamente pediu ao pai que conversasse com um de seus amigos, um homem importante no governo alemão e amigo íntimo do cônsul norte-americano na Alemanha. Alguns dias depois, o passaporte de Demetrius tinha o cobiçado carimbo do visto de trabalho para os Estados Unidos.

O país, porém, foi uma decepção. Quando vivia nos campos de refugiados e lia sobre a terra atraente e democrática dos Estados Unidos, Demetrius desenvolvera a ideia de que os EUA eram o império do futuro, o país no qual a verdade e a liberdade não eram meras palavras, e os cidadãos recebiam seus imigrantes de braços abertos, com boas-vindas e carinho. Agora, depois de viver por algumas semanas no país, ele descobrira que, embora alguns cidadãos fossem afetuosos e amigáveis, a vida lá não era como ele imaginara. O povo norte-americano parecia consumido por tamanha luxúria pela riqueza pessoal que evitava ter amigos íntimos e famílias próximas.

Anos antes, quando Demetrius falara sobre o sonho de fazer a vida nos Estados Unidos e abandonar a herança violenta da própria terra, George Antoun sorrira levemente antes de dizer:

– Lembre-se apenas de uma coisa, meu filho: Deus não concede todos os dons a um só homem ou a um só país.

Demetrius não entendera na época, mas agora sabia o significado das palavras do pai. Assim como não havia homens perfeitos, não havia países perfeitos.

Agora, ele agonizava com perguntas cujas respostas pareciam impossíveis: "Onde é minha casa? Onde é meu lugar?"

Invadindo seus pensamentos, Christine espreitou na porta:

– Querido, devo chamar uma equipe de resgate?

Assustado, Demetrius ficou parado por um minuto:

– Só um momento!

A voz de Christine estava incrivelmente empolgada:

– Só estava verificando!

Demetrius pegou o xampu e, enquanto lavava e enxugava o cabelo, teve uma visão de colinas marrons e verdes vales. A imagem que viu em sua mente era da Palestina, a terra que visitara brevemente há tantos anos. Com essa miragem fantasmagórica, ele entendeu que recebera uma resposta preocupante à sua única pergunta: Demetrius Antoun não podia fugir da terra onde nasceu. Mesmo tendo saído de lá, o local que abandonara ainda estava ligado a ele. Como palestino, Demetrius fora bem-sucedido em se afastar da Palestina. Como judeu, estava sendo atraído de volta para lá.

De repente, o rapaz foi inundado pelas possibilidades de uma nova vida e lembrou-se de que, em algum lugar na terra onde nascera, havia um casal que perdera um filho. De algum modo, algum dia, Demetrius Antoun prometeu a si mesmo que encontraria um jeito de se reunir com o homem e a mulher que lhe deram a vida.

Não sabendo mais o que fazer, Demetrius rezou:

– Deus, ajude-me... Ajude-me a encontrar meu destino.

Pouco tempo depois, o casal deixou o apartamento na rua 16 e pegou um táxi para o apartamento com a fachada de tijolos aparentes, típica de Nova York, na rua 22.

Ao subir os degraus para a casa dos Barrows, eles podiam ouvir o som da música ambiente misturado a discussões e fofocas em voz alta. Uma mulher de beleza exótica vestindo um maravilhoso sári vermelho atendeu a porta quando Demetrius bateu, saudando efusivamente o casal. Ela se identificou como a esposa de John Barrows, Gilda, e orientou os dois a se juntarem à festa enquanto continuava com seus deveres de anfitriã.

O apartamento era decorado com temas indianos. Havia pedaços de tecido diáfano colocados sobre a mobília e murais hindus pendurados nas paredes. Além disso, bandejas e potes de latão foram colocados nas mesas e músicas típicas do país tocavam no aparelho de som.

Demetrius e Christine trocaram sorrisos alegres, ansiosos para que o calor humano e a energia da festa dos Barrows lhes devolvesse o ritmo da vida. Nenhum dos dois conseguia se lembrar da última vez em que se sentiram felizes.

Demetrius avistou John Barrows na sala lotada e ele lhes deu um aceno de cabeça como forma de boas-vindas. O médico britânico segurava um gordo Buda de pedra nas mãos e contava uma anedota sobre ele. Uma explosão de gargalhadas irrompeu no círculo de ouvintes.

Demetrius tomou a mãozinha de Christine na sua e lhe fez um leve carinho.

– Esqueci de falar. Além de ser inteligentíssimo, John Barrows parece ter uma personalidade bastante peculiar.

– Imagino – concordou Christine, distraidamente. Hipnotizada pelo ambiente ao redor, ela encarou um homem de pele escura que usava um turbante *sikh* cheio de joias e estava sentado atrás de um cesto de palha. O homem tocava apaixonadamente um longo instrumento musical de sopro. Christine ficou horrorizada ao ver uma cobra que parecia furiosa se equilibrar no tapete persa. Ela tremeu, mas continuou a olhar. Após se satisfazer com a ideia de que o animal não passava de uma versão falsa de borracha, seus olhos se desviaram da cobra para os convidados dos Barrows. Trechos de conversas e risos flutuavam pela sala.

Vários homens jovens se moviam pela sala, servindo taças de vinho e oferecendo petiscos. Demetrius estendeu o braço com facilidade e ergueu uma taça de uma das bandejas, oferecendo o copo a Christine:

– Quer um drinque?

– Agora, não. Mais tarde.

Demetrius sorriu e bebeu um pequeno gole, elogiando a bebida enquanto acariciava mais uma vez a mão de Christine:

– Delicioso.

A moça lançou um olhar questionador para Demetrius, perguntando-se o que acontecera para mudar seu humor sombrio. Pela primeira vez em meses, Demetrius parecia sereno. Que transformação ocorrera durante o curto período em que ele estivera no banho? Christine lutava com esses pensamentos quando sentiu um olhar que a sondava. Ela virou um pouco a cabeça e avistou um homem alto de pé no canto da sala. O rosto dele não se abalou, mas ela o reconheceu de imediato. Christine perdeu o ar e agarrou o braço de Demetrius com tanta força que seus dedos ficaram brancos.

Demetrius retirou os dedos da namorada de seu braço e lançou-lhe um olhar sombrio, quase furioso:

– Christine! Por favor!

Pensando estar enganada, Christine olhou na direção do rosto do homem mais uma vez, desviando o olhar rapidamente em seguida. Não, ela não estava enganada. A alemã fechou os olhos e engoliu em seco.

O homem respondeu à sua reação assustada com um riso vindo do fundo da garganta, cujo volume sobrepujou os sons da festa.

Ela tentou puxar Demetrius para perto de si, a fim de lhe contar sobre o homem, mas naquele instante John Barrows apareceu. Após se apresentar para Christine, John arrastou Demetrius para olhar uma determinada peça de mobília que ele comprara há pouco tempo no Iêmen, dizendo alegremente pra a moça sentir-se em casa.

Christine queria seguir Demetrius, mas não conseguia se mexer.

O homem, por sua vez, movimentava-se rapidamente para alguém do seu tamanho. Ele sorriu, dirigindo-se a ela com carinho, numa voz suave e culta:

– Bom, olá de novo.

Christine o encarou em silêncio antes que um brilho de raiva surgisse em seus olhos. Ela desabafou, quase resmungando:

– Você!

O homem olhou para ela com um sorriso debochado:

– Sabe, fico feliz de ver que você está em segurança.

Christine ficou tão surpresa que não pôde fazer nada além de se repetir:

– Você!

Michel Gale deu uma risada sincera:

– Venha – convidou ele, conduzindo-a com a mão para um canto da sala.

Christine aquiesceu, mas não sem temor. Ela olhou ao redor, desesperada para encontrar Demetrius e dar-lhe a notícia inacreditável de que o soldado israelense visto por eles no dia do massacre estava na festa.

Michel pegou uma taça da bandeja e empurrou a bebida para Christine.

– Aqui.

Seus dedos tocaram levemente a mão da alemã quando ela aceitou a taça oferecida por Michel:

– Você está com cara de quem precisa de um drinque.

Ele a olhou de modo gentil:

– Não se preocupe, eu não mordo.

Pensando que o álcool pudesse clarear seus pensamentos, Christine engoliu o líquido de um gole só, emitindo um ruído alto antes de olhar bem para o rosto de Michel e perguntar:

– *Quem é você?*

O homem tragou seu cigarro e olhou direto para ela:

– Vamos ver. Meu nome é Michel Gale. Estou de férias das Forças de Defesa de Israel, visitando minha querida irmã em Nova York. – Ele deu uma olhada no relógio e depois na direção na porta da frente. – Que, devo acrescentar, está anormalmente atrasada.

Michel fez uma pausa, avaliando-a antes de perguntar:

– E você?

Christine recusou-se a dizer qualquer coisa a ele. Sua voz tinha um quê de acusação quando ela sussurrou:

– Você está nos seguindo?

O outro gargalhou bem alto:

– Não, não estou seguindo vocês. Quando vocês saíram de Beirute?

Christine emudeceu, tomada por uma sensação de irrealidade. Ela ficou sem saber o que fazer. Eles trocam olhares por vários minutos antes que ela dissesse algo. A pausa permitiu que Christine se lembrasse de que o homem salvara a vida de Demetrius. Se o jovem Antoun tivesse sido enviado para o estádio como o soldado originalmente ordenara, teria morrido junto com os outros árabes levados para lá. Christine soube mais tarde que esses árabes haviam sido brutalmente assassinados por seus captores.

A alemã fez um alerta:

– Se Demetrius o reconhecer, irá matá-lo.

As sobrancelhas de Michel se ergueram de surpresa.

– É?

Ainda assim, ele não parecia muito preocupado, abrindo a boca num sorriso lento e agradável.

– Sim, ele irá matá-lo! – Christine olhou pela sala antes de continuar: – Ouça, Demetrius Antoun não é homem de se preocupar com as consequências de seus atos.

Michel estava obviamente feliz da vida com ela, e nada que Christine pudesse dizer diminuiria seu entusiasmo. De vez em quando, o jovem soldado pensava na garota alemã e, com esse encontro fatídico, ele achava que o destino os empurrava na direção um do outro.

– Não se preocupe comigo – tranquilizou-a. – Posso tomar conta de mim mesmo.

– *Não* estou preocupada com você! Estou preocupada com Demetrius. Ele irá para a cadeia se matar você. – Christine destilava agressividade: – Escute aqui. Todos a quem Demetrius amava foram mortos no massacre. – A alemã abaixou o tom de voz para um sussurro: – E ele culpa os israelenses por essas mortes.

Num instante, o ataque sangrento em Shatila passou pela cabeça de Michel. Ele a encarou de volta, com firmeza e questionou com sarcasmo: – É? Árabes matam árabes e o mundo culpa os judeus? – Retomando o controle da conversa, ele retrucou rapidamente: – Diga-me, por que o exército israelense deveria levar a culpa pelo desejo insaciável de vingança dos libaneses?

Recordando-se dos soldados judeus que cercaram Shatila, confinando e sentenciando palestinos inocentes à morte, Christine se encheu de raiva: – Você é da mesma laia deles!

– Sinto muito por ouvi-la dizer isso – ele respondeu, aborrecido. Michel não tinha um pingo de remorso pelos palestinos mortos. Por muito tempo, seu ódio cego em relação aos palestinos fora direcionado para a causa de uma terra natal segura para os judeus. Ainda assim, sem querer acabar com a possibilidade de um relacionamento com a alemã, ele decidiu adotar um tom conciliatório: – Eu admito, aquela missão deu terrivelmente errado.

O rosto de Christine queimava de raiva, mas ela não falou nada.

Sem desviar seu olhar do dela, Michel terminou sua bebida, admitindo para si mesmo que a alemã tinha uma qualidade misteriosa que o atraía imensamente. Mais uma vez, sorriu. O aroma do perfume levemente floral da jovem flutuava entre eles. Michel tocou involuntariamente o braço de Christine e achou que a pele se assemelhava a veludo.

Christine afastou-se com um gesto rápido e nervoso. Ela abriu a boca para alertá-lo novamente sobre o perigo que Demetrius representava, depois fechou-a sem falar nada. Michel Gale estava além de qualquer aviso. Christine sorriu firmemente quando avisou:

– Quando você estiver com o crânio quebrado, não diga que eu não o avisei.

Christine colocou a taça de vinho numa bandeja de latão, fazendo um ruído alto, e ajeitou os ombros antes de ir embora, movendo-se o mais rapidamente possível pela sala lotada.

Enquanto Michel olhava para as costas rígidas de Christine, um afeto carinhoso irradiava de seu rosto e um sorrisinho surgia no canto da boca. Ele jamais ficou tão atraído por uma mulher! Michel sentiu um profundo alívio por ter terminado recentemente o relacionamento com Dinah.

O sotaque britânico marcante de John Barrows levou Christine na direção da sacada do apartamento. Olhando os convidados, ela se sentiu aliviada ao ver Demetrius apoiando-se numa grade de ferro e observando com interesse o médico britânico, que passava as mãos por um banco de madeira.

Desesperada para contar a Demetrius que eles precisavam sair da festa, Christine não olhou aonde ia e colidiu com um homem baixinho que carregava uma bandeja de camarão cozido, molho apimentado e manteiga. Ela ficou apavorada ao ver que seu vestido estava manchado, mas rapidamente percebeu que agora tinha uma desculpa para afastar Demetrius da festa.

Gilda Barrows apareceu imediatamente e viu o que acontecera.

– Essa não, que desastre! Christine, venha comigo.

A alemã sacudiu a cabeça:

– Não, não. Vou falar com Demetrius. Ele vai me levar para casa.

Gilda fez um gesto com as mãos, descartando a ideia:

– Bobagem, vocês acabaram de chegar.

Após dirigir a Christine um olhar analítico, ela constatou:

– Vestimos mais ou menos o mesmo tamanho. Venha.

Pegando-a pela mão, Gilda empurrou uma relutante Christine escadaria acima, na direção do quarto principal.

Do alto da escada, a alemã olhou para baixo e notou uma moça de beleza impressionante e cabelos ruivos flutuantes que entrou na sala e olhou atentamente, como se procurasse por alguém.

Embora não se parecesse em nada com Michel Gale, uma intuição inexplicável revelou a Christine que a mulher era irmã do soldado judeu.

Assim que chegou a Nova York, Jordan Gale alugou o apartamento logo abaixo dos Barrows, e Gilda foi a primeira vizinha que conhecera. Elas gostaram uma da outra de imediato e se tornaram amigas rapidamente.

Jordan exibia um sorriso aberto para ninguém em particular. Embora ela fosse uma mulher que recentemente negara a si mesma a possibilidade de ser feliz, logo aprendeu a disfarçar sua filosofia triste com um comportamento animado. Embora procurasse pelo irmão, Jordan passou pela sala lotada, abraçando e beijando vários dos convidados de John e Gilda. Mesmo vivendo em Nova York há menos de quatro meses, a moça já era bem conhecida. Na semana em que chegou à cidade, ela fora descoberta por um dos fotógrafos proeminentes de Nova York quando saía do salão de beleza Elizabeth Arden na Quinta Avenida. O homem ficou fascinado pela beleza marcante de Jordan e brincou com seu nome, perguntando se ela tinha esse nome por causa da Jordânia (que é chamada de Jordan, em inglês). Ela respondeu chamando-o de tolo por não saber que este era um nome comum entre judias e nada tinha a ver com o país chamado Jordânia, sendo, na verdade, a forma inglesa de Yarden. O homem sentiu-se ainda mais atraído por uma mulher que não tinha o menor desejo de encantá-lo, pois ele ficara esgotado e aborrecido com mulheres que faziam de tudo pela oportunidade de ser famosa. Por isso, a israelense representava uma mudança revigorante. De qualquer modo, ele teve uma ótima impressão, e a carreira de Jordan como modelo decolou quando o fotógrafo influente pressionou duas das principais revistas de moda da cidade a estamparem o rosto da jovem em suas capas.

Com seus fartos cabelos ruivos, imensos olhos verdes e compleição sem falhas, Jordan Gale era uma mulher linda. Sua imagem era voluptuosa demais para ser modelo de passarela. Contudo, teria sido perfeita para a vida social, se ela assim o quisesse.

Por um curto período de tempo após a chegada em Nova York, Jordan adquirira e dispensara amantes com uma desinibição obscena, mas ela logo chegou a uma conclusão: todo homem que levava para a cama poderia ser substituído pelo homem que viera antes dele. Implacável com seus pretendentes, Jordan deixou uma fila de corações partidos. Cansada das complicações resultantes do grande número de admiradores ávidos e após confidenciar a Gilda Barrows que sua paixão estava se transformando em amargura, ela maldosamente pediu a Gilda para espalhar um boato de que Jordan se apaixonara perdidamente por um homem casado, um figurão político do seu país natal, Israel. Após algum tempo o rumor se solidificou e o telefone da moça parou de tocar.

Jordan se contentou em viver o luto pela morte de Stephen, o único fato que a conectava à vida. Além de sua amiga mais íntima na cidade, Gilda Barrows, e do irmão, Michel, ninguém em Nova York sabia a verdade sobre sua solitária e infeliz vida.

Uma garota atraente chamada Clara, tão desesperada para namorar Michel Gale que observava todos os movimentos dele, mencionou para Jordan que seu irmão acabara de chegar à sacada. Jordan correu para dizer a Michel o motivo de seu atraso. Sabendo que ele ficaria ranzinza e irritado por sua demora, os lábios da jovem formaram um sorriso de provocação. Jordan achava o irmão rígido demais, e adorava implicar com ele. Ela empurrou pessoas na multidão até encontrar seu caminho, passando pela porta de vidro deslizante rumo ao ar fresco de dezembro. Michel estava em pé com um grupo de seis ou sete homens, envolvido numa conversa animada e, por um curto período de tempo, Jordan passou despercebida.

Ela fez uma pausa, esperando pacientemente pelo momento certo para retirar o irmão do grupo.

Foi quando ela o viu.

Os olhos de Jordan se arregalaram diante do homem mais lindo que já vira. Alto e magro, mas de tórax largo, com cabelos castanho-escuros levemente ondulados. Ela achou que o rosto do desconhecido tinha uma beleza quase feminina, mas ele fora salvo desse destino por uma estrutura óssea forte e bem esculpida. Ele tinha olhos afastados um do outro e lábios sensuais... Lábios que estavam apenas parcialmente cobertos por um bigode farto. Completamente hipnotizada, Jordan seguiu a linha esculpida da mandíbula do desconhecido até o queixo sólido e quadrado. Ela apertou bem as mãos, como forma de conter sua empolgação.

John Barrows a viu antes que ela dissesse algo:

– Jordan! Estávamos esperando por você!

John enlaçou os braços no ombro da jovem e a puxou para seu grupo.

Jordan vislumbrou por cima de John, incapaz de parar de olhar para o desconhecido.

Uma chama de curiosidade percorreu o rosto de Demetrius, que achou a mulher extremamente delicada.

Após trocar cumprimentos com os homens que conhecia, Jordan se viu frente a frente com o adorável desconhecido, que era ainda mais alto do que ela achara a princípio. Jordan era alta e, até agora, só o pai a conseguia fazer se sentir pequena. Bastou apenas uma olhada vinda daqueles olhos acinzentados para deixar Jordan fascinada. Ela encarou abertamente o homem. Quando foi apresentada a ele, deu uma risadinha agradável, tentando abafar a tensão em sua voz.

– Muito prazer em conhecê-lo, Demetrius Antoun.

Ela gostou de dizer o nome do rapaz, sem indicar que sabia ou se importava com o fato de o objeto de sua atenção ser, inegavelmente, um árabe.

O sorriso Demetrius surgiu lentamente, mostrando suas covinhas. Sua voz era profunda e tinha um leve sotaque:

– O prazer é meu, senhorita Gale.

Demetrius fez uma saudação, abaixando levemente a cabeça. Ele sentia a presença de Jordan do alto da cabeça ao dedão do pé, mas não deu qualquer sinal de sua súbita e inesperada atração.

O mesmo não acontecia com ela, cuja face era uma óbvia confissão de seus sentimentos.

A situação rapidamente ficou embaraçosa e vários homens vacilaram entre ficar ou sair. Por fim, eles começaram a se afastar, deixando apenas John e Michel com o casal enfeitiçado.

Jordan acalmou-se aos poucos, mas ela e Demetrius continuaram a se olhar.

Michel apertou os olhos, primeiro na direção de Demetrius e depois, de Jordan, e não gostou do que viu. Sua irmã se mostrava disponível demais. Michel até poderia rir da expressão transparente em seu rosto. Se Jordan fosse qualquer outra pessoa, e não sua irmã, ele certamente riria. Michel costumava ter pouco interesse nos homens com quem a irmã namorava, mas Demetrius Antoun era árabe e, na cabeça de Michel, essa era a única nacionalidade estritamente proibida para um israelense da religião judaica.

Michel seguiu diretamente na direção do palestino, sem medo da reação temida por Christine. Ele queria saber mais sobre a jovem, e ver por si mesmo se Christine e o árabe estavam casados. Ele não ficara surpreso pelo árabe não ter tido qualquer reação quando foi apresentado a ele. Michel sabia que ficava muito diferente em roupas civis, e que as mulheres, mais do que os homens, tendiam a lembrar-se de detalhes. Demetrius Antoun lhe dera um olhar breve e questionador, mas, fora isso, portou-se de modo perfeitamente educado.

Absortos, Jordan e Demetrius começaram a conversar.

Ao descobrir que ele era um refugiado palestino, Jordan sentiu uma explosão de alegria, deliciada pelo fato de esse belo homem ser do mesmo país que ela. Incapaz de disfarçar a alegria na voz, perguntou:

– E de que parte da Palestina você é?

Demetrius sentiu um desejo súbito e selvagem de se inclinar e dar um beijo apaixonado na boca dessa linda mulher. Sua voz ficou mais encorpada e tensa:

– Meus pais viveram em Haifa. Até 1948.

Ela sorriu para ele, ignorando as implicações do ano em questão.

– Haifa. É minha cidade favorita. – Ela tocou no braço dele de propósito antes de revelar: – Meus pais moraram em Jerusalém. – O ronronar da voz dela ficou mais suave: – Você já esteve lá?

Michel começou a lançar-lhe olhares furiosos. Ver sua irmã flertar com um árabe trouxe de volta todo o antigo ódio que se formara em sua mente por anos a fio.

Extremamente perspicaz, John insistiu para que Michel lhe desse uma opinião sobre o banco iemenita que ele empurrara para um canto da varanda.

Michel se recusara a mudar de posição, tentando pensar numa tática para afastar a irmã do árabe sem criar uma cena. Por experiências anteriores, ele sabia que Jordan não poderia ser forçada a fazer coisa alguma. Forçá-la a algo seria um erro; não adiantaria nada. Sua irmã era uma mulher forte e teimosa, que adorava escandalizar a família.

Claramente desconfortável com o turbilhão de emoções ao seu redor, John arrastou o banco e, retirando-se do canto, ergueu a voz e comentou:

– Um pequeno iemenita fez este banco. Sua mão esculpiu a madeira com um canivete. – O médico deu tapinhas no banco e convidou: – Jordan, venha aqui e sente-se.

Jordan e Demetrius sorriram um para o outro.

Ela seguiu em direção ao banco, mas o salto do sapato acidentalmente ficou preso no piso de madeira.

Jordan tropeçou.

Demetrius a tomou em seus braços.

O ato da moça foi espontâneo. Ainda que levemente, ela tocou o rosto de Demetrius.

Naquele exato momento, Gilda e Christine saíram em busca de John e Demetrius.

Ao ver Demetrius e Jordan abraçados, Christine ficou tão nervosa quanto se tivesse sido ameaçada inesperadamente com um lança-chamas. Ela chegou a cair um pouco para trás, tamanha a dor emocional.

A situação se deteriorou rapidamente.

Tomada de ciúmes, Christine gritou:

– Demetrius! O que você está fazendo? – Sem dar tempo para Demetrius responder, ela voltou sua atenção para Jordan: – E quem é esta mulher?

Demetrius soltou Jordan e olhou para Christine.

Ao olhar para aquela mulher excepcionalmente bonita, Jordan percebeu na hora que ela devia estar com Demetrius Antoun. Ela só poderia esperar que seu rosto não mostrasse a decepção que sentira. A irmã de Michel olhou para Demetrius, que não demonstrou qualquer emoção.

Determinado a evitar uma cena embaraçosa, Demetrius estendeu a mão e falou suavemente, embora suas palavras soassem como uma ordem:

– Christine, quero que você conheça Jordan Gale.

Enquanto fazia as apresentações, um turbilhão de pensamentos passou pela cabeça de Demetrius. Ele sabia que encontrar Jordan Gale significava um ponto de virada em sua vida. No entanto, Demetrius era um homem ferozmente reservado e não tinha a menor intenção de expor questões íntimas diante de pessoas a quem mal conhecia. Ele e Christine acertariam suas diferenças em particular. Depois, já livre do compromisso, ele abordaria Jordan Gale.

Só Deus poderia saber o que aconteceria como resultado dos eventos daquela noite.

Houve um longo silêncio enquanto Christine e Demetrius se encaravam mutuamente.

Christine ficou cada vez mais desconfortável, desejando de todo o coração poder retirar o que dissera.

Por um instante, Jordan achou que a mulher estava sendo melodramática, mas depois mudou de ideia, dizendo a si mesma que, se Demetrius Antoun fosse seu namorado, reagiria da mesma forma.

Gilda pôs as mãos em torno da cintura de Christine.

– Christine, o que está acontecendo aqui?

Michel lutou contra a incrível vontade de tomar Christine nos braços. Um estranho pensamento lhe passou pela cabeça. Ele desejava ser o homem amado por Christine Kleist, tão amado a ponto de gerar esse ciúme incontrolável.

A respiração de Christine era superficial e intermitente. Ansiosa, ela hesitava entre esperança e medo: esperança de estar errada sobre o que vira e medo de não estar. Ainda assim, a alemã sabia que não estava enganada. Christine conhecia Demetrius há muito tempo para não levar essa situação a sério. Ele não era homem de mentir. *Sobre o que quer que fosse.* E não era homem de flertar com outras mulheres. *Tudo* era sério para Demetrius. Saber disso deixava Christine apavorada, pois ela tinha certeza de que algo muito importante acontecera na vida dele durante esse breve período em que ficara longe dele.

Três palavras horripilantes passavam por sua cabeça: eu o perdi! Eu o perdi! Lançando para Demetrius um olhar de amor e luto, misturado com raiva e traição, Christine articulou um grito abafado antes de se desvencilhar de Gilda e sair correndo.

Houve um silêncio constrangedor e chocado. Todos ficaram imóveis por um longo período, olhando uns para os outros e depois para Demetrius, questionando se alguém entendera o que acabara de acontecer.

Terrivelmente envergonhado, Demetrius pôs sua bebida na grade da sacada:

– Peço desculpas. Christine não está em seu estado normal.

O jovem Antoun olhou com arrependimento para Jordan Gale antes de se afastar.

Dividido entre proteger a irmã e ir atrás de Christine, Michel tomou uma decisão rápida. Jordan era adulta e poderia tomar conta de si mesma. Ele deu um tapinha no ombro de Demetrius:

– Deixe-me ir – interferiu ele. – Christine e eu nos conhecemos... De outra época... – sua voz diminuiu de intensidade. – De outro lugar...

Michel encarou intencionalmente Demetrius:

– Por que você não fica aqui? – E então olhou para Jordan: – Com minha irmã.

E ele foi embora antes que Demetrius pudesse protestar.

Capítulo XXII

Os amantes

Tremendo de emoção, Christine saiu correndo do apartamento dos Barrows. Ela deixou o prédio e foi para a rua tranquila, sem saber aonde ir ou o que fazer. Após dizer a si mesma que Demetrius tinha todo o direito de estar furioso, e sabendo que não haveria agonia maior do que encará-lo, ela regrediu para um hábito de infância há muito esquecido: em vez de enfrentar uma cena desagradável, Christine se escondia. Ao vislumbrar uma coluna de arbustos altos no pequeno parque situado bem na frente à coluna de edifícios com a fachada de tijolos, Christine buscou abrigo lá. Respirando pesadamente, ela se sentou no chão de olhos fechados.

– Christine! – gritou uma voz de homem vinda da rua.

Ela olhou através dos galhos finos dos arbustos e, quando percebeu que o chamado vinha de Michel Gale, prendeu a respiração.

– Christine!

–Vá embora – a mulher sussurrou. – *Vá embora!*

Christine recuou horrorizada quando ouviu uma voz desconhecida gritar para Michel:

– Está procurando uma mulher baixinha de cabelo comprido e escuro?

Os olhos de Christine seguiram o som da voz e ela pôde enxergar uma mulher sem teto sentada no banco do parque, a menos de um metro de distância. Ela perdeu o ar. Será que a mulher iria dizer a Michel onde era seu esconderijo?

– Estou. Você a viu?

– Ela entrou embaixo daqueles arbustos ali.

A mulher fez um gesto na direção de Christine.

Perfeitamente composto, Michel começou a andar na direção dos arbustos.

Christine olhou freneticamente ao redor, procurando meios de escapar. Havia um muro logo atrás dos arbustos.

– Vocês brigaram? – perguntou a sem-teto.

– Mais ou menos – respondeu Michel secamente.

Sabendo que estava prestes a ser pega numa situação ridícula, Christine pôs os dedos na frente dos lábios e choramingou:

– Ah, não.

O rapaz ficou de cócoras no chão e fixou o olhar. Seu rosto apareceu subitamente numa brecha entre os arbustos:

– Oi.

Ruborizada de vergonha, Christine lutou para manter a compostura:

– Ah. Olá.

– Posso me juntar à senhorita? Ou você prefere vir comigo?

– Ah, eu não sei – ela olhou ao redor. – Aqui está bom.

Michel fez que sim com a cabeça.

– Parece confortável.

– Sim – ela ajeitou a saia. – Está sim.

Michel permaneceu quieto por um minuto antes de estender a mão e convidar:

– Christine, venha comigo.

A alemã olhou diretamente nos olhos de Michel, tentando decidir se deveria acreditar nele.

Foi quando ele sorriu:

– Vamos, querida. Venha comigo.

Ela aceitou o convite e pegou a mão do jovem soldado.

Após retirá-la de trás dos arbustos, Michel sacudiu a poeira do vestido da moça, que ouviu em silêncio quando ele sugeriu:

– Vamos para sua casa pegar o que lhe pertence. Você pode deixar um bilhete. – E acrescentou: – Na verdade, eu estava pensando em viajar para a Flórida.

Christine, triste, aquiesceu. Ela sabia que o relacionamento com Demetrius terminara e olhou para Michel Gale, tomada por uma nova emoção. Subitamente, Michel a fazia se sentir segura:

– Uma viagem para a Flórida parece uma ótima ideia – aceitou a alemã.

Ele chamara um táxi. Os dois conversaram pouco durante a corrida pela cidade, mas Michel segurou firme a mão dela, como se tentasse incutir nela a força necessária para essa empreitada.

Após fazer as malas, Christine deu uma última olhada no apartamento. A moça parecia estar num pesadelo, num minuto desejando que Demetrius entrasse pela porta e a impedisse de ir embora e, no minuto seguinte, lembrando-se de que sua relação com o árabe sempre fora unilateral. E isso a fazia se sentir tão incompleta quanto ele, provavelmente.

– Você deve deixar um bilhete.

– Não. Demetrius irá entender – recusou-se ela, com uma tristeza sufocante que partiu o coração de Michel.

Nos primeiros dias após o término de seu romance, Christine não conseguia pensar em nada além de Demetrius, ainda sentindo atração por ele a distância.

Michel fora inacreditavelmente paciente, ouvindo os ataques de mágoa intermitentes da moça.

À medida que os dias iam se passando, Christine tomou ciência dos encantos especiais de Michel: tratava-se de um homem bonito e viajado, que tinha um senso de humor maravilhoso. Após a natureza sombria de Demetrius, ela passou a apreciar verdadeiramente o humor mais leve de Michel. Ela estava se divertindo, para variar.

Uma noite, enquanto jantava no *Joe's Stone Crab*, um dos mais famosos e tradicionais restaurantes de Miami, ela admitiu para si mesma que sua paixão por Demetrius começava a diminuir, sendo substituída pela forte atração por Michel.

E Michel parecia sentir a mudança:

– Vamos dançar – sugeriu.. – Mas estou falando de música lenta.

Tocando de leve o rosto do jovem com os dedos, Christine respondeu:

– Não. Tenho uma ideia melhor. Vamos voltar ao hotel.

Ele deu uma boa olhada para a alemã e pagou a conta.

Já no hotel, Michel parecia um homem faminto. Uma vez no quarto, de pé e cara a cara com Christine, ele passou as mãos pelo cabelo de sua amada e foi descendo pelo pescoço, percorrendo o caminho ao longo das costas.

– Deus, Christine.

Ela começou a desabotoar a camisa do rapaz:

– Michel.

Ele a beijou no pescoço e desceu pelos ombros:

– Eu queria você desde o primeiro dia em que a vi.

Ela riu suavemente:

– Eu o detestei.

– Eu adorei você desde o primeiro minuto.

Ele a beijou nos lábios, primeiro lentamente, depois com uma sofreguidão que fez ambos perderem o fôlego.

Michel segurou a alemã pelos ombros e revelou:

– Eu amo você, Christine Kleist.

– Como um judeu pode amar uma alemã? – provocou ela.

Entre beijos, Michel sussurrou:

– Christine, você consegue amar um judeu? Este judeu?

Christine se afastou e o encarou, parecendo totalmente perdida. Enfim, ela respondeu em tom cético:

– Meu Deus, Michel. Não posso acreditar, mas acho que estou me apaixonando por você.

Michel a olhou com intenso prazer, beijando-lhe o nariz, a face, os lábios. Ele ergueu Christine do chão e a levou para a cama, deitando-a e beijando-a repetidamente, acariciando seu corpo com as duas mãos.

Duas semanas depois, quando chegou a hora de Michel voltar a Israel, ele levou Christine consigo para apresentá-la aos pais e anunciar que ela era a garota com quem desejava se casar.

Christine ficou surpresa ao descobrir que seu afeto por Demetrius Antoun virara uma lembrança turva, e sua relação com Michel Gale estava se tornando tudo o que ela sempre quis.

Abril de 1983, Jerusalém

Um calafrio se espalhou pela sala quando Joseph Gale confirmou a história de Christine Kleist:

– Sim, criança. Jamais esquecerei o nome. – Sua voz tremia de raiva ao enfatizar cada palavra: – *Coronel Karl Drexler.*

A expressão de Joseph se tornou feroz quando ele olhou Christine diretamente nos olhos e vaticinou:

– Apenas os mortos se esqueceram do coronel Drexler.

Christine recostou-se na cadeira, o corpo já não tinha forças. Constrangida e envergonhada, ela abaixou o olhar. Uma tristeza terrível refletiu-se em seu rosto quando cochichou:

– Ah, não. Eu esperava que não fosse verdade.

Ela segurou a cabeça com as duas mãos e balançou-se para frente e para trás.

Ester Gale tinha o corpo inclinado para frente, o rosto lívido e o olhar assustado. Ela fazia um grande esforço para se conter. As palavras da jovem alemã eram inacreditáveis!

Michel se mexeu lentamente na cadeira. Sua voz era rouca e descrente:

– Isso é estranho demais, estranho demais.

Ele olhou para Christine e perguntou, ressentido:

– Christine, por que você não me contou?

A alemã ficou muda. Ela queria contar a Michel que tivera o cuidado de não revelar suas suspeitas até ter absoluta certeza, mas, ao testemunhar o olhar irritado dele, preferiu não dizer nada.

Anna Taylor observou a cena com preocupação, preparando-se para uma noite difícil. Ela olhou para Christine com raiva. A mãe de Anna costumava dizer que o desastre chega pela boca, e aquela noite era uma prova cabal da sabedoria de Margarete Taylor. O simples fato de Michel estar noivo da filha de um nazista já era um fardo e tanto, mas essa última revelação era perturbadora demais!

Vários segundos se passaram. Enfim, Christine levantou a cabeça e virou-se para Joseph e Ester, falando com a voz baixa e trêmula:

– Sinto muito. Será que algum dia vocês poderão me perdoar?

A expressão raivosa de Joseph suavizou-se. Olhando para o rosto arrasado da jovem, ele se lembrou do vasto círculo da guerra que afetava gerações ainda não nascidas.

– Perdoar *você*? Minha querida, não há motivo para perdoar *você*.

Christine sentiu que o velho tinha empatia pela sua situação. Lágrimas de vergonha encheram os olhos da alemã, pois os feitos de longo alcance dos nazistas mais uma vez voltavam para assombrá-la. Olhando para o belo e gentil rosto de Joseph, ela se perguntou como os cidadãos alemães da geração de seus pais conseguiram justificar o extermínio de homens como ele.

O choque de Ester piorou, causando falta de ar. A cor cinza, o ritmo sombrio daqueles dias, o fedor da morte, tudo passou rapidamente pela sua cabeça à mera menção do Gueto de Varsóvia e dos soldados da S.S.

Joseph observava atentamente a esposa. Ele correu para o lado de Ester e, pondo as mãos no rosto dela, perguntou:

– Querida, você está bem?

Ester não falou nada, mas apertou a mão do marido e depois fez que sim com a cabeça, confirmando que estava bem.

Anna foi para o outro lado de Ester e tocou o ombro da amiga de forma reconfortante. Por baixo do exterior forte de Ester Gale havia o interior frágil da mãe, que há muito estava enlutada. Ninguém sabia disso melhor do que Anna.

Joseph lançou um olhar perplexo para Christine:

– Você tem certeza absoluta do que está dizendo?

Christine engoliu em seco antes de responder. Se por um lado ela sabia que sua informação era precisa, por outro ela se perguntava se estava errada ao contar aos Gale que era filha de Friedrich Kleist, guarda da S.S. no Gueto de Varsóvia. Será que a relação dela com a família do namorado mudaria irrevogavelmente por causa dessa revelação? Christine não queria se tornar uma fonte de dor para Michel, um lembrete dos eventos que tanto haviam ferido seus pais. Se isso acontecesse, será que seguiria seu rumo, esquecendo-se de tudo o que eram um para o outro? Ela sentiu arrepios pelo corpo como se tivesse acabado de ler o próprio epitáfio.

Com quatro pares de olhos perscrutadores voltados para ela, Christine respondeu de forma atrapalhada e impensada à pergunta de Joseph:

– Sim, sei que estou certa. Meu pai repetiu a história para mim várias vezes. Ainda hoje, quando Michel me contou como a família de sua mãe faleceu, eu sabia dos detalhes mesmo antes de ele começar a falar.

Ela olhou para Michel em busca de confirmação.

– Ela tem razão – respondeu Michel. – Christine me contou fatos que eu jamais ouvira sobre o Gueto de Varsóvia. – Após alguns instantes de silêncio, ele completou – Mas eu não fazia ideia de que ela falava de minha própria família.

Como a maioria dos judeus que escaparam de Hitler, Joseph e Ester contaram a seus filhos pouco mais que o básico: que suas famílias morreram durante o Holocausto. Por crescerem em Israel, preocupados com a sobrevivência do jovem país, as crianças israelenses estavam muito afastadas das câmaras de gás e dos poços da morte para sentir o horror pleno do destino final dado aos judeus da Europa.

Pela primeira vez na vida, Michel lamentou-se pela perda de alguém. Ele também ficou levemente decepcionado por saber que uma criança alemã filha de nazistas sabia mais sobre o Holocausto do que um filho de sobreviventes judeus.

Christine dirigiu a Michel um pequeno sorriso de desculpas, esperando que ele ainda a amasse.

Michel sorriu de volta. Tudo estava bem.

A alemã pigarreou ao voltar sua atenção para Joseph. Ela buscava em suas lembranças a fim de garantir que contava a história correta:

– Como eu lhes falei, meu pai era um guarda da S.S. no Gueto de Varsóvia. Ele testemunhou os crimes inenarráveis cometidos contra sua família. – Ela abaixou o tom de voz: – Meu pai contou que jamais vira um homem lutar com a ferocidade de Joseph. Segundo ele, foram necessários oito guardas da S.S. para derrotá-lo até que fossem capazes de chegar à sua esposa e aos seus filhos. –A voz de Christine estava abafada: – Ele jamais esqueceu aquela noite terrível!

As palavras de Friedrich Kleist ditas na voz de sua filha tomaram conta da sala como uma avalanche assustadora.

Michel olhou para o pai de outra forma, pensando, com orgulho, que a coragem de Joseph Gale se igualava à sua bondade.

O patriarca respirou fundo, fechou os olhos e pôs o dedo médio sobre os lábios. Ele trouxe lembranças reprimidas de volta à superfície, revivendo a noite mais amarga de sua vida... Uma noite que ele passara os últimos quarenta anos tentando esquecer. Imagens enterradas de rostos alemães, parecendo todos iguais, inundaram sua mente.

– Meu pai falou que o senhor lhe salvou a vida – acrescentou Christine. – No final da guerra, você se lembra disso?

Joseph grunhiu e se levantou. Sua memória fora subitamente cutucada pelas palavras da jovem, trazendo-lhe à mente um certo rosto alemão. A partir desse leve reconhecimento, a consciência de Joseph movimentou-se num ritmo estonteante. Ele se recordou do homem e de seus atos. Um ato individual que colocou aquele homem em particular acima da missão grosseira dos guardas da S.S. Joseph falou lentamente, incapaz de acreditar na incrível coincidência:

– Friedrich Kleist. *Aquele guarda da S.S. é seu pai?*

Christine tinha um tom de empolgação na voz:

– Sim! Sim! O senhor se lembra dele?

Joseph caiu pesadamente em sua poltrona e olhou diretamente para Michel. Pela primeira vez, Joseph queria que seu filho soubesse de tudo. Seu rosto tinha uma expressão torturada, embora suas palavras fossem lentas e pensadas:

– Michel, isso aconteceu no fim da guerra. Mais ou menos um ano após Daniel e eu termos fugido do trem que nos levaria a Treblinka. Naquele ano, vivemos nas florestas da Polônia com os *partisans*, lutando com eles, explodindo trens, caminhões de transporte... Sua mãe ainda estava com uma família de fazendeiros poloneses. Era perigoso demais tirá-la de lá. Então, um dia Daniel e eu entramos em Varsóvia para obter informações sobre um carregamento de armas. Quando estávamos no local, o exército russo subitamente começou a derrotar os alemães. Daniel e eu ficamos em Varsóvia, sabendo que o fim da ocupação alemã estava próximo. Ouvimos os canhões russos por vários dias. Com eles tão perto, toda Varsóvia se ergueu em fúria contra os bastardos alemães. – Joseph Gale olhou para Christine: – Er... Desculpe.

Christine fez um aceno de mão:

– Tudo bem. Eu entendo.

– Os poloneses calcularam mal. Eles acharam que os russos se uniriam à nossa batalha. Em vez disso, eles abandonaram os poloneses. – Os lábios de Joseph se apertaram de raiva: – Os tanques russos ficaram do outro lado do rio Vístula, sem se mexer. – Joseph parecia pensativo por um momento. – Somente após Varsóvia ter sido destruída e 250 mil guerreiros e civis poloneses terem falecido, os russos entraram na cidade.

Uma lembrança turva surgiu para Michel. Ele perguntou:

– Foi quando mataram o tio Daniel?

Joseph franziu as sobrancelhas. Em sua cabeça, a vida sempre pareceu um lembrete imperdoável da morte de Daniel Stein. Sua voz tentava não revelar emoção:

– Sim, foi quando mataram Daniel. Após sobreviver aos transportes da morte, aos ataques da resistência e ao Levante de Varsóvia, um soldado russo o executou. Ele encobriu o erro relatando ao seu superior que Daniel era um soldado alemão disfarçado em trajes civis.

A sala ficou muito silenciosa.

Num tom contido, Anna concluiu:

– Todos nós precisamos de um drinque – e foi para a cozinha.

Joseph continuou:

– Os sobreviventes da resistência polonesa perseguiram os soldados alemães fugitivos, que faziam uma retirada rápida para sua terra natal. Eu não me lembro de todos os detalhes, mas realmente reconheci seu pai. E poupei a vida dele.

Joseph virou o rosto e olhou com carinho para a esposa:

– Poupei a vida dele por uma razão, e apenas uma: Friedrich Kleist salvou a vida de Ester. – Ele olhou novamente para Christine: – Seu pai avisou a Daniel. Disse-lhe que o coronel Drexler ordenara a Friedrich para colocar a família Stein no próximo trem para Treblinka. Para serem executados nas câmaras de gás. – Joseph respirou profundamente. – Nós tínhamos tão pouco tempo para nos preparar. Só Ester foi salva, pois conseguimos enviá-la para fora do Gueto no vagão de lixo, e ela passou o resto da guerra vivendo com uma família polonesa no campo.

Joseph disse o impensável:

– Sem Friedrich Kleist, Ester não teria sobrevivido e não estaria aqui hoje. – Ele fez uma pausa antes de olhar para o filho, com uma afeição óbvia, acrescentando: – Nem Michel.

Enquanto digeria essa informação chocante, Christine viu a imagem do rosto de Friedrich Kleist surgir bem diante de seus olhos. Na cabeça dela, ao arriscar a própria vida para salvar a vida de um judeu, seu pai estava redimido e, pela primeira vez, absolvido de seu passado nazista.

Assim que Anna veio da cozinha com drinques, um grito abafado veio de Ester.

Todos olharam para ela, espantados.

Até aquele momento, Ester ficara quieta, mas o testemunho de Joseph fora demais para ela. Ester levantou-se rapidamente e correu para o lado de Christine, agarrando o braço da jovem.

Os olhos da matriarca dos Gale apavoraram Christine, e sua voz soava como um grito primal:

– Seu pai contou o que aconteceu ao meu bebê?

Christine ficou pálida quando observou o rosto sofrido de Ester.

Com os braços abertos, Joseph caminhou para a esposa e a abraçou forte:

– Ester, não... Não faça isso a si mesma, querida.

Liberando o luto silencioso de quatro anos, Ester brigou para se soltar dos braços do marido. Ela se jogou no chão, aos pés de Christine, levando as mãos ao colo da moça, as palavras saindo uma após a outra, suplicando à jovem alemã para se lembrar:

– Miryam era só um bebê... Não tinha nem 3 anos... Era loura e de olhos azuis... Joseph disse que nosso bebê fora enviado à Alemanha para adoção. Os alemães sequestraram muitos bebês poloneses de pele clara... Seu pai falou algo sobre isso?

Christine, desesperada, começou a tremer, buscando em sua mente alguma boa notícia com a qual pudesse confortar Ester Gale. Como não sabia o que fazer, ela mentiu, esperando que seu pai pudesse resolver o mistério da criança desaparecida:

– Meu pai não disse, mas tenho certeza de que ele deve saber. – Sua voz foi sumindo: – Claro que sabe... Ele apenas não me contou.

Ester pôs a cabeça no colo de Christine e chorou lágrimas amargas:

– Miryam... Meu bebê.

Respeitoso com a dor de sua mãe, Michel levantou imediatamente:

– Mãe, não chore – ele puxou os ombros de Ester. – Mãe, por favor...

Anna estava furiosa. Nenhuma parte da guerra fora tão cruel com civis do que separar mães e filhos. Por que a alemã trouxera aquele passado de volta? Anna não se importava mais com os sentimentos de Christine. Seus lábios se curvaram de modo cínico quando ela alfinetou:

– Você tem o costume de fazer as pessoas se lembrarem de fatos esquecidos?

Christine sentiu todo o corpo tremer.

Michel a defendeu:

– Anna, não é preciso falar com Christine dessa forma. Ela só está tentando ajudar.

Ester lançou a Anna um olhar penetrante, quase acusador:

– Esquecido? Anna, a memória da minha filha me atinge como uma bala, a cada segundo... A cada minuto... – E olhou novamente para Christine: – Menina, você *precisa* telefonar para seu pai. – Ela virou a cabeça e olhou para Joseph: – Nós convidaremos a família de Christine para uma visita. Ele nos dirá onde procurar Miryam!

Joseph levantou-se e ergueu a esposa, pondo-a de pé:

– Ester.... Ester, querida, já se passaram muitos anos.

As lágrimas escorriam pelo rosto da mãe. Ela sacudiu a cabeça, sua voz de súplica quase inaudível.

– Apenas para vê-la, Joseph... Tocá-la... Saber que minha filha não sofreu... Saber que minha filha ainda está viva.

Joseph suspirou profundamente, olhando com pesar nos olhos de Ester. Ele, como a esposa, só queria ver sua preciosa filha mais uma vez. Porém, Joseph sabia que a probabilidade de Miryam ter sobrevivido era muito pequena. Apesar do que o coronel Drexler disse, provavelmente ele enviou Miryam e seu primo cego, David, para a morte nas câmaras de gás. E mesmo que Miryam tenha sido enviada à Alemanha para adoção, milhares de civis alemães morreram no último ano da guerra. Na cabeça de Joseph, a filha estava perdida para sempre.

Ester não conseguia parar:

– Eu sei o que você está pensando. Miryam tem uma mãe alemã... Nossa filha não se lembrará de nós... Mas Joseph! Joseph! *Nós temos de tentar!*

Joseph implorou à esposa:

– Não crie esta esperança, Ester. De novo, não.

Por vários anos após o fim da guerra, Ester escrevera cartas e mais cartas solicitando às autoridades alemãs e várias agências que haviam assumido a tarefa de procurar bebês judeus louros enviados dos países ocupados à Alemanha para adoção. Os esforços de Ester foram em vão. Não havia rastro de Miryam Gale ou do menino cego, David Stein.

Após vinte anos de buscas, Ester pôs a caneta de lado. Mas jamais passou um dia sequer sem rezar pela filha: rezar para que a pequena Miryam não tivesse ficado muito apavorada, rezar para que ela tivesse encontrado um bom lar, rezar para que ela tivesse sobrevivido à guerra, rezar para que ela fosse agora uma mulher adulta com seus próprios filhos.

Ester gritou para Christine:

– Ligue para seu pai! Ligue!

Tomada pela força das emoções da mulher, Christine levantou-se:

– Michel?

Michel olhou para o relógio:

– Que horas são na Alemanha?

– *Horas?* – gritou Ester. – Que importa que horas são? *Acordem-no!*

Christine correu para o telefone.

Michel a seguiu.

Cidade de Nova York

Jordan respirou profundamente. Ela amava o cheiro bolorento de livros antigos. A Biblioteca Pública da Cidade de Nova York tinha metros e metros de prateleiras contendo milhões de livros. Jordan passou os dedos por um gabinete de placas de vidro com diversos manuscritos de valor inestimável. Ela fora criada para apreciar livros e ouvira falar da imensa biblioteca que fora roubada da família de sua mãe durante o

Holocausto. Jordan fechava os olhos brevemente e visualizava a antiga casa da família em Varsóvia, tentando imaginar a riqueza da vida de sua mãe antes de tudo se perder.

Jordan agora se perguntava o que acontecera àqueles livros. Será que a preciosa biblioteca de Moses Stein fora destruída no Levante de Varsóvia, ou as velhas obras agora estavam na posse dos descendentes dos nazistas? Se fosse este o caso, seria uma pena, ela pensou.

Após passar uma hora maravilhosa no imenso edifício, Jordan foi para a rua, posicionando-se cuidadosamente de modo a conseguir ver Demetrius com facilidade quando ele saísse de uma das três portas principais do edifício. O rapaz estava na biblioteca há várias horas.

Um pouco sonolenta, ela logo se viu bocejando. Ao cobrir a boca com a mão, Jordan percebeu que era uma tarde maravilhosa para ficar à toa. O clima estava perfeito: sol brilhante, céu azul sem nuvens e a brisa quente de abril. Até os pássaros pareciam entoar suas canções de acasalamento de modo mais resoluto hoje.

Jordan sorriu ao observar um casal feliz deitado num dos terraços caros. Os jovens estavam envolvidos num abraço apaixonado, lembrando à israelense que os pássaros não eram as únicas criaturas com o intuito de se acasalar.

Suspirando alto, Jordan dedicou-se à sua distração favorita: pensar em Demetrius Antoun. Desde o começo de seu tórrido romance, Jordan reconheceu que ele não era um rapaz comum, e que esse tipo de homem e de relacionamento raramente acontecia mais de uma vez na vida. Demetrius tinha as mesmas características de bondade e integridade que a atraíram em Stephen, mas havia um sabor agradável de paixão e de mistério que não existia em seu primeiro amor. Jordan nunca se sentira tão feliz, nem mesmo em seus melhores dias com Stephen.

Ela se lembrou do relato que levava na bolsa, e esse pensamento a absorveu por um breve momento. Naquela manhã, ela recebera uma carta de seus pais em Jerusalém. A missiva falava de Christine Kleist, ex-namorada de Demetrius, e trazia notícias que Jordan não desejava compartilhar com o rapaz. Christine estava noiva do irmão de Jordan! Como isso se encaixaria nos planos de Jordan em relação a Demetrius era um pensamento preocupante. Ela se consolava com a ideia de que a notícia não era de todo ruim: também poderia ser boa, dependendo de como a informação chegasse. Agora ela não precisava se preocupar com a culpa visível que Demetrius sentia por magoar Christine.

A carta não era o único segredo que Jordan guardava de Demetrius. Ela ainda não dissera ao namorado que era adotada. No começo de sua relação, ela simplesmente se esquecera de contar. Jordan considerava Joseph e Ester Gale seus pais verdadeiros. Ela raramente pensava em Ari Jawor ou Leah Rosner. Uma vez, ela quase deu a notícia a Demetrius sem pensar, mas depois se lembrou da atitude dos árabes em relação à adoção. Todos os árabes israelenses que Jordan conhecia desconfiavam de alguém que não tinha família de sangue conhecida, acreditando que, sem saber quem são os pais e avós biológicos, você não poderia conhecer ou acreditar de verdade nos filhos. Jordan rapidamente decidira que primeiro apresentaria Demetrius a Joseph e Ester Gale e, mais tarde, contaria a ele sobre Ari e Leah Jawor.

Jordan raramente questionava Joseph ou Ester sobre o casal há muito falecido que lhe dera a vida. De olhos fechados, ela inclinou a cabeça para frente, apoiando-a nos joelhos erguidos enquanto pensava no que ouvira.

Ari Jawor e Leah Rosner perderam todos os parentes nas câmaras de gás. Eles foram os únicos sobreviventes de duas grandes famílias judias da Tchecoslováquia e conheceram um ao outro na marcha da morte que saiu de Auschwitz. Após o fim da guerra, eles conseguiram entrar na Palestina, lutaram lado a lado, e entre batalhas, fizeram seus votos matrimoniais. Levou anos até que Leah engravidasse. Em 1955, quando ela anunciou, orgulhosa, que esperava um bebê, o casal aguardou o nascimento da criança com enorme felicidade.

Três meses antes de Jordan nascer, Ari foi morto durante uma missão secreta na Síria. Quando ele morreu, Leah simplesmente se entregou, perdendo o gosto pela vida. Ao perceber que poderia morrer no parto, ela implorou a Ester Gale, sua melhor amiga, para que criasse a criança. Horas após o parto, Leah *realmente* faleceu, e Jordan pertencia a Joseph e Ester. Os Gale a criaram como filha e foram os melhores pais que uma criança poderia ter.

Dando de ombros, Jordan forçou-se a colocar de lado todos os pensamentos sobre seus pais biológicos, lembrando-se de que ela *contara* a Demetrius tudo sobre sua família, a parte boa e a ruim, com riqueza de detalhes: da felicidade pré-guerra dos Gale e Stein europeus, até as mortes trágicas de uma irmã e um irmão mais velhos.

Jordan rapidamente recuperou seu estado de espírito jubiloso.

Naquele mesmo dia, ela e várias outras modelos foram contratadas para posar para fotos sobre a última moda do verão para uma publicação local. Jordan passara boa parte da manhã dando cambalhotas entre esculturas de leões e colunas gregas do edifício de mármore ricamente decorado. Alguns dias antes, Jordan implorara até que Demetrius concordasse em visitá-la no ensaio fotográfico. Ela queria compartilhar tudo com o homem que amava.

Jordan sorriu de novo, obtendo olhares de apreço de vários jovens que tomavam sol, liam ou apenas matavam tempo na hora do almoço. Ela nem notou. Em vez disso, lembrou-se de quando Demetrius aparecera no ensaio e todos reagiram exatamente como Jordan silenciosamente previra. O fotógrafo, empolgado, dera uma boa olhada para o rosto de Demetrius e dissera a Jordan que ele poderia garantir a seu novo amante uma lucrativa carreira de modelo. As três outras modelos no ensaio flertaram abertamente com o novato, insensíveis à presença de Jordan e à falta de resposta de Demetrius. Rapidamente aborrecido com o que ele considerava claramente uma maneira frívola de ganhar a vida, bem como as infindáveis repetições de fotos e vários gritos dos jovens transeuntes para as belas modelos, Demetrius dera a Jordan uma careta de desculpas antes de se abrigar na biblioteca.

O rapaz ainda estava no prédio, embora tivesse voltado uma vez durante o ensaio, para informar a Jordan que planejara passar o tempo que precisasse lendo um texto irresistível sobre a história judaica que descobrira. Jordan não reclamou. Na verdade, ela ficou eletrizada ao saber que Demetrius se esforçava para saber mais sobre a origem judaica dela e constatou que esta curiosidade era um sinal auspicioso de que ele estava tão sinceramente envolvido no relacionamento quanto ela.

Jordan começou a cantarolar uma melodia de amor que estava em sua cabeça.

Mais alguns minutos se passaram e Demetrius surgiu passeando alegremente pela entrada do meio do edifício rumo à luz do sol.

Esperando que Demetrius a notasse, o coração de Jordan acelerou de entusiasmo.

A mente do homem estava em outro lugar. Ele dera o primeiro passo para descobrir sua família judia passando um tempo na biblioteca, pesquisando os bairros de Jerusalém. Ele tinha nas mãos uma lista de locais e ruas que foram ocupadas por árabes e judeus em conjunto durante a turbulenta década de 1940. Os documentos que ele encontrara na casa George Antoun em Shatila foram difíceis de decifrar. Demetrius sabia o nome do bairro, mas não da rua onde seu tio vivera. Ele teria de continuar a busca.

Quando viu que Jordan o observava, uma pequena e imprecisa expressão de surpresa surgiu no rosto do jovem Antoun, pois ele tinha certeza de que Jordan voltaria ao apartamento dela. Ainda despreparado para contar a verdade sobre sua origem, Demetrius não sabia o que fazer com os documentos que tinha em mãos. Ele parou abruptamente e tomou o cuidado de dobrar várias folhas de papel antes de guardá-las cuidadosamente no bolso da calça.

Jordan, curiosa, olhou diretamente para os papéis, mas não fez perguntas, pois aprendera que Demetrius era um homem extremamente reservado.

O olhar confuso de Demetrius se dissipou e ele sorriu, cumprimentando-a:

– Aí está você! – Quando Jordan ficou de pé, Demetrius tomou as duas mãos da moça numa das suas: – Desculpe! Eu não sabia que você estava esperando! – Acariciando as mãos de Jordan, ele suplicou: – Você me perdoa?

Feliz com as sensações criadas pelo toque de Demetrius, Jordan esqueceu-se de tudo. Seu rosto corou de felicidade ao dar um sorriso deslumbrante:

– Tudo bem, querido. Depois que o ensaio terminou, esperei lá dentro por algum tempo. – A jovem contou algo que ele não sabia: – Já lhe disse que trabalhei como bibliotecária? Eu tinha apenas 16 anos... Fugi de casa e consegui um emprego na biblioteca de Tel Aviv. Papai levou uma semana para me encontrar.

Jordan jogou a cabeça para trás e riu.

Demetrius acompanhou o riso:

– Você? Bibliotecária?

Era disso que ele gostava em Jordan Gale: sua total imprevisibilidade, além do jeito brincalhão, divertido e cheio de surpresas. A força de sua atração era tão avassaladora e o relacionamento subsequente tão recompensador que Demetrius tinha a sensação de conhecer Jordan há muito tempo. Ele costumava lembrar a si mesmo que eles haviam se encontrado há apenas quatro meses.

Os olhos de Jordan percorreram a área lotada.

– Depois eu saí e me sentei ao sol. Foi bom relaxar e não fazer nada, para variar.

– Relaxar parece mesmo uma boa ideia – provocou Demetrius.

Jordan puxou Demetrius para si, friccionando o corpo contra o dele de modo bastante sugestivo. Ela olhou diretamente nos olhos do namorado:

– Faça um pedido.

Os lábios da moça formaram um sorriso sedutor.

Demetrius fechou os olhos e pôs os lábios no rosto de Jordan, parando por um instante a fim de respirar seu aroma. E prometeu:

– Leve-me para o seu apartamento e eu lhe mostro o que pedi.

Jordan passou a mão aberta pelo tórax de Demetrius antes de trazer a cabeça dele para o nível de seus lábios, tocando levemente o ouvido do amado com a língua antes de sussurrar:

– Pedido atendido.

Com a voz rouca de desejo, Demetrius confessou seus pensamentos:

– Jordan Gale, você é a mulher mais sensual do mundo.

Ela estava impaciente:

– Vamos!

De mãos dadas, eles desceram os degraus, dois por vez.

– Vamos pegar um táxi – sugeriu Jordan, com um sorriso provocador. – Eu não consigo esperar.

Demetrius sorriu ainda mais, e olhou para os lados.

– Tudo bem!

Não demorou muito para um táxi amarelo bastante acabado desacelerar e encostar, parando no meio-fio. Jordan riu baixinho quando Demetrius recomendou ao motorista:

– Vá o mais rápido que puder... Sem desrespeitar a lei.

Enquanto Jordan aninhada a cabeça no ombro de Demetrius, o motorista os levou "costurando" pelas ruas até o apartamento de Jordan na rua 22.

Eles subiram as escadas correndo, rindo como duas crianças.

Ao tentar destrancar a porta, Jordan deixou as chaves caírem três vezes.

Já no apartamento, o casal lutou para retirar as roupas, parando de vez em quando para trocar beijos ardentes.

Alguém bateu à porta.

– Droga! Aposto que a Gilda nos ouviu chegar – sussurrou ela.

Jordan vivia no andar logo abaixo do apartamento dos Barrows e as duas geralmente tomavam chá juntas no fim do dia.

Com a voz densa, Demetrius sugeriu:

– Não atenda.

Em seguida, agarrou a moça com força, beijando-a com tamanha sofreguidão que o beijo parecia não ter fim.

Alguém continuava a bater insistentemente à porta.

Jordan envolveu as mãos em torno do pescoço de Demetrius, subindo depois para os cabelos.

A porta permaneceu fechada.

Horas mais tarde, Jordan dormia profundamente.

Demetrius aproximou-se em silêncio, antes de se inclinar e dar-lhe um beijo de leve na boca. Jordan não acordou, mas seus lábios formaram um pequeno sorriso. Demetrius olhou para ela por um minuto, depois puxou a colcha até a altura do queixo da namorada e saiu do quarto, descendo a escada em espiral para a sala de estar, no andar de baixo do apartamento. Através das fendas entre as cortinas, ele viu que ainda estava escuro e começou a procurar por cigarros. Desde que a conhecera, Demetrius começara a fumar. Ele olhou pela sala de jantar e nos balcões da cozinha, vislumbrando enfim a borda de um maço debaixo da blusa amassada de Jordan, que estava no chão.

Silenciosamente, ele vestiu a calça e, com os cigarros e o isqueiro nas mãos, saiu para a varanda. Inclinado na sacada, Demetrius acendeu um cigarro, fechou os olhos e inspirou profundamente, mantendo a fumaça nos pulmões até sentir uma queimação. Ele expirou, depois olhou sem atenção na direção do grande prédio de apartamentos de frente para o apartamento de Jordan.

A noite tinha uma quietude desconfortável que se encaixava com seu estado de espírito. Demetrius sabia há algum tempo que estava profundamente apaixonado por Jordan Gale. E, com esse relacionamento, ele descobriu que finalmente entrara na vida adulta: amava Jordan por sua natureza gentil e generosa, mente brilhante e inteligência afiada, mas tinha plena ciência de que essa garota encantadora também podia ser desagradavelmente egoísta e teimosa e, em mais de uma ocasião, deliberadamente mal-educada com pessoas de quem não gostava. Mesmo sabendo de tudo isso, ainda a amava.

Demetrius tinha uma decisão importante pela frente, e sabia que precisava tomá-la sozinho, sem a estonteante presença de sua amada. Mais do que tudo no mundo, Demetrius queria pedir Jordan em casamento. Porém, antes de dar esse passo, ele precisava fazer uma busca interior, para ter certeza de que o intenso desejo de conhecer seu passado não o impelira para esse relacionamento. Ele já sentia bastante culpa em relação a Christine e não queria magoar Jordan também.

Além disso, se ele casasse, poderia sustentá-la? Nunca houve um bom momento para confessar a verdade: que o homem árabe amado por Jordan era, na verdade, um judeu. Como ela reagiria ao saber que Demetrius não era quem ela imaginava?

Ele praguejou em silêncio, desejando não saber a verdade sobre seu nascimento. Como seria possível conciliar a vida árabe que tivera com a vida judaica que agora precisava aprender a ter?

O peso opressivo desse segredo influenciava o relacionamento. Ele tinha de contar a verdade, pois Jordan costumava dizer que suas mudanças de humor a afetavam. Mudanças estas que, ela deveria saber, vinham das circunstâncias de sua vida sobre as quais ele não falava.

Se Demetrius dissesse que, na verdade, havia dois homens dentro do mesmo corpo, um árabe e um judeu, será que ela acreditaria nele novamente?

O jovem Antoun ficou subitamente impressionado com o absurdo de sua situação.

Ele começou a rir. Riu tanto que achou que fosse acordar os vizinhos de Jordan. Por isso, inclinou-se para frente e tapou a boca com a mão, fazendo a risada soar como um gemido.

Jordan entrou na varanda e indagou, preocupada:

– Demetrius, você está bem?

Com as emoções à flor da pele, Demetrius uniu as sobrancelhas e olhou para Jordan, com uma expressão peculiar, sorrindo e franzindo a testa ao mesmo tempo. Suas palavras inesperadas eram a prova de que o senso comum fica cego quando é confrontado pela paixão. Mais calmo, o palestino fez, de repente, a pergunta que desejava fazer há semanas. Ele não ousou pensar por mais um minuto sequer, chocando tanto a si mesmo quanto Jordan.

– Meu amor, estava aqui pensando: você quer se casar comigo?

Ela olhou para Demetrius, sem fala.

O jovem mal conseguia respirar, esperando pela resposta.

Jordan ficou estranhamente paralisada. Ela sonhara com este momento desde o início da relação. Milhares de pensamentos passaram por sua cabeça: se ela se casasse com Demetrius Antoun, sua família ficaria dividida. Jordan sabia que um homem como Michel, cuja aversão aos árabes era notória, jamais aceitaria um deles como cunhado. Mesmo assim, Jordan se recusava a perder o futuro pelo qual ansiava por causa do irmão. Ele teria de aceitar. Mas, nacionalidades e dificuldades de família à parte, ela e Demetrius tinham temperamentos completamente opostos: ela era emocional e Demetrius, racional; ela era expansiva e Demetrius, reservado; ela gostava de grandes festas, ele preferia noites

calmas com poucos amigos; ela adorava contar piadas e fazer brincadeiras, Demetrius era sério demais para reconhecer uma piada quando ouvia uma. Apesar dessas diferenças, porém, eles retiravam forças um do
outro, e Jordan sabia que Demetrius a amava com a mesma intensidade
desesperada de seus sentimentos por ele.

Ela olhou para o ansioso rosto do amado, sabendo que, a despeito de
todos os argumentos sólidos contra o relacionamento, ela simplesmente
não poderia viver sem ele. Uma voz interna a cutucou, dizendo a Jordan
que, justamente devido a todas essas diferenças visíveis, seu casamento
seria feliz.

Demetrius parecia preocupado:

– Quer se casar comigo ou não?

Os olhos verdes e faiscantes de Jordan revelaram a Demetrius a resposta bem antes que ela falasse:

– Claro que me casarei com você, amor. – Ela pendeu a cabeça pra o
lado, e finalizou com um risinho sardônico: – Na verdade, eu mesma ia
fazer o pedido se você tivesse esperado mais.

Demetrius lembrou-se de apagar o cigarro na grade da varanda antes
de abrir os braços, convidativo:

– Venha cá.

Demetrius a pegou no colo e a levou para o quarto.

Enquanto faziam amor, Demetrius ergueu o rosto dela em suas mãos
e sussurrou:

– Minha esposa?

– Sim, meu amor, sim.

Capítulo XXIII
Visita a Jerusalém

*A*pós a guerra de 1967, quando o governo israelense assumiu o papel de ocupante, as diferenças políticas que dividiam o país se tornaram mais visíveis. Embora o governo do partido Likud, de Menachem Begin, tivesse uma postura inflexível sobre a Grande Israel, recusando-se a devolver territórios ocupados, muitos cidadãos israelenses sentiram-se desconfortáveis com um governo conquistador e viam o Likud como um partido radical. A impopular invasão ao Líbano em 1982 aumentou as divisões políticas em Israel. Após o massacre nos campos de refugiados de Shatila e Sabra, centenas de cidadãos israelenses marcharam pelas ruas de Jerusalém para demonstrar sua oposição às ações do governo.

Respondendo à pressão pública, o primeiro-ministro Begin formou a Comissão Kahan para investigar o massacre em Beirute. Esta comissão concluiu que o governo Begin deveria ter previsto a possibilidade de violência ao permitir a entrada das tropas falangistas de Bashir Gemayel, que morrera assassinado, nos campos palestinos, e também recomendou que o ministro da defesa, Ariel Sharon, fosse removido de seu posto. Diante de tamanha crítica, Begin agiu de modo cada vez mais hostil, dizendo-se perseguido.

Seus oponentes alegaram que o primeiro-ministro tinha um "complexo do Holocausto" e previram que o ódio fanático de Begin aos árabes levaria o país à ruína.

Esse era o estado de espírito dos israelenses quando o ex-guarda da S.S. no Gueto de Varsóvia, Friedrich Kleist, e sua esposa, Eva, chegaram a Israel em 6 de junho de 1983. Naquele mesmo dia, Jordan Gale e seu noivo árabe, Demetrius Antoun, também chegaram ao país com o intuito de informar à família sobre seu noivado.

Friedrich Kleist

Friedrich e Eva Kleist estavam arrependidos por terem decidido economizar, viajando de Frankfurt a Londres, e de lá para Israel. O voo da *British Airways* que saiu do aeroporto de Heathrow em Londres para o aeroporto Ben Gurion em Lod, Israel, estava repleto de turistas norte-americanos, cujos assentos ficavam perto de Friedrich e Eva Kleist. Os típicos sons de risos contidos e conversas animadas borbulhavam dos viajantes empolgados em férias, mas uma mulher em particular tinha uma risada tão alta e irritante que parecia um cacarejo, e ela mantinha um fluxo constante de gargalhadas desde que o avião decolara do aeroporto de Heathrow.

Quanto mais mulher ria, mais Friedrich ficava irritado. Ele fez um gesto impaciente com a cabeça e reclamou:

– Isso é realmente intolerável!

Suas palavras foram abafadas pelo ruído generalizado.

Eva deu um suspiro. Seu marido não estava em seu estado normal.

Na verdade, Friedrich fora jogado nessa grande confusão assim que a filha telefonou com a informação chocante de que estava na residência do casal judeu cuja lembrança assombrara Friedrich pelos últimos quarenta anos. A ligação ocorrera há cinco semanas, mas, para ele, a notícia parecia tão fresca quanto um ferimento recente.

Eva olhou para ele, em silêncio. Ela fora contra a viagem, mas, depois de entender que Friedrich estava determinado a encarar o casal judeu e iria a Jerusalém sozinho se necessário, ela fez as malas. Agora, Eva se preocupava com Friedrich, acreditando ser inteiramente possível que ele sofresse um colapso nervoso. Tudo no comportamento dele indicava intensa agitação: de súbito, ele respirava profundamente, mexia-se nervosamente no assento e, quando não folheava uma revista após a outra, olhava o grupo de norte-americanos com uma impaciência desafiadora.

Eva deu tapinhas na mão do marido:

– Acalme-se.

Friedrich olhou para ela com intensa raiva. Ele deu duas ou três respirações profundas e lançou para a esposa um tipo constrangedor de sorriso amargo:

– Sinto muito.

Mesmo assim, havia algo de ansioso em sua expressão.

Um rosto calmo, que esconde pensamentos desesperados, constatou Eva antes de repreender o marido:

– Friedrich, você não precisa fazer isso.

Friedrich arqueou os ombros, lançando-lhe um olhar penetrante:

– Ah, Eva, eu preciso... Eu preciso....

Eva aquiesceu. A hora de falar já havia passado. Nada estivera totalmente bem com Friedrich desde 1945, o ano em que ele voltou da Polônia.

Quando Friedrich deixou seu assento para ir ao lavatório, Eva inclinou a testa na janela e observou melancolicamente as nuvens, olhando, sem realmente ver, e lembrando-se da última vez em que conhecera a felicidade completa. O rosto jovem de uma bela garota surgiu das profundezas da memória como se fosse um sonho.

Em 1940, Eva Horst tinha 19 anos. Como muitos berlinenses, os Horst eram uma família de músicos que se deliciava com a riqueza cultural de sua cidade. Susanne Horst tocava piano e Helmet Horst era um violinista dedicado. Embora a pequena Eva tivesse aulas de ambos os instrumentos, sentia-se mais confortável com o violino e logo concentrou todas as suas forças em igualar o conhecimento do pai. O irmão caçula de Eva, Heinrich, preferia o trompete.

Em abril de 1910, Eva recebeu a confirmação de Wilhelm Furtwangler de que fora contratada para tocar violino na Orquestra Filarmônica de Berlim. Helmet, orgulhoso, levou a família para comemorar num famoso café na *Unter den Linden*. Friedrich, que ainda não se alistara na S.S., compareceu com a noiva à celebração.

Ansiosa pelo seu futuro brilhante na orquestra e cheia de expectativa quanto ao casamento vindouro, Eva previa uma época dourada pela frente.

Como ela poderia adivinhar a devastação que estava por vir?

No começo, tudo parecia tão certo... Os nazistas pareciam querer o melhor para a Alemanha. Após a rendição humilhante em 1918, a economia alemã entrou em colapso e a inflação chegou às alturas, transformando a maioria dos alemães em miseráveis. Quando Hitler foi eleito, a vida começou a melhorar, pois ele deu empregos ao povo, coordenou obras públicas, devolveu o respeito pela Alemanha. O orgulho de ser germânico voltou.

Durante o verão de 1939, a máquina de propaganda nazista foi bem-sucedida em convencer o povo de que os poloneses cometiam atrocidades contra os alemães que viviam em Danzig. Eles realmente acreditavam que os cidadãos poloneses incendiavam as casas e matavam alemães inocentes. Diante de tais ultrajes, o país se mobilizou. O que mais poderia ser feito? Quando os alemães protegeram sua nação atacando a Polônia, a Inglaterra e a França entraram na guerra, interferindo num assunto interno que, segundo os nazistas, nada tinha a ver com eles.

Em dezembro de 1941, Eva e Friedrich se casaram. Após uma breve lua de mel no Hotel Adlon, o mais exclusivo de Berlim, Friedrich foi enviado para o front oriental como guarda no Gueto de Varsóvia.

A partir daquele momento, a vida do casal se deteriorou.

Em resposta aos bombardeios a Londres, os britânicos começaram a retaliar com ataques aéreos sobre Berlim, embora estes fossem incapazes de infligir danos graves no começo. O governo alemão disfarçou habilmente a metrópole, construindo torres falsas ao redor da capital e cobrindo edifícios com redes pintadas que os transformavam em parques abertos. Até 1943, os bombardeios foram pouco mais que inconveniências, mas a situação mudou abruptamente quando aviões britânicos foram reequipados com motores mais potentes, capazes de levar bombas maiores. Berlim cambaleou com os ataques de 1943, que ameaçaram destruir a cidade.

Eva teve a sorte de tocar na Filarmônica de Berlim, pois os músicos da grande orquestra eram dispensados de qualquer tipo de serviço público ou militar. Enquanto seus pais e irmãos retiravam entulhos, Eva tocava violino. Os nazistas sabiam que os berlinenses suportariam a maioria dos transtornos, mas se revoltariam caso tivessem de abrir mão de suas atividades culturais.

Eva mal conseguiu ver Friedrich durante a guerra. Em licenças de curta duração, ele aparecia de surpresa no apartamento do casal em Berlim. Uma vez, quando Friedrich, perturbado, confidenciou a Eva o que estava acontecendo aos judeus, ela não acreditou. Como aquilo poderia ser verdade? Os alemães eram um povo civilizado! Friedrich só podia estar enganado! Os judeus eram usados como trabalhadores, nada mais! Depois que Friedrich voltou à Polônia, os rumores sobre a "solução final" para o problema judaico continuaram a circular, mas Eva permaneceu cética.

Em 1945, Heinrich, com 15 anos, e Helmet, aos 50, foram convocados para cumprir serviço militar completo. Eva percebeu que seu mundo estava desabando quando Helmet e Heinrich, junto com outros jovens e idosos, marcharam pelas ruas diante de cidadãos entristecidos e saíram da cidade para proteger o front oriental da Alemanha, a fim de deter o avanço do exército russo. A lembrança daquele dia ainda fazia Eva se emocionar. A visão do jovem Heinrich carregando sua maleta de couro contendo um estoque de roupas de baixo e alimentos; a mala que, um ano antes, guardara seus livros da escola, era uma imagem patética, gravada eternamente em sua memória.

O fim terrível para 12 anos do que começara como um glorioso governo nazista veio rapidamente. Berlim jazia num amontoado de ruínas, com 80 mil berlinenses mortos. Na última batalha pela cidade, 30 mil civis pereceram. Susanne Horst era um desses 30 mil. Heinrich e Helmet Horst, por sua vez, jamais voltaram do front oriental. Anos depois, Eva soube por um ex-prisioneiro dos russos que seu pai e irmão haviam sido levados à Sibéria. Tanto Helmet quanto Heinrich Horst faleceram após anos de trabalhos forçados nas minas de carvão russas.

Sozinha, vivendo num buraco no chão que havia sido o porão dos Horst, Eva foi capturada pelos soldados russos vitoriosos e brutalmente estuprada várias vezes. Embora sua terrível experiência tivesse sido apenas uma de milhares nos mesmos moldes, as lembranças de sua vergonha e sofrimento ficariam com ela para sempre.

Após semanas de buscas pela cidade destruída, um magro Friedrich finalmente encontrou a esposa. Como ele descartara seu uniforme, Eva teve dificuldade em conciliar o estranho que trajava roupas civis sujas e gastas com a imagem do soldado da S.S. devidamente uniformizado. O homem que voltara da Polônia estava imensamente mudado em relação àquele com quem ela se casara. Friedrich não era mais um alemão orgulhoso. Em vez disso, ele estava amargamente envergonhado de sua herança cultural. Eva e Friedrich rapidamente descobriram divergências quanto à culpa alemã sobre a guerra. Ao contrário de Friedrich, Eva acreditava que seu país não podia ser totalmente responsabilizado pelo conflito. Como outras pessoas que se recusavam a admitir a verdade, ela culpava os Aliados pelos problemas atuais de sua nação, esquecendo-se convenientemente dos motivos pelos quais a Alemanha fora atacada e destruída.

Mesmo após a horripilante verdade dos campos da morte ter sido revelada, Eva inventou desculpas para os alemães: como eles poderiam saber a verdade? As notícias da época não passavam de propaganda nazista. Desde o início da guerra, os cidadãos foram proibidos de ouvir noticiários estrangeiros, sob pena de morte. A família Horst era composta de "bons cidadãos" e eles obedeceram às leis nazistas. Os que ouviam notícias de fora jamais contavam aos outros com medo de serem denunciados às autoridades. O que um alemão poderia fazer individualmente? Uma pessoa contra todo o sistema? Como poderiam ter interrompido a matança de judeus, mesmo que eles soubessem do que estava acontecendo? No caso de Friedrich, ele era militar. E um militar é obrigado a cumprir ordens. Como ele poderia ser um soldado e não obedecer?

Eva Kleist embotou a mente em relação ao passado. Como a maioria das alemãs, ela tentava esquecer a guerra e continuar vivendo. Com tantos homens mortos, o país teria de ser salvo por sua população feminina. A força de Eva derrotava Friedrich e ele se tornou um homem quieto e subjugado. Durante uma de suas frequentes discussões, a mulher o acusou de já estar morto.

Após o nascimento de Christine, os pensamentos de Eva e Friedrich concentraram-se em proteger a filha. Zombando do governo cada vez mais duro dos conquistadores russos, eles conseguiram escapar com sucesso rumo à parte ocidental da cidade apenas dois meses antes da construção do Muro de Berlim, em 1961.

Desde então, a vida não foi fácil. Friedrich acabou conseguindo arrumar um emprego, mas só com o auxílio de ex-colegas da S.S. No setor capitalista da cidade, ex-membros da S.S. alcançaram altos cargos administrativos no governo local. Friedrich foi recompensado com um belo cargo no governo de Berlim Ocidental.

Embora Eva tenha lutado para que Christine se orgulhasse de sua origem alemã e entendesse que as outras nacionalidades sempre tiveram inveja da capacidade e da organização deles, a menina era mais parecida com o pai do que com ela. Para compreender os problemas no relacionamento do casal e descobrir os segredos que guardavam, Christine procurou a verdade sobre o passado nazista e depois se revoltou contra tudo que era alemão. A garota fugiu para um país estrangeiro, defendendo a causa de uma raça de pessoas de pele escura que Eva jamais poderia entender. Primeiro, ela se envolveu romanticamente com um árabe, e agora eles haviam descoberto que Christine estava noiva de um judeu! Será que não havia um jeito de se fazer entender para a própria filha?

Eva fez um muxoxo. Eles deveriam ter tido mais filhos e ela aceitava a culpa por este erro. Após ter sido estuprada, ela tinha medo só de pensar em ser tocada por um homem, mesmo que fosse Friedrich. O marido compreendeu, foi até compreensivo demais. A vida sexual deles implodiu e finalmente morreu por completo quando Friedrich disse que preferia abrir mão do próprio prazer se isso levava a esposa às lágrimas. Eva nunca revelou seus sentimentos, jamais contou a Friedrich que ele deveria insistir em tocá-la, e que a cura viria com o tempo, se ele tivesse tentado. Seu marido nunca soube como ela se sentia, e eles acabaram se afastando cada vez mais. Após o nascimento de Christine, ela e Friedrich viveram juntos como se fossem irmãos, tendo apenas o amor pela filha em comum.

A aeromoça surpreendeu Eva com um tapinha no ombro:

– O comandante está se preparando para pousar. Aperte o cinto, por favor.

As feições de Friedrich estavam rígidas. Ao perceber o olhar preocupado da esposa, ele fez um comentário surpreendente:

– Eva, quando isso acabar, você e eu devemos tentar recomeçar a vida juntos.

Ela ficou tensa, depois sorriu e um pensamento agradável lhe veio à mente. Talvez essa jornada possa levar Friedrich a superar a misteriosa mágoa que alimentou as diferenças do casal ao longo dos últimos quarenta anos. Será que eles finalmente encontrariam a paz quando tudo isso terminasse? Eva sorriu novamente para o marido. Tomara que sim...

Friedrich inclinou-se para frente e deu-lhe um rápido e totalmente inesperado beijo no rosto quando as rodas do avião tocaram a pista de pouso.

O forte brilho nos olhos de Demetrius Antoun desapareceu quando Jordan cochichou:

– Espere até Michel saber que seu sobrinho ou sobrinha será meio árabe.

Ela riu alegremente.

Demetrius, apreensivo, olhou para sua amada. Ele jamais sabia o que esperar de Jordan.

O rapaz não estava preparado, tendo ficado até surpreso, quando Jordan descobriu que estava grávida, há três semanas. Exceto por um lapso, eles vinham sendo cuidadosos no uso de métodos contraceptivos.

Após pensar por algumas horas, Jordan declarou-se felicíssima. Eles estavam apaixonados e seus planos eram de se casar. A gravidez só tratou de apressar a data do matrimônio.

Demetrius não ficou tão contente, por dois motivos. Primeiro, sua situação financeira era preocupante. Embora John Barrows tivesse se mostrado compreensivo e mantido o cargo de Demetrius no Hospital

Bellevue até sua volta, Demetrius tinha a forte sensação de que a amizade de Jordan com Gilda Barrows era o motivo para a decisão de John em relação ao emprego. Demetrius ficava horrorizado com a ideia de receber tratamento especial por ser amigo do chefe, mas Jordan não conhecia pudores e estava disposta a usar todos os contatos que tinha para obter o que desejava. O segundo motivo de infelicidade era sua origem árabe. Embora ele quisesse muito ter filhos com Jordan, a visão de mundo árabe conservadora de Demetrius ainda o influenciava, recomendando que a gravidez deveria vir depois do casamento.

Mesmo assim, Deus escolhera por ele. Eles se casariam o mais rapidamente possível.

Decidindo que deveria contar aos pais sobre a gravidez pessoalmente e se casar com Demetrius em Israel, Jordan insistiu para que o noivo a acompanhasse a Jerusalém. Obter o visto fora surpreendentemente fácil, pois a melhor amiga de Jordan dos tempos de escola era responsável por emitir vistos de turista na embaixada israelense em Washington. Embora não aprovasse o noivo de Jordan, ela cedera aos pedidos da amiga, esperando que a realidade de se casar com um árabe atingisse Jordan quando ela voltasse a um país que desprezava tal envolvimento.

Os eventos se passaram tão rapidamente que Demetrius tinha dificuldade de acreditar que estava voando sobre o Atlântico a caminho da Palestina. Embora dissesse a si mesmo que se preparava para novas incertezas, essa viagem seria imensamente diferente de sua última visita, com Ahmed Fayez e outros guerreiros da OLP. Demetrius agora era um visitante legítimo à terra perdida de seu pai, Mustafa Bader e Amin Darwish.

Enquanto Jordan parecia despreocupada com a possível reação da família ao seu casamento com um árabe, Demetrius sentia-se desconfortável. Além disso, ele tinha uma segunda preocupação: não encontrara coragem para dizer a Jordan que era judeu de nascença. Agora ele se perguntava se havia esperado demais e se o segredo a essa altura deveria ir com ele para a tumba. E Christine... Durante a viagem de táxi para o aeroporto, Jordan revelou a informação chocante sobre o noivado de Christine e Michel Gale. A alemã já estava em Jerusalém com a família Gale! Teria Christine revelado as confidências que sabia sobre sua vida?

Essa possibilidade terrível fazia o estômago de Demetrius embrulhar. Lutando para distrair a cabeça, Demetrius forçou-se a abrir um livro, mas, com vários pensamentos sobre seu passado e futuro rondando sua mente, ele não conseguia compreender as palavras que lia.

Por estar no estágio inicial da gravidez, Jordan sentia-se sonolenta. Apesar da empolgação crescente quanto ao rumo tomado por sua vida, ela descansou a cabeça no ombro de Demetrius e dormiu durante boa parte do voo de dez horas de Nova York a Paris.

Na chegada à Cidade Luz, os documentos palestinos de Demetrius causaram um longo atraso, pois ele precisou passar por minuciosa verificação de segurança feita por suspeitíssimos funcionários da companhia aérea israelense, El Al. Finalmente, após uma hora de perguntas e uma revista corporal completa feita por três agentes de segurança, lhe foi permitido embarcar no avião.

Jordan ficou irada. Claro que os agentes podiam ver que Demetrius era o que declarava ser, um árabe viajando com sua noiva judia. Ou talvez esse fosse o verdadeiro problema! Os agentes pareciam realmente enfurecidos quando Jordan confirmou que iria se casar com um árabe. Demetrius nada dissera quanto às objeções e aos comentários cruéis feitos pelos agentes, mas por um momento tenso ele apertou os olhos. Demetrius Antoun era o homem mais orgulhoso que Jordan já conhecera. Por isso, ela sabia que o rapaz não aceitaria qualquer manifestação de desprezo que judeus israelenses em posição de autoridade geralmente infligiam aos árabes. Contudo, o mais importante era que Jordan não desejava que houvesse qualquer incidente capaz de fazer Demetrius repensar sua decisão de se casar com uma judia. Ela olhou para o noivo, mas, como sempre, a expressão de Demetrius era indecifrável, e Jordan não fazia ideia do que ele realmente sentia. Num impulso, ela o abraçou e beijou, sem se importar com a opinião alheia.

Recebendo olhares de desaprovação de todos os lados, Jordan lançou um olhar arrogante generalizado enquanto embarcava no avião com Demetrius.

As horas passaram como minutos. Após aterrissar no aeroporto Ben Gurion e enfrentar um segundo interrogatório sobre o que Demetrius faria no país, Jordan conseguiu um táxi particular para levá-los por uma distância de 48 quilômetros de Lod até Jerusalém.

Inesperadamente feliz por estar de volta a Israel, Jordan, amigável e animada, apontava vários locais bíblicos para o noivo.

Embora tentasse manifestar interesse, Demetrius estava um pouco confuso por um pensamento que insistia em invadir sua mente: após 35 anos de exílio, Demetrius Antoun finalmente voltara para casa.

Ester Gale lançava um olhar atento e perscrutador para Friedrich Kleist, tentando colocar essa face específica no mar de rostos carrancudos nazistas dos quais ela se recordava, daquela fatídica noite no apartamento dos Stein em Varsóvia, há tanto tempo. Nada lhe era familiar em Friedrich Kleist, embora ela tenha se espantado com sua altura. Na lembrança de Ester, as tropas da S.S. que vigiavam os judeus eram compostas de gigantes. Apesar de sua constituição robusta, o alemão em sua sala de visitas estava apenas um pouco acima da altura média, tendo ainda ralos cabelos grisalhos, faces côncavas e queixo arredondado. Ester lutou para não revelar a surpresa pelo fato de o ex-guarda da S.S. ter uma aparência espantosamente mediana, embora admitisse para si mesma que o rosto de Friedrich Kleist era agradável e parecia demonstrar sensibilidade.

Joseph Gale permaneceu imóvel, perdido em pensamentos profundos enquanto analisava o alemão. A idade mudara a aparência do homem, mas havia algo vagamente reconhecível no pai de Christine. Após uns bons cinco minutos, Joseph decidira que Friedrich Kleist era quem dizia ser. Ele ocultou seus sentimentos de amargura e raiva com um sorriso de boas-vindas. Cortês, estendeu a mão a seu ex-inimigo, lembrando a si mesmo que, ao salvar Ester, Friedrich Kleist salvara a todos.

O rosto de Friedrich mostrava-se confuso e as mãos, agitadas. Ele reconheceu Joseph Gale de imediato. Ali estava o judeu francês de quem ele se lembrava tão bem! Friedrich deu um passo hesitante para frente e apertou a mão de Joseph, segurando-se nela como se temesse cair.

Em pé um pouco atrás do marido, Eva Kleist olhou para os Gale com uma curiosidade especial. Afinal, essas pessoas claramente mudaram a vida dela de modo desagradável, mesmo sem terem culpa. Ela queria ser amigável, mas o sorriso saiu forçado.

Com o braço ao redor da cintura de Christine, Michel olhou ansiosamente para a mãe. Apesar dos pontos rosados em seu rosto, Ester parecia assustadoramente pálida. O filho sabia que as emoções da mãe estavam à flor da pele e que ela lutava para não fazer a única pergunta que realmente importava: onde está a pequena Miryam?

Os olhos de Christine se encheram de lágrimas. O desejo do pai finalmente se realizara. Após esse encontro, talvez Friedrich Kleist pudesse encontrar a paz que buscava há tanto tempo.

Com Friedrich ainda agarrado à mão de Joseph, os dois homens estavam frente a frente.

Os olhos de Ester permaneciam fixos no ex-oficial da S.S.

Eva se mexia desconfortavelmente.

Ninguém dizia uma palavra sequer.

Uma voz de mulher surgiu de outro cômodo, oferecendo fuga ao silêncio constrangedor:

– Joseph, vamos demorar mais um pouquinho!

Ele explicou aos convidados:

– Minha irmã Rachel e nossa amiga Anna estão preparando uns petiscos.

– Sim, vocês devem estar exaustos. Venham, sentem-se. – A voz de Ester tinha um ar de sarcasmo, mas ela manteve a compostura ao indicar a mais confortável das poltronas.

Christine sentou-se perto do pai e avisou a Joseph e Ester:

– Nós fomos até Jaffa para comer alguma coisa.

– Ah, querida – Ester repreendeu –, Rachel e Anna ficaram cozinhando quase o dia inteiro.

– Nós só fizemos um lanche – Michel garantiu rapidamente à mãe.

Michel e Christine encontraram o casal Kleist no aeroporto, concordando que era melhor que seus respectivos pais se encontrassem em particular na casa dos Gale. Quem poderia adivinhar quais emoções o encontro poderia trazer à tona? Enquanto aguardavam os pais de Christine passarem pela alfândega israelense, eles decidiram fazer uma parada rápida para que Friedrich e Eva descansassem, pois certamente estariam exaustos após a jornada da Alemanha a Israel, passando pela Inglaterra.

A antiga cidade portuária de Jaffa ficava a apenas 16 quilômetros do aeroporto, e eles passaram lá para levar Friedrich e Eva a um dos restaurantes favoritos de Christine, o Aladin, na cidade velha de Jaffa.

Minutos após chegarem à cidade, eles perceberam o erro que haviam cometido. Enquanto Eva Kleist fingia interesse na beleza rara do pequeno prédio em forma de cúpula que fora uma casa de banhos durante o domínio romano na Palestina, Friedrich ficara sentado e imóvel, mal beliscando a comida pedida por Christine. Embora estivesse feliz por ver sua filha única e tivesse feito vários gestos de afeto em relação a ela, Friedrich deixou claro que o motivo principal de sua vinda era Joseph e Ester Gale.

Após uma conversa curta e tensa, Michel sugeriu que eles saíssem do restaurante e começassem a viagem para Jerusalém. Quando estavam no carro, os Kleist olhavam silenciosamente pelas janelas do veículo, mal respondendo às frágeis tentativas de conversa por parte de Michel e Christine. Após os primeiros quilômetros, os quatro fizeram a viagem em silêncio.

Agora que estava na presença dos Gale, Friedrich esqueceu-se de tudo o que planejara dizer e só conseguia olhar para baixo.

– Jaffa é uma bela cidade – comentou Ester, tentando deixá-lo mais confortável.

Eva concordou:

– Sim, Christine me contou que a cidade foi construída antes do dilúvio bíblico e batizada com o nome de um dos filhos de Noé – ela fez uma pausa. – É difícil imaginar que essas histórias da Bíblia eram verdadeiras.

Todos concordaram com a cabeça.

Enquanto isso, uma voz irritada veio da cozinha:

– Anna, eu *falei* para não colocar tanto açúcar!

Joseph, constrangido, olhou na direção do corredor. A cada ano que passava, sua irmã ficava mais irascível. Ele queria que Rachel não tivesse vindo, mas, quando ela soube da visita dos Kleist, fez questão de viajar do *kibutz* Degania Alef. As únicas pessoas a quem Rachel amava de verdade eram Joseph, Ester, Michel e Jordan Gale e, por isso, ela aproveitava qualquer oportunidade para interferir na vida de seus entes queridos.

Rachel não vivia na casa de Joseph desde 1948. Uma tragédia familiar ocorrera naquele ano fatídico, resultando numa amarga discussão entre Joseph e a irmã. Rachel, então, ofendida, saiu de lá e fixou residência em Degania Alef, o primeiro de todos os *kibbutizim*, que são comunidades agrícolas onde o trabalho é dividido de forma democrática, localizado à beira do Mar da Galileia. Rachel não viu o irmão e sua família por três anos, mas, após ter se desculpado pelas palavras duras, ela voltou a participar das reuniões familiares. Quando eram jovens, Michel e Jordan passavam os verões com Rachel, que era responsável pelo escritório de contabilidade do *kibutz*.

Rachel jamais teve um pretendente. Infelizmente para todos que a conheciam, ela não se sentia confortável no papel de "tia velha".

Ela saiu da cozinha alvoroçada, equilibrando uma bandeja cheia de copos de limonada fresquinha. Rachel mudara pouco desde o dia em que chegou à Palestina. Ainda era uma mulher atarracada e pouco atraente.

Anna Taylor veio em seguida, trazendo uma bandeja de biscoitos recém-saídos do forno.

As duas mulheres estavam de cara feia. Rachel nunca gostou de Anna, por achar que a americana usurpara sua posição naquela família. E, mais importante, ela culpava a mulher pela tragédia familiar de 1948, que causara o afastamento entre Rachel e o irmão. Porém, como a origem da discussão era um assunto proibido por Joseph, Rachel jamais pôde dizer exatamente o que pensava. Mesmo assim, ela jamais perdia a oportunidade de arranjar uma briga com a americana, numa relação marcada por essa mágoa incurável.

As costas rígidas e as expressões severas de ambas eram sinais claros de que andaram discutindo.

Michel tentou, sem êxito, conter um sorriso. Desde a infância, ele testemunhara as briguinhas constantes entre as duas.

Após servir os convidados dos Gale, Anna e Rachel sentaram-se em lados opostos da sala.

Joseph se inclinou para frente, sem desviar o olhar de Friedrich. Mesmo calado, sua expressão demandava que o alemão começasse seu relato.

Beliscando um dos biscoitos, Friedrich criou coragem. Após colocar seu copo de limonada na mesinha, ele pigarreou e olhou de novo para Joseph. Sua voz parecia baixa e rouca, mas, enquanto falava, ganhou força e intensidade:

– Quando Christine ligou para dizer que havia encontrado vocês, fiquei tão aliviado... Pensei muito na sua família – ele fez um meneio de cabeça na direção de Ester. – Eu me senti reconfortado ao saber que você reencontrou sua esposa, mesmo sabendo do terrível sofrimento pelo qual ela passou. – Seu rosto se contraiu numa careta.

A intensidade dura do olhar de Joseph oscilou levemente:

– Sim. A sobrevivência de Ester foi um milagre. Eu não sei se Christine lhe contou, mas, depois de você ter avisado a Daniel Stein que nossa família seria deportada para Treblinka, minha esposa ficou escondida com um fazendeiro polonês. Por quase três anos, ela passou os dias num abrigo subterrâneo, saindo apenas à noite. Infelizmente, apenas quatro dias após os alemães terem se retirado da Polônia, a Gestapo recebeu uma denúncia de que o fazendeiro escondia judeus. Agentes da polícia nazista torturaram a esposa do homem até que ele revelou o esconderijo dos judeus. Em seguida, eles metralharam o abrigo. Dos nove judeus escondidos lá, apenas Ester sobreviveu. – Joseph olhou para a esposa: – Ester foi deixada inconsciente devido aos seus ferimentos. A Gestapo a abandonou para morrer.

Com os olhos semicerrados, ele ainda acrescentou:

– Depois, o fazendeiro, a esposa e seus três filhos foram executados, e Ester foi abandonada, ferida e sem comida, exceto por um saco de batatas podres. – Um olhar de afeto misturado com a lembrança do medo surgiu no rosto de Joseph enquanto ele encarava a esposa. – Quando a encontrei, ela estava praticamente morta. Não sei como conseguiu sobreviver, mas conseguiu.

Joseph sacudiu a cabeça num esforço para retirar da mente a imagem de Ester no dia em que ele retirou seu corpo inerte do abrigo grosseiramente escavado no chão.

– Se tivesse chegado um dia depois, eu a teria perdido. – Ele fez uma pausa antes de explicar: – Assim que os alemães saíram da cidade, procurei incansavelmente por aquela fazenda. Se meu cunhado não fosse um homem arguto, jamais saberia por onde começar a busca. – Pensativo, ele olhava fixamente para as próprias mãos durante o relato: – Na noite em que Daniel fez o acordo, antes de darmos ao fazendeiro seu pagamento em diamantes e antes de tirarmos Ester do Gueto, Daniel forçou o homem a desenhar um mapa com a localização de sua pequena fazenda. O fazendeiro não gostou da ideia de alguém saber a localização de sua casa, mas meu cunhado insistiu. Daniel e eu memorizamos o documento e o queimamos, sabendo que, se um de nós fosse capturado com o mapa, o destino de Ester estaria selado. – O rosto de Joseph estava contraído. – Ester saiu do Gueto num vagão de lixo, cujo maquinista foi subornado para diminuir a velocidade num local previamente combinado – ele fez uma pausa. – Obviamente, tudo o mais que estava relacionado à família Stein pereceu. Quando Daniel e eu voltamos do encontro com o fazendeiro, o apartamento dos Stein havia sido esvaziado. Não restou nada.

O judeu fez um movimento giratório com o dedo indicador da mão direita, indicando os entes queridos que viraram fumaça nas chaminés de Treblinka.

– Na semana seguinte, Daniel e eu fomos colocados num vagão de transporte e conseguimos escapar.

Os olhos de Friedrich estavam vermelhos de tanto chorar:

– Eu tinha pesadelos horríveis com a família Stein. – Ele lançou um olhar rápido para a esposa: – Contei a Eva muitas vezes que os espíritos daquelas vidas que não foram plenamente vividas me assombravam todas as noites.

A mulher se enfureceu, pois não queria que alguém pensasse que Friedrich implorava perdão:

– Eu falo para meu marido: todos que viveram aqueles tempos sombrios têm pesadelos – ela fez um aceno com a mão. – É natural.

Todos na sala olharam para Eva com expressão assustada.

Christine estava abertamente constrangida, perguntando-se por que sua mãe queria ridicularizar o sofrimento dos judeus. Aliviada e grata pelo fato de os Gale serem educados demais para repreenderem Eva, ela sorriu para Joseph.

Michel olhou para a mãe, preocupado com a forma pela qual essa conversa perturbadora a afetaria, mas rapidamente viu que não existia nada para Ester Gale além de Friedrich Kleist.

O alemão pigarreou:

– Eu vim aqui para dizer a vocês que me arrependo profundamente do que aconteceu naquela noite no Gueto. – Seus olhos se encheram de lágrimas e sua voz era muito calma, mas tinha um fervor extremo: – Não estou em busca de perdão. Os pecados cometidos contra sua família são imperdoáveis. Vocês têm o direito de odiar os alemães. Eu só queria dizer que sinto muito pelos crimes inenarráveis que meu povo cometeu contra vocês e contra todos os judeus.

Friedrich teve a sensação de que a tarefa de explicar os atos inconcebíveis perpetrados por alemães comuns era impossível, e acrescentou numa voz cada vez mais baixa:

– Agora sei que o crime do silêncio foi o começo da ruína da Alemanha.

A expressão de Joseph era de luto, embora seu olhar continuasse penetrante. Friedrich Kleist estaria ali por si mesmo ou por eles? O judeu decidira não tornar a confissão do homem mais fácil e, por isso, não respondeu.

Friedrich estendeu silenciosamente a mão trêmula e apontou para três baús que estavam na entrada principal da residência:

– Estou devolvendo algo que pertence a vocês.

Ester inspirou alto ao olhar para os objetos. Pensando apenas em Miryam, ela pensou: "Será que o alemão está devolvendo os ossos e as cinzas do meu bebê?"

Aturdido, Joseph perguntou em voz alta:

– O que o senhor tem que nos pertence?

Friedrich levantou-se e caminhou na direção do maior dos baús. Enquanto todos ficavam boquiabertos de espanto, ele abriu o recipiente e começou a empilhar livros no chão.

Perplexa, Rachel olhou para o irmão:

– *Livros?*

Joseph não respondeu, tamanha era sua surpresa. Ele não fazia ideia de qual era o objetivo do alemão.

Friedrich explicou:

– Após o coronel Drexler me enviar para a biblioteca do seu sogro, recebemos a ordem de transportar todos os livros para a casa dele em Berlim. Depois do fim da guerra, procurei a esposa dele... – Friedrich olhou diretamente para o rosto de Joseph. – Eu contei à senhora Drexler que seu marido perecera na batalha por Varsóvia e que uma bomba caíra diretamente sobre ele, matando-o de imediato.

Um brilho de apreço tomou o rosto de Joseph, que jamais confidenciara a ninguém ter espancado o oficial da S.S. até a morte. Nem mesmo a Ester. Era melhor que alguns fatos permanecessem não revelados.

– De qualquer modo, enquanto estava na casa dos Drexler, reconheci uma pilha de caixas. E reconhecia justamente por ter sido o responsável por empacotá-las. Então, contei à esposa do coronel o que havia nas caixas e perguntei o que ela planejava fazer com os livros. Ela viu que eu os queria. Como recompensa por avisá-la das circunstâncias da morte do marido, deu os livros para mim.

Ele correu as mãos carinhosamente sobre as lombadas da obras:

– Assim, mantive a coleção em bom estado, esperando que algum dia tivesse a oportunidade de devolvê-la ao proprietário.

Pela primeira vez desde que entrou na casa dos Gale, Friedrich parecia quase feliz.

– Trouxe comigo alguns desses livros. – Ele olhou pela sala, com inegável orgulho: – Eu queria mostrar que cuidei bem da sua biblioteca. Quando Eva e eu voltarmos para casa, nós lhes enviaremos o resto da coleção.

Joseph e Michel rapidamente pegaram os livros, ajoelhando-se no chão e examinando partes da biblioteca de Moses Stein.

O patriarca olhou para o filho:

– Michel, estes são os livros do seu avô.

Michel ficou muito pensativo. Ele pegou os livros, um a um, lendo os títulos em voz alta:

– O *Decameron*, *Carlos Magno*, *Montaigne*, *A História Antiga*, de Rollin, *A república*, *Confissões*, de Rousseau...

Michel abriu a edição de *Confissões*, de Rousseau, e leu:

– Para minha bela e inteligente filha, Ester. – Michel pareceu engasgar nas próximas palavras: – Seu querido pai, Moses Stein. 2 de abril de 1937.

Ester apenas observou, triste e silenciosamente, o que se passava.

Friedrich não pronunciou sequer uma palavra, mas foi incapaz de se separar dos livros. Ele esperara tanto por esse momento e agora se sentia tão orgulhoso como se tivesse devolvido a herança perdida dos Gale.

Porém, a satisfação de Friedrich teve curta duração.

Os olhos de Ester queimavam, olhando para ele. Incapaz de se conter, ela gritou veementemente:

– Eu preciso saber o que aconteceu com minha filha!

Friedrich recuou, surpreso.

Ester ficou de pé e tinha um olhar fixo e quase assustado.

Joseph pegou a esposa pelos ombros.

– Ester... Quando o momento for adequado... Sente-se, querida.

Antes de o casal alemão chegar, Ester prometera a Joseph que o deixaria abordar o assunto de Miryam. Mas fora incapaz de cumprir a promessa.

A judia observava cada movimento do rosto de Friedrich, tentando antecipar a notícia que ouviria em breve.

Joseph persuadiu Ester a se sentar antes de voltar a atenção para Friedrich:

– O senhor tem alguma informação sobre nossa filha? O coronel Drexler disse que ela foi deportada para a Alemanha... Para adoção. Talvez o senhor se lembre para onde ela foi enviada. Uma cidade... Quem sabe uma região!

Friedrich ergueu os olhos na direção do céu, fez o sinal da cruz e engajou-se numa oração silenciosa. Seu rosto transformou-se completamente, tomado por um ódio avassalador. Ele ficou terrivelmente pálido e seus lábios tremeram.

Pela reação de Friedrich, Joseph entendera a verdade. Sem demonstrar emoção na voz, declarou o que ele subitamente previu:

– Miryam está morta.

Friedrich fez um levíssimo movimento de cabeça, reconhecendo que Joseph estava certo.

Ester gemeu:

– Não.

Os olhos do patriarca estavam pesados e tristes quando perguntou em voz baixa:

– Como? Quando?

Uma terrível visão passou pela mente de Friedrich. As lembranças insuportáveis, acompanhadas por uma profunda sensação de vergonha, levaram-no ao choro.

Todos o encaravam, incapazes de falar.

O alemão chorou compulsivamente até ficar sem ar.

Christine correu na direção dele:

– Papai...

Friedrich sacudiu a cabeça, recusando ajuda. Ele estava atormentado pela necessidade de contar tudo aos Gale, mas sabia que a verdade seria equivalente ao evento: cruel, horrível, inenarrável. Por isso, afastou a filha, implorando:

– Não me faça essa pergunta, por favor... Apenas conforte-se com o fato de que sua criança está livre do sofrimento.

Os olhos de Joseph brilharam e uma dor irascível contraiu-lhe o rosto. Seu tom de voz ficou mais urgente:

– O senhor precisa nos dizer. Nada é pior do que não saber. Precisamos saber como nossa querida filha morreu. – Vendo que Friedrich continuava calado, Joseph implorou: – Pelo amor de Deus, homem, tenha pena de nós!

Os olhos de Christine encontraram os de Friedrich.

– Papai... O senhor precisa falar.

Ele tentou recuperar o controle de suas emoções. Enxugou o rosto e assoou o nariz antes de murmurar, quase para si mesmo, mal percebendo o que dizia:

– Tudo bem. Depois de sair do apartamento naquela noite, tentei consolar os bebês da melhor forma possível. Mas, após terem sido afastadas de vocês, as duas crianças choraram até dormir.

Friedrich dirigiu-se especialmente a Joseph Gale:

– Eu nunca fiz mal àquelas crianças. Quero que o senhor saiba disso.

– Eu acredito – tranquilizou-o Joseph. – Agora, continue.

– Ninguém lhes fez mal... A princípio. Na manhã seguinte, Moses Stein veio à prisão Pawiak. Ele se entregou e anunciou que deveríamos devolver as crianças à sua família. — Friedrich sacudiu a cabeça lentamente. – O velho realmente acreditava na devolução das crianças. Tentei argumentar com o coronel para libertá-las, mas não... O coronel odiava Moses Stein e disse algo como "o velho judeu teve uma vida de luxo e roubou tudo o que tinha de vítimas arianas".

Friedrich olhou para Joseph, ansioso por um sinal de que já revelara o bastante:

– Continue – ordenou o patriarca dos Gale.

O alemão suspirou:

– Junto com suas crianças, o coronel Drexler tinha outras quatro ou cinco, todas judias detidas. Crianças que seriam exterminadas. – As palavras começaram a sair com mais pressa: – O coronel Drexler era louco. Sempre pensei isso. Após aquele dia, não tive mais dúvidas.

Friedrich secou a fronte, que brilhava de suor, com a mão trêmula, olhando para Joseph em busca de confirmação.

O judeu concordou, mas estimulou a dar seguimento ao relato:

– Sim, eu sei. Completamente louco. Assim como vários outros alemães, mas continue.

– Ele ordenou que todas as crianças fossem levadas a uma sala perto do local em que Moses Stein se encontrava. As duas salas eram separadas por uma janela de vidro.

Friedrich olhou para baixo, claramente engasgando com as palavras que não queria dizer.

– O coronel Drexler entrou num furor homicida... Ele atirou os cães mais furiosos em cima das crianças... Friedrich olhou relutantemente para Ester: – Seu pai foi obrigado a assistir aos cães...

Um grito terrível emergiu de Ester Gale. Era um grito primitivo, sem qualquer tom humano nele. Seu brado parecia não ter fim, e quem o ouviu foi tomado de um horror absoluto perante a dor insuportável que havia por trás dele.

Joseph tentou abraçar a esposa.

Anna e Rachel correram para o lado de Ester.

Michel ficou paralisado de desespero diante do pesar vivido pela mãe.

A porta da frente foi escancarada e Jordan Gale veio correndo para a sala, com Demetrius Antoun logo atrás.

Jordan empurrou todos, lutando para chegar à mãe.

– *Mãe! O que está acontecendo? Mãe!*

Ester continuou a gritar, abanando os braços a esmo.

Jordan a sacudiu:

– *Mãe! É Jordan!*

Quando recuperou os sentidos a ponto de reconhecer a filha, gotas de saliva caíram da boca de Ester quando ela gritou:

– Filha! Filha! Miryam está morta... Miryam está morta...

Ester chorava, inconsolável. A dor da perda era tão aguda quanto no dia em que a pequena Miryam fora levada.

Joseph tomou a esposa nos braços e a levou para o quarto.

Jordan pegou Demetrius pela mão e eles seguiram Joseph, fechando a porta em seguida.

Todos os que permaneceram na sala estavam às lágrimas.

O corpo inteiro de Friedrich sacudia com seu choro convulsivo. Segurando o rosto com as mãos, ele parecia sufocar as próprias palavras:

– Desde aquele dia, odeio ser alemão!

Eva enxugou as lágrimas dos olhos. A imagem era terrível. Ainda assim, sentindo a necessidade de frisar o drama vivido pelos alemães, ela repetiu:

– Nós, alemães, também sofremos.

Ao ouvir essas palavras, Rachel Gale examinou Eva Kleist dos pés à cabeça de modo hostil, ainda chocada demais para responder. Essa mulher estava levando o sofrimento do seu povo longe demais!

Percebendo que se tornara o centro das atenções e o foco do ressentimento judeu, Eva tentou explicar:

– Perdi toda a família, nossa casa foi destruída, nossas cidades ficaram em ruínas e...

– *Não compare!* – Rachel interrompeu, furiosa. – *É impossível comparar!*

Michel pediu à sua tia para ficar quieta.

– Não me diga o que posso falar, Michel!

Rachel gritou com o sobrinho enquanto recordava-se do próprio pesar... Um luto que ela mantivera guardado há anos. Ela olhou para Eva Kleist:

– Você quer saber o que é sofrimento? De nossa família, apenas Joseph e eu sobrevivemos. Perdemos nossa mãe, pai, dois irmãos... Nossos pais foram mortos nas câmaras de gás em Auschwitz! Michel? Só Deus sabe como Michel morreu. Nós *jamais* encontramos um sinal daquele gentil homem. E Jacques! Só Deus pode perdoá-los pelo que seu povo fez a Jacques!

As palavras de Rachel saíram num turbilhão, umas por cima das outras:

– Meu irmão foi um herói da resistência, o homem mais corajoso que já conheci. Você sabe o que a Gestapo fez ao meu belo e corajoso irmão? – Rachel já estava aos berros e tinha as veias no pescoço distendidas: – O companheiro de cela dele sobreviveu. Ele nos contou o pesadelo vivido por meu irmão. A Gestapo torturou Jacques por semanas a fio: arrancaram suas unhas, queimaram seu corpo... Mas *meu irmão não contou nada!* Diante de seu silêncio, os torturadores decidiram que talvez ele fosse inocente e prometeram deixá-lo viver. Ah, e como ele queria viver! Para ver seu irmão Joseph... Queria celebrar a derrota do mal... Eles prometeram a Jacques que ele viveria! Mas o mantiveram prisioneiro por anos e depois atiraram nele no dia em que fugiram da França... Fizeram Jacques cavar a própria cova, e zombavam enquanto ele cavava... E depois atiraram na cabeça dele. Então, *não ouse me falar do sofrimento alemão!*

Eva ficou de pé. A voz cansada e fraca ainda mantinha o tom de irritação:

– Friedrich, vamos embora. Eu lhe disse o que você ganharia por sua bondade.

Mas Friedrich Kleist permaneceu firme:

– Não, Eva. Essas pessoas precisam desabafar. – Ele fez uma breve pausa: – E eu preciso ouvi-las. – O ex-oficial da S.S. olhou gentilmente para Rachel: – Não importa o quão duras sejam as suas palavras. Vocês certamente têm o direito de dizê-las.

Ao olhar para o rosto de Friedrich e ver que aquele odiado inimigo se punira mais do que qualquer tribunal poderia determinar, Rachel sentiu todos os anos de fúria amarga evaporarem de uma só vez, dando lugar a uma avassaladora mágoa. Ela caiu no chão, murmurando e chorando:

– Se pelo menos Jacques tivesse sobrevivido...

Anna ajoelhou-se ao lado dela. Embalando a cabeça de Rachel no colo, ela chorou.

– Ah, Rachel, eu sinto muito... Sinto muito.

– Apenas Jacques...

Lágrimas desciam pelo rosto de Anna, dando-lhe um brilho fugaz antes de desaparecerem.

Capítulo XXIV

O mistério do bebê Daniel

Demetrius ficou sentado em silêncio na mesa da varanda do terraço. Enquanto esperava que sua anfitriã se juntasse a ele para o café da manhã, os eventos chocantes da noite anterior ocupavam sua mente. Mesmo na luz suave de um novo dia, Demetrius ainda não acreditava que eles tivessem chegado a Jerusalém em um momento tão inoportuno.

Demetrius sabia pouco sobre a terrível calamidade que deixara a casa dos Gale tomada pela angústia. Disseram-lhe apenas que o pai de Christine finalmente resolvera o mistério da filha de Joseph e Ester Gale, Miryam, desaparecida na Segunda Guerra Mundial, e que a informação era horrível demais para ser contada.

Pouco depois de chegarem à residência da família, Jordan convocou o médico da família, que chegou em poucos minutos, trazendo um forte sedativo para tratar a histeria de Ester Gale. Depois que ela caiu num sono profundo, Jordan e Demetrius saíram do lado dela e deixaram Joseph sozinho com a esposa.

Ao entrar na sala de visitas, eles se depararam com a imensa confusão que se desenvolvera enquanto ficaram enclausurados com a mãe de Jordan: Rachel chorava e chamava pelo falecido irmão Jacques; Anna Taylor abanava a tia com as páginas de uma revista aberta; Christine estava sentada no chão, embalando o pai que também chorava, enquanto Michel andava ao redor deles; Eva Kleist simplesmente sumiu.

Depois que o médico viu o estado de Rachel e Friedrich, decidiu sedá-los também. Michel carregou Rachel até o quarto, enquanto Demetrius ergueu Friedrich e seguiu Jordan para o quarto dela. Christine não largava a mão do pai, enquanto Demetrius colocava o ex-guarda da S.S. na cama de Jordan. Satisfeito por nenhuma das pessoas estar mais em perigo, Demetrius e Jordan juntaram-se a Anna, Michel e Christine na sala de estar.

O árabe se viu encarando Christine, e os ex-namorados se entreolharam, confusos. Michel e Jordan observaram, constrangidos, essa troca de olhares, mas Demetrius e Christine rapidamente retomaram seus modos um com o outro: desconfortáveis e silenciosos, como se fossem estranhos.

Cada uma das cinco pessoas na sala queria fugir das emoções dolorosas que jaziam escondidas em seus corações. Porém, com todos os três quartos da residência dos Gale ocupados, havia um turbilhão de perguntas e sugestões relacionadas a locais onde acomodar as pessoas para dormir.

Após o médico ter examinado todos os pacientes, ele informou a uma preocupada Christine que Friedrich Kleist dormiria pelas próximas 12 horas. A alemã manifestou o desejo de voltar ao hotel em que seus pais se hospedaram, dizendo a Michel que precisava cuidar da mãe, pois ela saíra da casa dos Gale com a raiva reprimida ardendo nos olhos.

Michel aquiesceu e, sem falar com Jordan e Demetrius, ou mesmo reconhecer sua presença, pegou a mão de Christine e a levou para fora da casa.

– Michel, você vai dormir na rua? – gritou Jordan.

O rapaz, ressentido, parou na porta da residência e deu meia-volta:

– Não se preocupe com o meu paradeiro, Jordan – respondeu friamente, batendo a porta ao sair.

– Grosso! – Jordan gritou para a porta fechada.

Demetrius não sabia o que dizer. Ele estava visivelmente constrangido com o fato de Jordan ter explodido com o irmão. Um árabe renunciaria a Deus antes de atacar um membro da família. E as famílias árabes nunca recorriam a xingamentos, não importando o quão graves fossem as circunstâncias.

Anna olhou para Jordan:

– Pare com isso! Você está agindo como criança!

Ela não ficou nem um pouco ofendida:

– Bom, ele é um grosso – insistiu, dando um sorriso sarcástico para Anna.

Demetrius achava que Jordan deveria ficar com a mãe:

– Eu também posso ficar no hotel – ofereceu-se. – Diga-me como chegar lá.

– Não! Eu não vou deixar isso acontecer! – exclamou Jordan. – Na sua primeira noite em Jerusalém? Vamos pensar em outra solução!

Jordan temia que Christine entrasse no quarto de hotel de Demetrius, tentando reacender a chama do relacionamento deles. Conhecendo pouco do namoro entre Michel e a alemã, Jordan supunha que a moça ainda estava apaixonada por Demetrius.

– Rapaz, você pode ficar em minha casa – resolveu Anna. – Tenho espaço de sobra.

Demetrius aceitou relutantemente quando viu que Jordan ficou mais tranquila com essa decisão. Ele olhou para a namorada, ligeiramente preocupado. Seria possível que ela ainda tivesse ciúmes de Christine? Mesmo esperando um filho e planejando o casamento com ele? Sem vontade de discutir com Jordan sobre onde iria dormir, Demetrius deu de ombros e concluiu que nenhum homem jamais seria capaz de entender a mente de uma mulher.

– Vou dormir num colchonete ao lado da minha mãe – anunciou Jordan, mais calma.

Após dar um beijo de boa-noite em Jordan e pegar seus pertences, Demetrius acompanhou Anna até sua casa.

Sem entender a complexidade do relacionamento de Jordan com o árabe, Anna pouco falou durante a caminhada de 15 minutos até seu palacete. Ela sabia apenas o que Michel lhe contara, que Jordan levara sua revolta contra tudo o que era judeu ao extremo irracional de se envolver com um palestino. Na opinião de Michel, o romance de Jordan com o rapaz não passava de um meio de se revoltar contra a família. Anna teve de morder a língua para se conter e evitar perguntar a Michel se o seu noivado com a filha de um nazista não tinha o mesmo significado.

Anna respirou profunda e satisfatoriamente, congratulando-se por nunca ter se casado. E por não ter posto filhos no mundo. Por mais que amasse Michel e Jordan, havia momentos em que eles a irritavam demais!

Que noite! Todos ficaram surpresos com a aparição inesperada de Jordan e Demetrius. A única parte boa dessa noite terrível foi que o pandemônio evitou que Michel e Jordan entrassem numa de suas exaustivas batalhas verbais. Anna jamais conhecera irmãos que discordassem tanto quanto eles, embora ela soubesse que o amor que sentiam um pelo outro era verdadeiro. Ela também não duvidava de que o encontro entre os irmãos seria dolorosamente desagradável se Jordan e Demetrius tivessem chegado em qualquer outro momento.

Olhando de soslaio para Demetrius, Anna viu que o rapaz estava profundamente pensativo. Ambos continuaram a caminhar em silêncio.

Após mostrar os aposentos a seu convidado, Anna se retirou por achar que a manhã seria um momento melhor para conhecer o árabe.

Demetrius não foi para a cama de imediato. Em vez disso, abriu as portas francesas do quarto e entrou numa pequena varanda, adjacente à suíte de hóspedes. A varanda estava escura, e Demetrius virou-se, surpreso, quando ouviu o canto de um pássaro. Ele apertou os olhos e tentou enxergá-lo no escuro. Um canário amarelo estava imóvel numa pequena gaiola. Observando a criaturinha com interesse e preocupação, Demetrius subitamente foi tomado por uma lembrança há muito esquecida.

Quando aprendeu a falar, o jovem Demetrius implorou aos pais por um animal de estimação. Em seu sexto aniversário, o pai orgulhosamente lhe presenteou com um canário amarelo. Demetrius ria tentando abraçar a gaiola:

– Vou chamá-lo de Melody – anunciou. – É certo que ele vai cantar!

Semanas mais tarde, o pássaro não produzira uma nota sequer. Melody era uma criatura triste. Ele ficava na gaiola, desamparado, por horas a fio, observando o céu azul com olhinhos que pareciam cheios de saudade. Mesmo após Demetrius alimentar Melody com várias sementes cobertas de mel, o pássaro continuou triste e mudo.

Perplexo, Demetrius perguntou ao vovô Mitri algo que estava matutando há dias:

– Vovô, por que o senhor acha que Melody está triste?

– Quem sabe o que um pássaro pensa? – retrucou o vovô.

Demetrius apoiou-se num dos joelhos e olhou diretamente para Melody:

– Ele está triste por estar preso numa gaiola?

O vovô olhou para o canário por um bom tempo antes de responder:

– Talvez, Demetrius. Pássaros nasceram para voar.

– Então eu deveria libertá-lo, vovô?

O idoso analisou cuidadosamente o neto:

– Se libertá-lo, você não terá mais um animal de estimação. Não se esqueça, demorou três anos para você convencer seu pai a comprar este canário.

– Sim, eu sei – Demetrius enfiou o dedo por entre as grades e tentou tocar em Melody. O pássaro virou-lhe as costas. Suspirando, Demetrius abriu a porta da gaiola:

– Voe, Melody. Voe para longe – ordenou suavemente.

Quando o pássaro, confuso, ficou parado, apenas olhando, o vovô apontou para um pequeno graveto no chão:

– Ele precisa de um estímulo.

Demetrius pegou o graveto e cutucou gentilmente o passarinho, empurrando-o para fora da gaiola. Melody voou, aterrissou no teto da casa do vizinho e deu um gorjeio feliz.

Ao ouvir a voz do pássaro pela primeira vez, Demetrius sorriu, deliciado.

– Você fez o que era certo – confirmou o vovô.

Imediatamente triste por não ter mais seu animal de estimação, Demetrius precisava que lhe confirmassem a lisura de seu ato:

– Fiz mesmo, vovô?

Ele não respondeu por um instante. Quando finalmente falou, foi de forma hesitante e parecia perturbado. Suas palavras soaram confusas para o jovem:

– Demetrius, seu próprio avô está vivendo numa gaiola.

– Não está, não, vovô! – protestou o menino.

Vovô Mitri fez uma pausa antes de explicar num tom sombrio:

– Viver no Líbano pode significar liberdade pra alguns, garoto, mas, para um homem exilado de seu lar, qualquer lugar é um confinamento tão grande quanto o de uma gaiola.

Demetrius ficou calado.

Após levar um tempo para acender seu cachimbo, vovô continuou seu discurso:

– Lembre-se de uma coisa, meu filho. Jamais acredite que você pode melhorar a natureza. Nenhuma das criaturas de Deus deveria ser encarcerada.

O pássaro na varanda cantou mais uma vez e a memória longínqua desapareceu. Pensar em Melody incomodou Demetrius. Sem se dar um momento para pensar, com o raciocínio nublado pela paixão, o médico abriu a porta da gaiola e sentiu o coração se elevar quando ordenou em voz baixa:

– Voe, passarinho, voe.

O pássaro encarcerado abandonou a gaiola. Enquanto observava o animado canário pular de um galho para outro numa árvore ali perto, Demetrius sussurrou:

– Isso foi para o senhor, vovô.

Um brilho feliz iluminou o rosto do jovem Antoun.

Demetrius fumou um cigarro antes de voltar ao quarto e se preparar para dormir. Antes de deitar, ele se lembrou de que não passava de um sobrevivente exausto. Estava sem a família que o amara e criara, mas rapidamente percebeu que fugira da vida engaiolada do exílio, suportado tão amargamente por milhares de companheiros refugiados palestinos. Ele não só escapou, como alguma força anônima abriu uma porta para o retorno do filho pródigo. No dia seguinte, começaria a busca por seus pais verdadeiros.

Demetrius entrou, contente, num sono profundo e calmo.

A conversa das empregadas de Anna e o cheiro de pão fresco o acordaram cedo na manhã seguinte. Enquanto estava no banho, um bilhete foi colocado em sua cabeceira, solicitando que ele se juntasse a Anna Taylor às 8 da manhã na varanda para café e pãezinhos. Ao ler o recado, Demetrius sentiu uma pontada no coração. Quando era jovem, Mary Antoun tinha por hábito deixar bilhetes na mesa de cabeceira para o filho, lembrando-o de uma coisa ou outra. Não desejando insistir em pensamentos sobre sua amada mãe, Demetrius esfregou o papel caro com os dedos e se perguntou sobre a mulher de sobrenome Taylor. A amiga de Jordan parecia uma senhora refinada. E certamente deveria ser a favor da verdadeira etiqueta à mesa. Ele correu para se vestir.

Embora ninguém estivesse no local, a mesa já estava posta quando Demetrius chegou à varanda. Após sentar-se sozinho pelo que pareceu um longo tempo, ele olhou para o relógio. Eram exatamente 8 da manhã. Naquele momento, ouviu-se o ruído de passos silenciosos no terraço. Demetrius seguiu o som com os olhos e ficou de pé rapidamente quando viu Anna caminhando rapidamente em sua direção.

– Demetrius – cumprimentou Anna. – Bom-dia.

O rapaz fez que sim com a cabeça:

– Bom-dia, senhora Taylor.

Demetrius puxou uma cadeira para que ela se sentasse.

Dando sua primeira olhada mais atenta para o jovem, Anna sorriu abertamente.

– Espero não tê-lo feito esperar muito. – Durante os eventos traumáticos da noite anterior, Anna mal reparara no jovem Antoun.

Demetrius inclinou-se em sua direção, cuidadosamente empurrando a cadeira na direção da mesa.

– Não, não se preocupe – respondeu. – Estava apreciando a magnífica vista.

Ele acenou na direção da cidade antes de olhar diretamente para o rosto da americana. Demetrius esperava não estar incomodando a mulher com sua presença inesperada.

Anna percebeu seu olhar de preocupação gentil.

– Dormiu bem? – perguntou Demetrius.

– Mal consegui pegar no sono – desabafou Anna.

Os círculos arroxeados embaixo dos olhos dela ampliavam o infortúnio da noite anterior. Ela sorriu para o rapaz mais uma vez. Anna rapidamente decidiu que gostava do atual namorado de Jordan. Demetrius tinha uma aura gentil, uma qualidade encantadora e evidentemente ausente nos jovens endurecidos de Israel.

– O café está a caminho – ela avisou.

– Maravilhoso – comentou Demetrius, sentando-se.

Calado com pessoas a quem não conhecia, ele não falou mais nada e, em vez disso, olhou para a cidade de Jerusalém.

Anna ficou aliviada. Não havia nada que a aborrecia mais do que jogar conversa fora. Ela observou, de modo penetrante, as feições de Demetrius, pensando que o pretendente de Jordan era de uma beleza inacreditável. Anna sempre dissera que os dois homens da família Gale eram os mais atraentes que já conhecera, mas ela tinha de admitir que Demetrius era ainda mais bonito que Joseph ou Michel. Conseguia entender facilmente a atração física de Jordan em relação a Demetrius, apesar de o rapaz ser árabe.

Ao contrário de seus vizinhos e amigos judeus que lutavam para proteger Israel, Anna não tinha preconceito contra árabes. Ela crescera com amigos árabes e, ao longo de toda a sua vida, a casa dos Taylor estivera repleta de empregados árabes. Embora jamais tivesse revelado o que pensava e seus amigos mais próximos fossem judeus, geralmente sentia-se mais confortável com árabes do que com israelitas. Seu próprio pai costumava dizer que adultos árabes pareciam crianças, sob vários aspectos. Os árabes que Anna conheceu eram de natureza benevolente e prefeririam beber chá e fofocar a organizar exércitos e lutar. A americana achava que essa característica explicava por que, em questões militares, os judeus sempre pareciam prevalecer sobre os árabes na Palestina. Os hebreus sionistas da Europa dividida pela guerra tinham uma verdadeira dureza interior, e estavam dispostos a construir seu futuro com base na aniquilação de outros povos. Os árabes palestinos, por sua vez, eram gentis e não tão determinados quanto seus vizinhos judeus.

Anna voltou o pensamento para Demetrius. Ela se recordou de umas informações passadas por Michel. A família de Demetrius fizera parte do trágico êxodo de árabes da Palestina ocorrido na guerra de 1948. Após tantos anos de exílio no Líbano, será que ele teria ficado amargo? Em caso positivo, como poderia superar essa tristeza para se unir a uma judia?

Demetrius estava muito pensativo, quase distraído, quando olhou além do rosto de Anna, na direção das diversas paisagens de Jerusalém. Ele se sentia irrevogavelmente atraído pela cidade cintilante e tinha a sensação de que o mundo de Jordan agora era seu também. Demetrius enfim falou, com um tom melancólico na voz:

– Nunca sonhei que Jerusalém fosse tão linda.

Anna deu uma rápida olhada na cidade e estava prestes a responder quando eles foram interrompidos pela aparição de Tarek e Jihan. Tarek carregava um grande bule de café e Jihan o seguia com uma bandeja cheia de bolos e pãezinhos quentes.

– Ah, Tarek e Jihan! Finalmente! – Anna observou, feliz, já abrindo um pequeno espaço no centro da mesa redonda.

Com um distanciamento curioso, Demetrius observou o casal. Ambos caminhavam de modo lento e cauteloso. Passo a passo, Jihan seguia o marido como uma sombra. Quando Demetrius olhou diretamente para Jihan, ela recuou, mas logo se recuperou do susto. Os olhos da mulher eram de um marrom leitoso, e Demetrius soube, sem perguntar, que a mulher era cega. Ele se levantou para ajudá-la.

– Não faça isso! – admoestou Anna, obviamente ofendida.

Demetrius sentou-se imediatamente, corado de vergonha.

– Desculpe.

Anna deu tapinhas na mão do jovem. Esse era seu jeito de lhe dizer para não se preocupar.

Após cumprimentar Anna, Tarek olhou para Demetrius com indisfarçável interesse. Em seguida, ele pôs o bule de café na mesa e saiu.

Tão habilidosa como qualquer pessoa que era capaz de enxergar, Jihan serviu o café nas duas pequenas xícaras. Demetrius observou atentamente. Nem uma gota foi derramada.

Anna virou-se para seu convidado:

– Tirando os dois dias da semana em que vai visitar amigos em Belém, Jihan sempre me serve.

Anna não acrescentou que o ritual era uma imensa fonte de orgulho para a mulher cega.

Foi quando algo estranho e inesperado ocorreu. Ao passar por Demetrius, Jihan ficou pálida e parou, emitindo um ruído inaudível no fundo da garganta.

Demetrius e Anna trocaram olhares atônitos antes de se virarem, surpresos, na direção dela.

– Jihan? Você está passando mal? – Anna perguntou, perturbada.

Demetrius sentiu-se desconfortável. Os olhos incapazes de ver de Jihan estavam fixos em seu rosto. Ela deu uma risadinha estranha e começou a mexer os pés em movimentos circulares. Por um momento, ele pensou que a mulher fosse dançar.

– Jihan? O que diabos está acontecendo? – Anna gritou com voz aguda. – Tarek! Venha rápido!

Tarek chegou tão rapidamente que Demetrius achou que ele devia estar escondido atrás das escadas.

A essa altura, Jihan esfregava as mãos e ria alto, ainda olhando na direção do rapaz. Assim que começou a estender as mãos na direção do rapaz, Tarek a pegou por trás e os dois começaram a brigar.

Enquanto Anna gritava instruções para que Tarek desse um sedativo a Jihan e a colocasse na cama, Tarek usou a força para retirar a esposa dali. Jihan começou a falar sem respirar e incoerentemente. Nem Demetrius nem Anna conseguiam entender uma palavra sequer do que ela dizia.

A americana ficou de boca aberta, sacudindo a cabeça:

– O que raios foi isso?

Demetrius achou que Jihan era louca e ficou aliviado pelo fato de a mulher não ter se tornado violenta.

– Que mulher estranha – Demetrius finalmente concluiu.

Anna continuava a sacudir a cabeça, desnorteada:

– Devo confessar que não faço ideia do que aconteceu.

Demetrius tentou afastar sua sensação de desconforto:

– Desde quando ela é cega? – perguntou. Talvez, pensou ele, a cegueira fosse recente e a depressão por seu estado a tivesse levado ao colapso nervoso.

A indagação atingiu violentamente Anna, que se recostou na cadeira e olhou para Demetrius com tanto remorso que ele se arrependeu imediatamente de ter perguntado.

Anna abaixou a cabeça:

– Não. Quando Jihan veio morar com nossa família, ela enxergava normalmente. Isso foi há muitos anos.

– O que aconteceu?

Anna ficou quieta por tanto tempo que Demetrius pensou que ficaria sem resposta. Quando ela finalmente abriu a boca, sua voz era baixa, como se falasse consigo mesma:

– Infelizmente, tenho de assumir a culpa pela cegueira de Jihan. – Anna tremeu, lembrando-se do desastre acontecido há anos. – Eu era só uma criança na época e, inconscientemente, tive um papel no impulso sombrio que causou a cegueira de Jihan.

Demetrius foi incapaz de reprimir uma curiosidade mórbida:

– O que a senhora quer dizer com isso?

Anna analisou avidamente o rosto do rapaz, mas ficou calada. Todo o corpo dela formigava. Por um motivo que não conseguia definir, ela se sentiu impelida a revelar ao jovem a terrível história, mas sabia que deveria se conter. Apenas quatro pessoas sabiam a verdade sobre a cegueira de sua empregada: a própria Jihan, Anna, Joseph e Ester Gale.

Demetrius esperou em silêncio, com o coração cheio de maus pressentimentos. Após a noite passada, ele não desejava saber de outras mágoas, mas percebeu a necessidade que a mulher tinha de confessar uma lembrança poderosa.

Uma sensação instintiva tomou conta de Anna, que agarrou as mãos de Demetrius:

– Não sei por quê, mas tenho a forte sensação de que devo lhe contar a história de Jihan.

Demetrius não respondeu, mas concordou com a cabeça. As pessoas sempre o percebiam como digno de confiança. Talvez o motivo estivesse em seu treinamento como médico, que o ensinara a valorizar muito todos os indivíduos. Ele suspirou e recostou-se na cadeira, ouvindo com atenção.

Anna olhou direta e firmemente para Demetrius. Ao evocar lembranças tão antigas, a expressão no rosto dela parecia a de uma criança. Sua voz ficou suave, como se falasse de tempos felizes e despreocupados, e não de uma tragédia terrível que tornara muitas vidas sombrias.

– Lembro-me do dia como se fosse ontem! Eu tinha acabado de fazer 11 anos e brincava no quintal dos fundos. Após ouvir gritos, corri para frente da casa e vi uma jovem beduína agarrada à saia da minha mãe. Fiquei paralisada diante da visão da garota vestida com trajes coloridos. Ela tinha longos cabelos negros e pele cor de azeitona e, para ser sincera, pensei que ela tivesse saído diretamente das páginas da Bíblia. Minha atenção se desviou quando vi uma multidão de homens, empurrando e tentando ultrapassar o meu pai. Um dos homens era o pai de Jihan. – Anna expirou ruidosamente. – Até hoje eu não esqueço o rosto curtido daquele homem em particular. Ele gritava com tamanha intensidade que as rugas de sua face foram acentuadas pela raiva. Ele ordenava, aos berros, que a filha partisse do ninho dos descrentes e aceitasse seu destino conforme decretado por Alá. Os homens da família de Jihan queriam se vingar na pobre menina, ameaçando jogá-la num poço. Eles diziam que Jihan fora pega em posição comprometedora com um primo do sexo masculino, e queriam matá-la por isso. "Assassinatos de honra", era como chamavam. O assassinato de mulheres a fim de restaurar a honra da família. Veja só! Graças a Deus meu pai estava na Palestina há tempo suficiente para saber que, na cabeça de um árabe, uma posição comprometedora poderia ser apenas uma conversa inofensiva. Por isso, ele protegeu Jihan.

O pai de Jihan enfim foi embora, mas não sem antes gritar para a filha que, para ele, estava morta. Jihan foi proibida de voltar à sua tribo.

Anna tomou um gole de café frio antes de continuar.

Demetrius percebeu que as mãos dela tremiam. Ele estava hipnotizado pela história e se viu torcendo para que o pai de Jihan não tivesse voltado e mutilado a própria filha.

Anna enxugou o lábio superior com um lenço.

– Bom, desde então, ela passou a viver com a nossa família. – Ela olhou para Demetrius, bastante agitada: – Então ocorreu um incidente que causou a cegueira de Jihan. E a culpa foi minha.

Demetrius inclinou-se para frente, apoiando os cotovelos na mesa.

– Alguns meses depois, eu brincava de um jogo bobo com uma amiga árabe, um jogo que eu chamava de "Jihan". Eu indicava minha amiga como Jihan enquanto interpretava o papel do pai de Jihan, que vinha para punir a filha. Sem entender o possível efeito pernicioso de minhas palavras, eu gritava que ela havia pecado e que um Deus justo clamava por vingança. – Anna afirmou com seriedade: – Não se esqueça de que fui criada num lar de cristãos devotos. Tudo tinha a ver com Deus. De qualquer modo, disse à minha amiga atriz que seu pecado seria punido na Terra ou ela queimaria eternamente no fogo do inferno! Eu fui tão realista que minha amiguinha se contorceu de medo e correu para se esconder na casa.

Anna se mexia ansiosamente:

– Eu realmente não sabia que Jihan estava cochilando ali perto, embaixo de uma árvore. Ela se fez notar com gritos de terror diante de minhas palavras. Nada que eu pudesse dizer conseguia consolá-la, e ela agora estava convencida de que ia queimar no inferno. Eu mal notei Jihan novamente até o serviço religioso de domingo na igreja. Meu pai estava particularmente passional naquele dia quando leu as seguintes palavras: "Portanto, se o teu olho direito te escandalizar, arranca-o e atira-o para longe de ti; pois te é melhor que se perca um dos teus membros do que seja todo o teu corpo lançado no inferno." Muitos árabes na congregação choraram de terror, Jihan entre eles.

Demetrius sabia instantaneamente o que Anna iria dizer. Ele fez o sinal da cruz com devoção.

Anna sacudiu a cabeça, magoada:

– Eu devia ter me lembrado do incidente que aconteceu naquele mesmo dia!

Demetrius calmamente a lembrou:

– A senhora era apenas uma criança.

Anna deu um sorriso fraco:

– Após o serviço religioso, ninguém notou a ausência de Jihan no almoço. Naquela tarde, eu saí da casa e fui para o depósito procurar uma caixa de brinquedos que minha mãe havia recebido de uma igreja na Inglaterra. Os brinquedos foram enviados para as crianças pobres, mas eu queria um deles e achei que, se o retirasse da caixa, ninguém notaria. Enquanto andava na direção do depósito, fiquei surpresa ao ouvir um ruído estranho que parecia ser alguém choramingando vindo lá de dentro. Após ouvir por um instante, decidi que o ruído deveria ser de um animal ferido.

Ela fez uma pausa antes de explicar:

– Naqueles dias era comum que árabes trouxessem seus animais velhos ou feridos para áreas vazias da cidade a fim de deixá-los lá para morrer de fome. Às vezes, minhas irmãs e eu conseguíamos salvar os pobres animais. Por isso, procurei cuidadosamente pelo edifício escuro, esperando encontrar um bicho. Em vez disso, encontrei Jihan. Fiquei momentaneamente aliviada, mas logo percebi que ela estava terrivelmente perturbada e escondia algo atrás das costas. – Um pequeno arrepio percorreu todo o corpo de Anna: – Eu exigi que Jihan mostrasse o que tinha nas mãos. Ela não disse uma palavra, mas, quando me mexi em sua direção, Jihan golpeou primeiro um dos olhos, depois o outro. Ela havia afiado um graveto!

A imagem era aterradora. Demetrius se encolheu:

– Meu bom Deus!

– Nenhum dos olhos pôde ser salvo. Meu pai se culpou pela tragédia, repetindo que deveria ter percebido que Jihan era instável e suscetível ao fervor religioso. Ele declarou incontáveis vezes que, em seus trinta anos em Jerusalém, aprendera que os árabes entendiam tudo de forma literal.

Anna subitamente lembrou-se de que seu convidado era árabe:

– Ah, perdoe-me, Demetrius.

O rapaz deu um sorriso rápido e concordou:

– Não se preocupe, o que a senhora diz é verdade – ele sorriu ainda mais. – Todo árabe que já conheci realmente compreende de forma literal tudo o que é dito.

Anna deu-lhe um tapinha na mão antes de continuar:

– Ninguém jamais se recuperou do incidente, mas, ao longo do tempo, Jihan ficou mais madura. Eu lhe digo, Demetrius, é como se ela tivesse sido libertada pela cegueira: perdeu a timidez, passou a entoar canções folclóricas beduínas e até se apresentou em público em algumas ocasiões. Ela também gosta de fofocar com outras mulheres. Além disso, Jihan começou a ter um afeto especial por crianças pequenas e tornou-se a babá favorita das amigas da minha mãe. – Anna ficou muito quieta antes de dizer: – Jihan é absolutamente maravilhosa com crianças.

– Que terrível para a senhora – lamentou Demetrius, olhando com carinho para Anna.

– Sim, a presença de Jihan jamais deixa a lembrança dolorosa sumir. Mesmo assim, sou responsável por seu bem-estar e jamais poderia mandá-la embora.

Após se sentarem em silêncio por alguns minutos, Demetrius percebeu que não havia mais nada a dizer. Lembrando-se do ocorrido na noite anterior, ele mudou de assunto:

– Espero que a mãe de Jordan esteja melhor.

Anna pronunciou as palavras com esforço:

– Receio que não. Ouvir que cães estraçalharam sua filha! Essa imagem assombrará Ester em todos os minutos que lhe restarem na vida.

Lembrando-se da gravidez de Jordan, Demetrius ponderou:

– Não posso conceber a dor de perder um filho.

– E Ester já perdeu dois filhos – falou Anna.

– É verdade. Jordan me disse que também perdeu um irmão mais velho.

Anna pegava um pãozinho da bandeja de bolos e apertou os lábios.

– Quanta falta de sorte – murmurou Demetrius.

A anfitriã só conseguia confirmar. Ela continuou quieta por tanto tempo Demetrius percebeu sua dificuldade em continuar.

– E Rachel Gale culpa a mim.

– À senhora?

Anna olhou para Demetrius com o rosto pálido de tanto pesar:

– Se Jordan jamais lhe contou os detalhes, não a culpe. Ela pouco sabe sobre o incidente, apenas que um irmão mais velho morreu anos antes de ela nascer. O assunto é absolutamente proibido.

Ansioso para entender por que sua anfitriã era culpada pela morte do irmão da namorada, Demetrius tocou o braço de Anna e pediu:

– A senhora poderia me contar, por favor?

Anna sentiu um arrependimento agudo no coração por ter abordado o assunto. Ela olhou diretamente nos olhos do árabe e implorou:

– Por favor, entenda. Você não poderá falar sobre isso com ninguém da família Gale. A notícia sobre a pequena Miryam já partiu o coração de todos eles. – Após refletir por um momento, Anna acrescentou: – Eles não precisam ser lembrados sobre o bebê Daniel.

Demetrius repetiu baixinho:

– Daniel.

A voz da americana ficou sem emoção:

– O menino receberia o nome de Daniel em homenagem a um dos irmãos de Ester. Seis dias após ter nascido e dois dias antes da cerimônia do *Brit Milah*, quando ele teria sido circuncidado e receberia o nome, eles o perderam.

Demetrius instou Anna a continuar:

– Foi alguma doença de infância?

Ela ficou momentaneamente confusa, esquecendo-se por um instante que Jordan poderia ter lhe dito apenas o que sabia. A mulher abanou uma das mãos na direção de Demetrius, querendo esquecer o assunto. Anna estava visivelmente aborrecida, e tinha as feições do rosto contraídas quando finalizou:

– Que importam os detalhes? Eles perderam o bebê, isso é tudo.

Passou um pensamento pela cabeça de Demetrius de que ele estava sendo terrivelmente grosseiro:

– Sinto muito. Por favor, perdoe-me. – Ele perguntaria a Jordan em algum outro momento, e pensou enquanto se levantava: – Preciso ver como está Jordan.

Ele deu um sorriso tranquilizador para Anna:

– Não se preocupe. Nada do que foi confidenciado aqui jamais será revelado.

– Obrigada.

Ela fez uma pausa e insistiu:

– Você deve tomar uma xícara decente de café antes de partir.

– Não, obrigado – recusou Demetrius – Tomarei café com Jordan. E se a mãe dela estiver se sentindo melhor, pedirei para Jordan me levar ao bairro onde o irmão de meu pai viveu. Gostaria de visitar o local.

460

O humor de Anna melhorou um pouco e ela quis saber mais:

– E onde fica esse local?

– Não sei exatamente o nome da rua. Vou perguntar na vizinhança. Mas meu tio viveu na área de Musrara.

Anna olhou para ele de modo estranho:

– Musrara? Sua família viveu lá?

– Sim. O irmão do meu pai. Ele foi morto em 1948. – Demetrius revirou os olhos antes de desviar do rosto de Anna: – Houve um bombardeio na Porta de Jaffa. Meu pai perdeu dois irmãos e sua única irmã na explosão.

Anna olhou para Demetrius de modo muito estranho.

Levemente curioso, ele questionou:

– Por que pergunta?

A mulher estava evidentemente tomada de emoção.

– Por favor, não leve Jordan até lá – recomendou, desconfortável. – E não toque no assunto de Musrara com os Gale.

– Por que a senhora me diz isso?

Anna permaneceu imóvel por um minuto, perdida em seus pensamentos. Até que levantou a cabeça e confidenciou:

– Tudo bem, vou lhe contar. Musrara é a vizinhança onde Joseph e Ester moravam quando vieram para a Palestina. Foi lá que o bebê Daniel foi levado.

Demetrius não conseguia acreditar no relato:

– O bebê foi *levado*? De sua casa em Musrara?

À beira das lágrimas, Anna aquiesceu.

O rapaz a surpreendeu quando a pegou pelo braço e sussurrou, horrorizado:

– A senhora *precisa* me contar *tudo!*

Anna recuou, mas suas palavras saíram rapidamente.

– Eu já lhe disse. O bebê foi levado. E Rachel culpa a mim.

– Por que a senhora levou a culpa?

– Eu só queria ajudar. Só isso. E pressionei Ester a permitir que Jihan trabalhasse na casa dela. Jihan era maravilhosa com crianças, e Ester estava fraca, ainda não se recuperara totalmente do tempo da guerra.

Com dois filhos pequenos, ela precisava de ajuda para cuidar deles. Rachel era muito difícil de lidar e Ester se recusava a brigar com a cunhada... – Anna fez uma pausa e subiu o tom de voz: – Eu estava apenas tentando ajudar, entende? Se eu não tivesse forçado Ester a aceitar Jihan! – Segurando a cabeça com as mãos, a voz de Anna falhou: – O pequeno Michel estava sofrendo com uma tosse horrível, e Ester o levara ao médico, deixando Jihan sentada na varanda com o bebê. Como os tiros haviam cessado, Ester sentiu-se segura com ela tomando conta de Daniel. Jihan deixou o bebê sozinho por um momento, apenas um momento. Alguém deve ter esperado muito para fazer isso. E como uma empregada cega poderia ver um invasor? Ela colocou o pequeno Daniel no berço e entrou para buscar a mamadeira dele. Quando voltou, alguém roubara o bebê do berço!

Anna olhou para Demetrius:

– O mistério do que aconteceu àquele bebê nos assombrou a todos, em cada momento que vivemos desde aquele dia. Jerusalém estava um caos devido à guerra, mas, mesmo assim, todos os homens e mulheres disponíveis procuraram em todos os cantos da cidade. Jamais encontramos qualquer pista. É como se o bebê tivesse desaparecido em pleno ar. – Ela sacudiu lentamente a cabeça: – Ester Gale quase morreu de tanto pesar.

Demetrius ficou branco como um fantasma. Ele não conseguia ouvir nada além das palavras do seu pai no leito de morte: "Filho, seu pai se escondeu atrás dos arbustos e esperou. Depois de algum tempo, a mulher pôs o bebê num pequeno berço e entrou. Filho, eu peguei aquele bebê e corri." As implicações do que acabara de ouvir fizeram Demetrius quase cair para trás.

Anna ficou quieta, olhando diretamente para seu convidado. Ela viu algo nos olhos dele que não estava lá antes: o olhar angustiado de um animal encurralado e ferido.

Assim que Anna se levantou para buscar Demetrius, gritos altos vieram de dentro do palacete. Tarek surgiu da escada na direção de Anna:

– Patroa! Jihan está tendo um chilique.

Anna hesitou, desviou o olhar de Tarek para Demetrius e depois para Tarek novamente.

O beduíno abanou os braços no ar, gritando:

– Ela está espumando como um cão raivoso!

Dividido entre sair ou ficar, Anna continuou a olhar para os dois homens.

Demetrius ficou de pé, encarando-a com um olhar fixo e apavorado.

Tarek a chamou novamente:

– A senhora tem de vir! Rápido!

Anna então exclamou:

– Demetrius! Espere aqui! Eu voltarei logo!

O rapaz não respondeu. Ele estava horrorizado demais para falar.

Capítulo XXV
Resolução

Todas as conversas cessaram imediatamente quando Anna correu, resfolegando, para entrar na casa dos Gale. Seus olhos perscrutavam a sala de modo ansioso e ela perguntou em voz alta:

– Demetrius está aqui?

Houve uma troca geral de olhares intrigados antes que Jordan respondesse, perplexa:

– Não, Anna. Ele não passou a noite em sua casa?

Ela respondeu em voz aguda:

– Sim! Claro que sim! E nós tomamos café da manhã juntos. Então houve uma pequena emergência com Jihan e eu tive de deixá-lo por algum tempo. Quando voltei, Demetrius tinha ido embora! – Ela fez uma pausa antes de concluir: – E levou seus pertences com ele.

Anna fechou os olhos por um momento e respirou profundamente:

– Rezei para que ele estivesse aqui.

– Ele é um homem adulto, Anna – alfinetou Rachel. – Não fique tão preocupada.

– Ele, provavelmente, saiu para dar uma volta – sugeriu Joseph.

Jordan não concordou:

– Com a mala?

Michel ouviu tudo apertando os olhos e mordendo os lábios. Não falou nada, embora seus pensamentos voassem. Que mal Demetrius faria? Seria ele um terrorista? Teria ele usado Jordan para conseguir entrar em Israel? Michel jamais confiou em um árabe.

Christine perguntou:

– A senhora procurou por todos os lugares? No palacete? Em todas as dependências?

Anna respondeu num tom estridente:

– Sim, é claro! Procuramos em todos os locais possíveis. Como não conseguimos encontrá-lo, vim imediatamente para cá.

Preocupada, Jordan olhou para o pai e balbuciou:

– Demetrius não é de fugir assim.

Joseph voltou-se para a americana.

– Ele parecia angustiado?

Mesmo vivendo em Israel há quase quarenta anos, Joseph jamais entenderia a mente de um árabe. Na semana anterior, um mercador árabe idoso na velha cidade de Souq provocara Ester, dizendo desejar que os judeus voltassem para a Europa para que os alemães pudessem terminar sua missão divina. E se a discórdia entre alemães e judeus tivesse afetado Demetrius de alguma forma estranha?

Perdida em seus pensamentos, Anna não respondeu. Jordan repetiu a pergunta do pai:

– E então? Demetrius estava angustiado com algo, Anna?

Ela finalmente revelou:

– Ele me parecia um tanto sensível, Jordan. – Anna estava perturbada. Sabendo que a menção do bebê Daniel agitaria novamente a casa dos Gale, ela não confessou o assunto de sua conversa com Demetrius. Em vez disso, falou: – E, na verdade, não entendo por que nossa conversa angustiaria tanto Demetrius, visto que o assunto nada tinha a ver com ele.

Anna queria acrescentar mais, porém se controlou.

Os olhos assustados de Jordan pousaram no rosto de Anna. Assim que Jordan abriu a boca para pedir a Anna que repetisse exatamente o diálogo entre ela e Demetrius, Michel interrompeu, impaciente:

– Jordan, pelo amor de Deus! Você não percebeu? Seu amante árabe desapareceu de propósito!

Perplexa, a moça perguntou:

– Michel, do que você está falando?

O ódio esmagador que o soldado sentia pelo noivo da irmã explodiu:

– Demetrius Antoun conseguiu o que queria, e então desapareceu. – disse Michel, pontuando seu comentário com um sorriso desagradável.

Jordan tremeu visivelmente e, com a voz quase falhando, murmurou:

– Não diga isso, Michel. Não é verdade. Ele jamais faria isso. – Ela mexeu as mãos, num gesto atordoado e com voz estava cheia de medo, comentou: – Papai, isso não faz sentido. Eu sei que algo aconteceu a Demetrius.

Perdida em seus pensamentos, Christine franziu a testa. Ela achava que compreendia o ex-namorado melhor que ninguém, e suspeitava de que seu desaparecimento súbito tivesse algo a ver com George Antoun e o segredo sobre o nascimento de Demetrius. Christine questionava se, uma vez em Israel, Demetrius poderia ter descoberto que era incapaz de encarar seu passado judeu. Talvez ele tivesse fugido pela fronteira com o Líbano.

Encolhida na beira da poltrona, Rachel olhou de Anna para Jordan, depois para Joseph e novamente para Anna. Rachel permanecia anormalmente quieta, sem interferir na crise, mas ela conseguiu perceber que algo muito estranho estava acontecendo e ouvia atentamente.

Cada vez mais agitada, Jordan implorou ao pai:

– Papai, precisamos encontrá-lo! Por favor, acredite em mim! Demetrius jamais sairia sem uma explicação. Há algo errado!

Ao olhar para o rosto angustiado da moça, Christine ficou surpresa, percebendo, pela primeira vez, que Jordan nada sabia sobre a confissão de George Antoun feita em seu leito de morte. A alemã se mexeu desconfortavelmente.

Michel, quase engasgando de ódio, nojo e indignação, disparou:

– Que idiota você foi, Jordan! Não percebe? Seu árabe a usou apenas para conseguir entrar em Israel, nada mais.

Jordan já ouvira o bastante do irmão. Seu medo e estado mental confuso viraram raiva. Com os olhos verdes faiscando de fúria, ela virou rapidamente na direção dele:

– Retire o que disse, Michel! Estou falando sério!

Michel estava feliz pelo fato de o árabe estar fora da vida deles e o queria longe para sempre. Por isso, achava que Jordan deveria conhecer o verdadeiro Demetrius.

– Ele usa as pessoas, Jordan – resmungou. – Ele se aproveitou do relacionamento com Christine para obter um visto para os Estados Unidos e depois usou você para entrar em Israel!

Chocada, Christine protestou:

– Michel! De onde você tirou essa ideia! Isso não é verdade! – O Demetrius Antoun que Christine conhecia era honrado demais para praticar essa tramoia. Ela puxou de leve o braço do namorado. – Michel, acredite em mim quando digo que você está enganado sobre Demetrius.

Pela primeira vez desde que eles se conheceram, Michel lançou um olhar furioso para a mulher que amava:

– Se você acredita nisso, Christine, é tão idiota quanto minha irmã.

Michel tinha uma forte consciência de que sua própria irmã, bem como a mulher com quem pretendia se casar, estavam cegas de afeto por um homem que Michel começava a odiar amargamente.

O coração de Jordan palpitava tão violentamente que ela não conseguia falar. Algo terrível acontecera a Demetrius e, em vez de ajudá-la, Michel estava tão cheio de ódio pelos árabes que atacava um homem inocente. Seu irmão nada sabia da verdade e se colocou como acusador e juiz.

Michel estava tomado por uma necessidade agonizante de fazer Jordan e Christine enxergarem o verdadeiro Demetrius Antoun:

– Quem se importa se ele foi embora? – resmungou Michel, indignado. – Ele não passa de um árabe desprezível!

Anna gritou:

– Michel!

Furiosa com as palavras do irmão, Jordan perdeu a compostura. Com o rosto crispado de raiva, a moça correu para ele e, emitindo pequenos gritos, golpeou o tórax de Michel com os dois punhos.

O rapaz ficou imóvel por vários segundos, depois agarrou as mãos de Jordan, empurrando-a com violência.

Por um minuto assustador, Christine pensou que eles fossem trocar socos! Ela se levantou imediatamente e gritou:

– Michel! Pare com isso!

– Chega! – gritou Joseph, afastando o filho para trás com uma das mãos e Jordan com a outra. O patriarca dos Gale empurrou a filha pela sala, para longe do irmão.

Embora não tivessem brigado fisicamente desde a infância, Michel parecia feroz e desafiador, como se fosse atacar a menina.

Rachel puxou a orelha do sobrinho e gritou:

– Michel! Que vergonha!

Com as mãos cobrindo a boca, Anna observava apavorada o desenrolar do drama. As emoções de todos estavam claramente fora de controle! Ela temia trazer à tona o assunto de sua conversa com Demetrius, mas sabia que precisava dizer algo sobre o que eles haviam discutido. De posse dessa informação, talvez alguém pudesse resolver o mistério do desaparecimento de Demetrius. A americana simplesmente não sabia como expressar em palavras o incidente sem evocar a lembrança do pequeno Daniel de novo.

Jordan chorava de agonia:

– Papai! Nós temos de encontrá-lo! Por favor!

– O que está acontecendo? – gritou Ester Gale, que se levantou correndo da cama após ouvir a comoção.

Jordan correu para os braços da mãe, aos prantos:

– Mamãe! Demetrius desapareceu!

Ester amava seus dois filhos vivos com a intensidade de uma mulher que perdera dois bebês em circunstâncias monstruosas e inenarráveis. Nada atiçava mais a ira de Ester Gale do que ver Jordan ou Michel magoados. Embora ela não tivesse ficado feliz em saber que o filho pretendia se casar com a descendente de um nazista ou que a própria filha namorava um árabe, jamais os proibiria de fazer o que lhes trazia felicidade. Ester examinou o rosto da filha e indagou, com voz suave;

– Jordan, pare de chorar e diga o que houve com o seu namorado.

A moça chorava tanto que não conseguia falar.

Após abraçar carinhosamente a filha e colocá-la no sofá, Ester conseguiu fazê-la ficar mais calma ao olhar de modo indignado pela sala e repreender:

– Alguém pode me dizer, por favor, o que aconteceu com ela?

Joseph respondeu de imediato:

– Anna estava prestes a nos contar, querida. – E olhou na direção da amiga. –Anna, por favor, continue. O que perturbou Demetrius, afinal?

O corpo de Jordan, que antes estava curvado, ficou ereto de novo.

Todos se voltaram para Anna, completamente atentos.

A americana respirou pesadamente.

– Vou lhes contar o que sei – concordou Anna, sentando-se perto de Ester e Jordan. Com uma mistura indescritível de emoções, ela falou sobre o incidente ocorrido com Jihan naquela manhã. E mencionou, de forma relutante, os planos de Demetrius de visitar a casa do seu falecido tio. A tristeza ofuscou o rosto de Anna quando revelou: – Eu disse a Demetrius para não levar Jordan à região de Musrara e ele quis saber o motivo. – Ela encarou Joseph, desculpando-se: – Sinto muito, mas eu tive de contar a ele um pouco sobre seu filho perdido. Eu falei a Demetrius sobre o mistério de Daniel, que o bebê fora roubado de sua casa sem jamais ter sido encontrado. – Anna contraiu o rosto numa careta: – Demetrius ficou agitadíssimo com a história de seu filho perdido. Eu admito, Joseph, estou bastante desnorteada com o comportamento dele.

Rachel ficou extraordinariamente comovida com as lembranças evocadas pela história de Anna, mas tentou se concentrar no assunto em questão.

Rachel perguntou à sobrinha:

– Demetrius é um homem excessivamente emocional?

A maioria dos árabes sentia a dor de outra pessoa de maneira intensa e chorava com facilidade, mas só essa tendência não explicava a gravidade da reação diante de uma história triste. Afinal, Demetrius Antoun era médico e certamente estava acostumado a todo tipo de tragédias.

Jordan murmurou:

– Bom, sim. Demetrius é muito sensível, mas não nesse nível tão extremo.

O lábio inferior de Jordan começou a tremer, indicando que ela estava prestes a chorar mais uma vez. A jovem olhou para a mãe, confusa, pois esta era a primeira vez que ouvia falar de um irmão sequestrado!

– Eu simplesmente não entendo! Pensei que o bebê Daniel *tinha morrido*. Ele foi *roubado*?

Ester deu um tapinha na mão de Jordan:

– Depois, querida. Eu lhe contarei tudo depois. Apenas saiba que seu pai e eu fomos incapazes de entender totalmente essa tragédia.

Jordan aquiesceu, pôs a cabeça no ombro da mãe e começou a fungar.

Embora as palavras de Anna tivessem despertado novamente a lembrança de filho perdido, nem Joseph nem Ester deram qualquer indicação do que sentiam. Eles também estavam perplexos pela reação de Demetrius ao desaparecimento do pequeno filho. O casal trocou um olhar breve, porém perplexo.

Sabendo que o pai iria repreendê-lo duramente se ele pronunciasse qualquer outra palavra, Michel cruzou os braços e ficou calado.

Tentando analisar o que acabara de ouvir, Christine tremeu. O impacto das palavras de Anna começou a se formar. Incapaz de controlar sua reação, a alemã tornou-se o centro das atenções quando agarrou a própria cabeça e começou a murmurar:

– Ah, meu Deus! Ah, meu Deus!

Joseph foi o primeiro a falar:

– O que foi?

Jordan ergueu a cabeça, encarou a moça e perguntou em tom acusatório:

– Você sabe algo sobre isso, Christine?

Ainda segurando a cabeça com as mãos, Christine olhou ao redor para seus ouvintes:

– Ah, meu Deus!

Jordan sentiu o sangue pulsando nas veias.

Christine revelou, ainda trêmula:

– Demetrius finalmente descobriu quem realmente é!

Todos os Gale, bem como Anna, ficaram completamente confusos. Joseph tentou acalmá-la:

– Querida, componha-se e diga-nos do que você está falando.

Christine tremia dos pés à cabeça, e olhou ao redor, perplexa:

– Ah, Deus, isso não pode ser verdade!

Michel puxou a noiva para perto de si e deu-lhe uma pequena sacudida.

– Christine, suas palavras não fazem o menor sentido! Diga-nos do que você está falando!

A moça engoliu em seco antes de se dirigir a Joseph Gale:

– Você teve um bebê do sexo masculino roubado em 1948?

Lutando contra suas emoções, Joseph se obrigou a manter a voz firme:

– Sim, Christine. Você ouviu o que Anna disse.

– O bebê tinha menos de uma semana de vida?

Joseph fez que sim com a cabeça, cada vez mais confuso.

– E ele foi roubado apenas alguns dias após o atentado na Porta de Jaffa?

O patriarca ficou sem ar e retrucou:

– Como você sabe disso?

As palavras de Christine preencheram a sala:

– Havia uma mulher com o bebê, uma mulher que cantava?

Como Joseph não respondeu, Ester gritou:

– Sim!

– E a mulher colocou o bebê num berço e o deixou sozinho numa pequena varanda?

Anna respondeu com um sussurro:

– Jihan.

Joseph ficou rígido e boquiaberto, sabendo o que estava prestes a ouvir, mas ainda sem acreditar.

Michel ficou totalmente desorientado. Como Christine poderia saber *tudo* sobre sua família?

Ester inclinou o corpo para frente.

Sentada, de boca aberta, Rachel respirava pesadamente.

Louca de impaciência, Jordan instou Christine a contar mais.

– O que tudo isso tem a ver com Demetrius?

Christine agora tinha certeza de que Demetrius era o filho perdido de Joseph e Ester Gale. Ela podia ver pela expressão contida nos olhos de Joseph que ele também entendera. A alemã colocou gentilmente a mão no ombro do patriarca dos Gale e revelou, sem aumentar o tom de voz:

– Vou dizer o que sei. Embora tenha sido criado por árabes palestinos, Demetrius Antoun nasceu em uma família judia.

Jordan ficou sem ar.

Após uma breve pausa, Christine continuou:

– Eu estava presente quando George Antoun, o pai árabe de Demetrius, confessou em seu leito de morte que Demetrius fora roubado de um lar judeu em Jerusalém. Isso aconteceu na mesma semana do bombardeio na Porta de Jaffa. George veio para Jerusalém enterrar dois irmãos e uma irmã que morreram no atentado. Um dos seus parentes vivia na área de Musrara. Quando George tentou ir até lá, foi atacado por uma gangue de judeus. Tomado de raiva da situação política da Palestina e ódio de todos os judeus, George perdeu a cabeça temporariamente e roubou um bebê judeu do sexo masculino, que tinha apenas alguns dias de vida. Ele pegou o bebê e fugiu para Haifa. Quando os Antoun foram obrigados a fugir para o Líbano, levaram a criança para lá e o criaram como filho.

Lágrimas desceram pelo rosto de Christine quando ela olhou para Joseph e depois para Ester:

– Nesta manhã, Demetrius descobriu que é seu filho perdido – a voz da alemã ficou muito baixa. – E foi por isso que ele fugiu.

– Cale a boca, cale a boca, cale a boca! – Jordan libertou-se dos braços da mãe e correu para o pai. – Não é verdade, não é verdade! Diga que não é verdade, papai!

Milhares de pensamentos corriam pela cabeça de Joseph. Ele se recordou do dia alegre, mas repleto de tensão, há tanto tempo, quando seu segundo filho nasceu. O patriarca dos Gale lembrava-se claramente da visita de Ari e da notícia do atentado terrorista que tirara vidas árabes. Ele se pegou revivendo aqueles momentos de medo que os judeus de

Jerusalém pagassem pelo ato irracional da gangue Irgun e respirou ruidosamente. Agora era certo que ele e Ester haviam pago o preço máximo pelo atentado na Porta de Jaffa, perdendo um filho querido. Ele olhou para Michel e percebeu que a vingança dos árabes os roubara a todos: Michel perdera um irmão, Rachel, um sobrinho... Mas o pior de tudo, o bebê Daniel foi roubado de sua família e sua herança... Um inocente bebê judeu, criado como árabe.

Joseph virou-se lentamente para ver a esposa, que estava sentada com as duas mãos entrelaçadas na frente dos seios. Ester olhava para o marido com pesar. Ela sempre acreditou que seu filho havia sido sequestrado e assassinado. O menino que nasceu dela há 35 anos estava realmente vivo? O bebê Daniel fora criado por árabes? Seu filho estava agora ao seu alcance?

Michel ficou de pé, com a mente em turbilhão. Uma lembrança há muito esquecida voltou... O som de um bebê chorando que vinha e voltava. De repente, a visão clara de um berço vazio e de adultos confusos lhe ocorreu. Pensativo e com voz quase infantil, ele perguntou:

– Alguém roubou o bebê?

Ester deu um solavanco para trás e encarou o filho. Essas foram exatamente as palavras ditas pelo jovem filho naquele dia, há tanto tempo, quando Joseph informara que seu irmãozinho tinha sumido.

Anna olhava na direção de Michel, mas não o via. Ela se recordava do que Jihan dissera antes de o remédio fazer efeito, palavras que Anna pensava serem falas descontroladas de uma mulher que perdia a razão. A americana resmungou alto:

– Jihan me falou que Demetrius era Daniel. Ela ficava repetindo "O bebê está vivo... O bebê voltou. O mistério do bebê Daniel está resolvido!" – Anna demonstrou seu espanto: – Os outros empregados sempre falaram que Jihan tinha poderes especiais. Eu nunca acreditei neles. Até agora. – Ela se voltou para Joseph Gale: – Joseph, de algum modo Jihan o reconheceu... De algum modo, ela sabia que Demetrius era o pequeno Daniel.

Anna sacudiu vigorosamente a cabeça, como se tentasse limpar seus pensamentos. Ela olhou para Ester e sussurrou:

– Deus meu! Jihan tinha razão!

Ester aquiesceu e, estendendo a mão, chamou o marido, com a voz estranhamente calma:

– Joseph, veja a sua filha. Ela está prestes a desmaiar.

Os olhos de Jordan rolaram para trás.

Joseph e Michel correram ao mesmo tempo para ajudá-la. Michel a colocou no sofá e deu tapinhas de leve em seu rosto.

– Jordan!

Christine correu para a cozinha e pegou um pano molhado.

Com lágrimas escorrendo pelo rosto, Anna e Rachel se abraçavam forte. As últimas 24 horas foram incrivelmente duras para ambas.

Quando a moça abriu os olhos, murmurou:

– Mamãe! Isso não pode ser verdade!

Ester ajoelhou-se ao lado dela:

– Shhhhh, querida.

Ester analisou Jordan atentamente. Ela jamais vira tal expressão em qualquer rosto humano. Sua filha estava completamente tomada pela dor.

Jordan chorou baixinho:

– Mamãe, a senhora não entende. A senhora não entende. Estamos apaixonados. – A voz da jovem falhou: – Mamãe, eu terei um filho de Demetrius!

Com as mãos pousadas no rosto da filha, Ester olhou para o marido:

– Você ouviu isso, Joseph? Nossa filha terá um bebê.

Joseph ajoelhou-se ao lado de Ester e tomou a mão da filha nas suas.

– Vai ficar tudo bem, meu amor.

Uma expressão terrível passou pelo rosto de Jordan, que gritou:

– Demetrius não sabe que sou adotada! Ele fugiu e agora nós jamais vamos encontrá-lo!

– Calma, calma. Não, não se preocupe. Seu pai o encontrará.

– Nós temos de procurar Demetrius... Temos de encontrá-lo! Ele acha que sou sua irmã de sangue!

Joseph concordou:

– Sim. O rapaz deve estar num estado terrível.

Michel olhava sem muita certeza para o pai.

– O senhor acredita que Demetrius Antoun seja seu filho?

Joseph falou com uma voz diferente:

– Sim, Michel. Por mais inacreditável que pareça, sinto que Demetrius Antoun é meu filho.

Sem tirar os olhos do primogênito, Joseph fez uma pausa antes de acrescentar:

– E, Michel, Demetrius é seu irmão.

Michel estava numa agitação emocional terrível e seu rosto refletia isso, mas ele falou com a voz calma:

– Se é nisso que o senhor acredita, então vou encontrá-lo. Pedirei a ajuda de todos na minha unidade, se for preciso. De um jeito ou de outro, vou encontrá-lo.

Ester ficou de pé e encarou o marido, com o brilho da esperança nos olhos.

– Isso é verdade, Joseph?

Jordan apoiou-se nos cotovelos antes de colocar os pés no chão e levantar. Ester a pegou pela mão e, juntas, elas se aproximaram de Joseph e Michel.

Jordan enlaçou os braços no pescoço de Michel:

– Por favor, Michel, encontre-o. Por favor – ela implorou baixinho. – Não vou suportar viver se você não encontrá-lo.

O choque da notícia de que seu filho há muito perdido fora encontrado fez com que Ester se agarrasse com força ao marido. A mãe encarou o filho, vendo além dos ombros largos do marido e pediu, com um brilho no olhar:

– Encontre seu irmão, Michel. Encontre seu irmão e traga-o para casa.

Michel Gale jamais se deu conta das próprias lágrimas.

Demetrius ficou surpreso ao descobrir que a casa ainda estava de pé, quase idêntica à descrição narrada tantas vezes pelo pai e avô. Com o rosto impenetrável, ele olhou para a pequena moradia, bonita e arrumada, que pertencera a sua família. Os novos proprietários acrescentaram um terraço espaçoso, mas, tirando isso, tudo estava de acordo com as lembranças do rapaz. O portão ainda era cor-de-rosa e as pedras brancas da estrutura principal cintilavam quando a luz do sol diminuía. Belos limoeiros cresciam na beira do gramado. O antigo jardim de Mary estava totalmente florido e o aroma de jasmim pairava no ar.

Os dedos de Demetrius acariciaram a grande chave que estava no bolso da calça enquanto ele invocou a lembrança do interior da casa. O escritório de George ficava do lado esquerdo da entrada do saguão, e a sala ficava à direita. O quarto dos pais era ao lado do escritório e o pequeno quarto do vovô estava situado entre a cozinha e a entrada dos fundos. Demetrius apertou a chave nas mãos, pensando se ela ainda destrancaria a porta. Ele quase sorriu ao imaginar os novos ocupantes da casa de seu pai e como eles poderiam reagir se ele passeasse pela casa como um visitante inesperado.

Os pensamentos de Demetrius nasceram da angústia. Após descobrir que era o filho perdido de Joseph e Ester Gale e, o mais doloroso, irmão de Jordan, Demetrius fora consumido pelo mais profundo desespero. Sem saber para onde ir ou o que fazer, perambulou sem rumo pelas ruas de Jerusalém, alternando-se entre xingar Deus e acusá-Lo de tramar catástrofes terríveis desde o dia em que lhe deu vida. Sabendo que deveria sair de Jerusalém por não ser capaz de encarar Jordan com a informação que agora possuía, Demetrius pegou um táxi para a estação ferroviária e comprou passagem para o próximo trem para fora da cidade. Como se fosse obra do destino, o trem seguia para Haifa. Após o choque inicial ao saber sua parada final, ele ficou felicíssimo por viajar à cidade de seus pais árabes. Uma vez acomodado no vagão, Demetrius retirou da mala o estimado mapa e a chave do lar dos Antoun em Haifa. Ele agora estava agradecido por ter dedicado algum tempo a obter esses itens importantes de sua casa destruída em Shatila.

A viagem de Jerusalém a Haifa foi torturantemente lenta, mas deu a Demetrius uma boa oportunidade para refletir. Apavorado como jamais esteve, o rapaz confessou para si mesmo que ele estava cansado da vida que lhe fora dada. Com esse último pedaço de informação sobre sua origem, ele agora era realmente um homem sem família ou pátria. Lágrimas de ódio surgiram em seus olhos e ele teve um pensamento curto e furioso de que George Antoun era o culpado por este dilema.

Por causa de seu pai árabe, tudo o que era normal lhe fora negado. George o criou como árabe, e depois destruiu qualquer possibilidade de ter uma vida árabe ao revelar a verdade sobre seu nascimento. Aquela confissão em seu leito de morte armou o palco para que dois oponentes irreconciliáveis, um árabe e um judeu, tomassem a alma de seu filho roubado.

Demetrius ficou quieto, pensando em seu pai árabe, o homem bom e gentil que o criara. A raiva de Demetrius foi de curta duração. Ele lembrou a si mesmo de não condenar o pai e, em vez disso, colocar a responsabilidade por sua situação na violência e na insanidade que varreu todo o país. Essa loucura criou uma cadeia fatal de circunstâncias que levou um homem apavorado e furioso além dos limites do comportamento civilizado. Ao roubar uma criança que não lhe pertencia, ele cometeu um crime terrível que o assombrara ao longo de sua vida. Porém, embora George tivesse valorizado a liberdade e o bem estar de sua esposa e pai, o sequestro do bebê judeu não tinha mais volta.

Demetrius decidiu não acusar George Antoun.

Seus pensamentos se voltaram para Jordan. O rapaz se desesperou mais uma vez. Temendo o horror e a solidão que ele sabia que começariam assim que aceitasse a realidade, Demetrius lutou para recuperar o controle de suas emoções. Ele sabia que deveria fechar para sempre a mente e o coração para o amor que sentia por Jordan. Por ora, o simples ato de pensar sobre seu malfadado relacionamento era intolerável. Ele não podia nem se permitir cair em devaneios sobre ela sem ficar incontrolavelmente agitado.

Fumando um cigarro atrás do outro, o jovem Antoun olhou pela janela, para a visão mutante e pitoresca das montanhas rochosas e os verdes vales da zona rural de Jerusalém. Ele viu pastores beduínos árabes cuidando de seus rebanhos e contrastou a visão com os edifícios modernos nas cidades de Israel. As mudanças drásticas que um grupo de judeus determinados da Europa trouxe à terra antiga eram maravilhas dignas de nota.

Quando o condutor anunciou que o trem estava chegando a Gallim, a estação ferroviária central de Haifa, os olhos de Demetrius brilharam de empolgação. Ele finalmente chegara à amada cidade de seus pais árabes, George e Mary Antoun.

À primeira vista, lembranças de Beirute se reacenderam. A cidade de Haifa tinha uma semelhança assustadora com a capital do Líbano e foi entalhada na parte lateral do monte Carmelo. Casas e comércios agarravam-se ao topo desse monte, descendo até o Mediterrâneo. Até onde ele conseguia ver, as praias eram brancas e arenosas.

Quando Demetrius deu ao motorista de táxi o nome do bairro onde seu pai vivia, o velho respondeu, numa torrente de palavras que valia por um guia de viagem, que Haifa fora construída em três níveis e que a região para onde ele ia se chamava Hadar Hacarmel e localizava-se no distrito central de Haifa. Se o taxista ficou surpreso por seu passageiro querer descer num pequeno parque em frente ao endereço que lhe fora passado, ele não deu qualquer indicação do que sentia.

Por três horas, Demetrius sentou-se no parque e analisou a casa que ele tinha a sensação de ainda fazer parte de sua vida. Sem querer assustar as mulheres e crianças que se sentavam no jardim, ele esperou pacientemente pelo retorno do homem da casa.

Naquela mesma tarde, um judeu de meia-idade entrou pela porta da frente da casa, sem bater. Sem ponderar as possíveis consequências, Demetrius ergueu sua bolsa, saiu do parque, atravessou a rua, ultrapassou o portão e seguiu para frente da casa. Com uma expectativa febril, ele olhou ao redor e viu algo tão familiar que seu estado de espírito melhorou. Após colocar a bolsa no caminho de pedras, Demetrius pegou a chave que guardava e bateu de leve à porta da frente.

Um garoto de cerca de 5 anos atendeu à porta.

Demetrius sorriu, nervoso:

– Seu pai está?

A criança girou o corpo, deu as costas a Demetrius e correu, gritando:

– Papai, tem um moço aqui querendo falar você!

O garoto deixou a porta aberta.

Embora estivesse morrendo de curiosidade para dar uma olhada rápida dentro da casa, Demetrius permaneceu quieto, respirando profundamente a fim de aumentar sua coragem. Ele desejava desesperadamente ver um rosto amigo.

Um homem baixo e magro e de aparência cansada veio pelo curto corredor na direção de Demetrius. Parando a certa distância, olhou para o visitante de modo frio e calmo, e perguntou:

– Sim? O que deseja?

Demetrius sorriu esperançoso antes de revelar:

– Meus pais moraram aqui. Eu gostaria de saber se poderia entrar para ver como era a casa deles.

Querendo provar o que dizia, Demetrius segurou a chave da casa, balançando-a pelo laço gasto de veludo preto.

– Aqui está a chave. – Ele mexeu no bolso da camisa: – E eu tenho a escritura.

O homem ficou momentaneamente confuso e sem saber o que fazer diante de tal pedido inesperado. Ele olhou diretamente para Demetrius, e nada falou. Quais eram os motivos desse árabe? Ele achava que poderia reclamar a casa que era de seu pai?

Louco de vontade de ver o escritório onde George trabalhava, e o jardim de rosas plantado pela mãe, Demetrius tentou acalmar o homem:

– Senhor, por favor, saiba que não tenho más intenções. Meus pais morreram recentemente. – Ele gaguejou: – Eu desejo apenas ver o interior da casa onde eles viveram e andar pelo jardim favorito de minha mãe.

O homem empalideceu, mas fez um leve movimento com a cabeça, que Demetrius interpretou como um sinal positivo.

Sentindo-se estimulado, Demetrius continuou:

– George e Mary Antoun viveram nesta casa. A família saiu de Haifa em 1948 quando eu era criança. Meus pais falaram várias vezes sobre a casa da família. – Demetrius avançou e insistiu: – Eu posso entrar, por favor? Só por alguns instantes?

O proprietário judeu fez um movimento hesitante com as mãos. Por um minuto, ele pensou em permitir a entrada do árabe, que estava bem vestido e se comportava de modo cortês. De repente, alertando a si mesmo para não ser um tolo, pois o homem poderia ser um terrorista, sua reação positiva mudou. Ele recuou para fechar a porta antes que o rapaz pudesse entrar.

– Saia agora ou chamarei a polícia! – ameaçou.

A porta se fechou, fazendo um ruído alto de tranca.

Demetrius piscou, surpreso. Completamente desanimado, ficou de pé, com a chave balançando nas mãos. E até pensou em bater mais uma vez, mas mudou de ideia depois de ouvir o ruído de vozes nervosas. Uma mulher olhou pela porta da frente e gritou:

– Ele ainda está aqui!

As vozes ficaram ainda mais alarmadas. Demetrius ouviu uma voz de mulher gritar ao telefone para a polícia, dizendo:

– Venham! Rápido! Um homem alto, árabe, está tentando invadir nossa casa!

Percebendo que não passava de um estranho na casa do pai, Demetrius pendurou cuidadosamente a grande chave na maçaneta, pegou sua bolsa e foi embora.

Epílogo

Terça-feira, 10 de junho de 1983

Querida Jordan,

Existe drama mais incomparável nos registros da humanidade do que um bebê judeu roubado e criado em terras árabes? Acreditando-se árabe, vivendo pela derrota de seus odiados inimigos judeus, apenas para fazer a descoberta grandiosa de que ele, na verdade, era o que mais odiava? Creio que não...

Por favor, peça desculpas a Anna por minha partida inesperada. Ela deve ter pensado que Demetrius Antoun era um convidado dos mais mal-educados. Como a pobre mulher poderia ter sabido que a trágica história do mistério não resolvido de Daniel Gale lançaria raios e trovões sobre minha alma?

Jordan, muitas vezes desejei compartilhar meu segredo opressivo. Revirei as palavras em meu cérebro e as ensaiei em minha língua, mas, em todas as tentativas, mil terrores limitaram minha vontade. Temendo que a história não parecesse crível e me rendesse apenas seu ódio, sucumbi à tentação e adiei o intrincado assunto. Como último recurso, prometi a mim mesmo que confessaria o maldito segredo quando estivesse em Israel, após nosso casamento, mas, graças a Deus, o destino interveio e nos salvou de um matrimônio desastroso.

Jordan, esta é a frase mais difícil que eu jamais escrevi: você tem de abortar nosso bebê. Rápido!

Gostaria de poder deixá-la com a magia de palavras reconfortantes, mas só consigo pensar nisso: daria minha própria vida por mais um momento com você, se não fôssemos quem somos.

E agora, adeus... Adeus... E nunca se esqueça de que eu

Exausto, Demetrius abaixou a caneta rapidamente, incapaz de terminar a carta. Por um longo momento, ele olhou para as cortinas perfeitamente colocadas nos janelões de sua suíte no American Colony Hotel em Jerusalém Oriental. O rapaz apenas ouviu por um momento, sem respirar. O som distante de um automóvel penetrou fracamente no quarto. Mesmo assim, ele sentiu a presença de uma pessoa bem próxima. Demetrius ouviu novamente e pensou se estava ficando hipersensível. Desde que se registrou no hotel, na noite anterior, ele passou o tempo todo bebendo café, fumando e pensando. Após encher a xícara de café e dar mais um pequeno gole, o jovem Antoun devolveu lentamente o recipiente para a bandeja de cobre.

Sua imaginação estava fora de controle, disse a si mesmo. Trincando os dentes, Demetrius pressionou os dedos contra as pálpebras e perdeu-se em pensamentos. Amanhã ele atravessaria a ponte Allenby e viajaria para a Jordânia. De lá, ele daria um jeito de entrar no Líbano e tentaria viajar para Túnis, a capital da Túnisia, a fim de achar Ahmed Fayez. Seu velho amigo jamais o dispensaria, especialmente num momento de grande necessidade, não importa se corresse sangue judeu pelas veias de Demetrius.

Respirando de forma profunda e irregular, o rapaz segurou o queixo com as mãos e sentou-se, olhando para as palavras que escrevera e pensando em Jordan. Ele decidiu que ela deveria estar bem, pois tinha o apoio da família. E talvez o conhecimento de que Demetrius era o filho perdido dos Gale unisse Jordan e Michel. Talvez agora Michel visse os árabes de modo diferente.

Ele pegou as páginas da carta inacabada e leu suas palavras. Enquanto lia, seu rosto mostrou um grande desgaste, dando-lhe a aparência de um homem corroído por dentro.

Outro barulho, uma batida na porta do quarto, interrompeu seus pensamentos. Este som era real e nada tinha a ver com seus temores imaginados anteriormente. Demetrius levantou seu corpo da cadeira da escrivaninha lentamente e sem fazer qualquer ruído. Ele caminhou em silêncio em direção à porta, mas parou, surpreso, quando viu a maçaneta se mexer levemente.

Do outro lado, Michel Gale virou a chave que confiscara do amedrontado balconista do hotel. Ele abriu a porta entrou no quarto, vestindo seu uniforme militar.

– Michel!

Devido ao choque que irradiava por seu corpo, o queixo de Demetrius caiu.

Michel ficou calado, mas seus olhos queimavam de emoção. Ele conseguira encontrar o irmão! Seus colegas de farda verificaram cuidadosamente todos os hotéis em Jerusalém Oriental e Ocidental até descobrirem que um árabe anormalmente alto e de constituição forte estava hospedado no American Colony Hotel, na estrada para Nablus. Os homens cercaram o local e colocaram um guarda na porta de Demetrius até Michel chegar.

Por um pequeno e impreciso instante, Demetrius se perguntou se Michel estava lá para atacá-lo. Quando o jovem Antoun se preparava para um ataque, o inesperado aconteceu: Michel sorriu. O mais gentil, afetuoso e maravilhoso dos sorrisos. Em seguida, citou a Bíblia: "E conhecereis a verdade, e a verdade vos libertará."

Demetrius engoliu em seco. Ele conhecia bem o versículo, João 8:32. Mas por que diabos um judeu estava citando o Novo Testamento?

O sorriso de Michel ficou ainda maior enquanto explicava:

– Nossa cristã residente, Anna, recomendou que eu falasse isso para você. – Demetrius fez que sim com a cabeça, ainda completamente confuso. – Mas eu acho que você só precisa ouvir uma coisa, Demetrius.

O jovem Antoun encontrou sua voz e resmungou:

– E o que é?

– Jordan foi adotada. Ela não é sua irmã de sangue.

– O que você disse?

Michel falou rapidamente:

– Depois que você foi sequestrado, algo aconteceu à minha mãe. Tal vez fosse físico, talvez mental, mas ela jamais foi capaz de conceber novamente. Eu estava destinado a ser filho único. Então Leah Jawor, amiga próxima da família, morreu no parto. Como a mulher não tinha família, legou seu bebê a nós. – Pensando na irmã, Michel sorriu afetuosamente: – Não que ela tenha nos feito um favor!

O soldado fez uma pausa antes de acrescentar, com uma gargalhada:

– A mãe biológica de Jordan era um terror, exatamente como ela. Mas vamos deixar isso para lá. Minha irmã mantém a família Gale humilde.

O rosto de Demetrius transformou-se por completo. Seus lábios tremiam e os olhos começaram a lacrimejar. Ele queria ouvir as palavras estimulantes de Michel mais uma vez e perguntou, sem fôlego:

– Então Jordan não é minha irmã?

Um sorriso prolongou-se no rosto de Michel diante de seu recém-encontrado irmão:

– Não, Demetrius. Ela não é sua irmã. – Ele fez uma pausa, então sorriu mais uma vez: – Mas eu sou seu irmão.

Demetrius era incapaz de falar.

Com uma energia extraordinária, Michel abraçou o outro rapaz com força e sussurrou:

– E vim levá-lo para casa.

Dois colegas de Michel no exército notificaram a família Gale de que Demetrius fora encontrado, e logo os jovens Gale estariam em casa. Indicando que a família precisava de privacidade, Christine forçou Anna e Rachel a esperar com os Kleist dentro de casa. Joseph, Ester e Jordan sentaram-se, tensas, em cadeiras de espaldar reto no jardim da frente. Enquanto os pais de Demetrius e Jordan estavam quietos, com os olhos concentrados na estrada, Rachel e Anna cochichavam empolgadas e alternavam-se olhando pelas janelas da sala de estar. Mesmo sem permissão de participar da reunião de família, elas poderiam observar. Christine sentou-se em silêncio entre seus pais, que estavam um tanto acabrunhados por visitarem um lar tão emocional.

De repente, ouviu-se o som de um veículo que se aproximava.

Com o rosto tenso, Ester inclinou-se para frente e especulou:

– É um veículo militar?

Joseph ficou de pé para ver melhor:

– Sim.

Jordan entrelaçou as mãos com força. Seu coração batia tão violentamente que ela podia ver o colarinho da blusa pular.

O jipe parou rapidamente. Michel desceu do banco do motorista e caminhou para o lado do veículo. Ele abriu a porta e pegou o irmão pelo braço. Os dois homens então ficaram lado a lado, olhando para os pais e para Jordan.

Jordan começou a andar na direção deles, depois correu e gritou:

– Demetrius! – Jogando-se nos braços dele, ela enterrou o rosto no ombro do noivo, sussurrando: – Demetrius, Demetrius.

Michel ficou de lado.

Emocionado demais para falar, Demetrius deu um abraço apertado em Jordan.

Dentro de casa, Rachel e Anna estavam histéricas de alegria. Rachel até beijava Anna e murmurava:

– Sem você, jamais teríamos encontrado o menino!

Anna respondeu:

– Foi Jihan, eu juro!

Christine, empolgada, não conseguiu mais se conter e levou seus pais até a janela. Chorando, a família Kleist se abraçou forte enquanto assistia à comovente reunião.

Também incapaz de se controlar por mais um segundo sequer, Joseph e Ester correram e, enquanto acariciavam o rosto de Demetrius, Ester viu os olhos do marido no rosto do filho. Numa voz hesitante, rouca, ela constatou:

– Joseph, nosso filho tem os seus belos olhos acinzentados.

Olhando para a pele macia e cor de oliva e o rosto sensível do seu recém-descoberto filho, o passado voltou imediatamente. Lembrando-se da aparência invariável dos irmãos de Ester da primeira vez que os vira, e de ter notado que os homens Stein pareciam sensíveis e intelectuais, Joseph foi tomado pela realidade de que Demetrius herdara muito de seus tios que ele estava destinado a jamais conhecer. Ele olhou para Ester e sorriu:

– Acho que nosso filho se parece mais com o seu lado da família, querida.

Foi então que as lágrimas de Michel correram soltas. Juntando-se à família, Michel abraçou o irmão, a irmã e os pais, comprimindo todos num pequeno círculo, unidos como se fosse uma só entidade.

Palavras espontâneas de alegria e celebração ocorreram a Joseph, que olhou na direção dos céus e exclamou:

– Abençoado sejas Tu, Deus, nosso Senhor, mestre do universo, que é bom e faz o bem.

Como num sonho maravilhoso, a família Gale de Israel era um símbolo do que a família Gale, da França, e a família Stein, da Polônia, foram um dia.

Fim

Este livro foi composto na tipologia Minion Pro,
em corpo 11,5/15,6, impresso em papel off-white 80g/m²,
no Sistema Cameron da Divisão Gráfica
da Distribuidora Record.